Janet MacLeod Trotter
Die Rückkehr nach Assam

Das Buch

Edinburgh, 1922: Nach dem Tod ihrer Eltern wächst Sophie bei ihrer Tante in Schottland zu einer blühenden jungen Frau heran. Mit den Jahren verschwimmen die Bilder ihrer Kindheit auf einer Teeplantage in Assam. Die Sehnsucht nach einer Rückkehr erwacht, als Sophie den charismatischen Tam kennenlernt, der bald nach Indien gehen wird. Da auch ihre beste Freundin Tilly ihrem Ehemann in die britische Kolonie folgt, beschließt Sophie auf ihr Herz zu hören. Doch das Leben in Indien ist ganz anders, als sie es in Erinnerung hatte.

Während Sophie Mühe hat, sich an ihr neues Leben zu gewöhnen, versucht Tilly, einsam in ihrem neuen Heim im Dschungel, Licht in Sophies Vergangenheit zu bringen. Werden die dunklen Schatten der Vergangenheit ihre Freundschaft und alles, wofür sie gekämpft haben, zerstören?

Die Autorin

Die britische Autorin Janet MacLeod Trotter hat bereits vierundzwanzig Bücher veröffentlicht, darunter neunzehn historische Familienromane. Ihr Debüt »The Hungry Hills« wurde für den Sunday Times Young Writer of the Year Award nominiert, während »Das Mädchen aus Assam« auf der Longlist der RNA Romantic Novel of the Year stand und Amazon-Top-Ten-Bestseller war. Auch auf Russisch, Französisch und Italienisch wurde der Roman zum Bestseller. Mehr über Janet und ihre Romane erfahren Sie auf www.janetmacleodtrotter.com.

JANET MACLEOD TROTTER
DIE RÜCKKEHR
nach ASSAM

Roman

Aus dem Englischen von
Maike Claußnitzer

Die englische Ausgabe erschien 2016 unter dem Titel »The Tea Planter's Bride« bei Lake Union Publishing, Seattle.

Deutsche Erstveröffentlichung bei
Tinte & Feder, Amazon Media EU S.à r.l.
38, avenue John F. Kennedy, L-1855 Luxembourg
März 2020
Copyright © der Originalausgabe 2016
By Janet MacLeod Trotter
All rights reserved.
Copyright © der deutschsprachigen Ausgabe 2020
By Maike Claußnitzer

Die Übersetzung dieses Buches wurde durch Amazon Crossing ermöglicht.

Umschlaggestaltung: bürosüd⁰ München, www.buerosued.de
Umschlagmotiv: © John Harper / Getty Images;
© Carlos Grury Santos Photography / Getty Images;
© cescassawin / Getty Images; © Anna Gorin / Getty Images
Lektorat: Diana Schaumlöffel
Korrektorat: Manuela Tiller/DRSVS
Gedruckt durch:
Amazon Distribution GmbH, Amazonstraße 1, 04347 Leipzig /
Canon Deutschland Business Services GmbH, Ferdinand-Jühlke-Straße 7, 99095 Erfurt /
CPI books GmbH, Birkstraße 10, 25917 Leck

ISBN 978-2-49670-015-2

www.tinte-feder.de

Dieser Roman ist dem liebenden Gedenken an meine Großeltern gewidmet, Bob Gorrie (besser bekannt als »Jungli Gorrie«) und Sidney Easterbrook, die in den 1920er-Jahren nach Indien zogen, um dort zu wohnen und zu arbeiten – und meiner geliebten Mutter Sheila, die dort lebte, bis sie acht Jahre alt war.

Prolog

Indien, 1907

Sophie stand auf den Zehenspitzen und spähte durchs Rankengewirr vor der Veranda auf den Weg darunter. Sie konnte es nicht abwarten, dass ihre Geburtstagsfeier endlich losging; dass Freunde aus den benachbarten Teegärten kamen, um mit ihr den Kuchen und den Apfelpie zu genießen, die die Köchin gebacken hatte, und Blinde Kuh und Verstecken zu spielen. Dieses seltsame, knarrende Haus mit seiner schattigen Veranda und seinem überwucherten Garten war perfekt zum Verstecken geeignet. Unten im Dorf trommelte man für sie. Die Leute hatten vor Anbruch der Morgendämmerung damit begonnen und spielten nun schon seit Stunden.

Ungeduldig fragte sie ihre Mutter: »Wann kommen sie, Mama? Wann kommen sie endlich?«

»Psst, Kleines«, seufzte ihre Mutter. »Es ist zu weit, als dass Kinder einfach nur zum Tee herkommen könnten.«

»Ist es nicht!« Sophie schüttelte den honigblonden Lockenkopf. »Wir besuchen doch auch andere Leute, selbst wenn der Weg viele Stunden dauert.«

»Dieses Jahr ist das anders. Wie oft muss ich dir das noch sagen?«

Sophie sah ihre Mutter voller Enttäuschung an. Ihre Mutter hatte sich nicht einmal die Mühe gemacht, sich umzuziehen und ein Nachmittagskleid anzulegen, als wüsste sie, dass niemand kommen würde. Sophie hatte gleich nach dem Aufwachen ihr bestes blaues Kleid angezogen, und das ohne die Hilfe ihrer Kinderfrau, Ayah Mimi. Allerdings hatte sie Ayah Mimi erlaubt, ihr die Haare zu bürsten und ihr die Schuhe mit dem speziellen Metallhaken zuzuknöpfen.

Sophie lebte auf. »Dann können wir doch ein paar Kinder aus dem Dorf einladen.« Sie hatte sie im Flussteich planschen sehen, als Papa ihr auf der Einfahrt und auf dem Weg, der tief in den Wald führte, eine Reitstunde gegeben hatte. Ein paar von ihnen hatten gelacht und gewinkt, als sie Sophie hoch oben im Sattel hatten sitzen sehen, die Beine gespreizt wie ein Junge, während ihr Vater die Zügel gehalten hatte.

Ihre Mutter ging nicht darauf ein. »Ayah Mimi stellt dein Puppengeschirr bereit, dann kannst du mit deinen Puppen Tee trinken und feiern.«

»Nein!« Sophie stampfte frustriert mit dem Fuß auf. Heute wurde sie sechs Jahre alt, und sie wollte eine richtige Teeparty am Erwachsenentisch. Sie mochte die wachsgesichtigen Puppen nicht, die ihre Eltern ihr in den letzten beiden Jahren geschenkt hatten, ohne ihren Bitten um eine Spielzeugeisenbahn Beachtung zu schenken. Die einzige Puppe, die sie je geliebt hatte, war eine weiche, mit einer Samtjacke und einem langen dunklen Zopf, wie Ayah Mimi ihn trug, gewesen, aber diese Puppe war in der Regenzeit des letzten Sommers verschimmelt und hatte sich aufgelöst. »Ich will eine richtige Party!«

»Schrei nicht«, fuhr ihre Mutter sie an, »sonst störst du Papa.« Sie warf einen nervösen Blick ins dunkle Innere des Hauses. Alles war still. Nur das neue Kätzchen miaute.

»Steht Papa heute auf?«, fragte Sophie. »Wenn ich keine Party haben kann, geht er dann mit mir angeln?«

»Heute nicht. Niemand geht heute irgendwohin.«

»Warum nicht?«

Ihre Mutter drehte wieder und wieder den Ring an ihrem Finger.

»Wenn Gott will, feiern wir nächstes Jahr eine Party, das verspreche ich dir.«

»Es gefällt mir hier nicht. Ich will nach Hause.« Sophie rannte zu den Verandastufen und ließ sich darauf fallen, um zu warten. Sie weigerte sich zu glauben, dass niemand kommen würde.

»Geh nicht in die Sonne«, wies ihre Mutter sie besorgt an, »und lauf nicht weiter als bis ans untere Ende der Treppe.«

»Warum?«

»Weil ich es dir sage.«

Ayah Mimis leise Schritte näherten sich aus dem Schatten. Die schlanke Frau, die ein Muttermal am Kinn hatte, setzte Sophie ihren *topee* auf den Kopf und lockte sie aus dem grellen Licht.

»Limonensaft und Zeit für eine Geschichte«, sagte Ayah Mimi lächelnd. »Und dann ganz viel Kuchen.«

Als Sophie sich umsah, war ihre Mutter schon gegangen.

* * *

Sie stritten sich – Männerstimmen. Die ihres Vaters war heiser und unwirsch, die des anderen Mannes tief und dröhnend. Die breite Veranda lag im Dunkeln. Jemand hatte Sophie mit einem Baumwolllaken zugedeckt – es roch nach Nelken wie Ayah Mimi –, während sie in der niedrigen Hängematte Mittagsschlaf gehalten hatte.

Der Himmel war zornesrot. Das Trommeln aus dem Dorf dröhnte lauter denn je und ließ Vögel kreischend in die Bäume flüchten. Sophie setzte sich erschrocken auf. Nun schrie auch ihre Mutter.

»Geh einfach! Du machst alles noch schlimmer!«

Und warum heulte das Kätzchen? Die Abenddämmerung ließ alles lauter klingen, als es sollte.

Sophie kletterte eilig aus der Hängematte, stolperte gegen schwere Möbel und warf eine Topfpflanze um. Sie lugte die Stufen hinunter. Ein großes schwarzes Pferd war an einem Pfosten angebunden. Sie erkannte im schwachen Licht gerade noch, dass es mit dem Schweif schlug, aber niemand kümmerte sich um das Tier. Innerhalb der Umfriedung jenseits des dschungelartigen Gartens brannten keine Kochfeuer.

War noch ihr Geburtstag? Sie sah auf das schlaffe Kleid hinunter, das an ihrer juckenden Haut klebte. Es musste noch ihr Geburtstag sein.

»*Ayah*?«, rief Sophie laut. »Ayah Mimi!«

Sie wollte, dass ihr Kindermädchen kam und bei ihr blieb, während die Erwachsenen sich anschrien, das Feuerwerk im Dorf abgebrannt wurde und das Trommeln immer weiterhämmerte, als wäre es in ihrem Kopf.

Plötzlich drang das Geschrei durch die Tür. Sophie zog sich in den Schatten zurück.

»Jessie, du bist hier nicht sicher. Es gab Drohungen. Du musst mitkommen …«

»Ich gehe nirgendwohin. Misch dich nicht länger ein! Nur weil du hier bist, ist es nicht sicher.«

Der Mann mit der dröhnenden Stimme kam aus dem Haus marschiert und lief die Stufen hinunter. Sophie hörte das große Pferd schnauben, als er aufstieg und es mit einem Tritt in die Flanken antrieb. »Auf deine Verantwortung!«, rief er zum Abschied.

Ihr Vater schimpfte weiter, als der Reiter schon längst fort war – sein *Fiebergebrüll,* wie ihre Mutter es nannte. Es tönte laut durch das alte Haus.

Während sie im Dunkeln kauerte und zu viel Angst hatte, sich zu bewegen, hörte Sophie gedämpfte Frauenstimmen – drängend, unter Tränen – und schließlich eilige Schritte, die die unebenen Bodendielen quietschen ließen.

Ein rosafarbener Sari blitzte auf und sauste die Stufen hinunter. Sophie sprang auf.

»Ayah Mimi! Warte!«

Die Frau drehte sich erschrocken um. Sie hielt etwas an sich gedrückt: den Korb des Kätzchens.

Im nächsten Augenblick packte ihre Mutter Sophie am Arm. »Still. Lass sie gehen.«

»Wohin will sie?«

Das Gesicht ihrer Mutter wirkte gequält, als hätte sie Zahnschmerzen. »Eine Besorgung erledigen.«

Sophie hatte Angst. Ayah Mimi sollte ohne sie nirgendwo hingehen. Und wer war der Mann, der so laut geschrien und Papa aufgeregt hatte? Und warum sah ihre Mutter aus, als weinte sie? Es war der schlechteste Geburtstag aller Zeiten, und Sophie hasste den Lärm und das Knallen, die aus dem Dorf ertönten und immer näher zu kommen schienen, genau wie die flackernden Fackeln, die den Nachthimmel erhellten. All das wollte sie ihrer Mutter sagen. Stattdessen brach sie in Tränen aus und wimmerte: »Und ich durfte die ganze Zeit nicht Verstecken spielen!«

»Psst, Kleines«, sagte ihre Mutter und legte schnell den Arm um sie. Sie zog ein Baumwolltaschentuch aus dem Ärmel. »Putz dir die Nase.«

Plötzlich explodierte etwas am Tor zum Anwesen. Sophies Vater begann wieder zu brüllen. Ihre Mutter keuchte auf. Sie drehte sich um und stieß Sophie über die Veranda ins Haus.

»Geh sofort und versteck dich!«

»Spielen wir jetzt Verstecken?« Sophie war ängstlich und aufgeregt zugleich.

»Ja. Schnell jetzt! Sei still wie ein Mäuschen und mach kein Geräusch!«

Sofort fühlte Sophie sich besser. »Aber nicht hingucken.« Sie grinste und flitzte davon.

Sie versteckte sich in der Wäschetruhe und verkroch sich tief zwischen den würzig duftenden Bettlaken. Sie lauschte auf die Schritte ihrer Mutter, aber sie hörte nur das gedämpfte Trommeln und das Knallen des Feuerwerks. Ihre Mutter kam nicht; Ayah Mimi kam nicht. Nur der Regen kam. Sophie hörte ihn aufs Dach prasseln, lauter als jede Dorftrommel. Die Luft wurde kühler. Dann schlief sie ein.

* * *

Am Ende fanden sie das Kind zusammengerollt in der Wäschetruhe. Es kniff die Augen gegen das plötzliche Licht zusammen. Die Kleine stand unter Schock und war stumm, als sie sie heraushoben. Das feuchte Haar klebte ihr an den geröteten Wangen. Aber es waren die Augen – dunkle Teiche voll schrecklicher Angst –, die sie am meisten erschütterten. Es war ein Blick, den man nicht wieder vergessen konnte, und sie fragten sich besorgt, wie viel genau das Mädchen gesehen hatte.

1

Edinburgh, Juni 1922

Sophie Logan sprang die Wendeltreppe, je zwei Stufen auf einmal nehmend, empor. Ihre Schuhe klapperten auf dem abgetretenen Stein. Das Geräusch hallte im düsteren Treppenhaus der Mietskaserne wider. Sie stürmte durch die Tür der Wohnung im zweiten Stock, aus der lautes Hämmern drang, zog sich die Nadeln aus dem Hut, schüttelte die Schuhe von den Füßen und rief: »Tante Amy! Ich bin wieder da!«

Das Hämmern hörte auf. »Ich bin hier drinnen, Liebes.«

Sophie spähte in das chaotische Zimmer, das ihre Tante als Tischlerwerkstatt nutzte, und sog den Duft von frisch gesägtem Holz und Firniss ein. Amy Anderson schaute grinsend unter ihrem verblassenden blonden Lockenschopf auf. Ihr straffer Körper steckte in einem staubigen Overall. Das Bücherregal aus Walnussholz war schon fast fertig.

»Hattest du einen schönen Tag, Liebes?«

»Das reinste Irrenhaus, Tante. Ich musste das Büro leiten, während Miss Gorrie drüben in Duddingston war, um mit einer neuen Köchin fürs Haus ein Bewerbungsgespräch zu führen.

Das Telefon hat ständig geklingelt. Was haben die Leute nur getan, bevor Telefone erfunden wurden?«

»Briefe geschrieben und Geduld gehabt.« Amy schnaufte.

Sophie lachte. Sie stieg über Bretter hinweg und strich mit der Hand über die geschnitzten Blumen- und Blattornamente.

»Die sind schön – so lebensecht.« Sie hielt die Nase dicht ans Holz und atmete den nussigen, würzigen Geruch ein. Ihr Innerstes geriet in Aufruhr, als eine Erinnerung in ihr aufflammte: der Duft von Bäumen, von Indien.

»Iss es nicht auf«, neckte ihre Tante sie, »sonst hast du gar keinen Appetit mehr auf dein Abendbrot.«

Die Erinnerung verflog. »Soll ich den Teekessel aufsetzen, Tante?«

»Eine Kanne Tee wäre ganz großartig. Oh, apropos Briefe: Du hast einen aus Newcastle bekommen.«

»Tilly?« Aufgeregt schnappte Sophie nach Luft. Ihre Tante nickte. »Das wurde ja auch Zeit. Was plant sie für ihren einundzwanzigsten Geburtstag?«

»Ob du mir es glaubst oder nicht«, sagte Amy, »ich habe den Brief noch nicht über Dampf geöffnet.«

»Wir lesen ihn bei einer Tasse Tee.« Sophie lächelte. »Die Neugier hat dich doch sicher fast umgebracht.«

»Unverschämtes kleines Fräulein«, gab ihre Tante zurück und drohte ihr spielerisch mit dem Finger.

Während der Teekessel auf dem Gasherd in der winzigen Küche kochte, sauste Sophie ins Wohnzimmer, schlitzte mit dem Brieföffner mit Elfenbeingriff den Brief ihrer Cousine Tilly auf und stellte sich ins Licht am Fenster, um ihn zu lesen. Mehrere Bögen blaues Briefpapier waren von Tillys ordentlicher, nach rechts geneigter Schrift bedeckt. Ihre Cousine berichtete ihr in allen Einzelheiten von den Geschehnissen im Haushalt der Watsons und dem Leben in der geschäftigen Industriestadt, hundertfünfzig Kilometer südlich von Edinburgh.

Die fröhlichen Watsons waren Sophies Rettung gewesen, als sie per Schiff aus Indien verwaist und entwurzelt hierhergeschickt worden war. Man hatte sie in die Obhut von Amy gegeben, der älteren Schwester ihrer Mutter. Sophie hatte nur wenige Erinnerungen an ihre ersten sechs Jahre. Schnappschüsse in Farbe: weißes Licht, das durch limonengrüne Blätter fiel, das Lachsrosa des Saris ihrer *ayah* und ein Geburtstag ohne Feier. Die Gesichter aus ihrer frühen Kindheit hatte sie schon lange vergessen.

Ihre unverheiratete Tante hatte ihr Bestes getan, um ihr ein Zuhause zu bieten, und ihre anhängliche Nichte bald in all ihre Aktivitäten miteinbezogen: Suffragettentreffen, die Kirk – die schottische Kirche – am Sonntag, Besuche im Sägewerk. Aber erst die Festtagsaufenthalte bei den Verwandten in Newcastle hatten das Lachen und die Worte zurück auf Sophies volle Lippen gebracht.

»Cousin Johnny ist an einen Ort namens Pindi versetzt worden!«, rief Sophie ihrer Tante zu. »Hast du davon schon gehört?«

»Rawalpindi«, antwortete Amy und erschien in der Tür. »Das ist eine Garnison im nördlichen Pandschab. Deine Eltern haben ganz in der Nähe von Rawalpindi, in Muree, geheiratet. Muree ist eine Hill Station, ein Erholungsort in den Bergen. Sie haben ihre Flitterwochen dort verbracht.«

»Ja?« Sophie warf einen Blick auf das silbergerahmte Foto auf dem Kaminsims. Es zeigte ein hübsches Paar in prächtiger Hochzeitsgarderobe. Ihr fiel jedes Mal auf, wie ernst ihre Eltern dreinsahen, aber Amy versicherte ihr, dass sie nur für die Kamera still gehalten hatten.

»Jessie hat es dort gut gefallen.« Amy lächelte. »Es hat ihr nichts ausgemacht, dass es Winter war und geschneit hat; es erinnerte sie an das gesunde schottische Sturmwetter.«

»War das nicht sehr weit von Assam entfernt?«

Amy zuckte die Schultern. »Ja, aber die Missionsstation mit Pension dort hatte Verbindungen zu unserer Kirchengemeinde.

Um die Jahreszeit haben sie wohl einen guten Preis bekommen. Und deine Mutter hat die Berge immer geliebt.«

Sophie wartete auf mehr. Ihre Tante sprach selten über ihre Mutter, um sie nicht traurig zu machen, aber Sophie war versessen auf diese Informationsbruchstücke. Amy nickte Richtung Küche.

»Lass den Kessel nicht kochen, bis das Wasser völlig verdunstet ist.«

Später, nachdem sie sich Tee eingegossen und Shortbread gegessen hatten, las Sophie den langen Brief. Tilly erwähnte, dass ihre Mutter über den Sommer zu ihrer verheirateten ältesten Tochter nach Dunbar fahren würde, weil die Seeluft ihrer Brust guttat.

> *Wahrscheinlich muss ich sie begleiten,* las Sophie laut vor, *es sei denn, dir fällt eine Ausrede für mich ein. Wie stehen die Aussichten, dass Tante Amy wieder mit uns in die Schweiz fährt? Das waren die besten Ferien, die ich in meinem ganzen Leben hatte. Bitte sie für mich darum, ja?*

Amy Anderson lachte. »Tilly hat sich damals die ganze Zeit nur darüber beschwert, dass sie bergauf wandern musste. Aber es war wirklich eine großartige Reise, nicht wahr? Wir konnten es uns dank der Zuwendung der Oxford Tea Company leisten, dorthin zu reisen.«

»Ja, die Firma war wirklich gut zu mir, nicht wahr?«

»Dein Vater war ja auch ein geachteter Angestellter – die Firma hat nur getan, was recht und billig war, indem sie etwas in einem Treuhandfonds für dich angelegt und dir eine Ausbildung ermöglicht hat. Und nach allem, was ich gehört habe, haben sie während des Kriegs einen gewaltigen Gewinn gemacht.«

»Es war trotzdem freundlich von ihnen«, urteilte Sophie und wandte sich wieder dem Brief zu.

> *Johnnys liebe Freundin Clarrie Robson ist mit ihrer kleinen Tochter Adela besuchsweise aus Assam hier. Sie ist so reizend wie immer, und das Mädchen ist ein hübsches dunkeläugiges kleines Ding, das schon ununterbrochen plappert. Clarries gut aussehender Mann Wesley ist nicht dabei (wie schade!), aber er kommt im Herbst her, um die beiden abzuholen, wenn es in den Teegärten nicht mehr so hektisch zugeht ...*

»Ist das die Frau, die den Teesalon in West-Newcastle geführt hat?«, unterbrach Amy. »Wie hieß er doch gleich?«

»Herbert's.« Sophie nickte. »Sie hatte ihn nach ihrem ersten Mann benannt. Ihr Stiefsohn Will war ein guter Freund von Johnny, weißt du noch? Tilly und ich waren ganz verschossen in Will. Ich glaube, es lag an seinem wuscheligen Haar – und er hat uns jüngere Mädchen immer aufgezogen, aber auf nette Art.«

»Ach ja, der arme Kerl, der kurz nach Kriegsende gestorben ist.«

»Ja.« Sophie seufzte. »Tilly hat gesagt, dass es Clarrie das Herz gebrochen hat – und Johnny auch.«

»Aber es ist schön, dass sie jetzt mit einem der Robsons ein neues Glück gefunden hat«, bemerkte Amy.

»Hör dir das an!« Sophie las weiter.

> *Wesleys Onkel James Robson macht ebenfalls Urlaub in Newcastle, auch wenn er und Clarrie sich nicht wirklich miteinander verstehen. Es ist*

das erste Mal seit vor dem Krieg, dass er wieder in England ist.

»James Robson?« Amy schnappte nach Luft.

Sophie schaute rasch auf. »Ist er der Robson, der in Assam mit meinem Vater zusammengearbeitet hat?«

»Ja, genau.« Ihre Tante bedachte sie mit einem seltsamen Blick.

»Und?«

Amy zögerte. »Er war der Mann, der dich hierhergebracht hat, nachdem deine Eltern …« Ihre Stimme wurde sanfter. »Erinnerst du dich nicht an ihn?«

Sophie zuckte die Schultern. »Nein, eigentlich nicht. Ich erinnere mich an das große Schiff und daran, dass ich seekrank war, aber das ist alles. Erzähl mir von ihm.«

Aber Amy bat: »Lies weiter, Liebes, ich bin gespannt, was Tilly noch zu berichten hat.«

Sophie wandte sich wieder dem Brief zu.

Er hat Mama letzte Woche seine Aufwartung gemacht – mit Briefen von Johnny und Fotos von der Hochzeit in Kalkutta. Meine neue Schwägerin Helena sieht bildschön aus. Anscheinend hat man das Brautkleid aus Paris kommen lassen. Mama hat gute Miene zum bösen Spiel gemacht, aber sie ist immer noch unglücklich, dass sie so übereilt geheiratet haben, statt bis nächstes Jahr zu warten, wenn sie hätte dabei sein können. Aber Helenas Familie lebt überwiegend in Kalkutta und Delhi, also kam es ihnen zupass. Und ganz unter uns gesagt: Mama würde mit ihrer kranken Brust nie eine Reise nach Indien überleben. Also kann ich es Johnny nicht verdenken, dass er es hinter sich bringen wollte.

Mr Robson ist ganz anders als sein Neffe Wesley. Ist es nicht komisch, wie verschieden Mitglieder derselben Familie sein können? Er ist nicht so groß, eher vierschrötig wie ein Preisboxer. Sein Haar ist schon ergraut, obwohl sein dichter Schnurrbart noch braun ist. Er ist das, was man als wettergegerbt *bezeichnen würde, und er kann keine zwei Minuten still sitzen.*

Ich glaube nicht, dass er Damengesellschaft gewohnt ist, denn viel geredet hat er eigentlich nicht, außer als Mama ihn auf Hunde und Pferde angesprochen hat. Er vermisst seine Tiere auf der Teeplantage, besonders seinen Liebling – einen Retriever namens Rowan. Er hat viel Aufhebens um unsere dicke Flossy gemacht, und sie schien ihn auch zu mögen. Mama sagte, sie sei recht erleichtert gewesen, als er ging, aber aus Höflichkeit hat sie darauf bestanden, dass er am nächsten Samstag zur Feier meines einundzwanzigsten Geburtstags kommt.

Reise einen Tag früher an, wenn es geht, dann kannst du Mama und Mona davon abhalten, zu viel Wirbel um alles zu machen! Du hast so ein Glück, dass du keine ältere Schwester hast, die dich herumkommandiert – aber Mona wird viel netter zu mir sein, wenn du da bist! Tante Amy soll natürlich auch kommen. Es wird nichts Großartiges, nur ein netter Tee und ein paar Tänze, um dich bei Laune zu halten. Ich kann es

*nicht abwarten, dich zu sehen. Lass uns wissen,
mit welchem Zug du anzukommen planst!*

*Deine dich liebende Cousine und beste Freundin,
die alberne Tilly*

Sophie schaute auf. Ihre braunen Augen leuchteten vor Vorfreude. »Lass uns mit dem Motorrad hinfahren, dann kann die Memsahib ein bisschen frische Luft schnappen.«

Amy rollte die Augen. »Mädel, aller Tee in Indien kann mich nicht dazu bringen, mich hinter dich auf dieses Motorrad zu setzen.«

»Ich lasse den Beiwagen der Memsahib in der Werkstatt wieder anschrauben.«

»So weit bist du noch nie gefahren.«

»Aber fast. Wir könnten unterwegs in den Borders übernachten. Miss Gorrie hat gesagt, dass ich mir ein paar Tage freinehmen darf.«

Sophie war ohnehin erpicht auf die Reise. An ihrem eigenen einundzwanzigsten Geburtstag vor einem Monat hatte sie wenig unternommen, sondern nur Miss Gorrie bei einem Benefizball unterstützt. Ihre Tante hatte ihr einen Kuchen gebacken.

Amy sah ihrer Nichte die Entschlossenheit an. Es hatte keinen Sinn, mit ihr zu streiten, wenn sie sich etwas in den eigensinnigen hübschen Kopf gesetzt hatte.

»Also«, fuhr Sophie fort und spazierte zum Fenster, »werden wir diesen James Robson noch einmal treffen.« Der Gedanke, jemandem zu begegnen, der ihre Eltern in Indien gekannt hatte, faszinierte sie.

»Ja, und du kannst dich persönlich bei ihm bedanken, dass er so freundlich zu dir war«, hob ihre Tante hervor. »Auch wenn du dich nicht daran erinnerst.«

Sophie sah auf die gegenüberliegende Straßenseite hinab, zum gelben Ginster und den grünen Hängen der Salisbury Crags. Sie wurde des Kontrasts zwischen dem Felsvorsprung und dem nahe gelegenen Herz der rußgeschwärzten Stadt nie müde. Wieder einmal konnte sie es nicht abwarten, draußen auf dem Land zu sein. Ganz gleich, wie lange sie hier lebte, sie würde nie wirklich ein Stadtmädchen werden, anders als Tilly, die Bibliotheken, Theaterbesuche, Einkaufsbummel und endlose Lesestunden in miefigen Stuben schätzte. Die liebe Tilly.

Als Sophie den Brief zusammenfaltete, entdeckte sie ein Postskriptum, das auf die Rückseite gekritzelt war:

Johnny und Helena haben mich nach Indien eingeladen. Mama findet, ich sollte hinfahren. Ich glaube, sie schmieden ein Komplott, um mich mit einem passenden Mann zu verheiraten. Was meinst du, was soll ich tun? Dir fällt immer die richtige Antwort ein. Wir sprechen nächste Woche darüber.

Sophie verspürte einen Anflug von Nervosität.

»Stimmt etwas nicht, Mädel?«, fragte Amy. Sophie reichte ihrer Tante die letzte Seite.

»Oh, ich verstehe«, meinte Amy und zog sofort den richtigen Schluss. »Du machst dir Sorgen, dass Tilly dortbleibt und nicht wiederkommt.«

Sophie nickte und schluckte ihre Panik hinunter. Sie war so vollkommen abhängig von Tillys Freundschaft, dass sie sich nicht vorstellen konnte, sie nicht dicht genug bei sich zu haben, um sich wie seit ihrer Kindheit alle paar Monate mit ihr zu treffen. Indien war so weit entfernt.

»Mach dir keine Sorgen um etwas, das vielleicht nie eintritt«, riet Amy ihr. Sie wusste, dass ihre Nichte unter dem Lächeln und dem Geplauder immer noch Angst hatte, Menschen zu verlieren, die ihr nahestanden. Sie hatte in ihrer Kindheit gelernt, dass sehr wohl schlimme Dinge passieren konnten.

»Du hast recht, Tante«, sagte Sophie, setzte eine tapfere Miene auf und verdrängte den Gedanken.

2

Sophie verließ Edinburgh an einem windigen Junitag mit dröhnendem Motor und einer blauen Rauchwolke aus dem Auspuff. Ihre Tante Amy saß geborgen unter einer Decke und einer Persenning im offenen Beiwagen. Ihr Gepäck war in dessen Kofferraum sicher verstaut. Sophie trug eine Reithose, eine abgelegte Armeejacke und eine Motorradbrille. Ihr blonder Pferdeschwanz wehte im Wind. Sie umklammerte den ruckelnden Lenker, während die Memsahib bergauf, bergab die Strecke nach Dalkeith und in den Süden zurücklegte.

Mit siebzehn, im letzten Kriegsjahr, hatte sie Motorradfahren gelernt, als sie im Rot-Kreuz-Depot gearbeitet hatte. Sie war es bald müde geworden, Vorräte zu zählen, deshalb hatte sie sich freiwillig gemeldet, um Kleidung und Wäsche an die verschiedenen Krankenhäuser und Genesungsheime auszuliefern. Immer hatte sie sich die Zeit genommen, mit den Invaliden zu plaudern. Ein Major des Scottish-Horse-Regiments, dem man ein Bein amputiert hatte, war für ihr fröhliches Gefrotzel und ihr breites Lächeln so dankbar gewesen, dass er ihr sein altes Enfield-Motorrad geschenkt hatte. Sophie, die alles Mechanische liebte, hatte gelernt, mit den Marotten der Maschine zurechtzukommen, Reifen zu wechseln (es bohrte sich oft etwas hinein), das Öl zu verdünnen und die Zündkerzen zu reinigen. Sophie Logan und ihr lautes Motorrad waren im Süden von Edinburgh und auf den steilen Serpentinenstraßen der nahe gelegenen Pentland Hills ein vertrauter Anblick. Ihre Tante ließ sich gern zu Picknicks auf dem Lande oder an der Küste mitnehmen. Normalerweise war auf dem Rückweg der Beiwagen mit Treibholz oder herabgefallenen Ästen vollgestopft. Daraus stellte sie Zigarettenkästen und Rührstäbe für Porridge her.

In Lauder machten sie zum Mittagessen Rast, in Jedburgh zum Nachmittagstee.

»Lass uns schnell weiterfahren, Tante Amy!«, drängte Sophie. Der Krampf, den sie in den Armen bekommen hatte, weil sie das schwere Motorrad auf den gewundenen Straßen halten musste, hatte nachgelassen. »Bisher regnet es noch nicht, und wir haben noch ein paar Stunden bis zum Einbruch der Nacht.«

Bald waren sie außerhalb der Stadt und fuhren durch dichte Wälder. Ein offener Lastwagen voller Männer überholte sie unter angeberischem Hupen. Einige der Männer winkten und pfiffen durch die Finger. Sophie konnte sich lebhaft vorstellen, was für zotige Bemerkungen sie über eine Frau, die Motorrad fuhr, machten. Sie warf einen Blick zur Seite und sah, wie ihre Tante hoheitsvoll zurückwinkte, was große Heiterkeit unter den grinsenden Arbeitern hervorrief. Der Laster brauste davon und hinterließ eine beißende Rauchwolke, die die Frauen zum Husten brachte.

Kurz darauf ließen sie das fruchtbare Ackerland hinter sich und quälten sich bergauf in ein trostloses Heidegebiet, dessen Monotonie nur von Plantagen im Wind schwankender junger Koniferen durchbrochen wurde. Je höher sie gelangten, desto stärker nahm der Wind zu, bis es schwierig wurde, das Motorrad gerade zu halten. Am steilsten Hang verdunkelte sich schlagartig der Himmel. Plötzlich setzte heftiger Regen ein.

Sophie hielt an, um sich mühsam wasserdichte Kleidung überzustreifen.

»Sollen wir nach Jedburgh zurückfahren?«, rief Amy unter ihrem schwarzen Südwester hervor.

»Nein, das ist zu weit«, brüllte Sophie durch den Regen, »und wir sind schon fast am Carter Bar. Wir fahren über den Pass und machen in Otterburn halt, wenn es sein muss.« Im Stillen war sie entschlossen, noch heute nach Newcastle zu gelangen und Tilly zu überraschen, die erst morgen mit ihnen rechnete.

Die Memsahib startete nicht. Der Motor röchelte und erstarb. Sophie versuchte es noch einmal, dann ein drittes Mal. Der Ölgeruch verriet ihr, dass sie den Motor hatte absaufen lassen. Warum hatte sie überhaupt angehalten? Sie war schon tropfnass gewesen, bevor sie die Regensachen angezogen hatte, und mit der Verzögerung hatte sie nur ihrer Tante noch zusätzliches Unbehagen bereitet.

»Ich muss das Öl wechseln«, erklärte Sophie. Ruhig, aber mit grimmiger Miene machte Amy Anstalten, aus dem Beiwagen zu klettern. »Nein, bitte, Tante, steig nicht aus.«

Sophie schob sich ihre Motorradbrille auf den Kopf und spähte durch den Regen, der waagerecht auf sie einpeitschte. Die Straße vor ihr verschwand im Nebel. Den letzten einsam gelegenen Bauernhof hatten sie mehrere Kilometer bergab von hier passiert, aber sie roch Holzrauch im Wind, also musste irgendeine Behausung in der Nähe sein. Wenn sie das Motorrad nicht starten konnte, würden sie dort um Unterkunft bitten müssen.

Mit tauben Fingern fummelte sie am Werkzeugkasten herum, in dem sie eine zusätzliche Öldose aufbewahrte. Ihr Regencape blähte sich im Wind und flog ihr ins Gesicht. Der Sturm wehte sie fast um.

Amy sah besorgt zu und verlor die Geduld. »Das ist doch lächerlich – du holst dir noch den Tod! Wir müssen eine Schutzhütte finden. Im Wald gibt es sicher eine für die Schäfer.«

»Gib mir nur eine Minute«, protestierte Sophie.

»Komm schon, Mädel«, hielt Amy genauso stur dagegen, »lass das Mistvieh liegen – zumindest, bis der Regen nachlässt.«

Als Sophie schon drauf und dran war aufzugeben, hörte sie plötzlich ein Rattern. Ein Laster tauchte aus dem Nebel auf. Er rumpelte an den winkenden Frauen vorbei, wurde langsamer, hielt an und setzte dann zu ihnen zurück. Ein schlanker junger Mann sprang aus dem Führerhaus.

»Hallo, die Damen, können wir Ihnen helfen? Boz und ich haben uns gefragt, wohin Sie verschwunden sind«, grinste er und strich sich eine nasse Haarsträhne aus den Augen. »Ihnen ist das Benzin ausgegangen, was? Wir haben ein bisschen dabei.«

»Nein.« Sophie kam sich töricht vor. »Ich muss nur das Öl wechseln.«

»Und die Kleidung, wie es aussieht.«

Unter seinem prüfenden Blick wurde sie rot. Seine Garderobe wirkte ungepflegt, aber seine Aussprache mit leichtem schottischem Akzent zeugte von Bildung. »Das bekomme ich schon hin.«

»Nehmen Sie unsere Hilfe an«, beharrte er. »Ihre arme Mutter ist schon ganz durchnässt.«

»Danke, junger Mann!«, beeilte sich Amy, die bereits aus dem Beiwagen gestiegen war, sein Angebot anzunehmen.

Rasch trat er zu ihr, nahm sie beim Ellbogen und führte sie zum Lastwagen. »Steigen Sie ein, dann bringen wir Sie zurück ins Camp, damit Sie trocken werden.«

Ein hochgewachsener, rothaariger Mann mit riesigen Ohren kam mit großen Schritten um die Rückseite des Wagens herum.

»Boz, hol das Gepäck der beiden!«, wies der Fahrer ihn an, während er der triefenden Amy in den Lastwagen half. Dann wandte er sich wieder an Sophie: »Rein mit Ihnen, so schnell Sie können!«

Bald saßen die beiden Frauen hoch oben zwischen den Männern eingezwängt.

»Ich bin Tam Telfer«, stellte der Fahrer sich vor, als er den Laster wendete, »und das hier ist William Boswell, aber alle nennen ihn Boz.«

Sein rothaariger Freund lächelte verschämt und nickte zustimmend.

Im Gegenzug stellte Amy sich und ihre Nichte vor. »Ein Glück, dass Sie gerade jetzt vorbeigekommen sind. Sie waren die Antwort auf unsere Gebete.«

»So beschreibt uns normalerweise keiner«, lachte Tam. »Aber um die Wahrheit zu sagen, haben wir nach Ihnen Ausschau gehalten, um zu sehen, wie Sie über die Kuppe kommen würden. Als der Regen so heftig wurde, dachten Boz und ich, wir sollten wohl besser nach den Jungfrauen in Nöten suchen.«

Amy warf Sophie einen Blick zu und zog eine Augenbraue hoch. »Wie überaus aufmerksam.«

»Woher wussten Sie, dass wir auf dem Weg zum Carter Bar waren?«, erkundigte Sophie sich neugierig.

Tam wandte sich ihr zu und zwinkerte. »Sie haben Reisegepäck dabei, und nur diese Straße führt nach England.«

Boz meldete sich zu Wort. Sein Akzent war ausgeprägter. »Wir haben das Motorrad vom Forstcamp aus beobachtet. Tam hat schon Wetten angenommen, ob Sie es den Berg hinaufschaffen.«

»Ach wirklich?« Sophie war verärgert.

Aber Amy lachte. »Also sind Sie Förster?«

»Forststudenten«, sagte Tam, »an der Edinburgh University. Der Grund dafür, dass wir schon ganz alt und grau sind, ist der, dass wir auf Einladung des Kaisers einen langen Urlaub in Flandern verbringen durften, bevor wir mit dem Studium begonnen haben.«

»Gut gemacht, Jungs.« Amy nickte beifällig.

»Waren Sie das, die uns südlich von Jedburgh überholt haben?«, fragte Sophie, als sie sich an den Laster mit den lachenden Männern erinnerte.

»Ja«, gestand Tam. Sein Blick wirkte amüsiert, als er den Wagen durch eine Lücke zwischen den Bäumen lenkte und vor einer langen, niedrigen Hütte anhielt.

»Wie viel haben Sie denn bei Ihrer Wette gewonnen, dass ich es nicht bis auf die Kuppe schaffe?«, fragte Sophie herausfordernd.

Tam zog die Bremse an und würgte den Motor ab. Er sah sie aus leuchtend blauen Augen voller Heiterkeit an. »Ich habe zwei Shilling verloren«, antwortete er. »Ich war der einzige Mann, der darauf gesetzt hat, dass Sie die Kuppe erreichen würden, bevor es regnet.«

Ein Strahlen breitete sich auf Sophies schmutzigem, aber immer noch hübschem Gesicht aus.

* * *

Die Männer räumten für die Frauen einen ihrer Schlafräume, brachten ihnen heißes Wasser in einer Zinkwanne und ließen sie dann allein, damit sie sich umziehen konnten.

»Tut mir leid, Tante«, entschuldigte Sophie sich, während sie sich das nasse Haar bürstete und einen Fair-Isle-Pullover überzog. »Ich hätte nicht darauf bestehen sollen, Jedburgh zu verlassen. Wie es aussieht, müssen wir hier übernachten.«

»Das ist nicht so schlimm«, meinte Amy munter. »Vielleicht haben wir ja eine neue Quelle für billiges Holz aufgetan.« Sie zwinkerte.

Im spartanisch eingerichteten Gemeinschaftsesszimmer saßen sie mit einem Dutzend Studenten um einen blank gescheuerten Tisch. Sie aßen Schinken-Ei-Pastete, Erbsen, Grünkohl und gedämpfte Kartoffeln.

»Die Dozenten übernachten nicht hier«, erklärte Tam. »Ihnen ist es lieber, sich eine behagliche Unterkunft in Jedburgh zu suchen oder tagsüber aus Edinburgh herzukommen, um sich zu vergewissern, dass wir nicht die falschen Bäume ausgesondert haben oder als Plünderer nach England eingefallen sind.«

Er war entzückt, dass Amy sich für Bäume interessierte. Sie unterhielten sich angeregt über die verschiedenen Holzarten, ihre Maserung und ihre Eignung für den Möbelbau. Sophie betrachtete ihn. Er versprühte so viel Energie und Lebensfreude, dass er sofort sympathisch wirkte. Trotz seiner Hakennase war er mit seinem markanten Kinn, seinen stechend blauen Augen und seinem schlanken, aber athletischen Körperbau gut aussehend. Sie bemerkte eine Narbe an seinem Hinterkopf, auf der das Haar nicht nachgewachsen war, und fragte sich, wie er dazu gekommen war.

»Teilen Sie die Leidenschaft Ihrer Tante für Holz, Miss Logan?«, bezog er sie bald ins Gespräch ein.

»Ich staune über das, was sie daraus macht« – Sophie lächelte – »aber mir sind lebende Bäume lieber. Nichts gefällt mir besser, als durch urwüchsige Wälder zu streifen.«

Tams Blick war fragend. »In der Umgebung von Edinburgh haben Sie doch sicher selten Gelegenheit dazu?«

»Nein, aber dank der Memsahib kann ich schnell die Wälder in den Borders erreichen oder hinauf nach Perthshire fahren.«

Einen Moment lang fehlten Tam die Worte.

»Sie meint ihr Motorrad.« Amy lachte leise.

»Ach so! Warum *Memsahib*?«

»Ich bin in Indien aufgewachsen, bis ich sechs war«, erklärte Sophie. »Es ist etwas augenzwinkernd zu verstehen – mein Motorrad ist die Chefin, nicht ich.«

Tam lachte. »Wie interessant. Einige von uns wollen in den Indian Forest Service eintreten – Boz und ich zum Beispiel, und auch Rafi da drüben.« Er wies mit dem Daumen ans andere Ende des Tisches. Dort nickte ihnen ein dunkelhaariger Mann zu, offenkundig ein Inder, und schenkte ihnen ein bezauberndes Lächeln. Sophie bemerkte, wie wohl er sich in der Gruppe zu fühlen schien. Aber irgendwie verstörte sie sein Anblick. Vielleicht lag es nur daran, dass sie so kurz nach Tillys Brief schon wieder an Indien erinnert wurde.

»Sie wollen also in Indien arbeiten?« Sophies Interesse wuchs.

Tam nickte. »Nur noch ein Monat Praktikum, dann die Examen Anfang September, und los geht's.«

Boz warf ein: »Nicht zu vergessen ein Monat in Frankreich und der Schweiz im August, um von den Förstern dort zu lernen.«

»In der Schweiz?«, rief Sophie. »Was haben Sie für ein Glück!«

»Kennen Sie die Schweiz?«, fragte Tam.

»Tante Amy ist mit meiner Cousine und mir vor dem Krieg dorthin gefahren. Ich habe mich in das Land verliebt.«

»Es heißt, dass die Ausläufer des Himalaja der Schweiz ähneln. Stimmt das, Rafi?«, rief Tam den Tisch entlang dem Inder zu.

Rafi zuckte lachend die Schultern. »Woher soll ich das wissen, Telfer? Von der Innenstadt von Lahore aus kann man sie nicht sehen.« Er sprach mit nur leicht indischem Akzent.

»Du bist solch ein Stadtjunge«, zog Tam ihn auf. »Ich weiß nicht, wie du im Dschungel zurechtkommen sollst.«

»Genau wie du, Telfer – indem ich die Eingeborenen dazu bringe, all die harte Arbeit für mich zu übernehmen.«

Tam brüllte vor Lachen. »Lassen Sie sich nicht davon täuschen, dass Rafi den Sahib spielt.« Er zwinkerte Sophie zu. »Fünf

Jahre in der Armee und drei als Student haben einen fürchterlichen Radikalen aus ihm gemacht. Er sollte mit Nachnamen lieber Lenin heißen als Khan.«

Sie setzten sich mit Teebechern ans Feuer, das den Raum mit duftendem Holzrauch erfüllte. Tam holte ein Kartenspiel hervor. Die Frauen beteiligten sich an einer Partie Rommé. Boz griff zur Gitarre, und sie fielen in beliebte Soldatenlieder und schottische Balladen mit ein.

»Sophie kann auch Gitarre spielen«, erzählte Amy den anderen.

»Ich spiele schon seit Ewigkeiten nicht mehr, Tante.«

»Kommen Sie«, ermunterte Tam sie. »Wir ertragen schon die ganze Woche Boz' schiefen Gesang – bitte nehmen Sie ihm die Gitarre weg.«

Sophie schlug ein paar Akkorde an und sang dann den *Skye Boat Song*. Danach bat Amy um ein paar Volkslieder aus dem North Country, die ihre Verwandten aus der Familie Watson ihr beigebracht hatten. Die Studenten klatschten und sangen mit. Tam sagte ihr, sie habe eine honigsüße Stimme. Sie wusste, dass er der Typ war, der mit Frauen flirtete, aber sie genoss die Aufmerksamkeit. Was konnte es den einen Abend lang schon schaden? Sie würde ihn wahrscheinlich nie wiedersehen.

Sie gingen zu Bett, während der Regen noch aufs Wellblechdach trommelte. Tam und Boz versprachen, am nächsten Morgen ihr Motorrad zu retten.

Irgendwann in den frühen Morgenstunden kam der Regen zum Erliegen, und die Stille weckte Sophie. Sie lag da und döste, aber Amys Schnarchen hinderte sie daran, wieder einzuschlafen. Nachdem sie ihre Kleidung übergestreift hatte, tappte sie barfuß ins Esszimmer. Ihre Stiefel waren noch feucht, aber sie zog sie an und ging nach draußen.

Verwaschen und gelblich ging die Sonne über den Baumwipfeln auf. Die Luft war frisch und roch nach

Nadelbäumen und feuchter Erde. Sophie schloss die Augen und atmete tief ein.

»Das ist die schönste Tageszeit, nicht wahr?«

Erschrocken wirbelte sie herum. Tam stand in Hemd und Khakihose vor ihr, das Haar noch vom Schlaf verwuschelt. Er lächelte sie an. Vor Aufregung wurde ihr ganz flau.

»Ja«, pflichtete sie ihm bei und schob sich das offene, ungekämmte Haar hinter die Ohren. Ihr zerzauster Aufzug war ihr peinlich. »Ich hätte nicht gedacht, dass sonst schon jemand wach ist. Ich wollte einen Spaziergang machen – ich konnte nicht mehr schlafen.«

»Darf ich mitkommen?«, fragte er. »Oder brauchen wir eine Anstandsdame?«

»Meine Anstandsdame schläft tief und fest.«

»Sollen wir es riskieren?«

Sophie nickte. »Ich benehme mich, wenn Sie es auch tun.«

Tam grinste entzückt über ihre neckische Bemerkung.

Eine Weile wanderten sie stumm. Tam führte sie auf einem Pfad durch den Wald. Später blieb er stehen, um sie auf Verschiedenes hinzuweisen: Bäume, die die Studenten markiert hatten, und Zaunpfähle, die sie in den Boden gerammt hatten.

»Harte Arbeit«, erläuterte er, »aber keiner von uns scheut davor zurück, sich die Hände schmutzig zu machen. Das hat uns die Armee gelehrt: Man darf von keinem Mann verlangen, eine Aufgabe zu übernehmen, wenn man nicht selbst bereit ist, sie zu erledigen.«

Sie fragte ihn nach dem Krieg. Er hatte als einfacher Soldat beim Scottish-Horse-Regiment begonnen und war dann zur Artillerie versetzt worden; am Ende war er Hauptmann in der Mörserdivision gewesen.

»Boz und ich waren *Mörserjungs*. Wir haben alles gemeinsam durchgestanden.«

»Kennen Sie Major Bruce MacGregor vom Scottish Horse?«, fragte Sophie.

»Ich kannte einen Hauptmann dieses Namens – muss derselbe Mann sein. Hochgewachsen mit buschigem Schnauzbart.«

»Geht jetzt an Krücken, hat ein Bein verloren«, sagte Sophie.

»Die Memsahib hat ihm gehört. Er wollte nicht, dass ich etwas dafür bezahle. Hat gesagt, dass ich mich mit ihm angefreundet hätte, sei zehn Motorräder wert.«

Tam sah sie von der Seite an. »Ich glaube, ich bin eifersüchtig auf den Major.«

Sie lachte und wurde rot. »Erzählen Sie mir mehr von Frankreich.«

Aber es schien Tam zu widerstreben, über den Krieg zu reden.

»Erzählen Sie mir lieber erst etwas von Indien. Ich muss alles darüber wissen, bevor ich hinreise.«

Sophie seufzte. »Tut mir leid, da fragen Sie die Falsche. Ich erinnere mich nur an sehr wenig. Wissen Sie, meine Eltern sind beide an einem Fieber gestorben, als ich sechs war. Es kam alles schrecklich plötzlich. Ich weiß, dass mein Vater Teepflanzer in Assam war und dass meine Mutter aus Edinburgh dorthin gereist ist, um ihn zu heiraten, aber ich könnte nicht einmal mehr sagen, wie sie ausgesehen haben, wenn Tante Amy nicht ein Foto von den beiden auf dem Kaminsims stehen hätte. Ist das nicht traurig?«

Tam blieb stehen und legte ihr eine Hand auf die Schulter. »Sie armes Mädchen. Keine Brüder oder Schwestern?«

»Nein, nur meine Tante und meine entfernten Verwandten in Newcastle.«

Tam drückte ihr die Schulter. »Soweit ich sehen kann, war Tante Amy so gut zu Ihnen wie jede nur erdenkliche Mutter – zehn Motorräder wert.«

Sophie kamen die Tränen, als sie sein Lächeln erwiderte.

»Ja, das ist sie. Und Cousine Tilly ist auch ein halbes Dutzend wert.«

»Sehen Sie? Sie sind doch reich an Verwandten«, verkündete Tam.

Sie gingen weiter und fühlten sich in Gesellschaft des jeweils anderen wohl, während sie Geschichten über das Leben in Edinburgh austauschten. Tam wohnte im Westen der Stadt, in Roseburn, und sprach voller Zuneigung von seiner beeindruckenden Mutter und von seiner älteren Schwester Flora, die vor dem Krieg Suffragetten gewesen waren und sich nun für die Christliche Wissenschaft begeisterten.

»Was genau ist das?«, fragte Sophie.

»Ich schätze, es geht um die Macht des Gebets – und des Verstands –, körperliche Schwächen zu überwinden und zu heilen.« Er sah sie misstrauisch an, als befürchtete er, dass sie solche Äußerungen peinlich finden könnte.

»Sprechen Sie weiter«, ermutigte sie ihn.

»Statt nur dazusitzen, einer Predigt zu lauschen und uns erzählen zu lassen, was wir denken sollen«, fuhr er fort, »lesen wir Christlichen Wissenschafter einander vor und konzentrieren den Verstand darauf, einander besser zu machen. Wo auf der Welt man ist, spielt dabei keine Rolle.«

»Wie positives Denken?«

»Mehr als das«, versicherte Tam enthusiastisch. »Man zapft die schöpferische Macht an – Mutter, Vater, Gott –, wie immer man sie nennen will.« Er sah Sophie aus glänzenden Augen an. »Manchmal war ich in den Schützengräben so erschöpft, dass ich mich kaum noch aus meinem Quartier schleppen konnte, körperlich und geistig völlig erledigt. Dann ermunterte mich jemand aus Amerika, mit dem ich mich dort angefreundet hatte, es mit Christlicher Wissenschaft zu versuchen. Für mich klang das nach einer hanebüchenen Vorstellung, aber aus bloßer Nettigkeit machte ich trotzdem mit. Plötzlich hatte ich wieder all diese Energie. Die Jungs dachten, es läge an den Toffees, die Mutter mir geschickt hatte.« Tam lächelte. »Aber ich wusste, dass es mehr als das war. Die Christliche Wissenschaft gab mir die Kraft durchzuhalten, und jetzt praktizieren auch meine Mutter und meine Schwester sie regelmäßig. Ihnen gefällt der Gedanke, dass diese Philosophie von einer Frau aufgebracht wurde.« In seiner Stimme lag ein Hauch von Trotz. »Ich sehe Ihrem Gesichtsausdruck an, dass Sie mich jetzt für ziemlich verrückt halten.«

Sophie schüttelte lächelnd den Kopf. »Ich finde, dass Sie sehr fit wirken, also muss wohl etwas daran sein.«

Tam lachte. »Sie gefallen mir, Sophie Logan.«

Sie spazierten weiter und kamen plötzlich am Waldrand an. Der Blick in die Weite verschlug Sophie den Atem. Die sanft gewellten Hügel gingen in den dunstigen Schimmer der Morgendämmerung über. Eine Feldlerche tirilierte hoch oben am Himmel.

Während sie in die Ferne sah, musterte Tam sie, wie gebannt von ihrem frischen Aussehen mit den rosigen Wangen, ihren riesigen braunen Augen und den vollen Lippen, die sie staunend geöffnet hatte. Ihr blondes Haar fiel ihr in zerzausten Wellen über die Schultern, und er malte sich ihre weichen Locken ausgebreitet auf dem Stockbett aus, das er für sie frei gemacht hatte. Gefährliche Gedanken, warnte er sich selbst.

»Darf ich dich wiedersehen, Sophie?«, fragte er, obwohl er es gar nicht gewollt hatte.

Sie drehte sich um und lächelte überrascht. Ihr Gesicht war ins Morgenlicht getaucht. Er nahm ihre Hand und hielt sie einen Moment lang fest, wärmte sie in seiner rauen, trockenen Handfläche. Sophies Inneres flatterte vor Begehren.

Sie schluckte schwer und antwortete: »Ja, Tam, sehr gern.«

3

Newcastle

Tilly stand am Erkerfenster des Reihenhauses in Jesmond und stürmte bei der lautstarken Ankunft des Motorrads nach draußen. Flossy, der West Highland Terrier, watschelte ihr bellend hinterher. Kleine Kinder unterbrachen ihr Spiel, um die Frauen auf dem Motorrad mit offenem Mund anzugaffen. Das Pony eines Teelieferwagens wieherte und stampfte erschrocken auf der sonst so ruhigen Straße.

Tilly schlang Sophie die rundlichen Arme um den Hals, als diese abstieg. »Du musst wie der Wind gefahren sein, um so schnell herzukommen.«

»Wir sind heute Morgen am Carter Bar abgefahren.« Sophie grinste und drückte ihre Cousine an sich.

»Carter Bar?«, rief Tilly.

»Ja, wir sind von wilden Waldmenschen entführt worden«, erklärte Amy und kletterte steif aus dem Beiwagen.

»Wie aufregend!« Tilly stolperte fast über die dicke Flossy, als sie Amy zu Hilfe eilte. »Aber bei euch beiden überrascht mich nichts mehr. Willkommen, Tante Amy.« Sie küsste Amy auf die Wange und plapperte ununterbrochen weiter, während sie ihr die Stufen hinaufhalf und Sophie das Gepäck ins Haus schleppte.

Als Tillys Vater noch lebte, hatten die Watsons einen Diener beschäftigt, der Butler und Lakai zugleich gewesen war. Aber seit Mr Watson nach dem Krieg gestorben war, führte die Familie ein bescheideneres Leben. Die Farbe an der früher so prächtigen Fassade blätterte ab, und Tilly hatte Sophie vor Kurzem anvertraut, dass das Haus ihrer Mutter allmählich zu viel wurde.

Tillys älteste Schwester Mona erschien und begrüßte sie. »Lass Tilly einen der Koffer tragen«, riet sie fürsorglich. »Wie war eure Reise? Ich verstehe überhaupt nicht, warum ihr nicht mit dem Zug gekommen seid.« Sophie kam nicht dazu zu erklären, dass die Reise mit dem Motorrad für sie ein willkommenes Abenteuer war, denn Mona redete ohne Pause weiter: »Wir trinken im Wohnzimmer Tee, sobald ihr euch eingerichtet habt. Ich gebe der Köchin Bescheid, dass ihr hier seid. Mutter ruht sich gerade aus. Sie hat einen schlimmen Tag mit der Lunge – wahrscheinlich liegt es am Pollenflug.«

»Es tut mir leid, das zu hören«, sagte Amy.

»Du kannst sie nachher besuchen. Oh, Tilly!«, rief Mona hinter ihrer Schwester her, während sie Flossy festhielt. »Nun sei doch vorsichtig mit dem Koffer. Du schlägst damit immer gegen das Treppengeländer!«

»Oh, ich Tollpatsch«, murmelte Tilly ganz aufgeregt.

»Nicht so schlimm«, tröstete Sophie sie, »der Koffer ist uralt.«

»Aber das Treppengeländer nicht«, erwiderte Mona. »Heb den Koffer höher – ja, genau so.«

Als sie auf dem Treppenabsatz stehen blieb, um zu verschnaufen, verdrehte Tilly die Augen. »Mona wird mich auch dann noch für eine Fünfjährige halten, wenn man mich schon im Rollstuhl durch die Gegend schieben muss.«

»Uns beide.« Sophie grinste.

»Nein.« Tilly schüttelte den Kopf. »Sie tut ja vielleicht missbilligend, aber im Stillen bewundert sie dich für deinen Eigensinn. Das tun wir Watsons alle.«

Bei Tee und Biskuitkuchen tauschten sie Neuigkeiten aus. Tillys andere Schwester Jacobina kam als Gouvernante in der Nähe von Inverness gut zurecht, war aber zu weit entfernt, um zur Geburtstagsfeier anzureisen. Mona dominierte das Gespräch. Als sie das Thema ihres Ehelebens in Dunbar und des Erfolgs ihres Mannes im Getreidehandel erschöpfend behandelt hatte, richtete sie den kritischen Blick auf ihre jüngere Schwester, die ihre alte Hündin mit Leckerbissen fütterte.

»Du solltest ihr keinen Kuchen geben, sie ist ohnehin schon fett genug. Möchtest du noch Tee, Tante Amy? Natürlich war Walter vollkommen einverstanden damit, dass ich hier herunterfahre, um bei Tillys Geburtstagsfeier zu helfen. Sie hat einen Verehrer, hat sie euch das schon berichtet?«

»Das ist übertrieben«, wiegelte Tilly ab. Ihr rundes Gesicht lief unter ihrem roten Lockenschopf scharlachfarben an. Sie tätschelte Flossy kräftig.

»Er war diese Woche schon zweimal hier und hat einen riesigen Blumenstrauß geschickt. Dabei hat sie doch noch gar nicht Geburtstag.«

»Die Blumen waren ja auch für Mutter.«

Sophie bemerkte, dass Tillys haselnussbraune Augen glänzten und dass ihre Wangen bei der Neckerei Grübchen bekamen.

»Erzähl mir sofort mehr! Du hast in deinem letzten Brief gar nichts von Blumensträußen erwähnt.«

»Da gibt es nichts zu erzählen.«

»James Robson«, sagte Mona anstelle ihrer Schwester. »Der Teepflanzer. Ich bin überrascht, dass Tilly dir nicht von ihm geschrieben hat – besonders, weil dein Vater doch Verbindungen zur Oxford Tea Company hatte. Die beiden waren gemeinsam als Verwalter tätig, nicht wahr? Mr Robson sagte, er hätte dich als Kind vor dem plötzlichen Dahinscheiden deiner Eltern gekannt.«

»Mona, ich glaube nicht, dass Sophie daran erinnert werden will ...«

»Das macht mir wirklich nichts aus«, erklärte Sophie sofort. Niemand hatte je verstanden, dass es nicht das Reden über ihre Eltern war, das sie am unerträglichsten fand. Sie lächelte Tilly fragend an. »Mr Robson also? Der, der sich so gut mit Flossy versteht?«

»Er ... er ist eigentlich richtig süß«, stammelte Tilly und spielte an einer lockigen roten Haarsträhne herum.

»Nicht mehr der Jüngste«, warf Mona ein, »und man muss sich fragen, warum er noch nie verheiratet war, obwohl er schon fünfundvierzig ist.«

»Woher um alles in der Welt weißt du, wie alt er ist?«, rief Tilly.

»Ich habe natürlich Clarrie Robson gefragt. Sie weiß alles über die Robsons. Schließlich ist sie mit James' Neffen verheiratet. Sie war etwas reserviert, als ich mich nach ihrer Meinung erkundigt habe, hat dann aber eingeräumt, dass er sehr geschäftstüchtig ist.«

»Mona! Du hattest kein Recht, dich über Mr Robson umzuhören – nicht in meinem Namen. Ich kenne ihn doch kaum.«

»Genau«, bestätigte Mona. »Deshalb musste ich ja Nachforschungen anstellen. Ich wollte doch nicht, dass unsere kleine Tilly sich seinetwegen zur Närrin macht. Noch Tee, Tante Amy?«

»Danke.« Amy hielt ihr ihre Tasse hin. »Aber ich bin mir sicher, dass Tilly durchaus in der Lage ist, Mr Robson selbst einzuschätzen, Mona, Liebes.«

»Und Cousin Johnny kennt ihn auch, nicht wahr?«, bemerkte Sophie. »Er hat ihm schließlich die Fotos von seiner Hochzeit anvertraut, die euch Mr Robson mitgebracht hat.«

Mona schürzte die Lippen. »Er hat ihn bei ein paar Whiskys in irgendeinem Club in Shillong kennengelernt. Das ist wohl kaum eine Empfehlung.«

Tilly protestierte: »So war das gar nicht. Clarrie und Wesley haben die beiden einander vorgestellt, als Johnny als Arzt des dortigen Gurkha-Regiments nach Shillong versetzt worden war. James Robson litt schrecklich unter einem kranken Zahn, und da es in einem Umkreis von mehreren Hundert Kilometern keinen Zahnarzt gab, hat Johnny ihn ihm gezogen. Mr Robson war so dankbar, dass er unseren Bruder im Gegenzug ein paar Tage lang mit auf die Jagd genommen hat.«

»Also ist dein Mr Robson nicht nur alt, sondern auch zahnlos?« Sophie grinste.

»Oh, sei still, er ist nicht mein Mr Robson.« Tilly kicherte und verpasste Sophie einen Klaps auf die Hand, sodass sie Tee über ihren Rock verschüttete.

»Nun sieh nur, was du angerichtet hast, Tilly«, tadelte Mona sie. »Du bist wirklich ein sehr tollpatschiges Mädchen.«

»Tut mir leid, Sophie.« Tilly reichte ihrer Freundin ihre Leinenserviette.

Sophie tupfte den Tee auf. »Schon gut, ich hatte es verdient.«

»Erzähl mir von deinen wilden Förstern, Tante Amy«, bat Tilly und lenkte das Gespräch auf ein anderes Thema als die Robsons.

»Wilde Förster?«, wiederholte Mona, nur allzu erpicht auf frischen Klatsch und Tratsch.

Amy beschrieb knapp ihre Rettung aus dem Regen.

»Und ihr seid über Nacht bei ihnen in ihrem Camp geblieben?« Mona schnappte schockiert nach Luft.

»Und wir haben es überlebt«, gab Sophie trocken zurück. »Einige von ihnen sind in der Ausbildung für Indien.«

»Ich frage mich, ob wohl einer von ihnen nach Assam geht?«, erkundigte sich Tilly. »Clarrie wird Interesse daran haben. Sie und Wesley haben mitgeholfen, einem jungen indischen Freund das Forststudium in Dehradun zu finanzieren.«

»Einem Inder?« Mona runzelte die Stirn. »Wozu denn das?«

»Er ist der Großneffe ihres früheren obersten Dieners oder so. Hat in Flandern gekämpft.«

»Es war ein Inder unter den Studenten aus Edinburgh«, warf Amy ein. »Sie nannten ihn Rafi Khan. Das ist ein muslimischer Name.«

Tilly schüttelte den Kopf. »Nein, so hieß er nicht, aber wir fragen Clarrie einfach auf der Party.«

»Meine Güte!«, rief Mona. »Lasst uns bloß über etwas anderes als Förster und Inder reden, bevor Mutter herkommt.« Sie läutete nach der Köchin, um das Teetablett abräumen zu lassen. »Und, Tilly, du solltest Sophie jetzt besser helfen, ihren nassen Rock auszuziehen, und ihn mit dem Schwamm abwischen, bevor er einen Fleck bekommt.«

Die Freundinnen ergriffen nur zu gern die Gelegenheit, nach oben zu flüchten.

* * *

Tillys Zimmer war mit Büchern und Briefmarkenalben vollgestopft. Auf einem alten Kindertisch stapelten sich Briefumschläge und Briefmarken, die erst noch sortiert, eingeklebt und beschriftet werden mussten.

»Johnny hat mir ein paar aus Indien geschickt, und er ist mit einem australischen Priester befreundet, der auch welche für mich sammeln will. Aber ich vermisse Johnny sehr.« Tilly seufzte und ließ sich aufs Bett fallen. »Jetzt bricht niemand mehr eine Lanze für mich, wenn Mama und Mona an mir herumnörgeln.«

Sophie schlüpfte aus ihrem Rock. »Ich muss meine Reithose wieder anziehen – ich habe nur diesen einen Rock mit, abgesehen von einem Kleid für die Party.« Sie betupfte den Fleck mit kaltem Wasser vom Waschtisch. »Was meinst du, reist du demnächst nach Indien und besuchst Johnny?«

»Vielleicht muss ich.« Tilly zuckte die Schultern.

»Was soll das denn heißen?«

Tilly wickelte sich eine Haarsträhne um den Finger, bei ihr ein Zeichen von Nervosität, das Sophie gut kannte.

»Nun sag schon.« Sophie ließ den Rock los und setzte sich neben ihre Cousine.

»Ich soll eigentlich erst nach der Party davon erzählen.«

»Du kannst mir alles anvertrauen«, ermunterte Sophie sie. »Du weißt, dass ich es geheim halten werde.«

Tillys Schultern sackten herab. »Mutter zieht zu Mona.«

»Ja, das hast du in deinem Brief schon geschrieben. Aber doch nur über den Sommer?«

»Nein.« Tilly seufzte. »Für immer. Mutter verkauft das Haus. Ich habe angeboten, hier die Haushälterin zu spielen und das Kochen zu übernehmen, damit Mutter hierbleiben kann. Aber Mona und Walter sagten, das komme nicht infrage und ich könne das beim besten Willen nicht bewältigen.«

»Oh doch, das könntest du.«

»Nein, es ist schlimmer, als mir klar war«, antwortete Tilly. »Es sind Schulden abzuzahlen. Johnnys Medizinstudium hat die Ersparnisse meiner Eltern komplett aufgezehrt. Walter sagt, dass der Verkauf des Hauses reicht, die Schulden zu begleichen, und dass noch etwas übrig bleibt, um Mutter ein komfortables Leben zu ermöglichen.«

»Aber was ist mit dir und Jacobina?«, rief Sophie. »Das hier ist doch auch euer Zuhause.«

»Nicht mehr lange. Und Jacobina macht es nicht so viel aus wie mir. Sie liebt die Highlands und will nie mehr in der Stadt wohnen.«

Sophie sah, dass Tilly die Tränen in die Augen stiegen. Sie legte die Arme um die rundlichen Schultern ihrer Freundin.

»Mach dir keine Sorgen. So schlimm wird das nicht. Dunbar ist eine angenehme Stadt, und dann wohnen wir näher beieinander, wenn wir uns besuchen wollen.«

Tilly schüttelte den Kopf. »Mona hat Mutter überzeugt, dass es besser für mich sei, nach Indien zu gehen und bei Johnny und Helena zu leben. Das sei meine größte Chance, einen Ehemann zu finden. Mona will nicht, dass ich in Dunbar ihrem Haushalt zur Last falle.«

Sophie schnaufte. »Sie hat doch gerade damit geprahlt, wie erfolgreich Walters Geschäfte laufen.«

Tilly sah sie unglücklich an. »Mona tut nur tapfer so, als ob alles in Ordnung wäre. Seit Kriegsende haben die Bauern es schwer.«

Sophie erkundigte sich: »Was willst du tun?«

Tilly war hin- und hergerissen. »Natürlich möchte ich Johnny wiedersehen … Aber ich weiß nicht, was mir mehr Angst macht: mit jemandem verkuppelt zu werden, den ich kaum kenne, oder gar keinen zu finden, der mich heiraten will, und als Versagerin zu Mutter und Mona zurückgeschickt zu werden.«

»Oh, Tilly!«, rief Sophie. »Ich wette, die jungen Offiziere in Pindi werden Schlange stehen, um dich zu heiraten. Du bist das hübscheste, freundlichste Mädchen, das mir je begegnet ist.«

Tilly errötete und unterdrückte ein Lächeln. »Unsinn.«

»Kein Unsinn«, verkündete Sophie. »Und wenn du niemanden findest, der deiner würdig ist, kannst du nach Edinburgh kommen und bei mir und Tante Amy wohnen.«

»Ja?« Tilly lebte auf.

»Natürlich.«

Eine Träne quoll aus Tillys Auge, und ihr zitterte das Kinn. »Du bist die beste Freundin, die man sich wünschen kann«, stieß sie hervor, und sie umarmten einander fest.

4

Als sie von der trostlosen, staubigen Straße im West End von Newcastle in Herbert's Tea Rooms trat, brach eine Farbenflut über Sophie herein. Das Teehaus war mit Luftschlangen und chinesischen Lampions geschmückt. Die Tische zierten gestärkte weiße Decken, Vasen voller bunter Blumen und Etageren mit köstlichen Sandwiches, Fruchtscones und Schokoladenkuchenstücken – die mochte Tilly am liebsten.

Sophie betrachtete das Dekor im ägyptischen Stil: Goldene Sphingen, juwelengeschmückte Pharaonen und schwarze Hieroglyphen waren auf die leuchtend gelben Wände gemalt. Palmwedel standen in Messinghaltern auf dem schwarz-weiß gekachelten Boden. Was für ein Kontrast, dachte sie, aus dem schmutzigen Arbeiterviertel und dem Industrielärm in diese betörende Oase farbenprächtigen Glanzes zu gelangen und plötzlich die Klänge eines Streichquartetts zu hören.

Tilly umklammerte erschrocken Sophies Arm. »Warum ist für so viele Gäste gedeckt? Ich wollte doch nur eine kleine Feier.«

Eine hübsche, dunkelhaarige Frau in einem altmodischen Teekleid eilte ihnen entgegen, um sie zu begrüßen.

»Herzlichen Glückwunsch zum Geburtstag, Tilly!« Sie gab ihr einen Kuss auf die rote Wange. »Wie gut dir doch Blau steht.«

»Das hier sieht wundervoll aus, Clarrie«, versicherte Tilly ihrer Gastgeberin atemlos. »Du hast dir so viel Mühe gegeben. Das habe ich gar nicht verdient.«

»Oh doch, und es war überhaupt keine Mühe.« Clarrie lächelte. »Lexy und die Mädels haben die harte Arbeit ganz allein erledigt.« Sie wandte sich Sophie zu und riss die Augen auf, als sie die wohlgeformte junge Frau mit ihrem Hemdkleid aus Chinakrepp, ihrem kecken grünen Hut und ihren Glacélederhandschuhen betrachtete. »Kann diese schöne junge Dame wirklich die kleine Sophie Logan sein? Magst du immer noch Cremetörtchen?«

Sophie lachte und schüttelte ihr die Hand. »Ja! Backt ihr immer noch die besten weit und breit?«

Clarrie legte ihr die Hand auf den Arm. »Ich sehe schon, charmant wie eh und je. Und ja, die Törtchen sind noch so gut wie früher. Du machst Lexy eine große Freude, wenn du so viele isst, wie du kannst.«

»Dieses Teehaus ist so schön«, schwärmte Sophie, »besser als alles, was ich aus Edinburgh kenne – und wir verstehen uns auf Teehäuser.«

»Auch das ist nicht mein Verdienst. Meine Schwester Olive hat die Ausstattung komplett erneuert, damit sie dem modernen Geschmack entspricht«, erzählte Clarrie. »Seit ich wieder nach Indien gezogen bin, unterstützt sie Lexy dabei, den Teesalon zu führen. Mein Mann und ich helfen inzwischen nur noch bei den Finanzen.«

»Wo ist Adela?«, fragte Tilly. »Ich hatte gehofft, sie würde hier sein.«

»Olive passt heute Nachmittag auf mein wildes Mädchen auf. Ihre Kinder verwöhnen die Kleine nach Strich und Faden.«

»Das kenne ich.« Sophie grinste und hakte sich bei Tilly ein.

Clarrie hieß Tillys Mutter und Schwester willkommen und fand sofort einen Stuhl für Mrs Watson, als sie deren Schnaufen und kränkliches Aussehen bemerkte. Mona stand an der Tür Wache und nahm Tilly fest an die Hand, damit sie sich nicht der Pflicht entziehen konnte, ihre eintreffenden Freunde und Bekannten zu begrüßen. Sophie fing Tillys flehentlichen Blick auf und blieb in ihrer Nähe. Sie staunte über die Anzahl von Gästen, die hereingeströmt kamen, während Tilly schüchtern Willkommensgrüße stammelte. Als der Teesalon sich gefüllt hatte, führte Sophie Tilly von Mona weg und stellte Clarrie Tante Amy vor.

»Eine meiner Suffragettenfreundinnen hat mit großer Hochachtung von Ihnen gesprochen, Mrs Robson«, sagte Amy, »weil Sie vor dem Krieg damit einverstanden waren, Ihren Teesalon für den Protest gegen die Volkszählung zur Verfügung zu stellen.«

»Oh, das war vielleicht eine Nacht – feiern bis zum Morgengrauen!« Clarrie klatschte in die Hände. »Wer ist Ihre Freundin?«

»Florence Beal. Sie fand es sehr tapfer von Ihnen, weil der Teesalon damals erst vor Kurzem eröffnet worden war und es bestimmt viele Menschen gab, die nichts von dem Protest hielten.«

»Die liebe Florence! Ja, viele Leute haben es missbilligt«, gestand Clarrie, »darunter auch mein älterer Stiefsohn. Aber ich fand, dass alles, was Bertie aufregte, etwas war, um das es sich zu kämpfen lohnte.« Sie lächelte schief. Dann wandte sie sich an Tilly: »Aber jetzt müsst ihr beiden euch doch einmal zu den Mädels in eurem Alter gesellen. Warum schließt ihr euch nicht der Gruppe da drüben an? Das sind Bekannte aus der Kirche, nicht wahr?«

»Hauptsächlich aus dem Tennisclub«, antwortete Tilly und sah nervös in die Richtung.

»Tennis?«, erkundigte Sophie sich erstaunt.

»Ich spiele da mehr Bridge als Tennis.« Tilly kicherte. »Mona muss sie eingeladen haben.«

Sophie sah Tilly ihr Zögern an und hakte sich bei ihr ein. »Komm schon, stell mich deinen sportlichen Damen vor. Dann stopfen wir uns mit Kuchen voll.«

Mit ihrer Cousine an ihrer Seite fand Tilly die Party weniger strapaziös. Sie fühlte sich in einer kleinen Runde von Menschen, die sie gut kannte, am wohlsten, aber Sophie konnte mit jedem reden und brachte die Tennisleute bald dazu, über Geschichten aus ihren gemeinsamen Ferien in der Kindheit zu lachen: Zelten in den Pentland Hills und Besuche in Perth bei Großonkel Daniel, einem Weber im Ruhestand.

»Er hat uns das Angeln beigebracht«, erzählte Sophie. »Fisch war das Einzige, was er zubereiten konnte, also kam er fast jeden Tag auf den Tisch. Wenn es aber darum ging, die Fische auszunehmen, hat Tilly immer urplötzlich verkündet, sie betrachte sich als Vegetarierin, und ist mit einem Buch verschwunden.«

»Oh, ich konnte all die glibberigen Innereien einfach nicht ertragen.« Tilly schnitt eine Grimasse.

Sophie stieß sie an. »Aber du bist immer schnell wieder zum Fischessen konvertiert, sobald alles gar war.«

»Und er ist mit uns in die Musikhalle gegangen«, schwelgte Tilly in Erinnerungen, »hat uns aber gesagt, dass wir nie einen der Witze, die wir dort aufschnappten, vor Mutter oder Tante Amy wiederholen dürften, sonst würden sie uns nie wieder bei ihm Urlaub machen lassen.«

Alle waren sich einig, dass Großonkel Daniel wie die Art von ganz besonderem Onkel klang, die jeder Mensch haben sollte. Die jungen Männer begannen, die Mädchen zum Tanz aufzufordern und um Einträge auf ihren Tanzkarten zu bitten.

Sophie bemerkte, dass Tilly immer wieder Blicke zum Eingang warf, und vermutete, dass sie nach ihrem James Robson Ausschau hielt und ihm einige Tänze frei halten wollte. Sophie war neugierig darauf, den Teepflanzer kennenzulernen, und fand es unhöflich, dass er sich so verspätete.

Dann winkte Mona Tilly zu sich heran in die Mitte des Raums, während Kellnerinnen mit Tabletts voller kleiner Punschgläser zum Anstoßen die Runde machten. Mona hielt im Namen ihrer Mutter eine kurze Willkommensrede an ihre Verwandten und Freunde.

»Ich habe meine jüngste Schwester sehr gern«, verkündete Mona, »auch wenn sie uns alle im Laufe der Jahre mit ihrer Traumtänzerei und ihrer Tollpatschigkeit immer wieder in den Wahnsinn getrieben hat. Aber man könnte sich kein gütigeres Herz und keine liebevollere Persönlichkeit wünschen. Ich bin traurig, dass weder unsere Schwester Jacobina noch unser lieber Bruder Johnny heute hier sein können – und natürlich vermissen wir alle unseren heißgeliebten Vater –, aber sie sind in Gedanken und im Geiste hier. Also lasst uns unsere Gläser auf Tilly erheben!«

»Auf Tilly!«, riefen alle im Chor und tranken. Dann sahen die Gäste das Geburtstagskind erwartungsvoll an.

»D… danke.« Tilly errötete. Ihr fiel sonst nichts ein. Es schüchterte sie völlig ein, im Mittelpunkt der Aufmerksamkeit zu stehen.

»Nun ja«, griff Mona ein, »was Tilly sagen möchte, ist: Bitte genießt den Tee und das Tanzen, und vielen Dank, dass ihr alle gekommen seid.«

Tilly nickte, lächelte und wünschte sich, im Boden zu versinken.

Sophie huschte an die Seite ihrer Freundin, nahm sie beim Ellbogen und murmelte: »Und jetzt Kuchen!« Sie führte sie zurück zum Tisch.

Zwei Männer aus dem Tennisclub forderten die Cousinen zum ersten Tanz auf, einem geruhsamen Two Step. Dann stand Tilly einen Walzer durch, ohne ihrem Partner zu oft auf die Füße zu treten, gefolgt von einem Gay Gordons mit dem Sohn ihres Hausarztes. Davon wurde ihr schwindlig, sodass sie die nächsten paar Tänze ablehnte. Sie sah zu, wie Sophie eine muntere Polka tanzte, und wünschte sich, sie wäre so anmutig und gelenkig wie ihre Cousine. Die jungen Männer standen Schlange, um mit der hübschen Sophie zu tanzen, die irgendwie sämtliche modernen Tänze zu kennen schien, einschließlich des gewagten Foxtrotts, was ihr einen missbilligenden Blick von Mona einbrachte.

Der Tanz war schon fast vorbei, und Tilly hatte die Hoffnung aufgegeben, dass James Robson noch kommen würde, als sie seine untersetzte Gestalt in der Nähe der Tür stehen sah. Er trug einen zerknitterten Leinenanzug und rauchte ununterbrochen. Sein wettergegerbtes Gesicht wirkte über dem steifen weißen Kragen auf raue Art attraktiv. Er starrte in ihre Richtung, also erhob sie sich halb und winkte versuchsweise. Dann wurde ihr klar, dass er an ihr vorbeisah. Als sie sich umdrehte, erkannte sie, dass es Sophie war, die seine Aufmerksamkeit erregt hatte. Sie wirbelte zu einem schottischen Reel über die Tanzfläche. Als Tilly sich wieder umschaute und noch einmal James' wie hypnotisierten Blick sah, brach eine Welle der Enttäuschung über sie herein. Sie setzte sich wieder hin.

Mona stürzte sich auf James und zog ihn mit, damit er die Familie begrüßen konnte. Tillys Mutter sagte ihm nur geistesabwesend Hallo; sie litt unter den Menschenmassen und der Hitze genauso sehr wie Tilly. Tante Amy dagegen lächelte breit, als sie ihm die Hand schüttelte.

»Ich bin so froh, Sie wiederzusehen, Mr Robson.« Sie strahlte. »Auch Sophie freut sich darauf, Sie zu treffen. Sie tanzt da drüben.«

»Ich habe mir gleich gedacht, dass sie das sein muss. Die Ähnlichkeit mit ihrer Mutter ist nicht zu übersehen.«

»So ist es«, stimmte Amy ihm zu. »Sie möchte Ihnen persönlich dafür danken, dass Sie ihr durch die Schule geholfen haben.«

James brummte: »Nicht nötig.«

Er wandte sich Tilly zu und hielt ihr ein Geschenk hin. »Herzlichen Glückwunsch zum Geburtstag, Matilda.« Seine Miene war fast finster. Eine Sekunde lang fragte Tilly sich, wer Matilda war; so hatte sie niemand mehr genannt, seit sie mit fünfzehn von der Schule abgegangen war.

»Danke.« Errötend nahm sie das Geschenk entgegen, wollte es aber unter all den neugierigen Blicken nicht auswickeln. »Darf ich es später öffnen?«

»Ganz, wie Sie möchten«, antwortete James, der sich ihrer Verlegenheit bewusst war. Vielleicht war es falsch von ihm gewesen, herzukommen, dachte er. Die Aufmerksamkeit eines älteren Mannes war ihr offensichtlich peinlich. »Es ist nur ein Pappmachéschmuckkästchen, das ich im Basar gekauft habe.«

Tilly lief sogar noch röter an. Ihr fiel keine höfliche Antwort ein.

»Wie nützlich«, kam Mona ihr zu Hilfe. »Bitten setzen Sie sich doch zu uns, Mr Robson, dann bestellen wir eine frische Kanne Tee. Wir hatten damit gerechnet, dass Sie früher hier sein würden. Der Tanz ist schon fast vorbei. Die Band hat um fünf Uhr ihren nächsten Auftritt.«

James Gesicht färbte sich scharlachrot. »So leid es mir tut, ich bin kein großer Tänzer.«

»Dann haben Sie etwas mit meiner Schwester gemein«, verkündete Mona unverblümt.

James setzte sich vorsichtig auf den zierlichen Stuhl und stützte die Beine fest rechts und links davon ab, als hätte er Angst, dass seine Körperfülle das Möbelstück zusammenbrechen lassen würde. Aufmerksam wie eh und je erschien Clarrie mit einer Kellnerin, die eine frische Kanne Tee brachte und die Sandwiches wieder auffüllte. Sie begrüßten einander reserviert; dann eilte Clarrie geschäftig wieder davon.

Amy unternahm einen Versuch, James ins Gespräch zu ziehen. »Wie war die Reise?«

»Gut, danke.«

»Wie lange sind Sie schon in England?«

»Seit sechs Wochen.«

»Also noch nicht besonders lange. Und Sie kehren wann zurück …?«

»In vier Wochen.«

»Vielleicht haben Sie dann noch Zeit, uns in Edinburgh zu besuchen?«

»Vielleicht«, erwiderte James, warf noch einen Blick auf die tanzende Sophie und rührte dann mit aller Kraft Zucker in seinen Tee, sodass dieser über den Tassenrand auf die Untertasse schwappte. Er war sich bewusst, dass die Frauen Blicke tauschten, und wünschte, sie würden miteinander reden. Er war völlig aus der Übung, was höfliches Geplauder betraf, weil er im Großen und Ganzen damit zufrieden war, in seinem abgelegenen Haus mit sich selbst und seinen Hunden allein zu sein. Er verbrachte seine Tage damit, mit seinen Unterverwaltern und Arbeitern übers Geschäft zu reden, und nach langen Stunden im Sattel war er zu müde, noch auszugehen. Außerdem wohnten die nächsten Nachbarn kilometerweit entfernt und waren genauso beschäftigt wie er.

Amy versuchte es noch einmal. »Den Teegärten geht es gut, hoffe ich?«

»Wir tun unser Bestes.« Er schlürfte einen Schluck Tee. In Herbert's Tea Rooms servierte man eine Qualitätsmischung, dachte er voll widerwilliger Bewunderung. Jedenfalls war Tee etwas, worüber er reden konnte. »Die Geschäfte laufen seit dem

Krieg schlechter. Damals wurde in den Häfen viel eingelagert, und diese Bestände haben den Markt überflutet, sobald die Handelsschiffe wieder ungefährdet fahren konnten. Außerdem hatte man die Pflanzer während des Kriegs ermuntert, so viel wie möglich anzubauen, also kam es zu einer massiven Überproduktion.«

»Das ist doch sicher gut für uns Teetrinker«, meinte Amy. »Der Teepreis ist gesunken.«

»Ja«, pflichtete Mona ihr bei. »Als jemand, der die Haushaltsausgaben im Griff behalten muss, sind mir fallende Teepreise sehr willkommen.«

»Wenn die Preise einbrechen, ist das auf lange Sicht nicht gut.« James unterdrückte seine Gereiztheit. »Wenn wir keinen guten Preis erzielen, können wir nicht in neue Maschinen investieren, und dann werden wir ineffizient oder machen Bankrott. Ein paar Jahre später werden Sie dann sehen, dass der Teepreis sprunghaft ansteigt. Wir mussten die Produktion einschränken. Die Spanische Grippe hat unsere Arbeitskräfte hart getroffen, deshalb hatten wir zusätzliche Anwerbungskosten zu tragen.«

»Oh ja, in der Presse wurde vor Kurzem viel Aufhebens um die Teearbeiter gemacht«, erinnerte Amy sich. »Viele von ihnen kündigen wegen Krankheit und schlechter Bedingungen.«

»Sie sind von fremden Agitatoren aufgewiegelt worden«, blaffte James. »Dieser Unruhestifter Gandhi hat seine Anhänger ausgeschickt, um zu versuchen, eine Revolte unter den Kulis anzuzetteln. Aber das hat sich jetzt alles wieder gelegt. Wir haben auf den Oxford Estates keinerlei Schwierigkeiten, auch wenn einige Teegärten den Bach heruntergegangen sind.«

Eine peinliche Pause trat ein. Tilly blickte nervös in die Gesichter rings um den Tisch: Ihre Mutter sah krank aus; Mona schaute mit hochgezogenen Augenbrauen die amüsierte Amy an, während James verärgert schien. Sie wollte dafür sorgen, dass er sich wohlfühlte, und zugleich demonstrieren, dass sie etwas vom Teegeschäft verstand. Das war ganz offensichtlich der Weg zu seinem Herzen.

»Clarrie sagt, dass Ihr Neffe Wesley in Belguri gut zurechtkommt«, meldete sie sich zu Wort. »Sie erzählt, dass die spezialisierten kleinen Pflanzer jetzt wieder beliebt werden, nachdem die Leute während des Kriegs so viel minderwertigen Tee trinken mussten. Machen Sie das auf den Oxford Estates auch so, Mr Robson?«

Zu ihrem Entsetzen wirkte er nun wirklich erzürnt.

»Gewiss nicht! Wesley lässt zu, dass sein Herz über seinen Verstand bestimmt. Er hat es nur getan, um Clarrie eine Freude zu machen, weil sie dort aufgewachsen ist. Belguri hat selbst in den Tagen des alten Jock Belhaven nie Gewinn abgeworfen. Die Plantage wird nie so wohlhabend wie die Oxford Estates sein. Im Augenblick ist Belguri das nur, weil Wesley so viel Geld hineingesteckt hat. Ich weiß nicht, wie er die Anteilseigner hinters Licht geführt hat, um sie für dieses tollkühne Unternehmen zu begeistern. Er beschreitet einen Irrweg.«

Der Tanz ging zu Ende. Während die Band einpackte, kam Sophie außer Atem an den Familientisch zurück. Sie bemerkte sofort, dass Tillys Wangen brannten und Tränen in ihren Augen standen. Was hatte sie nur so traurig gemacht?

Amy durchbrach die angespannte Atmosphäre und stellte Sophie eine Bulldogge von einem Mann mit dickem rotem Stiernacken und durchdringenden blauen Augen vor. »Sophie, das hier ist Mr James Robson.« Er stand auf, nickte und zögerte einen Moment, bevor er ihre Hand ergriff und sie fast zerquetschte.

»Es freut mich sehr, Sie noch einmal kennenzulernen, Mr Robson.« Sophie lächelte, entzog ihm ihre Hand und bemühte sich, dabei nicht zusammenzuzucken. Irgendetwas an seinen kantigen Schultern und seinem vorspringenden Kinn ließ ihr einen Schauer der Erinnerung über den Rücken laufen.

Er deutete ein Lächeln an. »Sie sehen aus wie Ihre Mutter.«

»Wirklich?« Sophie kam plötzlich der Gedanke, dass dieser Mann ihre Eltern gekannt hatte. Er war derjenige gewesen, der sie aus Indien gerettet und nach Schottland gebracht hatte. Ihr taten die Augen weh. »Ich bin sehr dankbar für das, was Sie für mich getan haben – und auch dafür, dass Sie meine Tante und mich finanziell unterstützt haben.«

Er räusperte sich. Die Äußerungen waren ihm peinlich. »Nicht der Rede wert. Hat mich gefreut, das zu tun. Freund Ihrer Eltern. Was für eine Tragödie!«

Sophie platzte vor Neugier. »Es gibt so viele Fragen, die ich Ihnen über Indien stellen möchte – und über meine Eltern. Ich erinnere mich an so wenig.«

»Das hier ist wohl weder der richtige Zeitpunkt noch der passende Ort«, warf Amy sanft ein. »Ich hoffe, dass Mr Robson uns vielleicht besucht, bevor sein Heimaturlaub vorbei ist, sodass wir ihm seine Freundlichkeit zumindest ansatzweise vergelten können.«

»Oh ja«, begeisterte Sophie sich dafür, »bitte kommen Sie.«

James lächelte. Der Feuereifer der jungen Frau schmeichelte ihm. Ein Gedanke formte sich halb in seinem Verstand. Er begann, ihr Fragen über ihr Leben in Edinburgh zu stellen. Sie erzählte ihm von ihrer Arbeit für die Scottish Servants' Charity, ihrem Einsatz als Fahrerin für das Rote Kreuz im Krieg und ihrer Motorradleidenschaft. James war wie gebannt, wenn auch etwas schockiert über ihre modernen Umgangsformen. Ihre Erziehung durch die unverheiratete Amy schien etwas lasch gewesen zu sein. Sophies Vater, Bill Logan, wäre damit ganz und gar nicht einverstanden gewesen. Aber während die anderen Gäste sich nach und nach bedankten und gingen, fühlte James sich von Sophies Geplauder belebt und zögerte aufzubrechen.

Ruckartig stand Tilly auf.

»Mutter, du siehst aus, als ob du dich nicht wohlfühlst. Möchtest du jetzt nach Hause?«

Mrs Watson nickte erleichtert und griff nach ihrem Gehstock.

»Oh, Mutter, ich bringe dich nach Hause.« Mona übernahm das Kommando. »Tilly, du bleibst hier und verabschiedest dich von deinen Gästen.«

»Die meisten sind schon gegangen, und ich würde lieber mitkommen.« Tilly sah sie flehentlich an. »Ich fühle mich auch nicht wohl.«

»Zu viel Kuchen?«, zog Sophie sie auf. Tilly war den Tränen derart nah, dass Sophie auch aufsprang. »Tut mir leid, Tilly, ich habe es nicht so gemeint ...«

Tilly schüttelte sie ab. »Mach nicht so einen Wirbel.«

»Ja«, schniefte Mona, »ich glaube, es wird Zeit, dass wir alle nach Hause gehen.«

Sophie wich verwirrt zurück. Mona wandte sich an James. »Das alles war ein bisschen viel für Mutter. Ich hoffe, Sie genießen den Rest Ihrer Zeit in Newcastle, Mr Robson. Auf Wiedersehen.«

»Vielleicht könnte ich nächste Woche noch einmal bei Ihnen vorbeischauen?«

»Dann sind wir nicht da«, gab Mona unhöflich zurück. »Mutter und Tilly begleiten mich am Montag nach Dunbar.«

Sophie sah Tilly überrascht an, aber ihre Cousine stritt es nicht ab.

Mona winkte nach Clarrie, die eine Kellnerin auf die Straße schickte, um ein Taxi anzuhalten. James, der sich plötzlich von den Watsons geschnitten fühlte, verabschiedete sich knapp und ging. Während die Familie sich bei den Angestellten im Herbert's bedankte, umfasste Clarrie Tillys Hände.

»Ich hoffe, du hattest einen schönen Tag?«

Tilly nickte und schluckte Tränen hinunter.

»James Robson hat dich doch nicht traurig gemacht, nicht wahr?«

»Warum sollte mir Mr Robson wichtig sein?« Tilly versuchte zu lachen.

Clarrie senkte die Stimme. »Er ist ein Mann, der besser mit anderen Männern umgehen kann – ziemlich unbeholfen, was Frauen angeht –, aber er wäre verrückt, solch eine hübsche Frau direkt vor seiner Nase zu übersehen«, versicherte sie liebenswürdig.

Tilly lächelte und versuchte, ihre Eifersucht zu unterdrücken. James hatte viel zu gebannt von ihrer Cousine gewirkt und ihr selbst kaum Aufmerksamkeit geschenkt.

Zu Hause in Jesmond angekommen, zog Mrs Watson sich ins Bett zurück. Amy bot ihr an, sich zu ihr zu setzen und zu lesen, und ließ die Cousinen miteinander allein.

Mona fällte schnell ein vernichtendes Urteil. »Was für ein ungehobelter Mann! Erst taucht er auf, als die Party schon fast vorbei ist, und dann hält er uns auch noch Vorträge über das Teegeschäft, als würde uns das auch nur im Geringsten interessieren.«

»Ich will nicht darüber reden«, verkündete Tilly und ließ sich mit einem Buch in einen Sessel fallen.

»Und wie er Clarrie vor uns allen kritisiert und dich heruntergemacht hat, als wärst du ein Kind. Der Mann hat keine Manieren.«

»Was hat er denn gesagt?«, fragte Sophie. »Ich wusste ja gleich, dass dich etwas traurig gemacht hat, Tilly.«

»Das musst ausgerechnet du sagen«, fuhr Mona ihre jüngere Cousine an. »Du hast ihn schließlich komplett mit Beschlag belegt. Es war *Tillys* Geburtstag, nicht deiner. Ich finde, du hättest wirklich etwas rücksichtsvoller sein können.«

»Das tut mir leid.« Sophie war zerknirscht. »Ich habe nur versucht, das Gespräch in Gang zu halten – niemand schien überhaupt etwas zu sagen.«

»Manchmal ist es damenhafter, weniger zu reden und besser zuzuhören«, machte Mona ihr Vorhaltungen.

»Tilly, verzeih mir.« Sophie setzte sich neben ihre Freundin. Aber Tilly schaute nicht einmal von ihrem Buch auf.

»Nun«, schnaufte Mona, »eigentlich schadet es ja nichts herauszufinden, was für ein Langweiler er ist. Noch dazu hat er seinen Tee getrunken wie ein einfacher Arbeiter. Nein, ich glaube nicht, dass er auch nur ansatzweise als Ehemann infrage kommt. Du kannst etwas viel Besseres als James Robson finden.«

Sophie bemerkte: »Das ist nicht sehr freundlich. Ich glaube, er hat sich in so viel weiblicher Gesellschaft nur etwas überfordert gefühlt. Wahrscheinlich bekommt er in Assam nicht viele Damen zu sehen.«

»Ein Grund mehr für Tilly, ihn nicht zu ermutigen«, urteilte Mona. »Sie will schließlich nicht am Ende der Welt leben, wo es in einem Umkreis von über hundert Kilometern keine zivilisierte Gesellschaft gibt.«

»Tilly könnte überall leben, solange nur der Nachschub an Büchern gesichert ist.« Sophie stieß ihre Freundin an.

Tilly warf ihr Buch hin und sprang auf. »Ihr wisst nicht, was ich will – alle beide nicht! Aber ich ermutige ihn nicht, weil es offensichtlich ist, dass er mich nicht mag und ich ihn nicht. Also kannst du ihn gern haben, Sophie.«

Tilly stürmte aus dem Wohnzimmer und trampelte nach oben. Ihre Schwester und ihre Cousine blieben mit offenem Mund zurück.

Mona hielt Sophie auf, als sie Tilly folgen wollte. »Sie wird schon noch einsehen, dass es das Beste ist, wenn sie zu Johnny und Helena nach Rawalpindi zieht. Unsere neue Schwägerin hat in Indien die besten Beziehungen – Armeefamilie, schon seit drei Generationen dort. Sie wird schon einen angemessenen jungen Offizier für meine Schwester finden und ihr vielleicht auch mehr haushälterische Fähigkeiten beibringen, als ich es geschafft habe.« Mona erwärmte sich für ihr Thema. »Robson ist nur Geschäftsmann. So einer steht in der Hackordnung in Indien ziemlich weit unten, wie man hört.«

»Aber man merkt doch, dass Tilly Zuneigung zu ihm empfindet«, hob Sophie hervor. »Sonst würde sie nicht so übertrieben betonen, dass sie es angeblich nicht tut.«

»Zuneigung ist etwas für Hunde«, gab Mona schneidend zurück. »Eine Ehe ist eine viel ernstere Angelegenheit. Worauf es ankommt, sind finanzielle Sicherheit und die Zugehörigkeit zur selben gesellschaftlichen Klasse. Wenn man gut miteinander auskommt, wie Walter und ich, dann ist das ein zusätzlicher Vorteil.«

Sophie ignorierte Monas Rat, Tilly in Ruhe zu lassen. Sie klopfte an die Tür des Zimmers ihrer Cousine und versuchte hineinzugelangen. Es war abgeschlossen, und Tilly reagierte nicht auf ihr Rufen.

»Es tut mir leid, Tilly«, sagte Sophie durchs Schlüsselloch. »Lass das hier nicht zwischen uns stehen. Ich wollte mit Robson nur über meine Eltern sprechen, das ist alles. Er ist so ungefähr die engste Verbindung, die ich noch zu ihnen habe. Sei nicht böse auf mich.«

Aber Tilly blieb stumm, und Sophie kapitulierte mit einem gereizten: »Oh, alberne Tilly!«

* * *

Tilly lag auf ihrem Bett. Sie kuschelte sich in einen weichen Wollschal, den Johnny ihr aus Indien geschickt hatte, und fühlte sich elend. Sie wollte zur Tür eilen und Sophie hereinlassen. Warum also tat sie es nicht? Warum bestrafte sie ihre beste

Freundin? Ihr war klar, dass Sophie nichts an James Robson lag. Sie betrachtete ihn lediglich als Freund ihrer verstorbenen Eltern. Tilly kannte sie gut genug, um zu wissen, dass Sophie selbst dann, wenn sie überhaupt Interesse an dem Teepflanzer verspürt hätte, nichts unternommen hätte, um ihn zu ermuntern – aus Loyalität zu Tilly. Das war nicht das Problem.

Was wehtat, war der Ausdruck von Bewunderung und Begehren, der sofort auf James' Gesicht erschienen war, als er Sophie erblickt hatte. Seine schönen blauen Augen hatten für Tilly nie so geleuchtet, und sie wusste, dass sie es auch nie tun würden. Sie würde für immer im Schatten ihrer viel hübscheren und lebhafteren Cousine stehen. Sophie war sich der Anziehungskraft, die sie auf Männer ausübte, nicht einmal bewusst. In dem Moment fasste Tilly den Entschluss, dass sie nach Indien reisen und zu Johnny und Helena ziehen würde, wie ihre Familie es sich wünschte. So würde sie sich ein neues Leben Tausende von Kilometern entfernt aufbauen können und nicht mehr in Sophie Logans Schatten stehen. Sie würde den Erstbesten heiraten, der sie wollte, und dann konnte sie hocherhobenen Hauptes ihren Verwandten ins Gesicht sehen, die sie für derart unscheinbar hielten und glaubten, dass sie nie etwas wert sein würde.

5

James ließ sich in ein eisiges Bad fallen, tauchte den Kopf unter und schoss brüllend vor Kälte wieder daraus hervor. Das war die beste Art, auf dieser Reise nach England seinen lästigen Geschlechtstrieb zu dämpfen. Er wusste nicht, wohin er in Newcastle gehen sollte, um seine Leidenschaft auszuleben, und wollte nicht riskieren, jemandem über den Weg zu laufen, den er kannte. Zu Hause – seltsam, dass Assam sich für ihn mittlerweile so anfühlte, obwohl die Briten dort nicht müde wurden zu betonen, dass England die eigentliche Heimat sei – fand er, dass ein anstrengender Ausritt genau das richtige Heilmittel für ein Problem sexueller Natur war. Wenn es wirklich schlimm wurde, machte er sich auf den Weg nach Dispur und verbrachte dort eine Nacht mit einem der Mädchen im Orchid am Rande des Basars.

Während er sich kräftig mit harter Karbolseife schrubbte, fragte James sich noch einmal, ob die ganze Reise ein Fehler gewesen war. Seit er in England angekommen war, fühlte er sich fehl am Platz, verblüfft über die Veränderungen, die sich seit dem Krieg ergeben hatten: die Mode, die Musik, das Verkehrsaufkommen, die Geschwindigkeit des Lebens und die fehlende Ehrerbietung, die neuen Tänze, die er nie beherrschen würde. Es fiel ihm schwer, nicht all das zur Schau gestellte Fleisch anzustarren. Die Röcke waren jetzt viel kürzer, und so manche Sommer- und Abendkleider ließen die Arme unbedeckt. Er war sich ziemlich sicher, dass die Frauen und Töchter seiner Teepflanzerfreunde noch immer hochgeschlossene Kleider mit weiten Röcken bevorzugten, wie schon ihre Mütter sie getragen hatten, als sie zu Königin Victorias Zeiten nach Assam gezogen waren. Aber er kam selten unter die Leute, außer im Club, und nahm auch kaum jemals Einladungen zum Essen an. Also hatte er den Wandel vielleicht einfach nur noch nicht bemerkt.

Warum hatte er seinen Urlaub nicht in den Kolonien verbracht? Australien und Südafrika hatten gute Jagdreviere zu bieten, wie man hörte. Er tauchte den eingeseiften Kopf noch einmal unter Wasser. Nein, er war aus einem ganz bestimmten Grund zurück hierher nach Newcastle gekommen: um eine Ehefrau zu finden. Es wurde Zeit, dass er an die Zukunft dachte, an die nächste Generation von Robsons, die die Verantwortung übernehmen würde, die Oxford Tea Company, ihre Plantagen und ihr Exportgeschäft zu leiten. Vor dem Krieg hatten sie expandiert und Teesalons gegründet, diese aber sehr gewinnbringend wieder verkauft und den Erlös in Land in Ostafrika investiert. Sein Neffe Wesley hätte eigentlich dort die Aufsicht über ihre neuen Teegärten führen sollen.

Wesley, dachte James gereizt, hatte sich als große Enttäuschung erwiesen. Obwohl er der klügste und fähigste Geschäftsmann in der Familie war, hatte Wesley bei der willensstarken Clarissa Belhaven völlig den Kopf verloren und sie geheiratet. Die beiden waren in Clarissas Elternhaus in den Khasi Hills zurückgekehrt. Bisher hatten sie nur eine dunkeläugige Tochter hervorgebracht, Adela, also gab es keinen Erben des Familienunternehmens. Und angesichts von Clarries zweifelhafter Abstammung – ihre Mutter war eine halbe Assamesin gewesen, was James nicht übermäßig störte, sie aber in Indien in gesellschaftlicher Hinsicht zu einer Ausgestoßenen machte – hatte Wesley keine Aussicht mehr, die Führung der Firma zu übernehmen, wenn James sich entschloss, in den Ruhestand zu gehen.

Also brauchte er eine Frau, die jung und robust genug war, die tropische Hitze von Assam zu überleben und ihm Söhne zu gebären. Außerdem war es nicht schlecht, wenn sie ihm ein paar Annehmlichkeiten bot und sein Haus, Cheviot View, ein bisschen heimeliger machte. Es würde auch seinen Nachbarn gefallen, den Percy-Barratts, die ihm schon seit Jahren in den Ohren lagen, dass er heiraten sollte. Muriel Percy-Barratt hatte es übernommen, die Aufsicht über seine Dienerschaft zu führen und seinen Haushalt zu ordnen. James wusste allerdings, dass der leidgeprüfte Reginald Percy-Barratt fand, dass seine Frau viel zu oft in Cheviot View war.

James sprang aus seinem kalten Bad und trocknete sich ab. Muriel würde mit Tilly einverstanden sein: Die jüngste Watson-Tochter wirkte kräftig und schien es allen recht machen zu wollen. Sie war die vernünftige Wahl. Dann drängten sich Sophie Logans athletische Figur und ihr hübsches Gesicht wieder in seine Gedanken. Wie ähnlich sie ihrer schönen Mutter Jessie doch sah! Ihn durchzuckte eine Sehnsucht, die er seit Jahren nicht mehr verspürt hatte, und er gestattete sich, an Jessie Logan zu denken. Alle jungen Teepflanzer waren in Logans Frau verliebt gewesen. Vielleicht war das die wahre Tragödie gewesen.

Als er sich ankleidete, beschloss James, Nägel mit Köpfen zu machen. Die scharfzüngige Mona Watson hatte erwähnt, dass ihre Familie morgen nach Dunbar abreiste. Das hieß, dass Sophie und ihre Tante ebenfalls aufbrechen würden. Obwohl Sonntag war und er den Verdacht hatte, dass die Watsons als Presbyterianer keine Besuche am Tag des Herrn gutheißen würden, war das hier vielleicht seine letzte Chance. Wenn aus seinem Heiratsantrag nichts wurde, würde er Newcastle sofort verlassen und nach Frankreich fahren, um auf Wildschweinjagd zu gehen. James zwängte sich noch einmal in einen engen gestärkten Kragen und strich sich das dichte, drahtige Haar mit Brillantine glatt. Er fragte sich nur, warum er jetzt noch nervöser war als damals, als er sich auf einem Jagdausflug in Oberassam von Angesicht zu Angesicht einem Bären gegenübergesehen hatte.

* * *

»Oh, Mr Robson!« Mona zog missbilligend die Mundwinkel herab. »Es überrascht mich, Sie noch einmal hier zu sehen.« Sie bewachte die Tür und bat ihn nicht ins Haus. James zügelte seine Ungeduld.

»Es tut mir leid, dass ich unangekündigt hereinschneie, aber Sie haben doch gesagt, dass Sie diese Woche nach Dunbar abreisen, und ich dachte, das wäre vielleicht meine einzige Gelegenheit …«

»So leid es mir tut, wir empfangen heute keinen Besuch«, fiel Mona ihm ins Wort. »Mutter ruht sich aus, und meine Schwester ist viel zu sehr mit dem Packen beschäftigt.«

»Ich möchte mit Miss Logan sprechen«, erklärte James, ohne sich einschüchtern zu lassen.

Mona schnappte leise nach Luft. Ihr Mund wirkte plötzlich verkniffen. »Sosehr ich es bedaure, Sie enttäuschen zu müssen: Sophie und ihre Tante machen einen Ausflug mit Clarrie Robson. Sie sind sich heute Morgen in der Kirche begegnet, und Clarrie hat ein Picknick vorgeschlagen. So etwas heiße ich am Sonntag eigentlich nicht gut, aber Tante Amy erlaubt Sophie ja alles, was sie will, soweit ich weiß.«

»Mona, wer ist an der Tür?«, rief Tilly die Treppe herunter. Flossy hechelte hinter ihr her.

»Mr Robson«, antwortete Mona. »Aber ich erkläre ihm gerade …«

»Lass ihn doch herein!«, schrie Tilly und eilte nach unten. »Sonst glaubt er noch, wir Watsons hätten kein Benehmen.«

Tilly errötete, als James Robson sich vor ihr verneigte, und konnte ihr Glück nicht fassen, dass er beschlossen hatte, sie noch einmal zu besuchen. Sie war das Packen schon lange leid und bereute, nicht mit Sophie zum Picknick gegangen zu sein. Aber dann hätte sie James' Besuch verpasst. Er schaute doch ganz offensichtlich noch einmal vorbei, um wiedergutzumachen, dass er zu spät zu ihrer Party gekommen und dort so kurz angebunden gewesen war.

»Bitte kommen Sie herein.« Sie lächelte. »Möchten Sie Tee? Das Dienstmädchen hat frei, aber ich kann uns einen Kessel aufsetzen.«

Flossy lief sofort auf James zu und leckte ihm die großen Hände, als er sich bückte, um sie zu streicheln.

»Hallo, altes Mädchen.«

»Tilly, er ist nicht hier, um dich zu besuchen«, sagte Mona, während James noch mit dem Hund beschäftigt war.

»Ach so?« Tilly zog ein langes Gesicht. Wie dumm von ihr zu glauben, er sei ihretwegen hier. Natürlich wollte er Sophie sehen.

James trat vor, verärgert über Monas Taktlosigkeit. »Ich würde sehr gern mit Ihnen Tee trinken, Matilda. Ich darf Sie doch Matilda nennen?«

»Natürlich.« Tilly lebte auf. »Aber es wäre mir lieber, wenn Sie mich Tilly nennen. *Matilda* erinnert mich daran, in der Schule ausgeschimpft zu werden, weil ich Tinte verschüttet habe.«

James zog eine Augenbraue hoch. »Dann also Tilly.«

»Ich habe jedenfalls keine Zeit, herumzusitzen und die Anstandsdame für euch zu spielen.« Mona klang verächtlich. »Ich muss noch Mutters Sachen packen.«

»Sie haben nichts zu befürchten«, brummte James amüsiert. »Ich bleibe ohnehin nicht lange.«

Tilly wurde bei seinen Worten das Herz schwer. Er war hier nur geduldet. Mona ließ sie verlegen im Wohnzimmer stehen.

»Bitte nehmen Sie doch Platz, Mr Robson.« Tilly deutete auf einen stabilen Ohrensessel neben dem leeren Kaminrost. »Mein Vater hat immer gern dort gesessen.«

James beäugte den Sessel misstrauisch.

»Entschuldigen Sie bitte, ich weiß auch nicht, warum ich das gesagt habe.« Tilly wurde rot. »Ich meine nur, dass es ein guter Sessel für einen stattlichen Mann wie Sie ist. Nicht, dass Sie beleibt wären – nur männlich. Das liegt an all den Betätigungen im Freien, die Sie erwähnt haben, und die machen Sie ... Oje.« Tilly fasste sich an die heißen Wangen. »Ich weiß wirklich nicht, wie ich mit Ihnen reden soll, Mr Robson. Ich bin es so gewohnt, dass Mutter oder meine Schwestern das Sprechen für mich übernehmen. Sie halten mich bestimmt für sehr dumm und langweilig.«

James zögerte. Dann nahm er sie am Ellbogen, führte sie zu einem ausgeblichenen Brokatsofa und setzte sich neben sie darauf. Flossy ließ sich zu seinen Füßen fallen.

»Weder langweilig noch dumm. Ihre offene Art ist erfrischend, Tilly. Normalerweise finde ich den Klatsch und Tratsch von Frauen recht ermüdend.«

Tilly musterte ihn und lachte dann kehlig auf. »Das ist auch von Ihnen sehr unverblümt. Erzählen Sie mir von den Frauen in Indien, Mr Robson. Sind sie ganz anders als wir?«

»Die Britinnen oder die Eingeborenen?«, erkundigte sich James.

»Beide.«

»Nun ja, die Eingeborenen sind sehr arbeitsam; sie haben geschickte Finger und eignen sich gut als Teepflückerinnen.«

»Sprechen Sie in ihrer eigenen Sprache mit ihnen?«

Die Frage überraschte James. »Eigentlich komme ich gar nicht dazu, mit ihnen zu reden. Nur meine Untergebenen haben direkt mit ihnen zu tun.« Tillys Blick machte ihn nervös. »Aber ich spreche ein bisschen Bengali – die meisten Angestellten kommen aus Bengalen – und kann mich zumindest gebrochen auf Hindustani verständigen.«

»Also sind diese Frauen Arbeiterinnen, keine Freundinnen?«

James wurde unbehaglich zumute, als er an die Frauen im Orchid dachte, die er gelegentlich für ihre Liebesdienste bezahlte. Sie würden ihn wohl kaum als Freund betrachten. Er nickte. »So ist das nun einmal in Indien.«

Tilly sah einen Moment lang nachdenklich drein. Er fragte sich, ob sie nun schlechter von ihm dachte, weil er nicht mit Eingeborenen befreundet war. Aber sie ließ das Thema fallen.

»Und die Britinnen in Indien?«, wollte sie stattdessen wissen.

James hatte wieder sicheren Boden unter den Füßen. »Die britischen Frauen in Assam haben überwiegend Mumm. Heutzutage sind nicht mehr so viele darunter, die Krankheiten zum Opfer fallen oder die Hitze nicht ertragen.«

»Wie Sophies Mutter?«, fragte Tilly.

James nickte knapp. Er wollte nicht an die Logans und den Grund für seinen Besuch erinnert werden. »Die meisten von ihnen machen das Beste daraus und blühen bei diesem Leben richtig auf.«

»So stelle ich mir auch meine neue Schwägerin Helena vor«, schwärmte Tilly. »In Johnnys Briefen geht es ständig um ihr gesellschaftliches Leben – Gymkhanas und Bälle und Abendessen und Picknicks. Das muss solchen Spaß machen! Mögen Sie Helena?«

Die ungenierte Frage brachte James aus dem Takt. Sein Eindruck von Johnnys frisch angetrauter Frau war der, dass sie eine soziale Aufsteigerin war, die einen bloßen *boxwallah* – einen

Geschäftsmann – wie ihn nicht auf ihrer Hochzeit gewollt hatte. Aber vielleicht war das ungerecht von ihm.

»Sie ist recht fidel«, antwortete er.

»Oje«, sagte Tilly, »Sie mögen sie nicht, nicht wahr?«

James lachte vor Verlegenheit. »Ihr Bruder vergöttert sie, und darauf kommt es doch an.«

»Ja.« Tilly lächelte melancholisch. »Früher hat er auch große Stücke auf mich gehalten.«

»Das tut er immer noch«, erwiderte James galant.

»Wirklich?«

»Ja.«

»Was hat er Ihnen über mich erzählt?« Tilly grinste erwartungsvoll.

James erinnerte sich lebhaft daran. Johnny war genauso offen und freundlich wie seine jüngste Schwester, mit der gleichen erfrischenden Aufrichtigkeit, die einigen seiner Vorgesetzten – und vermutlich im Moment auch Tilly – vielleicht nicht unbedingt willkommen war.

»Sie müssen sich nichts Nettes ausdenken, das nicht wahr ist«, bedrängte Tilly ihn. »Na, was hat mein Bruder gesagt?«

»Dass Sie gut mit Hunden umgehen können und nie krank werden.«

Zu seiner Verblüffung brüllte Tilly vor Lachen. »Das stimmt ja auch!«

Flossy hob den Kopf und bellte angesichts der Heiterkeit ihres Frauchens. Tilly und James streckten gleichzeitig den Arm nach der Hündin aus. Ihre Hände stießen zusammen. Tilly zuckte als Erste zurück. James fiel auf, wie hübsch sie aussah, wenn sie rot wurde.

»Möchten Sie jetzt eine Tasse Tee?«

James sah sich im Zimmer um und hoffte, dass etwas Stärkeres da war. Er sehnte sich nach einem großen Whisky mit Soda, aber er hatte den Verdacht, dass die Watson-Frauen

Abstinenzlerinnen waren. Jedenfalls hatte man ihm hier noch nie etwas anderes als Tee angeboten.

»Tee wäre großartig.« Er zwang sich zu einem Lächeln.

»Gut«, sagte Tilly. »Sie können gern mitkommen, sonst sitzen Sie bloß allein hier und müssen Däumchen drehen.«

Artig folgte er ihr aus dem Wohnzimmer und durch die mit grünem Stoff bespannte Tür, die die Vorderseite des Hauses von der Wirkungsstätte der Dienstboten trennte. Doch alles war seltsam ruhig, ganz anders als in seinem Küchenbereich zu Hause, der immer vor Geplauder und Gesang widerhallte. James ging in der düsteren Küche mit dem verräucherten Herd auf und ab. Tilly überzeugte unterdessen einen geschwärzten Kessel sanft, genug Wasser für eine Kanne Tee zu kochen, und versprach Flossy, die Kekse mit ihr zu teilen. Auf den Regalen standen fast keine Vorräte, und die Kohlenschaufel war überwiegend mit Grus gefüllt. Vielleicht waren die finanziellen Verhältnisse der Watsons beschränkter, als Johnny ihm vorgegaukelt hatte. Oder wusste er vielleicht gar nichts von der Situation seiner Familie?

Tilly griff nach einer Teedose und häufte drei Löffel in die vorgewärmte Kanne. »Du trinkst nachher den kalten Bodensatz, nicht wahr, Flossy? Nichts von unserem Tee wird verschwendet.«

James erkannte schon am Geruch, dass es sich um minderwertigen Dust-Tee handelte, aber er sagte nichts. Er genoss Tillys angeregtes Geplauder. Plötzlich weckte sie seinen Beschützerinstinkt: Sie hatte etwas Besseres als diesen trostlosen Ort verdient. Er hob das Tablett an und bestand darauf, den Tee hineinzutragen. Er stieß die grüne Tür mit seiner breiten Schulter auf und ging zurück ins Wohnzimmer, während Tilly hinter ihm über Flossys Vorliebe für Assamtee plapperte. Als er das Tablett abstellte, warf er einen Blick aus dem Erkerfenster und entdeckte Sophie, die mit ihrer Tante in die Straße einbog. Es war so weit. Sein Herz setzte einen Schlag aus, als er ihr schönes, lachendes Gesicht sah. Sie hielt ihren Hut im Wind fest. Blonde Haare lösten sich von ihren Nadeln.

Tilly folgte seinem Blick und erspähte ihre Cousine ebenfalls. Mit einem Schlag war sie ernüchtert. Sie hatte es genossen, die Gesellschaft dieses energiegeladenen Mannes nur für sich zu haben. Allein war er viel ungezwungener und schien noch dazu über einen Sinn für Humor zu verfügen. Sie rang darum, ihre Enttäuschung zu verbergen. »Oh, da sind sie ja. Dann hole ich besser noch zwei Tassen.«

James drehte sich um. Ihre haselnussbraunen Augen fingen seinen Blick kurz auf – freundliche, flehende Augen wie die eines treuen Hundes. In dem Moment wurde ihm klar, dass Tilly wirklich etwas an ihm lag. Bei seinen früheren Besuchen im Laufe des Monats hatte er gehofft, dass sich gegenseitige Achtung zwischen ihnen entwickeln würde, vielleicht sogar eine Freundschaft. James hatte ihren Bruder Johnny sofort gemocht, aber Tilly hatte für ihn immer im Schatten ihrer gebieterischen Schwester Mona gestanden. Bis jetzt. Er konnte sich nicht erinnern, wann er zuletzt in Gesellschaft einer Frau so entspannt gewesen war. Plötzlich riet ein Bauchgefühl ihm, was er zu tun hatte.

»Tilly, ich bin heute hergekommen …«, setzte er zu einer Erklärung an.

»Ich weiß, warum Sie hier sind, Mr Robson«, unterbrach sie ihn mit einem traurigen Lächeln. »Sie wollen zu Sophie, nicht wahr?«

James sagte lange nichts. Tilly hielt den Atem an, obwohl sie seine Antwort schon zu kennen glaubte. Eine Weile war es aufregend gewesen, so zu tun, als wäre dieser Mann vielleicht an ihr interessiert. Sie ging in die Knie, um Flossy an sich zu drücken. Die Liebe der Hündin kam wenigstens von ganzem Herzen und war unvergänglich.

»Tilly, Sie irren sich«, erwiderte James in strengem Ton. »Wollen Sie mich heiraten?«

Verblüfft schaute sie auf. »Sagten Sie *heiraten*?«

James streckte die Hand aus und zog sie auf die Beine. Sein Griff drang ihr in die fleischigen Arme. »Ja, das sagte ich. Heiraten Sie mich?«

»Mr Robson, ich dachte ...«

»Denken Sie nicht.« James war ungeduldig. Er wollte ihre Antwort, bevor Sophie hereinspazierte und er es sich anders überlegte oder den Mut verlor. »Bitte, Tilly: Sagen Sie, dass Sie meine Frau werden.«

»Frau?«, wiederholte Tilly und lachte dann erstickt vor Entzücken. »Ja, Mr Robson, ich will!«

James lockerte seinen eisernen Griff, umfasste ihr Gesicht und drückte ihr einen kernigen Kuss auf die vollen Lippen.

»Danke.« Er grinste erleichtert. Tilly mochte ihn und wollte ihn. Außerdem hatte sie ihn davor bewahrt, sich wegen des Logan-Mädchens zum Narren zu machen, das seinen Antrag vermutlich rundheraus abgelehnt hätte. »Wir heiraten, bevor ich nach Indien zurückkehre. Du kannst mir später folgen. Es dauert eine Weile, eine Schiffspassage zu buchen, und ich brauche Zeit, das Haus in Ordnung zu bringen. Aber es hindert uns doch nichts daran, gleich zu heiraten, nicht wahr?«

»Ich glaube nicht.« Tilly schnappte nach Luft. Ihr war ganz schwindlig von der plötzlichen Wendung, die ihr Schicksal genommen hatte.

Sie hörten, wie die Haustür aufschwang. Das Geplauder von Sophie und Amy kam näher.

»Kneif mich!« Tilly prustete vor Heiterkeit.

»Dich kneifen?« James runzelte die Stirn.

»Damit ich weiß, dass ich nicht träume.«

Stattdessen packte er ihre Hand und drückte sie fest in seiner zusammen, sowohl, um sich selbst Mut zu machen, als auch, um Tilly zu beruhigen.

6

Sophie hatte gehofft, auf demselben Weg, auf dem sie nach Süden gekommen waren, nach Edinburgh zurückzukehren. Doch Mona bestand darauf, dass sie in Dunbar übernachteten, und so fuhren sie mit dem Motorrad die Küstenstraße hinauf.

James Robsons hastiger Heiratsantrag an Tilly hatte alle überrascht. Mrs Watson weinte, war aber erleichtert. Mona fand sich nicht so leicht damit ab.

»Verlobt!«, schrie Mona, nachdem James gegangen war. »Du kennst den Mann doch kaum!«

»Du liegst mir seit zwei Jahren in den Ohren, dass ich mir einen Mann suchen soll«, protestierte Tilly.

»Du kannst etwas Besseres abbekommen als einen Teepflanzer«, regte ihre Schwester sich auf. »Johnny findet sicher einen jungen Offizier mit guten Aussichten für dich.«

»Das muss er jetzt nicht mehr«, triumphierte Tilly. »Mr Robson führt ein sehr erfolgreiches Unternehmen. Er ist ein reicher Mann. Jetzt muss ich mich niemandem mehr verpflichtet fühlen. Assam klingt wunderbar – voller exotischer Tiere, Polospiele und Tee.«

»Du hast Angst vor wilden Tieren, und du hasst Sport«, wandte Mona ein.

»Dagegen mag ich Tee sehr gern«, gab Tilly zurück.

»Ich glaube, Tilly wird eine wunderbare Teepflanzerfrau«, nahm Sophie ihre Freundin in Schutz. »Ihr Haus wird allen offenstehen. James Robson kann sich glücklich schätzen.«

»Das zumindest stimmt«, räumte Mona ein. »Wir Watsons sind für unsere Gastfreundschaft bekannt.« Das brachte sie auf die Idee, dass Sophie und Amy auf dem Heimweg in Dunbar übernachten sollten. »Ich kann doch nicht zulassen, dass das Motorrad noch einmal mitten im Nirgendwo zusammenbricht und ihr wieder wilden Förstern auf Gnade und Ungnade ausgeliefert seid.«

Sophie behielt für sich, dass sie gehofft hatte, dass genau das passieren würde. Sie hatte in den letzten paar Tagen viel an den schneidigen, lächelnden Tam Telfer gedacht. Sie freute sich für Tilly, die so glücklich über ihre plötzliche Verlobung zu sein schien, aber zugleich weckte das alles gemischte Gefühle in Sophie. Tilly würde England für immer verlassen, und das Haus der Watsons in Newcastle würde verkauft werden. Nach der Hochzeit würde sie nie mehr in der Lage sein, sie zu besuchen. Es würde ein schmerzliches Ausreißen von Wurzeln sein.

Und Tilly würde in Indien wohnen, dort, wo Sophie geboren worden war und ihre ersten sechs Lebensjahre verbracht hatte. Dort, wo ihre Eltern gelebt hatten, gestorben waren und begraben lagen. Sie verspürte einen seltsamen Neid darauf, dass ihre Cousine ausgerechnet nach Assam ging, und war doch erleichtert, dass sie selbst nicht dorthin musste. In ihrem tiefsten Inneren hatte Sophie immer noch Angst vor Assam, vor Indien und den Indern, obwohl sie wusste, dass es irrational war. Aber Indien hatte ihr ihre Eltern genommen – durch ein rasches, grausames Fieber über Nacht –, und auch ihre geliebte Ayah Mimi war verschwunden.

Was war aus ihrer Kinderfrau geworden? Vielleicht hatte sie einfach eine neue Stelle angetreten. Sophie hatte nie danach gefragt, und niemandem war in den Sinn gekommen, es ihr zu erzählen. Aber in ihr war ein maßloser Schmerz zurückgeblieben: das Gefühl, im Stich gelassen worden zu sein.

Ein paar Tage später reisten sie aus Dunbar ab und versprachen Tilly, Anfang Juli zur Hochzeit zurückzukehren. Sophie genoss die Fahrt an der Küste von Berwickshire hinauf. Der salzige Wind rüttelte sie durch und verscheuchte die lästigen Gedanken aus ihrem Kopf. Sie sang den flatternden Seemöwen Lieder vor, und ihre Tante grölte die Refrains über den Motorenlärm hinweg mit.

Sophie ging gleich am nächsten Tag wieder ins Büro. Miss Gorrie hielt sie mit Schreibarbeiten und Telefondienst gut beschäftigt. Sophie beschloss, dass sie zusätzlichen Stauraum benötigten, und verbrachte einen glücklichen Tag damit, Bretter zu zersägen, Nägel einzuschlagen und Regale im Büro aufzustellen. Sie genoss praktische, körperliche Tätigkeiten mehr als alles andere. Amy hatte sie zu einer tüchtigen Tischlerin ausgebildet.

Jeden Abend, wenn sie nach Hause kam, rief sie ihrer Tante zu: »Ist Post für mich gekommen?«

»Nein, Liebes«, erwiderte Amy immer darauf. »Aber du kannst auch nicht von Tilly erwarten, lange Briefe zu schreiben, wenn sie eine Hochzeit zu organisieren hat.«

Doch Sophie wartete nicht auf Post von Tilly; sie hoffte immer noch, dass Tam, der gut aussehende, freundliche Forststudent, ihr schreiben würde. Er hatte um ihre Adresse gebeten, und sie hatte ihn ermutigt, sich bei ihr zu melden, aber er hatte bisher weder geschrieben noch vorbeigeschaut. Vielleicht waren die Studenten noch im Camp, oder vielleicht war er schon zu seinem einmonatigen Forstpraktikum auf dem Kontinent aufgebrochen? Sie versuchte, sich zu erinnern, wann es stattfinden sollte.

Nachdem sie drei Wochen lang nichts von Tam gehört hatte, kam sie zu dem Schluss, dass er sie entweder vergessen oder ihre

Adresse verloren hatte. Jedenfalls hatte sie sein Interesse nicht so erregt wie er umgekehrt ihres. Es war das Beste, wenn sie sich ihn aus dem Kopf schlug. Sie buchte Zugfahrkarten für Amy und sich, um an Tillys Hochzeit teilzunehmen. Sie würden noch am selben Tag zurückfahren, an dem sie hinunter nach Newcastle reisten. Nach allem, was sie gehört hatte, war schon die halbe Einrichtung des Hauses der Watsons verpackt, zudem konnte Sophie den Gedanken nicht ertragen, dort zu übernachten, wenn Tilly nicht mehr da war.

Als sie am Abend vor der Hochzeit durch den Park, die Meadows, nach Hause in die Clerk Street ging, sah Sophie eine Gruppe junger Männer Cricket spielen. Wahrscheinlich waren es Studenten, die nach Ende der Prüfungen ihre Freiheit genossen. Sie blieb im angenehmen Sonnenschein stehen, da sie es nicht eilig hatte, in die Wohnung zurückzukommen.

Ihr fiel auf, dass einer der Männer sie anstarrte, als er in ihrer Nähe den Ball auffing. Er wirkte wie ein Ausländer: gut aussehend auf dunkle Art, mit dichtem schwarzem Haar. Er lächelte und deutete ein Winken an, aber sie hatte keine Ahnung, wer er war, und winkte deshalb nicht zurück. Er musste sie mit jemandem verwechselt haben. Ungewissheit huschte über sein Gesicht, und er wandte sich ab. Einen Moment später kam der Ball dicht über dem Boden wieder in seine Richtung gesaust. Er hechtete hin, um ihn aufzuhalten, hob ihn hoch und warf ihn kraftvoll aus der Schulter heraus zurück. So verhinderte er, dass die Schlagmänner einen zweiten Run erzielten.

Das Over war vorbei, und die Feldspieler wechselten die Positionen. Sophie wollte gerade weitergehen, als ein hochgewachsener, rothaariger Mann auf sie zuspaziert kam und rief: »Hallo! Sind Sie es, Miss Logan?«

Sie erkannte ihn an seinen abstehenden Ohren sofort. Es war William Boswell, Tams Freund.

»Boz!« Sie grinste. »Wie geht es Ihnen?«

»Sehr gut. Und Ihnen?«

»Gut, danke. Ich komme gerade aus dem Büro und bin auf dem Heimweg.«

Boz warf einen anerkennenden Blick auf ihren adretten Rock und ihre Bluse.

»Heute gar nicht auf der Memsahib unterwegs?«

»Nein, die ist nur für freie Tage. Im Moment ist sie gerade in der Werkstatt und bekommt ihr Startpedal wieder angeschweißt.« Sophie lächelte und rollte die Augen. »Wahrscheinlich kann ich sie mir nicht mehr lange leisten.«

»Jedenfalls freut es mich zu sehen, dass Sie heil aus Newcastle zurückgekehrt sind.«

»Danke.« Sophie zögerte und fragte dann: »Spielt Tam auch mit?«

»Nein. Tam ist Ruderer und Tennisspieler.«

»Oh, ich liebe Tennis.«

»Komm schon, Boz!«, rief sein Bowler ihm zu. »Das hier ist kein Tanztee!«

Boz lief dunkelrot an. »Ich muss los, tut mir leid.«

»Nein, es tut mir leid, dass ich Ihnen Ärger eingebrockt habe«, antwortete Sophie und spürte, dass der athletische Feldspieler sie unverwandt musterte. Jetzt erinnerte sie sich an ihn: der Inder aus dem Forstcamp, Sowieso Khan.

»Es war schön, Sie wiederzusehen.« Boz lächelte schüchtern. Er wandte sich ab und rief ihr dann über die Schulter zu: »Hätten Sie irgendwann einmal Lust darauf, Tennis zu spielen?«

»Ja, natürlich.« Sophie lächelte.

»Morgen?«, fragte er eifrig.

»Morgen nicht, aber am Samstag habe ich noch nichts vor. Tante Amy würde sicher auch gern mitspielen. Bekommen wir vier Leute zusammen?«

Er zögerte einen Sekundenbruchteil lang. »Natürlich, das wäre großartig! Ich komme vorbei und hole Sie ab. Clerk Street, nicht wahr?«

»Ja, Nummer einundsiebzig. Woher wissen Sie ...?«

»Tam hat es erwähnt.« Boz grinste. »Ich buche einen Platz für zwei Uhr.«

Sie winkten sich zum Abschied zu, und Sophie ging weiter. Ihr war fast schwindlig vor Glück, weil sie so unerwartet über Tams guten Freund gestolpert war. Sie war sich sicher, dass Tam der vierte Spieler sein würde.

Erst als sie zu Hause ankam und die steinernen Stufen hinaufeilte, um Amy die Neuigkeit mitzuteilen, fragte sie sich, warum Tam sie nie besucht hatte. Er hatte sich daran erinnert, wo sie wohnte, und mit seinem engen Freund über sie gesprochen. Aber dann hatte er die Hausnummer offensichtlich vergessen. Boz hatte nur den Namen ihrer Straße gekannt. Der Samstag konnte gar nicht früh genug kommen.

* * *

Der Tag von Tillys Hochzeit brach grau und mit Nieselregen an, aber das trübe Wetter dämpfte ihre Vorfreude nicht. Jacobina war am Vorabend aus Inverness gekommen und füllte das Haus mit gut gelauntem Geplapper. Das Telegramm von Johnny, der seiner Freude Ausdruck verlieh und Tilly alles Gute wünschte, war besser als jedes Geschenk gewesen.

Sophie und Amy trafen mit einem frühen Zug ein, rechtzeitig zu einem späten Frühstück und um Tilly zu helfen, sich anzukleiden und zurechtzumachen.

»Mona hat mir erlaubt, ihr Brautkleid ändern zu lassen«, erklärte Tilly. »War das nicht freundlich von ihr?«

Sophie musterte das kunstvolle lange Kleid mit dem gerüschten Spitzenkragen und den weiten Röcken. Es war in einem Stil gehalten, der vor dem Krieg populär gewesen war, und die schmale Taille und die Puffärmel brachten Tillys üppige Figur viel besser zur Geltung als die modernen, gerade geschnittenen Kleider.

»Sehr nett von Mona«, bestätigte Sophie beifällig, »und es steht dir perfekt.«

Sophie war als Brautjungfer bescheiden in ein schlichtes blaues Kleid aus Chinakrepp gekleidet. Dazu trug sie lange cremefarbene Handschuhe, die ihrer Mutter gehört hatten, und einen neuen Topfhut aus Stroh, der mit einer großen stählernen Hutnadel an ihrem kaum zu bändigenden blonden Haar befestigt war. Sie war für Tillys lange Spitzenschleppe verantwortlich.

»Mona ist überzeugt, dass ich darüber stolpere und mir den Knöchel breche.« Tilly verzog das Gesicht. »Oder, schlimmer noch, dass ich das sakrosankte Ding zerreiße.«

»Das passiert schon nicht«, versicherte Sophie ihr. »Und wenn doch, dann kann der *männliche* James Robson dich ja auffangen!«

Tilly prustete vor Lachen. Sie hatte ihrer Cousine mehrfach von ihrem peinlichen Gespräch mit James erzählt. Sophie hatte ihren Spaß daran, sie damit aufzuziehen, dass sie den Teepflanzer als stattlich und männlich bezeichnet hatte.

In dem Moment, als sie das Haus verließen, um zur presbyterianischen Kirche im West End von Newcastle aufzubrechen, bekam Sophie einen Kloß im Hals.

»Tilly, du siehst schön aus.« Tränen standen ihr in den Augen. »Ich freue mich so für dich.«

Tilly erwiderte ihr Lächeln strahlend. »Danke. Ich kann dir gar nicht sagen, wie viel es mir bedeutet, dich dabeizuhaben.«

»Das hier wird ein großartiger Tag, Tilly Watson – und demnächst Robson.« Sophie grinste und küsste sie auf die Wange.

Tillys Eingeweide erstarrten vor Nervosität angesichts dieses Gedankens. Sie hatte kaum eine Vorstellung, was sie nach der Zeremonie und der Teeparty erwartete. Clarrie hatte darauf bestanden, die Feier als Geschenk für sie in Herbert's Tea Rooms auszurichten: Diesmal hatte Tilly bestimmt, dass es lediglich eine kleine Zusammenkunft im engsten Familienkreis sein sollte. Anscheinend war das James nur recht.

»Ich mag keinen Wirbel«, hatte er ihr beigepflichtet, »und die meisten Robsons liegen schon im Grab oder sind in alle Welt verstreut.«

Er hatte nur eine ältere Tante und ein paar entfernte Verwandte namens Landsdowne eingeladen. Die Landsdownes hatten abgesagt, und die Tante hatte erklärt, dass sie zwar zum Gottesdienst kommen würde, die Teeparty aber angesichts ihrer Lebererkrankung zu viel für sie sei. Als Trauzeugen hatte James einen Teepflanzer im Ruhestand aufgetrieben. Der Mann hieß Fairfax, wohnte in Tynemouth und hatte sich mit James angefreundet, als dieser in den 1890er-Jahren nach Indien gezogen war. Damals hatte er ihm beigebracht, Polo zu spielen und Tigerfährten zu lesen.

James hatte ihnen für zwei Tage ein Hotel irgendwo an der Küste gebucht. Danach musste er nach Liverpool abreisen und seine Schiffspassage zurück nach Indien antreten. Tilly wusste nicht, ob sie mehr Angst davor hatte, zwei ganze Tage lang mit dem einschüchternden Teepflanzer allein zu sein, oder davor, mehrere Monate getrennt von ihrem frisch angetrauten Ehemann zu verbringen, bis sie im Dezember zu ihm stieß. Er hatte alles arrangiert, damit die Frau eines anderen Teepflanzers sie als Anstandsdame auf der Reise nach Indien betreute: Muriel Percy-Barratt, die bis zum Herbst Heimaturlaub in Yorkshire machte, während ihr jüngster Sohn sich im Internat einlebte.

»Tilly, bist du so weit?«, fragte Walter, ihr stämmiger Schwager, und bot ihr den Arm. Da keine Watson-Männer da waren, hatte Walter sich bereit erklärt, Tilly zum Altar zu führen. Er war ein liebenswürdiger, stiller Mann. Tilly hielt ihn für einen Heiligen, weil er Monas herrisches Auftreten ertrug. Aber sie vermisste ihren lieben Vater und ihren Bruder Johnny, und plötzlich machte die Abwesenheit der beiden ihr schwer zu schaffen.

»Hier, nimm das«, murmelte Sophie und drückte ihr ein Taschentuch in die Hand. Die mitfühlende Miene ihrer Cousine zeigte Tilly, dass Sophie Verständnis für sie hatte. Sie putzte sich die Nase mit dem parfümierten Taschentuch, tupfte sich die Augen ab und reichte es dann zurück.

Sophie zwinkerte und zog Tillys Schleier zurecht. »Anker lichten«, flüsterte sie.

Als sie an Walters Arm den Mittelgang der schlichten, hohen Kirche zum Altar entlangschritt, war Tilly erstaunt, dort James elegant gekleidet im Cut und mit gestreifter Hose zu sehen. Es war das erste Mal, dass sie ihn in Kleidung zu Gesicht bekam, die nicht zerknittert oder ein bisschen fleckig war. Sein roter Stiernacken sprengte den Kragen fast, aber sein Kinn mit dem Grübchen war gut rasiert, sein Schnurrbart gestutzt und sein Haar kurz geschnitten, sodass er jünger wirkte.

Er schenkte ihr ein banges Lächeln, als hätte er daran gezweifelt, dass sie auftauchen würde. In dem Moment wusste sie, dass sie beide gleichermaßen nervös waren – und erpicht darauf, dass alles ein voller Erfolg wurde.

Sie bebte, als sie ihr Ehegelöbnis sprachen, und ihr zitterte die Hand, als James ihr den glänzenden Ehering schwungvoll auf den Finger schob, sodass er ihre Finger umklammern musste, um sie still zu halten. Tilly versuchte, bei seinem kräftigen Griff nicht zusammenzuzucken. Dann brandete Orgelmusik auf, und die kleine Schar von Hochzeitsgästen stimmte aus voller Kehle eine Hymne an. Als der Moment kam, am Arm ihres frisch angetrauten Ehemanns die Kirche zu verlassen, erhaschte Tilly einen Blick auf das graue Gesicht ihrer Mutter, die unter Tränen strahlte. Ein Schluchzen blieb ihr in der eigenen Kehle stecken. Sogar Mona schniefte und lächelte aufmunternd. Als sie sich umschaute, sah Tilly, dass Sophie mit vor Rührung geröteten Wangen die lange Spitzenschleppe zurechtzog. Sie tauschten ein zuneigungsvolles Lächeln. Plötzlich fühlte Tilly sich gesegnet, weil sie von Menschen umgeben war, die sie so liebten, wie sie war.

»Komm, meine Liebe!«, übertönte James' Stimme dröhnend die Musik. Er klemmte ihren Arm besitzergreifend unter seinen und marschierte mit ihr aus der Kirche.

Clarrie servierte im Herbert's einen köstlichen Tee. Sie hatte einen Bereich des Teesalons mit Wandschirmen abgegrenzt, um ihnen etwas Privatsphäre zu gestatten, und zur Unterhaltung einen Geiger angeheuert.

»Wir können die Tische beiseiteschieben, wenn ihr Lust auf ein oder zwei Tänze habt«, bot Clarrie an.

»Ich bin kein Tänzer«, gab James steif zurück. Sein Hals wurde rot. Tilly wusste schon, dass das ein Zeichen seiner Verlegenheit war.

»Ich tanze auch nicht gern«, sagte sie hastig, »aber vielen Dank, Clarrie – wir genießen es einfach, die Musik zu hören.«

Obwohl die Servierplatten unter süßen Torten ächzten, die Tilly gewöhnlich begeistert verschlungen hätte, war ihr Magen so verknotet, dass sie kaum etwas essen konnte. Sie saß in ihrem Hochzeitsstaat da, trank zwei Tassen Tee und hatte große Angst, einen Tropfen auf Monas kostbares Kleid fallen zu lassen. Sie würgte ein schmales Stückchen Hochzeitstorte hinunter, aber das machte die Magenschmerzen nur noch schlimmer.

Ihre Schwestern unterhielten sich laut und lachten über Dinge, die Amy und Sophie sagten. Sogar ihre Mutter hatte Farbe in den Wangen und war tief in ein Gespräch mit Fairfax, dem älteren Teepflanzer, versunken. Clarrie versuchte, höflich mit James zu plaudern, der sich einfach nicht hinsetzen wollte, aber er wirkte befangen und ihm fehlten die Worte. Immer wieder zog er seine Taschenuhr hervor und sah nach der Zeit, runzelte die Stirn und warf Tilly düstere Blicke zu. Das machte sie noch nervöser. Langweilte er sich nur, oder bereute er seine folgenschwere Entscheidung schon?

Clarrie gab es auf, mit James zu reden, und kam an ihre Seite. James folgte ihr.

»Ich habe deinem Mann gerade gesagt, dass er dich einmal mit zu uns nach Belguri bringen muss, wenn ihr euch erst in Cheviot View eingerichtet habt.«

»Danke, sehr gern.« Tilly schenkte ihr ein dankbares Lächeln. »Ist das nicht freundlich?« Sie sah James an, brachte es aber noch nicht über sich, ihn mit seinem Vornamen anzusprechen.

»Es ist sehr weit von den Oxford Estates bis in die Khasi Hills – eine Reise von zwei Tagen«, murmelte James.

»Anderthalb Tagen«, konterte Clarrie. »Wenn du kommst, musst du also übernachten. Auch Adela würde sich sehr freuen, dich zu sehen. Aber wir können darüber noch ein andermal reden, bevor du nach Indien aufbrichst.«

»Also, Mrs Robson«, knurrte James, »es wird Zeit, dass wir gehen.«

Tilly schaute Clarrie verwirrt an. Clarrie sah zwischen ihnen hin und her und lachte.

»Ich glaube, er redet mit dir, Tilly, nicht mit mir!«

Tilly wurde puterrot. »Natürlich. Wie albern von mir. Ich bin noch nicht an den Namen gewöhnt.«

»Bald bist du es.« Clarrie lächelte. »Und Wesley und ich freuen uns so sehr, dass du jetzt zur Familie gehörst.«

James ignorierte die Bemerkung und zog Tilly auf die Beine. »Ich habe ein Taxi bestellt, das Fairfax und uns nach Tynemouth bringt.«

Tilly fand es unhöflich von ihm, sich so hastig zu verabschieden und von einem Augenblick auf den anderen aufzubrechen. Aber sie wusste, dass er bei gesellschaftlichen Anlässen immer etwas unbeholfen war und kaum Zeit gehabt hatte, ihre Familie gut kennenzulernen. Sie küsste und umarmte alle zum Abschied.

»Du siehst sie doch schon in ein paar Tagen wieder.« James machte keinen Hehl aus seiner Ungeduld.

Sophie half ihr, mit den Spitzenrüschen nicht in Pfützen zu geraten, als sie ins wartende Taxi stieg, während Walter gegen den immer stärker werdenden Regen einen Schirm über sie hielt.

»Komm nach Edinburgh, sobald du kannst«, bestürmte Sophie sie. »Ich will dich so oft wie möglich sehen, bevor du nach Indien gehst.«

»Das mache ich«, versprach Tilly und winkte durch das regenbespritzte Fenster ihren Lieben zu, die zusammengedrängt im Eingang des Teesalons standen.

Den ganzen Weg bis zur Küste plauderte James mit Fairfax über den Teehandel und Assam. Der alte Mann zog an seinem buschigen, tabakfleckigen Schnurrbart und lachte in sich hinein, während sie in Erinnerungen schwelgten. So glücklich hatte Tilly James den ganzen Tag über nicht erlebt, und als sie ihr Hotel erreichten, lud er seinen alten Kollegen auf einen *chota peg* ein.

»Drei große Whiskys mit Soda«, bestellte er, bevor auch nur ihr Gepäck in ihr Zimmer gebracht worden war. Er ließ sich in einen bequemen Chintzsessel fallen. »Mein Gott, ich brauche einen Drink.«

»Ich auch, alter Junge«, stimmte Fairfax ihm zu. Er musterte Tilly argwöhnisch.

Sie stand in ihrem Hochzeitskleid da und kam sich dumm vor. »Ich habe noch nie Whisky getrunken.«

»Möchten Sie, dass wir Ihnen lieber Tee bestellen?«, fragte Fairfax.

»Nein«, wehrte James ab. »Mrs Robson sieht so aus, als ob sie einen *chota peg* nötiger hat als wir. Komm schon, Mrs R, setz dich und leg die Beine hoch. Ein Whisky ist genau das Richtige, um die Nerven einer Braut zu beruhigen.«

Tilly lachte aufgeregt und setzte sich. Als der Drink serviert wurde, nippte sie daran und verzog das Gesicht bei dem sauren Geschmack. Ihr Vater hatte nur zu besonderen Gelegenheiten »ein kleines Schlückchen« getrunken, wie er es genannt hatte, etwa wenn sie ins neue Jahr hineingefeiert hatten. Sie konnte sich nicht vorstellen, dass irgendjemand den Geschmack als angenehm empfand. Aber James und sein Junggesellenfreund hatten ihre Gläser schon fast geleert und bestellten beide noch einmal das Gleiche. Tilly hielt durch und stellte fest, dass es ihr durchaus gefiel, wie die Bläschen aus dem Soda ihr vor dem Schlucken auf der Zunge prickelten. Sie mochte auch die Wärme, die sich in ihr ausbreitete. Sie entspannte sich und musste kichern, als die beiden von Tigerjagden und wild gewordenen Elefanten im Garten erzählten. Nachdem sie eine Stunde lang *chota pegs* getrunken hatte, fiel Tilly auf, dass ihre Magenschmerzen verschwunden waren.

Sie bestellten zum Abendessen Räucherfisch und pochierte Eier, dazu eine Flasche Rotwein. Fairfax ließ sich nicht lange bitten, sich ihnen anzuschließen. Als sie fertig waren, hatte Tilly Schluckauf, und es fiel ihr schwer zu gehen, ohne über ihr Kleid zu stolpern. Sie kicherte erneut, als sie daran dachte, wie sehr ihre Mutter und ihre Schwester das missbilligt hätten.

»Geh schon einmal nach oben, Mrs R«, befahl James, »und richte dich ein, während ich meinen Freund nach Hause bringe!«

Mühsam stieg Tilly die Treppe hinauf und fand die richtige Tür nur mithilfe eines Zimmermädchens.

»H... helfen Sie mir, mein Kleid auszuziehen?«, hickste sie.

Das Mädchen lachte und blieb, um ihr zu helfen.

Ehe Tilly wusste, wie ihr geschah, lag sie schon in Unterwäsche auf dem Doppelbett. In ihrem Kopf drehte sich alles wie ein Karussell. Das Mädchen war gegangen, das Zimmer lag im Halbdunkel, und Tilly wusste, dass ihr gleich schlecht werden würde. Sie hatte keine Ahnung, wo das Badezimmer lag, und es blieb ohnehin keine Zeit. Sie purzelte vom Bett, tastete darunter nach einem Nachttopf und zog ihn gerade noch rechtzeitig hervor. Tilly würgte und spuckte in den Topf, sodass ihr das Erbrochene in Gesicht und Haar spritzte.

Ihr war noch nie so übel gewesen. Als der Brechreiz vorüberging, setzte sie sich erleichtert auf. Ihr Magen tat weh und fühlte sich zugleich hohl an. Ihr Haar stank. Sie ekelte sich vor sich selbst. Was würde James nur von ihr denken? Wo steckte er überhaupt? Nach dem verblassenden Licht zu urteilen, musste es spät am Abend sein; sie hatte jegliches Zeitgefühl verloren.

Zu verlegen, um sich den Flur entlangzuschleichen und nach einem Wasserklosett zu suchen, in dem sie das Erbrochene wegspülen konnte, trug Tilly den Nachttopf in die entfernteste Ecke und deckte ihn mit einem Tuch ab. Vielleicht würde James es ja nicht bemerken. Sie fühlte sich zu krank, um sich große Sorgen darum zu machen. Mit Wasser aus dem Porzellankrug auf dem Waschtisch tat Tilly ihr Bestes, sich Gesicht und Haare zu waschen. Dann sprühte sie Parfüm aus einer kleinen Flasche auf, die Sophie ihr geschenkt hatte, und hoffte, den Gestank so zu überdecken. Der Blumenduft erinnerte sie an ihre Cousine. Plötzlich kamen Tilly die Tränen.

Eine halbe Stunde später kam James durch die Tür gestürmt und fand seine junge Braut zitternd auf einem Stuhl. Sie war halb nackt, stank nach Parfüm und weinte sich die Augen aus dem Kopf.

»Was ist denn nur los?«, lallte er, stolperte auf sie zu und verfing sich in der Spitzenschleppe, die auf dem Boden lag. Er kippte auf Tilly zu und hielt sich an ihren Schultern fest, um sich abzustützen. Sie zuckte unter seiner Berührung zusammen.

»Au, das tut weh!«

»Deine Haare sind nass.«

»Mir ist schlecht geworden.«

»Tilly, alles in Ordnung mit dir? Du bist doch nicht krank?« Unbeholfen streichelte er ihr das Haar.

»Ich glaube, es lag an diesem *chota*-Zeug«, murmelte sie.

James ließ sich auf die Knie fallen und tastete nach ihren Händen. »Tut mir leid. Dachte, es würde helfen ... Na, du weißt schon ... Erste Nacht.«

Tilly wurde schon wieder übel, als sie daran dachte, dass sie ihre Ehe nun vollziehen mussten. Sie war sich nicht sicher, ob sie sich nicht über ihren frisch angetrauten Ehemann übergeben würde, der selbst ziemlich betrunken zu sein schien.

»Ist Fairfax sicher nach Hause gekommen? Du warst lange weg.«

»Ja. Hat mich auf einen Schlummertrunk hereingebeten. Wie gesagt, tut mir leid.«

»Es macht mir nichts aus.« In dem Moment wollte Tilly nur noch schlafen und nicht aufwachen, bevor sie sich wieder wie ein Mensch fühlte. Sie schwor sich, nie wieder Whisky anzurühren.

»Gehen wir ins Bett«, sagte James und kämpfte sich wankend auf die Beine.

Tilly beobachtete ihn ängstlich, als er durchs Zimmer stolperte und versuchte, seine Kleidung auszuziehen. Nackt bis auf Unterhemd und Unterhose und mit einem Schuh und Socken noch am Fuß legte James sich schließlich erschöpft hin.

»Gib mir eine Minute«, bat er.

Schweigen folgte. Tilly wagte sich aus ihrem Sessel hervor und sah nach ihm. Im nächsten Augenblick schnarchte er schon leise. Er lag halb auf, halb neben dem Bett, aber sie wollte ihn nicht berühren, um ihn nicht zu wecken. Neben ihr schlief ein völlig Fremder.

Sie legte sich auf die Kissen und fragte sich, wie um alles in der Welt sie die nächsten beiden Tage überstehen sollte und ob sie die Ehe wieder auflösen konnten, wenn sie sie nicht vollzogen. Dann müsste sie nicht mit diesem Mann nach Indien ziehen und dort mit ihm zusammenleben.

* * *

Als James aufwachte, hatte er das Gefühl, dass eine Basstrommel in seinen Schläfen dröhnte. Seine Augen fühlten sich klein und trocken an. Er zuckte vor dem Morgenlicht zurück, das durchs offene Fenster strömte. Die Vorhänge blähten sich im Wind und flatterten wie Segel. Ein seltsamer säuerlicher Geruch mischte sich mit der salzigen Luft.

»Guten Morgen, Mr R.«

Er wandte den Kopf ein winziges Stück und sah eine junge Frau, die sich die roten Haare hinter die Ohren gestrichen hatte, auf einem Stuhl neben dem Bett sitzen. Sie musterte ihn. Sie war bleich wie ein Stück Leinwand, bis auf ihre lange Nase, die seltsam rosa war. Tilly. Seine Braut. Seine Frau. Sie wirkte eher wie eine verurteilte Strafgefangene. James durchforstete in Panik sein umnebeltes Gehirn, aber er konnte sich nicht an die vergangene Nacht erinnern. Er hatte sie doch sicher nicht misshandelt?

»Guten Morgen«, murmelte er und versuchte, sich aufzusetzen, aber das machte das Trommeln in seinem Kopf noch schlimmer.

Tilly reichte ihm ein Glas Wasser. »Ich habe auch eines gebraucht.«

»Ja?« James nahm es dankbar und stürzte es in einem Zug hinunter.

»Ich habe Tee und Toast bestellt – den Gedanken an ein warmes Frühstück konnte ich nicht ertragen. Das Mädchen bringt es uns aufs Zimmer. Ich glaube nämlich auch, dass ich es nicht aushalte, im Speisesaal zu sitzen – nicht, wenn es da nach Speck riecht. Habe ich das richtig gemacht?«

James nickte und stöhnte. »Genau richtig.«

Sie trug ein Sommerkleid mit einem geometrischen Muster, das ihm vor den Augen verschwamm. Er schloss die Augen. Als er sie wieder öffnete, stand Tilly am Fenster und sah auf die blaugraue Nordsee hinaus.

»Sollen wir heute am Strand spazieren gehen?«, fragte sie. »Ich bin mir nicht sicher, was man sonst so in den Flitterwochen unternimmt.«

James prustete. »Eines fällt mir da ein, Mrs R.«

Sie warf ihm einen Blick zu. Ihr blasses Gesicht wies plötzlich einen Hauch von Röte auf. Wieder durchzuckte James Besorgnis. Er wünschte, er hätte sich besser an gestern Nacht erinnern können. Er wusste noch, dass er Fairfax' Haus verlassen hatte, aber danach versagte sein Gedächtnis. Was hatte er überhaupt in seiner Hochzeitsnacht bei dem alten Jungen getrieben? Was für ein Feigling er doch war. Er hatte sich aus einer Laune heraus für diese junge Frau entschieden, weil sie nicht schön und eigensinnig war wie Sophie, sondern freundlich, robust und gefügig. Aber auf einmal machte ihm der Gedanke Angst, sein Leben mit einem Mädchen zu teilen, das halb so alt war wie er. Er hatte keine Ahnung, wie er sie behandeln sollte.

»Tilly.« Er schluckte. Seine Kehle war immer noch ausgedörrt. »Haben wir … letzte Nacht … na, du weißt schon …«

Ihre Wangen wurden noch röter. »Nein, haben wir nicht.«

James schwang sich in eine sitzende Stellung und bemerkte, dass er noch immer einen Schuh anhatte. Er rieb sich das Gesicht mit beiden Händen und seufzte.

»Tut mir leid. Ich habe zu viel getrunken. Das kommt nicht wieder vor.«

Tilly musterte ihn von Kopf bis Fuß. Sein drahtiges Haar stand ab, und die Haut um seine blauen Augen herum wirkte faltiger denn je. Dunkle Haare wuchsen über seinem zerknitterten Unterhemd aus seiner breiten Brust. Seine fleischigen Schultern erschienen im Vergleich zu seinen wettergegerbten Unterarmen seltsam hell. Auch seine Beine waren mit Haaren bedeckt. Es war faszinierend und verstörend zugleich.

»Stimmt etwas nicht?« Er runzelte die Stirn.

»Ich hatte keine Ahnung, dass Männer so haarig sein können«, platzte sie heraus.

Er starrte sie mit offenem Mund an und brüllte dann vor Lachen. Er hielt sich die Stirn. »Bring mich nicht zum Lachen, Tilly, der Kopf tut mir zu weh.«

Es klopfte an der Tür, und das Zimmermädchen kam mit einem Frühstückstablett herein. Tilly deutete auf den Tisch am Fenster und steckte ihr einen Shilling zu. Das Mädchen hatte ihr heute Morgen geholfen, den Nachttopf auszuleeren, und hatte das Trinkgeld wahrlich verdient.

»Das Badezimmer ist zwei Türen weiter auf der rechten Seite«, erklärte Tilly James. »Die Abflüsse sind laut, aber alles funktioniert. Warum wäschst du dich nicht, während der Tee zieht, Mr R?«

Zu ihrer Überraschung tat James, was sie sagte. Er zog sich einen ausgeblichenen Morgenmantel mit Paisleymuster über und ging mit seinem Rasierzeug zum Badezimmer. Frisch rasiert kehrte er mit glänzendem Gesicht zurück und roch angenehm nach Sandelholz. Hinter einem Wandschirm zog er sich an und setzte sich dann zum Frühstück zu ihr. Er verputzte sechs Scheiben Toast und trank einen Großteil des Tees.

Nachdem sie ein Picknick zum Mittagessen bestellt hatten, gingen sie ins Freie und spazierten die Promenade entlang nach

Norden. In Cullercoats machten sie halt, um zuzusehen, wie die Fischer im windigen Sonnenschein ihre Netze flickten. Dann machten sie am Strand in der Whitley Bay Picknick. Draußen an der frischen Luft fiel es ihnen leicht, sich zu unterhalten. Tilly bombardierte James mit Fragen über Assam und das, was sie zu erwarten hatte.

»Muriel Percy-Barratt passt schon auf dich auf«, versicherte er ihr. »Sie ist die *burra memsahib* in den Teegärten – die führende Dame. Wenn du irgendetwas über Haushaltsangelegenheiten wissen musst, ist Muriel die richtige Frau für dich. Sie hat sich sehr darüber gefreut, dass ich sie gebeten habe, sich auf dem Schiff nach Indien um dich zu kümmern. Dann könnt ihr über all den Haushaltskram plaudern, von dem ich nichts verstehe.«

Tilly fühlte sich in der Annahme bestärkt, dass sie sofort eine neue Freundin haben würde.

»Es ist auch gut, dass Clarrie Robson in der Nähe wohnt.«

»Belguri ist sehr weit von meinem Haus entfernt«, gab James abfällig zurück. »Wir begegnen uns kaum.«

»Clarrie hat gesagt, wir könnten uns in Shillong treffen, wenn ich zu einem Einkaufsbummel dort bin«, beharrte Tilly.

»Einkaufen?«, hakte James nach. »Wenn du irgendetwas brauchst, ist es viel besser, es in Kalkutta zu bestellen oder es dir von zu Hause schicken zu lassen. Aber Muriel wird dir schon erläutern, wie der Hase läuft.«

Tilly ließ das Thema fallen. Sie wollte ihn nicht gegen sich aufbringen, indem sie über Clarrie redete. Ihr war bewusst, dass er eine geschäftliche Meinungsverschiedenheit mit Clarries Mann Wesley hatte. Aber das würde sie nicht davon abhalten, mit Clarrie befreundet zu bleiben, die der Familie seit Jahren am Herzen lag.

Sie plauderten fröhlich über James' Haustiere: seinen Retriever Rowan, seine Hühnerhunde, seine Ponys und einen sprechenden Vogel namens Sindbad. Die Ängste und Zweifel der letzten Nacht kamen Tilly nun lächerlich vor, verbannt vom strahlenden Sonnenschein und der frischen Seeluft. James' Trunkenheit war das Ergebnis von Aufregung in der Hochzeitsnacht gewesen, genau wie ihre. Es weckte zärtliche Gefühle für ihn in ihr, dass solch ein reifer Mann noch wie ein Junge die Nerven verloren hatte.

An dem Abend aßen sie mit gutem Appetit im Speisesaal und zogen sich früh nach oben zurück. James schloss die Vorhänge, und sie entkleideten sich beim Geschrei der Möwen, die auf dem Fenstersims riefen. Tilly behielt ihre Unterwäsche an und schlüpfte unter die Bettdecke, aber James zog sich splitternackt aus und machte es sich dann neben ihr bequem. Seine Haut roch nach Sand und Sonne, und ihre eigene blasse Haut glühte von der Hitze des Tages. Sie hielt den Atem an und wartete.

»Darf ich dein Haar herunterlassen, Tilly?«, fragte er.

»Oh, ja, natürlich.« Sie griff hinter sich, um es zu lösen, aber er hielt sie auf.

»Lass mich das machen.«

»Wenn du meinst.«

Langsam entfernte er die Nadeln aus ihrem welligen Haar und zog es ihr über die Schultern. Seine Finger streiften ihr Gesicht und ihren Hals. Kleine Schauer durchliefen ihren Körper.

»Es sind sehr viele Nadeln, nicht wahr? Mutter beschwert sich immer, dass ich eine ganze Menge brauche und sie so oft verliere.«

Sanft küsste er die flaumigen Strähnen um ihre Stirn und ließ dann die Lippen über ihre Wimpern und Wangen bis zu ihrem Kinn wandern. Seine Zunge leckte an ihrem Hals und ihrem Dekolleté hinab, als er ihr Unterhemd vorsichtig öffnete. Seine großen Finger stellten sich mit dem zierlichen Schnürband ungeschickt an.

»Du schmeckst nach dem Meer«, murmelte er. Seine Stimme war plötzlich sanft und tief.

»Wirklich? Das ist bestimmt nicht sehr schön.« Tilly spürte, dass ihr Herz unregelmäßig zu klopfen begann. Eine seltsame Wärme stahl sich in ihren Bauch. »Ich hätte daran denken sollen, vor dem Abendessen zu baden.« Sie versuchte, nicht außer Atem zu klingen, obwohl sie es war. »Aber nach unserem Tag im Freien hatte ich solchen Hunger.«

James zog ihr Unterhemd beiseite und entblößte ihre Brüste. Er sah auf sie herab und schnappte nach Luft.

»Du bist schön, Tilly, wie eine reife Frucht.«

Tilly prustete plötzlich vor Lachen. Er runzelte die Stirn.

»Was ist so witzig?«

»Das, was du sagst«, platzte es aus Tilly heraus.

Er zog sich zurück. »Ich mag es nicht, ausgelacht zu werden – schon gar nicht von meiner frisch angetrauten Frau.«

Tilly stützte sich auf die Ellbogen hoch. »Ich lache dich nicht aus, versprochen.«

»So klingt es aber.« Er setzte sich auf und griff nach seinem Zigarettenetui.

Tilly geriet plötzlich in Panik, dass sie diese Ehe nie vollziehen würden. Wenn sie es jetzt nicht taten, würde James nach Indien fahren, sich alles anders überlegen und ihre Reise absagen. Dann würde sie als traurige alte Jungfer auf die Großzügigkeit ihrer Schwester im windumtosten Dunbar angewiesen sein. Der Gedanke daran bestärkte sie in dem Willen, diese Ehe mit James Robson zum Erfolg zu machen. Sie hatte so eine Ahnung, dass die sexuelle Seite der Angelegenheit viel mehr Vergnügen bereiten konnte, als Mona in ihrem einzigen kurzen Gespräch zur Hochzeitsvorbereitung angedeutet hatte.

Tilly streckte den Arm aus und nahm James Zigarettenetui und Feuerzeug aus den fleischigen Händen.

»Es tut mir leid. Ich weiß, dass ich manchmal zu viel rede und kichere, aber das ist nur Nervosität. Es treibt meine Familie in den Wahnsinn. Komm zurück und koste von der Frucht!« Sie grinste und errötete über ihre eigene Keckheit. »Ich hatte auch meinen Spaß daran.«

»Wirklich?« James klang zweifelnd.

Sie führte seine Hand auf ihre linke Brust. »Hier. Fühl doch, mein Herz hämmert wie ein Klöppel. So sehr rast es sonst nicht einmal beim Tennis.«

James lachte auf und versenkte das Gesicht zwischen ihren Brüsten.

»Was für ein Festmahl doch auf mich wartet, Mrs R!«, rief er.

Tilly gluckste vor Lachen, als er sie liebkoste und küsste. So eifrig wie ein erfolgreicher Jockey setzte er sich rittlings auf sie. Die köstlichen Dinge, die er ihrem üppigen Bauch und ihren Oberschenkeln antat, erregten sie, und sie schrie vor Freude. Sie genoss das Chaos der abgelegten Kleider und des Bettzeugs, die Hitze und den Schweiß ihres kraftvollen Geschlechtsakts. Es war ihr egal, wie zerzaust sie hinterher sein würde. Sie fühlte sich wie eine Göttin mit einem Füllhorn voller Früchte. Vielleicht sprach sie das auf dem Höhepunkt ihrer Leidenschaft sogar aus.

»Oh, du meine Güte, James«, seufzte sie, als sie gemeinsam aufs zerwühlte Bett sanken, »Leibesertüchtigung hat mir noch nie so viel Spaß gemacht.«

James lachte leise neben ihr. »Und war sicher auch noch nie von so vielen Kommentaren begleitet.«

»Oje«, sagte Tilly, »habe ich zu viel geredet? Ich werde versuchen, das beim nächsten Mal bleiben zu lassen.«

Er legte seinen Arm über ihren weichen Bauch. »Mach bloß nichts anders, Mrs R. Du bist genau richtig, so wie du bist.«

7

Edinburgh

William Boswell klingelte um Viertel vor zwei an Wohnung Nummer vier in der Clerk Street einundsiebzig. Sophie und Amy standen schon in Tennisröcken und Turnschuhen bereit.

Sophie betätigte den Hebel, um die Haustür unten zu öffnen, aber als Boz das Gebäude betrat, rief sie über das Geländer ins Treppenhaus: »Wir kommen hinunter und ersparen Ihnen die Mühe heraufzusteigen.«

Sie sauste die Treppe, zwei Stufen auf einmal nehmend, hinab, gefolgt von ihrer Tante. In der Tür grinsten sie und Boz einander an und schüttelten sich die Hände. Dann sagte Sophie: »Sie erinnern sich doch an Tante Amy aus dem Beiwagen?«

»Ja, natürlich. Freut mich, Sie wiederzusehen, Miss Anderson.«

Sophie entdeckte jemanden vor der halb geöffneten Haustür; ein Bein in weißem Flanell und die Rauchwolke einer Zigarette.

»Tam?« Sie lächelte und trat nach draußen.

Sie machte ein langes Gesicht, als sie sah, dass es nicht Tam Telfer war. Der Inder vom Cricketspiel in den Meadows ließ seine Zigarette fallen, trat sie mit dem Schuh aus und streckte ihr die Hand hin.

»Hallo, Miss Logan! Rafi Khan. Wir haben uns im Camp kennengelernt – Carter Bar.«

Sophie zögerte. »Ja, natürlich.« Sie schüttelte ihm kurz die Hand und schluckte ihre Enttäuschung hinunter.

Amy begrüßte ihn bereitwilliger. »Aus Lahore, nicht wahr? Ihre Familie ist im Baugewerbe tätig.«

»Sie haben ein gutes Gedächtnis, Miss Anderson.« Rafi lächelte.

»Und Sie sind dem Lahore-Horse-Regiment beigetreten, weil Sie das Reiten lieber mögen als das Ziegelstapeln – das hat Ihren Vater verärgert. Ich mag unabhängige Geister.«

Rafi lachte entzückt. »Und ich verneige mich vor einer Frau, die diesem gerissenen Politiker Churchill, der nicht wollte, dass Sie das Wahlrecht bekommen, und uns Indern nicht zutraut, unser eigenes Land zu regieren, mit dem Regenschirm gedroht hat. Wenigstens haben Sie Ihren Kampf gewonnen.«

»Rafi, bitte heute Nachmittag keine Politik!«, rief Boz. »Ich habe den Damen Tennis versprochen.«

»Das eine Thema sollte das andere nicht ausschließen«, erwiderte Amy und reihte sich neben Rafi ein. »Ich bin vor über zwanzig Jahren durch Lahore gekommen, als ich auf dem Weg zur Hochzeit meiner Schwester in Murree war. Wunderbare Mogulbauwerke, und solch einen prächtigen Bahnhof habe ich sonst nirgendwo gesehen; er kam mir vor wie ein wahrer Palast.«

»Mein Großvater war einer der Baumeister.« Rafi lächelte. »Von da an ist seine neu gegründete Firma auf einen grünen Zweig gekommen – hat mir die Bishop-Cotton-Schule in Simla finanziert.«

»Simla? Na, das ist einmal ein Ort, den ich gern besucht hätte.«

»Auch nicht viel anders als Ihr Schottisches Hochland – oder Ihr schottisches Wetter«, scherzte Rafi. »Die Sommer in Simla haben mich gut auf Nebel und Regen vorbereitet und die Winter auf kalten Wind und Schnee.«

»Warum haben Sie dann die Wärme von Lahore zugunsten von Schottland verlassen, Mr Khan?«

»Ich mag das schottische Wetter.«

Amy musterte ihn und erkannte an seiner spöttischen Miene, dass er sie aufzog.

»Und in Simla habe ich eine Leidenschaft für Bäume entwickelt. Edinburgh hat einen der besten Forststudiengänge im ganzen Empire ...«

Sophie spazierte mit Boz voran. Ihr war heiß vor Verlegenheit darüber, dass sie angenommen hatte, Tam würde der Vierte im Bunde bei ihrem Tennisspiel sein. Khans Weltläufigkeit sorgte dafür, dass sie die Zähne nicht auseinanderbekam. Boz schien Verständnis dafür zu haben.

»Tam ist im Moment im Ausland. Er ist gleich nach Ende des Semesters nach Frankreich gegangen.«

»Oh, ich verstehe. Es ist das letzte Forstpraktikum, nicht wahr?«

»Nein, das kommt erst im August.« Boz sah sie kurz an. »Er ist mit seiner Ma und seiner Schwester in Paris. Das ist der erste Urlaub, den sie seit Ende des Kriegs zusammen machen. Es war Tams Idee.«

»Wie freundlich von ihm.« Sophie lächelte, erleichtert, dass Tams Abwesenheit nichts damit zu tun hatte, dass er nicht mit ihr Tennis spielen wollte. »Er hat sehr liebevoll von den beiden gesprochen und scheint seine ältere Schwester ziemlich zu bewundern.«

»Ja«, pflichtete Boz ihr bei, »Flora war für ihn wie eine zweite Mutter – zehn Jahre älter –, deshalb ist er immer auf ihre Anerkennung aus.«

»Wenn er mit ihr nach Paris fährt, hat er hinterher sicher einen Stein bei ihr im Brett«, bemerkte Sophie trocken.

»Ja, er will sie beeindrucken.« Boz nickte. »Er will mit seinem schlechten Französisch angeben und sie überzeugen, dass er, nachdem er einen Krieg und ein Studium überstanden hat, endlich ein erwachsener Mann ist, der in der Lage ist, eigene Entscheidungen zu fällen.«

»Sie klingt Furcht einflößend.«

»Das ist sie auch«, brummte Boz. »Jeder Freund von Tam muss erst von seiner Schwester Flora genehmigt werden.«

»Das behalte ich im Hinterkopf«, versprach Sophie.

Er sah sie seltsam an. Vielleicht war er enttäuscht, dass sie sich so für seinen Freund interessierte, aber im Camp war doch bestimmt nicht zu übersehen gewesen, wem ihre Gefühle galten?

Sie sprachen nicht mehr von Tam, sondern spielten ein lebhaftes gemischtes Doppel: Amy tat sich mit Rafi zusammen, Sophie mit Boz. Ihre Tante war auf dem Platz langsamer als Sophie, aber ihre Schläge waren kräftig, weil sie durch ihre Arbeit als Tischlerin sehr muskulöse Arme hatte. Rafi war ebenfalls ein starker, selbstbewusster Spieler und jagte Sophie quer über den Platz. Aber Boz gelang es dank seines schlaksigen Körperbaus und seiner Größe, viele der Bälle zu bekommen, die Sophie nicht mehr erreichte.

Jedes Paar gewann einen Satz. Der dritte ging knapp an Boz und Sophie. Amy wurde müde und verlor den vierten Satz ohne viel Gegenwehr.

»Das reicht jetzt«, keuchte sie. »Tut mir leid, Rafi, ich bin geschafft.«

»Ich auch«, erwiderte Rafi. Sophie fand allerdings, dass er überhaupt nicht erschöpft wirkte. Sein gut aussehendes Gesicht glänzte noch kaum, während Boz tiefrot angelaufen war und vor Schweiß triefte. Rafi warf Sophie einen Blick zu. »Gut gespielt.« Er schüttelte Boz die Hand, um ihm zu gratulieren, versuchte aber nicht, Sophies zu nehmen. »Ihr seid ein unschlagbares Paar.«

Sophie ärgerte sich über seine Bemerkung. Der Inder machte sich über sie lustig, also ignorierte sie ihn.

»Danke, Rafi, ihr habt auch gut gespielt«, erwiderte Boz und wischte sich das Gesicht mit einem großen Taschentuch ab.

»Wenn ich darf, bringe ich Sie nach Hause, Miss Anderson.« Rafi wandte sich ab. »Boz und Miss Logan können ohne uns ein Einzel spielen. Ihre Nichte wirkt immer noch energiegeladen.«

Amy nahm den Vorschlag bereitwillig an, und Boz schien erpicht darauf, weiterzuspielen.

»Ja, machen wir es so«, stimmte Sophie zu und versuchte, sich ihren Ärger über Rafis Kommentar nicht anmerken zu lassen. Sie störte sich weniger an den Worten an sich als an seinem neckischen Tonfall. »Ich komme nicht oft dazu zu spielen, und das Wetter ist zu schön, um drinnen zu hocken.«

Sie fühlte sich seltsam erleichtert, als der weltläufige junge Inder mit ihrer Tante davonschlenderte. Er war attraktiv und humorvoll, das musste sie zugeben, aber sie fühlte sich in seiner Gegenwart nicht wohl. Es war nichts, was sie sich so einfach erklären konnte. Die Art, auf die er sie mit einer Kälte, die an Verachtung grenzte, ansah, weckte in ihr den Verdacht, dass er sie nicht besonders mochte.

Sophie und Boz spielten noch eine halbe Stunde. Zu ihrem Entzücken wurde ihr Spiel immer besser, während er müde wurde, und nach fünf Sätzen stand es unentschieden.

»Nächstes Mal besiege ich Sie«, versprach Sophie.

»Die Herausforderung nehme ich gern an, Miss Logan.« Boz grinste.

Sie verabredeten sich für den kommenden Mittwochabend zum Spielen und gingen zusammen zur Wohnung in der Clerk Street zurück. Sophie lud Boz nach oben zu Amys selbst gemachter Limonade ein, damit er seinen Durst stillen konnte. Als sie die Wohnung betrat, verspürte sie einen Anflug von Nervosität: Der Mann aus Lahore würde sicher in einem bequemen Sessel sitzen, rauchen und mit ihrer Tante über Politik diskutieren.

»Ihr Freund Mr Khan wollte nicht zum Tee bleiben, Mr Boswell«, erklärte Amy jedoch. »Er hat nur ein Glas Limonade getrunken und dann gesagt, er müsse noch ein bisschen lernen.«

»Typisch Rafi«, seufzte Boz. »Immer will er der Beste sein.«

»Ich bewundere sein Engagement«, bemerkte Amy. »So fern von Heimat und Familie muss es für ihn doch schwer sein.«

Sie bedachte Sophie mit einem ihrer stahlharten Blicke, als wäre es die Schuld ihrer Nichte, dass Rafi nicht länger geblieben war.

»Ja, bestimmt.« Boz zuckte die Schultern. »Aber Rafi war seit Kriegsbeginn nicht mehr in Indien, also vermisst er sie wohl nicht allzu sehr. Er ist sich vermutlich selbst genug.«

* * *

Sophie spielte in der folgenden Woche zweimal nach der Arbeit Tennis mit William Boswell. Nach dem zweiten Mal sagte er verschämt: »Ich habe mich gefragt, ob du wohl Lust hättest, nächsten Dienstag mit zum Tanz des Forstinstituts zu kommen? Sehr glamourös wird das nicht – nur in der Turnhalle –, aber sie haben normalerweise ein paar gute Studentenmusiker, und es gibt immer reichlich zu essen.«

Sophie zögerte. Sie wollte Boz keine falschen Hoffnungen machen, dass ihre Freundschaft zu einer Liebe erblühen würde. Sie genoss seine Gesellschaft, empfand aber nichts Tieferes für ihn.

»Ich weiß nicht recht …«

»Wir wären Teil einer größeren Gruppe«, versicherte Boz ihr. »Du müsstest nicht den ganzen Abend lang mit mir tanzen.« Sie musterte sein offenes, freundliches Gesicht. »Aber wenn du mir ein paarmal die Ehre erweist, würde ich nicht wie ein Mauerblümchen dastehen«, scherzte er. »Es sind nie genug Mädels da. Professor Grant gibt mir vielleicht sogar eine bessere Note, wenn ich dich mitbringe.«

Sophie prustete. »Na, wenn es dir bei deinem Abschluss hilft, kann ich ja nicht Nein sagen, oder?«

Am Dienstagabend eilte Sophie zu spät aus dem Büro nach Hause, wusch sich am Waschbecken, schnappte sich aus dem Schrank eine saubere Bluse und einen leichteren Rock zum Tanzen, bürstete sich die langen Haare und steckte sie zu einem losen Knoten auf.

»Darf ich mir deinen dünnen Schal leihen, Tante Amy? Draußen ist es noch warm, und in einem Mantel schwitze ich nur.«

»Damen schwitzen nicht«, erwiderte Amy. »Sie glühen nur.«

»Sie schwitzen sehr wohl, wenn sie Ragtime tanzen.« Sophie grinste.

»Komm nicht zu spät zurück«, versuchte Amy, streng zu sein. »Du musst morgen früh arbeiten.«

»Und um Mitternacht verwandele ich mich in eine Ratte, ich weiß.« Sie beugte sich aus dem Wohnzimmerfenster, erspähte Boz, der die Straße heruntergeschlendert kam, und winkte. »Ich bin gleich unten!« Sie drehte sich um und drückte ihrer Tante einen schmatzenden Kuss auf die weiche Wange. »Bleib nicht wach, um auf mich zu warten; ich habe meinen Schlüssel dabei.«

»Viel Spaß, Liebes!«

Amy sah ihr vom Fenster aus nach. Ihr Herz zog sich zusammen, als sie daran dachte, dass ihre Nichte aus einem klammernden, unglücklichen Kind zu solch einer lebhaften, attraktiven jungen Frau herangewachsen war, die vor nichts Angst zu haben schien. Sie ging Seite an Seite mit dem hochgewachsenen, rothaarigen Bauernsohn, schaute zu ihm hoch und plauderte. Vielleicht würde es nicht mehr lange dauern, bis Sophie auch heiraten und ihr Zuhause verlassen würde wie ihre Cousine Tilly. Amy graute vor dem Tag, an dem Sophie nicht mehr die Treppe heraufgepoltert kommen würde, um durch die Tür zu stürmen, sie laut zu begrüßen und gleich mit allem, was im Laufe des Tages passiert war, herauszuplatzen.

Amy hätte Sophie nicht inniger lieben können, wenn sie ihr eigenes Kind gewesen wäre. Es bekümmerte sie, dass ihre Schwester Jessie zu früh gestorben war, um mitzuerleben, wie ihre Tochter groß wurde und aufblühte. Der Gedanke an das tragische Schicksal ihrer Schwester weckte eine böse Vorahnung in Amy. Sie betete, dass Sophie nicht den gleichen Fehler begehen und übereilt einen unpassenden Mann heiraten würde. Der Teepflanzer Bill Logan hatte Jessies Herz mit seinem guten Aussehen und seinem Charme gewonnen, aber er war ein eifersüchtiger, übermäßig besitzergreifender Mann gewesen. Amy hatte ihm instinktiv misstraut, schon als sie ihn das erste Mal gesehen hatte. Seltsamerweise war es ihr mit Tam Telfer genauso gegangen, obwohl sie keinen Grund für ihr Unbehagen benennen konnte.

Sie beobachtete das junge Paar, bis es die Straße überquerte und Richtung Pleasance und Universitätsturnhalle verschwand. Der schlaksige William war ein fröhlicher Bursche, aber Amy bezweifelte, dass er der Richtige für Sophies leidenschaftliche Persönlichkeit und ihre Abenteuerlust war.

* * *

Es stellte sich heraus, dass Sophie einen der anderen Studenten kannte, Ian McGinty. Sie hatten gemeinsam die Sonntagsschule besucht, genau wie seine beiden jüngeren Schwestern, die auch da waren, um das Zahlenverhältnis ins Gleichgewicht zu bringen. Rafi kam mit einer älteren Frau hereinspaziert, die wie eine Bohemienne aussah: Volantrock, eine Fülle von Armreifen und leuchtend roter Lippenstift. Sie standen rauchend neben dem Getränketisch; Rafi winkte Boz und Sophie zu, ging aber nicht zu ihnen.

»Die Frau irgendeines Künstlers«, fühlte Boz sich bemüßigt zu erklären, »von einem dieser Pointilisten oder so. Rafi kennt die seltsamsten Leute.«

Sophie zwang sich, Rafi und die faszinierende Frau nicht weiter anzugaffen, sondern stürzte sich genussvoll in den Tanz. Die Musiker entpuppten sich als Ceilidh-Band und spielten schottische Volkstänze, nicht Jazz, wie sie gehofft hatte. Aber sie kannte all die Tänze von Kirchentreffen und Suffragetten-Benefizveranstaltungen, zu denen Amy sie im Laufe der Jahre immer wieder mitgenommen hatte: Sie tanzte mit Boz, Ian und zwei anderen Studenten, die um einen Eintrag auf ihrer Tanzkarte gebeten hatten.

Unmittelbar vor der Pause zum Abendessen hatte Sophie sehr stark das Gefühl, beobachtet zu werden. Als die Band einen Dashing White Sergeant ankündigte und die Tänzer anwies, sich zu Dreiergruppen zusammenzufinden, erhaschte sie einen Blick auf eine vertraute schlanke Gestalt, die mit den Händen in den Taschen dicht neben dem Eingang stand und sich mit Rafi und der Künstlerfrau unterhielt, dabei aber direkt Sophie ansah.

»Tam ist wieder da!«, keuchte sie.

Boz winkte seinem Freund zu und rief: »He, Telfer! Wir brauchen noch einen Mann.«

Sophies Eingeweide schlugen Purzelbäume, als Tam die anderen stehen ließ und durch die Halle marschiert kam, um sie zu begrüßen. Er schlug Boz auf den Rücken und schüttelte Sophie die Hand. »Ich wäre früher gekommen, wenn ich gewusst hätte, dass die schönste Motorradfahrerin von ganz Schottland auch beim Tanz ist. Normalerweise sind nur die Großmutter des Professors und ihre besten Freundinnen da, was, Boz?«

»Ja, so ungefähr.« Boz prustete. »Wie war es in Paris?«

Tams Miene verkrampfte sich. »Enttäuschend.«

Boz zog die Augenbrauen hoch. »Hat es Flora nicht gefallen?«

»Ich erzähle dir später davon«, versprach Tam. »Kommt schon, stellen wir uns auf!« Er packte Sophie fest an der Hand und zog sie auf die Tanzfläche. Boz nahm ihre andere Hand, und sie stand zwischen ihnen, entzückt über die unerwartete Wendung, die die Dinge genommen hatten.

Sie wirbelten jauchzend durch den munteren Tanz. Sophies Herz hämmerte jedes Mal, wenn sie Tams Hand anfassen musste, um sich mit ihm unter den zum Bogen erhobenen Armen der Tänzer gegenüber hindurchzuducken. Er sah noch immer so gut aus, wie sie ihn in Erinnerung hatte. Sein Körper war von der Arbeit im Freien gestählt, sein schmales Gesicht sonnengebräunt, was das Blau seiner Augen unterstrich.

Der Reel ging zu Ende, und die Tänzer stellten sich im Nebenraum an, wo ein Büfett mit Pies, Sandwiches und Obstkuchen aufgebaut war. Tam suchte einen Tisch für sie alle und unterhielt sie mit humorvollen Geschichten über seine Familie in Paris.

»Flora hat darauf bestanden, dass wir uns eine Tanzvorführung ansehen – sie hat die ganze Woche von nichts anderem geredet – und dann einen hysterischen Anfall bekommen, weil die Tänzerinnen so wenig anhatten. Mutter rief immer wieder: ›Sie holen sich noch den Tod!‹, und Flora hat uns gezwungen, mitten im Cancan die Veranstaltung zu verlassen.«

Boz pfiff. »Was hast du dir auch dabei gedacht, mit ihnen in die Folies Bergère zu gehen, du Trottel?«

»Nie wieder.« Tam schnitt eine Grimasse. »Für Ma und Flora geht es ab jetzt nur noch nach North Berwick.«

»Und du?«, fragte Boz. »Hast du …«

»Ich hatte auch genug von Paris«, schnitt Tam ihm das Wort ab. »Aber erzähl mir, was ich hier verpasst habe.«

»Viel Cricket und Tennis«, sagte Boz. »Rafi schlägt mich ständig im Cricket und Sophie im Tennis.«

»Wirklich?«, rief Tam.

»Kling nicht so überrascht.« Sophie lachte. »Ich war Kapitänin meiner Schultennismannschaft.«

»Dann brauchst du einen besseren Gegner«, neckte Tam sie. »Ich fordere dich zum Duell im Morgengrauen und wähle als Waffe den Tennisschläger.«

»Abgemacht!« Sophie grinste.

Den Rest des Abends über tanzte Sophie abwechselnd mit Boz und Tam, aber als der letzte Walzer anstand, erhob Tam schnell Anspruch auf sie. Sie war unglaublich nervös, als er sie dicht an sich zog, die Hand fest in ihr Kreuz gelegt. Sein Kinn streifte ihr Haar, als sie über die Tanzfläche wirbelten. Sie war beeindruckt, wie leichtfüßig er war.

»Du bist eine großartige Tänzerin.« Er lächelte auf sie herunter. »Besser als all die Mädels in Paris.«

»Das freut mich zu hören«, antwortete sie, entzückt über das Kompliment, auch wenn sie einen Hauch von Eifersucht auf die französischen Mädchen empfand, die mit ihm getanzt hatten. »Am liebsten mag ich die modernen Tänze.«

»Warst du schon im neuen Palais de Danse in Fountainbridge?«, fragte Tam.

»Nein«, gestand Sophie betrübt, »aber ich habe gehört, dass es wunderbar sein soll.«

»Also war Boz noch nicht mit dir da?«

Sophie schüttelte den Kopf. »Er hat mich nur heute Abend gebeten mitzukommen, damit genug Frauen dabei sind.«

»Also befindet ihr euch nicht in einem Einverständnis?«, erkundigte Tam sich auf seine unverblümte Art.

»Meine Güte, nein«, versicherte Sophie rasch.

»Dann, Miss Logan«, sagte Tam, drückte sie enger an sich und flüsterte ihr ins Ohr, »machen Sie sich am Samstagabend fein und gehen Sie mit mir ins Palais.«

8

»Du gehst doch nicht ganz allein mit Mr Telfer dorthin, nicht wahr?«, fragte Amy besorgt, während sie Sophie bei ihren aufwendigen Vorbereitungen fürs Ausgehen beobachtete. Sie hatte sich die Haare gewaschen und die langen Strähnen eng mit Stoffstreifen zusammengebunden, bis sie getrocknet waren; das Ergebnis war ein Wasserfall blonder Ringellöckchen. Sophie hatte das blaue Kleid gekürzt, das sie zu Tillys Hochzeit getragen hatte, und hielt jetzt verschiedene Schmuckstücke an die schlichte Vorderseite.

»Die Elfenbeinperlen oder die Bernsteinbrosche, Tante?«

»Die Brosche.«

Sophie verzog das Gesicht. »Ich finde aber, dass Mutters Perlen mehr ins Auge stechen – und sie passen zu dem Elfenbeinarmband.«

»Du willst auch das Armband tragen?«, fragte Amy erschrocken. »Was, wenn du es verlierst? Die Schließe ist nicht sehr stabil.«

»Ich verliere es schon nicht«, beharrte Sophie.

Sie nahm das Elfenbeinarmband aus seinem abgenutzten Kästchen. Es war die Habseligkeit, die sie am meisten liebte. Ihre Eltern hatten es ihr zur Taufe geschenkt. Sie wusste noch, wie ihre Mutter es in ihrer Kindheit an ihrem kleinen Handgelenk befestigt hatte – vielleicht zu einem besonderen Anlass wie etwa einem Geburtstag? Sie erinnerte sich vor allem an die sanfte Berührung warmer Finger, Blumenduft und daran, dass ihr Vater im Hintergrund lachte – ein kehliges Raucherlachen. Sie strich mit den Fingern über die zierlich geschnitzten Elefantenköpfe und drückte den Metallverschluss zu.

Vor ein paar Jahren war das Armband um ein paar billige Perlen erweitert worden, um an ihr Frauenhandgelenk zu passen, aber Sophie liebte es nach wie vor. Das Armband war all die Jahre wie ein Talisman für sie gewesen, eine Verbindung zu ihren Eltern und zu ihrem früheren Leben vor der Tragödie – so, als würde es die Geister der beiden heraufbeschwören, wann immer sie es berührte. Doch solch eine abergläubische Überzeugung konnte sie ihrer Tante nicht anvertrauen, die eine treue Anhängerin der Kirche von Schottland war.

»Wer sonst kommt heute Abend noch in diese Tanzhalle, Sophie?«, hakte Amy nach und musterte das makabre Armband, das wirkte, als hätte man die Elefanten geköpft. Sie hatte es noch nie gemocht. Außerdem gefiel ihr nicht, dass ihre Nichte es wie eine heilige Reliquie behandelte.

»Oh, eine ganze Menge von uns«, antwortete Sophie leichthin. »Boz und die McGintys – Leute von der Universität.«

»Das kann Mr Telfer mir ja selbst noch einmal erzählen, wenn er heraufkommt, um dich abzuholen.«

Sophie beschäftigte sich damit, ihren Regenmantel herauszusuchen. »Ich habe ihm gesagt, dass ich mich draußen mit ihm treffe. Wir wollen den Bus nicht verpassen.«

»Aber Sophie ...«

»Ich lade ihn ein andermal zum Tee ein, versprochen.« Sophie griff nach ihrer kleinen Abendhandtasche, die sie sich erst diese Woche in einem Gebrauchtwarenladen gekauft hatte, gab ihrer Tante rasch einen Kuss und polterte durch die Tür.

»Du wirst einen Regenschirm brauchen!«, rief Amy ihr nach.

»Tam hat bestimmt einen.« Sophie winkte und schlug die Tür laut hinter sich zu.

Sie war ein aufgeregtes Nervenbündel. Das Letzte, was sie wollte, war, dass ihre Tante Tam mit Fragen über seine Familie und das Weltgeschehen zusetzte, wie sie es bei Boz und Rafi getan hatte. Sophie hatte das Gefühl, dass Tam einer neugierigen Amy gegenüber weniger Geduld aufbringen würde, und sie wollte einen guten Eindruck machen, bevor er solch einem Verhör unterzogen wurde. Sie blieb im matten Licht des Treppenhauses stehen, streifte ihren biederen Regenmantel ab und zog einen Lippenstift samt einem Miniaturspiegel aus der Handtasche. Sie trug eine dünne Schicht Rot auf, presste die vollen Lippen zusammen und war zufrieden mit der Wirkung.

Tam wartete draußen mit einem Schirm, der sie gegen den abendlichen Nieselregen schützen sollte. Er war makellos in einen Abendanzug, einen weißen Schal und auf Hochglanz polierte Schuhe gekleidet. Sie bekam Schmetterlinge im Bauch, als sie seine gepflegte Erscheinung sah und den würzigen Duft seiner Rasierseife roch. Er musterte sie anerkennend und bot ihr den Arm.

»Wie hübsch Sie doch aussehen, Miss Logan.« Er zwinkerte. »Jeder Mann im Palais wird mich beneiden. Komm, rein mit dir.« Er deutete auf das wartende Taxi.

»Wir fahren mit dem Taxi?«, rief Sophie.

»Ich lasse doch nicht zu, dass du in feinen Strümpfen durch Pfützen watest, mein Mädchen.« Er grinste.

Sophie errötete vor Freude, als er hinter ihr einstieg. Auf dem Weg durch die Stadt plauderte Tam leichthin. Er wollte alles über den Rest ihrer Motorradfahrt nach Newcastle und die Party zum einundzwanzigsten Geburtstag ihrer Cousine hören.

Er war erstaunt, als er erfuhr, dass sich daraus eine plötzliche Verlobung und eine Heirat einen Monat später ergeben hatten.

»Das hier ist das Kleid, das ich als Tillys Brautjungfer anhatte«, gestand Sophie.

»Es ist entzückend«, versicherte Tam ihr und warf einen Blick auf ihre Beine. »Ich fühle mich geehrt, dass du es an unserem gemeinsamen Abend trägst.«

Sophie wurde plötzlich verlegen und zog am Saum, um ihre Knie zu bedecken. »Ich habe nicht viele feine Kleider.«

»Du bist schön, ganz gleich, was du trägst.« Er lächelte.

Sie wusste, dass er ihr schmeichelte, und solche Worte gingen dem weltläufigen Tam bestimmt leicht von der Zunge. Aber schon bevor sie in der Tanzhalle eintrafen, wusste Sophie, dass sie dabei war, sich hoffnungslos in ihn zu verlieben.

Sie eilten aus dem Taxi durch den Regen zum imposanten Eingang des Palais de Danse. Sophie staunte über den Gegensatz zwischen den rußgeschwärzten Mietskasernen der Straßen draußen und der glitzernden Inneneinrichtung aus eindrucksvollen vergoldeten Säulen, gefliesten Böden und elektrischer Beleuchtung. Zu Hause wurde die Wohnung noch von Gaslampen erhellt, gedämpften Lichtkreisen, die nie völlig die Düsternis verscheuchten. Hier gleißten die Lichter von Kron- und Wandleuchtern in einer Reihe von Farben, von strahlendem Weiß bis zu sanftem Rosa.

Nachdem sie ihren Mantel an der Garderobe abgegeben hatte, nahm sie Tams Arm und schloss sich der wogenden Menge von Partygängern an, die auf dem Weg in den Ballsaal waren. Tam begrüßte Leute, während sie sich hineindrängten.

»Wie war Paris?«, fragte ein Mann in Abendkleidung.

»Schön, dass du wieder da bist, Tam.« Ein anderer klopfte ihm auf den Rücken.

»Und das ist bestimmt …?« Ein dritter Mann, der einen Ruderblazer trug, musterte Sophie mit glasigem Blick.

»Miss Sophie Logan«, stellte Tam sie vor, »Tennischampion und Motorradkurierin im Krieg.«

Sophie lachte peinlich berührt. »Das stimmt beides nicht.«

»Tam ist ein schrecklicher Aufschneider«, sagte der Ruderer. »Ich sehe doch, dass Sie viel zu jung sind, um im Krieg gewesen zu sein.«

»Jung, ja«, bestätigte Tam, »aber sie schlägt Boz im Tennis, und sie fährt wirklich Motorrad.«

Der Mann pfiff bewundernd und wankte leicht. »Gesell dich zu uns, Telfer. Du kannst die bemerkenswerte Miss Logan nicht für dich allein behalten.« Er stellte sich als Jimmy Scott vor.

Sie fanden einen Tisch, und Tam ging Getränke holen.

Sophie schaute sich um und staunte über die Bandbreite von Gästen. Die Wohlhabenden aus Murrayfield schienen hier Seite an Seite mit Studenten und Büroangestellten wie ihr zu feiern. Sie betrachtete neidvoll die Fransenkleider, Paillettenhütchen und kurzen Frisuren der jungen Flapper von Edinburgh. Wenn sie eisern sparte, konnte sie sich vielleicht irgendwann auch eine Pelzstola oder wenigstens einen Kopfschmuck mit Federn leisten. Tam kehrte mit Fruchtsäften zurück. Er plauderte mit seinen Freunden aus dem Ruderclub über irgendeine Regatta, die er verpasst hatte.

»Kein Wunder, dass ihr ohne meine Muskeln nur knapp den dritten Platz belegt habt«, zog er sie auf.

»Wie egoistisch von dir, Telfer, einfach nach Paris abzudampfen, als wir dich am meisten gebraucht hätten«, bemerkte Jimmy. Er stank nach Whisky. Tam hatte Sophie erzählt, dass einige seiner Freunde vor dem Tanzen trinken gingen, weil im Palais Alkoholverbot herrschte.

»Ich finde es überhaupt nicht egoistisch«, warf Sophie ein. »Es war eine nette Geste von ihm, mit seiner Mutter und seiner

Schwester in den Urlaub zu fahren. Ich würde liebend gern nach Paris reisen.«

Die Männer tauschten Blicke.

»Ich nehme Sie mit nach Paris. Sie müssen nur Bescheid sagen«, bot Jimmy an und musterte sie lüstern.

»Sag Nein, Sophie«, lachte Tam. »Jimmy war noch nie südlich von Prestonpans und spricht kein Wort Französisch.«

»Ihr Kriegshelden dagegen glaubt, alles zu wissen, was?«, beschwerte sich Jimmy.

»Wir verstehen uns darauf, mit den Mädels zu *parler*«, sagte der fleischige Mann im Smoking. »Nicht wahr, Tam?«

In dem Moment wurden sie von entzücktem Jauchzen unterbrochen. Zwei junge Frauen in zueinander passenden cremefarbenen Kleidern und langen Spitzenhandschuhen kamen an den Tisch gestöckelt.

»Jungs!«, rief die größere mit dem dunklen Pagenkopf, küsste ohne Umschweife alle auf die Wangen und schwenkte eine Tanzkarte. »Wir können euch wahrscheinlich noch irgendwo mit hineinzwängen.«

»Du bist also doch zurückgekommen, Tam.« Ihre Freundin wedelte mit ihrer Zigarettenspitze vor ihm herum. »Ich habe Nell ja gleich gesagt, dass du es tust.«

»Nein, umgekehrt, ich habe es dir gesagt, Catherine«, widersprach Nell. »Tam ist ein Junge aus Edinburgh. Er würde uns viel zu sehr vermissen.«

Für die Neuankömmlinge wurden Stühle herausgezogen, und alle wurden einander vorgestellt. Nell kannte die Männer aus einem Debattierclub für Studenten. Catherine war ihre Schulfreundin. Sie musterten Sophie neugierig. Inmitten des Schnellfeuergeplappers und der Neckereien wusste sie anders als sonst nicht recht, was sie sagen sollte. Im Vergleich zu ihr waren alle so kultiviert und gebildet. Sie sehnte sich danach, zu der wunderbaren pulsierenden Musik zu tanzen, die eine Band aus einem Dutzend Musiker auf der Estrade am Ende des Ballsaals spielte.

Ruckartig stand Tam auf und führte Sophie zu einem Foxtrott auf die Tanzfläche.

»Sie sind gute Jungs«, sagte er, »aber bei ihnen ist es schwierig, auch einmal zu Wort zu kommen.«

»Das gilt auch für die Mädchen.« Sophie lächelte schief.

»Debattierclub.« Tam grinste. »Ich dachte, dir würden Mädels gefallen, die sich die Butter nicht vom Brot nehmen lassen?«

»Ja. Aber ich will lieber mit dir tanzen, als deinen Freunden zuzuhören.«

Tam machte große Augen. Dann lachte er und drückte sie enger an sich.

Der Abend verging wie im Flug. Sophie hatte kaum Zeit, Luft zu holen, weil Tam und seine Freunde sie zu jedem Tanz aufforderten. Boz stieß zu ihnen. Er bedachte sie mit einem traurigen Blick, schien aber gern mit Catherine und Nell zu tanzen. Spät am Abend, als die Lichter gedämpft wurden, war Sophie überrascht, Rafi und Ian McGinty eintreffen zu sehen. Beide Männer waren lässig in Flanell gekleidet.

»Da kommen die Bolschewisten, Khan und McGinty«, begrüßte Jimmy sie betrunken. Sophie hatte bemerkt, dass er den ganzen Abend lang immer wieder einen Schluck aus einem Flachmann genommen hatte. »Ihr wollt uns den Spaß verderben, was?«

»Ach, halt den Mund, Jimmy!«, forderte Nell.

Aber Rafi und Ian ließen sich nicht weiter stören. »Genieß deine bourgeoisen Vergnügungen, solange du kannst, Scott«, erwiderte Rafi mild, hob sein Glas und stieß Zigarettenrauch aus. »Wenn die Revolution kommt, legen wir beim Zentralkomitee ein gutes Wort für dich ein.«

»Mach dich nich' lussig über mich!«, lallte Jimmy.

»Komm, Rafi, setz dich neben mich«, befahl Nell, »und erzähl mir von der Empire-Debatte, die ich verpasst habe. Tam sagte, du hättest für die Kolonialherrschaft argumentieren müssen. Was um alles in der Welt hast du nur gesagt, um zu gewinnen?«

»Ich habe einfach irgendetwas über die Vorzüge der gütigen Mogulkaiser geschwafelt«, erwiderte Rafi trocken.

»Das war nicht ganz das, womit sie gerechnet hatten«, brummte Tam.

»Mal etwas anderes als die Briten, die sich über Eisenbahnen und Missionare verbreiten«, bemerkte Ian McGinty.

Das schien Jimmy zu verärgern, der sich wankend, aber besitzergreifend über Nell beugte. »Khan! Ich habe dich vorhin Alkohol trinken sehen. Ich dachte, ihr Mohammedaner dürft keinen Tropfen anrühren.«

Rafi hob sein Saftglas und trank Jimmy spöttisch zu. »Die Vorzüge des Empires, Scott.«

»Verdammter Heuchler!«, knurrte Jimmy. »Wundert mich, dass sie dich überhaupt reingelassen haben.«

McGinty trat aggressiv auf ihn zu. »Warum sollten sie das nicht tun? Er hat genauso ein Recht herzukommen wie wir anderen.«

Jimmy wankte vorwärts und stieß hervor: »Weil er ein verdammter Kanake ist!«

Im Handumdrehen war Tam aufgesprungen. Sein Gesicht war wutverzerrt.

»Mistkerl!«, brüllte er, holte mit der Faust aus und verpasste Jimmy einen Boxhieb auf die Nase. Jimmy taumelte nach hinten und landete auf dem Boden. Tam wollte sich noch einmal auf ihn stürzen, aber Boz und Rafi griffen ein, verstellten ihm den Weg und hielten ihn zurück. Der fleischige Ruderer zog Jimmy hoch.

»Bring ihn weg«, befahl Nell, »bevor wir noch alle hinausgeworfen werden!«

Jimmy machte Anstalten zu protestieren, aber Boz packte ihn schnell am anderen Arm. »Du bist betrunken. Wird Zeit, dass du nach Hause kommst.«

Jimmy wurde rasch aus der Halle geführt. Er hielt sich das Gesicht. Es war alles so schnell vorbei, dass Sophie kaum glauben konnte, dass es passiert war. Abseits von ihrem Tisch schien niemand etwas bemerkt zu haben. Tam stand schwer atmend da, die Fäuste noch immer geballt.

McGinty sagte: »Gut gemacht, Telfer – wurde Zeit, dass jemand ihm mal eine in die imperialistische Fresse verpasst.«

Rafis Miene war schwer zu deuten. Sophie hatte den Eindruck, dass er sich größere Sorgen um Tam als um sich selbst machte. Wortlos legte er Tam die Hand auf die Schulter und führte ihn zu einem Stuhl. Tam saß da, starrte vor sich hin und umklammerte die Stuhllehnen, während er sich beruhigte. Rings um den Tisch herrschte peinlich berührtes Schweigen. Schließlich stand Nell auf und schlug vor: »Komm, Rafi, lass uns tanzen!«

Sie entfernten sich. Sophie beobachtete sie, bis sie in der Menge der Tanzenden untergingen. Sie fühlte sich seltsam dabei, Nell und Rafi beim Tanzen zu beobachten. Die Gewalt hatte sie verstört, und sie wusste nicht recht, was sie empfand. Boz kehrte zurück.

»Brown hat ihn nach Hause in seine Bude gebracht. Er wird sich morgen früh an kaum etwas erinnern. Alles in Ordnung mit dir, Tam?«

Tam nickte. Boz sah Sophie an. »Und mit dir?«

»Ja, natürlich.« Sie griff mit zitternder Hand nach ihrem Getränk und nahm einen großen Schluck. Boz sah aus, als wollte er noch etwas sagen, aber Tam stand ruckartig auf.

»Meine Damen«, wandte er sich an Sophie und Catherine, »ich entschuldige mich für mein Kasernenstubenbenehmen.« Er starrte seine Fingerknöchel an, als gehörten sie nicht ihm. »Bitte verzeiht mir.«

Catherine winkte ab. »Jimmy ist zu weit gegangen.« Sie streckte Boz die Hand hin. »Tanze Tango mit mir! Wir sind beide gleich schlecht darin.«

Allein geblieben, sahen Sophie und Tam einander an. »Ich habe dir den Abend verdorben, nicht wahr?« Tam wirkte zerknirscht.

»Nein«, antwortete Sophie, »das hat Jimmy getan. Und er ist nicht wirklich verdorben. Bis dahin war es ein großartiger Abend!«

Tam wirkte erschöpft. »Macht es dir etwas aus, wenn wir jetzt gehen?«

Sophie verbarg ihren Widerwillen. »Natürlich nicht.«

Draußen hatte der Regen aufgehört. In der kühlen Luft lebte Tam wieder auf. Seine vorherige gute Laune kehrte zurück.

»Darf ich dich nach Hause bringen?«

»Es ist ein Umweg für dich.«

»Ich gehe gern spazieren, und deine Tante erwartet bestimmt von mir, dich sicher an eurer Tür abzuliefern, nicht wahr?«

»Ja«, stimmte Sophie zu.

»Dann kommen Sie, Miss Logan.« Er lächelte. »Ich will nicht, dass Miss Anderson einen Vorwand findet, mir nicht wieder zu erlauben, mit dir tanzen zu gehen.«

Arm in Arm gingen sie durch den Park Bruntsfield Links und dann durch die angrenzenden Meadows. Der Malzgeruch der Brauereien lag durchdringend in der Nachtluft.

»Es war tapfer von dir, dich für Rafi einzusetzen«, bemerkte Sophie.

»Daran war gar nichts tapfer. Scott hat sich vor euch Damen wie ein Rüpel aufgeführt. Er trinkt zu viel.«

Sein Gesichtsausdruck wirkte verkrampft, und sie wünschte, sie hätte den Vorfall gar nicht erwähnt.

»Trinkst du überhaupt Alkohol?«

»Ich rühre das Zeug kaum an. Hochprozentiges tut einem nicht gut; mein Vater ist daran gestorben.«

»Das tut mir leid.«

»Das muss es nicht. Es ist lange her«, wehrte Tam ihr Mitgefühl ab. »Außerdem ist Rafi ein guter Freund; er ist ein doppelt so feiner Kerl, wie Scott es je sein wird. Es gibt ein enges Band zwischen Männern wie Rafi, Boz und mir – Jungs, die den Krieg in Flandern überstanden haben. Ich wollte nicht einfach tatenlos zusehen, wie er beleidigt wird.«

Sophie drückte ihm den Arm. »Dafür bewundere ich dich umso mehr.«

Er blieb stehen, zog sie zu sich herum, sodass sie ihn ansah, und hob ihr Kinn an. Seine Nähe bescherte Sophie Herzklopfen. Würde er sie gleich küssen? Er sah ihr unverwandt in die Augen. Sophie schluckte und wünschte sich, er würde seinen markanten Mund auf ihren pressen.

»Ich bin deiner Bewunderung nicht würdig«, sagte er und trat zurück.

Eine Welle der Enttäuschung brach über sie herein. Sie gingen weiter. Tam plauderte leichthin über Boz und seinen Appetit auf Toffees während des Kriegs.

»Rafi sagt, dass Boz all die Süßigkeiten lieben wird, wenn wir nach Indien kommen – sofern wir denn die Prüfungen bestehen.«

Sophie wollte nicht über Rafi, Boz und die Prüfungen reden oder auch nur daran denken, dass Tam nach Indien verschwinden würde. Sie wollte, dass er sie küsste. Sie war voller Frustration und Sehnsucht. Gewiss bemerkte er das doch?

An der Tür zu ihrem Miethaus hob Tam ihre Hand an seine Lippen und küsste sie sacht darauf. Er war so sanft, dass sie kaum glauben konnte, dass er derselbe Mann war, der seinem Ruderkameraden gegenüber solchen Jähzorn an den Tag gelegt hatte.

»Ich habe den Abend sehr genossen. Du bist als Tänzerin ein Naturtalent.«

»Ich habe ihn auch genossen«, versicherte Sophie und hatte Angst, dass er sich abwenden und gehen würde, ohne zu versprechen, sie wiederzusehen. »Tam, wie ist das nun mit dem Tennisspiel unter der Woche?«

»Tennis?«

»Duell mit Tennisschlägern im Morgengrauen, schon vergessen?«

Er musterte sie einen Moment lang. »Natürlich. Das würde mir Spaß machen.«

»Montag?«, schlug sie vor.

»Montags lerne ich Hindustani bei Downs – einem erfahrenen Mann aus dem Pandschab.«

»Oh.« Sie wartete.

»Wie wäre es mit Dienstag, sobald du im Büro Feierabend hast?«

»Ja«, erklärte sie sich sofort bereit.

»Gut.« Er lächelte.

»Danke für diesen magischen Abend«, sagte sie. »Das Palais war sogar noch besser, als ich es mir hätte vorstellen können.«

»Aber jetzt rein mit dir. Ich möchte sehen, dass du heil drinnen angekommen bist, damit ich meine Pflicht erfüllt habe.« Er salutierte selbstironisch.

Sophie öffnete die Tür. »Danke noch einmal.« Sie ging ins Haus, beobachtete ihn aber, als er davonspazierte und leise eine Tanzmelodie vor sich hin pfiff. Die Narbe an seinem Kopf trat im Licht der Straßenlaterne hervor. Es war eine schlagartige Erinnerung daran, dass Tam zwar noch jung war, aber Dinge gesehen und getan haben musste, denen kein junger Mann hätte ausgesetzt sein sollen. Sophie fragte sich, wie er solch eine Wunde davongetragen hatte, aber sie hatte den Verdacht, dass er es ihr übel nehmen würde, wenn sie sich danach erkundigte. Jedes Mal, wenn er sein dichtes Haar um die kahle Stelle herum kämmte, musste ihn das an den Krieg erinnern.

Später lag sie im Bett und konnte nicht schlafen. Die Musik kreiste in ihrem Kopf zusammen mit Bildern von Tams hübschem Gesicht, das auf sie herablächelte. Er mochte sie, da war sie sich sicher. Aber ihm haftete auch eine gewisse Reserviertheit an. Vielleicht wollte er sich nicht auf eine Liebesgeschichte einlassen, da er in wenigen Wochen schon die Reise nach Indien und in sein neues Leben antreten würde? Kurz durchzuckte sie Neid, dass er im Land ihrer Kindheit leben würde. Aber es war Wahnsinn, ihren Gefühlen für Tam nachzugeben. Bisher war es ihr gelungen, keinem Mann Einlass in ihr Herz zu gewähren. Diejenigen, die man zu sehr liebte, verlor man.

Während sie in ihrem schmalen Bett lag und sich hin und her wälzte, bekam Sophie Angst, dass ihre Verliebtheit in Tam zu stark war, um ihr zu widerstehen.

9

Sophie erwachte ruckartig im ersten Morgenlicht. Sie hatte kaum geschlafen. Was hatte sie geweckt? Das Bild in ihrem Kopf beim Erwachen hatte nicht Tam gezeigt, sondern Nell, die mit Rafi tanzte und sich mit ihm wie Gras im Wind auf der Tanzfläche wiegte.

Halt dich von den Grashütten fern, in denen die Eingeborenen hausen! Ihr Vater hatte ihr das gesagt, da war sie sich sicher. Sie erinnerte sich daran, über einen smaragdgrünen Rasen zu rennen, dann einen staubigen Pfad entlang, während jemand sie jagte. Es war aufregend, und sie lachte. Vor ihr lagen der Dschungel und ein Teich mit braunem Wasser, in dem Kinder planschten und spielten. *Weg da!* Sie hatte mitspielen wollen; sie konnte sich fast noch an den durchdringenden Geruch von Rinderdung und Blumen erinnern, das Kreischen und das Gelächter hören. Aber als sie die Kinder erreichte, riss jemand sie zurück und verpasste ihr einen Klaps auf die Beine. Heulend wurde sie den Pfad wieder hinaufgeführt.

Halt sie von dort fern! Das wütende Gesicht ihres Vaters. *Meine Tochter spielt nicht mit Kanaken.*

Sophie setzte sich auf und versuchte, den Traum abzuschütteln. Oder war das wirklich passiert? In ihrem tiefsten Innern wusste sie, dass es tatsächlich geschehen war. Der Vorfall zwischen Jimmy Scott und Rafi im Palais ... Das Schimpfwort, das Jimmy Rafi an den Kopf geworfen hatte, um ihn zu beleidigen, war dasselbe, das sie ihren Vater hatte gebrauchen hören. Es war ein ziemlich gängiger Begriff, aber es machte sie traurig, daran zu denken, dass ihr Vater ihn so laut gebrüllt hatte, dass alle ihn hatten hören können. Und sie hatte keine Erinnerung daran, je mit indischen Kindern gespielt zu haben, weder vorher noch hinterher.

Sophie stand auf, kochte eine Kanne Tee, setzte sich ans Wohnzimmerfenster und beobachtete die blassgelbe Dämmerung hinter den dunklen Felsspitzen im Holyrood Park. Sie wünschte, es wäre ein Bürotag. Die Arbeit hätte ihr geholfen, ihre seltsame Beklommenheit abzuschütteln. Sich beschäftigt zu halten, verscheuchte den Kummer immer. Sie würde mit ihrer Tante zur Kirche gehen und dann mit ihr auf der Memsahib eine Runde fahren, wenn es keinen Regen gab.

Sie wusch sich mit kaltem Wasser, zog sich an, bürstete sich die Löckchen von gestern Abend aus dem Haar und brachte Amy eine Tasse Tee in ihr Zimmer, um sie zu wecken.

Später am Tag, als sie in den Pentland Hills rasteten, um ein Teepicknick zu machen, und trotz des diesigen Wetters einen Blick über ganz Edinburgh und das Wasser des Firth of Forth dahinter hatten, erzählte Sophie ihrer Tante in allen Einzelheiten von dem Tanz. Das Verhalten des betrunkenen Jimmy und Tams aggressive Reaktion darauf erwähnte sie allerdings nicht, damit Amy sie nicht davon abhielt, wieder mit ihm auszugehen.

»Du scheinst sehr angetan von diesem Tam Telfer zu sein«, meinte Amy.

»Er hat mich für Dienstag zum Tennisspielen eingeladen.« Sophie lächelte.

»Einzel oder Doppel mit den anderen Jungs?«

»Einzel.«

Amy sah sie unverwandt an. »Ich frage mich, warum Mr Telfer dich nicht besucht oder dir geschrieben hat, nachdem er dir das am Carter Bar versprochen hatte. Hoffentlich fühlt er sich jetzt nicht nur bemüßigt, Interesse an dir zu zeigen, weil Mr Boswell es auch getan hat.«

Die Vermutung kränkte Sophie. »Tam ist nicht so. Er war mit den Vorlesungen beschäftigt und ist dann mit seiner Mutter und seiner Schwester nach Paris gefahren. Er hatte einfach keine Gelegenheit.«

»Ist es denn klug zuzulassen, dass du Zuneigung zu einem Mann entwickelst, der bald das Land verlassen wird?«

»Tante!« Sophie reagierte gereizt. »Ich kann doch nichts dafür, in wen ich mich verliebe, nicht wahr?«

Amy tätschelte ihr die Hand. »Ich will nur, dass du vorsichtig bist. Ich lasse mich gern eines Besseren belehren. Und nach der Röte zu urteilen, die dir in die Wangen steigt, wenn auch nur sein Name fällt, wird es höchste Zeit, dass du ihn einmal zum Tee mitbringst.«

»Danke, Tante.« Sophie lächelte.

Als sie alles einpackten, um aufzubrechen, bemerkte sie: »Ich hatte gestern Nacht einen Traum über Indien – vielleicht war es eine Erinnerung.«

»War es ein schöner Traum?«

»Nicht sonderlich schön. Ich lief weg, bekam einen Klaps, und es waren spielende Kinder da, aber ich durfte mich ihnen nicht anschließen. Doch die Farben des Grases und der Blumen waren so leuchtend, dass ich wollte, dass der Traum weitergeht.«

»War der Ort vertraut?«, wollte Amy wissen.

»Vielleicht.« Sophie zuckte die Schultern. »Mein Vater war da.« Sie sah Amy verstört an. »Wie war er so?«

»Ich habe ihn nur kurz kennengelernt«, erwiderte Amy.

»Du musst doch zumindest einen ersten Eindruck gehabt haben?«

»Er war ziemlich gut aussehend und sehr in deine Mutter verliebt«, räumte Amy ein. »Allerdings altmodisch in seinen Ansichten. Der Platz einer Frau sei im Haus, wo ihr Ehemann der Herr sei, und so weiter. Aber ich glaube, die Briten in Indien hinken eine Generation hinter uns her, was den sozialen Fortschritt betrifft. Meine Aktivitäten als Suffragette haben Bill Logan jedenfalls nicht gefallen.« Amy lachte. »Und auch nicht, dass ich unverheiratet und unabhängig bin!«

Sie sah den traurigen Gesichtsausdruck ihrer Nichte und versuchte, sich etwas Positives einfallen zu lassen, das sie über ihren Schwager sagen konnte. »Aber er war ein Familienmensch, und Jessie hat mir nach deiner Geburt geschrieben, wie sehr es ihn gefreut hat, Vater zu werden.«

»Wirklich?« Sophie seufzte. »Ich wünschte nur, ich könnte mich daran erinnern, dass er so war.«

Als sie ihre Motorradjacke zuknöpfte, kam ihr ein Gedanke.

»Tante, hast du eigentlich von den Briefen meiner Mutter einige aufbewahrt?«

Amy schwieg kurz. »Vielleicht sind noch ein oder zwei da.« Sie zuckte unverbindlich die Schultern. »Aber sie war keine eifrige Briefeschreiberin, und nach deiner Geburt hat sie sich nur noch zu Weihnachten und zu Geburtstagen gemeldet.« Sie behielt den Verdacht für sich, dass Logan die Briefe seiner Frau abgefangen hatte und manche nie abgeschickt worden waren. Denn in ihren Weihnachtskarten erwähnte Jessie Personen und Ereignisse, von denen sie annahm, dass Amy über sie Bescheid wusste. Und dann war da noch der letzte verzweifelte Brief ihrer Schwester, den sie wirklich nicht hätte aufbewahren sollen. Schuldgefühle, dass sie nicht besser Kontakt mit Jessie gehalten hatte, überwältigten sie von Neuem.

»In dem Jahr, in dem sie starb, hatte ich monatelang nichts von deiner Mutter gehört«, gestand Amy. »Aber dein Vater war ja auch mit euch allen an einen entlegeneren Ort umgezogen, und ich ging davon aus, dass es dort keine Postzustellung gab.«

»Wir sind von den Oxford Estates weggezogen?«, fragte Sophie überrascht. »Wohin denn?«

»Ich bin mir nicht sicher.« Amy runzelte die Stirn. »Irgendwo tiefer in die Berge. Es war dein Vater, der mir schrieb und davon berichtete. Er sagte, die Gesundheit deiner Mutter sei angegriffen und die kühlere Luft werde ihr guttun. Deshalb war es ja umso tragischer, dass sie beide dort an Typhus gestorben sind.«

Sophie stand plötzlich lebhaft das Bild vor Augen, wie sie von einer sonnengebleichten, mit blühenden Ranken überwucherten Veranda spähte. Dahinter lagen nur Bäume und der Dschungel. Sie trug ein Festtagskleidchen und wartete schon lange ungeduldig auf irgendetwas oder auf jemanden. Es hatte viel lautes Getrommel und Feuerwerk gegeben; sie hatte gedacht, das alles sei extra für sie.

»Ich glaube, ich erinnere mich an einen Bungalow in den Bergen.« Sophie rang mit dem verblassenden Bild. »Ja! Ich hatte Geburtstag und wollte eine Party, aber Mutter sagte mir, ich könne keine feiern – es sei zu weit für alle anderen herzukommen. Das muss dort gewesen sein, nicht wahr? An dem Ort, an dem meine Eltern gestorben sind?«

»Das ist möglich.«

»Erinnerst du dich, wo genau das war, Tante Amy? Was hat mein Vater geschrieben?«

Amy schüttelte den Kopf. »Ich erinnere mich nicht an die Gegend, aber an den Namen des Hauses, weil er so hübsch war: White Blossom Cottage.«

»White Blossom Cottage«, murmelte Sophie. »Das klingt nicht sehr indisch.«

»Ach komm.« Amy wurde barsch. »Es hat keinen Zweck, der Vergangenheit nachzuhängen. Ich wünschte, deine Mutter wäre nie nach Indien gegangen, aber es nützt nichts, Dingen nachzutrauern, die man nicht mehr ändern kann. Schottland ist dein Zuhause, Liebes, also sei dankbar dafür.«

* * *

Das Tennisspielen am Dienstag fiel dem Regen zum Opfer, aber Sophie lud Tam trotzdem zum Tee bei Tante Amy ein. Er war charmant und gesprächig. Vor allem bewunderte er Amys Tischlerarbeiten und versprach ihr, für ihren nächsten Auftrag etwas Buchenholz aufzutreiben. Sie redeten über Bäume und die Schweiz, während Sophie die Teekanne neu füllte und noch mehr Scones mit Butter bestrich. Das Trommelfeuer der Fragen ihrer Tante schien Tam nicht zu stören.

»Und warum haben Sie sich entschieden, ausgerechnet in Indien die Försterlaufbahn einzuschlagen?«, erkundigte sich Amy.

»Das ist meine zweite Wahl.« Tam war offen. »Ich hatte gehofft, nach Amerika zu gehen, aber daraus ist nichts geworden. Doch Indien bietet sehr gute Aussichten: Sie haben dort die beste Forstverwaltung im ganzen Empire. Ich rechne damit, Konservator zu werden, noch bevor ich dreißig bin, und spätestens mit fünfunddreißig Waldbauexperte. Ich schreibe jetzt schon Artikel über alle Aspekte der Forstwirtschaft und werde dafür bezahlt. Ich plane, eine Koryphäe zu werden, sodass meine Expertise überall auf der Welt gefragt sein wird.«

Sophie war überrascht über die Leidenschaft, mit der er von seiner Zukunft sprach. Sie beneidete ihn um seine Zielstrebigkeit. Ihre Tante dagegen hatte wieder diesen stahlharten Blick.

»Ich muss schon sagen, ich bewundere einen Mann, der weiß, was er will«, bemerkte Amy, »und gegen ein klein wenig Ehrgeiz ist auch nichts einzuwenden …«

»Aber?« Tam legte den Kopf schief. »Sie glauben, dass ich zu dicke Rosinen im Kopf habe?«

»Die jungen Leute wie Sie wirken heutzutage alle so ungeduldig.« Amy lachte. »Nehmen Sie sich bloß Zeit, das Leben auch zu genießen.«

»Das habe ich vor.« Tam grinste. »In Indien kann man, soweit ich weiß, oft tanzen und Tennis spielen. Feste arbeiten und noch fester feiern – das ist das Motto der Telfers.«

Sophie wich dem fragenden Blick ihrer Tante aus; sie hatte keine Ahnung, ob sie in Tams hochfliegenden Plänen überhaupt eine Rolle spielte. Der Gedanke, nach Indien zurückzukehren, war erschreckend und aufregend zugleich. Sie wagte kaum zu hoffen, dass es so weit kommen würde.

Doch nach dem Treffen mit Tante Amy sah Sophie Tam zwei Wochen lang fast jeden Tag. Sie nahm sich bei der Arbeit frei, damit sie Tennis spielen oder an den Salisbury Crags spazieren gehen konnten. Wenn es regnete, liefen sie auf der Eisbahn in Murrayfield Schlittschuh. Er lud sie zu Tanztees im North British Hotel ein und sie ihn zu einem Konzert in der Usher Hall.

»Ich bin nicht so scharf auf diesen klassischen Kram.« Tam hielt mit seiner Meinung nicht hinter dem Berg, und so gingen sie in der Pause. Aber als ihre Arbeitgeberin, Miss Gorrie, ihr überschüssige Karten für Gilbert und Sullivans Oper *Die Piraten von Penzance* schenkte, klatschte Tam in die Hände und pfiff begeistert. An den Samstagen brachen sie meist auf der Memsahib zu einem Ausflug an den Strand von North Berwick auf, aßen Fish and Chips und sausten dann rechtzeitig zurück, um sich umzuziehen und im Palais tanzen zu gehen. Denn mehr als alles andere liebten sie es, miteinander zu tanzen. Beide waren gleichermaßen leidenschaftlich bei der Sache. Sophie hatte sich noch bei keinem anderen Partner in dem Maße so gefühlt, als würde sie mit einem anderen Wesen verschmelzen, wie es ihr ging, wenn sie in Tams Armen über die Tanzfläche glitt und wirbelte.

Manchmal trafen sie sich mit Tams anderen Freunden, aber Sophie konnte es immer kaum abwarten, ihn für sich allein zu haben. Nach ihrem langen Tag mit dem Ausflug nach North Berwick und dem Besuch in der Tanzhalle war es dann so weit. Tam zog Sophie unter einen Baum, als er sie durch die Meadows im sommerlichen Halbdunkel nach Hause brachte, und fragte: »Sophie, darf ich dich küssen?«

»Oh, Tam, danach sehne ich mich schon lange!«

»Ja?«

»Ja.« Sie lächelte.

Er legte die Arme um sie, drückte sie eng an sich und presste seinen Mund auf ihren. Sein Kuss war fest und energiegeladen. Er dauerte so lange, dass Sophie schwindlig wurde. Sie rang nach Luft, als er sich schließlich von ihr löste.

»Du bist mir vielleicht ein Mädchen«, murmelte er mit heiserer Stimme.

»Ich wusste nicht, dass Küssen so sein kann.« Sophie grinste. Sie fühlte sich wacklig auf den Beinen.

»Ein hübsches Mädchen unter einer Buche hat diese Wirkung auf mich«, neckte er sie.

Sophie hoffte, dass es noch einen Kuss geben würde, aber Tam nahm sie an die Hand und ging mit ihr in die Clerk Street zurück.

Als der Zeitpunkt näher rückte, an dem Tam und die anderen Studenten zu ihrem Forstpraktikum auf dem Kontinent aufbrechen sollten, tat es Sophie in der Seele weh. Wie sollte sie es nur aushalten, ihn so lange nicht zu sehen? Der Gedanke an seine Abwesenheit war ihr schier unerträglich. Und danach würde er nur für ein paar Wochen zurückkehren, bevor er in Oxford seine Abschlussprüfung ablegte, und dann nach Indien reisen ...

Sie bescherte sich selbst schlaflose Nächte, weil sie sich mit Gedanken daran quälte, dass sie Tam nie wiedersehen würde, dass er in sein Abenteuer in Indien verschwinden würde, wo er von jungen Frauen aus der *Fischereiflotte* umgeben sein würde – denjenigen, die nach Osten reisen, um sich einen Ehemann zu angeln. Sie würden alle ganz erpicht darauf sein, einen gut aussehenden und ehrgeizigen Schotten mit Behördenposten zu heiraten. Vielleicht konnte sie nach Indien reisen, Tilly besuchen und es irgendwie arrangieren, Tam zu treffen? Aber Tilly ging zu James Robson nach Assam, während Tam einen Posten im Pandschab am anderen Ende Indiens bekommen würde. Sophies Sehnsucht nach einer Rückkehr in ihr Geburtsland wuchs mit jedem Tag und ließ ihr keine Ruhe.

Eines Abends, als sie auf dem Heimweg vom Tanz waren und unter dem besonderen Baum stehen blieben, um sich zu küssen, sprach Sophie ihre Ängste aus.

»Was wird passieren, wenn du nicht mehr da bist, Tam?«, fragte sie. »Was soll aus uns werden?«

Er lachte. »Ich fahre doch nur für einen Monat weg. In der Zeit werden wir schon nicht vor Sehnsucht verschmachten. Und natürlich schreibe ich dir.«

»Aber danach«, beharrte Sophie. »Was soll ich machen, wenn du nach Indien gehst?«

Eine ganze Weile blieb er stumm. Sie konnte den Ausdruck seines schmalen Gesichts nicht deuten, weil er im dunklen Schatten stand, aber sie spürte, dass seine Gedanken in weite Ferne schweiften.

»Wir schreiben einander«, antwortete er leichthin, »und warten ab, was daraus wird.« Dann küsste er sie noch einmal und gab ihr keine Gelegenheit mehr, etwas zu sagen.

Am Tag, bevor Tam nach Frankreich und in die Schweiz abreiste, besuchte Sophie ein Ruderrennen, um ihm zuzusehen. Boz war mit Rafi und McGinty ebenfalls da. Boz war freundlich, aber verschämt und spazierte bald davon. Rafi dagegen sprach voller Begeisterung über ihre anstehende Reise.

»Wir werden uns unsere alten Schützengräben und ein paar der Orte, an denen wir im Krieg waren, ansehen«, erzählte er. »Unser erstes Camp liegt nur eine Zugfahrt entfernt vom Tal der Somme.«

»Wirklich?«, fragte Sophie erstaunt.

»Ja, es war Tams Idee. Hat er dir nicht davon erzählt?«

»Nein.« Einen Moment lang war sie verärgert, dass er ihr seine Pläne nicht anvertraut hatte. Allerdings hatte sie ihn auch kaum ermuntert, über die Reise zu reden, weil es ihr widerstrebte, dass er dadurch so lange von ihr getrennt sein würde. »Warum um alles in der Welt wollt ihr noch einmal an Kriegsschauplätze reisen?«

Rafi zog an seiner Zigarette und dachte darüber nach. »Es war eine Zeit der Kameradschaft – des Lebens im Augenblick«, gestand er. »Manchmal entsetzlich, aber auch berauschend.«

»Für die, die das Glück hatten zu überleben«, schnaufte McGinty. »Als Sanitäter habe ich zu viele von denen gesehen, die Pech hatten. Ich würde nie dorthin zurückkehren.«

»Ich glaube, ich verstehe, warum ihr es wollt«, sagte Sophie nach einigem Nachdenken.

»Wirklich?« Rafi bedachte sie mit einem langen, prüfenden Blick.

Sie sah ihm an, dass sie ihn überrascht hatte, aber sie hielt der Musterung stand. »Zurückzukehren ist ein bisschen so, als ob man Geister zur letzten Ruhe bettet?«

Er nickte. Sein Lächeln war melancholisch. »Ja, ich glaube, das ist es.«

Sophie hatte keine Zeit, Tam darüber auszufragen. Im Ruderclub gab es Tee, und dann musste er nach Hause, um zu Ende zu packen. Seine Schwester kochte ihm etwas Besonderes zu essen. Sophie hoffte, dass er sie einladen würde – sie hatte seine Familie noch nicht kennengelernt –, aber er scherzte, dass er ihr Floras Freunde von den Christlichen Wissenschaftern erst zumuten würde, wenn er zurück war.

»Ich komme morgen zum Bahnhof, um mich von dir zu verabschieden«, versprach Sophie. »Ich könnte dich und dein Gepäck mit der Memsahib abholen.«

Tam lachte verlegen. »Ich darf doch nicht zulassen, dass du die ganze Straße so früh am Morgen mit der lauten Memsahib aufweckst, und ich kann auch nicht von dir erwarten, schon bei Sonnenaufgang aufzutauchen.«

»Das macht mir nichts aus.«

»Nein.« Tam ließ sich nicht erweichen. »Lass uns einfach jetzt Abschied nehmen. Kein großer Wirbel, ja?«

Sophie spürte, wie sich ihr die Kehle zuschnürte. Ihr kamen die Tränen. Es standen noch andere mit an der Straßenbahnstation, und sie waren zu sehr in aller Öffentlichkeit, um sich richtig verabschieden zu können. Er drückte ihr die Hände.

»Lass nicht zu, dass ich deine schönen braunen Augen so traurig dreinschauen sehe«, murmelte er. »Ich schreibe dir und erzähle dir alles, versprochen. Und du musst mir auch schreiben.«

Sophie nickte und traute sich nicht, etwas zu sagen.

»Ich wette, du hast großen Spaß mit Tilly, wenn sie dich besuchen kommt« – er lächelte – »und Miss Gorrie ist sicher auch froh, dich wieder bei der Arbeit zu sehen, nachdem du dich mit mir davongestohlen hast.«

Sophie lächelte und blinzelte eine Träne fort. Die Straßenbahn hielt ratternd vor ihnen an. Tam beugte sich vor und gab ihr rasch einen Kuss auf die Wange. Dann schob er sie vorwärts. Sie stieg ein. Ihre Brust zog sich vor Gefühlsbewegung zusammen. Sie versuchte, Tam so lange im Blick zu behalten, wie sie konnte. Er stand da, sah in seinem Ruderblazer zur Flanellhose auf lässige Art gut aus und winkte ihr nach. Sophie saß wie betäubt da. Stille Tränen liefen ihr übers Gesicht. Wenn es schon so wehtat, sich für einen Monat von Tam zu trennen, wie würde es dann erst sein, wenn er nach Indien fuhr?

10

»Na, wie ist der Drache von einer Schwester?«, fragte Tilly, als sie am Gasfeuer saßen und Kartoffelscones futterten.

»Ich habe Flora noch nicht kennengelernt«, räumte Sophie ein. Ihr gefiel der Blick nicht, den ihre Cousine und ihre Tante tauschten. »Aber nur, weil Tam dachte, ihr Missionseifer könnte mich einschüchtern – sie brennt noch viel mehr für die Christliche Wissenschaft als er selbst.«

»Du wirst dich nie von irgendetwas einschüchtern lassen«, gab Tilly zurück.

»Jedenfalls wird er mich ihr bestimmt vorstellen, wenn er nächste Woche zurückkommt.«

»Zählst du schon die Tage?«, zog Tilly sie auf.

Sophie nickte. Sie schämte sich nicht dafür.

»Ich weiß, wie sich das anfühlt.« Tilly seufzte. »Ich sehe James erst im Dezember wieder. Das kommt mir vor, als wäre es noch ein ganzes Leben entfernt. Manchmal denke ich, dass ich nur geträumt habe, ich hätte letzten Monat geheiratet.«

»Also vermisst du ihn, Liebes?«, erkundigte sich Amy.

»Mehr, als ich erwartet hätte. Ich meine, ich kenne ihn ja kaum, oder? So ganz unter uns: Ich habe nur Ja gesagt, um nicht mit Mutter nach Dunbar ziehen oder mich der *Fischereiflotte* auf Männerfang in Indien anschließen zu müssen. Da hätte ich ja doch nur unter der Fuchtel meiner Schwägerin Helena gestanden. Ist das nicht furchtbar oberflächlich von mir?«

»Sehr.« Sophie lachte.

»Aber es hat sich ja doch noch alles zum Guten gewendet«, meinte Amy. »Deine Mutter hat mir geschrieben, um mir mitzuteilen, wie froh sie über deine Heirat war.«

»Wohl eher erleichtert.« Tilly kicherte. »Nun ist sie die alberne Tilly endlich los.«

»Überhaupt nicht«, hielt Amy dagegen. »Sie hat gemerkt, wie glücklich ihr beide wart. Aber dabei seid ihr sehenden Auges in diese Ehe gegangen, entschlossen, sie zum Erfolg zu machen, und ohne unrealistische romantische Erwartungen. Das ist das Rezept für eine lange Partnerschaft, soweit ich weiß.«

Sophie war verärgert; sie ahnte, dass die Bemerkung ihrer Tante auch eine Spitze gegen sie war, weil sie so in Tam verschossen war. Das Thema hatte in den letzten drei Wochen immer wieder zu Reibereien zwischen ihnen geführt. Warum reagierte Amy nicht überschwänglich darauf, dass er ihr den Hof machte? Als in den ersten beiden Wochen keine Briefe von Tam gekommen waren, hatte Amy mit der Zunge geschnalzt. »Wahrscheinlich ist es das Beste so. Er ist zu ehrgeizig für dich.«

Sophie war verletzt. Sie hatte stur behauptet, die Briefe seien verloren gegangen oder Tam sei zu viel unterwegs gewesen. Es waren harte Worte zwischen ihnen gefallen.

»Du bist bloß selbstsüchtig, Tante«, hatte Sophie ihr vorgeworfen. »Du willst nicht, dass ich irgendjemanden heirate, nur damit ich für immer hierbleibe und mich um dich kümmere.«

»Du undankbares kleines Fräulein!«, hatte Amy geschrien. »Ich erkenne einen Emporkömmling, wenn ich einen sehe. Er spielt bloß mit deiner Zuneigung! Der Mann hat es auf größere Fische abgesehen – mit etwas Geringerem als einer Gouverneurstochter gibt er sich nicht zufrieden.«

Aber vor ein paar Tagen hatte Sophie einen langen, liebevollen Brief aus der Schweiz erhalten und ihn triumphierend vor ihrer schmallippigen Tante geschwenkt.

> *… haben uns eine Klause für die Holztrift in der Nähe von Interlaken angesehen. Sehr schlau, wie sie die Strömung ausnutzen, um Stämme aus den hohen Bergen flussabwärts treiben zu lassen; viel einfacher und effektiver, als kilometerweise Straßen zu bauen. Deiner Tante würden die Holzschnitzereien hier gefallen. Sag ihr, dass ich Fotos für sie mache – Birnen scheinen beliebt zu sein – das ist vielleicht ein Denkanstoß für sie!*

Er hatte mit Worten geschlossen, die Sophie seitdem unzählige Male gelesen hatte:

> *Deine Briefe muntern mich unendlich auf. Sie sorgen dafür, dass ich dich nur noch mehr vermisse. Aber hör nicht auf zu schreiben, denn so stehen mir Edinburgh und du Liebe selbst ganz lebhaft vor Augen. Ich küsse zärtlich die Zeilen, die du mit eigener schöner Hand geschrieben hast, und muss mich damit zufriedengeben, bis ich die süßen Lippen wieder küssen kann, nach denen ich mich mit jedem Tag mehr sehne.*

Sophie war das Herz bei seinen liebevollen Worten aufgegangen. Sie hätte nicht gedacht, dass ein Mann der Tat wie Tam solch einen zärtlichen Brief schreiben konnte.

Später an dem Abend, als die Cousinen sich in Sophies Zimmer ins Bett legten, zeigte sie Tilly den Brief.

»Wie romantisch dein Förster doch ist«, seufzte Tilly. »Von James habe ich bisher nur ein Telegramm bekommen, dass er wieder in Assam ist. Ich glaube, ihm kommt gar nicht in den Sinn, mir zu schreiben.«

»Hier ist ein Foto von Tam. Ich habe es aus der Zeitung ausgeschnitten.« Sophie zeigte stolz auf eine athletische Gestalt in Shorts und Turnhemd. »Das ist seine Rudermannschaft.«

»Sehr gut aussehend«, sagte Tilly beifällig. »Ich hoffe, ich lerne ihn irgendwann kennen.«

»Das wirst du. Ich bringe ihn auf der Memsahib mit nach Dunbar zu Besuch, wenn er zurück ist, ja?«

»Oh ja, mach das!«, rief Tilly. »Mona wird Riechsalz brauchen. Ich kann es gar nicht abwarten.«

»Ich wünschte, Tante Amy wäre auch so begeistert wie du«, gestand Sophie. »Sie mag Tams Freunde lieber als ihn und hat schon ein paar verletzende Dinge über ihn gesagt. Dabei ist er auch zu ihr so charmant.«

»Tante Amy vertraut charmanten Männern nicht«, neckte Tilly sie.

»Hat sie zu dir irgendetwas über ihn gesagt?«, wollte Sophie wissen. »Bitte erzähl es mir.«

»Sie hat tatsächlich gesagt, dass sie ihn ein bisschen eingebildet findet, weil er damit prahlt, wie schnell er in der Hierarchie aufsteigen wird.«

»Das betrachte ich nicht als Charakterfehler«, nahm Sophie ihn in Schutz. »Ich mag an ihm, dass er ehrgeizig ist.«

»Du weißt doch, wie sehr deine Tante dich immer beschützen will«, sagte Tilly. »Bis er dir einen Antrag macht, wird sie sich sorgen, ob du nicht verletzt wirst.«

Bei Tillys Worten ging ein Ruck durch Sophie. Ihre Freundin rechnete damit, dass Tam und sie sich verloben würden. Vor Vorfreude wurde sie ganz aufgeregt.

»Sie muss sich keine Gedanken machen«, behauptete Sophie und küsste Tams Brief. »Das hier ist der Beweis dafür, dass er mich liebt.«

»Ich hoffe, er hält wirklich um deine Hand an, und das schnell«, sagte Tilly. »Dann könnten wir gemeinsam nach Indien reisen. Das Einzige, was mich traurig macht, ist der Gedanke, dich hier zurückzulassen und dich jahrelang nicht zu sehen.«

»So geht es mir auch«, stimmte Sophie zu. »Und ich denke seit Wochen so viel über Indien nach, dass ich mich allmählich an einzelne Dinge erinnere. Deshalb sehne ich mich danach zurückzukehren, um zu sehen, wo ich früher gewohnt habe, und zu versuchen, mehr über meine Eltern und ihr Leben in Assam herauszufinden.«

Sie machten es sich unter den Decken bequem. »Tilly«, sprach Sophie sie dann an, froh, dass die Dunkelheit ihr Erröten verbarg.

»Hm?«

»Wie ist es so, verheiratet zu sein?«

»Nach zwei Tagen bin ich da wohl kaum eine Expertin.« Tilly lachte leise.

»Aber du musst doch ... du weißt schon ... die körperliche Seite der Ehe«, flüsterte Sophie.

Schweigen trat ein, und Sophie hatte Angst, dass Tilly ihr böse war, weil sie gefragt hatte. Vielleicht war der Geschlechtsverkehr eine Tortur gewesen.

»Es ist wunderschön. Heiß und chaotisch, aber es macht Spaß.« Tilly lachte herzlich. »Sogar noch mehr Spaß als Eis und Kuchen in Herbert's Tea Rooms.«

»Eis *und* Kuchen?« Sophie prustete. »Du hast ein Glück!«

Eingelullt von den immer wiederkehrenden Gedanken an Tam und seinen Brief, war Sophie schon fast eingeschlafen, als Tillys schlaftrunkene Stimme murmelte: »Ich glaube, sie macht sich wegen Indien Sorgen.«

»Wer?« Sophie gähnte.

»Tante Amy.«

»Warum?«

»Sie macht sich Sorgen, dass du zurück nach Indien gehst, wenn du Tam heiratest.«

»Du meinst, sie hat Angst, dass ich mir auch ein Fieber einfange wie meine Eltern? Aber hier zu Hause gibt es genauso viele Gefahren – Unfälle und Krankheiten.«

Tilly war still. Dann sagte sie schläfrig: »Nein, keine Erkrankung. Etwas anderes.«

»Was denn?«

»Sie sagte irgendetwas darüber, dass sie nicht will, dass du den gleichen Fehler begehst wie deine Mutter.«

Sophie wachte vollständig auf. Ein Knoten bildete sich in ihrem Magen. »Was meint sie damit?«

Tilly drehte sich um. »Weiß nicht. Frag sie morgen früh.«

Binnen weniger als einer Minute atmete Tilly gleichmäßig. Sie schlief tief und fest. Sophie musste sich allein den Kopf darüber zerbrechen, was ihre Tante so sehr beunruhigte.

11

Am nächsten Tag verdrängte Sophie ihre Grübeleien über die Bedenken ihrer Tante gegen Tam. Wenn Tante Amy ihn erst so gut kennenlernte wie sie, würde sie ihn auch ins Herz schließen. Und ihre Einwände gegen Indien waren weit hergeholt. Tante Amy war einfach zu engstirnig geworden und begriff nicht, dass Indien ein aufregendes Land voller Möglichkeiten für energiegeladene junge Leute war, kein Ort, vor dem man sich fürchten musste.

Dennoch ärgerte sie sich immer noch darüber, dass ihre Tante Tillys Ehe mit James Robson aufgeschlossener gegenüberstand. Tilly hatte James kaum gekannt, bevor sie geheiratet hatten, und wusste immer noch wenig über ihn. Dennoch gab Amy ihr ihren Segen.

»Da es Samstag ist, fahre ich mit Tilly hinauf zu Großonkel Daniel in Perth«, verkündete Sophie beim Frühstück. Sie ignorierte Tillys überraschten Blick.

»Oh, das ist eine schöne Idee.« Amy hielt über ihrem Toast inne. »Der alte Junge wird sich freuen. Wir könnten den Zug nehmen.«

»Ich dachte, wir machen einen Ausflug auf der Memsahib – sie muss einmal wieder bewegt werden.«

»Ach so«, sagte Amy. »In dem Fall wären drei zu viel.«

Tilly meldete sich zu Wort: »Du kannst dich in den Beiwagen setzen, Tante, und ich klammere mich hinter Sophie fest.«

»Der Beiwagen ist in der Werkstatt und wird repariert«, wandte Sophie ein.

»Dann lasst uns doch den Zug nehmen«, schlug Tilly vor.

Amy sah beiseite. »Nein, nein. Fahrt ihr Mädels nur hin und habt euren Spaß. Es wird großartig sein, in der frischen Luft auf dem Motorrad zu sitzen. Ich sollte ohnehin mit dem Bücherregal weitermachen. Ich brauche viel länger dazu, als ich dachte, und Dr. Forsyth wird allmählich ungeduldig – er will es doppelt so groß haben, wie ursprünglich abgemacht, damit all seine medizinischen Bücher und Zeitschriften hineinpassen.«

»Es wird bestimmt das prächtigste Bücherregal von ganz Edinburgh, wenn du fertig bist«, meinte Tilly, »also sollte er verflixt noch mal dankbar dafür sein.«

Sie packten sich ein Picknick für die Reise ein. Beide Cousinen waren in freudiger Aufregung über die spontane Reise. Sie hatten den alten Daniel Anderson zuletzt im vorigen Sommer besucht. Als sie gerade aufbrechen wollten, bekam Sophie doch noch ein schlechtes Gewissen, weil sie ihre Tante ausgeschlossen hatte. Sie bereute ihre selbstherrliche Entscheidung, auf dem Motorrad hinzufahren.

»Wir könnten ja doch den Zug nehmen, wenn du mitkommen möchtest«, schlug sie vor und blieb in der Tür der Werkstatt ihrer Tante stehen.

Amy schaute im Overall von ihrer Meißelarbeit auf und strich sich eine widerspenstige Haarsträhne aus der Stirn.

»Ab mit euch und viel Spaß!« Sie lächelte. »Ich bin hier genauso glücklich. Und wenn ihr Freude daran habt, übernachtet ruhig dort. Denk gar nicht daran, in der Dunkelheit zurückzufahren. Ich mache mir vor dem Nachmittagstee morgen keine Sorgen um euch.«

»Danke, Tante.« Sophie lächelte und warf ihr durch das unaufgeräumte Zimmer eine Kusshand zu. Amy winkte und ging wieder an die Arbeit.

Nachdem die Cousinen abgefahren waren, stellte Amy fest, dass sie sich nicht auf ihre Aufgabe konzentrieren konnte. Sie hatte in letzter Zeit schlecht geschlafen und wachte immer wieder matt und nervös auf. Sie seufzte und ging sich eine Kanne Tee kochen. Es war Sophies Vernarrtheit in Tam, die ihr zu schaffen machte. War ihre Angst, dass ihre Nichte nach Indien verschwinden könnte, bloß egoistisch? Oder hatte sie Schuldgefühle? Sie hatte ihrer Schwester nicht geholfen, die in einer lieblosen Ehe festgesessen hatte. Wenn Sophie so weit weg ging, würde sie auch bei ihr nicht in der Lage sein, sie zu beschützen. Aber ihre Nichte war jetzt volljährig, und sie konnte sie nicht davon abhalten, Tam nachzulaufen, wenn es das war, was sie wollte.

Amy ging in ihr Schlafzimmer und zog einen ramponierten Brief hervor, der tief in der untersten Schublade ihres Kleiderschranks versteckt lag. Ein allerletztes Mal las sie Jessies unglückliche Worte:

> *... allmählich verzweifle ich an Bills Unhöflichkeit anderen gegenüber. Er ist über die kleinsten Dinge gekränkt. Ich kann keinen anderen Mann auch nur ansehen, geschweige denn ein Gespräch mit ihm führen, ohne dass er aus der Haut fährt. So war das früher nicht. Er findet nicht einmal mehr Freude an seiner Tochter. Dabei ist Sophie doch ein Sonnenschein, und ihre fröhliche Art hilft mir durchzuhalten. Aber der arme Bill hatte ja auch so einen schweren*

Malariaanfall, dass er nicht mehr er selbst ist. Ich versuche, ihm die Idee einzupflanzen, dass wir für eine Weile in die Berge ziehen könnten.

Liebste Schwester, wann kommst du wieder nach Indien, um uns zu besuchen? Ich weiß, wie beschäftigt du mit deinem Kreuzzug für die Frauenrechte und deiner Tischlerei bist, aber ich sehne mich danach, dich zu sehen. Du hättest so viel Freude an unserem kleinen Mädchen. Sie erinnert mich an dich – sie ist blitzgescheit. Ich kann mir nicht vorstellen, dass Bill mir erlaubt, mit ihr zu Besuch nach Edinburgh zu reisen. Also musst du zu uns kommen.

Deine dich liebende Schwester Jessie

Amy drückte den Brief an ihre Brust. Ein Schluchzen schüttelte sie. Eigentlich hatte sie geplant, Jessie in dem Sommer zu besuchen – hatte es schon viel früher tun wollen. Aber zu dem Zeitpunkt waren ihre Schwester und ihr Schwager bereits tot gewesen, und Sophie war in ihrer Obhut.

Amy ging ins Wohnzimmer, zündete den Brief mit einem Streichholz an und warf ihn in den Kamin.

»Vergib mir, Jessie«, flüsterte sie und sah zu, bis das dünne Papier nichts mehr als Asche war. Dann kehrte sie schweren Herzens an ihre Tischlerarbeit zurück.

* * *

Die Memsahib hatte einen Platten, gleich nachdem sie bei Queensferry den Firth of Forth überquert hatten. Ein zweites Mal mussten sie haltmachen, als der Motor sich überhitzte. So war es schon früher Nachmittag, als sie das Cottage des alten Webers am Ufer des Flusses Tay erreichten. Er hieß sie fröhlich willkommen, und obwohl seine Augen und sein Gehör sich verschlechtert hatten, war sein Verstand so rege wie eh und je.

»*Verheiratet*, sagt ihr?«, rief er aus. »Die kleine Tilly Watson hat sich einen Mann geangelt!«

»Tu nicht so überrascht, Onkel Daniel!« Tilly lachte. »Ich bin jetzt einundzwanzig.«

»Wo versteckst du ihn denn?«

»Er ist nach Assam zurückgekehrt.«

»Assynt?«

»Nein, *Assam*, in Indien!«, rief Tilly. »Er ist Teepflanzer.«

»Sieh an, sieh an.« Daniel sog Luft durch seine Zahnlücken ein. »Teepflanzer, hm? Ganz wie dein Vater, Sophie.«

»Ja, Onkel«, bestätigte Sophie, »und er arbeitet für dieselbe Firma.«

»Na dann ... Ich hoffe, er ist dir ein guter Mann, Tilly, das hoffe ich wirklich.« Er stand humpelnd von seinem Hocker auf. »Tee, hm? Wir trinken jetzt eine schöne Kanne Tee. Gleich ist er fertig, Mädels. Und ihr habt Glück: Ich war heute Morgen draußen und habe einen Fisch gefangen. Tilly, komm rüber und hilf mir, ihn auszunehmen.« Er lachte leise.

Sie blieben über Nacht, hatten Vergnügen daran, dem alten Mann Gesellschaft zu leisten, und schwelgten bis spätabends in Erinnerungen an vergangene Zeiten. Daniel war eine wahre Fundgrube von Familiengeschichten und Anekdoten aus dem letzten Jahrhundert, als die Andersons die Elite der Weber aus der Gegend von Perth gestellt hatten. Die Cousinen wurden nie müde, sie zu hören.

»Ihr erinnert mich an meine Nichten«, bemerkte er, während er eine alte Tonpfeife schmauchte. »Ja, Jessie war ganz die gute Hausfrau wie du, Tilly – aber sie hatte keine Angst, durch die halbe Welt zu reisen, um zu heiraten und eine Familie zu gründen. Genau das wollte sie immer – eine eigene Familie.«

Die Cousinen tauschten Blicke quer durch den schwach erleuchteten Raum. Sophies Augen glänzten vor Gefühlsbewegung, als sie daran dachte, dass ihre Mutter dem Leben so grausam entrissen worden war.

»Und du, Sophie«, fuhr Daniel in seinen Überlegungen fort, »bist ganz wie die eigenwillige Amy. Immer darauf erpicht, in aller Eile die Welt zu verbessern, und wehe jedem langsamen Dummkopf, der ihr im Weg steht! Aber auf ihre Art genauso liebevoll. Keine Geduld, aber ein treues Herz und ein starker Gerechtigkeitssinn.«

»Ich hatte nie den Eindruck, dass ich Tante Amy ähnele«, bemerkte Sophie, »oder dass du wie meine Mutter bist, Tilly. Aber mir gefällt die Vorstellung. Es ist ein tröstlicher Gedanke, dass Mutter so freundlich wie du war. Das holt sie irgendwie näher.«

Am nächsten Morgen gingen sie mit Daniel in die Kirche und kochten später Gemüsesuppe, die sie gemeinsam aßen, bevor sie aufbrachen. Der Wind frischte auf, und Sophie hatte es eilig, auf die Straße zu kommen.

»Ja, von Westen her zieht ein Sturm auf«, prophezeite Daniel. »Ich kann ihn in der Luft riechen.«

Sie umarmten ihn zum Abschied und ignorierten das missbilligende Zungenschnalzen seiner Nachbarin angesichts dessen, dass sie am Sonntag und noch dazu auf solch einem gottlosen Gefährt reisten. Der Wind schüttelte sie auf der Fahrt nach Süden kräftig durch. Sophie umklammerte den Lenker fest, bis ihre schmerzenden Arme starr und taub wurden. Aber sie fuhren schnell weiter, während immer schwärzere Wolken von Westen her anrollten. Der Sturm brach über sie herein, als sie die Außenbezirke von Edinburgh erreichten: Kalter Regen peitschte von der Seite auf sie ein, und der wirbelnde Wind riss sie fast vom Motorrad.

Sie erreichten die Clerk Street völlig durchnässt und bis auf die Knochen durchgefroren. Zitternd vor Erleichterung stiegen sie vom Motorrad. Sophie schob unbeholfen mit tauben Fingern den Schlüssel ins Schloss der Haustür. Sie stolperten in den dunklen Flur, schnappten nach Luft, lachten und schüttelten das Wasser ab.

»Du kannst gern zuerst in die Badewanne, Tilly«, bot Sophie an. »Du bist blau angelaufen. Hoffentlich hat Tante Amy etwas Leckeres zum Tee da. Ich könnte einen ganzen Elefanten verschlingen.«

Als Sophie in den zweiten Stock hinaufstieg, gaben ihre Beine vor Übermüdung fast unter ihr nach. Sie taumelte als Erste durch die Tür. »Wir sind wieder da! Abgesoffen wie die Ratten, aber wir haben es geschafft.«

Die Wohnung war wegen des Sturms draußen halbdunkel. Ihre Tante hatte die Gaslampe im Wohnzimmer noch nicht angezündet.

»Tante Amy?« Auch in der Küche herrschte Dunkelheit.

»Wahrscheinlich macht sie ein Nickerchen«, keuchte Tilly und ließ sich in den abgewetzten Sessel fallen, der zum Küchenmöbel degradiert worden war.

Auf dem Weg zum Schlafzimmer ihrer Tante warf Sophie einen Blick in die Werkstatt. Irgendetwas stimmte nicht. Das Regal lag auf dem Boden. Sophie stürmte ins Zimmer und spähte ins Dämmerlicht. Was sie sah, ergab auf den ersten Blick keinen Sinn für sie. Es ragten Beine unter dem schweren Bücherregal hervor.

»Oh mein Gott!« Sophie rang nach Luft. Sie eilte auf die andere Seite. Amys Gesicht starrte wie eine Totenmaske zu ihr hoch.

»Tante Amy!«, schrie Sophie.

Plötzlich öffnete ihre Tante die Augen. Sie versuchte, etwas zu flüstern.

»Ich bin hier, Amy!«, rief Sophie. »Beweg dich nicht!« Sie stemmte sich gegen das schwere Regal, aber es rührte sich kein Stück.

»Tilly! *Tilly*!«, brüllte Sophie.

Ihre Cousine kam hereingeeilt, um zu helfen.

12

Es gelang den Cousinen, das schwere Bücherregal von Amy wegzuhieven. Wie lange sie gefangen daruntergelegen hatte, konnten sie nicht einschätzen. Amy war nicht in der Lage, Fragen zu beantworten. Sie hatte die Augen wieder geschlossen und reagierte nicht auf Sophies Flehen. Ihre Gliedmaßen waren kalt, und ihr Atem ging flach.

»Sie atmet noch, Tilly! Tante Amy, ich bin jetzt hier, kannst du mich hören? Bitte mach die Augen auf! Du wirst schon wieder gesund; wir holen jetzt Hilfe. *Bitte* werd wieder gesund!«

Tilly stand hilflos daneben und sah zu. »Was kann ich tun?«

»Ich habe Angst, sie zu bewegen«, erklärte Sophie. »Hol eine Decke, um sie warm zu halten. Ich gehe Hilfe rufen. Der Nachbar unter uns hat ein Telefon.« Sophie sprang auf. »Halt durch, Tante, ich brauche nicht lange!«

Sie sauste ins Treppenhaus, rannte nach unten und hämmerte an die Tür im Stockwerk unter ihrer Wohnung.

»Mr Stronach, bitte helfen Sie mir! Mr Stronach!«

Sie hatte den Eindruck, dass es eine Ewigkeit dauerte, bis der Schlüssel sich im Schloss drehte. Der Bankangestellte spähte nach draußen. Sophie sprudelte ihre Geschichte hervor, und er rannte sofort los, um einen Krankenwagen zu rufen.

»Sie sind ja ganz durchnässt!«, rief seine Frau. »Kommen Sie, setzen Sie sich eine Minute ans Feuer.«

»Nein, ich muss zurück und mich um meine Tante kümmern«, antwortete Sophie, die ihren derangierten Zustand kaum wahrnahm. »Aber vielen Dank.«

»Lassen Sie uns wenigstens etwas heißen Tee hinaufbringen«, beharrte Mrs Stronach. Sophie nickte dankbar und hastete wieder nach oben.

Im Halbdunkel hockte Tilly neben der ausgestreckten Gestalt und streichelte ihr tröstend die Haare. Sophie brach angesichts dieses zärtlichen Bildes beinahe zusammen.

»Hat sie etwas gesagt?«

»Vorhin hat sie es versucht«, flüsterte Tilly. »Sie hat mich Jessie genannt. Aber ich glaube, sie kann mich nicht hören.«

Sophie kniete sich auf die andere Seite und tastete unter der Decke nach der Hand ihrer Tante.

»Es tut mir so leid, dass ich dich allein gelassen habe, Tante Amy«, hauchte sie und drückte die schlaffe Hand. »Es war selbstsüchtig von mir. Wir haben dich vermisst, und Großonkel Daniel hat nach dir gefragt. Ich soll dir einen Kuss von ihm geben.« Sie beugte sich vor und küsste Amy sanft auf die Stirn. »Und der ist von mir.« Sie küsste sie auf die Wange. »Ich lasse dich nie mehr allein. Du bist die beste Tante, die ein Mädchen haben kann – mehr wie eine Mutter für mich als meine eigene Mutter.«

Sophie versagte die Stimme. Ein riesiger Kloß bildete sich in ihrem Hals. Sie hatte das Gefühl, die Finger ihrer Tante kurz in ihren eigenen zucken zu spüren. Doch Amy schien bewusstlos zu sein.

»Halt einfach nur wacker durch«, bestürmte Sophie sie. »Tilly und ich sind hier bei dir, Tante. Hilfe ist unterwegs.«

Die Stronachs kamen mit dem Tee, aber Sophie konnte keinen herunterbekommen. Tilly legte ihrer Cousine eine

Wolldecke um und schlürfte das heiße, zuckrige Getränk, um ihre Zähne vom Klappern abzuhalten.

Dann polterte es auf der Treppe, und zwei Sanitäter erschienen mit einer Trage. Die Stronachs führten die jungen Frauen aus dem engen Raum. Minuten später wurde Amy aus der Wohnung getragen.

Einer der Männer raunte Mr Stronach mit grimmiger Miene etwas zu.

»Was hat er gesagt?«, fragte Sophie.

»Miss Anderson ist nicht bei Bewusstsein«, erläuterte Mr Stronach. »Das Krankenhaus wird sein Bestes tun.«

Sophie machte Anstalten, der Trage zu folgen. Mr Stronach verstellte ihr den Weg. »Sie können nicht mitfahren, Miss Logan. Lassen Sie die Sanitäter ihre Arbeit tun. Ich rufe später an, und Sie können Ihre Tante morgen besuchen.«

»Morgen? Aber sie braucht mich jetzt an ihrer Seite«, machte Sophie sich Sorgen.

»Du hast für sie getan, was du konntest«, versuchte Tilly sie zu trösten. »Was sie jetzt braucht, ist ein Arzt.«

»Ihre Cousine hat recht«, sagte Mrs Stronach fest. »Holen Sie sich jetzt trockene Kleider, dann kommen Sie mit nach unten und wärmen sich am Feuer auf. Ich lasse nicht zu, dass Sie jungen Mädchen sich hier oben eine Erkältung einfangen. Was soll Ihre Tante denn sagen, wenn sie nach Hause kommt und Sie beide mit Lungenentzündung vorfindet?«

Sophie ließ zu, dass die freundlichen Nachbarn die Führung übernahmen und sie nach unten geleiteten.

Mr Stronach rief im Krankenhaus an, erfuhr aber nur, dass Amy dort aufgenommen worden war und sich in schlechtem Zustand befand. Sie konnten sie am folgenden Nachmittag besuchen.

»So lange kann ich nicht warten!«, schrie Sophie. Es kam ihr wie eine Ewigkeit vor.

»Das müssen Sie aber«, erwiderte Mrs Stronach und drängte die Cousinen, etwas Brot mit Käse zu essen. Später machte sie ihnen ein Bett am Feuer.

Sophie wachte in den frühen Morgenstunden auf, erstaunt, dass sie überhaupt geschlafen hatte. Tilly lag zusammengerollt wie ein Tier im Winterschlaf unter einer dicken Steppdecke. Ihr rotes Haar war auf dem Kopfkissen ausgebreitet. Eine heftige Aufwallung von Dankbarkeit, dass ihre Cousine bei ihr war und sie diesen Albtraum gemeinsam durchstanden, durchzuckte Sophie. Wenn sie Tante Amy verlor ... Nein! Solch ein Gedanke machte ihr zu viel Angst. Ihre Tante hatte sich bestimmt nur das Bein gebrochen oder hatte etwas anderes, das wieder in Ordnung gebracht werden konnte. Wenn sie sie später am Tag besuchten, würde sie schon im Bett sitzen, lächeln und ihnen sagen, dass sie nicht so viel Aufhebens um sie machen sollten.

Mr Stronach kam gegen halb eins in der Mittagspause zurück und rief noch einmal im Krankenhaus an. Man sagte ihnen, dass sie um zwei Uhr zu Besuch kommen sollten. Mrs Stronach setzte eine altmodische Haube auf und machte sich mit den Cousinen auf den Weg ins Krankenhaus.

Am Eingang zur Abteilung wurden sie von einer jungen Krankenschwester aufgehalten.

»Die Oberschwester möchte Sie gern sprechen«, verkündete sie nervös und führte sie in ein Nebenzimmer. »Bitte setzen Sie sich.« Nur Mrs Stronach folgte der Aufforderung.

Die Krankenschwester verschwand. Die Oberschwester erschien mit einem Arzt mit beginnender Glatze.

»Das hier ist Dr. MacLean«, stellte sie ihn vor.

»Was ist geschehen?« Sophie rang nach Luft. Die düsteren Mienen machten ihr Angst. »Warum dürfen wir Tante Amy nicht besuchen?«

Der Arzt räusperte sich. »Sie sind Miss Andersons nächste Angehörige?«

Sophie nickte. »Ihre Nichte, Sophie Logan.«

»Miss Logan, es tut mir sehr leid, Ihnen mitteilen zu müssen, dass Ihre Tante vor einer Stunde verstorben ist.«

Sophie stand wie vom Donner gerührt da. Tilly kam sofort, um ihre Hand zu nehmen und sie zu einem Stuhl zu führen. Da sie sah, dass Sophie sprachlos war, bat Tilly: »Bitte sagen Sie uns, was passiert ist, Doktor.«

Er redete nicht lange um den heißen Brei herum. »Herzversagen.«

»Ihr Herz?« Tilly runzelte die Stirn.

»Wir glauben, dass sie gestern einen Herzinfarkt hatte«, erläuterte er. »Deshalb hat sie die Hand ausgestreckt und sich beim Fallen an etwas Schwerem festgehalten. Sie hatte heute Morgen noch einen Infarkt. Ihr Herz war einfach nicht stark genug, das zu überleben.«

»Aber sie strotzt vor Kraft wie ein Ochse!«, rief Sophie. »Sie war in ihrem ganzen Leben noch nicht krank.«

Der Arzt bedachte sie mit einem mitfühlenden Blick. »Oft gibt es nur wenige Anzeichen für ein Herzleiden. Vielleicht war sie in letzter Zeit ein wenig müde oder außer Atem?«

Sophie dachte daran, wie ihre Tante noch vor einem Monat mit Boz und Rafi Tennis gespielt hatte; das deutete kaum auf ein schwaches Herz hin. Allerdings hatte sie das Spiel vorzeitig abgebrochen. Und in letzter Zeit hatte sie auch nicht mit ihrer üblichen Begeisterung gearbeitet. Sie hatte es immer wieder aufgeschoben, das Bücherregal zu vollenden. Sophie wurde klar, dass sie selbst zu ausschließlich in ihrer Verliebtheit in Tam aufgegangen war, um die Anzeichen der Erkrankung ihrer Tante zu bemerken.

»Ich hätte sie nie übers Wochenende allein lassen sollen«, machte Sophie sich Vorwürfe.

»Du konntest es nicht wissen«, wandte Tilly ein. »Sie wirkte doch putzmunter.«

»Aber wenn wir früher nach Hause gekommen wären und sie nicht die ganze Zeit dagelegen hätte, ohne sich rühren zu können ...«

»Sie dürfen sich nicht mit solchen Gedanken plagen«, meinte Mrs Stronach. »Ihre Zeit war gekommen, und es gibt nichts, was Sie hätten tun können.«

»Natürlich hätte ich etwas tun können!«, protestierte Sophie. »Es ist meine Schuld, dass sie so lange dort gelegen hat. Hätte ich sie retten können, Dr. MacLean? Bitte sagen Sie mir die Wahrheit.«

Ein angespanntes Schweigen schien alle Luft aus dem Zimmer zu saugen. Der Arzt zögerte und schüttelte dann den Kopf. »Sie hätten die Herzinfarkte nicht verhindern können. Sie dürfen sich nicht die Schuld geben, Miss Logan.«

»Siehst du, Sophie?«, tröstete Tilly sie. »Du bist nicht dafür verantwortlich.«

Sophie spürte, wie ihr schlechtes Gewissen ein winziges bisschen nachließ. »Aber ich hätte da sein können, um sie zu trösten«, flüsterte sie. »Ich hätte da sein sollen. Sie hätte gewollt, dass ich bei ihr bin.«

»Sie wusste, dass du da warst«, versicherte Tilly. »Sie hat nach dir gefragt, als du Hilfe holen gegangen bist.«

»Wirklich?«, hauchte Sophie.

Tilly schluckte und nickte. »Du warst diejenige, die Tante Amy am meisten bedeutet hat.«

»Danke.« Sophie schlang die Arme um ihre Freundin und schluchzte an ihrer Schulter. Tilly ließ ihren Tränen ebenfalls freien Lauf.

Der Arzt und die Oberschwester zogen sich zurück. Sie überließen es Mrs Stronach, die verzweifelten jungen Frauen zu tätscheln und ihnen zu raten, alles mit Fassung zu tragen. Tilly half Sophie auf die Beine. Es tat ihr in der Seele weh, dass ihre liebe Cousine jetzt noch einsamer auf der Welt war als zuvor. Sie würde ihr nie von der Panik in Tante Amys Blick erzählen, als sie halb bewusstlos auf dem kalten Boden der Werkstatt gelegen und sie fälschlich für Jessie gehalten hatte.

Sie hatte Tilly aus schmerzerfüllten Augen angesehen und geflüstert: »Bist du das, Jessie? Geh nicht wieder weg. Dein kleines Mädchen braucht dich ...«

13

Zwei Tage vor Amy Andersons Beerdigung kehrten Tam und die anderen Forststudenten nach Edinburgh zurück. Tilly hatte an Tams Mutter und Schwester geschrieben, um ihnen von dem Todesfall zu berichten. Seine Schwester Flora hatte Tilly geantwortet und ihr Beileid ausgesprochen, aber zugleich Erstaunen bekundet, weil ihr bisher noch gar nicht bewusst gewesen sei, dass ihr Bruder so gut mit der Familie bekannt war. Tilly gab nur die mitfühlenden Grüße an Sophie weiter. Sie machte sich Sorgen, dass Sophie sich überanstrengte. Nachdem sie im Krankenhaus ihre Trauer gezeigt hatte, hatte Sophie ihre Emotionen unterdrückt und sich darangemacht, die Beerdigung zu organisieren und den Nachlass ihrer Tante zu regeln. Tilly hatte Mona aus Dunbar zu Hilfe geholt.

»Du musst etwas essen und dich ausruhen«, hatte Mona sofort gegluckt und das Regiment im Haushalt übernommen. »Ich lasse nicht zu, dass du an Auszehrung stirbst. Die anderen Belange können warten. Walter kann mit dem Papierkram helfen. Alles zu seiner Zeit. Mutter ist natürlich ganz bestürzt über Amys Tod.«

Ein großer Blumenstrauß kam von Miss Gorrie und dem Wohltätigkeitsverein, für den Sophie arbeitete. Aber es war ein Klopfen an der Tür spät am selben Abend, das ein mattes Lächeln auf Sophies verhärmtes Gesicht zurückzauberte.

»Tam!«, krächzte sie, sank in seine Arme und weinte vor Erleichterung darüber, ihn zu sehen. Er streichelte ihr den Rücken.

»Mein armes Mädchen«, tröstete er sie. »Das mit deiner Tante tut mir so leid. Ich bin hergekommen, sobald ich davon gehört hatte. Die Jungs lassen ebenfalls ihr Beileid ausrichten.«

»Lass den Mann nicht auf der Türschwelle stehen, Sophie«, tadelte Mona sie und kam geschäftig angeeilt. »Sie müssen dieser Mr Telfer sein, von dem wir schon so viel gehört haben. Kommen Sie herein! Ich bin Cousine Mona – und das ist Cousine Tilly.«

Tilly stand auf und begrüßte den gut aussehenden Förster, der ihr fest die Hand schüttelte und gleich ein Lächeln für sie parat hatte. Sie hatte sofort Verständnis dafür, dass Sophie sich in ihn verliebt hatte.

»Ich bleibe nicht lange«, beharrte er, »aber ich wollte dir versichern, dass wir morgen da sein werden, um deiner Tante die letzte Ehre zu erweisen. Flora hat die Traueranzeige im *Scotsman* entdeckt. Und, meine Damen, wenn es irgendetwas gibt, das einer von uns tun kann, müssen Sie es nur sagen.«

Sie fragten nach seiner Reise, aber er erzählte ihnen nur wenig. »Ich bin froh, wieder zu Hause zu sein«, erklärte er. »Das Forstpraktikum war interessant, aber ich war mit den Gedanken oft woanders.« Er bedachte Sophie mit einem vielsagenden Blick. Nach zehn Minuten stand er auf, um zu gehen. Sophie bemerkte, dass sein schmales Gesicht müde und verkniffen wirkte. Es wäre egoistisch von ihr gewesen zu versuchen, ihn zum Bleiben zu überreden, auch wenn sie genau das am liebsten wollte. Sie begleitete ihn zur Tür.

»Nur Mut«, munterte er sie auf. »Ich werde da sein, um dich zu unterstützen.« Er küsste sie rasch auf die Wange und ging dann.

Mona war beeindruckt von seinem fürsorglichen Gebaren und davon, dass er nach einer langen und anstrengenden Bahnreise noch in aller Eile vorbeigekommen war.

»Was für ein freundlicher junger Mann«, sagte sie wohlwollend. »Es ist nicht zu übersehen, wie sehr du ihm am Herzen liegst, Sophie.«

»Meinst du?« Sophies Kummer ließ ein wenig nach.

»Ja, das meine ich«, bekräftigte Mona. »Findest du nicht auch, Tilly?«

Tilly nickte. »Und er sieht genauso gut aus, wie du immer gesagt hast.«

* * *

Die Kirche von Schottland in der Clerk Street war voller Trauergäste: Kirchenfreunde, ehemalige Suffragetten, Kunden von Amys Möbeltischlerei für Sonderanfertigungen, Ladenbesitzer und ehemalige Schüler aus ihren Sonntagsschulklassen. Sophie war erstaunt, wie viele Leute jeden Alters Amy gekannt hatte und wer jetzt in den Kirchenbänken saß und aus voller Kehle sang.

Aber die Familie nahm nur eine einzige Bank ein: Großonkel Daniel, der sich mit dem Zug hergequält hatte und nun offen weinte, die Watsons und Sophie selbst. Jacobina hatte zur Beerdigung nach Edinburgh kommen können, musste aber noch am selben Abend zurück nach Inverness. Johnny und Helena hatten aus Indien ein Telegramm geschickt. Das machte Sophie schmerzlich deutlich, wie wenige Verwandte sie noch auf der Welt hatte – und alle davon auf der Seite ihrer Mutter. Ihr Vater war das einzige Kind in seiner Familie gewesen, das bis ins Erwachsenenalter überlebt hatte, und wenn es entferntere Logan-Verwandte gab, war der Kontakt zu ihnen schon längst abgebrochen.

Sophie klammerte sich an den Gedanken, dass sie ein paar loyale und vertrauenswürdige Freunde hatte, die sich um sie geschart hatten: zwei Mädchen aus der Schule, der invalide Major MacGregor, Miss Gorrie, ein paar Freundinnen aus dem Tennisclub und vor allem Tam, der auf der gegenüberliegenden Seite des Ganges hochgewachsen und breitschultrig zwischen seinen Kommilitonen stand. Seine Stimme erhob sich laut über die der anderen.

Danach, als im Gemeindesaal Erfrischungen serviert wurden, stand Tam dicht neben Sophie. Sie spürte, wie seine kraftvolle Gegenwart ihr Mut einflößte, während sie sich mit den Dutzenden von Freunden ihrer Tante unterhielt, die in Erinnerungen schwelgen wollten.

Als sie nach Hause aufbrachen, sagte Tam: »Ich weiß, dass das hier eine Zeit der tiefen Trauer für dich ist, aber darf ich dich in ein oder zwei Tagen besuchen, um zu sehen, wie es dir geht?«

»Ja bitte. Das würde mir guttun.« Sophie lächelte.

Tam fiel auf, wie schön und wie traurig zugleich sie aussah: Ihre großen braunen Augen wirkten in ihrem bleichen Gesicht wie dunkle Teiche. Ihre rosigen Lippen zitterten bei dem Versuch, fröhlich zu wirken. Ihr blondes Haar war aus ihrem breiten, ausdrucksvollen Gesicht gekämmt und unter einem eng anliegenden schwarzen Hut verborgen. Ihre Figur wirkte in dem schlichten schwarzen Kleid und den Strümpfen schlank und elegant. Sie sah älter aus; das überschwängliche, sorglose Mädchen, von dem er sich erst vor einem Monat verabschiedet hatte, war verschwunden. Es brach ihm das Herz, und er wollte nichts lieber, als sie fest zu umarmen und ihr Trost zu spenden.

Boz und Rafi erschienen neben ihnen und schüttelten Sophie zum Abschied die Hand.

»Gibt es irgendetwas, das ich tun kann?«, wollte Boz wissen.

»Wir mochten deine Tante sehr«, setzte Rafi hinzu.

»Vielen Dank, ihr beiden.« Sophie lächelte. »Es ist genug, dass ihr heute gekommen seid. Das bedeutet mir viel.«

Tam spürte eine lächerliche Welle der Eifersucht. »Ich begleite Sophie über die Straße«, beharrte er. »Es war ein anstrengender Tag.«

Boz wirkte, als wollte er Einwände erheben, wich dann aber zurück. Tam nahm Sophies Arm und führte sie aus dem Saal. Die Familie Watson folgte ihnen. Wieder in der Wohnung angekommen blieb Tam lange genug, um zu sagen: »Ich weiß, dass jetzt nicht der rechte Zeitpunkt ist, dir eine Einladung aufzudrängen, aber wenn du wieder dazu bereit bist, möchte ich gern, dass du zum Essen nach Roseburn kommst, um meine Mutter und meine Schwester kennenzulernen. Flora kann es gar nicht abwarten, dir vorgestellt zu werden.«

Sophie drückte ihm die Hand. Aus ihren Augen sprach Dankbarkeit. »Danke, Tam. Ich würde sie natürlich liebend gern kennenlernen.«

* * *

Die folgenden Tage nahm Sophie nur verschwommen wahr. Die Watsons blieben, um ihr zu helfen, die Wohnung zu entrümpeln, die gemietet war und bis Monatsende geräumt werden musste. Sophie, die sich nicht länger leisten konnte, in der Clerk Street zu leben, sollte in die beiden Zimmer über Miss Gorries Büro ziehen, die ihre Arbeitgeberin ihr freundlicherweise mietfrei zur Verfügung stellte. Walter räumte das Holz aus der Werkstatt ihrer Tante fort, während Mona und Tilly Amys Kleider und Bücher verpackten, die verkauft oder wohltätigen

Zwecken gespendet werden sollten. Deren Mutter verkündete, dass es zu belastend sei, den Haushalt ihrer Cousine aufzulösen, nachdem sie es gerade erst mit ihrem eigenen getan hatte. Sie saß nur am Wohnzimmerfenster, weinte in ein Spitzentaschentuch und beklagte das Schicksal ihrer Familie.

»Erst stirbt mein lieber Mann – jetzt auch noch Cousine Amy«, schniefte sie. »Und Johnny ist so weit weg. Ich weiß, dass ich nicht lange genug leben werde, um ihn wiederzusehen.«

»Unsinn, Mutter«, schimpfte Mona. »Du wirst uns noch alle überleben. Du solltest dankbar für das Glück im Unglück sein: Walter und ich kümmern uns doch um all deine Bedürfnisse. Sophie ist jetzt ganz auf sich allein gestellt. Sieh doch, wie tapfer sie ist.«

Sophie kam sich nicht tapfer vor. Sie fühlte sich wie betäubt und leer, ganz wie das kleine Mädchen, das aus Indien hergereist war, schockiert darüber, wie schnell das Leben sich ändern konnte, und besorgt, welche Schrecken es noch erwarten mochten. Sie hatte diese tiefen Gefühle von Angst und Verlust vergessen. Tagsüber gelang es ihr auch, sie zu unterdrücken und eine unbewegte Miene aufzusetzen. Aber in der Nacht stiegen sie auf und drohten, sie wieder zu übermannen. Wenn sie am Ende doch noch in den Schlaf der Erschöpfung fiel, wachte sie immer mit dem Gefühl auf zu ersticken, als würde man sie lebendig in einem heißen Grab verscharren.

Tilly beruhigte sie dann und besänftigte sie mit tröstenden Worten: »Du hattest nur einen Albtraum; du bist in Sicherheit. Schlaf wieder ein.«

Was Sophie niemandem anvertrauen konnte, war ihre Angst davor, ganz allein in zwei kleine Zimmer zu ziehen. Die Klaustrophobie, die sie als Kind geplagt hatte, war zurückgekehrt. Der Gedanke daran, eingezwängt zwischen hohen, rußgeschwärzten Mietskasernen zu hausen, ohne freie Sicht auf die

Felsen im King's Park zu haben, flößte ihr Furcht ein. Allerdings fühlte sie sich undankbar, weil sie überhaupt so dachte.

Es war Tam, der sie vor dem Wahnsinn bewahrte. Er kam oft zu Besuch und unterbrach seine Wiederholungen des Lernstoffs in der Bibliothek, um mit ihr spazieren zu gehen oder ein Teepicknick zu machen. Am Sonntag nach der Beerdigung ging Sophie zur Bleibe der Telfers in Roseburn, einer spartanischen Wohnung im ersten Stock, wo sie von zwei hochgewachsenen Frauen mit Hakennasen willkommen geheißen wurde. Sie hatten die gleichen berückend blauen Augen wie Tam. Sophie war überrascht über ihr hausbackenes Erscheinungsbild und die bescheidene Einrichtung. Tam war immer makellos in teuren Zwirn gekleidet und gab sein Geld mit vollen Händen aus. Aber Mrs Telfer bemühte sich sehr um sie, während Flora zum Tee Salat und Ofenkartoffeln servierte.

»Wir sind Vegetarierinnen«, erklärte Flora ihr, »und wir erfreuen uns bester Gesundheit. Das liegt auch daran, dass wir Christliche Wissenschaft praktizieren. Wir wären nur zu gern bereit, in Gebeten an Ihnen zu arbeiten. Sie müssen sich jetzt doch gerade sehr verloren fühlen und Ihren Verlust stark empfinden.«

Sophie schluckte. Ihr stiegen Tränen in die Augen. Mit solcher Unverblümtheit hatte sie nicht gerechnet.

»Flora«, sagte Tam warnend, »du hast doch versprochen, die Christliche Wissenschaft mindestens die erste halbe Stunde lang nicht zu erwähnen. Du sollst Sophie keine Angst machen, sonst ergreift sie noch die Flucht.«

»Ich will ihr keine Angst machen«, beteuerte Flora und sah erstaunt drein. »Ich mache Ihnen doch keine Angst, nicht wahr, Liebes?«

»Nein«, antwortete Sophie. Dann stieg ein Schluchzen in ihr auf. Es war der Gebrauch von Amys Kosenamen für sie, der sie zusammenbrechen ließ.

Flora eilte um den Teetisch herum und streckte Sophie eine weiße Serviette hin. »Nur zu, Liebes, lassen Sie alles heraus. Das ist Ihr inneres Ich, das Ihnen sagt, dass Sie Ihre Trauer loslassen sollen. Sie haben sie nicht verloren«, versicherte Flora und legte ihr einen Arm um die Schultern, »ihr Geist ist immer noch hier und wacht über Sie.«

Tam beobachtete nervös, wie Sophie weinte und die Frauen das Heft in die Hand nahmen und für sie beteten. Binnen weniger Minuten hatte Sophie das Gefühl, von einer großen inneren Last befreit zu sein. Ihr war schwindlig, und sie hatte plötzlich zum ersten Mal seit über einer Woche Hunger.

Danach aß sie alles, was man ihr vorsetzte, und redete ausführlich über ihre Tante.

»Ich habe solch ein schlechtes Gewissen, weil ich sie allein gelassen habe«, gestand sie. »Wir hatten eine Meinungsverschiedenheit, und ich war wütend auf sie, deshalb habe ich sie von unserem Ausflug ausgeschlossen. Wäre ich doch nur früher zurückgekommen oder gar nicht erst weggefahren ...«

»Sie dürfen sich nicht die Schuld geben«, mahnte Mrs Telfer. »Es war auch die Entscheidung Ihrer Tante.«

»Das sage ich ihr ja schon die ganze Zeit«, warf Tam ein. »Sophies Tante war durchaus so willensstark, dass sie mitgefahren wäre, wenn sie wirklich gewollt hätte. Sie hat dir und Tilly nur eine Reise für euch allein geschenkt, solange ihr euch noch sehen könnt.«

»Worum ging es bei der Meinungsverschiedenheit?«, erkundigte sich Flora.

Sophie errötete; sie konnte unter keinen Umständen zugeben, dass sie sich wegen Tam gestritten hatten.

»Nichts Wichtiges«, erwiderte sie.

Flora maß sie mit einem durchdringenden Blick. »Sie werden jedenfalls keinen Seelenfrieden finden, wenn Sie sich selbst nicht verzeihen können. Also müssen Sie es versuchen. Und wir denken an Sie, wenn wir unsere Wissenschaft betreiben, und widmen Ihnen positive Gedanken, sodass Sie in der Lage sein werden, Ihren Verlust zu ertragen.« Plötzlich ließ sie ein Lächeln aufblitzen. »Möchten Sie noch etwas Rhabarberkompott und Shortbread?«

Später, als Tam sie nach Hause brachte, hakte Sophie sich bei ihm ein. »Was für freundliche Leute ihr Telfers doch seid. Deine Mutter ist reizend, und ich mag Flora wirklich; sie ist erfrischend anders. Ich muss zugeben, dass ich etwas Angst davor hatte, sie kennenzulernen. Boz hat mir klargemacht, dass die Billigung deiner Schwester dir sehr wichtig ist.«

Tam prustete. »Also haben meine Verwandten dich nicht abgeschreckt?«

»Überhaupt nicht«, sagte Sophie, »sie waren sehr nett.«

»Auf alle Fälle weiß ich, dass Flora dich auch mag.« Tam lächelte und küsste sie auf die Stirn.

In der folgenden Woche fuhr Mona mit ihrer Mutter zurück nach Dunbar. Walter war schon ein paar Tage zuvor wieder abgereist. Tilly erklärte sich bereit zu bleiben, bis Sophie in ihre kleinere Unterkunft näher an der Innenstadt zog. »Ohne Tante Amy ist es zu traurig«, gestand Sophie, »und ich kann es nicht ertragen, ihre Werkstatt zu betreten. Der Gedanke daran, wie sie in dem Zimmer gelegen hat ...«

»Das verstehe ich«, versicherte Tilly. »Ich bleibe, solange du mich brauchst.«

Da noch ein paar Tage Zeit waren, bevor Tam und die anderen Forststudenten den Zug nach Oxford nahmen, um ihre Prüfungen abzulegen, kam Tam am Ende des Tages in aller Eile vorbei.

»Es ist ein perfekter Abend«, schwärmte er. »Ich habe eine Thermoskanne mit Kaffee und etwas von Floras Shortbread.

Wir steigen auf die Felsen und sehen uns den Sonnenuntergang an. Ich habe genug vom Lernen.«

Sophie lebte bei diesem Vorschlag sofort auf. Sie holte ihre Jacke.

»Tilly, möchtest du auch mitkommen?«, fragte Tam.

Tilly sah Sophies Gesichtsausdruck – sie wollte unbedingt mit Tam allein sein.

»Nein danke. Weißt du, ich hasse Spaziergänge, wenn sie nicht zu Läden oder ins Theater führen. Ich bin hier mit Amys Walter-Scott-Romanen glücklich.«

Sophie lächelte. Es war für sie ein Quell der Heiterkeit – und einer Auseinandersetzung mit Mona –, dass Tilly die meisten von Amys Romanen wieder ausgepackt hatte und sie nun las. Sophie hatte Mona überstimmt und gesagt, dass Tilly alle behalten sollte, die sie haben wollte.

Tam warf Tilly eine Kusshand zu, nahm Sophie an die Hand und zog sie ungeduldig aus der Wohnung.

* * *

Eine Viertelstunde später schreckte ein Klopfen an der Tür Tilly auf. Sie öffnete und sagte: »Was hast du denn vergessen? Oh …« Sie brach ab. »Tut mir leid, ich dachte, es sei Sophie, die noch einmal zurückkommt.«

Der breitschultrige, gut aussehende Inder aus Tams Kurs stand auf der Schwelle.

»Ich bin Rafi Khan.« Er begrüßte sie mit einem Nicken, das nicht ganz eine Verbeugung war. »Wenn Miss Logan nicht hier ist, kann ich ein andermal wiederkommen.«

»Nein, bitte kommen Sie herein. Ich bin ihre Cousine Tilly Watson … Nein, das stimmt nicht, mittlerweile Tilly Robson. Ich habe mich noch nicht an meinen neuen Namen gewöhnt.«

»Ja, das habe ich mir schon gedacht.« Er zögerte. »Ich bringe nur ein Buch zurück.«

»Was für ein Buch?«

Er hielt es hoch. »Gedichte. Eine Sammlung schottischer Balladen.«

»Oh, ich liebe Balladen! Sophie und ich haben sie früher, als wir noch Kinder waren, immer nachgespielt. Sie hat sich immer die Rolle des Helden gegeben, und ich war diejenige, die in einem Moor ertränkt wurde oder vom Pferd fiel.«

Rafi lächelte darüber. »Klingt ganz nach meinen Brüdern und mir. Wir haben die Schlachten Alexanders des Großen oder der Mogulkaiser nachgespielt. Ich war immer der Bote oder Fußsoldat, der gleich zu Anfang getötet wurde.«

»Ein einfacher Bauer, ganz wie ich.« Tilly lachte. »Bitte treten Sie ein. Da ich eine glücklich verheiratete Frau bin, ist es nichts Unschickliches, wenn Sie zu Besuch kommen, ohne dass Sophie hier ist. Ich habe kalten Tee oder selbst gemachte Limonade für erschöpfte Fußsoldaten.«

Rafi entschied sich für die Limonade. Tilly servierte sie am Tisch beim Fenster. Er trank einen großen Schluck und sagte: »Köstlich. Miss Anderson hat mir welche gegeben, als ich das letzte Mal hier war, und mir sogar ihr Rezept verraten.«

»Sie waren schon einmal hier?«, fragte Tilly. »Das hat Sophie nie erwähnt.«

Rafi musterte sein Glas. »Nein, ich war hier, als sie gerade nicht da war. Miss Anderson war diejenige, die mich hereingebeten hat – sie war also auch Ihre Tante?«

»Eigentlich die Cousine meiner Mutter«, erläuterte Tilly, »also meine Tante zweiten Grades.«

»Ich habe vor ein paar Wochen zusammen mit Ihrer Tante Tennis gegen Boz und Miss Logan gespielt. Ich habe Miss Anderson nach Hause gebracht, und sie hat mich auf eine Limonade hereingebeten. Wir haben uns über Poesie und

Musik unterhalten. Sie war sehr kenntnisreich. Ich habe ihre Gesellschaft genossen, und danach hat sie mich noch ein paar Mal eingeladen.«

»Also war es Tante Amy, die Ihnen das Balladenbuch geliehen hat, nicht Sophie?«

Rafi nickte. »Ich habe ihr eine Übersetzung persischer Gedichte gegeben und sie mir die Balladen.« Er schluckte lautstark noch etwas von seinem Getränk. »Ich dachte, ich sollte die Balladen zurückbringen. Sie gehören jetzt ja Miss Logan.«

»Ich finde, Sie sollten sie behalten«, sagte Tilly. »Tante Amy wollte ja schließlich, dass Sie sie bekommen, und Sophie hat in ihrer neuen Unterkunft nicht viel Stauraum.«

»Also bleibt sie nicht hier?«, erkundigte sich Rafi; ihm waren die leeren Bücherregale aufgefallen, als er das Zimmer betreten hatte.

»Nein, das kann sie sich nicht leisten. Ihre Arbeitgeberin überlässt ihr eine kleinere Wohnung. Ich wünschte, ich könnte ihr ein Zuhause bieten.« Tilly seufzte. »Aber ich beginne ja bald ein neues Leben in Assam. Dort ist Sophie aufgewachsen, bis sie sechs war. Sie wissen doch, dass ihre Eltern in den Teegärten an einem Fieber gestorben sind, nicht wahr?«

Rafi nickte. »Ja. Ich hatte den Eindruck, dass Sophie gern eines Tages dorthin zurückkehren würde. Sie sagte einmal etwas darüber, die Geister zur Ruhe zu betten.«

»Wirklich? Das ist interessant. Arme Sophie.«

»Es hat mich überrascht, weil ich dachte, sie würde alles Indische verabscheuen.« Er griff nach einem zusammengedrückten Zigarettenpäckchen, bot Tilly eine an und fragte: »Macht es Ihnen etwas aus, wenn ich rauche?«

»Ich rauche nicht, vielen Dank. Aber tun Sie sich keinen Zwang an.« Sie holte einen kleinen Aschenbecher aus Messing.

»In Benares hergestellt«, bemerkte Rafi, nahm ihn ihr ab und fuhr mit dem Finger über die Metallarbeit. »Ich glaube,

Ihre Tante war nicht so erpicht darauf, sie dorthin reisen zu lassen. Allerdings war Miss Anderson fasziniert von der indischen Politik und wollte über die Home-Rule-Kampagne und die Frauenemanzipation diskutieren. Leider war ich eine große Enttäuschung.« Rafi schenkte ihr ein schiefes Lächeln. »Denn ich weiß mehr über die hiesige Politik als über die indische. Von da an haben wir uns an die Dichtkunst gehalten.«

Tilly lachte. »Die liebe Tante Amy.« Sie schenkte ihm noch etwas Limonade ein. »Aber was meinen Sie damit, dass Sophie alles Indische verabscheut?«

Rafi blies Rauch aus und dachte über seine Antwort nach. Er zuckte die Schultern. »Einfach nur ihre Art. Sie lebt ja vielleicht nicht mehr in Indien, seit sie sechs war, aber sie hat das Ethos der Kolonialherren mit der Muttermilch aufgesogen – die Art, wie sie uns Untertanen von oben herab betrachtet. Wir sind nicht so richtig *pukka*.« Sein Tonfall klang selbstironisch.

»Ich bin mir sicher, dass Sie sich da irren«, nahm Tilly ihre Freundin in Schutz. »Sophie ist der warmherzigste Mensch, den ich kenne. Überhaupt nicht spießig. Sie müssen Sie auf dem falschen Fuß erwischt haben.«

Rafi lachte. »Das freut mich zu hören. Und ich lasse mich gern vom Gegenteil überzeugen. Sie kennen sie viel besser als ich.«

»Im Moment ist sie gerade mit Tam unterwegs«, vertraute Tilly ihm an und deutete auf die Felsen. »Sie machen ein Picknick in der Dämmerung. Ist das nicht romantisch?«

Rafi sah auf die Felsklippen hinaus, die in der ersterbenden Septembersonne erglühten. Er spürte, wie sich die Eifersucht in seinem Inneren breitmachte. »Sehr.«

»Glauben Sie, dass Tam ihr einen Antrag macht?«, erkundigte sich Tilly aufgeregt. »Wenn ja, wären meine Gebete endlich erhört worden. Sophie müsste nicht in diese winzige Wohnung ziehen, und sie könnte nach Indien kommen und in meiner Nähe sein. Wäre das nicht einfach großartig? Vielleicht hat er Ihnen ja seine Pläne verraten? Wird Tam Sophie fragen, ob sie seine Frau werden will? Bitte sagen Sie es mir, wenn Sie es wissen!«

Rafi riss schockiert die Augen auf. »Das würde mich sehr überraschen. Ich glaube, Tam ist ...«

Er brach ab.

»Tam ist was?« Tilly runzelte die Stirn.

Rafi dachte an den Streit zwischen Boz und Tam über eine Frau in Frankreich, die beide kannten und in die Tam verliebt war. Rafi hatte sich herausgehalten, aber er wusste, dass das Thema immer wieder zu Reibereien zwischen den beiden Freunden führte. Boz hatte den Eindruck, dass Tam Sophie zappeln ließ und es nicht ernst mit ihr meinte.

»Tam ist ein verschlossener Mann«, sagte Rafi hastig. »Er würde mir so etwas bestimmt nicht anvertrauen.«

Er drückte seine Zigarette aus und zündete sich sofort die nächste an, verärgert über sich selbst, weil es ihm etwas ausmachte. Es war offensichtlich, dass Sophie Logan seine Existenz kaum bemerkte, während ihm ihre lebhaften braunen Augen und ihr sinnliches Lächeln nicht aus dem Kopf gingen, sosehr er auch versuchte, sie zu vergessen. Er war sich sicher, dass ihre scharfsinnige Tante das durchschaut hatte.

»Tut mir leid«, sagte Tilly sofort. »Ich wollte Sie nicht in Verlegenheit bringen.«

»Das haben Sie auch nicht. Ich weiß nicht, welche Absichten Tam hat, auch wenn mich nichts überraschen würde. Er ist ein sehr impulsiver Mann.«

»Sophie auch«, meinte Tilly. »Impulsiv, meine ich – natürlich kein Mann.«

Rafi lachte plötzlich auf. »Das muss in der Familie liegen. Wie ich höre, haben Sie auch sehr schnell geheiratet, Mrs Robson?«

Tilly wurde rot und kicherte. »Ja, das stimmt. Ich kann es nicht abwarten, nach Assam zu reisen und zu meinem Mann zu stehen. Alles da draußen hört sich so romantisch an – Tigerjagden, Teepartys und prächtige Sonnenuntergänge, während man auf der Veranda an *chota pegs* nippt. Wie Sie sehen, lerne ich schon den Jargon. Und es wird so viele aufregende neue Marken geben.«

»Marken?«, fragte Rafi verwirrt.

»Ja, Briefmarken. Ich sammele sie, wissen Sie?«

»Ach so.« Rafi nickte. »Als kleiner Junge habe ich auch welche gesammelt.«

»Ja? Vielleicht könnten wir ein paar tauschen?«

»Ich habe meine leider weggeworfen.«

»Weggeworfen!« Tilly klang empört. »Wie konnten Sie nur?«

Rafi sah schuldbewusst drein. »Na ja, sie haben in der Hitze ihre Gummierung verloren, und das Album ist aufgrund der Feuchtigkeit schimmlig geworden.«

»Oje!« Tilly war bestürzt.

»Aber dann habe ich die Dichtkunst entdeckt.« Er lächelte. »Wenn man Gedichte auswendig lernt, spielt es wenigstens keine Rolle, ob das Buch verfault.«

Tilly lachte und hoffte, dass seine Bemerkung über verfaulende Bücher nur ein Scherz war.

»Das passiert aber bestimmt nicht dort, wo ich leben werde. Mr Robson sagt, dass das Klima perfekt ist. Freuen Sie sich darauf heimzukehren, Mr Khan?«

Er musterte sie. Er fühlte sich in Edinburgh so sehr zu Hause wie nur irgendwo; hierher war er im Fronturlaub aus dem Krieg mit seinem Kameraden McGinty gefahren und in dessen Familie aufgenommen worden. Hier war sein soziales Gewissen geweckt worden; er hatte von den Sozialisten und Bohemiens in McGintys Freundeskreis viel über Politik gelernt.

Hier hatte er auch den Jazz kennengelernt, das Foxtrotttanzen, das Biertrinken und das Flirten mit Frauen. Allerdings war die erste Frau, mit der er je geschlafen hatte, die Tochter eines französischen Bauern gewesen, in dessen halb verfallenem Haus er vor Passendale einquartiert gewesen war. Aber es hatte keinen Zweck zu versuchen, das zu erklären; die Leute reagierten immer verlegen, wenn er verkündete, dass Schottland seine Heimat war.

»Ich freue mich darauf, meine Familie wiederzusehen«, erklärte Rafi und wechselte dann sofort das Thema. »Sagen Sie mir, was Sie im Moment lesen. Als wir hereinkamen, ist mir aufgefallen, dass Walter Scotts *Waverley* offen auf dem Tisch lag.«

»Oh, Walter Scott«, schwärmte Tilly. »Ist er nicht wirklich einer der romantischsten Schriftsteller, die je die Feder aufs Papier gesetzt haben?«

* * *

Tam und Sophie saßen auf dem Gipfel von Arthur's Seat, dem Hausberg Edinburghs, der die Stadtlandschaft dominierte. Nach dem steilen Aufstieg schöpften sie hier Atem und sahen zum feurigen Horizont. Die Häuser lagen im rauchigen Dunst, aber jenseits davon hatte man freie Sicht auf den Firth of Forth und die fernen Hügel.

»Ich habe die Stadt noch nie so schön gesehen«, erklärte Sophie atemlos, während sie es sich auf einem Felsen bequem machte. Tam goss Kaffee in zwei Becher und reichte ihr einen.

»Ich auch nicht.« Er lächelte. Der Blick, mit dem er sie bedachte, ließ ihr Herz höherschlagen.

Sie teilten sich Floras Shortbread aus einer verbeulten Blechdose, während Tam angeregt von seinem bevorstehenden

Universitätsabschluss und der Stelle, die er in Aussicht hatte, sprach.

»Ich habe über Indien und die Forstverwaltung so viel gelesen, wie ich konnte. Es gibt jede Menge zu tun. Weißt du, dass über hundertfünfzig verschiedene Nutzholzarten dort wachsen? Und das sind diejenigen, von denen man weiß. Im Himalaja und jenseits davon gibt es noch riesige unerschlossene Gebiete. Eine der Herausforderungen besteht natürlich darin, wie man die Stämme aus dem Wald holt, wenn sie genug gewachsen sind; diese Gegenden sind derart abgelegen. Aber ich kann es nicht abwarten, in die Berge zu reisen. Es wird sein wie in der Schweiz, nur in viel größerem Maßstab.«

Er pustete kräftig auf den heißen Kaffee und schlürfte. »Der alte Downs, mein Hindustani-Lehrer, sagt, dass es im Pandschab reichlich Arbeit für mich geben wird, ohne dass ich mich in die Wildnis vorkämpfen muss«, erzählte Tam weiter, »aber ich werde mir keinen Namen machen, wenn ich in einem verstaubten Büro sitze und vor mich hinrechne, nicht wahr? Ich werde in die Wälder ziehen und so viel lernen, wie ich kann. Außerdem wird es oft Gelegenheit zur Jagd auf Vögel und größeres Wild geben, und auch dazu, wieder mehr Zeit im Sattel zu verbringen.«

»Das klingt alles wunderbar«, murmelte Sophie.

Sie sah, wie sein Gesicht zum Leben erwachte, wenn er von seiner künftigen Arbeit sprach, und empfand bittersüße Sehnsucht. Sie war froh, dass er seine Berufung gefunden hatte, und beneidete ihn doch darum, solche Möglichkeiten zu haben. Auch sie verspürte freudige Erregung, wenn er davon sprach, den Himalaja zu erforschen und in den Bergen reiten und jagen zu gehen. Doch ihre Zukunft würde sich auf Büroarbeit und gelegentliche Motorradtouren am Wochenende beschränken. Plötzlich konnte sie den Gedanken nicht ertragen. Die Wucht ihres Drangs, nach Indien zurückzukehren, war überwältigend.

»Oh, Tam – nimm mich mit!«

Die Brise um sie herum frischte auf, und der Halbmond ging am dunklen Himmel auf. Der Kaffee war ausgetrunken. Sie kam sich töricht vor, weil sie darum gebeten hatte; das gehörte sich nicht. Sein Schweigen sagte ihr, dass es ihm peinlich war, in Zugzwang gebracht zu werden.

Tam sagte nichts, während er die leeren Becher verpackte. Er hatte sich heute Abend eigentlich vorgenommen, Sophie zu sagen, dass er sie zwar mochte, aber sein Herz schon vor langer Zeit an eine andere verloren hatte. Es war besser für sie, einen freundlichen Mann wie Boz zu finden, der sich ihr von ganzem Herzen schenken konnte, denn das hatte sie verdient. Aber je mehr er über sein bevorstehendes Abenteuer redete, desto deutlicher sah er, wie passend das Logan-Mädchen als seine Frau wäre. Sie verstand Indien; sie war attraktiv und gesellig. Außerdem schien sie ihn zu lieben. Das würde seinem wunden Herzen ein bisschen Trost spenden, nachdem er in Frankreich von der schönen, aber unerreichbaren Nancy zurückgewiesen worden war.

»Es tut mir leid.« Sophie biss sich auf die Lippen. »Ich bin nur ganz verzweifelt bei dem Gedanken, dass du gehst und mich zurücklässt. Ich hatte gehofft, du hättest mich aus einem besonderen Anlass hierhergebracht. Ich liebe dich, Tam!«

Er wirkte verblüfft über ihre Erklärung. Sie sah widerstreitende Gefühle über sein Gesicht huschen. Sie stählte sich für Worte der Enttäuschung: dass sie einander schreiben und in Verbindung bleiben würden.

»Das würdest du wirklich für mich tun?«, fragte er. »Alles riskieren, um mir nach Indien zu folgen?«

»Natürlich.«

Er starrte sie aus lebensvollen blauen Augen an. »Ich kann nicht vorgeben, der Gedanke wäre mir noch nicht gekommen«, gestand er. »Ich habe dich in den letzten paar Wochen sehr lieb gewonnen, Sophie.«

Ihr Herz machte einen Sprung. »Tam, was sagst du da?«

Er stand auf und zog sie neben sich hoch. »Warum tun wir es nicht?« Er erwärmte sich für die Idee. »Hier bleibt dir doch nichts mehr, nicht wahr? Und wir könnten eine wundervolle Partnerschaft haben. Du kannst mir bei meiner Arbeit helfen und an meiner Seite sein. Du bist couragiert, lustig und voller Tatendrang – genau die Art Mädchen, die sich dort draußen gut zurechtfindet. Es kommt alles ein bisschen plötzlich, aber wenn nicht jetzt, wann ...«

»Ja, Tam, *ja*!«, unterbrach sie ihn. »Natürlich komme ich mit.«

»Oh, Mädel, das ist großartig!« Er zog sie in eine Umarmung. Wie hatte er die glückliche Lösung direkt vor seiner Nase nur übersehen können? Sophie Logan eignete sich perfekt für das Leben, für das er sich jetzt entschieden hatte. Ihr munterer Optimismus würde alle Enttäuschungen der Vergangenheit verjagen. Er würde die ältere, lebenserfahrene Nancy endgültig aus seinen Gedanken verbannen.

»Wir haben nicht mehr die Zeit zu heiraten, bevor ich abreise.« Die Aufregung packte Tam, während er Pläne schmiedete. »Aber du kannst mir nach Indien folgen, sodass ich Gelegenheit habe, mich einzuleben und uns ein Haus zu besorgen. Junggesellen hausen in Buden, aber wir brauchen einen Bungalow. Zu Anfang werden wir in Lahore leben.«

»Tam ...« Sophie umfasste sein Gesicht mit ihren Händen. »Küss mich einfach.«

Sie war entzückt, die Erregung in seinem hübschen Gesicht zu sehen, als er sich vorbeugte, um sie herzhaft auf die Lippen zu küssen.

Sie lösten sich voneinander. Sophie war selig über den plötzlichen Umschwung in ihrem Schicksal. »Das macht mich so glücklich. Der Gedanke, dass du mich hier ganz allein im Stich lässt, war mir zuwider.«

»Nun, so weit kommt es nicht.« Tam lächelte.

Er schulterte seinen Rucksack, nahm sie an die Hand und führte sie den steilen Pfad wieder hinunter. Sie blieben am Dunsapie Loch stehen, das nahe Arthur's Seat lag, und küssten sich am Ufer des funkelnden kleinen Sees im heller werdenden Mondschein noch eine Weile.

Es war dunkel, als sie wieder in der Clerk Street ankamen. Bis dahin hatten sie schon die Möglichkeit besprochen, dass Sophie im November mit demselben Schiff wie Tilly anreisen könnte.

»Die Frau eines Teepflanzers, Mrs Percy-Barratt, wird sie begleiten«, erläuterte Sophie, »damit sie nicht allein unterwegs ist. Und James' Neffe, Wesley Robson, und dessen Frau Clarrie sollen auch auf diesem Schiff sein.«

»Das ist doch perfekt«, verkündete Tam augenzwinkernd, »dann hat meine Verlobte gleich die passenden Anstandsdamen. Die Reise nach Indien ist berüchtigt für verbotene Liebesbeziehungen und übereilte Heiraten.«

»Na, dann hoffe ich, dass Boz für dich den Anstandswauwau spielt«, gab Sophie zurück.

Tam war einen Moment lang beunruhigt, als sie seinen Freund erwähnte. Er würde über den hastigen Heiratsantrag erstaunt sein. Aber Boz hatte seine Chance bei Sophie gehabt, und sie hatte kein Interesse an dem hoch aufgeschossenen Bauernsohn gezeigt.

»Ich sehe kein Mädel unter fünfundachtzig auch nur an«, neckte Tam sie, »und tanze mit niemandem unter neunzig.«

»Ich wünschte, Tante Amy wäre diejenige, die mit nach Indien reisen würde, um bei meiner Hochzeit dabei zu sein.« Sophie kamen die Tränen. »Ich vermisse sie so sehr.«

»Ich weiß«, sagte Tam und küsste sie aufs Haar. »Glaubst du, sie hätte sich über unsere Verlobung gefreut?«

Sophie zögerte nur einen Moment lang. »Bestimmt. Sie wollte immer nur, dass ich glücklich bin – und das bin ich, Tam, sehr glücklich.«

* * *

Sophie bestand darauf, dass Tam Tilly die Neuigkeit gleich an Ort und Stelle verkündete. Tilly klatschte in die Hände und fiel Sophie um den Hals.

»Ich wusste es! Ich wusste, dass etwas Besonderes vorgeht. Ich freue mich so sehr für euch beide. Herzlichen Glückwunsch!« Sie schüttelte Tam die Hand.

Er stand grinsend da. »Danke. Es bedeutet Sophie sehr viel, dass Sie uns Ihren Segen geben.«

»Sie lassen mich ja wie eine alte Jungfer klingen«, scherzte Tilly. »Aber wenn Sie meinen Segen wollen, dann haben Sie ihn doppelt und dreifach.«

Sophie packte Tillys Hand. »Wirst du meine Brautjungfer? Wir haben vor, in Lahore zu heiraten, sobald ich im Dezember dort eintreffe.«

»Mit Freuden.« Tilly strahlte. »Mr Rob..., äh, James und ich können vielleicht über Weihnachten nach Lahore reisen und Urlaub machen.«

Tam sagte eifrig: »Ich werde sehen, ob ich Sophie auf demselben Schiff nach Indien unterbringen kann wie Sie und die anderen Robsons. Sie könnten direkt nach Lahore kommen.«

Tilly spürte, dass sie errötete. Sie wollte vor allem so schnell wie möglich mit James wiedervereint sein und ihr Eheleben fortsetzen.

»Ich schreibe meinem Mann und finde heraus, was das Beste ist.«

»Gut«, sagte Tam. »Ihr Mädchen könnt das sicher gemeinsam organisieren.«

»Du bleibst doch zum Essen?«, drängte Sophie ihn.

Tam schüttelte den Kopf. »Ich muss zu Mutter und Flora, um ihnen die Neuigkeit mitzuteilen. Sie haben bestimmt schon ein Abendessen fertig.«

»Wenigstens eine Tasse Tee?«, bot Tilly an. »Die Limonade ist uns leider ausgegangen.«

»Oh!« Sophie lächelte. »Du kannst doch noch nicht alles allein ausgetrunken haben?«

»Wir hatten Besuch«, erklärte Tilly und sah Tam an. »Ihren Freund Mr Khan.«

»Wirklich?« Tam runzelte die Stirn. »Was wollte Rafi?«

»Er wollte ein Buch mit schottischen Balladen zurückbringen, das Tante Amy ihm geliehen hatte. Ich habe ihm gesagt, dass er es behalten soll. Ist das in Ordnung, Sophie?«

Sophie spürte, wie sie grundlos errötete. »Natürlich. Ich brauche es doch nicht.«

»Das habe ich ihm auch gesagt«, antwortete Tilly. »Wir haben ein langes Gespräch über Bücher geführt. Er ist sehr gut aussehend, nicht wahr? Tante Amy mochte ihn offensichtlich auch; sie hatte ihn mehrfach zum Tee hier.«

»Ach so?« Tam sah Sophie fragend an. »Du hast mir gar nicht erzählt, dass Rafi ein regelmäßiger Besucher hier ist.«

»Ich wusste es auch nicht. Er ist gewiss nicht gekommen, um mich zu sehen.«

»Es fällt mir schwer, das zu glauben.«

»Es ist wahr«, versicherte Tilly, da sie seine plötzliche Kälte spürte. »Er war immer nur da, wenn Sophie unterwegs war. Er hat den Eindruck, dass Sophie nicht viel von ihm hält.«

Sophie entgegnete: »Ich habe weder eine gute noch eine schlechte Meinung von ihm. Ich mag ihn als einen deiner Freunde, Tam, das ist alles.« Ihr gefiel sein auf einmal frostiger Blick nicht, und auch nicht, wie unangenehm sich ihr Magen bei Rafis Erwähnung verknotet hatte. »Tante Amy war einfach nur freundlich zu jemandem, der weit von zu Hause entfernt ist.«

Tam wirkte besänftigt. »Natürlich.« Er nahm ihre Hand und küsste sie. »Ich bin ein Narr, eifersüchtig zu sein. Denk dir nichts weiter dabei.«

»Ich finde es süß, dass Sie bei Sophie so besitzergreifend reagieren«, sagte Tilly heiter. »Ich hoffe, mein Mann ist auch nur halb so aufmerksam.«

»Dann sollten wir Mr Robson besser nicht erzählen, dass du einen Inder mit Limonade und Gedichten bewirtet hast«, scherzte Sophie, froh, dass die Anspannung verflogen war.

Tam lachte. »Also mag Rafi schottische Balladen? Wer hätte das gedacht?«

* * *

Tam und seine Kommilitonen, Boz, Rafi, McGinty und Jimmy Scott, legten ihre Abschlussprüfungen ab und bestanden alle, Tam und Rafi sogar mit Auszeichnung, während Jimmy es nur knapp schaffte. Als sie aus Oxford zurückkehrten, blieb ihnen bloß noch Zeit für einen einzigen gemeinsamen Abend im Palais de Danse und ein Abendessen in Roseburn mit Pastete und zerkochtem Kohl.

»Du musst kommen und uns besuchen, Liebes«, forderte Flora, »selbst wenn unser Tam weg ist. Ohne ihn wird es fürchterlich still sein.«

Sophie versprach es. Sie war dankbar für die Freundschaft der Telfers.

Diesmal ließ Sophie es sich nicht nehmen, sich am Bahnhof von Tam zu verabschieden, obwohl es keine Gelegenheit zu einem zärtlichen Lebewohl gab. Die anderen vier Absolventen waren auch da, und auf dem Bahnsteig wimmelte es von weinenden Verwandten und Gepäckträgern, die die Koffer der Männer verluden. Flora und Mrs Telfer wichen Tam bis zum letzten Moment nicht von der Seite und überschütteten ihn mit guten Ratschlägen, was seine Gesundheit sowie sein spirituelles Wohlbefinden betraf. Sophie dachte schon, dass er ohne Abschiedskuss abfahren würde. Aber als der erste Pfiff ertönte, drückte Tam seine Familie an sich, wandte sich dann Sophie zu und zog sie in seine Arme.

»Ich kann das hier nur ertragen, weil ich weiß, dass ich in drei Monaten zu dir stoße«, sagte Sophie. Ihr liefen Tränen über die Wangen.

Tams Lächeln war zärtlich, und er wischte ihr die Tränen ab. »Sei nicht traurig, Mädel. Die Zeit vergeht wie im Flug, und danach werden wir nie mehr getrennt sein.«

Seine Worte weckten Vorfreude in Sophie. »Ich kann es gar nicht abwarten«, flüsterte sie. »Ich liebe dich so sehr.«

Er beugte sich vor und küsste sie schnell auf den Mund, bevor die Waggontüren zugeschlagen wurden.

»He, Telfer!«, rief Boz aus dem Fenster. »Du verpasst noch den Zug.«

»Ja!«, fügte Jimmy hinzu. »Man könnte doch glatt denken, dass er nicht gefrühstückt hat. Lass das Mädel in Ruhe!«

Tam lachte und löste sich aus Sophies Armen. Flora zog sie sanft weg und wies ihren Bruder an, sich zu beeilen. »Pass auf dich auf, Tammy! Wir werden dich immer in unsere Gebete einschließen.«

Sophies Herz zog sich vor Mitleid zusammen. Wie oft hatten Tams Schwester und Mutter ihm während des Kriegs wohl nachwinken und dabei befürchten müssen, dass es das letzte Mal war? Und jetzt verloren sie ihn schon wieder. Es würde wohl drei oder vier Jahre dauern, bis er Heimaturlaub bekam. Was für einen Grund hatte sie im Vergleich zu dem Verlustgefühl der beiden schon, traurig zu sein? Und doch lächelten sie und trugen alles mit Fassung. Sophie bewunderte sie dafür über alle Maßen.

Sie winkten alle, bis ihnen die Arme wehtaten und der Zug nach Süden quietschend und kreischend Fahrt aufnahm. Gleich darauf verschwand er aus dem höhlenartigen Bahnhof.

Da es noch früh war, ging Sophie bergauf davon. Sie war zu rastlos, um einfach nach Hause zurückzukehren. Sie spazierte bis in den King's Park, stieg Arthur's Seat halb hinauf und sah nach Süden die Bahnstrecke entlang, obwohl Tams Zug längst verschwunden war. Sie hätte alles darum gegeben, ihn zu begleiten, aber es war vernünftig von Tam gewesen, darauf zu bestehen, dass er sich erst in seine Arbeit eingewöhnen musste.

»Meine neuen Vorgesetzten fänden es sicher skandalös, wenn ich eine Verlobte ohne Anstandsdame im Schlepptau hätte.« Er hatte sich nicht erweichen lassen. »Wir machen es, wie es sich gehört. Wenn du bei mir einziehst, dann als Mrs Thomas Telfer.«

Sophie warf Tams Zug eine Kusshand nach. Sie hatte ihr Herz der Liebe geöffnet, und es fühlte sich erregend an, wiedergeliebt zu werden. Denn obwohl Tam nie wortwörtlich »Ich liebe dich« gesagt hatte – das taten Männer wie er nie –, wusste Sophie, dass es so war. Schließlich war er genauso eifrig darauf bedacht gewesen wie sie, dass sie Mann und Frau wurden, nicht wahr?

14

Sie hatten schon raue See, seit sie Liverpool vor mehreren Tagen verlassen hatten. Sophie stellte fest, dass die einzige Möglichkeit, ihre Seekrankheit zu unterdrücken, darin bestand, in einem Mantel eingemummelt an Deck zu sitzen und den Blick fest auf die graue Küstenlinie von Portugal und später auf Gibraltar zu richten. Sie bereute es, dass sie sich das Haar in Vorbereitung auf das Leben in den Tropen so kurz geschnitten hatte: Kalter Wind blies ihr um den Hals. Tilly saß bei ihr und versuchte zu lesen, aber als sie bei Gegenwind das Cabo de São Vicente umrundeten, wurde ihr das Buch aus den kalten Fingern gerissen und über die Reling geweht.

»Ich gebe auf!«, rief Tilly. »Ich gehe in den Winterschlaf. Sag mir Bescheid, wenn die Sonne sich blicken lässt.«

Aber Tilly war in diesen Tagen ohnehin oft verstimmt, und ihr wurde schnell übel. Es war sowohl für sie als auch für ihre Familie eine Überraschung gewesen, als die Ursache für diese Übelkeit vor einem Monat diagnostiziert worden war: Tilly erwartete ihr erstes Baby. Das hatte zu zahlreichen Diskussionen geführt. Mona und Mrs Watson fanden, dass Tilly lieber in Schottland bleiben sollte, um es zur Welt zu bringen.

»Da draußen ist es bei all den Krankheiten und dem Ärztemangel nicht so sicher«, hatte Mona argumentiert.

Aber bestärkt von einem ekstatischen Brief von James hatte Tilly ihnen die Stirn geboten und darauf bestanden, sich an den Plan zu halten, zu ihrem Mann zu reisen und das Baby in Indien zu bekommen.

»Ich weiß, was sonst passiert«, hatte Tilly Sophie unter Tränen anvertraut. »Sie werden sich in das Baby verlieben und nicht bereit sein, es aus den Augen zu lassen. Mona wird die Zügel in die Hand nehmen. Sie wird mich wahrscheinlich ohne Baby zu James schicken und darauf bestehen, es in Dunbar großzuziehen, weil das ein gesünderer Ort ist.«

Sophie hatte versucht, ihr zu versichern, dass Mona so etwas nie tun würde. Aber Tilly legte einen ungewohnten Starrsinn an den Tag und ließ sich nicht umstimmen. Das hieß, dass sie ihr Vorhaben, Sophies Brautjungfer zu werden, aufgeben musste, weil der Umweg in den Pandschab zu anstrengend gewesen wäre. James wollte, dass sie direkt nach Assam reiste. Also sollte Tilly bis Kalkutta auf dem Schiff bleiben. Sophie hatte versucht, ihre Enttäuschung zu überspielen, aber ganz gleich, was sie sagte, es schien ihre Freundin zu verärgern.

»Du kannst zu Besuch kommen, sobald das Baby auf der Welt ist«, hatte Sophie vorgeschlagen.

»Aber das dauert noch eine Ewigkeit, und mit einem Baby kann ich ohnehin nicht reisen«, hatte Tilly sie angefahren.

»Dann komme ich zu dir.«

»Ich wette, das tust du nicht. Es ist so weit, und Tam wird nicht wollen, dass du ihn allein lässt, wenn ihr erst mal verheiratet seid.«

»Mit einem kurzen Besuch wird er schon einverstanden sein.«

Aber Tilly war in Tränen ausgebrochen. »Ich wollte unbedingt deine Brautjungfer sein. Ich will dieses Baby nicht.«

»Oh doch.« Sophie hatte sie umarmt. »Und du wirst eine wunderbare Mutter.«

»Ich werde ein hoffnungsloser Fall sein«, hatte Tilly geschluchzt. »Mona ist diejenige, die Mutter werden sollte. Die Vorstellung macht mir schreckliche Angst.«

Sophie fragte sich, ob eine Schwangerschaft alle Frauen so emotional und launisch werden ließ oder ob Tilly sich insgeheim doch davor fürchtete, so weit entfernt von ihrer Familie zu einem Mann zu ziehen, den sie kaum kannte. Auf alle Fälle waren sie jetzt unterwegs, also war es ohnehin zu spät für Zweifel, dachte Sophie, während sie sich in den dicken Tweedmantel kuschelte, der Tante Amy gehört hatte.

Das stürmische Wetter verfolgte sie hartnäckig durch das Mittelmeer. Eine Tanzveranstaltung und ein Konzert, die von einigen der Passagiere organisiert worden waren, mussten abgesagt werden, weil Leuten schlecht wurde. Sophie hörte kaum zwei Worte am Stück von Muriel Percy-Barratt, die sich eine Kabine mit ihr und Tilly teilte. Die ältere Frau lag kränklich und stöhnend da und weigerte sich, etwas anderes als Schiffszwieback zu essen. Sophie war dankbar, dass das Schiff, der Dampfer *City of Baroda*, modern war und über Duschen verfügte. Aber ganz gleich, wie oft sie sich wuschen, der Gestank nach Erbrochenem hing trotzdem in ihrer Kabine.

Sophie war viel in der fröhlichen Gesellschaft von Clarrie Robson und ihrer bezaubernden Tochter Adela, fühlte sich aber nach wie vor etwas eingeschüchtert von dem auf düstere Art gut aussehenden Wesley, der stark riechende Stumpenzigarren rauchte und sich an Deck rasierte.

»Wie schade, dass ihr jungen Mädchen um den Tanz gebracht worden seid«, bemerkte Clarrie, während sie und Sophie sich an die Reling klammerten und Adela zwischen sich an den Händen festhielten.

»Wir würden umfallen wie die Kegel, wenn wir versuchten, bei diesem Wetter auf Deck zu tanzen«, scherzte Sophie.

»Das wird bald besser«, versicherte Clarrie. »In ein paar Tagen werden wir uns nach der Kälte sehnen. Füll deine Lunge nur mit frischer Salzluft, solange du noch kannst.«

»Salzig!«, kicherte Adela und versuchte hochzuspringen, während sie das Gesicht in die Gischt reckte.

»Du bist ein richtiger kleiner Matrose.« Sophie lächelte das Mädchen an und drückte ihm die Hand. »Du warst kein einziges Mal seekrank und jammerst nie.«

»'Ophie, heb mich hoch!«

»Nein, Süße.« Clarrie hielt sie gut fest. »Sonst musst du nach Indien schwimmen.«

Wesley kam zu ihnen. Sophie sah, wie ein zärtlicher Blick zwischen ihm und Clarrie hin und her ging; sie waren ganz offensichtlich immer noch verliebt ineinander. Umso weniger konnte sie es abwarten, wieder bei Tam zu sein. Wesley packte Adela, ignorierte Clarries Proteste und wirbelte seine Tochter herum. Adela quietschte vor Freude.

»Seht euch nur die schöne Aussicht an«, sagte Wesley. »Die Küste von Afrika.«

Das Land war in einen silbrigen Nebel gehüllt.

»Das erinnert mich an Benderloch an der Westküste von Schottland.« Sophie schluckte. Plötzlich durchzuckte sie Heimweh. »Tante Amy ist mit Tilly und mir zweimal dorthin in die Ferien gefahren.«

Ihre Gefühle schwankten zwischen tiefer Trauer um ihr Zuhause in Edinburgh und freudiger Erregung, dass sie nun unterwegs war, um ein neues Leben mit Tam zu beginnen. Es waren die kleinen Dinge, die etwas in ihr auslösten: der Geschmack von Shortbread, ein schottisches Lied, das jemand pfiff, oder der Nebel, der wie jetzt über der Küstenlinie hing.

Clarrie drückte ihr den Arm. »Es ist ganz natürlich, etwas bekümmert zu sein. Tyneside hat mir gefehlt, als ich nach dem Krieg das erste Mal nach Indien zurückgekehrt bin. Dann habe ich Indien und Wesley vermisst, sobald ich wieder in Newcastle war.« Sie lächelte bekümmert.

Wesley bemerkte fröhlich: »Die Reise wird dir helfen, in die richtige Stimmung zu kommen. Wenn die drei Wochen erst herum sind, wirst du es gar nicht mehr abwarten können, den Fuß auf indischen Boden zu setzen.«

Sophie lachte schwach. »Wenn die nächsten beiden Wochen so stürmisch wie die letzten acht Tage sind, werde ich die Heimreise nie mehr antreten wollen.«

Erleichtert erwachten sie am nächsten Morgen bei einem Hauch von Sonnenschein, als sie zwischen der tunesischen Küste und der Insel Gallina hindurchfuhren. In den nächsten beiden Tagen kamen allmählich immer mehr Passagiere an Deck, um zu plaudern, Tennis zu spielen und vor dem Abendessen zu tanzen. Wie Sophie schnell herausfand, bestand der größte Nachteil der Wetterbesserung darin, dass Muriel Percy-Barratt wieder zum Leben erwachte. Bald kommandierte sie die jungen Frauen herum und machte ihnen Vorhaltungen, wenn sie mit Männern sprachen, egal wie alt diese waren und ganz gleich ob verheiratet oder nicht.

»Wenn irgendjemand euch zum Tanz auffordert, müsst ihr ablehnen!«, befahl sie. »Ich will James doch nichts erzählen müssen, nicht wahr, Tilly? Und, Sophie, für ein frisch verlobtes Mädchen schickt es sich einfach nicht, mit anderen Männern zu flirten.«

»Wenn du darauf anspielst, dass ich mit dem pensionierten Colonel Hogg von den Rajputen geredet habe: Der muss mindestens sechzig sein.« Sophie versuchte, nicht zu lachen. »Und er hat seine Furcht einflößende Frau als Anstandsdame dabei.

Ich glaube nicht, dass meine Tugend auch nur im Geringsten in Gefahr ist.«

»Aber seine vielleicht«, prustete Tilly, deren gute Laune zurückkehrte.

»Das ist nicht zum Lachen«, rief Muriel sie zur Ordnung. »Ich bin hier, um sicherzustellen, dass nichts Ungehöriges passiert. Besonders du, Sophie, solltest dir bewusst sein, dass deine Sorglosigkeit die Karriere deines künftigen Mannes im Dienste Indiens ruinieren könnte, bevor sie auch nur begonnen hat. Klatsch breitet sich da draußen schneller als Fieber aus.«

»Das bezweifle ich nicht«, murmelte Sophie und sah Tilly mit den Augen rollend an. Sie konnte sich vorstellen, dass Muriel die *burra memsahib* der Klatschtanten war. Aber später bat Tilly ihre Cousine, ihre Anstandsdame nicht zu provozieren und sie auch nicht hinter ihrem Rücken Percy-Streitaxt zu nennen, falls sie es doch einmal hörte.

»Für dich ist das nicht so schlimm – du entkommst ja in Bombay. Aber ich habe die Percy-Barratts bis in alle Ewigkeit als Nachbarn.«

Also saß Sophie überwiegend wie Tilly sittsam da und hörte sich die guten Ratschläge an, die ihnen die reiferen Frauen wie Muriel erteilten, die aus Großbritannien zurückkehrten, nachdem sie ihre Kinder dort in Internaten untergebracht hatten. Die Schule war ein ständiges Gesprächsthema.

»Kindern in Indien eine Erziehung zukommen zu lassen, ist solch ein Problem, nicht wahr?«, seufzte Muriel.

»Bis sie sieben oder acht sind, geht es ja noch sehr gut«, sagte Colonel Hoggs Frau. »Ich habe meine Kinder bis zu diesem Alter selbst unterrichtet, und es hat ihnen nicht geschadet. Aber mir haben die älteren Kinder leidgetan, die während des Kriegs in Indien festgesessen haben. Meine hatten das Schulalter da zum Glück schon hinter sich.«

»Ja«, bestätigte Muriel, »ich bin dankbar, dass der Krieg vorbei war, als Reggie junior alt genug für die Grundschule wurde.«

»Einige der Offizierskinder, die schon auf dem Internat waren, haben ihre Eltern den ganzen Krieg lang nicht zu sehen bekommen, die armen Kerlchen«, räumte Mrs Hogg ein.

»Das ist ja schrecklich!«, rief Sophie. »Sie haben ihre Eltern doch sicher kaum wiedererkannt, als sie zurückgekehrt sind.«

Muriel bedachte sie mit einem eisigen Blick. »Schwer für die Mütter, aber wenigstens wussten sie, dass ihre Kinder in den Genuss der Disziplin und erzieherischen Strenge erstklassiger Schulen kamen.«

»In den größeren Orten ist es für jüngere Kinder jetzt nicht mehr so schlimm«, warf die Frau eines Ingenieurs ein. »Dort, wo es reichlich andere britische Kinderchen und Vorschulen gibt.«

»Auf dem Lande, wo wir leben, ist das völlig unmöglich«, verkündete Muriel.

»Mmm«, meinte Sophie nachdenklich. »Ich kann mich auch nicht erinnern, zur Schule geschickt worden zu sein.«

»Es ist schrecklich, sich von ihnen verabschieden zu müssen«, bemerkte die Frau eines PWD, eines Beamten der Baubehörde. Ihre Augen füllten sich mit Tränen. »Einfach nur schrecklich. Ich bin froh, dass ich meine Hester noch für vier Jahre bei mir habe, sonst könnte ich es gar nicht ertragen.«

»Wir müssen es alle ertragen«, gab Muriel unwirsch zurück. »Darin sind wir Frauen und Mütter am besten.«

Tilly konnte gar nicht anders, als schützend eine Hand auf ihren Bauch zu legen, dessen Rundung sich unter ihrem gerade geschnittenen beigefarbenen Kleid schon abzeichnete. Ihr Baby war noch nicht einmal geboren, aber sie konnte sich jetzt schon nicht vorstellen, es in so zartem Alter derart weit von sich wegzuschicken.

»Gibt es denn in ganz Indien keine guten Schulen?«, erkundigte sie sich.

»Nur wenige für unseresgleichen«, sagte Mrs Hogg.

»Und selbst, wenn es sie gäbe«, ergänzte Muriel, »wäre es egoistisch, unsere Kinder in Indien zu behalten, nachdem sie sieben Jahre alt geworden sind. Sie reagieren schlecht auf das Klima – verlieren ihre Kraft.«

Die Frau des Ingenieurs nickte. »Sie könnten faul werden wie die Eingeborenen.«

»Genau«, bestätigte Muriel. »Man muss ihrem Wohlergehen den Vorrang vor den eigenen Gefühlen einräumen, meine Liebe.«

»Dennoch …« Die Frau des PWD-Beamten seufzte. »Es ist sehr schwer, und mich quält der Gedanke, dass George vielleicht an seiner neuen Schule unglücklich ist und ich zu weit weg bin, um irgendetwas dagegen zu unternehmen. Woher soll ich wissen, ob er zufrieden ist?«

Clarrie, die mit Adela an Deck mit Wurfringen gespielt hatte, mischte sich ins Gespräch. »Es gibt ein paar sehr gute Missionsschulen. Ich habe eine besucht, die in Shillong von katholischen Nonnen geführt wird. Ich hoffe, dass auch Adela eines Tages dorthin geht.«

Die Frauen schwiegen schockiert. Adela erspähte Wesley und stürmte über das Deck auf ihn zu. Clarrie lächelte Tilly an.

»Die Dinge ändern sich in Indien nur langsam, aber sie ändern sich. Zu dem Zeitpunkt, zu dem dein süßes Baby acht wird, muss er oder sie vielleicht nicht mehr viele Tausend Kilometer von dir fortgeschickt werden. Ich habe nicht vor, Adela auf ein Internat zu verbannen, das achttausend Kilometer entfernt ist.«

Clarrie spazierte davon, um sich zu ihrer Familie zu gesellen.

»Also wirklich.« Muriel schnalzte abfällig mit der Zunge. »Was bildet diese Frau sich ein?«

»Wie peinlich«, stimmte die Ingenieursgattin zu. »Wir haben unsere Kinder doch nicht verbannt.«

»Mrs Robson kann sehr direkt sein«, meinte Mrs Hogg und stand auf. »Ich glaube nicht, dass sie jemanden damit kränken will.«

»Da bin ich leider anderer Meinung«, hielt Muriel dagegen. »Der Frau ist es doch gleichgültig, was sie sagt – und sie war vorher noch nicht einmal an unserem Gespräch beteiligt.«

»Da wir alle draußen an Deck sind«, bemerkte Mrs Hogg, »war es wohl kaum eine private Unterhaltung. Nun entschuldigen Sie mich bitte. Ich muss mich ausruhen.« Sie nickte ihnen zu und ging. Sobald sie außer Hörweite war, ließ Muriel ihrer Empörung freien Lauf.

»Sie können sich ja sicher alle denken, warum Clarrie Robson bei den Nonnen in Shillong zur Schule gegangen ist«, verkündete sie.

»Ist sie etwa *Eurasierin*?« Die Frau des PWD-Beamten flüsterte das Wort nur.

»Genau. Und man muss sich das Kind nur ansehen, um zu erkennen, dass das indische Blut in der nächsten Generation wieder durchschlägt.«

»Adela ist nur zu einem Achtel Inderin«, meldete Tilly sich zu Wort. »Als würde das eine Rolle spielen.«

»Oh, ich versichere dir, dass es durchaus eine Rolle spielt«, sagte Muriel. »Ich weiß nicht, warum sie nicht zweiter Klasse reisen.«

»Der Mann wirkt aber nett«, meinte die Frau des PWD-Beamten.

»Sie sind alle ganz reizend.« Sophie stand auf; sie war den Tratsch leid. »Und sie sind jetzt Tillys Familie, also sollte man nicht unhöflich von ihnen reden.«

Muriel wirkte gekränkt. »Nun, nach allem, was mein Mann mir erzählt, hat dein Vater mit der Familie dieser Frau nie Umgang gepflegt«, fuhr sie Sophie an. »Bill Logan hat Jock Belhaven als Verräter an uns betrachtet, weil er eine Mischlingsfrau geheiratet und Töchter wie sie gezeugt hat – und er hat sich nicht gescheut, Belhaven das ins Gesicht zu sagen. Dein Vater war derjenige, der dafür gesorgt hat, dass die Belhavens im Club in Dispur nicht willkommen waren, das hat mein Reggie erzählt. Bill Logan wusste, wie peinlich es für die anderen Pflanzer und ihre Familien war. Natürlich war das alles, bevor ich nach Assam gekommen bin, aber ich glaube, dein Vater hat die Sache ganz richtig gesehen.«

Die plötzliche Erwähnung ihres Vaters verschlug Sophie den Atem, und sie war schockiert zu hören, dass er Clarries Familie ins gesellschaftliche Abseits gedrängt hatte. Sie tauschte einen Blick mit Tilly. Steckte mehr hinter James' Meinungsverschiedenheit mit Wesley als unterschiedliche Ansichten über die Methoden der Teeproduktion? Vielleicht war Clarrie in Indien immer noch eine Ausgestoßene, und James wollte nichts mit ihr zu tun haben?

Tilly zuckte verlegen die Schultern, sagte aber nichts.

»Ich gehe mich jetzt für den Tanztee umziehen«, verkündete Sophie mit einem trotzigen Blick auf Muriel. »Ich bin froh, dass ich keine Kinder habe, um die ich mir Sorgen machen muss. Ich werde das Leben noch ein bisschen genießen, bevor ich mich mit all dem belaste.«

Als sie davonging, hörte sie, wie die Frau des Teepflanzers lauthals ihre Missbilligung bekundete.

»Deine Cousine glaubt, alles zu wissen, Tilly, aber das Letzte, was Indien braucht, sind moderne Frauen mit Pagenköpfen, die Unruhe stiften. Ich hoffe, sie führt ihren Forstbeamten nicht an der Nase herum. Er wird ihr die Zügel anlegen müssen, denn sonst steckt sie schnell in Schwierigkeiten, das sage ich dir!«

* * *

Sophie wurde es bald leid zu versuchen, die überkritische Muriel zu besänftigen, und ignorierte ihre spitzen Bemerkungen über Sophies Begeisterung fürs Tanzen und die Unterhaltung an Deck. Sie fand Gleichgesinnte in der jungen Ella Holland, der Frau eines Landvermessers, und einem gewissen Captain Cecil Roberts, einem Armeeingenieur, der improvisierte Konzerte organisierte. Sophie sang schottische Lieder, während der Captain schiefe Melodien auf dem Klavier hämmerte. Es war auch eine Gruppe von Amerikanern an Bord, die für eine Ölfirma im Pandschab arbeiten sollten und viel für Sport an frischer Luft übrighatten. Sie halfen Cecil, Sophie, Clarrie und Wesley, einen Sporttag für die Kinder zu organisieren, mit Schubkarrenrennen und einem Hindernislauf mit Wurfringen und Netzen aus Tauen. Er endete mit einem Massenseilziehen. Die Sieger wurden eimerweise mit Wasser übergossen.

»Ich habe gehört, dass Ella Holland und ihr Mann ihren Nachnamen geändert haben, damit er in der Landvermessungsbehörde aufsteigen kann«, tratschte Muriel. »Früher hießen sie Abrams – offensichtlich Juden. Man muss sie ja bloß ansehen!«

»Ja, ist sie nicht hübsch?«, erwiderte Sophie und verließ eilig die Kabine. Sie wusste nicht, wie Tilly die boshaften Bemerkungen der Frau ertrug, aber ihre Cousine schien sie gar nicht zu bemerken. Tilly war ständig müde und zeigte kein Interesse daran, sich an den Vergnügungen zu beteiligen.

Nach beinahe zwei Wochen auf See legte das Schiff in Port Said an und ging um Mitternacht vor Anker. Am nächsten Morgen überredete Sophie die lustlose Tilly, mit ihr an Land zu kommen, um sich umzusehen. Muriel marschierte mit ihnen in das Warenhaus, das von dem berühmten Zigarettenfabrikanten und Kaufmann Simon Arzt geführt wurde, um *sola topees* zu kaufen, die allgegenwärtigen Sonnenhüte der Briten in den Tropen.

»Sonst verschmort euch das Gehirn in der Hitze«, warnte sie. »Ihr könnt sie mit einer Schleife aufhübschen, aber ihr dürft ohne einen *sola topee* nirgendwohin gehen.«

»Da fragt man sich doch, wie überhaupt irgendjemand überlebt hat, bevor sie erfunden worden sind«, grinste Sophie.

»Es hat keiner überlebt«, blaffte Muriel. »Gewöhnliche Hüte bieten britischen Köpfen nicht genügend Schutz.«

Während Muriel eifrig um eine blau-gelbe Vase für ihren Bungalow in Assam feilschte, gelang es Sophie und Tilly, ihr zu entkommen. Sie spazierten zwischen den grellbunten Ständen entlang, bewunderten die gestreiften Schals ebenso wie die hübschen Leinenstoffe und gafften mit offenem Mund die Teeverkäufer an, die ihre Messingtabletts voller Teegläser hocherhoben hielten, während sie sich zwischen den vielen Menschen und Eseln hindurchschlängelten.

»Clarrie sollte diese Jungs im Herbert's einstellen«, bemerkte Tilly. »Wie kommt es, dass sie keinen Tropfen verschütten?«

»Lass uns einen Tee trinken«, schlug Sophie vor, froh, dass ihre Freundin endlich wieder Interesse an etwas zeigte. Sie kaufte zwei Gläser süßen schwarzen Tee.

»Den kann ich ohne Milch nicht trinken«, beschwerte Tilly sich.

»Probier ihn; er ist sehr erfrischend. Ich erinnere mich daran, dass ich als Kind solchen Tee getrunken habe. Ich hatte es nur bis jetzt vergessen.«

»Ich hoffe, es gibt Milch in Cheviot View.« Tilly nippte an dem Tee und verzog das Gesicht. »Igitt, es hat mir den Appetit auf Tee verschlagen. Lass uns zurück zum Schiff gehen; es legt mittags ab, und wir dürfen nicht hier zurückbleiben. Und von all den Gerüchen wird mir übel.«

Tilly fühlte sich von der Stadt überfordert. Sie hatte keine Lust mehr, einkaufen zu gehen und durch die Straßen zu spazieren. Sie wünschte, sie könnte ihre Lethargie abschütteln, aber in diesen Tagen wollte sie sich eigentlich immer nur zusammenrollen und schlafen. Sie wusste, dass sie gereizt auf Sophie reagierte, aber sie konnte nichts dagegen tun. Sie beneidete ihre Cousine um die Leichtigkeit, mit der sie neue Freundschaften schloss, und um ihre grenzenlose Energie. Dieses Baby in ihr hatte sie zu einem richtigen Jammerlappen gemacht. Sie erkannte sich selbst nicht wieder. Aber sie konnte nichts unternehmen, um ihre Emotionen unter Kontrolle zu bringen.

»Du musst etwas als Souvenir für James kaufen«, drängte Sophie. »Was würde ihm gefallen? Ich glaube, ich kaufe Tam etwas Lokum. Er und Boz sind beide richtige Naschkatzen.«

Tilly wusste nicht weiter. »Ich habe keine Ahnung.« Der Gedanke ließ ihr die Tränen kommen. »Ich bin mit ihm verheiratet und weiß noch nicht einmal, ob er Lokum mag.«

»Das spielt keine Rolle«, sagte Sophie schnell, »du kannst etwas für das Haus kaufen.« Sofort begann sie, mit einem fröhlichen jungen Burschen um ein paar Kissenhüllen für Tilly zu feilschen. Er überredete sie beide, auch noch gestreifte Schals und Souvenirlöffel zu kaufen. Sophie erstand zwei Schachteln Lokum und eilte dann mit ihrer Cousine zurück zum Schiff, wo die entrüstete Muriel sie schon erwartete.

»Ich dachte, ihr wärt entführt worden! Ihr hättet niemals allein davonspazieren dürfen. Je weiter nach Osten man kommt, desto eher muss man Augen im Hinterkopf haben.«

»Schwierig, wenn man einen *topee* trägt«, witzelte Sophie.

»Und nun sieh dir die arme Tilly an, die ganz erschöpft ist«, fuhr Muriel anklagend fort. »Du solltest dich besser um deine Cousine kümmern. Alles, woran du denkst, junge Dame, bist du selbst.«

»Mir geht es gut«, versicherte Tilly, »ich bin nur froh, wieder an Bord zu sein.«

Beide Freundinnen wurden von Briefen ihrer Männer aufgemuntert. Der von James war kurz und geschäftsmäßig. Er führte aus, dass er Tilly in Kalkutta abholen werde, aber falls er aufgehalten würde, müssten sie und Mrs Percy-Barratt sich im Victoria Hotel einmieten und auf ihn warten.

»Ich habe ihm gerade einen zehnseitigen Brief geschickt«, rief Tilly. »Und dafür bekomme ich eine einzige Seite zurück, die auch noch aussieht, als wäre sie auf Toilettenpapier geschrieben. Sieh dir nur Tams langen Brief an. Das ist nicht fair!«

Sophie suchte sich eine ruhige Ecke an Deck, um ihren Brief zu lesen, sechs Seiten dünnes Papier mit dem Briefkopf *Forstbehörde Lahore*. Anscheinend hatte Tam vor allem auf dem Land an einem Ort namens Changa Manga zu tun und noch nicht viel von Lahore gesehen. Der Brief sprudelte vor Begeisterung für seine Arbeit und seine Pläne für die Forstplantagen über: einen Kanal, der umgelenkt werden konnte, um die Baumschulen zu bewässern; eine Wagentrasse, die weitergeführt werden sollte; und seine Experimente mit unterschiedlichen Arten.

> *Gestern habe ich in der Morgendämmerung eine Hirschziegenantilope geschossen. Ich habe ein paar Treiber unter den Arbeitern organisiert, und wir haben sie aufgescheucht. Ich habe sie mit einem sauberen Schuss in die Schulter aus siebzig Metern Entfernung erlegt. Ich habe die Haut einsalzen und zur Remonte schicken lassen – den Jungs, die die Armee mit Pferden versorgen. Sie haben einen Schneider, der daraus einen Vorleger für deine zarten Füße machen kann. Meine Süße, ich kann es gar nicht abwarten, diese Füße und den ganzen Rest von dir zu küssen.*

Sophie errötete vor Freude und presste die Seiten an ihre Lippen. »Ich auch nicht«, murmelte sie.

Ich hatte einen Fieberanfall, nichts, worüber du dir Sorgen machen müsstet; wir neuen Jungs bekommen hier alle unser Fett weg. Es war noch sehr heiß, als wir in Indien eintrafen, und die Moskitos haben sich über mich hergemacht. Ich will nur nicht, dass du dich umdrehst und direkt wieder nach Hause reist, wenn du mich in Bombay zu Gesicht bekommst – im Vergleich zu damals, als du mich zuletzt gesehen hast, bin ich gewissermaßen ein Skelett. Aber vielleicht erkenne ich dich mit deinem Pagenkopf ja auch nicht, und wir marschieren geradewegs aneinander vorbei! Ich will nur, dass der Tag sich beeilt und endlich kommt. Dann können wir unser neues gemeinsames Leben beginnen. In ein paar Tagen reise ich hinauf nach Lahore und erkundige mich, ob ich eine Wohnung für Eheleute in einer der Beamtensiedlungen mieten kann. Ich logiere im Cecil Hotel, wenn ich in der Stadt bin; es wird von einer freundlichen alten Dame namens Miss Jones geführt. Ich weiß, dass du sie mögen wirst, und sie hat mich einem Pärchen Christlicher Wissenschafter vorgestellt, den Floyds.

Hugh Floyd arbeitet für die Finanzbehörde der Regierung des Pandschab, und Deirdre Floyd ist aus der Gemeinde der Christlichen Wissenschafter in Lahore nicht wegzudenken. Sie halten die Sonntagslesung oft in ihrem Bungalow ab. Sie hat eine Freundin auf deinem Schiff, die Frau eines Colonels, Fluffy Hogg. Bist du ihr schon begegnet?

»Fluffy?« Sophie lachte laut los. Was für ein unwahrscheinlicher Name für solch eine Furcht einflößende Frau, dachte sie. Von nun an würde sie keine Angst mehr vor ihr haben.

Ich habe dir so viel zu erzählen, fuhr Tam in seinem Brief fort. *Es fühlt sich an, als wäre ich schon seit Jahren hier. Mir ist es lieber, hier im Dschungel zu sein, rund um die Uhr zu arbeiten und Urdu zu lernen. Wenn ich in die Stadt fahre und all die Pärchen miteinander essen, tanzen und Spaß haben sehe, vermisse ich dich umso mehr, und das Loch in meinem Herzen wird noch größer. Wenn doch nur schnell der Tag kommt, an dem ich dich wieder in den Armen halten kann.*

Der Deine, Tam

»Ich sehe es deinem Gesicht an«, sagte Tilly untröstlich, als Sophie zurückkehrte, »dass dein Brief mehr enthalten hat als den Zugfahrplan und Ratschläge zur Zollabfertigung.«

»Er hat mir verraten, wie Mrs Hoggs Spitzname lautet.« Sophie grinste. »Dreimal darfst du raten.«

»Brunhilda?«

»Nein.«

»Prudence?«

»Nicht einmal annähernd.«

»Charity. Ach, ich geb's auf!«

»Fluffy!«, rief Sophie.

»Das denkst du dir doch nur aus.«

»Nein – ich habe es aus der besten Quelle im ganzen Pandschab. In Wirklichkeit heißt sie sicher Florence oder so, aber ihre Freunde nennen sie Fluffy. Ist das nicht köstlich?«

»Ja«, stimmte Tilly zu und spürte zum ersten Mal seit Wochen, wie ein seltsames Gefühl in ihr hochblubberte. Es brach als Prusten aus ihr hervor, und dann schüttete sie sich vor Lachen aus.

»Endlich kichert Tilly wieder«, stieß Sophie hervor, als sie sich neben sie auf die Koje fallen und sich vom Lachen ihrer Cousine anstecken ließ. Mehrere Minuten lang wälzten sie sich in hilfloser Heiterkeit, bis Muriel hereinkam und drohte, den Schiffsarzt zu rufen, wenn sie sich nicht zusammenreißen würden.

* * *

Der Dampfer City of Baroda fuhr den Suezkanal entlang und ins Rote Meer. Die Temperatur stieg sprunghaft an. Die Mannschaft trug von nun an eine weiße Kluft, und die Passagiere kramten leichte Kleidung hervor: weiße Flanellanzüge für die Männer und Sommerkleider für die Frauen. Während sie weiter nach Süden kamen, wurde die Hitze allmählich drückend, und die Leute waren lieber faul und betrachteten die Sterne, statt zu tanzen. Ermuntert von Tams Bemerkung, dass er Urdu lernte, nahm Sophie Mrs Hoggs Angebot an, ihr ein paar Sätze beizubringen, während sie auf der Backbordseite des Decks außerhalb der direkten Sonneneinstrahlung saßen.

»Man geht mit gutem Beispiel voran«, erklärte Mrs Hogg, »wenn man mit seinen Dienern in ihrer eigenen Sprache reden kann. Warum sollten sie immer Englisch sprechen müssen? Außerdem«, fuhr sie augenzwinkernd fort, »können Sie, wenn Sie etwas Urdu gelernt haben, auch in etwa verstehen, was die Diener über *Sie* sagen.« Sie hatte einen trockenen Sinn für Humor unter ihrer *burra memsahib*-Fassade, und Sophie gewann sie lieb.

Tilly lehnte jedes Mal den Vorschlag ab, sich an *Fluffys Satz des Tages* zu beteiligen, wie sie den Unterricht nannte. »Ich glaube, James' Diener sprechen Bengali oder etwas anderes. Welchen Zweck hätte es also? Und ich habe kaum die Energie zu lesen, geschweige denn, eine Sprache zu lernen.« Ihre Reizbarkeit war mit der Hitze zurückgekehrt.

Aden glitt im Dämmerlicht vorbei, als das Schiff aufs offene Meer hinausfuhr, aber unter Deck brachte das wenig Erleichterung.

Tilly fand keinen Schlaf. Die schlechte Luft in der Kabine und Muriels allnächtliches Schnarchen trieben sie zur Verzweiflung.

»Wir schlafen an Deck«, flüsterte Sophie, schnappte sich das Bettzeug und zwang ihre Freundin mit sanfter Gewalt, sie hinaufzubegleiten.

Andere waren auf die gleiche Idee gekommen, und die Mannschaft hatte ein Segel aufgespannt, um das Deck in zwei Bereiche zu teilen: einen für Frauen und einen für Männer. Sie lagen in Unterwäsche Seite an Seite und sahen zum hellen Mond hinauf. In der milden Seeluft fühlte Tilly sich plötzlich erleichtert und griff nach Sophies Hand.

»Sophie?«

»Hm?«

»Es tut mir leid, dass ich solch ein Drache bin. Ich weiß nicht, was in mich gefahren ist.«

Sophie drückte ihr die Hand. »Die Schwangerschaft.«

»Aber das sollte ich nicht an dir auslassen. Je netter du zu mir warst, desto übellauniger bin ich geworden. Ich bin schrecklich, seit ich schwanger bin.«

Sophie setzte sich auf und wühlte unter der Decke herum. »Hier, das wird dir die Laune etwas versüßen.« Sie öffnete eine Schachtel und riss ein Stück von einer zuckrigen Süßigkeit ab.

»Das ist Tams Lokum«, protestierte Tilly. »Ich kann doch nicht dein Geschenk essen.«

»Es ist noch eine Schachtel da.« Sophie schob Tilly ein Quadrat in den Mund und nahm sich selbst eines. Es schmeckte nussig und köstlich. Mehrere Minuten lang kauten sie stumm.

»Die Sterne sind anders als zu Hause«, überlegte Tilly. »Das muss das Kreuz des Südens sein.«

»Ist das nicht romantisch?« Sophie seufzte. »Ich wünschte, Tam wäre hier, um es zu sehen.«

»In einer Woche bist du schon bei ihm«, rief Tilly ihr ins Gedächtnis. »Dann werdet ihr nie mehr getrennt sein.«

Sophies Eingeweide zogen sich zusammen. »Ich war noch nie so aufgeregt – oder so verängstigt.«

Tilly schnaufte. »Du hast nie Angst vor irgendetwas. Ich bin diejenige, die ein Nervenbündel ist. Seit ich weiß, dass ich ein Kind erwarte, überfällt mich immer wieder panikartige Furcht und ich frage mich, was um alles in der Welt ich getan habe. Eigentlich nicht wegen des Babys, sondern was James und mich betrifft. Ich wette, du machst dir keine Gedanken, dass es mit Tam und dir nicht funktionieren könnte und du dann für immer dort festsitzt?«

»Nein«, antwortete Sophie. »Nichts daran, Tam zu heiraten, macht mir Sorgen. Aber ich werde nervös, wenn ich an Indien denke; meine Gefühle für dieses Land sind sehr gemischt. Ich hoffe nur, dass meine Rückkehr dorthin die Trauer um meine Eltern verscheucht und die Geister meiner Kindheit zur Ruhe bettet.«

»Seltsam, dass du das erwähnst«, murmelte Tilly. »Rafi Khan hat das Gleiche gesagt.«

»Wirklich?« Ein Ruck ging durch Sophie, als sie seinen Namen unerwartet hörte.

»Ja, er schien deine Sehnsucht zu spüren. *Die Geister zur Ruhe betten,* war genau die Formulierung, die er benutzt hat.«

Sophie nahm ein langsames, dumpfes Pochen in ihrer Brust wahr. Sie flüsterte: »Er hat recht. Ich glaube, tief in meinem Innersten wüsste ich gern, was genau ihnen zugestoßen ist.«

Tilly runzelte die Stirn. »Aber du weißt doch, was passiert ist. Sie haben sich beide Typhus eingefangen. Du hattest Glück, dass du es überlebt hast; das hat James gesagt.«

»Ich weiß«, erwiderte Sophie nachdenklich, »aber ich kann mich nicht daran erinnern, dass ich krank war. Ich weiß noch, dass mein Vater Fieber hatte und sein Zimmer nicht verließ – und schrie. Er hat viel herumgebrüllt. Aber weder meine Mutter noch ich waren krank. Meine letzte Erinnerung an Mutter ist die, dass sie Verstecken mit mir gespielt hat. Das tut man doch nicht, wenn man Fieber hat, oder?«

»Es kann einen binnen weniger Stunden erwischen«, wandte Tilly ein. »Das ist ja das Schreckliche an diesen Krankheiten.«

»Vermutlich.« Sophie rang mit ihrem Gedächtnis. »Aber wo war Ayah Mimi? Ich erinnere mich nicht, dass sie mich getröstet hat, als sie gestorben sind, oder auch nur gekommen ist, um sich von mir zu verabschieden.«

»Vielleicht war sie fortgeschickt worden, um für jemand anderen zu arbeiten?«, vermutete Tilly.

Sophie schüttelte ratlos den Kopf. »An dem Abend ging irgendetwas vor. Es gab viel Geschrei, und die Erwachsenen wirkten besorgt. Sie wollten nicht, dass ich weiter als bis zu den Verandastufen ging. Ich erinnere mich an viel Lärm und an ein Feuerwerk jenseits der Umfriedung.«

»Ja, ich weiß noch, dass du mir von dem Getrommel erzählt hast, als wir klein waren«, sagte Tilly. »Du dachtest, sie würden wegen deines Geburtstags trommeln, nicht wahr?«

Sophie nickte. »Das war natürlich Unsinn. Irgendetwas muss im Dorf los gewesen sein. Mein letztes Bild von Ayah Mimi ist das, wie sie den Pfad hinab mit unserem neuen Kätzchen fortlief. Ist das nicht seltsam? Warum hat sie das getan? Oder vielleicht habe ich es auch nur falsch in Erinnerung.«

»Ich glaube nicht, dass es guttut, über all das nachzugrübeln. Du wirst es nie mit letzter Sicherheit wissen. Aber vielleicht hilft es, wenn du nach Assam zu Besuch kommst«, schlug Tilly vor, »und die Gräber deiner Eltern besuchst.«

»Ich bin mir noch nicht einmal sicher, wo sie begraben liegen«, entgegnete Sophie traurig. »Wir haben nicht mehr auf den Oxford Estates gewohnt, als sie gestorben sind. Ich nehme an, man hat sie irgendwo in den Bergen bestattet. Tante Amy hat nie über so etwas geredet. Sie wollte nicht, dass ich mich aufrege. Aber vielleicht wusste auch sie es nicht.«

»James könnte es wissen«, meinte Tilly. »Ich kann ihn fragen, wenn du möchtest.«

Sophie beugte sich zu ihr und küsste sie auf die heiße Wange. »Danke. Dafür wäre ich wirklich dankbar.«

Sie aßen noch mehr Lokum und sprachen über die Zukunft.

»Wer hätte gedacht, dass wir beide einmal in Indien landen würden?«, überlegte Tilly laut.

»Du hast tatsächlich immer alles nachgemacht, was ich getan habe«, sagte Sophie.

»Diesmal nicht«, protestierte Tilly. »Ich war die Erste, die einen Mann gefunden und die Schiffsreise nach Indien gebucht hat.«

»Ich weiß.« Sophie lachte im Dunkeln leise. »Ich wollte dich nur aufziehen. Und du wirst eindeutig lange vor mir Mutter. Ich sehne mich noch überhaupt nicht danach. Babys machen mir Angst.«

»Angst?«, fragte Tilly überrascht. »Du meinst die Geburt?«

»Nicht nur die«, antwortete Sophie und versuchte in Worte zu fassen, was genau sie mit Furcht erfüllte. »Auch dass man die Verantwortung für etwas so Kleines trägt und es nicht beschützen kann.«

»Oh.« Tilly legte sich besorgt die Hände auf den Bauch. In der letzten Woche hatte sie schon eindeutig Tritte des Babys gespürt. Langsam wurde ihr bewusst, dass sie wirklich ein neues Leben in sich trug.

»Tut mir leid«, entschuldigte Sophie sich rasch, »es war dumm, das zu sagen. Du und James werdet wunderbare Eltern sein, und ich wette, ihr bekommt eine ganze Schar kräftiger kleiner Robsons. Ich bin nur noch nicht bereit für eine Familie. Hier, lass uns noch etwas Süßes zu Ehren von Baby Robson essen.«

Die halbe Schachtel wurde leer, bevor sie aufhörten zu plaudern.

Tilly schlief zum ersten Mal seit zwei Wochen tief und fest, bis die Deckschrubber im Licht der Morgendämmerung erschienen, um die Planken abzuspritzen. Die Cousinen schlichen sich in ihre Kojen zurück.

* * *

Die folgenden Tage waren heiß und ruhig; das Meer war von einem betörenden Pfauenblau.

»Sieht aus, als hätte man es mit einer Walze planiert.« Sophie staunte. »So glatt habe ich das Meer noch nie gesehen.«

»Ich wünschte nur, es wäre nicht so feuchtheiß.« Tilly seufzte und fächelte sich im Schatten Luft zu.

Das Schiff wurde von zwei Dauen angerufen, die in die Flaute geraten waren. Der Kapitän hielt an und erlaubte den Seeleuten, an Bord zu kommen und sich frisches Wasser und Proviant zu holen. Sophie beobachtete fasziniert, wie die Männer in schmalen Kanus herüberpaddelten und in den fragilen Booten das Gleichgewicht hielten.

»Ich verstehe nicht, wieso wir uns von ein paar arabischen Fischern aufhalten lassen«, beklagte Muriel Percy-Barratt sich lauthals. »Es ist ihre eigene Schuld, dass sie in diesen primitiven Booten so weit hinausgefahren sind.«

»Das ist Ehrenkodex auf See«, entgegnete Wesley barsch. »Unser Kapitän ist verpflichtet, ihnen zu helfen – genauso, wie sie uns helfen würden, wenn wir gerettet werden müssten.«

Die letzten paar Tage an Bord verliefen gereizt. Die Leute wurden es leid, eingeengt zu sein, und ihre Gedanken richteten sich voller Vorfreude auf die Ankunft. Einige ältere Leute beschwerten sich über die frühmorgendlichen Saufgelage junger Männer auf dem Unterdeck, diese wiederum wehrten sich gegen die älteren, indem sie ihnen vorwarfen, das meiste zu trinken. Der Kapitän des Schiffs reagierte darauf, indem er alle weiteren nächtlichen Feiern untersagte. Dann zog ein böiger Zyklon auf, der Wellen über den Bug branden ließ. Alle Möchtegernzecher zogen sich grün um die Nase in ihre Kabinen zurück. Sophie gehörte zu den wenigen Passagieren, die sich dem Sturm stellten. Sie genoss die Gischt, die ihr ins Gesicht spritzte und ihre Haare durchnässte.

Als sie sich das Schiff entlang Richtung Heck tastete, begegnete sie Clarrie und Mrs Hogg, die mit einer winzigen alten Dame in einem Sari zusammensaßen. Sophie blieb angesichts dieses unerwarteten Bildes wie angewurzelt stehen. Sie hatte schon früher Blicke auf die wie eine Inderin aussehende Frau erhascht, aber bemerkt, dass sie gern für sich blieb. Aus der Nähe sah Sophie, dass ihre Haut runzlig und gelb wie Pergament war. Ihre dünnen Hände glichen Vogelkrallen.

»Das hier ist Mrs Besant«, stellte Mrs Hogg sie vor. »Sophie Logan ist eine vielversprechende Urdu-Schülerin. Sie ist unterwegs in den Pandschab, um einen Forstbeamten namens Telfer zu heiraten.«

Die alte Frau begrüßte sie nach Art des Ostens mit einer Verbeugung und zusammengepressten Handflächen. Sie sprach mit Upper-Class-Akzent. »Es freut mich, Sie kennenzulernen,

Miss Logan. Ich hoffe, Sie genießen Indien während der kurzen Frist, die den Briten im Land noch bleibt.«

»Also wirklich, Annie«, tadelte Mrs Hogg sie. »Nun ärger das Mädchen doch nicht!«

»Ich stelle nur eine Tatsache fest, Fluffy, meine Liebe.«

Plötzlich wurde Sophie klar, wer das hier war: die berüchtigte Annie Besant, die vor dem Krieg eine führende Rolle in der Home-Rule-Kampagne gespielt und das Ende der britischen Herrschaft befürwortet hatte. Sie hatte gelesen, dass Mrs Besant einem Gefängnisaufenthalt nur entgangen war, indem sie rasch nach Amerika abgereist war. Hier und jetzt kehrte sie zurück – eine unwillkommene Revolutionärin, obwohl sie auf Sophie so harmlos wie ein winziger Zaunkönig wirkte.

»Mrs Besant.« Sophie erwiderte die Geste. »Meine Tante – Amy Anderson aus Edinburgh – kannte Sie in ihren Suffragettenzeiten. Sie hat davon erzählt, dass sie einmal auf demselben Podium wie Sie gestanden hat, auch wenn Sie sich wahrscheinlich nicht daran erinnern.«

»Natürlich erinnere ich mich«, erwiderte die alte Frau mit plötzlichem Interesse. »Eine talentierte Künstlerin und zugleich eine tapfere Aktivistin. Ich weiß noch, dass ich ihr begegnet bin, als sie zur Hochzeit ihrer Schwester nach Indien gereist ist. Wie geht es Ihrer Tante?«

»Sie ist vor ein paar Monaten gestorben«, antwortete Sophie. Ihr brannten die Augen.

»Es tut mir leid, das zu hören«, erwiderte Mrs Besant und berührte kurz ihre Hand. »Also fangen Sie in Indien ein neues Leben an?«

Sophie nickte.

»Alles, worum ich Sie bitte, ist, dass Sie sich offen auf Indien einlassen und für das Land tun, was Sie können«, sagte Mrs Besant. »Zu viele Briten kommen allein in der Absicht nach Indien, um zu sehen, wie viel für sie selbst dabei herausspringt.«

»So ist Sophie nicht im Geringsten«, nahm Clarrie sie in Schutz. »Und das Land ist ihr nicht fremd. Sie ist in Assam aufgewachsen, bis ihre Eltern gestorben sind. Sie hat schon ein Gespür für Indien, genau wie wir drei.«

Sophie schenkte Clarrie ein dankbares Lächeln. Es überraschte sie, dass drei so verschiedene Frauen befreundet waren.

»Und vielleicht entscheidet Miss Logan sich ja auch dafür, in Indien zu bleiben, ganz gleich, wer in Zukunft dort herrscht«, sagte Mrs Hogg.

»Das klingt ja fast schon umstürzlerisch, Fluffy.« Mrs Besant lächelte. »Colonel Hogg glaubt, dass das Empire noch ein Jahrhundert hält, nicht wahr?«

»Wunschdenken, Annie. Er hat genauso wenig Lust wie du, sich nach Südengland zurückzuziehen und Rosen zu züchten. Deswegen wohnen wir jetzt auch in der Hill Station Dalhousie.«

»Dalhousie? Das ist doch fast das Gleiche«, kommentierte Annie trocken.

»Dalhousie ähnelt nach allem, was ich gehört habe, eher Schottland«, mischte Clarrie sich wieder ins Gespräch.

»Na, dann werde ich mich dort wenigstens zu Hause fühlen«, bemerkte Sophie und brachte die anderen Frauen zum Lachen.

»Meine Liebe«, sagte Mrs Besant, »ich hoffe, Sie werden das echte Indien erleben und sich nicht mit den *wallahs* von der Regierung in den Bergen verstecken.«

»Ich will alles erleben«, schwärmte Sophie.

»Und welche Fähigkeiten bringen Sie mit?«, wollte Mrs Besant wissen.

Sophie dachte eine Weile darüber nach. »Ich bin keine große Köchin, aber ich kann ziemlich gut tanzen.« Nach ihrem Stirnrunzeln zu urteilen, war Mrs Besant davon nicht beeindruckt. Sophie zermarterte sich das Gehirn. »Meine Tante hat mir den Umgang mit Hammer und Meißel beigebracht, aber mir fehlt ihr künstlerisches Fingerspitzengefühl.«

»Sophie fährt Motorrad«, kam Clarrie ihr zu Hilfe, »und laut ihrer Cousine Tilly kann sie fast alles Mechanische reparieren.«

Das schien den älteren Damen zu imponieren.

»Motorrad? Das hätte ich nie gedacht«, keuchte Mrs Hogg.

»Leider musste ich die Memsahib zurücklassen«, erklärte Sophie.

»Sie haben Ihre Maschine *die Memsahib* genannt?« Mrs Besant zog die Augenbrauen hoch. »Warum denn?«

»Weil sie launisch und laut ist und sich für die Chefin hält.«

Erst herrschte überraschtes Schweigen. Dann kicherte Mrs Besant wie ein Mädchen.

»Ich mag Sie, Miss Logan.« Sie lachte. »Ich hoffe, Indien mag Sie auch.«

* * *

Am Tag, bevor der Dampfer in Bombay einlief, beobachtete Sophie eine Schule von Schweinswalen, die in der Abenddämmerung durch die Wellen tauchten. Die ganze Nacht lang saß sie unter einem riesigen gelben Mond und konnte nicht schlafen. Tam musste schon zu der sechsunddreißigstündigen Zugfahrt von Lahore aus aufgebrochen sein, um sie abzuholen. Binnen weniger Stunden würden sie wieder zusammen sein. Ihr Magen schlug einen Purzelbaum nach dem anderen.

Tilly fand sie auf der Ladeluke sitzen, von wo aus sie den überwältigenden Mond betrachtete, als er im Meer unterging wie ein Betrüger, der sich für die Sonne ausgab.

»Es ist halb fünf Uhr morgens, Sophie.« Tilly gähnte. »Willst du nicht ein bisschen schlafen?«

»Ich kann nicht«, antwortete Sophie. »Ich bin zu aufgeregt. Welches Kleid sollte ich tragen? Das rote mit den Blumen, das

Tam noch nicht gesehen hat, oder das blaue, das er an mir so mag? Und was ist mit meinen Haaren? Ich wünschte, ich hätte an Bord einen Friseurtermin für eine Dauerwelle gebucht. Was, wenn es ihm so kurz gar nicht gefällt? Sehe ich zu sehr nach einem Schuljungen aus?«

Tilly betrachtete ihre schöne Freundin, deren Gesicht im Morgenlicht erstrahlte, und lachte. »Ganz und gar nicht wie ein Junge. Die Frisur bringt dein Gesicht sogar noch besser zur Geltung. Sie lässt deine Augen riesig wirken.«

»Wie bei einem Hochlandrind?«, scherzte Sophie.

»Ja, wie bei einer Kuh«, neckte Tilly sie.

»Das ist immer noch besser als ein Schuljunge.«

Voller Zuneigung legte Tilly ihr den Arm um die Schultern. »Oh, Sophie. Ich kann nicht fassen, dass wir uns morgen um diese Zeit schon voneinander verabschieden werden.«

Sophie erwiderte ihre Umarmung. »Versuch, der alten Percy-Streitaxt zu entkommen und für ein paar Stunden an Land zu flüchten. Wir könnten alle zusammen Mittagessen gehen, und du könntest meine Anstandsdame sein, während wir den Ehering aussuchen.«

»Besser nicht«, meinte Tilly. »Wie ich mich kenne, würde ich mich verlaufen und die Abfahrt verpassen.«

»Es würde mir nichts ausmachen, wenn du es tätest.« Sophie grinste. »Denn dann müsstest du mit nach Lahore kommen und meine Brautjungfer sein.«

Die vorausgegangenen Stürme hatten die Reise verzögert, und es war Abend, als sie in Bombay einliefen. Passagiere versammelten sich an der Reling, um die indische Stadt im Zwielicht zu sehen. Sophies Magen verknotete sich vor Aufregung, als der breite Bogen der Bucht mit seiner Reihe imposanter Gebäude und Hafenkräne orangefarben im Licht der untergehenden Sonne erglühte. Colonel Hogg zeigte auf das erst halb fertiggestellte Gateway of India, einen gewaltigen, biskuitfarbenen Steintorbogen, der eher wie eine Festung aussah.

»Das ist zu Ehren von König George«, erklärte er. »Der Bau ist wegen des Kriegs aufgeschoben worden. Wenn wir das nächste Mal abfahren, dann vielleicht von dort.«

Die Dunkelheit senkte sich binnen weniger Minuten herab, und die Lichter der Stadt glommen auf, aber sie lagen noch eine Nacht lang vor der Küste vor Anker. Sophie war vor Ungeduld ganz hektisch, als das Schiff um acht Uhr am folgenden Morgen endlich am Ballard Pier anlegte. Sie hatte schon unzählige Male »Auf Wiedersehen« gesagt, während die Leute nach ihrem Gepäck suchten und sich bereit machten, von Bord zu gehen.

»Ich sehe Tam nicht.« Sie spähte über die Reling in die wimmelnden Menschenmassen auf dem Kai.

»Das wundert mich nicht.« Tilly betrachtete alles voller Ehrfurcht. »Solch eine geschäftige Stadt habe ich noch nie gesehen.«

Eine Menge aus Trägern, Ochsen, Karren, Händlern und Beamten machte denen den Platz streitig, die versuchten, die Erlaubnis zu erhalten, an Bord zu gehen, um ihre Angehörigen zu begrüßen. Sie kämpften gegen eine endlose Reihe von Schauerleuten an, die Koffer aus der Gepäckaufbewahrung schleppten.

»Tam hat gesagt, ich solle auf dem Schiff warten, aber vielleicht sollte ich lieber an Land gehen?« Sophie war sich plötzlich unsicher.

Als Tam eine halbe Stunde später immer noch nicht in Sicht war, holte Tilly Clarrie.

»Wesley begleitet dich und sorgt dafür, dass dein Gepäck durch den Zoll kommt«, versicherte Clarrie ihr tröstend. »Du darfst dir keine Sorgen machen.«

Wesley hob Sophies kleinen Koffer an und organisierte Gepäckträger für ihren großen Schrankkoffer. »Wahrscheinlich sitzt er im Büro der Reederei fest und versucht, einen Bordpass zu ergattern.«

Sophie umarmte Tilly und Clarrie ein letztes Mal. Es stand nicht mehr zur Debatte, dass Tilly sich mit ihr davonschleichen sollte. Sie war viel zu eingeschüchtert von dem Chaos im Hafen. Aber Adela stürzte sich auf Sophies Beine.

»'Ophie, heb mich hoch! Ich komme mit!«

Sophie packte die Kleine, küsste sie auf die dunklen Locken und reichte sie schnell an Clarrie weiter. »Ich besuche euch bald, versprochen.«

Adela begann zu heulen und zu strampeln, als ihr klar wurde, dass Sophie und ihr Vater das Schiff ohne sie verließen.

»Daddy kommt wieder«, versuchte Clarrie, sie zu beruhigen. Das Geschrei des Mädchens verfolgte sie die ganze Gangway hinab bis ins Getöse des Hafens.

Sophie entdeckte eine vertraute hochgewachsene Gestalt, die sich durch die Scharen von Gepäckträgern, Bettlern und uniformierten Beamten drängte.

»Boz?«, rief sie. »Was machst du denn hier?«

»Sophie! Sie wollten mich nicht durchlassen«, keuchte er. Sein Gesicht war unter seinem khakifarbenen Hut krebsrot.

Sophie stellte ihm Wesley vor. »Es ist wunderschön, dich zu sehen, Boz, aber wen holst du denn ab?«

»Dich, Mädel.« Er nahm seinen *topee* ab und zog aufgeregt an einem großen heißen Ohr.

»Wo ist Tam?«

»Es tut mir leid, Sophie, er konnte nicht kommen. Er hat mich an seiner Stelle geschickt.«

15

Sophie stand vor Unverständnis wie betäubt da. Schweiß prickelte ihr auf der Stirn. Der ölige Geruch der Garküchen, die Menschenmenge und die Hitze sorgten dafür, dass sie sich schwach fühlte.

»Was ist mit Tam passiert?«, fragte sie panisch. »Hatte er einen Unfall?«

»Nein, Mädel, nichts dergleichen«, versicherte Boz rasch.

»Er ist krank, nicht wahr? Er hat wieder Malaria.«

Boz schüttelte den Kopf. »Er hatte ein paar Fieberanfälle, stimmt, aber das ist nicht der Grund. Du musst dir keine Sorgen machen. Es gab da nur ein klitzekleines Missverständnis.«

»Was für ein Missverständnis?«

»Martins, unser Chef, wollte ihm die Erlaubnis nicht erteilen.«

Die Enttäuschung traf Sophie wie ein Schlag in die Magengrube. »Wieso konntest du dir freinehmen und Tam nicht? Das verstehe ich nicht.«

Wesley mischte sich ein. »Bringen wir dich doch an einen kühleren und ruhigeren Ort. Dann kann dein Freund dir alles erklären.«

In der weniger lärmenden Umgebung des Wartesaals der Schifffahrtsgesellschaft führte Wesley Sophie zu einem Stuhl und bestellte Tee, während Boz seine peinliche Botschaft ausrichtete.

»Tam hat es sich letzten Monat mit Martins verscherzt, weil er für ein paar Tage nach Pindi raufgefahren ist, um zu angeln ...«

»Angeln?«, wiederholte Sophie verwirrt. »In Pindi? Ist das nicht viele Kilometer von Lahore entfernt?«

»Ja, aber McGinty und Scott arbeiten da oben in den Kiefernwäldern. Tam hatte Lust auf einen Ausflug, aber er hat sich seinen Urlaub nicht schriftlich bestätigen lassen«, erklärte Boz. »Tam sagt, Martins habe ihm die Erlaubnis gegeben, aber dann hat Bracknall davon gehört, und Martins hat geleugnet, es je durchgewinkt zu haben.«

»Wer ist Bracknall?«

»Er ist der Leiter der Forstbehörde im Pandschab – ein hohes Tier und mit den ganz großen Namen der indischen Zivilverwaltung auf Du und Du. Ist von einer Tour durch die Provinz zurückgekehrt und hat angefangen, den starken Mann zu markieren, um uns neuen Rekruten zu zeigen, wer das Sagen hat.«

»Aber Tam hat doch nichts Falsches getan.« Sophie war empört.

»Nein, aber man muss hier alles streng nach Vorschrift machen. Das ist die wichtigste Regel, die es gibt.«

Wesley grummelte: »Das stimmt, und deshalb hätte ich auch nie einen guten Beamten abgegeben. Törichte Regeln sind dazu da, gebrochen zu werden.«

»Das ist auch Tams Philosophie«, räumte Boz betreten ein, »aber Bracknall ist ein Paragrafenreiter. Hat Tam gesagt, es würde in seiner Akte als *außerordentlicher Urlaub* vermerkt werden, damit jeder Chef in Zukunft weiß, dass er sich unerlaubt vom Dienst entfernt hat. Und um noch mehr Salz in die Wunde zu streuen, ist er für die fünf Tage, die er weg war, auch nicht bezahlt worden.«

»Kein guter Einstand«, murmelte Wesley.

»Tam war fuchsteufelswild«, fuhr Boz fort. »Dann hat Martins ihm gesagt, dass es sich schlecht machen würde, sich noch länger freizunehmen, um dich aus Bombay zu holen, weil Tam doch ohnehin eine Woche Urlaub nimmt, wenn ihr heiratet.«

»Aber das ist nicht fair!«, protestierte Sophie. »Dieser Martins ist schuld, dass Tam überhaupt erst Ärger bekommen hat.«

»Fair ist es nicht«, bestätigte Wesley, »aber das kann man William hier nicht zum Vorwurf machen. Es ist sehr freundlich von ihm, dass er heruntergekommen ist, um dich abzuholen, Sophie, und dafür einen Teil seines kostbaren Urlaubs geopfert hat.«

»Das macht mir nichts aus«, versicherte Boz mit einem schüchternen Lächeln.

Sofort war Sophie zerknirscht. »Es tut mir leid, Boz. Ich weiß das wirklich zu schätzen. Ich habe mich nur so darauf gefreut, Tam zu sehen.«

»Ja«, sagte Boz, »auch er ist sehr enttäuscht. Er benimmt sich schon die ganze Zeit wie ein Tiger im Käfig. Tam kann nicht gut mit Befehlen umgehen, mit denen er nicht einverstanden ist. Aber so war er schon immer. Er kann es nicht abwarten, dich zu sehen, Mädel.«

Boz' Worte besänftigten Sophie; es war nicht Tams Schuld, dass er einen schwachen Vorgesetzten hatte, der sich nicht für ihn einsetzte.

»Das Letzte, was ich will, ist, Tam noch mehr Ärger einzubrocken, nur weil er mich abholen kommt.« Sophie seufzte. »Aber im Augenblick habe ich nicht übel Lust, diesen elenden

Martins mit Stecknadeln zu spicken – und diesen Tyrannen Bracknall auch.«

»Richtig so«, feuerte Wesley sie an und drückte ihr eine Tasse heißen, süßen Tee in die Hand. »Du kannst dich ja vor der Zugfahrt noch mit Stecknadeln eindecken.«

Boz grinste. »Tam nennt Martins den kleinen Martini – er sagt, man muss ihn erst mit einem großen Gin mischen, um sein Rückgrat zu stärken.«

Sophie lächelte die beiden an. »Danke, dass ihr mich aufheitert.«

Bald darauf vertraute Wesley Sophies Gepäck Boz an. Sie nahm Abschied von Clarries gut aussehendem Mann und versprach, die beiden in Belguri zu besuchen, wann immer sie nach Assam reiste, um sich mit Tilly zu treffen.

»Die Khasi Hills sind sehr schön«, erzählte Wesley, »man kann dort gut reiten. Bring Tam mit, es gibt hervorragende Fischgründe. So habe ich mich in Clarrie verliebt.« Er lächelte schelmisch. »Aber das ist eine lange Geschichte.«

Es dauerte Stunden, Sophies Gepäck durch den Zoll zu bringen und sich dann einen Schlafwagenplatz in einem Abteil in dem Langstreckenpostzug zu sichern, der nach Norden, nach Lahore fuhr. Boz bestand darauf, dass sie erster Klasse reiste. Er verbrachte eine Ewigkeit damit, um das Gewicht ihres Schrankkoffers zu feilschen und den endlosen Papierkram mit den Rechnungen und Pässen zu erledigen.

Als der Platz endlich gebucht war, ging Boz mit ihr ins neu eröffnete Grand Hotel, dessen von einer Kuppel bekrönter Turm wie ein Leuchtturm aussah, und lud sie zum Essen ein: Lammkoteletts, Gemüse und Kartoffeln, die sie mit hellem Ale hinunterspülten. Sie liefen Ella Holland und ihrem gedrungenen Mann, der eine beginnende Glatze hatte, über den Weg und stellten fest, dass sie bis Amritsar mit demselben Zug reisten. Die Neuigkeit munterte Sophie auf.

»Wann findet Ihre Hochzeit denn statt?«, fragte Samuel Holland Boz.

»Oh, das ist nicht mein Verlobter«, erklärte Sophie hastig. »Tam konnte nicht kommen.« Sie sah den erstaunten – oder gar missbilligenden? – Blick, den die Hollands tauschten, und eine Welle der Verlegenheit brach über sie herein. Es war ihr gar nicht in den Sinn gekommen, dass es als schlechtes Benehmen gelten könnte, ohne Anstandsdame mit Boz essen zu gehen. Ella hatte es auf dem Schiff genossen, sich mit den jungen, ungebundenen Männern zu unterhalten. Aber jetzt, in Gegenwart ihres Mannes, wirkte sie schüchtern, weniger selbstsicher.

»Er ist krank«, log Boz, um die peinliche Situation zu entschärfen, »deshalb hat er mich geschickt. Ich soll Tams Trauzeuge sein und muss Miss Logan sicher bei ihrem Bräutigam abliefern, der sie schon sehnsüchtig erwartet, sonst ist mein Leben nicht mehr lebenswert.«

»Oje, ich hoffe sehr, dass er bis zur Hochzeit vollständig genesen ist«, bemerkte Ella mit mitleidiger Miene.

Sophie wünschte, sie hätte Ella nicht ganz so viel über ihre Hoffnungen und Träume hinsichtlich ihrer Zukunft mit Tam erzählt, und auch nicht, wie entzückt sie war, dass Tam versprochen hatte, sich in Bombay mit ihr zu treffen, mit ihr in die berühmten Hängenden Gärten zu gehen und ihr einen Ehering zu kaufen.

Sophie und Ella verabredeten, sich später im Zug zu treffen.

Als sie wieder draußen im grellen Sonnenschein waren, beobachtete Sophie, wie der Dampfer City of Baroda zurück aufs offene Meer hinausfuhr. Sie fragte sich, ob Tilly unter denjenigen war, die an der Reling standen, um der Menge am Kai zuzuwinken. Ein Gefühl der Einsamkeit durchlief sie bei dem Gedanken, dass ihre älteste Freundin in ein anderes Leben davonreiste. Sophie beneidete sie um die Gesellschaft der freundlichen Robsons.

»Ich muss ein paar Sachen in den Armee- und Marineläden kaufen, bevor der Zug abfährt«, riss Boz sie aus ihren Überlegungen. »Willst du mitkommen oder möchtest du lieber im Mädelswartesaal am Bahnhof sitzen?«

»Ich komme mit«, beschloss Sophie und unterdrückte den Gedanken, dass sie eigentlich mit Tam ein Taxi hinaus zum Malabar Hill hätte nehmen sollen, um sich den Sonnenuntergang über dem Arabischen Meer anzusehen. Es würde andere Sonnenuntergänge geben, sagte sie sich tröstend.

Sie nahmen eine Fahrradriksha durch die breiten, palmengesäumten Straßen beim Fort Richtung Colaba, vorbei an kunstvoller Kolonialarchitektur, die in der Sonne leuchtete, und hinein in die brodelnde Stadt. Die Anblicke und Geräusche überwältigten Sophie: das Hupen der großen schwarzen Autos, die an Ochsen vorbeidrängten, die mit staubigen Säcken beladene Karren zogen; die Rufe der Straßenhändler, die hinter vielfarbigen Bergen von Gewürzen und Gemüse saßen; die Frauen auf den Stufen eines Tempels zwischen Haufen leuchtend gelber Ringelblumen; das Klingeln der Radfahrer, die umherspazierenden Kühen auswichen.

Sophie schnappte nach Luft, als ein hellgrüner Papagei direkt vor ihnen herabsauste und auf einem Baum hinter einer hohen Mauer landete. Durch das eiserne Tor des Anwesens erhaschte Sophie einen Blick auf einen kühlen Hof mit einer Zisterne, bevor sie weiter die Straße entlangkurvten. Sie hätte gern haltgemacht, um auszusteigen und sich hinter der hohen Mauer umzusehen, wo der Papagei lebte. Sie fühlte sich wieder wie ein Kind. Ein heiliger Mann mit verfilztem Haar, der in ein fadenscheiniges orangefarbenes Tuch gehüllt war und eine metallene Teekanne trug, schritt unbeschadet durch den Verkehr wie ein Prophet, der die Wellen teilte. Drei Frauen in bunten Saris – blau, safrangelb und rosa – folgten ihm auf nackten Füßen. Ein schlanker Knöchel, die dunkle Haut, der Ring, der in der Nase der jungen Frau glänzte ... Sophies Herz setzte einen Schlag aus.

»Alles in Ordnung mit dir, Mädel?«, fragte Boz besorgt.

»Die Frau da ...« Sophie erkannte, dass sie seinen Arm umklammert hielt. »Tut mir leid.« Sie ließ ihn sofort los.

»Das muss es nicht.« Er lächelte.

»Sie hat mich an meine *ayah* erinnert, das ist alles. Albern, denn wenn Ayah Mimi noch am Leben ist, dann ist sie inzwischen wahrscheinlich grau und zahnlos.«

»Wenn dir das hier zu viel wird, können wir zum Bahnhof fahren«, bot Boz an.

»Nein, ich genieße es«, versicherte Sophie. »Und ich möchte noch ein paar Medikamente für meinen Erste-Hilfe-Kasten kaufen. Mama hat sich immer damit eingedeckt, wenn sie in die Stadt gefahren ist.« Sie holte tief Luft. »Ich weiß nicht, wieso ich mich daran erinnere.«

»In die Stadt zu fahren, war wohl ein großes Ereignis«, vermutete Boz. »Shillong, nicht wahr? Oder Kalkutta?«

»Shillong, glaube ich – es schien ständig zu regnen, und wir haben Tee in einem prächtigen Zimmer getrunken, in dem an einer Wand der Kopf eines Bären und an der anderen der eines Tigers hing.«

»Unheimlich für so ein kleines Mädel, was?«

»Nein, ich habe immer mit ihnen geredet.« Sophie sah seinen amüsierten Gesichtsausdruck. »Ich hatte nicht viele Freunde.« Sie lachte.

»Es fällt mir schwer, das zu glauben.«

»William Boswell, hör auf, mit mir zu flirten!« Sie klopfte ihm auf die Hand. Sein zärtlicher Blick brachte sie völlig aus dem Gleichgewicht. »Sonst muss ich es meinem Verlobten verraten.«

»Sophie.« Boz sah plötzlich ernst drein. »Wie viel hat Tam dir über sich selbst erzählt?«

»Eine Menge«, antwortete sie. »Ich habe seine Familie kennengelernt, und ich weiß alles über sein Leben in Edinburgh. In seinen Briefen berichtete er mir jede Einzelheit über seine neue Stelle.«

»Hat er über Frankreich gesprochen – über den Krieg?«

»Nein, kaum«, räumte Sophie ein. »Ich glaube, er denkt nicht gern an all das zurück. Das geht euch doch sicher allen so?«

Boz antwortete nicht.

»Einmal habe ich versucht, ihn nach der Narbe an seinem Kopf zu fragen – wie sie entstanden ist –, aber das wollte er mir nicht sagen.«

Boz' Gesichtsausdruck beunruhigte sie.

»Wie ist er dazu gekommen?«

»Ich hätte nichts sagen sollen. Es ist Tams Sache, dir das zu erzählen.«

»Jetzt hast du mich beunruhigt«, bemerkte Sophie. »Was sollte ich wissen? Bitte sag es mir.«

Boz wirkte, als wäre ihm heiß und als fühlte er sich unwohl. »Unsere Division hat feindliche Schützengräben geräumt. Die Deutschen waren auf der Flucht. Tam hat sich gelangweilt, weil es für uns Mörserjungs so wenig zu tun gab, also hat er dafür gesorgt, dass wir auf einem Infanterielaster mitfahren konnten – hat uns Richtung Front mitgenommen. Ein einziges Chaos, aber dann landeten wir in diesem ausgebombten Dorf und versuchten, dieser Familie von Franzmännern zu helfen, die sich in einem Keller versteckt hatten. Weiß der Himmel, wovon sie da gelebt haben. Na, und dann zeigt sich, dass nicht all die verdammten Boches so schnell verschwunden waren. Haben noch ein paar Granaten gezündet, als sie auf dem Rückzug waren. Tam ist von einem Granatsplitter getroffen worden – hat ihm ein Loch in den Helm gebrannt.«

»Oh, Gott im Himmel!« Sophie schnappte nach Luft.

»Das Schlimmste war aber«, fuhr Boz mit gepresster Stimme fort, »dass es verfluchte Gasgranaten waren. Ich habe Tam rausgezogen, so schnell ich konnte, aber wir sind beide im Lazarett gelandet, mit Übelkeit und so weiter. Tam ist nicht wieder an die Front zurückgekehrt. Er hat dann die letzten drei Monate des Kriegs im Lazarett verbracht, um wieder gesund zu werden.«

»Und du?«, flüsterte Sophie entsetzt.

»Ich habe mich schneller erholt – hatte ja auch nicht seine Kopfverletzungen. Also war ich schon wieder bei der Artillerie, als der Waffenstillstand kam.«

In der bunten, geschäftigen Stadt konnte Sophie sich das Grauen kaum vorstellen, das die Männer durchgemacht hatten. Sie schob ihre behandschuhte Hand in Boz' schweißnasse.

»Wie schrecklich. Das tut mir so leid.« Sie musterte forschend sein Gesicht. »Warum erzählst du mir das jetzt?«

Boz zögerte. Dann sagte er: »Tam ist mein bester Kumpel. Er hat mir am Anfang des Kriegs das Leben gerettet und ich ihm seins kurz vor dem Ende. Wir würden alles füreinander tun. Aber seit dem Gasangriff ist er nicht mehr derselbe. Er bekommt Kopfschmerzen. Richtig schlimme. Manchmal verliert er wegen nichts und wieder nichts die Fassung. Sein Urteilsvermögen ist nicht immer das Beste. Als er in Frankreich war, beim letzten ...«

»Danke, dass du es mir erzählst«, unterbrach Sophie, »aber noch mehr Geschichten muss ich nicht hören. Das ändert nichts. Ich weiß, dass der Krieg unweigerlich Spuren bei ihm hinterlassen hat. Ich habe für das Rote Kreuz gearbeitet und erlebt, dass der Geist der Männer genauso vernarbt war wie ihr Körper. Das sorgt nur dafür, dass ich ihn umso mehr liebe und mich um ihn kümmern will. Du kannst mich nicht dazu bringen, es mir mit Tam anders zu überlegen, ganz gleich, wie sehr du es versuchst.«

Boz bedachte sie mit einem traurigen Blick. »Das wollte ich doch gar nicht, Mädel.« Er entzog ihr seine Hand. »Tam Telfer ist ein Mann, der sehr, sehr viel Glück hat. Und du, Sophie Logan, wirst ihm guttun.«

Danach sprachen sie nicht mehr über Tam, und zwischen ihnen herrschte eine Reserviertheit, die vorher nicht da gewesen war. Sophie war dankbar, als sie am Abend an Bord des ratternden, staubigen Zugs stiegen. Erschöpft suchte sie Zuflucht in einem Waggon, der nur für Frauen bestimmt war. Als sie aus dem Fenster zu den temperamentvollen Orangenverkäufern hinausspähte, die noch letzte Geschäfte abzuschließen versuchten, während der Zug anfuhr, sah sie, wie Familien Kochfeuer für ihr Abendessen auf dem offenen Bahnsteig entzündeten. Ihr stieg der beißende Holzrauch in die Nase, der sich mit dem buttrigen Aroma scharf gewürzter Gerichte vermischte. Schlagartig durchlief sie ein Gefühl der Vertrautheit. Es war ein Geruch, den sie so gut wie vergessen hatte, und doch brachte er sofort das Indien ihrer Kindheit zurück. Sophie atmete tief ein. Ihr stieg eine Tränenflut in die Augen. Sie setzte sich zitternd hin.

»Keine Sorge, meine Liebe«, sagte eine rundliche Frau, die sich als Mrs Porter vorgestellt hatte, »wir lassen diesen stinkenden Ort bald hinter uns. Du schließt besser das Fenster, Betty.«

Die kleine Tochter der Frau sprang auf, um zu tun wie geheißen.

»Nein, lass es bitte offen!«, bat Sophie mit bebender Stimme. »Ich mag den Geruch. Er erinnert mich daran, dass ich wieder zu Hause bin.«

16

Sophie stand auf einer von der Sonne ausgebleichten Veranda, die von blühenden Rankpflanzen überwuchert war. Ihre Mutter war auch da, in einem roten Kleid und in eine Parfümwolke eingehüllt. Sie beugte sich vor, um Sophie zu küssen.
Geh nicht weg, Mama!
Wir sind nicht lange fort, mein Schatz.
Ihr Vater, der in Abendgarderobe eine Pfeife rauchte, lachte und stieß sie zurück ins dunkle Haus.
Wieder ab ins Bett mit dir, du kleiner Schlingel.
Lass mich nicht allein, Papa!
Aber ihre Eltern verschwanden, und sie wurde im pechschwarzen Innern des Hauses zurückgelassen, dick in Decken eingemummelt, die nach Kampfer rochen. Sie bekam keine Luft ...
»Aufwachen, Miss Logan!« Eine Hand rüttelte ihre Schulter. »Bei uns sind Sie in Sicherheit. Nur ein Albtraum. Machen Sie besser nicht so viel Lärm.«
Sophie schreckte aus dem Schlaf hoch. Ihre Mitreisende, Mrs Porter, musterte sie durch eine Hornbrille. Sophie brauchte einen Moment, um zu begreifen, wo sie war: im oberen Bett

eines Schlafwagens in einem schwankenden Zug auf dem Weg nach Lahore.

»Tut mir leid«, hauchte sie.

Die siebenjährige Betty Porter saß am Ende von Sophies Bett. »Haben Sie von Banditen mit Krummsäbeln geträumt, die gekommen sind, um Ihnen den Kopf abzuschlagen?«

»Betty, sei still!«, rief ihre Mutter sie zur Ordnung.

»Sie haben geschrien«, fuhr Betty fort. »Haben Sie sie in einen Brunnen geworfen oder Sie vielleicht gefesselt und Ihr Haus in Brand gesteckt?«

»Betty!«

»Das machen sie aber mit Memsahibs, sagt Johnny Tinker.«

»Johnny Tinker flunkert.«

»Nein, tut er nicht, Mutter. Sein Vater ist Polizist, also weiß er Bescheid über alles, was los ist.« Sie wandte sich wieder an Sophie. »Johnny sagt, die Banditen stellen es sehr schlau an, indem sie sich wie gewöhnliche Leute kleiden. Deshalb kann man keinem Eingeborenen wirklich vertrauen. Sogar der Mann in Uniform, der mit dem heißen Wasser hereingekommen ist, könnte in Wirklichkeit ein Bandit sein, drauf und dran, einem die Kehle durchzuschneiden ...«

»Nun hör aber auf!«, befahl Mrs Porter. »Natürlich ist er kein Bandit. Jetzt komm sofort herunter und lass Miss Logan in Ruhe! Es tut mir leid«, wandte sie sich an Sophie, »meine Tochter hat eine allzu blühende Fantasie. Ich weiß nicht, wie sie auf solche Gedanken kommt.«

»Keine Sorge, sie stört mich nicht.« Sophie setzte sich auf, erleichtert, wach zu sein. Sie musterte Betty. »Und vor Banditen habe ich auch keine Angst – die echten erkenne ich auf den ersten Blick.«

»Wieso?«, fragte Betty mit erwartungsvoller Miene.

»Weil meine Vorfahren früher auch Banditen waren.«

Das Mädchen schnappte nach Luft. »Wirklich?«

»Ja, sie waren schottische Plünderer, die über die Grenze nach England eingefallen sind. Dort haben sie Vieh weggetrieben und Häuser niedergebrannt.«

Betty riss die Augen auf. »Und kleinen Kindern die Kehle durchgeschnitten?«

»Nur wenn sie ihnen lästig gefallen sind und sie daran gehindert haben, aufzustehen und zu frühstücken.« Sie griff schwungvoll nach dem Mädchen.

Betty quietschte und kletterte eilig von der Pritsche. Aus der Sicherheit der gegenüberliegenden Sitzreihe starrte sie Sophie an. »Erzählen Sie mir eine Geschichte von Ihrer Banditenfamilie.«

»Betty!«, schimpfte ihre Mutter gereizt.

»Erzählen Sie mir *bitte* eine Geschichte von Ihrer Banditenfamilie«, verbesserte Betty sich.

* * *

Die Reise verging schneller, als Sophie zu hoffen gewagt hatte. Das war dem sensationslüsternen Geplauder von Betty Porter mit den blonden Rattenschwänzen zu verdanken, die den ganzen Tag über nach Geschichten verlangte. Sophie war froh, dank Tante Amy so viele Erzählungen aus ihrer Familie in sich aufgesogen zu haben. Das, woran sie sich nicht erinnern konnte, erfand sie einfach dazu. Mrs Porter war zufrieden damit, dabeizusitzen und zu häkeln.

»Es ist wunderbar, einen neuen Wollvorrat zu haben. Ich habe mich mit einem halben Koffer voll eingedeckt. Ist dieser Fliederton nicht hübsch?«

»Ist es nicht zu heiß für Wollkleidung?«, erkundigte sich Sophie, der nur zu gut bewusst war, wie sehr sie in ihrem schlaffen Baumwollkleid in dem stickigen Waggon schwitzte.

»Nicht an Winterabenden. Und wenn Sie in der kalten Jahreszeit nach Dalhousie oder Murree reisen, können Sie Gift darauf nehmen, dass Sie Ihr Wollzeug brauchen.«

Als das Kind ein Nachmittagsschläfchen hielt, beschränkte sich Sophie zufrieden darauf, aus dem Fenster zu sehen. Die Ebenen Indiens zogen rasch an ihr vorbei: grüne Felder mit Winterweizen, die mithilfe von Schöpfwerken bewässert wurden, die von Ochsen angetrieben wurden; Dörfer aus beigefarbenen strohgedeckten Hütten und Lehmtempeln; Arbeiterinnen und Arbeiter, die Körbe voller Schlamm von den Flussufern herbeischleppten, um Ziegel herzustellen. Leute gingen unter Schirmen in der Sonne spazieren, und magere gelbbraune Hunde rannten auf den fahrenden Zug zu und bellten.

Als die Abenddämmerung anbrach, beobachtete Sophie die Veränderungen: Kühe wurden von kleinen Jungen mit Gerten nach Hause getrieben, Frauen füllten Wasserkrüge für die abendliche Wäsche, Männer unter dürren Bäumen rauchten Wasserpfeifen. Sophie ging in den Speisewagen, wo sie sich mit Boz und den Hollands zum Abendessen traf. Boz unterhielt sie mit Schilderungen seiner Mitreisenden in der zweiten Klasse: überwiegend Soldaten und indische Beamte.

»Die Jungs verbringen ihre Zeit mit Versuchen, die Eingeborenen beim Kartenspiel übers Ohr zu hauen, und müssen sie am Ende um Zigaretten anbetteln. Und die Witze – zu zotig, um sie vor den Mädels zu wiederholen … Aber wir haben ein paar Mal gesungen.«

»Wenigstens kannst du da mit einstimmen. Du warst ja Soldat.« Sophie grinste.

Boz rollte die Augen. »Ja. Ich hoffe nur, wir bekommen heute Nacht ein bisschen Schlaf.«

Während sie in der ersten Nacht im Zug tief und fest geschlafen hatte, stellte Sophie in der zweiten Nacht fest, dass sie nicht zur Ruhe kam. Sie spähte zwischen den Lamellen der Fensterläden hindurch auf das in Mondschein getauchte Land. Gespenstische Bäume wuchsen hier und da zwischen den sanften weißen Hügeln. Sie dachte daran, dass jeder ratternde Kilometer sie näher zu Tam brachte.

Der Morgen kam und mit ihm ein Frühstück aus Tee und Toast, das Sophie kaum hinunterwürgen konnte.

»Sie haben in der Nacht mit den Zähnen geknirscht«, beklagte Betty sich. »Ich dachte, ein wildes Tier sei in den Waggon eingedrungen.«

Sophie knurrte, sprang Betty an und packte sie fest um die Taille. Das Mädchen kreischte und kicherte.

Nachdem sie den Hollands in Amritsar zum Abschied zugewinkt und ihnen versprochen hatte, in Verbindung mit ihnen zu bleiben, war Sophie zu aufgeregt, sich wieder hinzusetzen. Lahore war der nächste Halt.

»Sie müssen uns unbedingt besuchen, meine Liebe«, sagte Mrs Porter, als sie sich bereit machten, auszusteigen. »Da Mr Porter bei der Landwirtschaftsbehörde ist, müssen wir innerhalb des Pandschab manchmal umziehen, aber solange wir in Lahore untergebracht sind, sind Sie uns als Gast höchst willkommen.« Sie reichte Sophie eine Visitenkarte. »Ich kann es gar nicht abwarten, nach Hause zu kommen, ein heißes Bad zu nehmen und mir all diesen Staub abzuwaschen.«

»Danke.« Sophie war dankbar für neue Freunde. »Und Sie müssen zu uns kommen, sobald wir ein Haus haben. Tam bemüht sich, einen Bungalow an der Davis Road zu mieten, aber ich gehe davon aus, dass wir auch ein bisschen reisen werden, weil er ja für die Forstbehörde arbeitet.«

»Gehen Sie dann in die Dschungelberge, wo Tiger und Leoparden Menschen fressen?«, wollte Betty wissen.

»Betty!« Ihre Mutter seufzte.

»Höchstwahrscheinlich«, erwiderte Sophie. »Ich werde versuchen, dir ein Tigerjunges mitzubringen, damit du dir deinen eigenen Menschenfresser heranziehen kannst.«

Betty lachte und klatschte in die Hände. »Oh ja, bitte!«

Der Zug wurde allmählich langsamer und fuhr aus dem grellen Sonnenschein in den gewölbten, verräucherten Bahnhof. Boz erschien mit einem jungen Gepäckträger, um den Frauen mit ihren Koffern zu helfen. Sophie sprang aus dem Zug und ließ den Blick über den überfüllten Bahnsteig schweifen, um Ausschau nach Tam zu halten.

»Daddy!«, quietschte Betty und stürmte einem rotgesichtigen Mann mit großem rotem Schnurrbart entgegen. Er hob sie hoch und gab ihr einen Kuss.

»Du meine Güte, du bist ja einen ganzen Kopf größer geworden!«

Sophie wandte sich an Boz. »Wo ist Tam? Ich sehe ihn nicht.«

»Da drüben«, sagte Boz und zeigte auf einen Mann in Khakishorts und Hemd, der sich zu ihnen durchdrängte.

Einen Moment lang dachte Sophie, dass Boz sich bestimmt irrte. Der Mann hatte ein hageres Gesicht und war bleich. Sein Haar war schütter, und seine Kleider hingen locker an ihm. Er hatte so viel Gewicht verloren. Dann erspähte Tam sie, und sein vertrautes Grinsen erhellte seine Miene. Er marschierte auf sie zu.

»Wer ist denn dieser Filmstar? Ich hatte mit Miss Logan gerechnet.« Er breitete die Arme aus.

»Tam!« Sophie überspielte ihren Schock und sank in seine Arme. »Ich habe dich so vermisst.«

»Ich hoffe, Boz hat sich anständig um dich gekümmert?«

»Natürlich.«

»Es hat mich wahnsinnig gemacht, dich nicht selbst abholen zu können.«

»Jetzt bin ich doch hier.«

»Und schöner denn je.« Mit einem schnellen Kuss auf die Wange ließ er sie los und schüttelte Boz die Hand. »Vielen Dank. Ich schulde dir einen *chota peg* oder auch zwei.«

»Oder drei oder vier.« Boz lachte leise. »Aber es hat mir nichts ausgemacht.«

Sophie stellte Tam den Porters vor, und sobald er hörte, dass auch sie auf dem Weg in die britische Siedlung waren, übernahm Tam sofort das Kommando. Er organisierte einen Ochsenkarren für das Gepäck und Tongas für die Passagiere. Die Porters fuhren voran, die anderen folgten. Als sie in ihrer zweirädrigen Kutsche in flottem Trab die breite Mall in der Wintersonne entlangrollten, betrachtete Sophie staunend die imposanten Häuser. An einer Kreuzung kamen sie an einem riesigen Gebäude mit blendend weißen Säulen vorbei.

»Dieses Viertel heißt Charing Cross. Das da ist das Shahdin Building, ein hervorragendes Restaurant, das von einem gewissen Mr Lorang geführt wird. Es gibt auch ein paar Tanzhallen, die genauso gut wie die in Edinburgh sind.«

»Ich hoffe, du bist ohne mich nicht zu oft tanzen gegangen.« Sophie stieß ihn an.

»Es sind doppelt so viele Männer wie Frauen bei jedem Tanz, also waren meine Chancen begrenzt.« Tam zwinkerte ihr zu. »Du wirst sehr gefragt sein.«

»Dann musst du deinen Namen eben schnell auf meine Tanzkarte schreiben, nicht wahr?«, neckte Sophie ihn ihrerseits.

»Ah, da ist die Kathedrale, in der wir heiraten werden.« Tam zeigte auf eine große Kirche aus roten Ziegeln, die etwas abseits der Straße lag. »Noch vier Tage, Miss Logan. Ich hoffe, du hast es dir nicht anders überlegt.«

Sophie schob die Hand in seine. »Ich kann es gar nicht abwarten.«

»Padre Rennie von den Füsilieren hat sich bereit erklärt, die Trauung durchzuführen.« Tam drückte ihr die Hand. »Und die Bracknalls haben freundlicherweise angeboten, die Teeparty zur Feier der Hochzeit in ihrem Garten auszurichten.«

Sophie war überrascht. »Der Bracknall, der dir keinen Urlaub geben wollte, um mich abzuholen?«

Tam runzelte die Stirn. Im Sonnenlicht war sein dünnes Gesicht mit Fältchen übersät.

»Das war die Entscheidung des kleinen Martini, nicht Bracknalls. Außerdem ist Bracknall der Leiter unserer Behörde, also ist es eine große Ehre, dass er eine Party für uns gibt. Stimmt's, Boz?«

»Ja«, brummte Boz. Er hatte kaum noch ein Wort gesagt, seit sie aus dem Zug gestiegen waren. Sophie warf ihm einen Blick zu, aber er lächelte nur und sah beiseite.

»Sie bestehen auch darauf, dass du unter ihrem Dach wohnst, bis wir verheiratet sind«, fuhr Tam fort.

Sophie war entsetzt. »Aber ich dachte, du hättest gesagt, ich würde im selben Hotel wie du und Boz unterkommen.«

»Edith Bracknall meint, das komme nicht infrage.« Tam zuckte die Schultern. »Sie nehmen Schicklichkeit hier draußen sehr wichtig, und sie glaubt, dass es sehr schwierig für dich ist, ganz allein ohne Angehörige in Indien zurechtzukommen. Bei den Bs bist du viel besser versorgt als in unserer Junggesellenschar.«

Kurz darauf setzten sie Boz am Cecil Hotel ab, wo er und Tam logierten, und bogen dann nach Süden in die Beamtensiedlung ein, die ein Schachbrettmuster aus breiten, geraden Straßen und ordentlichen Bungalowzeilen mit hübschen Gärten bildete.

»Die Armeesiedlung liegt weiter draußen«, erläuterte Tam. »Sobald du dich eingelebt hast, können wir ein paar Visitenkarten verschicken und dich einigen Leuten vorstellen. Aber so, wie es klingt, hast du unterwegs ja schon Freundschaften geschlossen.

Das überrascht mich nicht.« Er lächelte. »Du bist die Art Mädel, die ich überallhin mitnehmen kann. Du findest immer etwas, worüber du reden kannst. Die Bracknalls werden dich lieben. Und Dezember ist eine gute Zeit, um in Lahore zu sein. Sehr viele wichtige Leute kommen für die Weihnachtswoche in die Stadt, und es gibt viele gesellschaftliche Anlässe – das sagen zumindest die Bracknalls.«

Sie hielten vor einem großen Bungalow in Mayo Gardens, der auf drei Seiten von einer riesigen Veranda umgeben war. Ordentliche Rasenflächen mit dürren Bäumen waren von penibel angelegten Blumenbeeten mit Stiefmütterchen und Chrysanthemen umgeben.

Edith Bracknall, eine kleine, attraktive Frau, die etwa zwanzig Jahre älter als Sophie war, erschien auf der Veranda und winkte ihnen zu.

»Kommen Sie nur herein! Ich freue mich ja so, Sie kennenzulernen. Sie sind genauso hübsch, wie Tam gesagt hat. War die Reise fürchterlich? Sie können es sicher gar nicht abwarten, aus Ihren Reisekleidern herauszukommen. Ich habe die Diener Wasser heiß machen lassen, und das Eisen ist auch vorgeheizt, falls Sie Ihre Kleider bügeln wollen. Leute, die neu in Indien sind, machen sich nie klar, wie sehr Baumwolle knittert. Ich trage im Zug immer Chinakrepp. Tam, Sie setzen sich und trinken etwas Eisgekühltes, während ich Miss Logan in ihr Zimmer führe.« Sie gab ihrem Träger einen Wink.

Sophie kam kaum dazu, auch nur ein Wort zu sagen, während sie ihrer Gastgeberin durch ein vollgestelltes zentrales Wohnzimmer folgte. Die hohen weißen Wände waren mit dunklen Teppichen und Gemälden englischer Landschaften in schweren Goldrahmen behängt.

»Mr B und ich haben unsere Zimmer zur Rechten«, fuhr Edith fort. »Sie wohnen im Gästezimmer zur Linken. Es ist eigentlich das Zimmer unseres Sohns Henry, aber er geht in

Cheltenham zur Schule. Inzwischen ist er schon drei Jahre dort, also bin ich es gewohnt, dass er fort ist. Das da ist ein Foto von ihm in seiner Cricketkleidung. Ein hübscher Junge, nicht wahr?«

Sophie nickte. Er hatte das gleiche herzförmige Gesicht und dunkle Haar wie seine Mutter.

»Es wäre nicht fair, ihn in Indien zu behalten«, erklärte Edith, »vor allem nicht, da er ein Einzelkind ist. Er braucht Jungen in seinem Alter um sich herum – Freunde fürs Leben. Das sagt mein Mann jedenfalls über das Internat.«

Sophie nahm eine flüchtige Traurigkeit auf dem Gesicht der Frau wahr. Dann kehrte das strahlende Lächeln zurück. »Ihr Badezimmer liegt hinter der Tür da – gewiss nicht das, was Sie von zu Hause gewohnt sind. Leider haben wir kein Wasserklosett, nur die Donnerkiste, wie wir sie nennen. Der Feger leert sie, wenn Sie nicht da sind. Und es ist nur eine Zinkbadewanne, aber es gibt endlos viel heißes Wasser.«

»Das macht nichts, ich bin es gewohnt ...«

»Ah, das klingt, als ob Ihre Koffer da sind. Ich lasse sie direkt hereinbringen. Sie wollen sicher auspacken und sich etwas ausruhen. Ich scheuche Tam weg. Er kann natürlich zum Abendessen wiederkommen. Was für ein netter junger Mann. Sie haben eine vorzügliche Wahl getroffen. Mr B glaubt, dass Tam eine glänzende Karriere vor sich hat, solange er keinen Staub aufwirbelt und nicht alles besser weiß als seine Vorgesetzten. Die beste Art, in Indien voranzukommen, ist die, den weisen Worten und dem Beispiel der Männer zu folgen, die das Land seit Jahren lenken. Aber Tam ist ein vernünftiger Bursche und weiß, was von ihm erwartet wird. Und mit Ihnen an seiner Seite wird er Erfolg haben, da bin ich mir sicher. Sie spielen Tennis und reiten, wie ich hörte?«

»Tennis, ja ...«

»Großartig, wir verabreden uns noch für diese Woche zu einem Doppel im Gymkhana Club«, verkündete Edith. »Mr B schlägt Tam als Mitglied vor, aber bis dahin können wir Sie zum Tennis als unsere Gäste mitbringen. Das ist mit Abstand der beste Club in Lahore. Auch hohe Tiere aus der Armee gehen gern dorthin.«

Edith eilte geschäftig hinaus und befahl ihren Hausdienern, das Gepäck zu holen und hereinzutragen. Sophie hatte kaum Zeit, sich von Tam zu verabschieden, bevor er weggeschickt wurde.

»Ich komme zurück, wenn ich mit dem *dak* im Büro fertig bin«, versprach er und machte sich auf, seinen Papierkram zu erledigen.

Sophie zog sich mit pochendem Kopf in ihr Zimmer zurück. Sie legte sich auf das schmale Bett, das einsam und verlassen unter Moskitonetzen in der Mitte des Raums stand, und schlief sofort ein.

Sie hörte Bracknall, bevor sie ihn zu Gesicht bekam: Er brüllte seiner Dienerschaft in schneidendem Ton Befehle zu. Als sie gewaschen und in ihr neues rotes Kleid gehüllt ihr Zimmer verließ, drängte Tams Chef ihr einen großen Whisky mit Soda auf und ließ genüsslich den Blick über sie gleiten.

»Ich bin entzückt, Sie kennenzulernen, Miss Logan.« Er war so groß wie Boz und athletisch gebaut. Sein dichtes Haar wurde an den Schläfen schon grau, und er hatte hellblaue Augen.

»Es ist so freundlich von Ihnen, dass ich hier wohnen darf.« Sophie lächelte nervös.

Beim Abendessen war Tam versessen darauf, mit seinem Vorgesetzten über den Arbeitskräftemangel unten in Changa Manga zu reden, wo Land für Forstplantagen gerodet werden sollte.

»Es ist harte Arbeit«, sagte Tam, »und es wird bei uns wirklich knapp. Meinen Sie, dass wir uns einige Arbeiter von der

Landwirtschaftsbehörde leihen könnten? Ich habe gerade heute Percy Porter kennengelernt, und er kommt mir wie ein anständiger Mann vor, der uns vielleicht helfen könnte.«

»Ich will nicht in der Schuld der Agrarleute stehen, Telfer«, gab Bracknall abfällig zurück. »Sie müssen mit dem Burschen im Criminal Tribes Bureau sprechen. Gehen Sie da hin und stellen Sie fest, ob er so billig wie möglich ein paar Crim-Familien auftreiben kann.«

»Aber die Crims sind meiner Meinung nach unzuverlässig. Ich habe einen von ihnen beim Rauchen in Abteilung einundzwanzig erwischt – es hätte alles in Flammen aufgehen können.«

»Wenn das wieder passiert, peitschen Sie sie aus.«

»Was sind Crims?«, fragte Sophie.

»Bestimmte Stämme werden als kriminell bezeichnet«, erklärte Tam, »weil sie zum Verbrechen neigen. Sie unterliegen Beschränkungen in ihrer Wahl des Aufenthaltsorts und hinsichtlich der Arbeit, die sie verrichten dürfen …«

»Telfer, ich finde wirklich nicht, dass das ein angemessenes Gesprächsthema für die Damen ist«, schnitt Bracknall ihm das Wort ab. Tams blasses Gesicht lief rot an; Sophie spürte, dass er sein Temperament nur mühsam zügelte. Ihre Abneigung gegen Tams Vorgesetzten wuchs.

»Klingt wie die Plünderer im schottischen Grenzland«, scherzte sie und versuchte so, Tam in Schutz zu nehmen. »Meine Familie stammt …«

»Morgen, Tam«, wurde sie von Edith unterbrochen, »gehe ich mit Ihrer süßen Verlobten im Basar einkaufen, sodass sie sich ein paar Möbel für Ihre Bleibe als Ehepaar aussuchen kann. Harnam Das im Anarkali-Basar ist viel billiger als Mohammed Hayal an der Mall, und es ist besser, Ihre Haushaltsgegenstände zu mieten, statt sie in dieser Phase Ihrer Karriere schon zu kaufen. Sie können von einem Moment auf den anderen versetzt werden, und dann gibt es schon genug zu packen, ohne dass man sich auch noch fragen muss, was man mit den Möbeln anstellen soll. Findest du nicht auch, Henry?«

»In häuslichen Angelegenheiten hast du immer recht, meine Liebe.« Die Art, wie er sie weiter anstarrte, wenn andere mit ihm sprachen, machte Sophie nervös.

»Natürlich können Sie sich ein oder zwei Kleinigkeiten gönnen«, fuhr Edith fort. »Die Elgin Mills haben schöne blaue Daris, und sie eignen sich gut als Bodenläufer. Man kann sie waschen lassen, und sie lassen sich leicht zusammenrollen und wiegen nicht viel – perfekt für Reisen geeignet.«

»Ich wollte Sophie eigentlich morgen den Bungalow an der Davis Road zeigen«, warf Tam ein.

»Natürlich, das müssen Sie auch«, stimmte Edith ihm zu, »aber tagsüber sind Sie doch beschäftigt, und wir Mädchen können einander kennenlernen. Ich finde, Bijja Mals eignet sich am besten für Geschirr – sofern man bereit ist zu feilschen. Oder wir können zu Ram Chand gehen …«

»Es wäre mir lieber, wenn du das nicht tätest«, unterbrach ihr Mann sie.

»Oh? Warum denn, Henry, Liebster?«

»Es gibt Gerüchte, dass er mit Unruhestiftern Umgang pflegt.«

»Du meine Güte! Was für Unruhestifter?«

»Die Art von Halunken, die im Krieg die eingeborenen Truppen zum Aufstand aufgestachelt haben.«

»Meinen Sie Ghadaris?«, erkundigte sich Tam.

Bracknall warf ihm rasch einen Blick zu. »Was wissen Sie über die?«

»Eigentlich nichts. Das ist nur etwas, worüber wir Jungs uns auf dem Schiff hierher unterhalten haben: die Bewegung *Freies Hindustan*. An der Uni gab es eine Debatte darüber, bevor wir abgereist sind. Rafi wusste ein bisschen etwas darüber.«

»Rafi Khan?« Bracknall runzelte die Stirn.

»Ja. Seine Familie lebt hier in Lahore. Einer seiner Brüder ist nach allem, was man hört, ein Hitzkopf. Aber Rafi war so lange nicht mehr im Land, dass er nicht genau darüber informiert ist, was sein Bruder so angestellt hat.«

»Khan sollte jedenfalls besser aufpassen«, warnte Bracknall. »Jeder, dem nachgewiesen wird, dass er mit der Ghadar-Partei oder irgendeiner anderen hochverräterischen Organisation zu tun hat, wird so schnell hingerichtet wie damals die Kriegsverräter.«

Sophie sah Tams Miene an, dass er genauso entsetzt wie sie über die strenge Ermahnung war. Sie hatte noch nie von der Ghadar-Partei gehört.

»Sophie«, sagte Edith rasch, »wir ziehen uns jetzt auf die Veranda zurück, während die Männer sich ein Glas Portwein und eine Zigarre gönnen, ja? Und ich erzähle Ihnen noch etwas über die Läden in der Stadt.«

Sophie warf Tam einen sehnsüchtigen Blick zu; er zuckte leicht die Schultern. Sie wusste, dass er weder Portwein noch Zigarren mochte. Er saß da, sah krank aus und schwitzte unter dem elektrischen Licht. Ihre Sorge um ihn wuchs; sie hoffte, dass sein herrischer Vorgesetzter ihn nicht noch weiter schikanieren würde. Je eher sie in ihr eigenes Zuhause zogen und die Außenwelt aussperren konnten, desto besser.

17

Zu müde, um zu schlafen, setzte Sophie sich auf und schrieb einen Brief an Tilly.

> *... ich weiß, dass Mrs Bracknall es gut meint, aber ich bin mir nicht sicher, ob ich noch drei Tage unaufhörlichen Geplappers und guter Ratschläge ertrage. Wenn Mrs B ihre Ergüsse fortsetzt, treibt mich das vielleicht noch dazu, splitterfasernackt aus dem Haus zu rennen und wie am Spieß zu schreien. Wahrscheinlich würde sie es nicht einmal bemerken, und wenn doch, würde sie mir mit einer Wolldecke aus den Elgin Mills nacheilen und mich ermahnen, mich darin einzuwickeln, um mir keinen »Winterschnupfen« einzufangen.*
>
> *Klinge ich gemein und undankbar? Sie ist eigentlich sehr süß (auf die Art, auf die wir als Zehnjährige süß, aber nervtötend waren). Ich mag sie lieber als den großen B. Er ist kalt wie ein Fisch und sehr von seiner eigenen Bedeutung*

überzeugt. Jedes Mal, wenn Tam irgendeine forstwirtschaftliche Verbesserung oder eine neue Idee vorschlägt, lässt B ihn abblitzen, als hätte er es mit einem übereifrigen Welpen zu tun. Mein Herz blutet für meinen geliebten Mann, und ich sehe ihm die Enttäuschung deutlich am Gesicht an. Aber er wird lernen müssen, geduldig zu sein, sonst gerät er irgendwann auf Kollisionskurs mit seinem Chef. Es geht Tam nicht gut, seit er hier ist. Immer wieder wird er von Fieberanfällen geplagt, sagt Boz – und um ehrlich zu sein, habe ich ihn am Bahnhof nicht wiedererkannt. Es war ein ziemlicher Schock.

Tilly, du musst mir schreiben, sobald du nach Assam kommst, und mir alles darüber berichten. Zu dem Zeitpunkt sind wir dann schon beide verheiratete Frauen! Ich hoffe, dir und dem werdenden Baby geht es gut. Ich weiß, dass du so erpicht darauf bist, das Eheleben zu beginnen, wie ich. In vier Tagen werde ich Mrs Telfer von den Bäumen sein. Ich freue mich sehr darauf, auch deinen Bruder Johnny wiederzusehen, und bin begeistert, dass er sich bereit erklärt hat, mich zum Altar zu führen. Laut Tam trifft Johnny am Tag vor der Hochzeit in Lahore ein. Er und Helena werden im Sunnyview Hotel wohnen – und ja, ich schreibe dir sofort (oder vielleicht nach ein oder zwei Tagen!), um dich wissen zu lassen, was für einen Eindruck ich von deiner neuen Schwägerin habe. Wir sollen nach der Hochzeit mit ihnen zurückreisen, um einige Tage lang unsere Flitterwochen in Flashman's Hotel in Rawalpindi zu verbringen. Wenn das Wetter es zulässt, steigen wir vielleicht zum Khaiberpass hinauf. Das wäre aufregend, aber einfach nur mit ihm allein zu sein, ist alles, was ich mir von den Flitterwochen wünsche.

Sophie beendete den Brief und lehnte ihn fertig zum Absenden an eine laute Uhr auf dem Nachttisch.

* * *

Der folgende Tag verging wie im Flug. Sophie genoss ihren Besuch in den lebhaften Läden rings um die Mall. Sie ließ sich aufs Feilschen ein und erstand am Ende einen Satz grün und blau glasierter Essteller, Tischläufer, einen Aschenbecher aus Messing und eine robuste Aufbewahrungstruhe, die man *yak dan* nannte.

»Für Ihre besten Kleider«, riet Edith Bracknall ihr, »damit die Termiten sich nicht über Ihren Festtagsstaat hermachen.«

Edith arrangierte alles, um die Einkäufe liefern zu lassen, während sie Sophie zu Tee und Sandwiches ins Nedous Hotel einlud.

»Das Nedous ist im Frühling noch schöner«, erklärte sie. »Dann spielen Militärkapellen im Garten. Nicht, dass wir in Lahore einen richtigen Frühling hätten – das Wetter geht nur von warm zu elend heiß und schließlich unerträglich heiß und feucht über. Aber Sie wissen sicher über das Klima Bescheid, wenn Sie als Kind hier gelebt haben?«

»Ich war in Assam«, antwortete Sophie, »also hatten wir nie extreme Hitze. Aber ich erinnere mich an die Regenfälle und daran, wie der Boden unter einer Dampfschicht verschwand, wenn der Monsun endlich einsetzte. Dann konnte man den Teesträuchern geradezu beim Wachsen zusehen.«

»Ich reise immer nach Simla, sobald es hier unangenehm wird«, sagte Edith. »Nach unserem Gabelfrühstück gehen wir ins Arts and Crafts Depot. Vielleicht finden Sie dort ein paar günstige Teppiche für Ihre Fußböden, und es gibt immer auch nette Kleinigkeiten, die Sie für einen Spottpreis erwerben können: ein Zigarettenkästchen aus Pappmaché oder einen Spiegel. Es ist gut, von den Pandschabi-Handwerkern zu kaufen, sodass sie sich ehrlich ihren Lebensunterhalt verdienen können, finden Sie nicht auch?«

An dem Nachmittag erhaschte Sophie ein paar verlockende Blicke auf die Altstadt – hohe Gebäude mit kunstvoll verzierten Balkonen oder Stuckbögen, die über Bäume hinweglugten, und die Kuppel einer großen Moschee, die im milden Sonnenschein glänzte. Aber Edith Bracknall war erstaunt, dass sie dort hinwollte.

»Da stinkt es und ist schmutzig wie in allen Eingeborenenstädten. Die Kinder betteln einen um Geld an, wenn man auch nur einen Blick in ihre Richtung wirft. Weiter als bis zu den Basaren um die Mall herum sollten Sie sich nicht wagen. Die Ladenbesitzer hier wissen, dass man nicht belästigt werden möchte, also halten sie die Bettler in Schach. Aber wenn Sie ein paar Sehenswürdigkeiten besuchen möchten, kann ich das natürlich arrangieren. Sie müssen die Zamzama-Kanone sehen. Sie kommt in Rudyard Kiplings Roman *Kim* vor, wissen Sie? Und das Zeughaus, wenn Sie so etwas mögen. Natürlich gibt es auch noch die Shalimar-Gärten. Allerdings sind sie um diese Jahreszeit nicht im besten Zustand.«

»Können wir auf dem Heimweg in der Forstbehörde vorbeischauen?«, fragte Sophie. »Ich würde gern sehen, wo Tam arbeitet.«

»Wir wollen die Männer doch nicht bei der Arbeit stören, meine Liebe. Ich nehme Sie nachher mit in die Davis Road und schicke Tam eine Nachricht, damit er sich dort mit uns trifft. Ich möchte mir Ihr neues Zuhause auch gern anschauen, um mich zu vergewissern, dass der Makler Tams Unerfahrenheit in solchen Dingen nicht ausnutzt. Und während wir dort sind, können wir gleich ein paar Ihrer Visitenkarten abgeben, um die Leute wissen zu lassen, dass Sie eingetroffen sind.«

»Ich habe noch keine drucken lassen«, gestand Sophie.

»Oh, darum hat Tam sich bestimmt gekümmert. Ich lasse ihn wissen, dass er welche mitbringen soll. Und Sie sollten wirklich Ihren *topee* tragen. Ihr Strohhut ist ja gewiss sehr modisch, aber er schützt Ihren Kopf nicht vor der Hitze. Alle Neuankömmlinge begehen den Fehler zu glauben, dass sie im Winter keinen Hitzschlag bekommen können. Wir wollen doch nicht, dass Sie an Ihrem Hochzeitstag ohnmächtig werden, mein Mädchen.«

Als sie den Bungalow in der Davis Road erreichten, ging die Sonne schon unter. Tam wartete bereits ungeduldig mit dem Makler, der sich als Jit Singh vorstellte. Tam wirkte abgelenkt und nahm ständig den Hut ab, um sich die Stirn zu wischen. Sein Hemd triefte und hatte dunkle Schweißflecken.

»Ich dachte, du würdest gar nicht mehr kommen«, murmelte er.

»Ich auch.« Sophie lächelte bedauernd.

»Oh weh«, sagte Edith Bracknall und ging voran nach drinnen, »das ist ja eigentlich nur ein halber Bungalow. Wie ich sehe, ist der Teil jenseits der Mauer schon bewohnt.«

»Ja, Madam«, bestätigte Mr Singh, »aber für ein einzelnes Paar ist es sehr geräumig.«

»Es ist ziemlich stickig, Tam«, fuhr sie fort, ging umher und schnupperte. »Gibt es hier keine elektrischen Ventilatoren?«

»Diese Bungalows werden mithilfe einer *punkah* sehr leicht und luftig.« Mr Singh deutete auf den großen Stofffächer, der wie ein riesiges Segel von der Decke hing. Sophie fühlte sich sofort an das rhythmische Knarren der *punkah* erinnert, die in ihrem Elternhaus ein alter Mann bedient hatte. Wie hieß er doch gleich? Sunil Ram, genau. Aber sie hatte ihn immer den Sonnenmann genannt.

»Sie müssen darauf bestehen, dass mindestens zwei elektrische Ventilatoren installiert werden, Tam«, forderte Edith. »Einer im Wohnzimmer und einer in Ihrem Schlafzimmer. Das ist das Minimum.« Sie wandte sich an Jit Singh. »Und Sie lassen das ganze Haus mit Phenyl und Kalkfarbe auf Vordermann bringen. Die beiden können hier nicht einziehen, wenn es in so schmutzigem Zustand ist.«

»Madam, es ist schon frisch gekalkt worden ...«

»Sie haben noch zwei Tage, um das hinzubekommen, Mr Singh.« Dann machte sie Tam Vorwürfe: »Sie hätten wirklich nicht alles bis zum letzten Augenblick aufschieben sollen.«

Tam biss die Zähne zusammen. »Es ist nicht ideal«, gab er zu, »aber ich war wochenlang unten in Changa Manga.«

Edith Bracknall eilte schon wieder nach draußen und spähte zu den Dienerquartieren in einem Nebengebäude hinüber. »Ich nehme an, die Umfriedung bietet mindestens Platz für einen Koch, einen Träger und einen Feger. Für den Anfang können Sie sich den *mali* mit uns teilen; der Garten ist nicht groß, und Sie werden ohnehin viel Zeit unten in Changa Manga verbringen.«

Durch den Zaun entdeckte sie einen Mann, der den Pfad entlang zur anderen Hälfte des Bungalows ging. Er war adrett in einen Anzug gekleidet und trug einen Regenschirm über dem Arm; er winkte. Tam und Sophie hoben die Hand zum Gruß.

»Wer ist das?«, fragte Edith.

»Dr. Pir«, erklärte Jit Singh. »Er ist der Schulleiter des Islamic College.«

»Sie können doch keinen Farbigen hier wohnen lassen«, protestierte sie. »Schließlich teilen sich die Telfers gewissermaßen dasselbe Haus mit ihm.«

Der Makler wirkte verlegen. »Dr. Pir ist ein sehr ehrenwerter Gentleman.«

»Darum geht es nicht«, stieß Edith hervor. »Er ist kein angemessener Nachbar für die Telfers. Er wird ausziehen müssen.«

»Er hat einen Mietvertrag unterzeichnet, Madam. Es tut mir leid, aber es ist alles legal und korrekt.«

Sophie hatte den Eindruck, dass Bracknalls Frau gleich explodieren würde; sie war puterrot im Gesicht.

»Das wird schon gut gehen«, griff Sophie ein. »Jetzt ist es ohnehin zu spät, noch etwas zu ändern. Wir wollen nur ein Haus, in das wir bis Donnerstag einziehen können, nicht wahr, Tam?«

»Ja«, bestätigte Tam mit verlegener Miene. »Und ich habe gehört, dass Dr. Pir ein anständiger Mann ist. Der alte *munshi*, der uns in Changa Manga Urdu beibringt, spricht voller Hochachtung von ihm.«

Plötzlich wurde Sophie klar, dass Tam schon die ganze Zeit gewusst hatte, wer ihr Nachbar sein würde. Mit einem aufmunternden Lächeln trat sie näher zu ihm und schob ihre Hand in seine. Sie war klamm.

Edith Bracknall stammelte aufgeregt etwas über die jüngere Generation und ging voran zur wartenden Tonga zurück.

Tam wandte sich an den nervösen Makler. »Ich lasse die Möbel morgen liefern. Der Anstrich scheint mir in Ordnung zu sein, und elektrische Ventilatoren können später installiert werden. Ich will bloß am Donnerstag meine Braut über die Schwelle tragen und sie irgendwo ablegen können.«

»Ja, Sahib.« Ein erleichtertes Grinsen machte sich auf Jit Singhs rundem Gesicht breit. »Das wird alles arrangiert.«

»Danke, Mr Singh«, sagte Sophie, die von Tams Anspielung auf ihre Hochzeitsnacht rosige Wangen bekommen hatte.

An dem Abend gaben die Bracknalls für das junge Paar eine Dinnerparty im Gymkhana Club und luden einige ihrer Freunde aus der indischen Verwaltung ein. Der Club war ein palastartiges, aber abweisendes Gebäude mit großen Räumen zum Essen und Tanzen, Lesen und Rauchen. Tam sah in förmlicher Abendgarderobe gut aus und schien seine gallige Laune von vorhin abgeschüttelt zu haben.

»Wir treffen uns nachher im Stiffles mit ein paar von den Jungs«, flüsterte er Sophie zu. »Dort gibt es eine gute Tanzfläche, und ich kann es nicht abwarten, dich in die Arme zu schließen, Mädel.«

»Wie sollen wir unseren Anstandswauwau Mrs B loswerden?« Sophie grinste.

»Überlass das mir.«

Nach dem Abendessen verkündete Tam, dass er Sophie seinen Freunden von den Christlichen Wissenschaftern in der Gold Road bei Tee und einer Lesung vorstellen wolle. Sie solle sie noch vor der Hochzeit kennenlernen. Er würde sie vor Mitternacht wieder zurückbringen.

Sophie prustete vor Lachen, als sie die Treppe des Clubs hinab entkamen und eine Fahrradriksha heranwinkten.

»Tee und Christliche Wissenschaft! Was, wenn einige vom Gymkhana Club auch beschließen, tanzen zu gehen?«

Tam lachte. »Dann bestimmt nicht im Stiffles. Dort sind Inder zugelassen.«

Im Nachtclub herrschte viel Betrieb. Die marmorne Tanzfläche wimmelte von Tänzerinnen in einer betörenden Auswahl schimmernder Abendkleider.

Boz und Rafi teilten sich einen Tisch mit zwei schottischen Krankenschwestern vom Medical College. Beide Männer standen auf, um Sophie zu begrüßen. Ihr war etwas schwindlig vom

Wein beim Abendessen und vor freudiger Erregung, weil sie den Bracknalls entkommen war.

»Ich kann euch gar nicht sagen, wie gut es tut, euch beide zu sehen.« Sie grinste, ignorierte die ausgestreckten Hände der beiden und küsste sie sacht auf die Wangen.

Tam winkte ab, als sie ihnen anboten, sie auf einen Drink einzuladen, und führte Sophie direkt auf die Tanzfläche. Er zog sie in seine Arme. Sie wirbelten herum, ohne auf die Ellbogen der anderen Tänzer zu achten, berauscht von ihrer kühnen Flucht.

»Wenn wir verheiratet sind«, verkündete Tam, »gehen wir jeden Abend tanzen – bei Faletti oder im Stiffles –, essen bei Lorang und geben Dinnerpartys in unserem winzigen Bungalow.«

»Für all das reicht das Einstiegsgehalt eines Forstwirts ja auch aus, nicht wahr?«, neckte Sophie ihn.

»Ergänzt um etwas Armeesold, der mir zusteht«, antwortete Tam. »Ich bin als Reservist der Geschützbatterie in Dalhousie in den Bergen zugeordnet. So verdiene ich nicht nur ein bisschen Extrageld, sondern du kannst auch der heißen Jahreszeit hier unten entkommen, wenn ich mein jährliches Manöver habe.«

»Du hast ja schon alles ganz genau geplant«, sagte Sophie beeindruckt.

»Oh ja.« Tam klang ernst. »Ich habe unsere gesamte Zukunft geplant. Und morgen kaufe ich dir den Ehering, den wir eigentlich in Bombay hätten besorgen sollen. Rafi kennt einen guten Juwelier in der Altstadt. Er hat angeboten, uns dorthin zu begleiten.«

»Wie aufregend. Ich wollte mich heute in der Altstadt umsehen, aber Mrs B war entsetzt über die Vorstellung.«

»Ich muss morgen in Tera ein paar Ausdünnungsmaßnahmen überwachen. Es liegt nur ein paar Kilometer östlich von hier. Aber am frühen Nachmittag ackere ich mich durch die

Büroarbeit, und dann haben wir Zeit für ein spätes Mittagessen und kaufen den Ring. Klingt das gut?«

»Es klingt großartig«, sagte Sophie und küsste ihn rasch auf die Lippen.

Tam wurde bald müde. Als jemand ihn anrempelte, zuckte er zusammen und humpelte zum Tisch zurück. Sophie versuchte, sich sein Bein anzusehen, aber er schob sie weg und sagte ihr, dass sie nicht so viel Aufhebens darum machen sollte. Seine gute Laune löste sich in Luft auf. Kurz darauf wünschten sie allen eine gute Nacht und verabredeten sich mit Rafi für den folgenden Nachmittag im Cecil Hotel. Tam setzte sie wieder in Mayo Gardens ab. Die Bracknalls waren noch wach und nippten am offenen Feuer an Whisky mit Soda. Sophie schützte Müdigkeit vor und ging direkt in ihr Zimmer. Sie lag im Bett, lauschte ihrem Stimmengemurmel und fragte sich, ob sie und Tam in zwanzig Jahren wohl auch so zufrieden in der Gesellschaft des jeweils anderen sein würden.

* * *

»Es geht Tam nicht gut. Er liegt im Cecil mit Bauchschmerzen im Bett.«

Boz wartete auf der Veranda, als Sophie und Edith Bracknall zurückkehrten, nachdem sie Visitenkarten bei der britischen Gemeinde in der Siedlung abgeliefert hatten. Ihre Gastgeberin hatte eine Liste passender Personen aufgestellt, von Sir Edward und Lady Maclagan im Regierungsgebäude bis hin zum Sekretär der alljährlichen Pferdeschau.

»Ach du liebe Güte«, bemerkte Edith, »armer Junge. Er hat wirklich ein furchtbares Pech, seit er nach Indien gekommen ist, nicht wahr? Das Klima scheint ihm überhaupt nicht zu bekommen.«

»Ich muss zu ihm und ihn besuchen«, sagte Sophie sofort.

»Ich glaube, das würde überhaupt nicht helfen«, widersprach Edith. »Sie können ihn doch wohl kaum besuchen, wenn er im Bett liegt, bevor Sie Mann und Frau sind.«

»Aber er ist krank, und ich will ihn sehen.«

Boz warf ein: »Tam sagt, dass du dir keine Sorgen machen sollst. Er kann sich im Moment nur nicht weit von der Donnerkiste weg wagen.«

Edith schniefte. »Vielleicht war das Abendessen gestern im Club ein bisschen zu üppig. Ich gebe Ihnen ein paar Bittersalze für ihn mit, Mr Boswell. Tam muss sich ausruhen, sonst ist er an seinem Hochzeitstag noch nicht genesen.«

»Aber wir wollten heute Nachmittag den Ring kaufen.« In Sophies Besorgnis mischte sich Enttäuschung.

»Tam hat mich darum gebeten, mit dir einkaufen zu gehen«, erwiderte Boz. »Er begleicht die Rechnung beim Juwelier dann, sobald er wieder auf den Beinen ist.«

»Nun ja.« Edith schnaufte. »Es passt mir heute Nachmittag eigentlich gar nicht gut, Sie zu begleiten. Ich wollte das Menü für den Hochzeitstee mit meinem Koch durchsprechen. Es muss noch so viel arrangiert werden.«

»Das macht nichts«, versicherte Sophie rasch. »Boz und Rafi passen schon auf mich auf. Mr Bracknall kann sich für die beiden verbürgen.«

Edith wirkte unentschlossen. Boz setzte eine feierliche Miene auf. »Ich übernehme höchstpersönlich die Verantwortung für Miss Logan. Die Zeit drängt, und es wäre eine verdammte Schande, wenn Tam ihr übermorgen keinen Ring anstecken könnte.«

»Na gut«, lenkte Edith ein, »aber bringen Sie sie noch vor Einbruch der Dunkelheit zurück.«

Sobald sie das Cecil Hotel erreichten, um sich mit Rafi zu treffen, bestand Sophie darauf, nach oben zu gehen, um nach Tam zu sehen. Sie fand ihn grau im Gesicht und matt vor. Er lag unter mehreren Decken und hatte die Jalousien zugezogen.

»Du hättest nicht kommen sollen.« Er seufzte. »Es ist mir zuwider, dass du mich so siehst.«

»Hat ein Arzt dich untersucht?«, erkundigte sie sich und legte ihm die Hand auf die Stirn, die sich heiß und wächsern anfühlte.

»Ich brauche keinen Arzt«, gab er gereizt zurück. »Es ist bloß eine Magenverstimmung.«

»Es könnte durchaus mehr sein. Hast du auch Kopfschmerzen?«

Er schob ihre Hand weg. »Ich habe meine Christliche Wissenschaft in letzter Zeit vernachlässigt. Mein Körper ist nicht ganz auf der Höhe, das ist alles. Ich brauche nur ein bisschen positives Denken und Gebete.«

»Es ist kein Zeichen von Schwäche, zusätzlich Medikamente einzunehmen«, wandte Sophie frustriert ein.

»Es ist ein Zeichen meines kraftlosen Glaubens«, murmelte Tam.

Sophie strich ihm mit dem Finger über die Wange. Seine Dickköpfigkeit erstaunte sie. »Wenn die Gebete dich bis morgen nicht wieder auf die Beine bringen, schicke ich dir einen Arzt, einverstanden?«

Er ächzte schwach. »Einverstanden, Schwester Logan.« Sie beugte sich über ihn und küsste ihn auf die heiße Stirn. Als sie schon auf dem Weg zur Tür war, rief er ihr mit heiserer Stimme nach: »Tut mir leid, Mädel. Das mache ich wieder gut bei dir, versprochen!«

»Werd einfach nur gesund, das ist alles, was ich will!« Sie warf ihm eine Kusshand zu und ging.

* * *

Rafi half Sophie in eine Tonga und erteilte dem Fahrer Anweisungen in seiner Muttersprache. Boz stieg auf der anderen Seite ein, und Sophie setzte sich zwischen die beiden jungen Forstbeamten. Sie riss die Augen vor Neugier weit auf, als sie die breiten Straßen des britischen Lahore verließen und sich in die Altstadt vorwagten. Während die Gassen um sie herum schmaler wurden, wurden die Gebäude höher. Sie waren im maurischen Stil errichtet und mit Kuppeln und kunstvollem Schmiedeeisen verziert. Das Nachmittagslicht leuchtete auf den Häusern in Zitronengelb und Lachsrosa. Die Fenster mit den weißen Läden und die Türen waren noch gegen die Hitze verschlossen. Offene Verkaufsstände boten eine leuchtend bunte Auswahl an Süßigkeiten feil, während in blubbernden Wannen voller Fett würzig riechende Klöße brutzelten.

Sophie bombardierte Rafi mit Fragen: Wie alt waren die Häuser? Was war die örtliche Spezialität? Wo wohnte seine Familie? Konnte sie die Moschee besichtigen? Er lachte und sagte, die Antworten auf die meisten ihrer Fragen wüsste er nicht.

»Ich kenne mich besser mit der Geschichte von Edinburgh als mit der von Lahore aus«, gestand er mit einem bekümmerten Lächeln.

»Du musst doch wenigstens wissen, wo deine Familie wohnt«, gab Sophie herausfordernd zurück.

»Ja«, sagte Rafi. »Das habe ich nicht vergessen.« Aber weiter äußerte er sich nicht dazu. Stattdessen beugte er sich vor und sagte etwas zum Kutscher. Ein paar Augenblicke später hielten sie vor einem großen Warenhaus. »Hier sind wir bei Bhagat.«

»Das sieht gar nicht nach einem Juwelier aus«, bemerkte Sophie und betrachtete die Auswahl an Porzellan und Stoffen, Wasserpfeifen und Intarsientischen, die in den Eingang gezwängt war.

»Bhagat verkauft alles«, versicherte Rafi, »aber er hat ein Auge für Edelsteine, und seine Kunstschmiede sind die besten im ganzen Pandschab.«

Sophie betastete den bescheidenen Verlobungsring, den Tam ihr geschenkt hatte – einen mit einem einzigen kleinen Diamanten.

»Wir brauchen ja auch nichts Prächtiges«, meinte sie. »Ein schlichter Ring ist genug.«

Rafi stellte sie Mr Bhagat vor, einem hochgewachsenen, hellhäutigen Mann mit spärlichem grauem Haar, der sie willkommen hieß. Er führte sie in einen gemütlichen Salon, in dem Tee in zierlichen, grün gefärbten Gläsern serviert wurde. Man legte Ringtabletts vor Sophie aus, und sie probierte mehrere Ringe an, um die richtige Größe zu finden. Unterdessen plauderten die Männer auf Englisch über die anstehenden Polospiele, da jetzt das Regiment Hodson's Horse nach Lahore verlegt werden sollte. Zu Sophies Erstaunen fragte der Händler Rafi, ob er noch Polo spiele.

»Nicht mehr, seitdem ich die Armee verlassen habe«, erklärte Rafi.

»Aber Ihr Vater betreibt immer noch einen guten Stall?«

»Da bin ich mir sicher.« Rafi zückte sein Zigarettenetui und bot allen etwas an. »Unten in Changa Manga besteht allerdings nur wenig Bedarf an Vollblütern. Boz und ich sind die meiste Zeit über mit dem Fahrrad unterwegs.«

»Ja, oder auf einer lahmen grauen Stute.« Boz lachte. »Wenn wir den Jungs von der Remonte eine abbetteln können.«

»Ist das das Pferdedepot, wo Tam Tennis spielt?«, fragte Sophie.

»Ja, wenn man ein paar alte Soldaten, eine Handvoll Schindmähren und einen lahmen Hund als Remonte bezeichnen kann«, stieß Rafi hinter einem Rauchschleier hervor.

»Gut.« Sophie lächelte. »Ich will richtig reiten lernen.«

»Ein Mädel, das mit einem alten Motorrad zurechtkommt, wird mit den Pferden der Remonte kein Problem haben, was, Rafi?«, meinte Boz.

»Überhaupt keines.« Rafi lächelte.

Sophie entschied sich für einen schmalen Ring aus Rotgold, und Tams Freunde hatten für sie eine Kette mit einem schwarzen Opal als Hochzeitsgeschenk ausgesucht.

»Sie ist schön.« Sophie war gerührt, als die Männer darauf bestanden, dass sie die Kette annehmen sollte. »Aber solltet ihr nicht lieber etwas für Tam kaufen?«

»Der schwarze Opal steht Ihnen perfekt, Miss Logan«, erklärte Mr Bhagat beifällig.

»Und Tam kann ihn an dir bewundern«, hob Rafi hervor.

Sophie errötete vor Freude. »Danke.«

Als sie den Laden verließen, war es später Nachmittag, und die Straße lag im Schatten.

»Hat außer mir noch jemand Appetit?«, wollte Boz wissen.

»Bei den verlockenden Gerüchen von diesen Ständen bekomme ich einen wahren Heißhunger«, sagte Sophie. »Lasst uns etwas kaufen und Picknick in den Shalimar-Gärten machen. Ich habe mir noch gar keine Sehenswürdigkeiten angeschaut.«

Die Männer stimmten zu. Rafi führte sie an einen Stand, an dem ein zahnloser alter Mann ihn voller Wärme begrüßte und siedend heiße Stückchen Pakora – frittiertes Gemüse – und Samosa – mit Fleisch gefüllte Teigtaschen – auf einen Teller häufte. An einem anderen Stand kauften sie Mandelkekse, grellbuntes Orangenhalwa und eine Kanne Tee.

In den Shalimar-Gärten zog Sophie neben einem rechteckigen Wasserbecken, das im goldenen Nachmittagslicht schimmerte, ihren dünnen Kaschmirschal aus der Handtasche und breitete ihn aus, damit sie sich daraufsetzen konnten.

»Aber kleckert nicht mit heißem Fett auf mein einziges Erbstück«, warnte sie.

Die Männer nahmen ihre *topees* ab, und die drei machten sich genüsslich über das Essen her. Sophie bemerkte, dass Passanten ihr Picknick mit schiefen Blicken bedachten.

»Sie machen sich Sorgen, dass du zur Eingeborenen wirst«, brummte Rafi, wischte sich den Mund mit dem Handrücken ab und leckte sich die Finger. Seine braune Haut leuchtete im Licht der sinkenden Sonne beinahe. Sophie verspürte den Drang, sich vorzubeugen und ihm das Öl vom Kinn zu tupfen – einem Kinn, auf dem schon die Bartstoppeln des Tages einen Schatten bildeten. Er fing ihren Blick auf. Warum hatte sie noch nie zuvor bemerkt, dass seine Augen nicht braun waren, sondern berückend gelbgrün? Noch nie hatte sie solche Augen gesehen, umrahmt von dunklen Wimpern unter dichten schwarzen Augenbrauen. Sie spürte eine seltsame Regung in der Magengrube.

Rafi sah sie verwirrt an. »Ich meine ja nicht, dass du wirklich zur Eingeborenen wirst. Das war ein Witz.«

»Ja, natürlich.« Sophie hatte Mühe zu sprechen, weil der Pulsschlag an ihrem Hals sich immer weiter beschleunigte. Sie wandte rasch den Blick ab.

Boz rülpste zufrieden. »Tut mir leid, Sophie.« Er zog Zigaretten hervor. Während die Männer rauchten, hörte Sophie sich selbst albern über ihren Einkaufstag mit Edith Bracknall plappern. Sie versuchte es zu vermeiden, Rafi anzustarren.

»Meint ihr, wir haben noch Zeit für einen schnellen *chota peg* auf dem Nachhauseweg, bevor Mrs B eine Suchmannschaft nach dir ausschickt?«, fragte Boz.

»Da kenne ich genau den richtigen Ort«, verkündete Rafi, drückte seinen Zigarettenstummel zwischen Zeigefinger und Daumen aus und kam auf die Beine.

Sophie hatte gehofft, dass er ihr die Hand hinstrecken würde, aber es war Boz, der ihr aufhalf. Mit der Tonga brachte Rafi sie zurück an den Rand der Altstadt und geleitete sie durch ein schmiedeeisernes Tor über einen winzigen Hof in ein hohes Haus. Während er sie drei Treppenfluchten mit uralten knarrenden, unregelmäßigen Stufen aus dunklem Holz und geheimnisvollen Türen in der Wandtäfelung hinaufführte, wuchs Sophies Nervosität. Sie warf Boz einen Blick zu, aber der zuckte grinsend die Schultern und genoss die Überraschung.

Sie traten auf eine Dachterrasse hinaus, und Sophie stockte angesichts des Panoramas der Atem. Jenseits der Dächer erhob sich die riesige Moschee aus rotem Stein, auf die sie bisher nur einzelne Blicke aus der Ferne erhascht hatte, und glühte im Licht der untergehenden Sonne wie Feuer. In der klaren Luft schien sie so nahe zu sein, dass Sophie das Gefühl hatte, nur die Hand ausstrecken zu müssen, um eines der hoch aufragenden Minarette zu berühren.

»Die Badshahi-Moschee«, verkündete Rafi mit einer stolzen Handbewegung, »erbaut von Großmogul Aurangzeb im 17. Jahrhundert.«

»Sie ist großartig«, stieß Sophie atemlos hervor, »nicht wahr, Boz?«

»Ja«, pflichtete er ihr bei, »sie ist fast so hübsch wie St Giles' in Edinburgh.«

Rafi lachte und lud sie ein, Platz zu nehmen.

»Also ist das hier das Haus deiner Familie?«, fragte Sophie.

»Nein«, antwortete Rafi. »Ich habe das oberste Stockwerk von einem Freund gemietet. Ich wollte nicht wieder so eingeengt wie früher unter der Fuchtel meiner Eltern leben. Ich bin nun schon zu lange selbstständig.«

»Ist das nicht sehr unindisch?«

Er sah sie scharf an, aber dann kehrte sein übliches entspanntes Lächeln zurück. »Sehr.«

Sie machten es sich auf alten Rattanstühlen mit verblassten Kissen bequem, während Rafi hinter einem Vorhang verschwand. Wenige Augenblicke später war er mit drei angeschlagenen Tassen und einer Flasche Whisky zurück.

Boz pfiff anerkennend. »Glenlivet? Prachtvoll! Wo hast du den denn her?«

»Aus dem schönen Schottland, mein lieber Boswell.« Rafi grinste. »Den habe ich mir für einen besonderen Anlass aufgespart.«

Er goss drei Schlucke ein, verteilte sie und brachte einen Trinkspruch aus: »Trinken wir auf unseren armen Freund Telfer, der das Krankenbett hüten muss, und auf seine bevorstehende Hochzeit mit der schönen und abenteuerlustigen Miss Logan.«

»Auf Tam und Sophie!«, bekräftigte Boz.

»Danke«, sagte Sophie, errötete bei dem Kompliment und trank den beiden zu. »Und auch danke für das hier«, murmelte sie, als sie beobachtete, wie der riesige, fahle Mond sich an den immer dunkler werdenden Himmel stahl, während die Sonne orangefarben auflodert. »Das werde ich nie vergessen.«

Sie verstummten, während sie an ihren Drinks nippten, die nach Schottland schmeckten, und ihren jeweiligen Gedanken nachhingen. Sophie war sich nur allzu gut bewusst, dass Rafi neben ihr – in Reichweite – saß. Es ließ ihre Haut prickeln. So etwas hätte sie nicht denken sollen. Bestimmt lag es am Sonnenuntergang und am Whisky, aber sie wollte nicht, dass der Moment vorbeiging.

Dann erscholl der Ruf zum Gebet laut und deutlich in der Abenddämmerung, die Luft wurde kühler, und Rafi führte sie zurück nach unten. Fünfzehn Minuten später, aber eine ganze Welt entfernt wurde Sophie wieder auf der begrünten Einfahrt in der Siedlung abgesetzt. Edith Bracknall ermahnte sie gleich, sich zu beeilen und zum Abendessen umzuziehen. »Roast Beef und Ingwerpudding«, verkündete sie, »Mr Bs Lieblingsessen. Und ich wusste, dass Sie hungrig sein würden, da Sie ja den Nachmittagstee verpasst haben.«

18

Sophie stand zitternd in ihrem hauchdünnen Seidenbrautkleid, das ihr die freundlichen Watsons bezahlt hatten, vor der Tür der Kathedrale unter einem Regenschirm, den Johnny Watson hervorgezaubert hatte. Es regnete schon den ganzen Morgen in Strömen, und ihr langer weißer Schleier, der bis auf den Boden reichte, war völlig durchnässt und mit Schlammspritzern übersät.

»Sie werden jede Minute hier sein«, versicherte Johnny aufmunternd. »Ich habe Tam beim Gabelfrühstück gesehen; er war guter Laune.«

Sophie war dankbar, dass Tillys besonnener, fröhlicher großer Bruder da war, um ihre Nerven zu beruhigen. Vor Enttäuschung brannten Tränen unter ihren Augenlidern: der Bräutigam und sein Trauzeuge Boz kamen zu spät. Es waren nicht viele Gäste in der Kirche: eine Handvoll Forstbeamte, darunter auch Rafi (sie wollte nicht an Rafi denken), Scott und McGinty, die aus Rawalpindi heruntergekommen waren; Tams unmittelbarer Vorgesetzter Martins (ein kleiner, überkorrekter Mann mit vorstehenden Zähnen); die Bracknalls mit einigen ihrer Bekannten aus dem Gymkhana Club, mit denen Tam schon Tennis gespielt hatte; und seine Freunde von den

Christlichen Wissenschaftern, die Floyds. Aufseiten der Braut waren nur Johnny, seine dralle, pferdegesichtige Frau Helena und die Porters da, die Sophie vor zwei Tagen eingeladen hatte. Sie wusste, dass alle auf die Uhr schauten und sich fragten, was es mit der Verzögerung auf sich hatte.

Sie hatte sich Sorgen um Tams Gesundheit gemacht, nicht darum, dass er nicht auftauchen würde. Was, wenn er kalte Füße bekommen hatte und sie am Altar stehen ließ? Sie war mehrere Tausend Kilometer von zu Hause entfernt – nur dass sie kein Zuhause mehr hatte. Ein halber Bungalow an der Davis Road war jetzt ihr einziger Zufluchtsort auf der Welt, und das auch nur, wenn Tam erschien und sie heute heiratete. Sie spielte an ihrem kostbaren Elfenbeinarmband herum, damit es ihr Glück brachte.

Eine Tonga hielt auf der Straße. Zwei Männer im Cutaway stiegen aus und rannten den Weg entlang.

»Tam!« Sophie weinte fast vor Erleichterung.

»Tut mir leid, Mädel!«, keuchte er und schüttelte Regen von seinem Kragen. »Das verdammte Auto ist nicht gekommen. Boz ist schuld. Wir sehen uns drinnen.«

Boz sah sie entschuldigend an und folgte seinem Freund ins dunkle Innere der Kirche. Johnny nahm ihren Arm und hakte ihn fest in seinen ein.

»Komm, Sophie.« Er lächelte. »Zeigen wir ihnen, wie tapfer und hübsch eine schottische Braut sein kann.«

Bei seinen freundlichen Worten kamen ihr die Tränen. Alles verschwamm ihr vor den Augen, und sie klammerte sich dankbar an ihm fest, während sie das lange Kirchenschiff hinunter auf das kleine Grüppchen von Gratulanten zugingen, das sich ganz vorn versammelt hatte. Bedauern überkam Sophie, dass weder ihre Eltern noch ihre geliebte Tante Amy oder ihre Cousine Tilly hier waren, um den Tag mitzuerleben.

Sie sangen *All People That on Earth Do Dwell,* und Padre Rennie sagte ein paar dem Anlass angemessene Worte, die Sophie kaum wahrnahm. Als es an der Zeit war, ihr Ehegelöbnis zu sprechen, konnte sie das Zittern ihrer Gliedmaßen vor Kälte und Nervosität nicht mehr unterdrücken. Ihr klapperten die Zähne, als sie ihren Text sprach. Aber als Tam ihr den Ring an den Finger schob und ihr ein breites, liebevolles Lächeln schenkte, machte ihr Herz einen Sprung, und Wärme durchströmte sie wie eine Flutwelle. Sie würden das schon schaffen.

Tam war gebannt von ihrer Schönheit: den riesigen, ernsten braunen Augen, die unverwandt auf ihn gerichtet waren, den vollen rosigen Lippen, die vor Rührung zitterten, dem schlichten Stirnband aus Spitze, das ihren blonden Pagenkopf zierte, den Rundungen ihres jungen Frauenkörpers unter den dünnen Schichten weicher Seide. Alle Frustrationen und Zweifel der letzten Monate lösten sich auf, als er ihren Liebreiz mit Blicken verschlang. Viele Male hatte er in dunklen Momenten der Nacht den Weg hinterfragt, den sein Leben eingeschlagen hatte: Indien, Forstwirtschaft und Heirat mit einem Edinburgher Mädchen, das er kaum kannte. Das war nicht der ursprüngliche Plan gewesen. Aber Nancys Weigerung, ihn zu heiraten, hatte seinen Traum zerstört, und er musste ihn ein für alle Mal hinter sich lassen.

Es lag an den Krankheitsschüben, die ihn erschöpften und deprimierten und ihn dazu brachten, darüber nachzugrübeln, warum er eigentlich da war. Doch Krankheit war eine Illusion; ein Zustand des Ungleichgewichts, den er genauso leicht wieder beheben konnte, indem er sich gesund dachte. Er musste einfach stärker sein. Als er Sophies lange, schmale Finger in seine Hände nahm und ihr den Ehering ansteckte, wallte plötzlich Erleichterung in ihm auf. Sie würde ihm die Kraft verleihen, der Dämonen Herr zu werden, die seiner Gesundheit zusetzten. Zusammen mit ihr würde er doppelt so stark sein.

* * *

»Ich kenne Cousine Sophie schon, seit sie als kleines Mädchen das erste Mal in unserem Haus in Newcastle zu Besuch war«, erzählte Johnny den versammelten Gästen, die sich ins Wohnzimmer der Bracknalls gezwängt hatten, um dem kalten Dezemberregen zu entgehen. »Ein hüpfender Ball voller Energie. Nie hat sie aufgehört zu reden, herumzurennen oder neugierige Fragen zu stellen. Ich erinnere mich noch, wie Sophie mit wehenden Rattenschwänzen das Treppengeländer heruntergerutscht ist und gar nicht verstanden hat, warum unsere alte Nanny ihr dafür einen Klaps gegeben hat. ›Kleine Mädchen rutschen nicht‹, tadelte Nanny sie. Sophie jammerte daraufhin: ›Aber ich bin doch Entdeckerin! Und das ist der einzige Weg den Berg hinunter!‹«

Sophie schlug verlegen die Hände vors Gesicht, während die Leute um sie herum lachten. Sie sah die kleine Betty Porter entzückt klatschen.

»Das Haus war immer heller und lebhafter, wenn unsere schottische Cousine zu Besuch war. Sogar als ich größer wurde und sie und Tilly meinem guten Freund Will Stock und mir ständig auf die Nerven gingen, hat es immer Spaß gemacht, sie dazuhaben.« Johnny wandte sich Sophie zu und sah sie an. »Ich weiß, dass es sehr schwer für meine Cousine ist, dass ihre geliebte Tante Amy ihre Hochzeit nicht mehr erleben durfte. Tante Amy war eine starke und bemerkenswerte Dame, die es übernommen hat, Sophie in Edinburgh großzuziehen, nachdem sie tragischerweise zum Waisenkind geworden war. Es ist größtenteils ihr zu verdanken, dass Sophie aus jenem tapferen kleinen Mädchen zu der schönen und warmherzigen Frau herangewachsen ist, die Sie heute vor sich sehen. Ich weiß, dass Tante Amy sehr stolz auf sie gewesen wäre. Helena und ich sind die Einzigen aus unserer Familie, die heute hier sein können, aber wir sprechen auch für alle anderen, wenn wir Sophie und Tam eine überaus glückliche Ehe wünschen.«

Sophies Augen quollen bei Johnnys liebevollen Worten vor Tränen über. Er hob sein Glas und brachte einen Trinkspruch auf Braut und Bräutigam aus.

»Auf die Braut und den Bräutigam!«, wiederholten die Gäste. Gläser und Porzellan klirrten.

Danach stieg der Geräuschpegel, während die Champagnergläser neu gefüllt wurden. Johnny hatte darauf bestanden, sich als Sophies einziger männlicher Verwandter an den Kosten der Hochzeitsteeparty zu beteiligen, und Sophie staunte über die Üppigkeit des Büfetts und die Menge von Champagner. Sie mischte sich unter die Gäste. Die grobknochige Helena eilte gleich an ihre Seite. Sie trug ein fliederfarbenes Kostüm und auf dem welligen braunen Haar einen dazu passenden Hut.

»Ich kenne dich ja eigentlich gar nicht, aber Johnnys Worte haben mich beinahe zu Tränen gerührt. Ich bin so glücklich, ein Teil seiner Familie zu sein. Ihr klingt alle ganz entzückend. Ich kann es nicht abwarten, dass wir Urlaub bekommen und seine Mutter und seine Schwestern in England besuchen können.«

Sophie lächelte. »Mittlerweile wohnen sie alle in Schottland. Und sie sehnen sich auch danach, dich kennenzulernen.«

»Es ist eine Schande, dass Tilly auf dem Weg nach Assam nicht hierherkommen konnte«, bemerkte Helena. »Ich freue mich so darauf, sie zu treffen. Ich glaube, sie ist Johnnys Lieblingsschwester. Es ist wunderbar, dass ihr alle auch im alten Indien gelandet seid.«

Sie plauderten eine Weile über Helenas Armeekindheit und ihre Pferdeleidenschaft. Sie bot Sophie an, mit ihr während ihrer Flitterwochen in Rawalpindi reiten zu gehen. »Auch wenn du sicher keine Lust hast, allzu viel Zeit mit uns altem Ehepaar zu verbringen.« Helena versetzte ihr einen Rippenstoß.

Sophie versuchte, Tams Blick aufzufangen. Sie konnte es jetzt kaum noch abwarten, dass die Party endete und sie endlich allein waren. Aber Tam und seine Försterfreunde waren in einer Ecke um Bracknall versammelt, der Hof hielt, tranken große Whiskys und lachten laut wie Schuljungen. Nur Rafi stand abseits, beobachtete sie und nippte an seinem Drink. Es hatte Sophie geärgert, dass Edith Bracknall Rafi absichtlich geschnitten hatte. Sie hatte seine Versuche, sich ihr vorzustellen, ignoriert und sich stattdessen Jimmy Scott zugewandt, um mit ihm zu reden.

Sophie war zwar dankbar, dass die Bracknalls sie in den letzten paar Tagen so großzügig in ihrem Haus aufgenommen hatten, aber sie war entschlossen, gesellschaftlich so wenig Umgang wie möglich mit ihnen zu pflegen. Bracknall war Tams Chef und verdiente Respekt, aber das hieß noch nicht, dass sie sich von den Bracknalls herumkommandieren lassen oder sich mit Mrs Bs kleinlichem Snobismus abfinden mussten.

Am Ende zog Boz Tam aus der Gruppe hervor. »Komm schon, Telfer, auf dich warten ein Taxi und eine Ehefrau.«

Es gab reichlich Händeschütteln und Küsse auf die Wangen. Johnny verabredete sich mit ihnen für den Morgen im Sunnyview Hotel, damit sie gemeinsam die Reise nach Norden antreten konnten. Der Regen hatte aufgehört, und eine verwässerte Sonne versuchte, durch die Abendwolken zu brechen.

Sophie saß dicht neben Tam auf den abgewetzten grünen Ledersitzen des offenen Autos, die noch feucht waren, obwohl der Fahrer sich bemüht hatte, sie trocken zu wischen. Sie winkten zum Abschied. Ein paar Minuten später bogen sie um die Ecke in die Davis Road ein.

Tams Diener – der Träger Hafiz, der Koch Sunbar und ein paar andere, die Sophie noch nicht kennengelernt hatte – standen schon wartend bereit, um sie lächelnd mit Ringelblumengirlanden zu begrüßen.

»Willkommen, Telfer Sahib, Telfer Memsahib.« Sie nickten und hängten ihren Arbeitgebern die Girlanden um den Hals.

»Danke.« Sophie lächelte entzückt und nickte zurück.

Im Kamin des Wohnzimmers mit der hohen Decke prasselte ein lustiges Feuer, ein weiteres im Schlafzimmer. Tam ließ Sophie allein, damit sie sich ihr Brautkleid ausziehen konnte.

»Ich gehe in mein Ankleidezimmer«, verkündete er und reckte sich, um die Knöpfe an seinem Kragen zu lösen. Plötzlich wirkte er erschöpft.

Sophie hängte ihr Kleid an die Rückseite der Tür, wo sie es sehen und sich an den Tag erinnern konnte. Dann zog sie eine Tuchhose und einen Wollpullover an. Nach dem Regen war ihr immer noch kalt. Ein Ruck ging durch sie, als ihr auffiel, dass einer der Diener ihre Nachtwäsche auf der Steppdecke im Paisleymuster zum Zubettgehen bereitgelegt hatte. Als sie ins Wohnzimmer zurückkehrte, bat sie Hafiz, eine Kanne Tee zu kochen, und sank in einen chintzbezogenen Sessel. Sie spürte die Federn unter dem Polster, war aber zu müde, es unbequem zu finden.

Der Tee kam, Tam aber nicht. Sophie wünschte, sie hätten ein Grammofon gehabt; dann hätte sie beruhigende Musik auflegen können. Sie war sich wachsamer Augen bewusst. Zwei Tassen später stand Sophie auf. Hafiz tauchte plötzlich wie aus dem Nichts auf.

»Meinst ... meinst du, du könntest nachsehen, ob Mr Telfer Hilfe benötigt?«, fragte sie und kam sich dumm vor. Tam war es nicht gewohnt, Whisky zu trinken, und Bracknall hatte ihn den ganzen Nachmittag damit abgefüllt.

Bald darauf kehrte Hafiz zurück. »Der Sahib schläft.« Seine Miene war amüsiert und entschuldigend zugleich.

Sophie folgte ihm in Tams Ankleidezimmer, ein kleines Gelass, das vielleicht für ein Kind gedacht war und über ein eigenes Bad verfügte. Da lag ihr vor wenigen Stunden angetrauter Ehemann zusammengerollt auf einer Binsenmatte, Cut und Hose abgelegt, das Hemd aber noch am Leib, und schnarchte leise. Er sah friedlich und jungenhaft aus. Sie fragte sich, wie er so entspannt auf einem harten Fußboden und einer kratzigen Matte schlafen konnte.

»Soll ich den Sahib ins Bett bringen?«, wollte Hafiz wissen.

Sophie lehnte ab. Mit einem ebenso erheiterten wie frustrierten Schnaufen schüttelte sie den Kopf.

»Weck ihn nicht auf; deck ihn einfach mit ein paar warmen Decken zu.« Sie war in Versuchung, den Träger zu bitten, nichts davon herumzuerzählen, aber sie wusste, dass es kaum einen Zweck hatte. Vor Sonnenaufgang würde es sich in den Dienerquartieren im ganzen Umkreis herumgesprochen haben, dass Tam Telfer seine Hochzeitsnacht auf dem Boden seines Ankleidezimmers verbracht hatte, während seine sehnsüchtige Braut allein und jungfräulich im Ehebett gelegen hatte.

19

Die Autofahrt auf der Grand Trunk Road dauerte einen strapaziösen Tag lang, bis sie die Stadt im nördlichen Pandschab erreichten. Dreimal hatten sie einen Platten, und es waren häufig Zwischenhalte nötig, damit Tam sich hinter einen Baum hocken konnte.

Zum Mittagessen machten sie Picknick, aber Tam konnte nichts bei sich behalten und würgte seine Eiersandwiches auf der Stelle wieder hervor. Als sie Rawalpindi erreichten, wütete sein Fieber erneut.

»Du glühst ja«, sagte Sophie voller Sorge.

»In deinem Zustand kannst du nicht in einem Hotel wohnen«, erklärte Helena mit Nachdruck. »Ihr müsst zu uns kommen.«

»Es liegt nur am Wechsel der Höhenlage«, behauptete Tam gereizt.

»Mit der Höhe hat das nichts zu tun«, gab Johnny kurz angebunden zurück. »Du bist ein kranker Mann. Ich führe ein paar Bluttests durch. Dann gebe ich dir etwas gegen die Schmerzen und den Dünnpfiff – und um deine Temperatur zu senken.«

Sie fuhren direkt zur Siedlung. Tam regte sich über die Kosten für Flashman's Hotel auf, die nun zum Fenster hinausgeworfen waren.

»Ich schicke eine Nachricht, um alles zu erklären«, versprach Helena.

Danach protestierte Tam nicht länger und war nur zu froh, unter die Decken eines hastig gemachten Betts im Gästezimmer der Watsons kriechen zu dürfen. Er ließ sich sogar auf die »schmutzige Medizin« ein, da Johnny darauf bestand, dass er sie einnahm. Ein Feuer wurde entzündet, und kurz darauf warf er die Decken schweißgetränkt von sich. Sophie saß ängstlich und den Tränen nah an seiner Seite. Sie wischte ihm das Gesicht und den Hals mit einem feuchten Tuch ab.

»Ach, Mädel«, krächzte er, »es tut mir so leid. Was für ein schrecklicher Anfang unserer Ehe.«

»Still, Tam«, flüsterte sie. »Unser ganzes gemeinsames Leben liegt noch vor uns.«

Am Ende sank er in einen unruhigen Schlaf, und Helena lockte sie aus dem Zimmer.

»Komm mit auf einen Schlummertrunk. Lass die Medizin ihr Werk tun.«

»Er betrachtet es als Versagen, sie zu schlucken.« Sophie seufzte und nahm den Whisky mit Soda an, den Johnny ihr anbot.

»Du hoffentlich nicht«, entgegnete ihr Cousin schneidend.

»Ich habe Verständnis dafür, dass er so denkt«, nahm Sophie Tam in Schutz, »da er so stark an die Christliche Wissenschaft glaubt.«

»Er hat vierzig Grad Fieber, Durchfall und womöglich Malaria oder noch etwas Schlimmeres. Es war dumm von ihm, nicht früher zum Arzt zu gehen.«

Sophie schluckte Tränen hinunter. »Ich wollte schon vor zwei Tagen, dass er einen Arzt aufsucht, aber er schien sich zu erholen.«

»Fieber ist so. Es flammt immer wieder auf, wenn man es nicht behandelt.«

»Es ist nicht deine Schuld«, sagte Helena sofort. »Johnny, sei nicht so hart zu dem armen Mädchen.«

»Tut mir leid, das habe ich nicht so gemeint.« Er kam zu ihr und zog sie in eine Umarmung. »Wir machen ihn wieder gesund, also hör auf, dich zu sorgen, und trink ein Schlückchen.«

In der Nacht wälzte Tam sich in ihrem gemeinsamen Bett, schwitzte, brabbelte unzusammenhängend und schrie manchmal laut. Einmal setzte er sich steif auf und starrte geradeaus angstvoll irgendein unsichtbares Grauen an. Sophie versuchte, ihn zu beruhigen, aber er schlug nach ihr, als wollte sie ihm etwas zuleide tun. Ein Hieb traf sie an der Schläfe. Danach stand sie auf, wickelte sich in eine Decke und saß am Fenster, bis das Licht der Morgendämmerung unter den Vorhängen hereinsickerte. Tams unregelmäßiger Atem vermischte sich mit dem Zwitschern der frühen Vögel und dem Geräusch des Wassers aus dem Außenbrunnen, als die Diener sich regten.

Sophie kleidete sich an. Dann ging sie auf die Veranda in die eiskalte Luft, um zuzusehen, wie die Sonne auf die fernen schneebedeckten Berge traf. Eine plötzliche Ruhe erfüllte sie. Vage erinnerte sie sich daran, wie jemand – ihr Vater? – ihr als Kind die Gipfel des Himalaja gezeigt hatte, aber wo das gewesen war, konnte sie nicht sagen. Sie hatte gehofft, dass sie und Tam Murree in den Ausläufern des Gebirges besuchen würden, um zu sehen, wo ihre Eltern ihre eigenen Flitterwochen verbracht hatten, aber jetzt wusste sie, dass das nicht geschehen würde. Alles, was sie wollte, war, dass Tam das Fieber abschüttelte, das ihn quälte, und seine alte Kraft zurückgewann. Seit ihrer ersten

Begegnung mit ihm im Forstcamp in den Borders war sie von seiner Energie und seinem Lebenshunger beeindruckt gewesen. Dieser von Krankheit und Lethargie gezeichnete Mann war für sie ein Fremder. Boz' Worte über Tams Kriegsverletzungen kamen ihr wieder in den Sinn und machten ihr zu schaffen: *Seit dem Gasangriff ist er nicht mehr derselbe ...*

Sie verdrängte die Bemerkung. Tam würde wieder gesund werden, und sie würde bei ihm bleiben, ganz gleich, was geschah. Das hatten sie einander bei ihrer Hochzeit versprochen.

Besorgt über die Ergebnisse von Tams Bluttests rief Johnny den Zivilarzt McManners hinzu, um das Fieber zu diagnostizieren. Tam bekam schon seit Tagen eine sehr hohe Dosis Chinin, aber das Fieber hatte noch nicht nachgelassen. Er litt unter Kopfschmerzen mit Sehstörungen, und seine Gliedmaßen fühlten sich an, als würden sie in einem Schraubstock zermalmt. Nachts stieg seine Temperatur, und er konnte kein Essen bei sich behalten.

Manchmal schien er Sophie gar nicht zu erkennen. Dann nannte er sie Nancy und rief nach ihr. Nur wenn sie sich neben ihn legte und seinen Kopf an ihrer Brust hielt, um die Schrecken wegzustreichln, die sein fiebriges Gehirn plagten, wurde er doch noch ruhig.

Zu ihrem Leidwesen hörte Sophie zufällig mit an, wie Johnny und McManners sich auf der Veranda angespannt berieten.

»Ich glaube, es ist Denguefieber«, sagte der Zivilarzt. »Davon kann ihn auch noch so viel Chinin nicht kurieren.«

»Mein Gott, der arme Telfer!« Johnny schnappte nach Luft. »Was sollen wir tun?«

»Eigentlich dürfte der Pechvogel gar nicht mehr am Leben sein, zumindest nach seinen Bluttests zu urteilen. Aber er hat einen stählernen Willen. Wir können nichts weiter tun, als es ihm so behaglich wie möglich zu machen und zu versuchen, sein Fieber zu senken. Der Rest liegt in Gottes Hand – und in der des tapferen Mädchens, das er gerade geheiratet hat. Sie ist wohl die Einzige, auf die er reagiert.«

»Ach, die liebe Sophie.« Johnny seufzte. »Sie wird ihn nicht kampflos aufgeben.«

Danach weigerte Sophie sich, Tam von der Seite zu weichen, weil sie schreckliche Angst hatte, dass er jeden Moment entschlafen könnte. Sie durchwachte die langen Nächte, wusch seine schmerzenden Glieder, wickelte ihn abwechselnd in Decken und kühlte ihn ab, je nachdem, ob er sich beschwerte, dass ihm zu kalt oder zu heiß sei. Sie sang ihm vor und erzählte ihm Geschichten wie einem Kind. Der Klang ihrer Stimme schien ihn zu trösten. Sie half, ihm die Windeln zu wechseln, starrte seinen verletzlichen nackten Körper an und fragte sich, ob ihre Ehe je vollzogen werden würde. Dann machte sie sich Vorwürfe wegen dieses egoistischen Gedankens.

Eines Morgens wurde sie früh von einem rasselnden Geräusch aus ihrem Dösen gerissen.

»Tam?«, hauchte sie, weil ihr sofort die Veränderung in seiner Atmung auffiel. Sie hatte Furcht einflößende Geschichten über *das Todesröcheln* gehört. Sie packte seine Hand, die sich kühler anfühlte. »*Tam!*«

Er zuckte vor Schmerzen zusammen.

Sie lockerte ihren Griff. »Sprich mit mir, Tam.«

»Kann ... kann ... ich«, er keuchte, »ein Schlückchen Wasser haben, Mädel?«

»Natürlich«, antwortete sie. Ihr Herz machte einen Sprung, als sie ihn sprechen hörte. Schnell holte sie ein Glas mit kühlem abgekochtem Wasser vom Waschtisch und half ihm beim Trinken, indem sie seinen Kopf mit dem Handrücken stützte.

Nach der Anstrengung sank er zurück. »Danke.«

Sophie stellte das Glas ab und setzte sich auf die Bettkante. Sie hielt ihm die Hand. Konnte es sein, dass sein Fieber endlich nachließ?

Er versuchte mit glasigen Augen, sie zu fixieren. »Wo bin ich?«

»In Johnnys und Helenas Haus.«

»Wer?«

»Mein Cousin, Dr. Johnny Watson. Er hat mich bei unserer Hochzeit zum Altar geführt, weißt du noch? Wir sind in ihrem Haus in Pindi.«

»Pindi?« Tam runzelte die Stirn. »Warum ...?«

»Wir sind in den ... Nein, gleichgültig, wir sind einfach zu Besuch.« Sophie lächelte.

»Ich fühle mich schwach wie ein Lämmchen«, flüsterte Tam. »Wie lange bin ich schon so?«

»Fünf Tage.«

Tams Augen schienen klarer zu werden. »Pindi. Ist das unsere Hochzeitsreise?«

Sophie nickte.

»Mein Gott, was für ein Nichtsnutz von einem Ehemann ich doch bin.« Er wandte den Kopf ab, damit sie die Tränen nicht sah, die ihm in die Augen stiegen.

Sophie beugte sich über ihn und küsste ihn auf die Stirn. »Nein, bist du nicht. Du hast in den letzten paar Tagen wie ein Tiger um dein Leben gekämpft.«

»Warst du die ganze Zeit bei mir?«, krächzte er.

Sie nickte. Ihr schnürte sich die Kehle zu. Wie viel Angst sie doch gehabt hatte, ihn zu verlieren.

»Nun ...« Sophie lächelte unter Tränen. »Schaffst du es, etwas zu essen? Ein bisschen Suppe? Du hast seit Tagen nichts zu dir genommen.«

Er nickte. »Suppe wäre schön.«

Sie stand auf und eilte zur Tür, weil sie es nicht abwarten konnte, ihrem Cousin die gute Nachricht zu überbringen, dass Tam nicht mehr im Delirium lag.

»Sophie«, sagte er heiser. Sie drehte sich um und sah, wie sich ein Lächeln der Erleichterung auf seinem hageren Gesicht ausbreitete. »Danke, Mädel.«

* * *

Es dauerte noch mehrere Tage, bis Tam wieder stark genug war, aus dem Bett aufzustehen und weiter als bis zur Veranda zu gehen. Er saß in der kühlen Luft in Decken gewickelt auf einem Korbstuhl und sah zu den fernen Bergen hinüber, während Helena und Sophie ihn umsorgten. Sie brachten ihn dazu, weiche Speisen zu essen und reichlich heißen zuckrigen Tee zu trinken. Eine Nachricht wurde nach Lahore geschickt, und er bekam eine zusätzliche Woche bezahlten Urlaub.

Sobald seine Kraft nach und nach zurückkehrte, wurde Tam rastlos und konnte es nicht abwarten, wieder an die Arbeit zu gehen. Scott und McGinty kamen von ihrer Forstplantage in den Bergen, um ihn zu besuchen, und fachten sein Bedürfnis, sich wieder mit der Forstwirtschaft zu beschäftigen, noch weiter an. Sie sprachen über die neuen Kiefernpflanzungen, die sie nach den Regenfällen angelegt hatten. Sophie fiel wieder ein, dass es Tams leichtsinniger Besuch bei ihnen im Camp gewesen war, der ihm vor ihrer Ankunft Ärger mit seinen Vorgesetzten eingebracht hatte.

Als die Watsons einen Ausflug zu den alten Ruinen in Taxila organisierten, machte Tam seine ersten stockenden Schritte über den harten, gefrorenen Boden und verkündete, dass es ihm gut genug gehe, um nach Lahore zurückzukehren.

»Gib dir selbst eine Chance, Mann«, riet Johnny. »Du bist dem Tod gerade noch einmal von der Schippe gesprungen und musst dich allmählich wieder aufbauen.«

»Ihr macht alle zu viel Aufhebens darum«, beklagte Tam sich. »So schlecht ging es mir nun auch wieder nicht, und die beste Art, wieder zu Kräften zu kommen, besteht darin, an die Arbeit zu gehen und mein Eheleben in Gang zu bringen.« Er warf Sophie einen anzüglichen Blick zu.

Sie errötete in der Kälte. So freundlich die Watsons auch waren, sie konnte es ebenfalls nicht abwarten, dass Tam und sie endlich in ihrem eigenen Heim wirklich Mann und Frau wurden.

Also trafen sie Vorbereitungen für die Rückkehr nach Lahore. Zwei Tage später fand Johnny heraus, dass ein Dienstwagen nach Süden fahren sollte und sie mitnehmen konnte.

Sophie verabschiedete sich voller Rührung von ihrem Cousin Johnny und von Helena, die sie schnell ins Herz geschlossen hatte. Sie lud die beiden ein, sie zu besuchen, wann immer sie Urlaub hatten.

»Ich kann euch nicht einmal ansatzweise für all die Hilfe und Güte entschädigen, die ihr Tam und mir erwiesen habt«, sagte sie.

»Keine Ursache, Cousinchen.« Johnny wirbelte sie in seiner Umarmung herum, wie er es früher immer getan hatte, als sie noch ein kleines Mädchen gewesen war. »Das hat nur zu zehn Prozent die Medizin bewirkt. Zu neunzig Prozent haben deine Liebe und Aufopferung deinen dickköpfigen Mann das Schlimmste überstehen lassen.« Zu Tam sagte er: »Ich rate dir dringend, die Medizin weiter zu nehmen, bis dein Magen sich vollständig erholt hat, aber ich vermute, das tust du doch nicht.«

Tam grinste und schüttelte ihm voller Wärme die Hand. »Danke, Johnny. Du bist ein großartiger Mann und ein guter

Arzt. Aber alles, was ich jetzt will, sind die Aufmerksamkeiten von Schwester Telfer.«

Sie fuhren nach Lahore hinein, als die Sonne unterging. Hafiz wartete auf den Stufen des Bungalows in der Davis Road, um sie zu begrüßen. Die Luft war kühl, aber milder als in Rawalpindi. Zum Abendessen verspeisten sie Kedgeree – ein leichtes Reisgericht mit Fisch –, während sie auf der Veranda saßen und zu den funkelnden Lichtern der ummauerten Stadt hinübersahen. Der Geruch nach Holzrauch kam vom offenen Feuer im Dienerquartier herüber, wo Sunbars Frau Chapatis ihr Abendbrot zubereitete. Sophie fühlte sich in diesem ruhigen Teil der lebhaften alten Stadt jetzt schon zu Hause.

Nervosität und Vorfreude lagen in der Luft, als die Welt jenseits des von Kerzen erleuchteten Tischs dunkler wurde. Tam musterte sie schweigend. Dann schickte er die Diener nach Hause und wies sie an, am Morgen aufzuräumen.

»Sollen wir uns zurückziehen?«, fragte er, war aber schon auf den Beinen und streckte ihr die Hand hin. Sophie nahm sie und versuchte, nicht vor plötzlicher Aufregung zu zittern.

Eine Lampe brannte im Schlafzimmer, und eine Porzellanwärmflasche mit heißem Wasser war zwischen die Leinenbettwäsche gelegt worden, um die Kälte zu verscheuchen. Tam wirkte, als wollte er sofort in seinem Ankleidezimmer verschwinden.

»Lass mich nicht allein«, bat Sophie. »Du kannst dich hier drinnen ausziehen.« Ganz gleich, was geschah, sie würde nicht zulassen, dass er heute Nacht fern von ihrem Bett einschlief.

Tam lächelte verlegen und begann dann, sich methodisch seiner Kleider zu entledigen. Er legte sie ordentlich über die Rückenlehne eines Rattanstuhls. Mager und verkrümmt stand er in Unterhose da und beobachtete, wie Sophie ihr Kleid und ihre Strümpfe abstreifte und eilig in einem Haufen auf den Boden fallen ließ. Sie hoffte halb, dass er durchs Zimmer kommen und ihr helfen würde, aber er wirkte plötzlich so verschämt, wie sie es war. Sie war doch bestimmt nicht die erste Frau, mit der er schlief? Sie ging davon aus, dass alle Männer in seinem Alter erfahrene Liebhaber waren, aber vielleicht war es nicht so. Unsicher, ob sie tat, was er wollte, öffnete sie ihr Korsett, warf ihre letzten Kleidungsstücke beiseite und schlüpfte zwischen die Bettlaken, ohne ihr Winternachthemd überzuziehen.

Tam ging zur Kommode hinüber, um die Petroleumlampe zu löschen.

»Willst du sie nicht noch ein bisschen brennen lassen?«, fragte Sophie.

»Die Dunkelheit ist mir lieber«, murmelte er.

Der heiße Lampenschirm glomm noch ein paar Augenblicke nach und erlosch dann. Sophie beobachtete, wie Tams schemenhafte Gestalt sich durchs Zimmer bewegte. Gedämpftes Licht fiel zwischen den Lamellen der hölzernen Jalousien hindurch. Er schlug die Decke zurück und ging sofort über ihr in Stellung. Er spreizte die Beine rittlings über sie, fuhr ihr mit den Händen über den Körper und tastete zwischen ihren Oberschenkeln herum.

»Tam«, sagte sie erschrocken, »küss mich zuerst.«

Er hielt inne. »Wir haben das hier noch nicht getan, nicht wahr?« Sie hörte seiner Stimme die Unsicherheit an.

»Nein, bisher nicht.«

»Ich habe weiß Gott davon geträumt.«

Sie griff nach oben, ertastete sein Gesicht und zog ihn sanft herab, um ihn auf die Lippen zu küssen. Sie ignorierte seinen säuerlichen Mundgeruch, der ein Überbleibsel seiner Krankheit war.

Erst zögerte er, aber dann öffnete er den Mund und küsste sie voller Leidenschaft. Sie fühlte sich an die berauschenden Küsse erinnert, die sie sich in den Meadows gegeben hatten, wenn sie auf dem Rückweg vom Tanzen im Palais gewesen waren. Sophie schloss die Augen und begann sich zu entspannen. Sie erschauerte vor Lust, als er ihr die Brüste streichelte und mit den Fingern über ihren Bauch fuhr.

»Ich warte schon so lange darauf, mein Schatz«, flüsterte er.

Sophie freute sich über das unerwartete Kosewort und die Sehnsucht in seinem Ton.

»Ich auch«, murmelte sie und strich mit den Händen über seinen Körper. Er bestand nur aus Haut und Knochen.

Ohne Vorwarnung bäumte er sich auf und drang schwungvoll in sie ein. Schmerzen schossen ihr zwischen die Beine. Sie schnappte nach Luft und schrie auf. Aber Tam machte weiter. Vielleicht hielt er ihren Schrei fälschlich für einen Ausdruck der Lust. Wenige Augenblicke später zog er sich zurück und wälzte sich von ihr. Sophie lag wie betäubt da. Alles in ihr pulsierte vor rot glühender Qual. Tams Keuchen kam zum Erliegen. Sie hatte mit allen möglichen Empfindungen gerechnet, aber nicht mit dem Schock und der schleichenden Taubheit, die sich in ihr ausbreiteten.

Tam stieg aus dem Bett und streifte seinen neuen Seidenpyjama über, den Hafiz ihm vorhin herausgelegt hatte.

»Zieh lieber dein Nachthemd an, Mädel«, wies er sie an, »falls die Diener dich morgen früh zu Gesicht bekommen.«

Sophie lag reglos da. Ihr Herz hämmerte. Er stieg wieder ins Bett, beugte sich über sie und kniff sie in die Wange. »Gute Nacht, Mrs Telfer.«

Dann wandte er ihr den Rücken zu, warf seine Kissen auf den Boden und machte es sich bequem. Er ließ den Kopf direkt auf der Matratze ruhen. Binnen weniger Minuten war er eingeschlafen.

Später stand Sophie auf, zog ihr Nachthemd an und knöpfte es sich bis an die Kehle zu. Mit zitternden Beinen ging sie ins Badezimmer und setzte sich auf die Donnerkiste. Das Urinieren brannte. Zurück im Schlafzimmer zog sie die Jalousie hoch.

Noch immer leuchtete der Himmel über der ummauerten Stadt. Sie zwang ihre Gedanken, nicht den gefährlichen Weg zu der Frage einzuschlagen, ob Rafi wohl auf seiner Dachterrasse saß und im Dunkeln rauchte oder mit wem er vielleicht zusammen war. Sie konnte aromatisierten Tabak riechen. Der *chowkidar* musste während seiner Wache auf der Veranda seine Pfeife schmauchen.

Sie fühlte sich unsagbar allein. Wenn doch nur Tilly hier gewesen wäre, um mit ihr zu reden! Sie hätte ihr versichert, dass das, was gerade im Ehebett passiert war, normal war. *Mit etwas Übung wird es besser,* konnte sie ihre Freundin kichern hören.

Sophie schimpfte sich selbst für ihre lächerlich romantischen Vorstellungen vom Geschlechtsverkehr aus. Sie hatte Tam als Gefährten und Ehemann; das war alles, worauf es ankam. Ihr Liebesspiel würde genussvoller werden, wenn sie den Körper des jeweils anderen besser kennenlernten und Tam sich vollständig von seiner Krankheit erholte. Er war noch zu schwach und hatte nicht genug Energie, sie erst noch Lust empfinden zu lassen.

Sie ließ die Jalousie wieder herab, kehrte ins Bett zurück und legte sich neben Tam. Sie rief sich ins Gedächtnis, dass er noch immer derselbe Mann war, der ihr Herz an einer schottischen Bergflanke mit seinem breiten Lächeln und seinem Charme gewonnen hatte.

20

Tilly war schockiert von Indien. Kalkutta war wie ein Wirbelsturm über ihre Sinne hereingebrochen: der Lärm, die Flut von Menschen, Vieh und Verkehr, die Gerüche von stehendem Wasser und offenen Abflusskanälen, die Pracht der Kolonialarchitektur neben Leuten, die auf Feldbetten in aller Öffentlichkeit schliefen. Der Gestank der Straßen machte ihre Schwangerschaftsübelkeit noch schlimmer.

»Wo wohnen diese Leute?«, fragte sie fassungslos.

»Genau da, wo du sie siehst«, erwiderte Clarrie und hielt Adela, die mit weit aufgerissenen Augen auf ihrem Schoß saß, gut fest, während sie in einer Tonga zu ihrem Hotel fuhren.

Tilly starrte mit offenem Mund amputierte Bettler an, die nicht älter als zwölf sein konnten. Zwischen Fahrrädern liefen magere, senfgelbe Hunde herum, denen die Zungen aus dem Maul hingen. Tilly hatte auch in Newcastle schon Armut und streunende Hunde gesehen. Einen Sommer lang hatte sie zusammen mit ihrem Bruder Johnny und seinem Freund Will in einer Mission im West End ausgeholfen. Aber prekäre Lebensbedingungen in solch einem Ausmaß waren ihr fremd.

Als sie allerdings erst einmal hinter den Mauern des Hotelgartens waren, hörte sie nur noch Vogelgezwitscher, das Klirren von Porzellantassen auf Untertassen, gemurmelte Gespräche und höfliche Diener, die auf nackten Füßen einhertappten. Tilly empfand schuldbewusste Erleichterung angesichts dieser Oase und lehnte das Angebot der Robsons ab, mit ihr einkaufen zu gehen oder die Sehenswürdigkeiten zu besichtigen.

»Dabei hat Clarrie mir doch erzählt, dass du ein richtiges Stadtmädchen bist«, zog Wesley sie auf, während er sich Adela auf die Schultern schwang. »Das ist deine letzte Chance, einen richtigen Laden zu Gesicht zu bekommen.«

»Danke, aber ich bin zu müde.« Tilly winkte sie weg und zog sich mit dem ersten Band der *Forsyte-Saga* aus der Hotelbibliothek in den Garten zurück.

Sie brauchte keine Läden. Sie wollte nur endlich ins Landesinnere zu James. Jetzt wusste sie, wie frustrierend es für Sophie gewesen war, dass Tam sie nicht vom Schiff abgeholt hatte. Es war ein Telegramm von James gekommen, in dem er Wesley bat, Tilly flussaufwärts zu einem Dampfschiffhafen in Assam zu begleiten: *Unumgänglich verhindert – bitte Tilly nach Gauhati bringen – Gruß James.*

Wesley hatte geschäftlich in Kalkutta zu tun. Deshalb arbeitete sich Tilly durch die gesamte *Forsyte-Saga* und brachte Clarrie Mah-Jongg-Spielen bei, bis sie ihre Reise fortsetzten. Die Robsons waren freundlich und nette Gesellschaft; Adela war eine unterhaltsame Plaudertasche. Aber Tilly konnte es nicht abwarten, mit James wiedervereint zu sein und sich auf ihr erstes gemeinsames Weihnachtsfest vorzubereiten. Das einzig Gute an der Verzögerung war, dass Muriel Percy-Barratt schon vorausgereist war.

»PB will, dass ich sofort zurückkehre«, verkündete Muriel dem ganzen Speisesaal. »Ich war so lange weg, weißt du? Und da die Robsons ausgewählt worden sind, um dich bei James abzuliefern, sehe ich keinen Zweck darin, dass ich mich noch länger in Kalkutta herumtreibe. Du etwa?«

Tilly hatte ihr schnell beigepflichtet. Das schien Muriel nur noch mehr zu ärgern.

»Ich glaube, sie wollte, dass ich sie anflehe, mit mir hierzubleiben«, sagte Tilly später zu Clarrie.

»Mach dir keine Sorgen um sie.« Clarrie lachte. »Sie wollte nicht die Hotelrechnung für eine Woche zahlen müssen, also hast du ihr einen Gefallen getan. Unsere Muriel hasst es, Geld auszugeben – es sei denn, es gehört jemand anderem.«

Tilly war überrascht von Clarries Einschätzung. »Sie war Sophie und mir gegenüber auf der Reise hierher großzügig. Sie hat uns in Port Said sogar etwas Taschengeld gegeben.«

Clarrie bedachte sie mit einem trockenen Lächeln. »Aber das weißt du doch sicher?«

»Was?«

»Dass dein Mann Muriel dafür bezahlt hat, auf dem Schiff die Anstandsdame für dich zu spielen.«

»Woher weißt du das?«

»Wesley hat es mir erzählt. James wollte, dass er die Verantwortung übernimmt, sobald du in Indien eintriffst, nur für den Fall, dass so etwas wie jetzt passiert.«

»Also wusste James, dass etwas dazwischenkommen könnte?«

Clarrie sah beiseite. »Vielleicht.«

»Clarrie, gibt es etwas, das du mir nicht sagst? James schwebt doch nicht in Gefahr, oder?«

»Nein«, antwortete sie fest, »also musst du dir keine Sorgen machen. Wahrscheinlich ist es nur Teegartenpolitik.«

Muriel reiste ab, und Clarrie sagte nichts weiter. Tilly musste ihre Ungeduld bezähmen.

Als sie endlich in einem Zug Richtung Goalundo den überfüllten Bahnhof verließen, sank Tilly stöhnend in ihrem Sitz zurück. Sie hatte Herzflattern.

Clarrie fragte besorgt: »Geht es dir nicht gut? Ist es das Baby?«

Tilly schüttelte den Kopf. »Es ist alles in Ordnung, danke. Das Baby tritt wie ein Maultier.«

»Gut.« Clarrie lächelte und drückte ihr den Arm. »Ist es nicht aufregend, dass wir jetzt unterwegs sind? Ich habe Belguri so vermisst.«

»Betrachtest du es jetzt eher als dein Zuhause als England?«, wollte Tilly wissen.

Clarrie sah nachdenklich drein. »Ich mag es sehr, zurück nach Newcastle zu reisen und meine liebe Schwester Olive und ihre Familie zu besuchen. Aber in Belguri bin ich aufgewachsen. Es hat mir das Herz gebrochen, als wir es verlassen mussten und das Haus verkauft wurde. Es ist ein wahr gewordener Traum, dass wir es jetzt wiederhaben und den Teegarten zurück zu alter Größe führen können. Ich habe immer das Gefühl, nach Hause zu kommen, wenn ich in den Zug steige und sehe, wie die Ebenen den Bergen weichen.« Sie küsste Adela auf den Kopf, als das Kind sie ablenkte, indem es aufgeregt aus dem Fenster zeigte.

»Aber vor allem«, fuhr Clarrie fort, »ist mein Zuhause dort, wo Wesley und Adela sind. Zum Glück scheinen sie beide für das Leben in den Khasi Hills wie geschaffen zu sein.«

»Wir sind für das Zusammensein mit dir geschaffen, Clarissa.« Wesley lächelte.

Tilly bemerkte den liebevollen Blick, der zwischen Mann und Frau hin und her ging. Die enge Verbundenheit des Ehepaars war ihr auf der Reise nach Indien schon oft aufgefallen. Freudige Erwartung wallte in ihr auf. Sie hatte ihr ganzes Leben damit verbracht, von anderen bemuttert zu werden und sich sagen zu lassen, was sie tun sollte. Jetzt hatte sie die Chance, sich eine neue Identität aufzubauen, die nicht davon abhängig war, eine Tochter der Watsons oder Johnnys jüngste Schwester zu sein. Niemand in Assam kannte sie als die alberne Tilly. Sie war eine verheiratete Dame, die Frau eines einflussreichen Teepflanzers, und würde bald für einen Sohn oder eine Tochter verantwortlich sein. Die Vorstellung schüchterte sie ein, weckte aber auch Begeisterung in ihr.

Plötzlich prustete Tilly vor Lachen.

»Lachst du etwa meinen weichherzigen Mann aus?«, fragte Clarrie mit einem schiefen Blick.

»Nein. Mir ist nur gerade klar geworden, was ich will.« Sie lachte noch einmal laut.

»Und was?«

»Ich will wie du sein, Clarrie.« Sie grinste. »Genau wie du.«

* * *

Am nächsten Tag stiegen sie vom Zug auf einen alten Raddampfer um, der sie den Brahmaputra hinaufbrachte. Tilly staunte über ihre neue Umgebung: die gewaltige Breite des Flusses, der eher einem Meer glich, und die dschungelbedeckten Berge, die um sie aufzuragen begannen.

Jackman, der untersetzte bärtige Kapitän des Schiffs, und sein eifriger Sohn Sam wiesen auf die Krokodile hin, die auf den Sandbänken dösten.

»Sie sehen aus wie Tiere aus der Urzeit.« Tilly schauderte, als eines mit dem Schwanz schlug und ins Wasser glitt.

»Zu dieser Jahreszeit machen sie keinen Ärger.« Der Junge grinste. »Sie haben sich satt gefressen und verbringen die Wintermonate im Halbschlaf. Wenn Sie ins Wasser fallen, ist es also unwahrscheinlich, dass die Krokodile Sie verschlingen.«

Tilly versetzte ihm einen spielerischen Stoß. »Davon werde ich jetzt Albträume haben. Vielen Dank auch!«

Sie mochte sein offenes Gesicht und seine munteren braunen Augen. Ein kleiner Affe klammerte sich an seine Schulter und gab unablässig Laute von sich.

»Das hier ist Nelson«, stellte Sam sein Schoßtier vor. »Er spürt, wenn wir uns dem nächsten Anleger nähern.«

»Woher weißt du das?« Tilly schnaufte.

»Weil er dann von meiner Schulter springt und zur Ankerwinde läuft, um mitzuhelfen, das Tau loszubinden.«

Tilly war erstaunt, als der Affe zwei Stunden später genau das tat. Mit einem Schlag herrschte geschäftiges Treiben, da Fracht gelöscht wurde, Passagiere von Bord gingen und neue aufs Schiff kamen. Sie saß unter einem Sonnensegel im Heck, sah müde zu und war schon eingeschlafen, bevor sie wieder ablegten.

Clarrie rüttelte sie rechtzeitig zu einem Abendessen unter den Sternen auf dem beengten Deck wach. Eine nächtliche Brise kam auf, und Tilly zog zum ersten Mal seit Kalkutta ihren Tweedmantel an. Danach brachte Clarrie Adela in ihre Kabine, während Wesley an Deck blieb, um eine Stumpenzigarre mit Kapitän Jackman zu rauchen. Tilly, die im Dunkeln hinter einer Ladeluke saß, wurde auf ihr Gespräch aufmerksam.

»... sind noch Dutzende von ihnen da. Arme Schweine«, sagte Jackman. »Sie hausen unter Fetzen von Sackleinen. Es ist wie ein Geschehnis aus der Bibel.«

»Ich dachte, die Unruhen hätten sich gelegt?«, sagte Wesley.

»Patt«, brummte der Kapitän. »Die Kulis haben kein Geld, die Heimreise zu bezahlen, und sie haben zu viel Angst, das Lager zu verlassen, damit sie nicht wieder zusammengetrieben und zurück auf die Plantagen geschickt werden. Die Einheimischen versorgen sie mit Nahrungsmitteln, aber auch sie sind allmählich mit ihrer Geduld am Ende.«

»Die Regierung muss etwas unternehmen.« Wesley war empört.

»Die will sich nicht einmischen«, meinte Jackman, »damit es sich nicht wie ein Flächenbrand ausbreitet und sie sich einem noch größeren Exodus gegenübersieht. Wenn die Regierung dieser Bande hilft, schafft das einen Präzedenzfall, verstehen Sie?«

»Es hätte nie so weit kommen dürfen.« Wesley schnippte seine Zigarre ins Wasser. »Es ist nur eine Handvoll Pflanzer, die um jeden Preis eine geringe Lohnerhöhung verhindern wollte. Aber sie haben Gandhi und seinen Anhängern einen Vorwand geliefert, herzukommen und die Arbeiter aufzuhetzen. Ich habe versucht, den Verband zur Vernunft zu bringen, aber mein starrsinniger Onkel wollte nichts davon wissen. Er hat meinen Vorschlag abgeschmettert.«

Tilly erstarrte. Wesley musste James meinen. Sie hielt den Atem an und hoffte, dass die Männer nicht bemerken würden, dass sie immer noch hinter ihnen saß und lauschte.

»Wir machen jetzt größere Gewinne«, fuhr Wesley fort, »und wir sind bereit, den Lohn in Belguri zu erhöhen. Aber ich will keinen Unfrieden für die anderen Pflanzer stiften. Wenn es nach meiner Frau ginge« – er ächzte – »würde sie den Kulis so viel zahlen wie Arbeitern in der Stadt, aber wir wissen alle, dass die Teeplantagen sich das niemals leisten könnten.«

Während die beiden davongingen, hörte Tilly Jackman etwas über die Cholera sagen.

»... legen dort nicht an ...«

»Erzählen Sie den Frauen nichts davon, Kapitän ...«

»*Koi hai*! Sam, ich übernehme ...«

Ihre Stimmen verklangen. Tilly kauerte sich zusammen und umschlang mit den Armen ihr ungeborenes Baby. *Cholera?* Ein schneller Mörder, der aus Großbritannien verschwunden war, aber immer noch in den Erinnerungen der Alten herumspukte.

Es machte ihr große Angst, dass solche Gefahren in der Nähe lauern mochten und ihr Kind bedrohten, bevor es auch nur seinen ersten Atemzug getan hatte.

Sie musste auf ihrem Stuhl eingeschlafen sein, denn das Nächste, was Tilly mitbekam, war, dass Sams Affe sie mit seinem aufgeregten Geschrei weckte. Es war noch Nacht, aber der Himmel wurde von einem grellen, verräucherten Glühen erhellt. Tilly brauchte einen Moment, um zu erkennen, was es war. Sie stand auf und ging zur Reling, um hinüberzuspähen. Das gegenüberliegende Ufer des Flusses schien von kleinen Feuern übersät zu sein wie von einem Ausschlag. Die Luft summte vor Geräuschen. Als sie näher kamen, wurden die Stimmen lauter und drängender, und die Antworten des Affen Nelson klangen immer schriller.

»Was ist los?«, fragte Tilly Sam.

Er starrte mit verstörten Augen hinaus, in denen sich die Flammen spiegelten. »Es sind die Lager.«

»Was für Lager?«

»Die der davongelaufenen Kulis.«

»Warum laufen sie davon?«

»Sie wollen nach Hause, aber die Teepflanzer sind dagegen.«

Tilly kniff angestrengt die Augen zusammen. Als sie vorbeituckerten, konnte sie Dutzende von Gestalten ausmachen, die sich am Flussufer zusammenscharten und auf einen Landesteg drängten. Einige wateten ins Wasser hinaus und hielten Bündel hoch. Eine plötzliche Erkenntnis traf Tilly wie ein Schlag in die Magengrube: Die Bündel waren schreiende Babys.

»Oh Himmel! Sie wollen, dass wir ihre Kinder mitnehmen«, stieß Tilly atemlos hervor. »Wie können sie so verzweifelt sein?«

»Wir halten nicht an«, sagte Sam. »Die Cholera grassiert.«

Nelson sprang von seiner Schulter, rannte aufgeregt die Reling entlang und knirschte mit den Zähnen. Tilly konnte es kaum ertragen hinzusehen, aber genauso wenig konnte sie sich abwenden. Die Verzweiflung der halb nackten Gestalten, die ihnen flehentliche Bitten zuriefen, während sie vorbeifuhren, entsetzte sie. Doch ein kleiner Teil von ihr sprach ein Dankgebet dafür, dass sie nicht zu ihnen gehörte.

»Was wird aus ihnen?«, flüsterte Tilly.

»Ich weiß es nicht, aber wir können nichts tun«, antwortete Sam. »Wenn wir auch nur einen an Bord lassen, folgt der Rest und bringt das Schiff zum Kentern. Nelson versteht das nicht.«

Sie standen da, während das Schiff weiterfuhr und die Feuer und Rufe in der pechschwarzen Nacht verschwanden. Nelson brach sein hektisches Gezappel ab und hüpfte mit einem letzten Protestschrei zurück auf Sams Schulter.

Tilly umklammerte die Reling. Ihr war übel. Sie würde nie das Klagegeheul der Eltern vergessen, die ihre kleinen Kinder weggeben wollten, damit sie gerettet wurden. Sie war froh über die Dunkelheit, da der Junge so die Tränen nicht sehen konnte, die ihr über die Wangen liefen. Ob sie um die halb verhungerten Menschen auf dem rauchgeschwängerten *ghat* weinte oder vor Erleichterung darüber, dass die Gefahr für ihr ungeborenes Baby vorüber war, konnte sie selbst nicht einschätzen.

21

Am nächsten Nachmittag liefen sie in Gauhati ein. Die Sonne schien auf eine Menge in Festtagsstimmung herab, die sich auf dem *ghat* versammelt hatte. Eine Kapelle spielte ein Militärlied, *The British Grenadiers*. Tilly erinnerte sich, dass ihr Vater es früher gesungen hatte. Die Leute trugen bunte Girlanden aus Blumen in leuchtendem Rot und Orange. Magere Jungen jubelten und winkten.

»Ist das irgendein besonderes Fest?«, fragte Tilly und versuchte, James im Gewühl zu erspähen.

Adele richtete sich in den Armen ihres Vaters auf, um mehr von dem Spektakel zu sehen, und kicherte entzückt. »Trommeln!«

»Ein ganz besonderes Fest«, antwortete Wesley, »nicht wahr, Clarrie?«

»Ja.« Clarrie grinste.

»Nun sagt schon«, bat Tilly, »damit ich vor James so tun kann, als würde ich mich auskennen.«

»Sie warten auf eine wichtige Persönlichkeit.«

»Auf unserem Schiff?« Das konnte Tilly nicht glauben.

Clarrie hakte sich bei Tilly ein. »Dieser ganze Wirbel ist für dich.«

Tilly sah sie mit offenem Mund an. »Für mich? Sei nicht albern!«

Clarrie lachte. »Es ist wahr.«

Wesley gluckste leise. »Das ist ein guter, altmodischer Teegartenempfang für die neue Robson Memsahib. Du bist der Star der Vorstellung.«

Tilly schlug die Hände vors Gesicht. »Wie peinlich! Ich bin nicht gut darin, im Mittelpunkt zu stehen.«

»Du musst überhaupt nichts tun«, versicherte Clarrie ihr. »Geh einfach von Bord und zu James. Sieh doch, da ist er!«

Tilly sah in die Richtung, in die Clarrie zeigte. Ein vierschrötiger Mann mit weißem Anzug und großem *topee*, unter dem sein halbes Gesicht verschwand, stand, die Hände in die Hüften gestemmt, da und wartete. Die vertraute bullige Haltung und das vorgestreckte Kinn mit dem Grübchen lösten ein Flattern in ihrem Innern aus.

»Komm schon«, ermunterte Clarrie sie, »wink ihm zu!«

Tilly hob die Hand zu einer zögerlichen Geste. James erspähte sie, nahm seinen Hut ab und schleuderte ihn in die Luft wie ein übermütiger Junge. Er fing ihn wieder auf und bedeutete ihr eifrig, an Land zu gehen.

»Ich komme!« Tilly winkte mit größerem Selbstvertrauen zurück und eilte zur Gangway. »Danke, Captain Jackman – und Sam –, dass Sie sich so gut um uns gekümmert haben.« Sie schüttelte beiden die Hände, und Nelson, der Affe, streckte die Pfote aus. »Und auch dir vielen Dank.« Sie lachte, als das Tier nach ihrem Hut zu greifen versuchte. Nelson kreischte zur Antwort, während Sam ihn außer Reichweite schwang.

Tilly eilte die Gangway hinunter, nervös, aber auch freudig erregt angesichts der mitreißenden Begrüßung am Kai. James marschierte auf sie zu und rief etwas über den Lärm der Kapelle hinweg, bei der es sich um eine bunt gemischte Truppe aus Veteranen und Jugendlichen in abgelegten Militärjacken handelte.

»Willkommen, Frau!«, rief er, schlug ihr mit beiden Händen auf die Schultern und gab ihr einen sittsamen Kuss auf die Stirn. »Gute Reise gehabt? Komm, ich stelle dir den Haushalt vor.«

Er brachte sie rasch zu einer Reihe lächelnder und sich verneigender Diener, die sie mit Blumengirlanden überschütteten und ihr Obstkörbe darboten. Ihre Namen entfielen ihr sofort wieder, während sie lächelte, nickte und sich bei ihnen bedankte. Sie war ziemlich überwältigt von der Begeisterung, mit der die Leute sie begrüßten.

Als Wesley und Clarrie von Bord gegangen waren, führte James sie alle in einen Restaurantgarten, damit sie eine Erfrischung zu sich nehmen konnten. Tilly war sich der Spannungen zwischen den Männern bewusst. Während Tee und Kuchen serviert wurden, sauste Adela hinter James' Hund Rowan her.

Clarrie bemerkte spitz: »Weiter flussabwärts gab es mehrfach einen traurigen Anblick. Diese Lager sind eine Schande.«

James errötete. »Da stimme ich dir ja zu, aber es sind die linksgerichteten Agitatoren, die die Leute dort zu ihren eigenen Zwecken in diesem Elend festhalten, um unseren Ruf zu ruinieren.«

»Das glaubst du doch selbst nicht.« Clarrie klang vernichtend.

Wesley warf ihr einen warnenden Blick zu. »Jetzt ist nicht der richtige Zeitpunkt dafür, Clarissa. James ist unser Gastgeber.«

»Und wir sind sehr dankbar für diese köstlichen Erfrischungen«, versicherte Clarrie, »aber wir leben so weit voneinander entfernt, dass nicht abzusehen ist, wann wir wieder die Gelegenheit haben werden, über dieses Thema zu reden.« Sie wandte sich James zu und hielt seinem Blick stand. »Es wird

Zeit, dass wir Pflanzer allesamt tief in die Taschen greifen, um für den Entsatz dieser Lager zu bezahlen – dafür, dass die Leute weiterreisen, bevor die Sache noch mehr Menschenleben fordert. Captain Jackman sagt, dass die Cholera grassiert.«

James wirkte so wütend, als könnte er seinen Zorn kaum zügeln. »Und bestimmt habt du und dieser Jackman, der sich in alles einmischt, die Lösung für unseren ständigen Arbeitskräftebedarf auf den Plantagen und dazu noch die unerschöpflichen Mittel, um das alles zu bezahlen?«

»Ja«, entgegnete Clarrie. »Die Zeiten, in denen man Schuldknechte importiert, sind vorbei und hätten viel früher vorbei sein sollen. Wir sollten uns die Leute erhalten, die wir hier schon haben. Gib den Arbeitern anständige Unterkünfte, ein Stückchen Land, um zusätzliche Nahrung anzubauen, und stelle ihre Gesundheitsversorgung sowie etwas Schulunterricht für ihre Kinder sicher, dann werden sie bleiben und ihre Familien herholen wollen – die nächste Generation von Teepflückern.«

»Das hört sich für mich vernünftig an«, warf Tilly ein. »In diesen schrecklichen Lagern herrscht solche Not …«

»Du weißt nicht, wovon du da redest, Mädchen«, wies James sie zurecht. »Du bist noch keine fünf Minuten hier. Und du, Clarrie, klingst, als ob du zu viel Zeit damit verbracht hast, die rührseligen Geschichten der bolschewistischen Presse in England für bare Münze zu nehmen. Ich wünschte, du wärst halb so begeistert bei der Sache, wenn es darum geht, sich für die britischen Interessen in Indien einzusetzen. Die sind es doch, die uns unseren Lebensunterhalt sichern.«

»Der indische Tee ist das, was uns unseren Lebensunterhalt sichert«, gab Clarrie zurück.

»Du redest wie eine …« James schluckte seine Erwiderung hinunter.

»Was?«, hakte Clarrie nach. Ihre dunklen Augen loderten. »Eine Eingeborene?«

»Das hast du gesagt, nicht ich.«

»Es reicht jetzt«, sagte Wesley. »Wir lassen uns nicht länger beleidigen. Wir haben getan, was du verlangt hast, und Tilly wohlbehalten hierhergebracht. Komm, Clarissa, wir gehen.«

Er schritt davon, um Adela zu holen, die darüber jammerte, von dem geduldigen Jagdhund getrennt zu werden, den sie immer wieder am Schwanz packte. »Hundi meiner!«

Clarrie warf Tilly einen bedauernden Blick zu. »Es tut mir leid. Pass auf dich auf!«

Tilly wollte zu ihr eilen und sie umarmen, um Clarrie für alles zu danken, was sie für sie getan hatte. Aber sie war schockiert über den plötzlichen Streit und eingeschüchtert von James' abfälliger Bemerkung ihr gegenüber. Sie wollte ihn nicht noch weiter provozieren – um ihrer aller willen. Sie stand da und fühlte sich elend, während ihre Freunde ihre Tochter einsammelten, sich steif verabschiedeten und gingen.

Nachdem sie sich entfernt hatten, beruhigte James sich. »Meine Liebe, es tut mir leid. Ich hätte dir gegenüber nicht so ruppig sein sollen. Es liegt an dieser Frau; sie weiß einfach, wie sie einen zur Weißglut treiben kann. Mein törichter Neffe steht völlig in ihrem Bann und nimmt keine Vernunft mehr an, was den Teehandel angeht. Früher war er solch ein gerissener Geschäftsmann, aber sie hat ihn in jeglicher Hinsicht sentimental gemacht, und Gefühle vernebeln nun einmal den Verstand. Dafür ist im Geschäftsleben kein Platz. Unsere erste Pflicht gilt unseren Anteilseignern und besteht darin, die Firma zahlungsfähig zu halten.«

»Und die Teearbeiter?«, wagte Tilly zu fragen. »Ist es nicht auch deine Pflicht, dich um sie zu kümmern?«

Er sah sie scharf an, antwortete aber ohne Zorn. »Ja, natürlich. Aber wenn das Unternehmen keinen Gewinn abwirft, sind die Kulis arbeitslos. Und was nützt ihnen das?«

Tilly war nur zu gern bereit, das Thema fallen zu lassen. Sie fühlte sich auf den Beinen unwohl und sehnte sich danach, sich hinzusetzen. Deshalb war sie dankbar, als James sie zu einem offenen Auto führte. Sie brachen auf und fuhren eine ungepflasterte Straße entlang. Rowan reckte sich über die Rückenlehne und leckte ihr das Gesicht. Die Diener waren schon mit ihrem Gepäck auf einer Reihe von Karren vorausgeeilt: zwei Schrankkoffer voller Kleider, einer mit Wäsche und zwei voller Bücher, Briefmarkenalben und gerahmter Familienfotos.

»Die Straße ist neu. Das Auto auch«, prahlte James. »Sie verkürzt die Fahrt zu den Oxford Estates um einen Tag. Als ich damals nach Assam gezogen bin, mussten wir noch mit dem Flussschiff weiter bis Dispur fahren oder auf Pferden reiten. Eine höllische Reise. Einmal ist mir ein Tiger nachgeschlichen.«

»Wirklich?« Tilly keuchte auf und sah sich ängstlich um.

»Keine Sorge, dieses Auto ist schneller als ein Tiger – zumindest auf den geraden Straßenabschnitten.« Dann lachte er laut. »Tilly, dein Gesicht! Ich mach doch nur Spaß. Es gibt keine Tiger auf der offenen Landstraße. Sie halten sich lieber an den Dschungel. Mit wilden Elefanten ist das allerdings etwas anderes. Sie können sehr aggressiv werden, uns von der Straße drängen und wie Fliegen zerquetschen.«

»James, hör auf!«

Er brüllte wieder vor Lachen und drückte ihr das Knie. Rowan bellte aufgeregt und versuchte, nach vorn zu kriechen.

»Platz, Junge!«, befahl James. »Normalerweise sitzt er da, wo du jetzt bist, aber er wird sich an die neue Hackordnung gewöhnen müssen.«

Nachdem sie drei Stunden lang über die unebene Straße geholpert waren, fühlte Tilly sich reisekrank. Sie war es längst müde geworden, die üppige Vegetation in der Farbe von Erbsensuppe zu betrachten. Oft verlief die Straße auf einem Damm hoch über dem umgebenden flachen Land. Von der unbefestigten Fahrbahn wirbelte ständig Staub auf, der ihr die Augen trocken und den Hals rau machte. Sie machten an einem *dak*-Bungalow Rast – mitten im Nirgendwo, wie es Tilly vorkam. Dort hatte James' Träger Aslam eine Zwischenmahlzeit für sie bereitgestellt: eine kalte Flasche Limonade, hart gekochte Eier, Käsebällchen und kleine trockene Küchlein.

Tilly hoffte, dass ihr Mann vorschlagen würde, in dem Regierungsbungalow zu übernachten. Aber er konnte es gar nicht abwarten weiterzufahren, und sie ließen einige der Diener zurück, um aufzuräumen, während sie tankten und in aller Eile wieder aufbrachen. Sie nahmen Aslam mit. Der Träger saß mit dem leicht erregbaren Hund hinten und bemühte sich, weder abgeleckt noch zum Sitzplatz für Rowan zu werden. Zwanzig Minuten später rief Tilly James zu, dass er anhalten sollte. Sie schaffte es gerade noch zum Straßenrand, bevor sie ihr Essen wieder hervorwürgte.

»Armes Mädchen«, sagte James, tätschelte ihr den Rücken und reichte ihr ein großes Taschentuch. »Gut so. Nur raus mit allem!«

Danach döste sie, schreckte hoch und schlief wieder ein, bis die Sonne schwächer wurde und die Bäume in der welligen Landschaft geordneter angepflanzt waren. Tilly setzte sich auf.

»Sind das Teesträucher?«

»Ja«, bestätigte James. »Hast du noch nie welche gesehen?«

»Nein, noch nie.«

James lächelte. »Für mich ist das alles jetzt eine Selbstverständlichkeit. Aber ich weiß noch, wie ich die Gärten zum ersten Mal gesehen habe. Prächtiger Anblick, nicht wahr?«

Tilly fand die endlosen Reihen üppiger grüner Sträucher ziemlich monoton – ein goldener und rostroter Laubwald im Herbst war ihr da lieber –, aber sie heuchelte Begeisterung. Wenigstens hieß das, dass sie sich ihrem Ziel nähern mussten.

Doch es dauerte noch eine Stunde, bis sie das Tor durchquerten, an dem stand, dass sie sich nun auf den Oxford Tea Company Estates befanden. Sie holperten eine lange Einfahrt entlang, und Tilly schrie erleichtert auf, als sie einen ordentlichen Bungalow und eine Reihe lang gestreckter Schuppen sah, die alle von farbenfrohen Blumenbeeten gesäumt waren.

»Wie hübsch!«

»Ja, vermutlich«, antwortete James verwirrt, als sei ihm das noch nie bewusst geworden.

Er lenkte das Auto zur Seite und hupte, als sie den Bungalow passierten. Ein Inder mit beginnender Glatze und Drahtbrille kam zur Tür und salutierte. Rowan bellte, sprang aus dem Auto, rannte auf den Mann zu und leckte ihn zur Begrüßung ab. Zu Tillys Überraschung winkte James und fuhr weiter.

»Warum halten wir nicht?«

»Wir sind noch nicht zu Hause, liebes Mädchen. Das ist das Büro. Anant Ram ist mein oberster *mohurer* – ein hervorragender Buchhalter.«

Tilly ließ sich entsetzt zurücksinken. Sie konnte keine Minute mehr in dem Knochen erschütternden Auto ertragen. Kurz darauf erschien Rowan wieder und rannte neben ihnen her. James fuhr langsamer, um den Hund auf den Rücksitz neben den leidgeprüften Aslam springen zu lassen. Die nächsten dreißig Minuten, die es mühsam bergauf ging, wurden von der abkühlenden Brise und dem spektakulären Sonnenuntergang über dem zurückweichenden Tal erträglich gemacht.

Abgelenkt von seiner Pracht wurde Tilly von ihrer Ankunft an einem großen, zweistöckigen Haus mit Strohdach überrumpelt, das an einem Hang lag und wie ein lauernder Raubvogel in den Schatten zwischen den dunklen Bäumen verborgen war.

»Da sind wir, Mrs Robson.« James strahlte. »Dein neues Zuhause, Cheviot View.«

Er half ihr aus dem Auto. Ihr zitterten die Beine so sehr, dass sie ohne seinen starken Griff zusammengebrochen wäre. Sie wurden von einem fröhlichen Koch und James' *khitmugar* begrüßt; das war, wie Tilly begriff, so etwas wie ein leitender Kammerdiener. Aslam eilte voraus, dankbar, dem Auto und dem Hund entkommen zu sein, und ging daran, Anweisungen zu erteilen.

Man hatte ein großes Essen vorbereitet, aber Tilly graute davor. Ihr tat alles weh. Ihr Magen war leer, aber ihr war übel, während ihr Kopf pochte und ihre Augen vom Staub tränten.

»Meinst du, ich könnte einfach nur eine Limonade trinken und mich dann hinlegen?«

James wirkte geknickt, aber Aslam gab sofort den Befehl, ein Tablett mit Limonade und Keksen für die Memsahib bereitzumachen, damit sie im Bett essen konnte.

Tilly folgte James wie betäubt in das düstere Haus, das nur hier und da matt von Petroleumlampen beleuchtet war, nach oben ins eheliche Schlafzimmer. Allein gelassen, um sich auszuziehen, hatte sie zu viel Angst vor dem, was in der Dunkelheit des fernen Badezimmers lauern mochte – sie hatte Geschichten über Skorpione unter Schwämmen gehört. Daher war sie dankbar, im Schränkchen neben dem Bett einen Nachttopf zu finden, in den sie sich rasch erleichterte. Morgen früh würde sie viel tapferer sein, wenn sie sich eine Nacht lang von der schrecklichen Autofahrt erholt hatte.

Kurz darauf fand James sie schon schlafend vor. Das Tablett mit den Erfrischungen war unberührt. Ihr rotes Haar war noch halb hochgesteckt und haftete in unordentlichen Strähnen an ihren runden Wangen. Er fand sie sehr schön und staunte wieder darüber, dass es ihm gelungen war, ihre Hand zu gewinnen. Er blieb in der Nähe sitzen und betrachtete die junge Frau in seinem Bett.

Es kam ihm jetzt schon verwunderlich vor, dass er so lange allein gelebt hatte. Der Gedanke, neben ihr aufzuwachen, ihre Hitze wie die einer Wärmflasche zu spüren und die Intimitäten der beiden wundervollen Flitterwochentage zu wiederholen, erregte ihn freudig. Aber vielleicht war es jetzt, da sie ein Kind von ihm erwartete, gefährlich, mit ihr zu schlafen? Wen konnte er nur nach solchen Dingen fragen?

Er würde nichts tun, was Tilly oder ihr Kind schädigen konnte. Plötzlich war James gerührt bei dem Gedanken, Vater zu werden. Er räusperte sich; es hatte ja keinen Zweck, sentimental zu werden.

»Es wird Zeit für einen Schlummertrunk«, sagte er zu seiner schlafenden Frau. »Nur einen.«

James zog sich ins Wohnzimmer ans duftende Feuer zurück und goss sich zur Feier des Tages einen großen Whisky ein. Drei Drinks später schlief er tief und fest und schnarchte in dem großen Ohrensessel.

22

Tilly erwachte davon, dass jemand *The British Grenadiers* pfiff. Einen Moment lang hatte sie keine Ahnung, wo sie war. Dann erinnerte sie sich an die endlose Reise und das schlecht beleuchtete Haus – ihr neues Heim, Cheviot View. Ihr tat noch immer alles weh, und sie hatte nicht die Kraft, aus dem Bett aufzustehen.

»James, bist du da?«, krächzte sie.

Das Pfeifen im Nebenzimmer ging weiter: Fetzen von Militärmärschen und Musikhallenballaden.

»James!«, rief sie lauter.

Die Melodie brach ab. »James!«, ertönte ein schrilles Echo. Dann setzte das Pfeifen von Neuem ein.

Was für ein Spiel spielte er? Tilly kämpfte sich aus dem Bett und stand auf wackligen Beinen da. Lautlos erschien eine junge Frau, die sie bis dahin nicht gesehen hatte, mit einem Teetablett, stellte es auf einen klapprigen Tisch, nickte und eilte hinaus. Tilly zog ihren Morgenmantel an, den man, während sie geschlafen hatte, ausgepackt und über den Bettpfosten gehängt hatte. Dann ging sie zur Tür und spähte hinaus. Ans Schlafzimmer grenzte ein kleiner Ankleideraum voller Männergarderobe, der wiederum in ein spärlich eingerichtetes Wohnzimmer überging.

Als Tilly sich in den hintersten Raum wagte, erschrak sie, als plötzlich Flügel flatterten und ein kleiner brauner Vogel, der »James!« kreischte, ihr entgegenflog.

Tilly schrie auf und fiel hintenüber. Aslam fand sie nach Luft ringend in einem ausgeblichenen Chintzsessel kauernd, während sie versuchte, den geschwätzigen Vogel abzuwehren. James' Träger lockte ihn auf seinen Turban, packte ihn dann rasch und steckte das kreischende Tier zurück in seinen Käfig am Fenster. Von dort aus beobachtete der Vogel Tilly aus einem Knopfauge, um das ein gelber Ring verlief.

»Böser Junge!«, ahmte er den schimpfenden Diener nach.

»Es tut mir leid«, erklärte Aslam. »Der Sahib lässt Sindbad morgens heraus, wenn er sich rasiert und sein *chota hazri* einnimmt. Danach vergisst er meistens, ihn wieder in den Käfig zu setzen. Sindbad tut Ihnen nichts, Memsahib.«

»Wo ist James?«, fragte Tilly. Sie fühlte sich schwach.

»Der Sahib ist unten in den Teegärten. Er sagt, Sie müssen sich ausruhen.«

»Wann kommt er zurück?«

Aslam schüttelte den Kopf. »Gewöhnlich ist er den ganzen Tag fort.«

Tilly lehnte das Essen ab, das er ihr anbot, und zog sich wieder ins Bett zurück. Als James am späten Nachmittag heimkehrte, fand er ihre Begegnung mit seinem Stubenvogel sehr amüsant.

»Ich habe Sindbad beim Rennen in Dispur gewonnen. Er ist ein Hirtenmaina – ein Vogel aus der Familie der Stare. Sie ahmen Stimmen noch besser nach als Papageien.«

An dem Abend aßen sie in einem modrigen Speisezimmer im Erdgeschoss. Das Kerzenlicht durchdrang den Schatten kaum. Draußen war der Garten vom Kreischen und Gebell unbekannter Kreaturen erfüllt. Tillys Nervosität steigerte sich noch, als James eine Pistole ans Ende des Tisches legte und geheimnisvoll sagte: »Nur für alle Fälle.«

Mitten im Suppengang huschte etwas durchs Zimmer.

»Da ist etwas im Dunkeln!«, rief Tilly erschrocken.

James sprang auf, stürzte sich auf seine Pistole und feuerte in die Schatten. Tilly kreischte bei dem ohrenbetäubenden Knall. James packte eine flackernde Kerze und hielt sie hoch.

»Erwischt!«

»Was war das?«, fragte Tilly atemlos. Ihr tönten die Ohren.

»Ratte. Ziemliches Kaliber.«

Aslam erschien sofort und rief einen Küchenjungen herbei, um die Ratte fortzuräumen. Der Junge schwang sie grinsend und offensichtlich beeindruckt am Schwanz hoch. Tilly überkam Übelkeit. Sie schob ihr Essen von sich – es schmeckte ohnehin seltsam nach Kerosin – und zog sich zurück. Als sie zusammengerollt im Bett lag und die Petroleumlampe weit aufgedreht hatte, sodass das Zimmer von hellem gelbem Licht erfüllt war, hatte sie das Gefühl, dass dies der einzig sichere Ort war.

Mehrere Tage lang rührte sie sich kaum. Neben Lethargie hatte sie eine irrationale Angst überkommen, dass ihrem ungeborenen Kind etwas geschehen könnte, wenn sie sich aus dem Schlafzimmer hinaus ins Unbekannte wagte. Die schlanke junge Frau, die mit Essenstabletts kam und Tillys Kleider zum Waschen wegräumte, erwies sich als Aslams Frau Meera.

»Sie wird die *ayah* sein, wenn das Baby geboren ist«, erläuterte James Tilly. »Sie ist ein schüchternes Ding, aber sie hält keine strenge *purdah* ein und bewegt sich völlig frei und unverschleiert. Deshalb dachte ich, sie sei ideal geeignet, dir zu helfen.«

Tilly hatte das Gefühl, die ganze Zeit unter Beobachtung zu stehen, und sah nicht ein, dass sie eine Dienerin brauchte. Aber sie hatte nicht die Energie zu widersprechen. Sie schlief stundenlang oder saß an dem rauen Holztisch, um ihre Briefmarkenalben durchzusehen, ohne die Neigung zu verspüren, ihnen etwas hinzuzufügen. Gelegentlich hörte sie, wie unten jemand ankam, und den Lärm des geschäftigen Treibens, wenn man den Leuten Erfrischungen anbot, während sie darauf warteten, dass sie erschien. Später, nachdem die Besucher gegangen waren, schickte Aslam Meera mit einem Tablett mit einer Visitenkarte von der Frau eines benachbarten Pflanzers oder Bürovorstehers.

Nach einer Woche schämte Tilly sich ihrer eigenen Furchtsamkeit und machte sich die Mühe, Straßenkleidung anzuziehen und das Obergeschoss zu verlassen, um sich einmal richtig umzusehen. Sie war entsetzt über den Zustand des Hauses. Ein Großteil des Erdgeschosses bestand aus Vorratsräumen, die James als *Lager* bezeichnete, voller Dunkelheit, seltsamer Gerüche und vergitterter Fenster. Als sie hochschaute, stellte sie fest, dass sogar einige Fenster im Obergeschoss mit Pappe vernagelt waren, statt repariert worden zu sein. Es war eine Junggesellenbude voller schlecht zusammenpassender Möbel, Sessel, die ihre Federung verloren hatten, und Jagdtrophäen. Am unteren Ende der Treppe musste sie sich zwingen, an dem Tigerkopf mit dem aufgerissenen Maul vorbeizugehen, ohne zu schreien. Sie hatte sich ausgemalt, dass James wie ihr Vater ein Arbeitszimmer voller Bücher hätte, durch die sie sich arbeiten konnte, aber alles, was sie auftreiben konnte, war eine zerlesene Ausgabe von *Die Jagd in Britisch-Burma* von Captain Pollok.

Sie setzte sich auf die Veranda und starrte auf den überwucherten Garten und die schwindelerregende Landschaft mit ihren unendlich vielen Bäumen und Büschen hinaus, die in der Ferne von Berggipfeln umfangen war. Wie Festungsmauern. Tilly schauderte. Sie hatte das äußerst seltsame Gefühl, eingeengt zu sein und doch zugleich mitten in einem Meer aus Grün zu treiben. Sie versuchte, gar nicht erst an die wilden Tiere zu denken, die im Unterholz lauerten, aber jedes Rascheln im Gras und jeder Vogelschrei wirkten Unheil verkündend. Tilly floh zurück ins Schlafzimmer, um ihre Walter-Scott-Romane zu lesen.

Mit der Zeit reagierte James verwirrt darauf. »Du kannst dich doch nicht selbst in *purdah* sperren, altes Mädchen.« Und dann besorgt. »Geht es dir nicht gut? Ist es das Baby? Soll ich den Teegartenarzt rufen?«

Tilly kamen die Tränen, aber sie konnte ihre Ängste nicht erklären. Sie wollte keinen Arzt; sie wollte ihre Mutter und ihre überfürsorglichen Schwestern, graue Straßen, Bibliotheken, Teesalons und den Lärm einer nördlichen Stadt: Hupen, Straßenbahnen und die Rufe der Zeitungsverkäufer. Sie wollte Sophies Neckereien und einen Schuss der Tapferkeit ihrer Cousine. Was hatte sie nur auf den Gedanken gebracht, dass sie an solch einem fremden Ort leben konnte, so weit weg von ihrer Familie in diesem grünen Gefängnis? Sie würde hier keinen Monat durchhalten. Sie hatte sogar ihren Appetit auf Tee verloren; als Teepflanzerfrau war sie eine Versagerin.

James schickte nach Muriel Percy-Barratt.

»Ein Fall von Jungvermählten-Nervosität«, verkündete Muriel, als sie am nächsten Tag eintraf und in Tillys Schlafzimmer gestürmt kam. »Die haben wir alle durchgemacht. Aber es hat keinen Zweck, hier oben zu schmollen. Das führt nur zu Melancholie. So etwas habe ich schon erlebt: Frauen, die sich gehen lassen und keinen Wert mehr auf ihr Äußeres legen. Bevor man weiß, wie einem geschieht, siechen sie dahin und sind auf dem besten Weg zum Friedhof. Aber eines kann ich dir sagen, mein Mädchen: Das tust du dem lieben James nicht an. Du wirst dich zusammenreißen und zum Tee mit in mein Haus kommen, um einige der anderen Ehefrauen kennenzulernen. Ich habe zum Sammeln geblasen. Ich gebe dir eine halbe Stunde, um dich fertig zu machen.«

Widerstrebend wusch Tilly sich in aller Eile mit Meeras Hilfe und zog ein sauberes Kleid an. Sie stieg in die Pferdekutsche der Percy-Barratts, und Muriel gab den Befehl zum Aufbruch. Es dauerte fast eine Stunde, zu ihren nächsten Nachbarn hinüberzugelangen. Aber Tilly stellte fest, dass die Fahrt in der milden Luft sie aufmunterte, und ihr wurde auch nicht so flau wie in James' Auto. Sie hörte nur halb auf die Flut von guten Ratschlägen, die die ältere Frau ihr über die Ernährung in der Schwangerschaft, Clubabende und Weihnachtsvorbereitungen erteilte. Aber sie fühlte sich an Monas herrische Zuneigung erinnert, und die Einsamkeit in ihr ließ ein wenig nach.

Die Percy-Barratts lebten in einem schön gepflegten Bungalow mit ordentlichem Strohdach, das über eine tiefe Veranda ragte, inmitten von tadellos instand gehaltenen Rasenflächen mit Blick auf einen Teich, in dem ein Storch reglos wie eine Statue stand. Während sie Tee tranken und in bequem gepolsterten Rattansesseln saßen, gesellten sich bald zwei andere Frauen zu ihnen: die rundliche Jean Bradley, die Frau eines stellvertretenden Verwalters in einem der Oxford-Estates-Teegärten, und die jüngere Ros Mitchell, deren Mann für eine Agentur namens Strachan's arbeitete.

»Strachan's betreut alle möglichen Firmen in Assam«, erläuterte Muriel, »Tee, Kohle, Logistik.«

»Mein Mann, Duncan, hat derzeit die Aufsicht über eine Dampfschifffahrtsgesellschaft inne«, gelang es Ros einzuwerfen, »um sich einzuarbeiten.«

»Die Mitchells sind früher in diesem Jahr von Shillong hierherauf gezogen, nicht wahr, meine Liebe?«, fuhr Muriel fort. »Aber der Hauptsitz der Firma ist in Kalkutta.«

»Der eigentliche Hauptsitz ist in Newcastle«, verbesserte Ros.

»Newcastle in England?« Tilly sprang auf den Namen an.

Ros nickte. »Nicht, dass ich je da gewesen wäre.«

»Oh.« Tilly lehnte sich enttäuscht zurück. »Das ist meine Heimatstadt.«

»Aber Duncan war schon da. Er stammt aus den Borders, aus einem kleinen Fischerdorf, Saint Abbs. Wahrscheinlich haben Sie noch nie davon gehört.«

»Oh doch! Dahin sind wir früher immer in den Ferien gefahren. Mein Bruder Johnny hat es geliebt, vor der Hafenmauer schwimmen zu gehen – selbst im strömenden Regen.«

Sie plauderten weiter. Nachdem sie zwei Wochen lang fast nur geschwiegen hatte, war Tilly plötzlich gesprächig und schwelgte in Erinnerungen. Ros, die in Kalkutta und Shillong aufgewachsen war, hatte Schottland im Urlaub mit ihrem Mann besucht. Sie zog ein silbernes Zigarettenetui aus der Tasche und bot allen daraus an. »Macht es euch etwas aus, wenn ich rauche?«

»Es wäre mir lieber, du tätest es nicht, meine Liebe«, sagte Muriel mit einem missbilligenden Blick. »Es sieht alles andere als damenhaft aus.«

Ros zögerte und steckte die Zigaretten dann wieder ein. Muriel bestellte mehr Tee und eroberte die Herrschaft über das Gespräch zurück, indem sie es auf die Pläne für die Weihnachtsfeierlichkeiten lenkte. Polospiele, Pferderennen, eine Kinderparty und der Maskenball im Club würden die Höhepunkte der Festwoche sein.

»James ist einer unserer besten Polospieler«, erklärte Muriel.

»Wirklich?«, fragte Tilly überrascht.

»Drei Jahre in Folge Kapitän der Polomannschaft. Wusstest du das nicht?«

»Nein, ich ...«

»Ach ja, und er übernachtet während der Rennwoche immer hier, damit er nicht zurück nach Cheviot View hinaufmuss, nachdem er einen Tag lang kräftig gezecht hat. Du weißt ja, wie Pflanzer sind, wenn sie einmal zusammenkommen.«

Tilly nickte, obwohl sie keine Ahnung hatte.

»Ich bestehe sogar darauf, dass ihr uns beide besucht und über Weihnachten bleibt«, begeisterte sich Muriel für ihren Plan. »Wir werden solchen Spaß haben, und es ist bestimmt schön, ein junges Gesicht hier zu haben, da doch die Kinder jetzt alle nicht mehr da sind.«

Einen Moment lang hatte Tilly den Eindruck, ein Zittern in Muriels Stimme zu hören. War es möglich, dass diese *burra memsahib* mit all ihrem Selbstbewusstsein und ihrer Erfahrung, was Indien betraf, doch eine Achillesferse hatte – ihre Kinder? Sie schluckte die Tränen hinunter, die bei dem Gedanken in ihr aufstiegen, dass ihre Familie sich in Dunbar ohne sie zu Weihnachten versammeln würde.

»Danke«, antwortete Tilly. »Ich werde sehen, was James sagt.«

»Oh, der wird herkommen wollen, da gibt es kein Vertun.«

Als die Sonne unterging, erschien James, um sie mit seinem Auto abzuholen. Seine nervöse Miene verschwand, als er Tilly mit Duncan Mitchells blonder Frau lachen sah. Die jungen Frauen verabredeten sich für Samstag im Club zu einem Mah-Jongg-Spiel. Es munterte Tilly zusätzlich auf zu erfahren, dass es dort auch eine Leihbibliothek gab.

»Und ich habe *dak* für dich.« James hielt ein Bündel Briefe hoch. »Sieht nach Weihnachtspost aus.«

Tilly riss einen Brief von Sophie auf, sobald sie losfuhren, stellte aber fest, dass ihre Übelkeit zurückkehrte, als sie im Auto zu lesen versuchte. Beim Abendessen im Wohnzimmer im ersten Stock las sie James einzelne Abschnitte vor und kicherte über die Beschreibungen, die ihre Freundin von ihrer neuen Umgebung gab. Die Erwähnungen des Ehebetts ließ sie allerdings aus. Sie hatte ein schlechtes Gewissen, weil es ihr ein Trost war, dass auch bei Sophie nicht alles glattging.

»Ach, Sophie hat ein Glück, dass sie meinen Bruder so oft sieht. Aber wie beunruhigend, dass Tam so krank ist.« Tilly seufzte. »Glaubst du, er erholt sich wieder?«

»Fieber ist in Indien ein Berufsrisiko«, meinte James, »doch er ist ein junger Mann und sollte es abschütteln. Die ersten drei Jahre über hatte ich in jeder Regenzeit Malaria.«

»Tatsächlich?« Tilly schnappte besorgt nach Luft.

»Seitdem bin ich stark wie ein Ochse«, versicherte er ihr.

»Ich könnte es nicht ertragen, wenn du ernsthaft krank würdest«, brach es aus Tilly hervor.

James lächelte. »Du darfst dir keine Gedanken machen.«

Tilly faltete den Brief zusammen. »Ich bin froh, dass Helena nett ist. Auf ihrem Hochzeitsfoto sah sie etwas Furcht einflößend aus. Ich hatte Angst, dass sie eine dieser grimmigen Soldatenehefrauen sein könnte, wie du erst dachtest.«

»Ich habe sie kaum kennengelernt.« James legte die Hand über ihre. »Du grübelst zu viel und lässt deiner Fantasie freien Lauf. Du brauchst mehr frische Luft und solltest weniger Schauerromane lesen.«

»Hör auf, so zu klingen wie meine Mutter!« Tilly lachte und las einen Brief von zu Hause vor. Ihre Mutter schien sich gut bei Mona eingelebt zu haben, und Jacobina würde sie zu Neujahr besuchen. Der Gedanke ließ ihr schon wieder die Tränen kommen. So beeilte sie sich, den dritten Brief zu lesen.

»Er ist von Clarrie Robson«, sagte sie überrascht und las dann die kurze Nachricht. »Oh, James! Sie lädt uns zu Weihnachten hinauf nach Belguri ein. Ist das nicht nett?«

James' Gesicht umwölkte sich. »Das ist nur ein böser Streich.«

»Warum sagst du das?«

Als ihr Mann nicht antwortete, fuhr Tilly fort: »Ich finde, es wäre großartig, die Feiertage mit den Robsons zu verbringen.

Sie sind deine einzigen Verwandten. Ich würde die Gelegenheit mit Feuereifer ergreifen, wenn es meine Angehörigen wären.«

»Die Belhaven-Frau ist keine Angehörige von mir«, blaffte James.

»Warum redest du nur so unfreundlich über Clarrie?«, fragte Tilly. »Liegt es daran, dass sie Eurasierin ist?«

»Die Rasse hat nichts damit zu tun. Es geht ums Geschäft. Die Belhavens haben schon immer alles besser gewusst. Sie haben sich nie bemüht, mit uns anderen zusammenzuarbeiten. Ihr alter Herr, Jock Belhaven, war genauso dickköpfig.«

»Wir müssten ja nicht übers Geschäft reden«, wandte Tilly ein. »Ich würde Adela sehr gern wiedersehen. Und nach allem, was Clarrie und Wesley sagen, klingt Belguri nach einem wunderschönen Ort ...«

»Das ist es nicht.«

»Also warst du schon dort?«

James wich ihrem Blick aus. »Ich denke nur, du würdest es zu abgelegen finden – zu dschungelhaft.«

»Schlimmer als hier draußen kann es auch nicht sein. Und ich hätte ja auf alle Fälle Clarrie zur Gesellschaft.«

»Ich will nicht, dass du nach Belguri fährst«, fuhr James sie an. »Damit hat es sich. Wir verbringen Weihnachten bei den Percy-Barratts, wie ich es immer tue. Also schreibst du ihr und sagst ab.«

Tilly beobachtete ihren Mann bestürzt, während er sich einen großen Whisky eingoss. Sein Gesichtsausdruck war so streng und kompromisslos wie seine Worte. Ohne noch etwas zu sagen, nahm er seinen Drink mit auf die Veranda und ließ sie allein. Die Unruhe, die sie verspürt hatte, als Wesley und Captain Jackman darüber gesprochen hatten, dass James in geschäftlichen Dingen skrupellos und hartherzig war, kehrte zurück. Sie hoffte, dass ihr frisch angetrauter Ehemann keine Seite hatte, die sie zu fürchten lernen würde.

23

April 1923

Tillys Baby kam schnell und ohne große Vorwarnung, als gerade die erste Ernte von den Teesträuchern gepflückt wurde.

»Unser ganz eigener First Flush!«, rief James entzückt beim Anblick von Tilly, die in ihrem Bett saß, und von ihrem rosigen, zerknitterten Sohn, der gewickelt in einer Wiege neben ihr lag. Er sollte nach seinem Vater James heißen, aber Jamie gerufen werden.

Tilly war müde und ihr tat alles weh, doch sie triumphierte angesichts ihrer Leistung. Sie war ohne die Einmischung des Teegartenarztes ausgekommen. Dr. Thomas, ein drahtiger Waliser, der von zu viel Whisky und unbarmherziger Sonneneinstrahlung eine Nase wie eine Erdbeere hatte, hatte sie auf James' Drängen hin einen Monat vor der Geburt untersucht. Ihr Mann hatte sich Sorgen wegen ihrer Schlaflosigkeit und Aufregung gemacht. Als ihr Bauch groß und schwer geworden war, hatte sie sich wieder wie eine Einsiedlerin ins Haus zurückgezogen, zu nervös, um sich mit ihrer Freundin Ros im Club zu treffen.

»Der Club ist eine Fahrstunde entfernt«, hatte Tilly als Ausrede gegenüber James gebraucht, »und ich darf noch nicht einmal bei dir sitzen.«

Sie verabscheute es, dass die Frauen abseits vom Clubhaus der Männer in ein trostloses Gebäude mit Blechdach verbannt waren, das die Pflanzer heiter als den *Hühnerstall* bezeichneten. Mit Anbruch des heißen Wetters wurde der Aufenthalt dort allmählich ungemütlich, und die sogenannte Bibliothek bestand aus ein paar antiquierten Büchern über Haushaltsführung und einem Stapel veralteter Zeitschriften und Zeitungen.

Tilly war damit zufrieden gewesen, in Cheviot View zu bleiben und »ihr Nest zu bauen«, wie Muriel es ausdrückte. Sobald die Weihnachtsfeiertage vorbei gewesen waren, hatte sie die Fenster reparieren lassen und neue Vorhänge aufgehängt. Sie hatte das Esszimmer im Erdgeschoss tünchen lassen und ein bequemes neues Sofa aus Kalkutta bestellt, das zusammen mit einem Bettchen für das Baby auf einen Ochsenkarren geschnallt eintraf. Ros hatte mit ihr einen seltenen Ausflug auf den Basar in Dispur unternommen, um zur Verschönerung des schäbigen Hauses Geschirr, das nicht angeschlagen war, Kissenhüllen und Teppiche zu kaufen. Von einem vorbeikommenden Hausierer erstand Tilly Messingzierrat und eine farbenprächtige Spieluhr, die einen Ausschnitt aus *Schwanensee* spielte.

»Das wird das Baby in den Schlaf lullen«, hatte sie James erläutert.

Sie brachte Mona dazu, von zu Hause Babykleidung zu schicken, und überreichte Dr. Thomas eine lange Liste von Medizinvorräten.

»Sie werden nicht einmal die Hälfte davon brauchen«, hatte er verächtlich gesagt und größeres Interesse daran gehabt, sich an James' Whisky zu bedienen. Als er ihr das Verlangte nicht zur Verfügung gestellt hatte, hatte Tilly sich mit der Bitte um Hilfe an Ros gewandt. Ros war außer der Reihe nach Shillong gefahren, um einen kompletten Medizinschrank für ihre beunruhigte Freundin zusammenzustellen.

»Ich finde es nicht albern von dir, dass du dir Sorgen machst. Überhaupt nicht«, hatte Ros versichert, sodass Tilly sich gefragt hatte, ob die kinderlose Ros einen persönlichen Verlust erlitten hatte. Davon war nie die Rede, und Tilly hatte das Gefühl, nicht danach fragen zu dürfen; ihre neue Freundin war ein zurückhaltenderer Mensch als die extrovertierte Sophie.

Als Dr. Thomas kam, um das Neugeborene zu untersuchen, stellte Tilly ihm Fragen zum Stillen und Baden des Babys. Er schien völlig verblüfft darüber zu sein.

»Handeln Sie einfach so, wie Frauen es von Natur aus tun«, polterte er und ging bald, um auf der Veranda mit James zu feiern.

Nach der ersten Euphorie über die Geburt geriet Tilly in Panik, dass sie Jamie vielleicht nicht genug stillte. Das Baby schrie viel und hing ständig an Tillys Brust, saugte aber nur schwach.

»Ich glaube, er nimmt ab«, sagte sie besorgt zu ihrem Mann. »Kommt er dir dünner vor?«

James war übernächtigt vor Schlafmangel wegen des ungewohnten Lärms und ärgerte sich darüber, dass seine Frau darauf bestand, das Baby mit in ihrem gemeinsamen Zimmer schlafen zu lassen. Er brummte: »Vielleicht sollten wir eine Amme einstellen, wenn du dem nicht gewachsen bist. Machen das manche Frauen nicht so?«

Tilly hatte keine Ahnung und fühlte sich bei der Vorstellung elend, aber auch sie war allmählich erschöpft. James schlief von da an in seinem Ankleidezimmer und war stundenlang fort. Sie wusste, dass jetzt Hochsaison in den Teegärten war, aber sie konnte das Gefühl nicht abschütteln, dass er länger als nötig ausblieb. Sie weinte nach ihrer Mutter, die gewusst hätte, was zu tun war. Eine der anderen, in Säuglingspflege schon erfahrenen

Pflanzerfrauen wollte sie nicht um Rat fragen, da sie mit keiner vertraut genug war. Muriel, diejenige, die sie am besten kannte, würde von ihr erwarten, ohne viel Aufhebens zurechtzukommen. Das taten Memsahibs schließlich. Auch zögerte sie, sich an Ros zu wenden, da sie vermutete, dass solch ein Gespräch über Babys schmerzlich für sie war. In ihrer Not war sie vollkommen allein.

Eines Abends schickte James ihr die Nachricht, dass er unten im Bürobungalow übernachten würde. Es gab Probleme in den Zeilen. Tilly wusste, dass die Zeilen die Häuserreihen für die Arbeiter und ihre Familien waren, auch wenn sie sie nie gesehen hatte. Nur einmal war sie in den Teegärten gewesen. James hatte sie dort stolz in den solide gebauten Schuppen voller Maschinen herumgeführt, und sie hatte mit seinem obersten Buchhalter, Anant Ram, Tee getrunken.

Das Baby war schon den ganzen Tag quengelig, und Tilly war vor Schlafmangel und Sorge schwindlig. Sie trug Jamie von Zimmer zu Zimmer und ließ ihn in ihren müden Armen wippen. Ihre Brüste taten ihr viel zu sehr weh, um ihn wieder zu stillen.

»Oh, nun sei endlich still«, mahnte sie ihn zum Schweigen, als sie, heiß und matt, in der anbrechenden Dunkelheit den Blick über die Teegärten schweifen ließ, die sich kilometerweit erstreckten. Das übliche Rascheln und Geschrei aus den umliegenden Bäumen vermischte sich mit dem Wimmern des Babys und ging ihr durch Mark und Bein.

Plötzlich übermannten sie Zorn und Groll. Sie hasste diese Kreatur, die einfach nicht den Mund hielt. Sie hasste James und Indien und wünschte, sie hätte England nie verlassen. Sie hasste sich selbst, weil sie schwach, erbärmlich und zu nichts zu gebrauchen war.

»Sei einfach still!«, schrie sie das eingewickelte Kind an und rannte mit ihm zum Balkon. Sie hielt Jamie über die Brüstung.

»*Sei still*, oder ich werfe dich hinunter, hörst du! Ich zerschmettere dich auf dem Boden, du kleines Biest, das tue ich!«

Das Baby schrie angesichts ihrer erhobenen Stimme und der plötzlichen heftigen Bewegung umso lauter. Es riss weit die Augen auf. Im selben Moment erschien unten Aslam, das Gesicht voller Entsetzen und Besorgnis nach oben gewandt.

»Nein, Robson Mem, lassen Sie ihn nicht fallen, ich flehe Sie an!«

Tilly stand vor Wut zitternd da. Es wäre so einfach loszulassen, dann würde der Lärm aufhören und sie könnte endlich in Ruhe schlafen. Sie spüre, wie ihr Griff sich lockerte …

Auf einmal wurde sie sich bewusst, dass jemand neben ihr stand. Ein Moschusduft, gemurmelte Worte. Kleine, kühle Finger streiften sie wie eine Brise. Tilly sah sich verwirrt um. Meera war da. Ihre braunen Augen blickten wachsam. Im nächsten Augenblick nahm ihr die schlanke junge Frau schon das Baby aus den Armen, trat zurück, wiegte Jamie und beruhigte ihn mit sanften Worten. Tilly stand zitternd da, rang nach Luft und war nicht in der Lage, sich zu rühren.

Meera verschwand, und das Schreien kam zum Erliegen. Mit einem Schlag gaben Tillys Beine unter ihr nach. Sie sank auf die Knie. Ein heftiges Schluchzen stieg in ihr auf. Sie begann unkontrollierbar zu weinen und wusste nicht, wie sie wieder aufhören sollte. Sie hätte vielleicht ewig dort gekauert, aber Aslam und Meera kehrten zurück, halfen ihr auf und führten sie ins Wohnzimmer. Auf dem neuen Sofa gaben sie ihr einen Gewürztee zu trinken, den sie nie zuvor probiert hatte, und heiße, zuckrige Gebäckstücke zu essen.

Danach brachte Meera sie ins Bett wie ein Kind, deckte sie zu und ließ die Petroleumlampe heruntergedreht brennen. Tilly war sich schwach bewusst, dass das Baby keinen Lärm machte, war aber zu müde, sich zu fragen, was aus ihm geworden war. Sie sank in einen seligen, traumlosen Schlaf.

* * *

Tilly erwachte im hellen Tageslicht. Als sie sich aus ihrer Schlaftrunkenheit hervorarbeitete, entdeckte sie Meera, die in der Ecke saß, vor sich hinsummte und etwas unter ihrem Sari wiegte.

»Was tust du da?«, fragte Tilly.

Meera hörte zu singen auf und schaute hoch. Sanft und schnell zog sie ein Baby unter den Falten hervor und schob eine runde Brust zurück in ihr Hemd. Erstaunt beobachtete Tilly, wie die Dienerin das Zimmer durchquerte und ihr das Bündel hinhielt. Es war Jamie. Tilly hatte ihn noch nie so zufrieden gesehen: Er hatte die Augen geschlossen. Seine Wangen waren gerötet, und sein Mund war noch nass vor Milch.

»Wie …? Ich … ich verstehe das nicht«, stammelte Tilly.

Meera lächelte und bedeutete ihr, das Baby zu nehmen. Tilly erstarrte. Die Erinnerung an ihren Ausbruch am Vorabend wurde plötzlich lebendig. Beschämung, weil sie den überwältigenden Drang verspürt hatte, Jamie wehzutun, brandete nun in ihr auf. Aslam würde es James sagen müssen, und dann würde man ihr das Baby nie wieder anvertrauen.

»Bitte, Robson Mem«, sagte Meera und streckte ihr das Bündel entgegen. Jamie wirkte in ihrem sicheren Griff so zufrieden.

Tilly schüttelte den Kopf. Meera steckte das Baumwolllaken um ihn fest, legte ihn ins Bettchen, zog sich das Ende ihres Saris über den Kopf und ging leise zur Tür.

»Meera!«, rief Tilly. Die Dienerin blieb stehen, hielt aber den Kopf weiter gesenkt. »Bitte …« Tilly schluckte. »Zeigst du mir, wie man … du weißt schon … das Baby stillt?«

Sie war sich nicht sicher, wie gut Meera Englisch konnte. Sie hatten in all den Monaten kaum miteinander gesprochen. Aber die Frau verstand ihre Verzweiflung.

Es dauerte nicht lange, bis sie Tilly die beste Art, Jamie zu stillen, gezeigt hatte. Sie musste ihn einfach etwas anders als bisher halten, um es seinem kleinen Mund leichter zu machen, sich um ihre Brustwarze zu schließen. Mittels Gesten und dem gebrochenen Englisch, das Aslam Meera beigebracht hatte, fand Tilly dann heraus, dass ihre Dienerin einen zweijährigen Sohn namens Manzur hatte, den sie immer noch stillte.

Tilly schämte sich, dass sie das nicht gewusst hatte; dass die Ahmads in einer Umfriedung jenseits des Gartens in einem Quartier lebten, das zu besuchen ihr nie eingefallen war. Sie hatte nie auch nur daran gedacht, dass Meera Mutter sein oder abseits des Haushalts ihr eigenes Leben führen könnte. Woran lag es, überlegte Tilly, dass sie sich in Newcastle mit Wohltätigkeit beschäftigt und einige der ärmsten Wohnviertel der Stadt besucht hatte, hier aber noch nie ein indisches Haus betreten hatte? Ein Haus, für das sie und James verantwortlich waren?

Unter Tränen der Dankbarkeit versuchte Tilly, Meera die glänzende Messingschale zu schenken, die sie von dem Hausierer aus den Bergen gekauft hatte. Mit einem schüchternen Lächeln lehnte Meera ab. Später brachte die Dienerin eine Mahlzeit aus hart gekochten Eiern und Tomatenstücken in aromatisiertem gelbem Reis sowie eine Schale mit gekochten Früchten und noch mehr Gewürztee herauf.

»Gut für Milch.« Meera grinste.

Tilly stellte fest, dass sie einen Bärenhunger hatte, und aß alles auf. Ihr wurde klar, wie sehr ihr Appetit geschrumpft war, während ihre Sorge um Jamie gewachsen war.

Als James verschwitzt und müde gegen Sonnenuntergang zurückkehrte, war er erstaunt, Tilly auf den Beinen und angekleidet anzutreffen. Sie wartete mit einem *chota peg* aus Whisky und Soda auf der Veranda auf ihn.

»Es ist seltsam still«, bemerkte er mit neugierigem Blick.

»Jamie schläft.« Sie lächelte.

Im Laufe der nächsten Tage und Wochen konnte James kaum fassen, wie sehr sich das häusliche Leben veränderte. Jeden Abend kehrte er zu einer immer energiegeladeneren Tilly zurück – und zu einem Sohn, der zunahm und nach und nach zu einem zufriedenen, wenn auch James' Ansicht nach immer noch ziemlich hässlichen Baby wurde. Er hatte keine Ahnung, was die Laune seiner Frau so verbessert hatte, und führte die Veränderung darauf zurück, dass sie sich allmählich an ihre Mutterrolle gewöhnte.

Was ihm aber sehr wohl auffiel, war die Verbundenheit, die sich allmählich zwischen Tilly und Aslams schüchterner Frau einstellte. Sie schienen ständig zusammen zu sein. Aber er hatte Meera ja auch als Jamies *ayah* ausgewählt, also war es kaum eine Überraschung, dass die junge Frau stets anwesend war.

24

Tilly hatte noch nie solch eine Hitze erlebt, die alles wie eine warme, feuchte Decke einhüllte, die Bewegungen verlangsamte und es erschwerte, Atem zu schöpfen. Teppiche wurden aufgerollt und Fenster mit duftenden Grasschirmen verhängt, die das Haus in ein düsteres Dämmerlicht tauchten. Die Pfosten von Jamies Bettchen wurden in Wasserschalen gestellt, um zu verhindern, dass Insekten daran hinaufkletterten. Gruppen von *punkah wallahs* wechselten sich damit ab, die Seile der riesigen Stofffächer zu bedienen, die die zähflüssige Luft aufwirbelten und die Mücken in Schach hielten.

Tilly litt unter Hitzebläschen, die sich anfühlten, als stäche man ihr mit Stecknadeln in Arme und Brust. In der Nacht dagegen hielt der Lärm der Frösche und Insekten sie wach. Wenn James von seinen Ritten durch den Teegarten zurückkehrte, hingen oft Egel an seinen Beinen und saugten Blut, aber er schien immun gegen alle Beschwerden zu sein. In den Teegärten herrschte wegen der lukrativen zweiten Pflückung viel Betrieb, und in den Manufakturen lief die Verarbeitung der Blätter auf Hochtouren, damit sie noch vor dem Monsun verpackt und verschifft werden konnten.

»Sobald die Regenfälle einsetzen«, erklärte James ihr beiläufig, »verwandelt der Brahmaputra sich in ein Meer, und die halbe Gegend wird überschwemmt. Dann ist es höllisch schwierig, überhaupt irgendetwas flussabwärts zu bringen.«

Solches Gerede darüber, dass sie wegen der Bedrohung durch die nahende Regenzeit bald noch mehr als sonst von der Außenwelt abgeschnitten sein würden, spornte Tilly an, Ros' Einladung zu einem Besuch in Shillong anzunehmen.

»Sie sagt, dass wir bei ihrem Vater wohnen können«, erzählte sie James. »Meinst du, ich sollte hinfahren? Dort wäre es kühler für Jamie. Er leidet an einem fürchterlichen Windelausschlag.«

Die Erwähnung der Windeln ließ James in aller Eile zustimmen. Er war stolz auf seinen Sohn, aber er fand Babys langweilig und wusste nicht, warum Tilly nicht mehr der lästigen Arbeit an die *ayah* abtrat.

»Natürlich nimmst du Meera mit«, sagte James.

»Aber das hieße ja, sie von dem kleinen Manzur zu trennen«, meinte Tilly besorgt.

»Guter Gott, Frau, sie wird dafür bezahlt, sich um dich und das Baby zu kümmern. Aslam wird seinen Sohn im Auge behalten, und andere im Dienerquartier werden für seine Bedürfnisse sorgen.«

Unmittelbar vor Tillys Abreise traf ein Brief von Sophie ein, in dem sie geradezu von ihrer neuen Umgebung schwärmte: Tam war auf einer ländlichen Forstplantage südlich von Lahore am Rande des dichten Dschungels postiert, und Sophie genoss ihre Freiheit von den Einschränkungen des Lebens in der europäischen Siedlung.

Wir haben die Miete unseres halben Bungalows in Lahore gekündigt. Hier dagegen gefällt es mir sehr gut. In Changa Manga gehen wir in der Morgendämmerung auf die Jagd. Tam heuert Arbeiter an, um Hirschziegenantilopen aufzuscheuchen. Die meiste Zeit über erlegt er jedoch Rebhühner oder Enten. Er hat mir ein Gewehr gekauft und bringt mir seitdem das Schießen bei, aber den Wildtieren droht von mir keine Gefahr! Wenn Tam danebenschießt, gibt er der minderwertigen Munition die Schuld; wenn ich danebenschieße, liegt es daran, dass ich eine schlechte Schützin bin! Aber das macht mir nichts aus. Es sind die Ritte durch den Wald, die ich liebe – zu beobachten, wie die Dämmerung anbricht und das Licht zwischen den Salbäumen und Akazien hindurchfällt. Das hier ist wirklich ein wunderschönes Land, findest du nicht auch? Tam hat einen Tennisplatz gebaut – na gut, eigentlich nur eine Übungswand am Lagerhaus. Aber wir besuchen mehrmals pro Woche die Remonte. Dort haben sie einen richtigen Platz, und wir spielen Tennis gegen die Männer. Ich war noch nie so gut.

Manchmal begleite ich Tam bei seinen Besuchen auf den anderen Forstplantagen. Dann zelten wir oder übernachten in einem der Forstbungalows dort. Ich mache mir nicht die Mühe, nach Lahore zu fahren. Jetzt wird es in der Stadt viel zu heiß, und ich bleibe lieber hier. Ich weiß, dass dieser Ort weit von Assam entfernt ist, aber er lässt mich immer häufiger an meine Kindheit denken. Ich erinnere mich schwach daran, dass mein Vater auf die Jagd gegangen ist und meine Mutter Tennis gespielt hat. Hast du James schon gefragt, welche Erinnerungen er an meine Eltern hat? Ich warte sehnsüchtig darauf, den kleinen Jamie kennenzulernen. Vielleicht schaffen wir es ja, gegen Ende des Jahres Urlaub zu nehmen und zu Besuch zu kommen? Eines Tages möchte ich die Oxford Estates und die Gegend, in der ich aufgewachsen bin, sehen. Steht Dunsapie Cottage noch?

Tilly merkte dem Brief Sophies Sehnsucht nach jedem noch so kleinen Informationsbruchstück über ihre Vergangenheit an. Als sie an dem Abend auf der Veranda saßen, las sie James den Brief vor.

»Ich kannte die Logans nicht besonders gut«, polterte er. »Ich war nur ein junger Mann, der auf den Oxford Estates seinen Weg gemacht hat. Bill Logan war der leitende Verwalter – ein erfahrener Mitarbeiter.«

»Und Sophies Mutter? Wie war sie so?«

James antwortete mit einem Schulterzucken.

»War sie Tante Amy ähnlich?«, hakte Tilly nach.

»Hübscher als Amy Anderson.« James schnaufte.

»Also eher wie Sophie?«

»Vermutlich ja.« James rutschte unbehaglich hin und her. »Sophie sieht aus wie ihre Mutter.«

»Auf ihrem Hochzeitsfoto sieht sie schön aus«, bemerkte Tilly nachdenklich. »Ich wette, sie hat unter den Pflanzern Aufsehen erregt, als Bill Logan sie auf die Oxford Estates mitgebracht hat.«

»Er war sehr besitzergreifend«, brummte James. »Wenn ein anderer Mann sie auch nur angesehen hat ...«

Tilly warf ihm überrascht einen Blick zu. »James, du wirst ja rot. Ich hoffe, du hast Bill Logan keinen Anlass geliefert, eifersüchtig zu werden?«

Sie hatte es als Witz gemeint, aber James herrschte sie an: »Natürlich nicht. Er war ein seltsamer Vogel, das ist alles; wollte keinem anderen erlauben, mit Jessie bei den Renntreffen zu tanzen, und so weiter.«

»Die arme Frau. Wie langweilig das Leben für sie gewesen sein muss.« Sie sah zu, wie er einen Schluck Whisky trank. »Wo liegt Dunsapie Cottage? Ich habe nie gehört, dass jemand das Haus der Logans erwähnt hat.«

»Es befindet sich im unteren Teil des Anwesens. Anant Ram wohnt heute da.«

»Dort, wo wir zum Tee waren?«, rief Tilly aus.

James nickte.

»Aber ich dachte, das Haus heißt The Lodge?«

»Man hat den Namen nach dem Tod der Logans geändert. Niemand wollte es, also vermieten wir es an Anant.«

»Warum wollte niemand dort leben? Es ist ja nicht so, als wären die Logans in dem Haus gestorben.«

»Woher weißt du das?«, fragte James schneidend.

»Sophie hat mir erzählt, dass es irgendwo in den Bergen war.«

»Du weißt doch, wie die Leute sind«, sagte James eilig. »Sie glauben, dass Pech ansteckend ist wie eine Krankheit. Sobald sich herumgesprochen hatte, dass die Logans am Fieber gestorben waren, war das Schicksal des Hauses besiegelt. Außerdem hatte Bill Logans Gesundheitszustand sich schon seit einer Weile verschlechtert. Anant hat im Bungalow von einem örtlichen Schamanen einen Exorzismus oder so einen Unsinn durchführen lassen.«

»Die arme kleine Sophie. Für sie muss das alles doch so verwirrend gewesen sein – ihre Eltern und ihr Zuhause zu verlieren.« Tilly seufzte. »Was ist aus ihrer *ayah* geworden?«

James musterte sie. »Warum fragst du danach?«

»Sophie hat eine Erinnerung, dass ihr Kindermädchen sie im Stich gelassen hat, und das ausgerechnet in dem Moment, in dem sie es am meisten brauchte.«

James nippte an seinem Drink. »Wir haben uns dasselbe gefragt, als wir sie gefunden haben.«

»Was meinst du damit – sie gefunden?«, wollte Tilly wissen. »Warst du auch oben in den Bergen? Hast du die Logans etwa entdeckt …?«

»Es war ein durchreisender Beamter oder vielleicht jemand aus der Dienerschaft. Ich kann mich nicht erinnern«, antwortete James ausweichend. »Mich hat man aus dem Teegarten dorthin bestellt.«

»Mein Gott! Wie lange war Sophie denn allein, nachdem ihre Eltern tot waren und die elende *ayah* sich davongemacht hatte?«

»Nicht lange.«

»Woher weißt du das?«

»Tilly!«, protestierte James. »Das sind genug Fragen. Ich wusste ja, dass es nicht guttun würde, die Vergangenheit aufzustören. Du regst dich nur auf. Deshalb sollte Sophie auch aufhören zu versuchen, sich zu erinnern. Sie sollte es hinter sich lassen und ihr Leben weiterführen.«

»Sie führt ihr Leben doch weiter.«

»Gut. Dann ermuntere sie nicht, über die Tragödie ihrer Eltern nachzugrübeln.« Er stand auf. »Komm schon, lass uns ins Bett gehen.« Er streckte die Hand aus. »Wenn du schon davonläufst und mich den nächsten Monat über allein lässt, will ich das Beste aus unserer letzten gemeinsamen Nacht machen.«

Tilly lachte und ließ das Thema fallen. Sie spürte, dass James ihr mit voller Absicht etwas verschwieg, aber jetzt war nicht der richtige Zeitpunkt, um ihn weiter unter Druck zu setzen. Wenn es Dinge gab, von denen er nicht wollte, dass sie sie erfuhr, dann ging es ihm sicher nur darum, Sophie vor der schmerzlichen Wahrheit zu beschützen. Vielleicht war ihre Cousine länger sich selbst überlassen geblieben, als James zugeben wollte? Wie schrecklich für das kleine Mädchen, sich in einem abgelegenen Bungalow zu verstecken, den wilden Tieren schutzlos ausgeliefert und ohne einen Menschen, der es mit Essen versorgte. Tilly sah nach Jamie, um sich zu vergewissern, dass ihr kostbares Baby sicher schlief.

»Ich werde dich vermissen, mein Mädchen«, murmelte James im Dunkeln, als er sie unter der Bettdecke in die Arme nahm und sie kraftvoll liebte.

* * *

»Und ihr müsst unbedingt im Pinewood Hotel Tee trinken«, riet Major Rankin, Ros' liebenswürdiger verwitweter Vater, »aber natürlich erst, nachdem ihr euch die Sehenswürdigkeiten angeschaut habt. Viele der alten Häuser sind durch die Erdbeben von 1897 und 1905 dem Erdboden gleichgemacht worden – wie schade! Aber Shillong ist immer noch ein hübscher Ort zum Leben. Rosalind, du vergisst doch wohl nicht, mit Tilly einen Ausflug um den See zu machen und sie auf die Vögel dort hinzuweisen?«

»Nein, Dad, natürlich nicht. Bist du dir sicher, dass du nicht mitkommen möchtest?«

»Nein, nein. Ich würde euch mit meinen Holzbeinen bloß aufhalten. Ich bin sehr zufrieden damit, einfach nur mit meiner Brille auf der Nase hier zu sitzen und das Baby und die *ayah* im Auge zu behalten. Na los, ab mit euch! Viel Spaß!«

Die Freundinnen brachen den steilen Pfad entlang auf, der vom Holzhaus der Rankins hinabführte. Das Panorama von Shillong lag vor ihnen ausgebreitet.

»Und vergiss ja nicht, Tilly das Museum zu zeigen!«, rief Major Rankin ihnen nach.

Ros drehte sich um und winkte. »Natürlich nicht.«

»Hat dein Vater wirklich Holzbeine?«, fragte Tilly, als sie in die wartende Rikscha stiegen.

Ros prustete vor Heiterkeit. »Nein, das ist nur ein Witz von ihm. Er hat bloß starkes Rheuma.«

Tilly sah sich nach dem alten Haus um, dessen mit kunstvollen Schnitzereien verzierte Türen und Balkone durch den Einfluss von Zeit und Wetter beinahe schwarz geworden waren.

»Er kommt schon zurecht«, versicherte Ros ihr. »Jamie, meine ich.«

Tilly war froh, dass ihre Freundin Verständnis hatte. »Es ist das erste Mal seit seiner Geburt, dass ich ihn allein lasse. Ich komme mir ganz seltsam vor, als ob etwas fehlt.«

»Dad wird sich rührend um ihn kümmern«, meinte Ros, »und deine *ayah* wirkt sehr kompetent.«

»Das ist sie auch«, räumte Tilly ein. »Aber das hält mich nicht davon ab, mir Sorgen zu machen.« Sie erzählte Ros davon, wie Sophies *ayah* sie im Stich gelassen hatte und vor den toten Logans geflohen war.

»Das ist eine Schande«, pflichtete Ros ihr bei, »aber Meera ist nicht so. Ich kann mir nicht vorstellen, dass sie so herzlos wäre, du etwa?«

»Nein.« Tilly schämte sich, weil sie Zweifel hatte. »Sie liebt Jamie wie ihren eigenen Sohn. Sie hat ihn sogar ein paar Wochen lang gestillt. Aber erzähl das niemandem! James weiß es nicht.«

Nach einer Woche in Shillong fühlte Tilly sich mehr zu Hause, als sie es in den langen sechs Monaten seit ihrer Ankunft in Indien getan hatte. Nach zwei Wochen hing sie Tagträumen darüber nach, dorthin zu ziehen und James zu überreden, in den umliegenden Bergen Tee anzubauen und nicht in den feuchtheißen Tälern von Assam.

Sie liebte die Geschäftigkeit der Stadt: Sie war lebhaft, ohne einem zu viel zu werden, und verfügte über eine Bibliothek, malerische Läden und ein Kino. Die mit Kiefern bewaldeten Berge und der pittoreske See erinnerten sie an Schottland. Die Rufe der Ringeltauben waren vertraut, und die Brise, die durch das hoch gelegene, knarrende Haus der Rankins strich, trug den Duft von Rosen mit sich und ließ Tilly den Entschluss fassen, nach ihrem Urlaub welche in ihrem eigenen Garten zu pflanzen.

Tilly vermisste James, aber sie hatte es nicht eilig damit, in die Einsamkeit von Cheviot View zurückzukehren. Sie schrieb ihm jeden Tag und erhielt zur Antwort dann und wann eine hastige Nachricht, in der stand, wie beschäftigt er sei und dass er sich freue, dass sie ihren Spaß hatte.

An einem drückend heißen Tag im Juni gingen die jungen Frauen im Park am See spazieren. Meera schob Jamie in seinem Kinderwagen hinter ihnen her. Ein Schrei ließ Tilly zusammenschrecken.

»Tilly! Tilly!«

Ein kleines Mädchen mit dunklen Rattenschwänzen kam mit ausgestreckten Armen auf sie zugestürmt. Ihr Sonnenhut flog ihr vom Kopf.

»Adela!«, rief Tilly erstaunt und hob das Kind hoch, als es sich gegen ihre Beine warf. Adela kicherte, gab Tilly einen schmatzenden Kuss auf die Wange und entwand sich dann ihrem Griff.

Clarrie und Wesley holten ihre Tochter ein. Tilly und Clarrie umarmten sich entzückt. Tilly stellte den beiden Ros vor und erklärte, dass sie hier zu Besuch waren.

Clarrie ging direkt zum Kinderwagen und spähte hinein. »Und das ist Master Jamie? Was für ein niedlicher kleiner Kerl!« Im nächsten Augenblick hatte sie das Baby schon hochgehoben und wiegte es in den Armen.

»Wäre es nicht wunderschön, einen kleinen Bruder für Adela zu haben?« Clarrie zwinkerte Wesley zu.

»Leg es zurück!«, befahl Adela, sprang vor ihre Mutter und versuchte, nach dem Baby zu greifen. Wesley hob sie schnell aus dem Weg und schwang sie auf seine Schultern.

»Diese junge Dame hier ist mir genug«, antwortete er. Adela vergaß sofort ihre Eifersucht und begann, mit beiden Händen auf dem *topee* ihres Vaters herumzutrommeln.

»Wo ist 'Ophie?«, fragte sie fordernd und musterte Ros argwöhnisch.

»Sie lebt im Dschungel«, erklärte Tilly dem Mädchen, »mit ihrem Mann Tam.«

»Kann ich sie sehen?«

»Es ist nicht unser Dschungel«, entgegnete Wesley, »sondern einer weit weg.«

»Ich will 'Ophie sehen.«

»Nicht heute«, antwortete ihr Vater.

»Doch, Daddy, heute.« Wieder schlug sie mit den Händen auf seinen *topee*.

»Heute ist dein Geburtstag«, sagte er. »Möchtest du nicht den Jongleuren und Akrobaten zuschauen?«

Adela quietschte und strampelte aufgeregt mit den Beinen.

»Herzlichen Glückwunsch zum Geburtstag!«, rief Tilly und kitzelte das Mädchen an der kräftigen Wade.

»Erzähl Tilly, wie alt du heute geworden bist.«

»Fünf.«

Clarrie lachte. »Nein, bist du nicht. Du bist drei.«

»Drei und fünf.« Adela kicherte. »Tilly, komm auch.«

»Auf dem *maidan* gibt fahrendes Volk eine Vorstellung«, erklärte Wesley. »Ihr könnt uns sehr gern begleiten.«

Tilly sah Ros an, und ihre Freundin nickte. »Ich möchte ohnehin noch ein paar Besorgungen erledigen. Warum treffen wir uns nicht später wieder?«

»Ja«, sagte Tilly begeistert, »dann könnten wir alle ins Pinewood gehen.«

Ros zögerte, sie tauschte einen verlegenen Blick mit Clarrie. »Warum kommt ihr nicht lieber ins Haus meines Vaters, um eine Erfrischung zu nehmen? Dann kann Adela im Garten spielen.«

Eine peinliche Pause trat ein. Tilly bemerkte Wesleys verärgerten Blick und fragte sich, was er zu bedeuten hatte. War es möglich, dass man Clarrie und Adela den Zutritt zum Hotel verweigern würde, weil sie eurasischer Abstammung waren, oder war Ros nur übertrieben vorsichtig?

»Das wäre sehr schön«, sagte Clarrie rasch, »vielen Dank.«

Mit bedauerndem Blick legte sie Jamie zurück in seinen Kinderwagen, und sie schlenderten gemeinsam weiter.

»Es tut mir leid, dass ich so selten geschrieben habe«, bemerkte Tilly, die immer noch ein schlechtes Gewissen plagte, weil sie die Weihnachtseinladung der Robsons abgelehnt hatte.

»Das muss es nicht«, versicherte Clarrie. »Ich weiß, wie viel man mit einem Neugeborenen zu tun hat. Es tut mir nur leid, dass ich dich nicht besuchen gekommen bin, aber ich wollte dich nicht in Schwierigkeiten mit deinem Mann bringen.«

»So schlimm wäre das nicht.« Tilly errötete.

Clarrie sah sie ungläubig an. »Wir sind kaum jemals außerhalb von Belguri, geschweige denn auf den Oxford Estates. Also ist es eine große Freude, dich hier zu treffen.« Sie hakte sich bei der jüngeren Frau ein. »Erzähl mir, wie dir das Leben in Assam gefällt. Gewöhnst du dich so gut ein wie Sophie im Pandschab?«

»Um ehrlich zu sein, wäre ich, wenn diese Reise mit Ros nicht gewesen wäre, da draußen in Cheviot View wohl verrückt geworden. Schreibt Sophie dir auch oft?«, erkundigte sich Tilly.

»Ja. Ich weiß nicht, wie sie die Zeit dazu findet. Sie klingt so viel beschäftigt.«

An dem Nachmittag genossen Tilly und Clarrie es, einander auf den neuesten Stand zu bringen und über ihre Kinder zu reden. Adela beobachtete gebannt die Seiltänzer und Jongleure, barg aber das Gesicht an der Brust ihres Vaters und schrie auf, als sie den Feuerschlucker Flammen verschlingen sah.

Sie hatten sich mit Ros am Eingang zum britischen Friedhof verabredet. Über ihn führte eine Abkürzung den Hügel hinauf zum Haus der Rankins. Ein heißer Wind wirbelte mittlerweile Staub von den ausgedörrten Wegen auf, und in der Ferne über der Bergkette zogen sich Wolken zusammen. Sie fanden Ros damit beschäftigt, einen Blumenstrauß in einer Vase vor einem Grab in der Nähe des Tors zu arrangieren.

»Das Grab meiner Mutter«, erklärte sie. Ihr standen Tränen in den Augen.

Adela entzog sich der Hand ihres Vaters, rannte zu einer blühenden Ranke hinüber und pflückte eine große weiße Blüte. Sie lief zurück und quetschte die Blüte in die Vase neben Ros' ordentlichen Blumenstrauß.

»Für deine Mummy.«

Ros sah Clarrie an. »Wieso versteht sie das?«

Clarrie lächelte. »Sie tut das Gleiche auf dem Grab meiner Eltern. Sie liegen in Belguri begraben.«

Ros kniete sich hin und zog Adela in eine schnelle, verlegene Umarmung. »Danke, du süßes Mädchen.«

Tilly wandte den Blick ab. Ihre Augen füllten sich mit Tränen. Sie starrte unverwandt die Grabsteine gegenüber an und versuchte, nicht zu weinen. Seit James' Geburt hatte sie nah am Wasser gebaut.

Der Name auf einem Grabstein ließ sie stutzen: Logan. Tilly wischte sich die Augen und sah genauer hin. Es war nur ein schlichter, halb zugewachsener Stein. Sie schob ein langes Grasbüschel beiseite. Ein Ruck ging durch ihr Herz. *William Logan – schied aus diesem Leben im Mai 1907.* Darunter stand:

Jessie Anderson, Williams Ehefrau, mit demselben Todesdatum. *Mögen sie in Frieden ruhen.*

»Oh mein Gott!«

»Was ist los?«, erkundigte sich Clarrie und eilte an Tillys Seite.

»Sophies Eltern.« Tilly rang nach Luft.

Die anderen scharten sich um sie, um den Grabstein zu betrachten.

»Was machen sie hier in Shillong? Es liegt fast zwei Tagesreisen von den Oxford Estates entfernt.«

Es war Wesley, der das Offensichtliche feststellte: »Sie müssen in der Nähe gestorben sein.«

25

Jeden Tag kreisten die Gespräche um die Frage, wann die Regenfälle einsetzen würden. Man warnte Tilly, dass die Gegend um Shillong zu den niederschlagsreichsten auf dem gesamten indischen Subkontinent zählte. Sie sehnte sich nach dem Regen: danach, sich zu erinnern, wie er sich anfühlte, danach, dass er der Luft und der Erde die Frische zurückbrachte – und danach, dass er dafür sorgte, dass sie noch länger in diesen Bergen fern der stickigen Hitze der Teegärten festsaß.

Sie dachte täglich über das Rätsel um die letzten Monate der Logans irgendwo in der Nähe und ihren plötzlichen Tod nach. Mit Ros' Hilfe setzte sie das Grab instand und machte mit der Brownie-Boxkamera ihrer Freundin ein Foto, um es Sophie zu schicken.

Warum hatte James nie erwähnt, dass die Logans hier begraben waren? Besonders, weil er doch gewusst hatte, dass Tilly zu Besuch hierherfahren würde und so viele Fragen über sie hatte. Sie hatte ihn um alle Einzelheiten gebeten, die er ihr nennen konnte. Wusste er etwa nicht, dass ihre Leichen hierhergebracht worden waren? Aber er war an Sophies

Rettung beteiligt gewesen; er musste erfahren haben, dass die Logans auf dem britischen Friedhof in Shillong lagen. Es war verwirrend, dass alle so wenig mitteilsam waren, was die Familie Logan anging. Vielleicht waren sie nicht sehr beliebt gewesen?

Angeheitert vom Sherry war Muriel zu Weihnachten die Bemerkung entschlüpft, Sophies Mutter sei koketter gewesen, als ihr gutgetan habe.

»*Der alte Logan hat es gehasst, wenn sie mit irgendeinem der Männer gesprochen hat. Sogar als sie bei Sophie eine schwere Geburt hatte, wollte er den Arzt nicht hereinlassen. Er hat ihn die Stufen hinuntergejagt. Der Arzt war allerdings Inder, also habe ich ein gewisses Verständnis dafür.*«

Als sie eines Tages die Bücherei besuchte, kam Tilly mit einem der Bibliothekare ins Gespräch.

»Ich versuche, mehr über die Eltern meiner Freundin herauszufinden. Sie sind 1907 hier gestorben. Haben Sie so alte Zeitungen archiviert? Ich habe mich gefragt, ob es vielleicht eine Todesanzeige oder dergleichen geben könnte. Ein doppelter Todesfall von dieser Art wäre doch vielleicht eine Nachricht wert gewesen, meinen Sie nicht?«

Der Bibliothekar, ein Polizist im Ruhestand, der für die Kriminalromane von Arthur Conan Doyle schwärmte, wurde neugierig. Er verschwand für zehn Minuten und kehrte mit einem schweren Sammelband von Ausgaben der *Shillong Gazette* aus dem Mai 1907 zurück. Er schmetterte das Buch auf einen Ständer und schlug es mühsam auf.

»Wie war das genaue Todesdatum, sagten Sie?«

»Auf dem Grabstein steht nur Mai.«

»Dann beginnen wir am besten ganz am Anfang.«

Er beugte sich über Tilly, während sie die erste Zeitung nach Todesanzeigen überflog.

»Natürlich war das damals eine angespannte Zeit«, bemerkte er und zog nachdenklich am Ende seines Schnauzbarts.

»Warum?«

»Im Mai 1907 war der fünfzigste Jahrestag des Sepoyaufstands. Unruhige Tage für uns Briten.«

Tilly schaute überrascht auf. »Aber das war doch bestimmt schon längst eine alte Geschichte? Es bestand für Sie doch keine Gefahr eines Aufstands in der Armee.«

»Nicht in der Armee. Aber es gab zahlreiche Agitatoren, die uns Scherereien machen wollten. Sie nahmen den Jahrestag zum Anlass, Unruhe zu stiften und die Inder gegen ihre Herren aufzuhetzen. Wir Polizisten hatten damals viel zu tun. Wir mussten Gerüchten über Komplotte auf den Grund gehen.«

Tilly fand, dass das alles weit hergeholt klang. »Komplotte?«, hakte sie amüsiert nach.

»Das ist nicht zum Lachen«, meinte der Bibliothekar. »Besonders die Pflanzer waren besorgt, dass es zu einem Aufstand unter den Kulis kommen könnte. Es hatte Anzeichen dafür gegeben, wissen Sie.« Er klopfte sich verschwörerisch an die Nase.

»Welche Anzeichen?«

»Seltsame Zeichen, die an Bäumen hinterlassen wurden – runde Fladen aus Dung und Haaren. Die Leute glaubten, das sei ein kodierter Hinweis auf eine Erhebung, so wie das Herumreichen von Chapatis ein Symbol des Sepoyaufstands gewesen war. Viele Pflanzer bekamen es daraufhin mit der Angst zu tun. Sie schickten ihre Frauen und Familien heim nach Großbritannien, damit sie in Sicherheit waren. Die, die nicht fortkonnten, machten alle Schotten dicht. Am Abend des zehnten Mai – dem Datum, an dem der Sepoyaufstand losgebrochen war – versammelten viele Briten ihre Familien in den Clubs, und die Männer wechselten sich damit ab, Wache zu halten.«

»Wie lange ging das so?«, fragte Tilly, erstaunt, dass solche Panik geherrscht hatte. Sie selbst wäre vor Angst bestimmt fast gestorben.

»Nur ein oder zwei Nächte. Als die Pflanzer erkannten, dass nichts geschehen würde, kehrten sie bald in ihre Häuser zurück und machten weiter wie bisher. Aber wir Polizisten waren überall unterwegs, um uns zu vergewissern, dass auch alle in Sicherheit waren. Ich verbrachte damals einen Großteil des Monats oben in Dispur.«

»Mit *alle* meinen Sie die Auslandsbriten?«, vermutete Tilly trocken.

»Natürlich.« Er saugte an seinem Schnurrbart. »Das erklärt vielleicht auch, warum die Eltern Ihrer Freundin sich draußen in den Bergen versteckt haben.«

»Sie haben sich nicht versteckt«, insistierte Tilly. »Sie waren aus Gesundheitsgründen da. Außerdem sind die Logans nicht von wild gewordenen Kulis überfallen worden. Sie sind an Typhus gestorben.«

»Dennoch«, wandte er ein, und seine Augen leuchteten bei dem Gedanken an ein Rätsel auf, »können Sie meiner Meinung nach eine Verbindung zwischen ihrem Tod und dem fünfzigsten Jahrestag nicht ausschließen.«

Tilly glaubte, dass sie das sehr wohl konnte. Sie fand seine sensationslüsternen Spekulationen geschmacklos. Alles, was sie herausfinden wollte, war, wo Sophies Eltern gelebt hatten und gestorben waren, sodass ihre Cousine herkommen, sich alles selbst ansehen und ihre Geister zur Ruhe betten konnte. Tilly ging wieder daran, die Zeitungen durchzusehen.

»Werfen Sie einen Blick auf den elften oder zwölften«, beharrte er.

Tilly unterdrückte ein Seufzen und wandte sich den entsprechenden Ausgaben zu. Wenn die Logans darin nicht erwähnt wurden, würde er vielleicht gehen und sie in Frieden lassen.

Triumphierend wies sie ihn darauf hin, dass es an keinem der beiden Tage solch eine Nachricht gab.

»Versuchen Sie es mit dem dreizehnten.«

Tilly blätterte zur nächsten Ausgabe weiter. Noch bevor sie die Todesanzeigen erreichte, zeigte der alte Polizist mit dem Finger auf eine Schlagzeile weit unten auf der Seite.

Tragischer Tod eines Pflanzers und seiner Frau

Tillys Eingeweide verkrampften sich. Der Bibliothekar zückte eine Lupe, drängte sie beiseite und begann vorzulesen: »*Die Leichen von William und Jessie Logan wurden am Sonntag, den elften Mai, im White Blossom Cottage von dem Pflanzer James Robson und Superintendent Burke gefunden.* Ach ja, Burke, an den erinnere ich mich. Guter Mann. Zäh wie Leder.«

Tillys Herz schlug schneller, als James erwähnt wurde, aber sie würde die Neugier dieses Mannes nicht noch anfachen, indem sie zugab, dass James ihr Mann war.

»*Vermutlich*«, fuhr er fort, »*erlag das Ehepaar einer Typhuserkrankung und starb in der Nacht zum zehnten Mai.*« Er schlug mit der Lupe auf die Zeitung. »Sehen Sie? Was habe ich gesagt? Der Jahrestag des Sepoyaufstands! Da ist etwas faul.«

»Ich weiß nicht, wieso«, entgegnete Tilly verärgert. »Es ist ein reiner Zufall. Ist das alles, was da steht?«

Er wandte sich wieder der Zeitung zu: »*Sie hinterlassen eine sechsjährige Tochter, Sophie, die nun in der Obhut der Geschäftsführung der Oxford Estates ist, auf denen der verstorbene Mr Logan als Verwalter tätig war.*«

»Die arme Sophie«, sagte Tilly und verspürte von Neuem heftiges Mitgefühl angesichts von Sophies herbem Verlust.

»*Der alte Pflanzerbungalow in Belguri ist ausgeräuchert und verrammelt worden.*«

»Was haben Sie da gesagt?«, erkundigte Tilly sich schockiert.

»*Ausgeräuchert und* ...«

»Nein, das mit dem Bungalow. Sagten Sie Belguri?«

»Ja, genau. Das liegt zwei Wegstunden entfernt in den Khasi Hills.«

Tilly war plötzlich sehr heiß, und sie fühlte sich schwach. »Ja, das weiß ich.«

26

Changa Manga, Pandschab

Tag für Tag schien die Sonne mit so grellem Glanz wie poliertes Messing. Die Felder waren ausgedörrt, der Boden hart, das Gras braun verbrannt. Die Fenster und Türen des Forstbungalows verzogen sich in der Hitze. Staub wehte herein und bedeckte alles: Er lag in den Schränken, machte das Essen körnig, stahl sich in Ärmel, unter Kragen, in Ohren, Augen und Schuhe. Es hatte keinen Sinn, sich zu waschen, da der Staub auch das Becken, die Seife und die Handtücher überzog. Er färbte sogar das Wasser schwarz. Sophie konnte sich nicht erinnern, in ihrer Kindheit solchen Staub oder eine derartige Hitze erlebt zu haben.

»Die Tinte ist schon wieder im verdammten Füller eingetrocknet!« Tam kam aus der Hütte herein, die als Forstbüro diente. »Wie soll ich dann den *dak* erledigen? Und dieser Nichtsnutz von einem *punkah wallah* schläft entweder oder zieht so kräftig, dass meine Papiere durch den ganzen Raum geweht werden.«

»Versuch es mit Briefbeschwerern«, schlug Sophie vor.

»Und die verdammte *punkah* quietscht jedes Mal, wenn er daran zieht. Ich habe fürchterliche Kopfschmerzen.«

»Ich sage Hafiz, dass er die Ringe ölen soll. Komm, setz dich in den Schatten und trink einen Granatapfelsaft.«

»Ich brauche eine tragbare Schreibmaschine«, grummelte Tam. Ohne sich hinzusetzen, leerte er das Glas, das Sophie ihm eingeschenkt hatte. »Ich habe vor der Holzauktion noch zu viel zu tun. Ich will zum Depot hinausreiten. Ich verlasse mich nicht darauf, dass sie die richtigen Holzpolter verkaufen. Beim letzten Mal haben sie das Holz schon an die Händler übergeben, bevor diese vollständig bezahlt hatten.«

»Ich komme mit.«

»Du wirst verschmoren.«

»Dann verschmoren wir zusammen.«

Bevor er noch weitere Einwände erheben konnte, ging Sophie. Sie zog ihr Kleid aus – es knisterte vor Elektrizität, als sie es abstreifte – und schlüpfte in ihre Reithose, ein weites weißes Hemd und setzte sich einen breitkrempigen *topee* auf.

Sie ritten am Kanal entlang, Tam auf seiner grauen Stute und Sophie auf einem schwarzen Pony, das sie sich von der Remonte geliehen hatte. Sie trug Handschuhe, um sich die Hände nicht an den Zügeln aufzuscheuern. Der Schweiß ließ ihr die Kleider am Körper kleben. Aber es war ihr lieber, draußen zu sein und mit Tam durch den Dschungel zu reiten, als im Bungalow festzusitzen, während ihr Mann schlechter Laune war.

Sie machte sich Sorgen und hielt Ausschau nach Anzeichen für eine Rückkehr des Fiebers, unter dem er vor sechs Monaten gelitten hatte. Er trieb sich selbst unbarmherzig zur Arbeit an. Noch vor dem Morgengrauen stand er auf, um auf den Forstplantagen nach dem Rechten zu sehen. Nach mehreren Stunden kehrte er zu einem späten Frühstück zurück und war dann schon wieder unterwegs, bevor die Hitze unerträglich wurde. Am Nachmittag mühte er sich im Büro mit Berichten und Zahlen ab. Dann ritt er zur Harzfabrik, zum Depot oder zu den Bewässerungsanlagen, um die Fortschritte zu überprüfen, bevor die Sonne unterging.

Vorbei waren die Tage gegen Ende der kalten Jahreszeit, in denen sie in der Morgen- oder Abenddämmerung Antilopen gejagt, flussaufwärts gezeltet, im kühlen Wasser gebadet, bei der Remonte Tennis gespielt und geselligen Umgang mit den Pferdebetreuern gepflegt hatten.

Sophie beobachtete, dass Tam immer erschöpfter und gereizter wurde. Er versuchte, seine Diät zu ändern, und verschmähte beim Frühstück Tee und Toast zugunsten von Müsli und Buttermilch, um mehr Energie zu haben. Aber das führte dazu, dass er sich übergab und Durchfälle bekam. Sie verzichteten auf Fleisch, dass zu schnell verdarb. Hafiz bestellte Gemüsecurrys und Chutneys, um den erschöpften Gaumen seines Herrn zu beleben, bis Tam sich beschwerte, dass er davon Albträume bekäme. Kurz nach dem Einschlafen wachte er immer wieder vor Angst schreiend auf. Als Sophie ihm vorschlug, draußen zu schlafen, meinte Tam, es würde sich nicht gehören, es zu halten wie die Diener.

»Ich muss besser in der Christlichen Wissenschaft werden«, machte er sich selbst Vorwürfe. »Es ist meine eigene Schwäche, die mich so ermüdet.«

»Es ist die Hitze«, wandte Sophie ein. »Es hat keinen Zweck, gegen das indische Klima zu kämpfen. Ruh dich häufiger aus und trink reichlich Saft.«

»Ich wünschte, es gäbe hier ein paar andere Christliche Wissenschafter wie in Lahore. Dann könnte ich aus ihrem Vorbild Kraft schöpfen.«

Also versuchte Sophie um Tams willen, bei den Übungen mitzumachen. Er wirkte am glücklichsten, wenn sie abends auf der Veranda saßen und eine Lektion aus Mary Baker

Eddys *Wissenschaft und Gesundheit mit Schlüssel zur Heiligen Schrift* lasen. Das half ihm, sich zu entspannen. Danach gingen sie zu Bett und lagen unter den Moskitonetzen, während Tam schnell und mechanisch mit Sophie schlief und sie sich bemühte, sich nicht daran zu stören, dass es wehtat. Er seufzte vor Erleichterung und nickte sofort ein, während sie stundenlang wach lag und dem Bellen der Schakale sowie dem unablässigen Quaken der Ochsenfrösche lauschte, bis das Quietschen des Brunnens den Beginn eines neuen Tages ankündigte.

Sie hatte gedacht, sie würde besser im Beischlaf werden, und fragte sich, ob sie für Tam eine Enttäuschung war. Manchmal ertappte sie ihn dabei, sie mit einem seltsamen Blick zu mustern. War es Mitleid oder Reue? Dann hauchte er ihr einen keuschen Kuss auf die Stirn und eilte davon.

Als sie im Holzdepot eintrafen, war der Hof menschenleer. Tam stieg schnell ab und begann, nach dem Verwalter zu rufen. Sophie führte die Pferde in den Schatten eines Maulbeerbaums an einen schlammigen Teich voller Wasser, das aus dem Kanal abgeleitet wurde.

»Du solltest doch die Holzpolter abgehen!«, hörte sie Tam im Schuppen brüllen. Er kam mit einem schlaftrunkenen Verwalter daraus hervor, der versuchte, ihn zu beschwichtigen.

»Muss ich denn alles selbst machen? Wo sind die Wächter?« Tam stolzierte auf die Stapel aus frisch geschlagenen Stämmen und Brennholz zu. »Was ist das für ein verbrannter Geruch?«

Wenige Augenblicke später wurde es hinter den Holzpoltern laut. Tam kam wieder zum Vorschein und schleifte einen mageren Arbeiter in zerlumptem *dhoti* und Turban hinter sich her.

»Rauchen! Verfluchtes Rauchen! Du hättest hier alles in Brand setzen können, du nichtsnutziger Crim!«

Tam schleuderte ihn zu Boden, das Gesicht schweißnass und wutverzerrt. Er marschierte zu seinem Pferd, packte seine

Reitpeitsche und rannte zurück. Der Mann riss die Arme hoch und schrie vor Angst. Tam hob die Peitsche und ließ sie auf die Arme des Mannes niedersausen.

»Nein, Tam!«, rief Sophie. Sie war starr vor Entsetzen. Tam schlug noch einmal zu. Die Peitsche traf den Mann auf Schultern und Rücken.

Der Verwalter sah mit gleichgültiger Miene tatenlos zu. Sophie erkannte, dass er nicht eingreifen würde. Sie rannte vorwärts und packte Tam am linken Arm.

»Hör auf! Bitte hör auf!«

Er stieß sie von sich.

»Verschwinde, Frau!«

Sophie stolperte, verlor das Gleichgewicht und fiel hintenüber. Mit einem dumpfen Knall landete sie auf dem harten Boden. Atemlos lag sie im Staub. Der Verwalter eilte auf sie zu und sah auf sie hinunter.

»Geht es Ihnen gut, Telfer Memsahib?«

Schlagartig nahm die Züchtigung ein Ende, und Tam war an ihrer Seite und schob den Verwalter weg. »Rühr sie nicht an!« Er streckte den Arm nach unten und zog sie in eine sitzende Stellung. »Komm schon, Mädchen, tief durchatmen. Hoch mit dir!«

Er schnaufte immer noch infolge seiner rasenden Wut, aber Sophie sah ihm die Zerknirschung an, als er ihr auf die Beine und zu einem Stuhl auf der Depotveranda half. Der verprügelte Mann rannte davon. Sophie brach in Tränen aus. Der Verwalter servierte heißen, süßen Tee.

Tam sprach mit seinem Verwalter. »Meiner Frau ist nicht bewusst, wie die Dinge hier stehen – was für ein schweres Verbrechen dieser Mann begangen hat. Vielleicht möchtest du es ihr erklären?«

»Sehr böser Mann.« Der Verwalter nickte. »Mann aus kriminellen Stämmen. Darf man allen nicht trauen. Telfer Sahib ist ein guter Mann, dass er ihnen Arbeit gibt, aber sie tun trotzdem böse Dinge – liegt in ihrer Natur. Er raucht, wenn man ihm verboten hat – sehr schlimmes Verbrechen. Er könnte ganzes Depot niederbrennen. Dann Hölle los, und wir haben großen Waldbrand zu bekämpfen.«

»Genau«, bekräftigte Tam. »Von Rechts wegen hätte ich eigentlich befehlen sollen, ihn wirklich auszupeitschen. Das wäre für ihn ein viel schlimmeres Schicksal gewesen, als ein paar leichte Hiebe mit meiner Reitgerte zu bekommen. Aber es ist besser, schnell Gerechtigkeit zu üben, damit die anderen Crims es sich zweimal überlegen, ob sie wirklich ihre dreckigen Zigaretten anstecken wollen, wenn sie im Dienst sind.«

Sophie sah die beiden ungläubig an. Ihre kaltschnäuzigen Worte entsetzten sie. Tam bereute ja vielleicht, dass er sie grob behandelt hatte, aber er empfand kein Mitgefühl mit dem Mann, den er gerade verprügelt hatte – und der Verwalter auch nicht. Für die beiden war der unglückliche Stammesangehörige verachtenswert und gehörte zu einer Schicht, die so weit unter ihnen stand, dass er kaum noch als Mensch zählte.

Sie schloss die Augen und bemühte sich, nicht darüber nachzudenken, wie oft es zu solchen Vorfällen kam. Die Männer ließen sie ihren Tee trinken, während sie gingen, um die Holzpolter für die Auktion zu inspizieren. Als sie endlich wieder aufbrachen, war Sophie steif. Ihr tat alles weh. Sie bemühte sich, nicht vor Schmerz zusammenzuzucken, als sie wieder im Sattel saß. Zurück im Forstbungalow bat sie den überraschten Hafiz, ihr in der Blechwanne in ihrem Schlafzimmer ein heißes Bad zu bereiten.

»Ich weiß, dass es bei dieser Hitze verrückt klingt.« Sie verzog das Gesicht. »Aber nach all dem Reiten bin ich völlig steif.«

Tam verschwand auf die andere Seite des Gartens im Büro, um den Rest des heutigen *dak* zu erledigen. Sophie lehnte sich in der Wanne zurück und ließ die Wärme ihre Glieder entspannen, bis das Wasser abkühlte. Rosig und glühend ging sie in einen von Tams weiten Seidenpyjamas gekleidet ins Freie. Die Inder machten es richtig, wenn sie bei Hitze lockere Kleidung trugen, dachte sie. Der Himmel loderte orangefarben. Schatten krochen durch den Garten.

»Wir haben Besuch, Telfer Mem«, verkündete Hafiz. Sie hörten den Hufschlag von Pferden, die sich langsam einen Weg zwischen den Bäumen hindurchsuchten.

»Oje.« Sophie lachte. »Die erwischen mich im Pyjama! Geh lieber zu Telfer Sahib und sag ihm, dass wir Gäste haben. Vielleicht ist der Bungalow am Kanal belegt, und sie brauchen ein Zimmer für die Nacht.«

Ein Reiter erschien, gefolgt von seinem Diener, der ein Packpony führte. Sophie spähte von der Veranda aus zu ihnen hinüber und schnappte erstaunt nach Luft. Der breitschultrige Mann war barhäuptig. Der letzte Rest des grellen Sonnenscheins beleuchtete die Bartstoppeln an seinem Kinn und spiegelte sich in seiner Rauchglasbrille wider.

»Rafi?«, rief sie.

Er hob die Hand zum Gruß. Ein breites Lächeln erschien auf seinem schönen Gesicht. Sophies Eingeweide schlugen Purzelbäume. Rafi stieg ab, reichte die Zügel an den *syce* der Telfers weiter und tätschelte sein Pferd rasch zum Dank, bevor der Reitknecht es wegführte.

»Gebt ihr eine Pyjamaparty?«, zog er sie auf, als er die Verandastufen heraufstieg.

»Nur wenn du Musik mitgebracht hast«, antwortete Sophie. Ihr Herz raste.

»Das habe ich tatsächlich. Ich reise mit meinem Grammofon.«

»Wunderbar!«

Sie schüttelten sich verlegen die Hand. Sophie hoffte, dass Rafi nicht spürte, dass sie zitterte. Sie konnte seinen Gesichtsausdruck wegen der dunklen Brille nicht erkennen.

»Was führt dich her? Ist es in Lahore unerträglich heiß?«

»Bracknall unternimmt eine Rundreise, bevor er in die Berge aufbricht. Er wollte, dass jemand, der fließend Urdu und Pandschabi spricht, ihn begleitet. Ich bin sogar für den hochmögenden B durchaus nützlich.«

»War es in Lahore also langweilig?«

»Es ist eine Stadt, und ich bin Förster. Ich genieße es, endlich im Dschungel zu sein und eine Ausrede zu haben, um jeden Tag auszureiten.«

»Wo sind denn der mächtige Bracknall und der Rest seiner Entourage?«

»Er hat den Kanalbungalow übernommen und mich hierhergeschickt.«

»Typisch.« Sophie rollte die Augen. »Natürlich sucht er sich das Haus mit den elektrischen Ventilatoren und dem Eisschrank aus, um seine Whiskys mit Soda schön kühl zu halten.«

»Ich bitte nur um eine Ecke des Gartens, um mein Lager aufschlagen zu können«, brummte Rafi.

»Du kannst gern das Gästezimmer haben«, antwortete Sophie, »aber draußen fühlst du dich vielleicht wohler.«

Rafi schob sich die dunkle Brille auf den Kopf. »Es tut gut, dich zu sehen.« Er lächelte.

Sie schluckte. »Und dich.«

Ein Ruf ertönte von hinten: »Rafi Khan, du alter Teufel! Bist du hier, um doch noch ein bisschen etwas über Forstwirtschaft zu lernen?«

Tam sprang in zwei flinken Sätzen die Stufen herauf und schlug seinem Freund auf den Rücken. Sie schüttelten sich kräftig die Hand und lachten.

»Rafi hat sein Grammofon mitgebracht. Ist das nicht großartig?«

»Solange wir uns nicht all seine scheußlichen persischen Liebeslieder anhören müssen, die klingen, als würden Katzen erwürgt.«

»Du bist ein Kunstbanause, Telfer.« Rafi grinste.

»Geh und zieh dich anständig an«, wies Tam Sophie an, »während Khan und ich einen steifen *chota peg* trinken. Es war ein höllischer Tag.«

Es war ungewöhnlich, dass Tam etwas trinken wollte. Vielleicht hatte sein gewalttätiger Ausbruch auch ihn selbst verstört? Sophie grübelte darüber nach.

Bis die Sonne unterging, hatte Rafis Diener schon Zelte aufgeschlagen. Die Männer hatten zwei große Gins mit Limone hinuntergestürzt. Hafiz servierte zum Abendessen ein würziges Hauptgericht mit Orangen und zum Nachtisch Ingwerpudding. Der Mond hing riesig über den Bäumen und tauchte die Veranda in ein Licht, das die Kerosinlampe überflüssig machte. Rafi erzählte ihnen das Neueste von Boz, den man nach Quetta geschickt hatte.

»Man weiß, dass Bracknall einen nicht ausstehen kann, wenn er einen ins wilde Paschtunenland versetzt«, bemerkte Tam.

»Armer Boz«, meinte Sophie. »Was hat er getan, um das zu verdienen?«

Rafi musterte sie über den Tisch hinweg und zuckte dann die Schultern. »Zu schottisch und zu sehr untere Mittelschicht für Bracknall. Er hat seine Schoßhündchen. Aber keine Sorge, deinen Mann preist er in höchsten Tönen. Etwa, was Tams Idee angeht, die Harzproduktion auszuweiten.«

»Wirklich?« Tam sah erfreut drein.

Tam und Rafi spekulierten, welche Pläne Bracknall wohl mit ihnen hatte.

»In Lahore geht das Gerücht, dass Bracknall Martins an die Forstakademie in Dehradun abschieben will. Also könnte es für einen ehrgeizigen Mann bald eine Beförderung zum Assistenzkonservator geben«, scherzte Rafi.

»Ich würde meine Sache jedenfalls besser machen als der kleine Martini. Er ist der faulste Mann in der gesamten indischen Beamtenschaft.«

»Bist du nicht ehrgeizig, Rafi?«, wollte Sophie wissen.

Rafi schüttelte den Kopf. »Nicht für mich selbst. Nur für Indien. Ich will, dass unsere Wälder gut verwaltet werden – für die Menschen, die in ihnen leben, und auch für diejenigen, die das Holz brauchen.«

»Aber«, unterbrach Tam ihn, »es geht doch nur darum, Bäume zu pflanzen, die schnell wachsen und uns eine gute Rendite für die Investition einbringen. Wir werden nicht für immer hier sein.«

»Einige von uns hoffen das aber.« Rafi lächelte. »Wir müssen auch an die nächste Generation denken, wenn wir unsere Bestände aufbauen, nicht nur an uns.«

»Bestände aufbauen, ja«, räumte Tam ein. »Aber es warten in den Ausläufern des Himalaja riesige unerschlossene Wälder, die jetzt zur Fällung reif sind. Und es gibt in Indien einen Markt für das Holz, ohne dass man es erst ins Ausland verschiffen muss – Grubenhölzer, Teekisten in Assam, Bahnschwellen und dergleichen.«

»Ich würde alles darum geben, jene Wälder zu bereisen«, überlegte Rafi laut, »und über die Schneegrenze zu gelangen.«

»Dann lass uns das doch tun«, schlug Tam vor. »Sobald der Monsun einsetzt, steht uns ein bisschen Urlaub zu. Ich versuche schon lange, Sophie zu überreden, hinauf nach Dalhousie zu reisen, aber sie weigert sich, mich allein zu lassen, falls ich von der Hitze verrückt werde.«

»Falls *ich* verrückt werde«, prustete Sophie, »von all dem endlosen Teetrinken und Kartenspielen mit den anderen Ehefrauen.«

»Wir organisieren eine Zelttour«, meinte Tam. »Du und ich, Khan. Wir gehen auf Entdeckungsreise in den Bergen und verschaffen uns zugleich einen Überblick über die Wälder für Bracknall.«

»Ich komme aber auch mit«, sagte Sophie.

»Das wird zu riskant für ein Mädel.« Tam klang verächtlich.

»Unsinn«, gab Sophie zurück. »Ich habe mit Tante Amy schon in den Cairngorms gezeltet. Mit ein paar Gebirgsausläufern komme ich zurecht.«

»Siehst du, womit ich fertigwerden muss?« Tam lachte. »Heirate bloß keine Schottin, Khan, sie sind viel zu dickköpfig. Eine gute, fügsame Muslimin ist das Richtige für dich.«

Sophie wagte es, eine Frage zu stellen: »Haben deine Eltern eine Frau für dich ausgewählt, Rafi?«

»Ich hoffe, sie haben mittlerweile aufgegeben, das zu versuchen.« Rafi lachte. »Kein Mädchen aus Lahore, das über eine gewisse Selbstachtung verfügt, will in den Dschungel geschleift werden, um mit einem Förster zusammenzuleben. Ich bin in ihren Augen ein hoffnungsloser Fall.«

»Oje, du Armer.« Sophie hoffte, dass sie sich die lächerliche Erleichterung nicht anmerken ließ, die sie angesichts seiner Antwort empfand. Dann schämte sie sich für den Gedanken. Sie war eine verheiratete Frau, und außerdem wollte sie nicht, dass Rafi unglücklich war.

»Genieß deine Freiheit, solange du kannst«, riet Tam und setzte dann schnell hinzu: »Natürlich bin ich jetzt sehr glücklich verheiratet.«

Rafi brach das verlegene Schweigen, indem er sein Grammofon holen ging. Er legte eine Ragtime-Platte auf, aber Tam sagte, es sei viel zu heiß zum Tanzen. Also arbeiteten sie sich durch seine fünf anderen Schallplatten: schottische Lieder, Mozart, Schubert, *Roses of Picardy* und einen Sufi-Sänger.

Sophie fand, dass sie noch nie etwas Eindringlicheres gehört hatte als das sehnsuchtsvolle, erhabene persische Lied, das die Luft über dem Dschungelgarten im Mondschein erfüllte. Sogar die Vögel schienen den Atem anzuhalten. Als das Lied endete, rührte sich niemand.

»Das war schön«, murmelte Sophie. »Danke.«

»Mir ist ein schottisches Lied jederzeit lieber.« Tam ächzte und stand auf. »Es ist spät. Wir sollten dich nicht länger davon abhalten, ins Bett zu gehen, Khan.«

Rafi erhob sich ebenfalls. »Danke für ein höchst angenehmes Abendessen.«

»Du gesellst dich doch zum *chota hazri* zu uns?«, lud Sophie ihn zum Frühstück ein.

»Ich bin mir nicht sicher, ob Zeit dafür bleibt«, mischte Tam sich ein. »Wenn Bracknall sich auf den Forstplantagen umsehen will, müssen wir in aller Frühe aufbrechen. Außerdem habe ich noch die Holzauktion. Ich sage Hafiz, dass er uns etwas mitgeben soll.«

Rafi wünschte ihnen eine gute Nacht und verschwand in seinem Zelt. Sophie konnte den Gedanken an noch eine ruhelose Nacht im stickigen Schlafzimmer nicht ertragen. Tam weigerte sich stets, die Türen geöffnet zu lassen, damit keine Tiere hereinspaziert kamen. Zudem ging ihr heute das Bild von Tams brutalem Angriff auf den unglücklichen Arbeiter nicht aus dem Kopf. Allein der Gedanke daran ließ Übelkeit in ihr aufsteigen. Sie hatte ein kurzes Aufblitzen seines Jähzorns erlebt, als er Jimmy Scott im Palais einen Boxhieb verpasst hatte, aber noch nie so etwas wie seine Raserei auf dem Holzlagerplatz. War es das, wovor Boz sie zu warnen versucht hatte, als er ihr in Bombay von Tams Kriegsverletzungen erzählt hatte?

Als ihr Mann eingeschlafen war, holte sie sich Bettzeug und ein Laken aus der Truhe und stieg aufs Flachdach. Vor ein paar Monaten war hier noch bunter Mais zum Trocknen ausgebreitet gewesen, aber jetzt war es leer.

Sophie lag da und betrachtete den Nachthimmel. Er pulsierte vor Sternen. Die hauchzarte nächtliche Brise verschaffte ihr etwas Erleichterung. Warum hatten sie das nicht schon den ganzen Monat lang getan? Sie seufzte. Wenn Tam allein gewesen wäre, dann hätte er draußen geschlafen, das wusste sie. Es ärgerte sie, dass für Frauen immer andere Regeln galten als für Männer.

Verträumt betastete sie den schwarzen Opal, den Rafi und Boz ihr geschenkt hatten. Sie trug ihn immer unter ihrem Hemd. Sophie wälzte sich auf den Bauch und spähte nach unten. Der Mond war weitergezogen, warf aber immer noch helles Licht auf die Umfriedung. Die Diener lagen draußen auf hölzernen *charpoys*. Hunde streunten schnüffelnd umher. In der Ferne ließ ein Nachtwächter, der auf einer Forstplantage patrouillierte, seinen Ruf ertönen. Auf der anderen Seite des Gartens lag eine Gestalt ausgestreckt auf einer Matte neben Rafis Zelt und rauchte. Bis auf eine Unterhose war der Mann nackt. Es musste sein Diener sein. Dann setzte er sich auf, und Sophie schnappte nach Luft, als ihr klar wurde, dass die massigen Schultern und haarigen Arme Rafi gehörten.

Er schaute zum Haus hoch. Sein schönes Gesicht war ins Mondlicht getaucht, während er seine Zigarette zu Ende rauchte. Sie konnte nicht einschätzen, ob er sah, wie sie über die Dachkante starrte, und wollte sich auch nicht rühren und so seine Aufmerksamkeit auf sich ziehen. Aber ihr Herz hämmerte auf einmal so heftig, dass sie glaubte, er würde es hören. Er runzelte die Stirn, tief in Gedanken.

Nach einer ganzen Weile drückte er die Zigarette zwischen Daumen und Zeigefinger aus und legte sich wieder hin. Er stützte den Kopf in die Hände. Sophie beobachtete ihn noch lange Zeit. Ihr wurde heiß vor Schuldgefühlen, weil sie seinen Anblick so erregend fand. Sie musste gegen das Verlangen ankämpfen, vom Dach hinunterzueilen, sich neben Rafi auf dem verbrannten Gras auszustrecken und die Hände auf seine breite, nackte Brust zu legen. Ihr war fast schlecht vor Begehren. Tam hatte noch nie solche Empfindungen in ihr geweckt.

Sophie drehte sich weg und barg das Gesicht in den Händen. Sie war verabscheuungswürdig. Sie versuchte, sich daran zu erinnern, wie es gewesen war, in Edinburgh bis über beide Ohren in Tam verliebt zu sein. Es war noch kein Jahr her, aber es kam ihr vor, als wären es die Gefühle eines anderen Menschen; eines rastlosen Mädchens, das sich nach Romantik und Abenteuern gesehnt hatte. Sie war eifersüchtig gewesen, dass ihre schüchterne Lieblingscousine diejenige gewesen war, die sich plötzlich verlobt und eine Zukunft in einem fernen Land geplant hatte. Tam hatte ihre Aufmerksamkeit erregt. Er war attraktiv und ein großartiger Tänzer. Als er nach Frankreich verschwunden war, hatte ihn das nur noch verlockender gemacht, weil er außer Reichweite gewesen war.

Wie oberflächlich sie doch war! Sophie verhöhnte sich selbst. Sie hatte Tam schöne Augen gemacht, zum Teil, weil sie geglaubt hatte, in ihn verliebt zu sein, aber auch, weil er ihr Fahrschein nach Indien gewesen war. Jetzt wurde ihr klar, wie stark ihre Sehnsucht gewesen war, wieder hierherzukommen. Wenn sie sich irgendwo zu Hause fühlte, dann hier. Die letzten paar Monate waren nicht leicht gewesen: die Sorge wegen Tams Krankheit, seine Stimmungsschwankungen, der primitive Bungalow und das Einfinden in die Rolle einer Ehefrau. Aber sie genoss die Freiheit ihres Dschungellebens, die Umgebung, die Leute.

Sie errötete vor Scham, als ihr der Gedanke kam, dass es besonders einen Menschen gab, der dafür sorgte, dass sie sich so lebendig fühlte. Er lag wenige Meter entfernt unten im Garten. Sie musste zugeben, dass er einer der Gründe dafür war, dass sie Ausflüge nach Lahore vermieden hatte. Sie hatte Rafi nicht über den Weg laufen wollen. Empfand auch er etwas für sie? Sophie wusste, dass Rafi nicht gut von ihr gedacht hatte, als sie sich kennengelernt hatten. Er hatte sie für eine Memsahib, wie sie im Buche stand, gehalten. Aber jetzt hatten seine betörenden Augen einen gewissen Ausdruck, wenn er sie ansah. Sie fragte sich, ob ihre Zuneigung auf Gegenseitigkeit beruhte.

Sophie wischte sich das schwitzende Gesicht am Laken ab. Sie durfte nicht zulassen, dass etwas geschah. Sie hatte Tam ein Versprechen fürs Leben gegeben; sie musste das Beste aus ihrer Ehe mit ihm machen. Irgendwie würde sie ihre Liebe neu entfachen – sie spürte, dass auch er alles bereute –, und sie würden ein Baby haben. Sie würde ihre Scheu, die Verantwortung für ein Kind zu tragen, unterdrücken. Es war Unsinn, solch eine Abneigung gegen die Mutterschaft zu empfinden. Dann würden sie glücklich sein.

Sophie wusste, dass sie nicht würde schlafen können, wenn sie Rafis ausgestreckte Gestalt im Blick hatte. Sie stand auf, sammelte ihr Bettzeug ein und stieg vom Dach. Sie kroch unter das Moskitonetz des Ehebetts und schmorte neben Tam im eigenen Saft, bis die Morgendämmerung anbrach.

27

Drei Tage später setzte der Monsun ein. Die Zeitungen hatten seinen Weg nach Norden von Ceylon und Bombay aus verfolgt. Hafiz hatte seine Ankunft bis auf einen halben Tag genau vorhergesagt. Der heiße Wind wurde stärker, die Wolken zogen auf, und Sophie hörte das Zischen der ersten dicken Regentropfen, als sie auf die heiße Erde trafen.

Sie stürmte nach draußen, streckte die Arme aus und kreischte einen Willkommensgruß. Dampf stieg um sie auf. Dann erhellten Blitze den Himmel, und Donnerschläge durchschnitten die Luft wie Gewehrsalven. Heftiger Regen strömte plötzlich kübelweise herab.

»Komm herein, Mädel«, rief Tam von der Veranda, »bevor du noch vom Blitz getroffen wirst!«

»Das ist mir gleich.« Sophie lachte und wandte das Gesicht nach oben. »Es ist wunderschön!«

Sie rannte durch den Garten, sprang in Pfützen und schlug Räder auf dem ausgedörrten Rasen. Die Erde trank und gurgelte wie ein durstiges Geschöpf. Die Diener sahen unter Regenschirmen hervor zu, grinsten und machten Bemerkungen über die verrückte Memsahib. Rafis Zelt blähte sich im Wind und flatterte.

Sophie drehte sich um und sah, dass die Männer sie anstarrten: Tam, Rafi und Bracknall. Tam wirkte verärgert, Rafi amüsiert, und der Vorgesetzte der beiden hatte einen seltsamen, strengen Gesichtsausdruck, der sie schlagartig sehr verlegen machte. Sie war bis auf die Haut durchnässt. Die Haare klebten ihr im Gesicht, und ihre Kleider trieften. Ihr Hinausstürmen in den Regen kam ihr jetzt kindisch vor, aber vor einigen Minuten hatte ein berauschender Wahnsinn sie überkommen. Sie hätte keine Sekunde länger still sitzen können, um zuzuhören, wie Bracknall darüber schwadronierte, in die Jagdhütte des Vizekönigs in Simla eingeladen worden zu sein, weil er dem Vizekönig seinerseits gestattet hatte, überall auf dem Land der Forstbehörde im Pandschabdschungel zu jagen.

Tam hatte eifrig versucht, seine Überlegungen zur Bewässerung in allen Einzelheiten zu erläutern.

»Der Verlauf der Gräben sollte der Kontur der Hänge folgen und nicht in geraden Linien parallel zum Rand der Klippen angelegt sein. Das hat in der Vergangenheit zu Überflutungen und Erosion geführt. In Deutschland hat man …«

»Mein Gott, Telfer«, hatte Bracknall ihn zum Schweigen gebracht, »wir nehmen ganz bestimmt keine guten Ratschläge von den Boches an. Und was Ihre Pläne in Sachen Fällung und Grasmahd angeht – die müssen warten. Ich muss erst die Kosten dafür berechnen lassen. Die Forstbehörde hat kein Blankoscheckbuch, das ist Ihnen doch auch klar.«

Auch wenn niemand es aussprach, wussten sie alle, dass das Widerstreben des leitenden Konservators weniger mit den Kosten zu tun hatte als mit dem Wunsch, dem Vizekönig für seine Jagd einen naturbelassenen Dschungel zu bieten.

Während Sophies Aufgedrehtheit sich legte, erfolgte ein Temperatursturz. Sie stand da, hielt ihre eigenen Arme fest und zitterte.

»Geh und zieh dich um!«, forderte Tam mit angespannter Miene.

Er war ihr gegenüber schon übellaunig, seit die Holzhändler vor zwei Tagen seine Auktion boykottiert hatten. Tam gab Sophie daran die Schuld, weil sie im Depot eine Szene gemacht und ihn so als Dummkopf hatte dastehen lassen. Aber sie weigerte sich, ein schlechtes Gewissen dafür zu haben, dass sie versucht hatte, ihn davon abzuhalten, den Holzwächter zu schlagen. Rafi hatte Tams Stimmung nicht gerade verbessert, indem er ihn darauf hingewiesen hatte, dass der Boykott ein Protest dagegen war, dass Tam ein Geschäft mit einem ganz bestimmten Händler abgeschlossen hatte.

Als Sophie ihre durchnässten Schuhe auszog, scherzte sie: »Wenigstens habe ich es dem Feger erspart, heute Abend Badewasser ins Haus schleppen zu müssen.«

Im Gehen hörte sie Tam Entschuldigungen murmeln, dass es ihr erster Monsun sei. Die Männer lachten. Aber es war nicht ihr erster. Eine Erinnerung kehrte zu ihr zurück: Sie hatte durch ein Geländer gespäht, Kinder beobachtet, die im strömenden Regen in einem riesigen Teich planschten, und sich gewünscht, sie könnte sich zu ihnen gesellen.

Sophie ließ sich Zeit. Sie zog die nasse Kleidung aus und trocknete sich ab. In ein Handtuch gewickelt legte sie sich aufs Bett und genoss die plötzliche Kühle. Sollten die Männer doch über die Arbeit reden, während sie fünf Minuten lang ein Nickerchen hielt. Das Prasseln des Regens und das Klappern der Fensterläden sorgten dafür, dass sie sich zum ersten Mal seit Wochen im Haus geborgen führte. Die Geräusche waren einschläfernd.

* * *

Als Sophie erwachte, trommelte der Regen immer noch aufs Dach, aber das Schlafzimmer lag im Dunkeln. Sie setzte sich benommen auf. So tief hatte sie seit Ewigkeiten nicht mehr geschlafen. Das feuchte Handtuch fühlte sich auf ihrer kühlen Haut klamm an. Sie erschauerte, als sie es ablegte und eine trockene Bluse und einen Rock anzog. Die Schuhe, die sie getragen hatte, als sie durch den Schlamm getobt war, standen ruiniert in einer Pfütze an der Tür.

Sophie ging leise durchs Wohnzimmer. Das Haus wirkte verlassen. Auf der Veranda war es dunkel. Tam hatte vorgehabt, ihren Gästen die Baumschule mit Shisham- und Maulbeerbäumen auf einer weit entfernt gelegenen Forstplantage zu zeigen. Aber sie waren doch sicher nicht bei solchem Wetter dorthin aufgebrochen? Sophie spähte von der Veranda und schnappte nach Luft, als sie ihren überschwemmten Garten sah. Das Haus war beinahe von der Außenwelt abgeschnitten. War so viel Regen binnen derart kurzer Zeit gefallen?

»Sie sind nach Chichawatni hinübergefahren«, erschreckte eine Stimme sie. Ein Mann erhob sich von einem Stuhl in den Schatten: Bracknall. »Tut mir leid, wenn ich Ihnen Angst eingejagt habe, liebes Mädchen.«

»Chichawatni?«, wiederholte Sophie verwirrt.

»Ich hielt es für das Beste, dass jemand den Kanal im Auge behält, und angesichts der Besessenheit Ihres Mannes von der Bewässerung schien er mir genau der Richtige zu sein.«

Sein hämischer Ton gefiel Sophie nicht.

»Fällt das nicht in die Zuständigkeit der Kanalleute von der Behörde für öffentliche Bauvorhaben?«, erkundigte sie sich.

»Der Kanal ja. Aber für die angrenzende Forstplantage sind wir zuständig – oder genauer gesagt Ihr Mann. Wenn sie überschwemmt wird, ruiniert das die Setzlinge.«

Sophie blieb an den Stufen stehen. Sie war beunruhigt. Wenn überhaupt wurde der Regen noch stärker, und das Licht war fast vom stahlgrauen Himmel verschwunden. Rafis Zelt sackte unter der Last des Wassers ein. Der Rasen, auf dem er in den letzten drei Nächten geschlafen hatte, war zu einem See geworden.

Als hätte er ihre Gedanken erraten, fuhr Bracknall fort: »Ich habe Khan mit Tam mitgeschickt. Ich dachte, es wäre peinlich, wenn er sich hier herumtreibt, während Ihr Mann nicht da ist. Sie wissen ja, wie die Diener reden.«

Sophies Unbehagen wuchs. »Wie lange sind sie schon weg?«

»Sie haben über fünf Stunden geschlafen. Ich bezweifle, dass die beiden es heute Abend noch hierher zurückschaffen. Wie es aussieht, ist die Straße jetzt ohnehin unpassierbar.«

Unvermittelt klatschte er in die Hände. Ein Diener, den Sophie nicht kannte, kam aus den Schatten angeeilt. Tams Vorgesetzter rasselte Befehle auf Urdu herunter, und der Mann sauste zur Küchenhütte davon. Er watete bis zu den Knien im Wasser.

»Hafiz kann Ihnen etwas zu trinken holen«, sagte Sophie, überquerte die Veranda und rief: »Hafiz!«

»Ihr Träger begleitet Ihren Mann und Khan.« Bracknall machte eine ausladende Handbewegung. »Kommen Sie und setzen Sie sich, Sophie. Es macht Ihnen doch nichts aus, wenn ich Sie Sophie nenne? Trinken Sie etwas mit mir. Ich würde gern über die Zukunftsaussichten Ihres Mannes sprechen.«

Seine besitzergreifende Attitüde stieß Sophie sauer auf. Es war ihr Haus, nicht seines. Aber dann wurde ihr klar, dass er wahrscheinlich einen größeren Anspruch darauf hatte als sie oder Tam. Der Bungalow gehörte der Forstbehörde des Pandschab, und Bracknall war deren Leiter.

Sein Diener brachte rosafarbenen Gin und ein Tablett mit würziger Pakora. Nachdem sie ein paar Mal an ihrem bitteren Cocktail genippt hatte, entspannte Sophie sich allmählich.

Bracknall plauderte leichthin vom Leben in Lahore, von seinem Sohn im Internat und seiner Leidenschaft für Polo und Tennis.

»Es ist gut, dass Sie sich Tam beim Tennisspielen anschließen. Es ist unermesslich viel wert, eine Frau zu haben, die einen unterstützt.«

»Ich spiele gern«, antwortete Sophie. »Ich tue es nicht, um mich bei der Forstbehörde beliebt zu machen, und Tam auch nicht.«

»Na, da wäre ich mir nicht so sicher.« Bracknall lächelte. »Tam würde sehr viel tun, um bei der Forstbehörde voranzukommen. Er ist eifrig und ehrgeizig, was ich gutheiße. Den Freimaurern beizutreten, war ein weiterer kluger Schachzug. Man muss die richtigen Leute beeindrucken, wenn man in Indien Karriere machen will.«

»Sollte man Tam nicht lieber nach seinem Wissen über Forstwirtschaft und seinen Innovationsplänen beurteilen als danach, ob er einen Tennisball schlagen kann?«

Bracknall beugte sich im Dämmerlicht zu ihr. Es war schwierig, seinen Gesichtsausdruck zu deuten, aber in seinen Worten schwang eine Warnung mit.

»Ich gebe Ihnen einen guten Rat. Lassen Sie nicht zu, dass Ihr Mann sich zu sehr für neumodische Vorstellungen begeistert. Es gibt für uns alte Hasen nichts Ärgerlicheres, als wenn junge Welpen aus England kommen und glauben, alle Antworten zu kennen und uns sagen zu können, wie wir die Dinge regeln sollen.«

Sophie war so gekränkt, dass sie Tam verteidigte. »Er ist aus Schottland, und er ist kein junger Welpe! Tam ist ein Veteran des Flandernkriegs. Er hat doch Gräuel erlebt, die keinem Menschen zugemutet werden sollen, während die Älteren in Indien in Sicherheit waren und ihre Karriere vorangetrieben haben. Mein Mann hat viele gute Ideen. Er hat fleißig studiert und aus seinen Erfahrungen gelernt. Die Forstbehörde sollte froh über das sein, was er zu bieten hat.«

Sie rechnete damit, dass Bracknall daran Anstoß nehmen würde, und errötete über ihre Unhöflichkeit, aber der Mann war nun einmal unerträglich. Er sagte nichts, zog ein silbernes Zigarettenetui aus der Tasche und bot es ihr an. Sie wollte schon ablehnen – Tam war es zuwider, wenn sie rauchte –, nahm dann aber doch eine Zigarette. Vielleicht würde die ihre Nerven beruhigen. Bracknall steckte ihre und dann seine eigene an, schlug die Beine übereinander und lehnte sich zurück, um Sophie zu mustern.

»Das gefällt mir«, sagte er gedehnt. »Ihre Loyalität sagt mir wirklich sehr zu.«

Sophie blies Rauch aus und trank einen Schluck von ihrem Drink. Bracknall blieb ihr ein Rätsel. Sein Diener füllte ihre Gläser neu und wechselte schnell einige Worte mit seinem Herrn, denen Sophie nicht folgen konnte. Der Mann zündete zwei Lampen an. Ihr schwacher Schein beleuchtete die Regenwand vor der Veranda.

»Ich muss Sie leider über Nacht um Ihre Gastfreundschaft bitten«, sagte Bracknall. »Mein Träger sagte mir soeben, dass die Straße zurück zum Kanalbungalow überflutet ist. Er wird uns etwas zum Abendessen machen.«

Sophie erhob sich. »Ich werde meinen eigenen Koch bitten, uns eine Mahlzeit zuzubereiten.«

Er streckte die Hand aus und hielt Sophie auf. Sein Griff um ihren Arm ließ sie zusammenzucken.

»Es ist alles arrangiert. Setzen Sie sich und entspannen Sie sich, meine Liebe.«

Drei Drinks später war Sophie erleichtert, als man ihnen mitteilte, das Abendessen sei serviert. Ihr war flau im Magen, und sie konnte nicht aufhören zu zittern, obwohl die Luft sich wieder erwärmt hatte. Sie aßen an einem Tisch im Wohnzimmer – das Haus war zu klein für ein getrenntes Esszimmer. Es wirkte unbehaglich intim, da die Fensterläden geschlossen und Kerzen angezündet waren. Sophie fragte sich, warum sie bisher keinen ihrer eigenen Diener gesehen hatte. Tam hatte doch bestimmt nicht alle mitgenommen?

Sophie lenkte das Gespräch unerbittlich immer wieder auf Mrs Bracknall und weg von den aufdringlichen Fragen des leitenden Forstwirts über sie selbst.

»Mrs B blüht jedes Mal auf, wenn sie oben in den Bergen ist«, erzählte er. »Dalhousie ist schön. Masuri ist voller niederrangiger Armeeangehöriger und kleiner Beamter. Murree ist hübsch, bietet aber kein ausreichendes gesellschaftliches Leben. Deshalb mag sie Simla am liebsten. Es kostet mich ein kleines Vermögen, aber sie verkehrt mit den richtigen Leuten.«

»Tam wollte, dass ich nach Dalhousie hinaufreise«, gestand Sophie.

»Aber Sie zogen es vor, an seiner Seite zu bleiben?«

»Ja, natürlich.« Es ärgerte sie, dass er sich womöglich über sie lustig machte.

»Man muss schon ein besonderes Mädchen sein, um hier unten die ganze heiße Jahreszeit durchzuhalten.« Er musterte sie unverwandt. »Ein tollkühnes, würden manche sagen. Und nachdem ich Sie heute im Regen habe herumtoben sehen, glaube ich, dass Sie das vielleicht wirklich sind.«

Sophie spürte, wie ihr die Hitze aus der Brust in die Wangen stieg.

»Ich weiß nicht, was mich überkommen hat«, murmelte sie.

Er schob eine Hand über den Tisch und legte sie auf ihre. Sie versuchte, sich ihm zu entziehen, aber er hielt sie fest und fixierte sie mit blassblauen Augen. »Ich mag es, wenn jemand

Risiken eingeht. Es war bezaubernd.« Abrupt ließ er ihre Hand los. »Es tut mir leid, wenn ich verächtlich klinge, was Tams Ideen angeht. Sie haben recht: Wir brauchen enthusiastische junge Männer wie ihn, die nachrücken. Erzählen Sie mir mehr von seinen ehrgeizigen Plänen. Sie können mir gegenüber ganz offen sein.«

Wieder fühlte Sophie sich von dem Mann aus dem Gleichgewicht gebracht. Seine Gegenwart war ihr unbehaglich. Aber das hier war eine Gelegenheit, über Tams Hoffnungen zu sprechen und seine Sache zu fördern.

Sie stand auf.

»Lassen Sie uns Tee auf der Veranda trinken und noch etwas reden. Nehmen Sie sich gern einen Whisky, wenn Sie mögen.«

Als sie die Türen öffnete und in die Dunkelheit spähte, hoffte Sophie, dass Tam und Rafi trotz allem zurückkehren würden. Bracknall folgte ihr. Er hatte ein großes Glas von Tams bestem Whisky bei sich, der seit Neujahr nicht mehr angerührt worden war. Statt des Tees, den sie bestellt hatte, brachte sein Diener eine Wasserpfeife und stellte sie zwischen die beiden. Bracknall nahm einen Zug aus der Pfeife und reichte das Mundstück an Sophie weiter. Sie wollte eigentlich nicht rauchen, aber es gab ihren nervösen Händen etwas zu tun. Es hatte sofort eine beruhigende Wirkung. Sich darüber Sorgen zu machen, wo Tam gerade war, nützte schließlich nichts.

Sophie wurde recht redefreudig, was Tams Pläne anging: seine Hoffnungen, mit dreißig schon Konservator zu sein, Experte für Bewässerung und Waldbau zu werden, Vortragsreisen zu unternehmen und eine Professur zu erhalten. Bracknall nickte und sagte wenig, aber sie spürte seinen Beifall. Sie wusste, wie wichtig das war; Bracknall konnte Tam entweder die Karriereleiter hinaufhelfen oder ihm den Weg verstellen. Sie hatten schon erlebt, wie Boz ins Abseits gedrängt worden war. Auch McGinty war in die quasiautonomen Gebiete in der Nähe des Khaiberpasses fern vom Geschehen versetzt worden. »*Zu radikal*«, hatte Tam bemerkt. »*Es hilft einem Beamten nicht weiter, politische Ansichten zu vertreten. Auch Khan sollte das beherzigen.*«

Als Sophie ihn gefragt hatte, was er damit meinte, hatte Tam erklärt: »*In Edinburgh hat Rafi sich ein bisschen mit dem Sozialismus beschäftigt. In Schottland mag das ja nicht weiter schlimm sein, aber in Indien gilt es als Unruhestiftung. Er hat einen hitzköpfigen Bruder, der in die Home-Rule-Kampagne verwickelt ist. Von all dem muss er sich distanzieren.*«

Am Ende gingen Sophie die Worte aus. Sie saßen schweigend da und lauschten dem Regen, während Bracknall Whisky trank und Sophie die Wasserpfeife rauchte. Das Trommeln auf dem Dach war einschläfernd, der fallende Regen hypnotisierend.

»Die beiden kommen heute Abend nicht mehr zurück«, bemerkte Bracknall. »Die Straße ist zu gefährlich. Sie werden im *dak*-Bungalow absteigen. Sie dürfen sich keine Sorgen machen.«

Sophie fühlte sich seltsam lethargisch. »Ich sorge dafür, dass das Gästezimmer ...« Sie war zu müde, den Satz zu vollenden.

»Ich habe Ihre Diener nach Hause geschickt.«

Sophie konzentrierte sich mühsam auf ihn. Ihr war sonderbar zumute, als wäre sie schwerelos. »Warum haben Sie das getan?«

»Ich biete Ihnen eine Gelegenheit«, erklärte er schleppend. »Die Möglichkeit, Tams Karriere zu fördern.«

»Ich verstehe nicht ...«

»Nach allem, was Sie mir erzählt haben, sind Sie doch offensichtlich ganz erpicht darauf, dass Tam bei der Forstbehörde vorankommt. Nicht wahr?«

»Ja ... 'türlich.« Sophies Zunge fühlte sich zu dick für ihren Mund an.

»Lassen Sie mich heute Nacht in Ihr Bett, dann kann ich sicherstellen, dass Tam die Stelle als Assistenzkonservator erhält, wenn Martins nach Dehradun hinaufgeschickt wird.«

Sophie glaubte, sich verhört zu haben. »Entschuldigen Sie bitte ... was haben ... gesagt?«

»Sie sind weder die Erste noch die Letzte, die ihren beträchtlichen Charme spielen lässt, um die Karriere ihres Mannes zu fördern. Was ist daran denn so schlimm? Wir können einander gegenseitig Genuss schenken. Ich finde Sie sehr begehrenswert, Sophie.«

Sophie rang darum, einen klaren Kopf zu bekommen. Seine Worte tönten ihr in den Ohren. Ihre Antwort kam gelallt und langsam aus ihrem Mund.

»Bett mit Ihnen? Will Tam nicht betrügen.«

»Nicht betrügen. Sie würden ihm helfen.«

»Nein. Ich weigere mich.« Sophie schüttelte den Kopf, aber das sorgte nur dafür, dass sie sich noch schlechter fühlte. Was hatte er in die Wasserpfeife getan?

»Das wäre für Sie sehr schade. Ich erkenne eine frustrierte Frau, wenn ich eine sehe. Ihr Mann befriedigt Sie doch nicht, oder? Zu viele religiöse Vorbehalte, um sich selbst den Genuss an der körperlichen Seite der Dinge zu gestatten.«

»Hören Sie auf«, lallte Sophie. »Ist nicht wahr ...«

»Wenn Sie natürlich nicht wollen, dass er befördert wird ...« Er ließ die Worte wie eine Drohung in der Luft hängen. Sein Blick war bedauernd. »Es belastet eine ohnehin wacklige Ehe schrecklich, wenn man an die Nordwestgrenze verbannt wird. Dort in der tiefsten Provinz wird keiner sich Tams hochfliegende Pläne anhören.«

»Das könnten Sie doch nicht tun«, gab Sophie zurück und kämpfte sich auf die Beine. Sie wankte. Er fing sie rasch auf.

»Oh doch, ich könnte.« Er lächelte. »Ich finde Gehör bei den obersten Beamten. Auch der Gouverneur ist ein enger

Freund von mir. Die Wälder Nordindiens sind mein persönliches Lehen, wenn Sie so wollen.«

Sophie war bestürzt. Sie hatte gedacht, Bracknall sei auf Tams Seite. Jetzt stieß er plötzlich Drohungen aus, ihn zu ruinieren – und sie. Wie hatte sie die Situation nur so falsch einschätzen können?

»Das mache ich nicht. Ist mir zuwider.« Sie stieß ihn von sich und versuchte, an ihm vorbeizugehen. Ihre Beine schienen unfähig zu sein, sie in gerader Linie zu tragen. Bei ihrem Versuch zu entkommen, stieß sie gegen Möbel.

Er lachte, packte sie beim Arm und führte sie mit festem Griff durchs Haus in ihr Schlafzimmer.

»Lassen Sie mich in Ruhe!«, forderte sie. Aber sie hatte keine Kraft, Widerstand zu leisten.

»Sie verletzen sich noch, wenn Sie stürzen. Legen Sie sich einfach hin.«

Sein Lachen tönte in ihrem Kopf, als sie das Bett erreichte und dankbar darauf sank. Alles drehte sich. Sie schloss die Augen. Bracknall sagte etwas, aber die Worte verschwammen miteinander. Sie verlor das Bewusstsein.

* * *

Sophie erwachte davon, dass ein Lichtstrahl durch den halb geschlossenen Fensterladen fiel und ihr in die Augen stach. Sie fühlte sich entsetzlich: Ihr Kopf pochte, und ihr war, als hätte sie Sand in den Augen. Einen Moment lang war ihr Verstand vollkommen leer. Sie kniff die Lider zusammen und versuchte, sich aufzusetzen, aber von der Bewegung wurde ihr übel. Sie war unter dem Laken nackt. Das verwirrte sie. Tam mochte es nicht, wenn sie keine Nachtwäsche trug, weil die Gefahr bestand, dass die Diener sie so zu Gesicht bekamen. Sophie lag da und versuchte, sich zu erinnern, was bloß am Vorabend geschehen sein konnte, um dafür zu sorgen, dass sie sich so elend fühlte.

Der Monsun. Tam und Rafi waren fortgeritten. Bracknall war da gewesen. Sie hatten gemeinsam zu Abend gegessen. Ihr Puls begann schmerzhaft zu rasen. Sie hatte eine Wasserpfeife geraucht und zu viel geredet. Aber sie hatte keine Erinnerung daran, ins Bett gegangen zu sein. War Bracknall noch im Haus?

Sophie wandte den Kopf. Im Kopfkissen neben ihrem war ein Abdruck, und das Bettzeug war zerknittert. Tam musste spätnachts zurückgekehrt sein. Aber noch während sie sich wünschte, dass es wahr wäre, schlug die Furcht die Klauen in ihre Eingeweide. Das Kissen roch nach Haaröl. Tam verwendete nie etwas anderes als Wasser in seinem Haar. Ihr schnürte sich vor Angst die Brust zu. Es roch nach Bracknall.

Erinnerungsfetzen kehrten nach und nach zurück: ihre gelallten Antworten, Bracknall, wie er ihr unsittliche Anträge machte: *... biete Ihnen eine Gelegenheit ... Tams Karriere zu fördern ... Lassen Sie mich heute Nacht in Ihr Bett ...*

Sophie schlug sich die Hand vor den Mund, um zu verhindern, dass ihr die Galle hochkam. Was hatte sie getan? Hatte sie sich Bracknalls Forderungen gebeugt? Das Zubettgehen und alles, was danach geschehen war, bildeten ein dunkles Nichts. Sie mühte sich ab, sich aufzusetzen und aus dem Bett zu steigen. Die Kleidung, die sie gestern Abend getragen hatte, lag zusammengeknüllt auf dem Boden. Mit pochendem Kopf zog sie einen Morgenmantel an und ging zur Tür. Der Feger überquerte gerade die Veranda und räumte den Inhalt der Donnerkiste fort. Der Wasserstand im Garten dahinter war gesunken und hatte smaragdgrüne Schösslinge zurückgelassen. Sophie schlich langsam, Winkel für Winkel überprüfend, durchs Haus und stellte zu ihrer Erleichterung fest, dass Bracknall und sein Diener fort waren.

Erst später, als sie auf Tams Rückkehr wartete, blitzte eine Erinnerung in ihr auf, die eher einem Albtraum glich, und verschlug ihr den Atem. Sie sah ihren ausgestreckten Körper auf dem Bett, als blickte sie aus großer Höhe darauf hinab. Der fleischige, weiße Leib eines Mannes hob und senkte sich auf ihr und stöhnte vor Lust. Bracknall.

28

Lahore

»Hörst du nun wohl endlich auf deinen Bruder?«, schrie Abdul Khan und fuhr sich mit der Hand aufgeregt übers schüttere graue Haar.

»Warum sollte ich auf diesen Freund der Briten hören?«, gab Ghulam mit einem verächtlichen Blick auf Rafi zurück. »Sieh ihn dir doch an – er trägt Khakishorts wie ein weißer Sahib.«

»Sei nicht so respektlos!«, fuhr Abdul ihn an. »Er ist älter als du.«

»Schon gut, Vater«, versuchte Rafi, ihn zu beschwichtigen. Er war besorgt, weil der Streit seinem aufgebrachten Vater unter dem formellen Anzug den Schweiß hatte ausbrechen lassen.

»Es ist nicht gut«, konterte Abdul. »Gar nichts ist gut. Ghulam wäre vor zwei Tagen fast verhaftet worden, als er vor den Gerichtsgebäuden protestiert hat. Wenn ich nicht eingegriffen hätte …«

»Es war eine friedliche Demonstration – aus Solidarität mit unseren inhaftierten Brüdern«, verteidigte Ghulam sich.

»Ihr habt Landfriedensbruch begangen.«

»Es wird keinen Frieden geben, bis die Briten unser Land verlassen. Sie haben kein Recht, unsere Brüder zu verfolgen, nur weil sie ein *hartal* ausgerufen haben.«

»*Hartal!*«, schrie Abdul. »Was hast du mit diesen Hindu-Praktiken zu schaffen? Die Hindus machen uns gesetzestreuen Muslimen nichts als Ärger.«

»Das ist eine sehr indische Form des Protests, Vater«, mischte Rafi sich ein. »Sozusagen ein spiritueller Streik. Nichts Gewalttätiges.«

»Streiks!« Abdul winkte ungeduldig ab. »Sie schädigen unsere Geschäfte hier in Lahore.«

»Nur die Briten boykottieren die Läden, die sich am *hartal* beteiligen«, hob Ghulam hervor, »und wir werden ohnehin bald ohne sie als Kunden auskommen müssen, wenn wir sie aus unserem Land geworfen haben.«

Abdul schlug mit der Faust auf den Tisch. »Schwing in meinem Haus nicht derart revolutionäre Reden! An den Briten als Kunden haben wir sehr gut verdient. Du hättest nicht solch eine gute Schulbildung genossen, wenn wir nicht dank ihrer Bauverträge reich geworden wären, vergiss das nicht!«

»Ich schulde den Briten nichts«, entgegnete Ghulam zornig. »Siehst du denn nicht, wie sie uns Inder kleinhalten und uns nur einzelne Brosamen vom Tisch zugestehen? Sie benutzen deine Arbeiter, um ihre prächtigen Häuser und Clubs zu errichten, Vater, aber sie lassen dich nicht über ihre Türschwelle und nehmen dich auch nicht als Mitglied auf.«

»Ich verbiete dir, zu deinen Geheimtreffen zu gehen«, wütete Abdul. »Sie sind gesetzlos, und deine sogenannten Brüder sind nichts als Verbrecher. Sie sind an friedlichen Protesten nicht interessiert; sie sprengen Autos in die Luft und entführen Leute von der Straße.«

»Das ist die Propaganda der Kolonialherren, Vater. Sie sind Freiheitskämpfer! Und ich bin stolz, einer von ihnen zu sein.«

»Wenn du verhaftet wirst, beschämst du mich und brichst deiner Mutter das Herz. Sag ihm das, Rafi!«

»Kleiner Bruder«, appellierte Rafi an seinen Lieblingsbruder, der allerdings immer wieder Schwierigkeiten machte. »Solange du hier lebst, musst du Vaters Wünsche respektieren. Es gibt andere Wege, die Unabhängigkeit Indiens voranzutreiben.«

»Welche denn?« Ghulam sah finster drein.

»Indem man die Briten mit ihren eigenen Waffen schlägt. Nutz das, was du gelernt hast, um als Jurist Karriere zu machen. So bereitest du deinen Eltern eine Freude und stehst außerdem parat, die Zügel der Macht zu übernehmen, wenn die Briten einmal abziehen.«

»Und wann soll das sein?« Ghulams Tonfall klang vernichtend. »In fünfzig Jahren? Hundert? Nein! Sie werden uns die Macht nie freiwillig überlassen. Das tun Imperialisten nie. Sie halten die Leute nur mit Versprechungen hin, die sie doch nie wahrmachen. Sie haben gar nicht die Absicht zu gehen.«

»Das ist nicht wahr«, wandte Rafi ein. »Männer wie Telfer und Boswell sprechen in aller Offenheit davon, Inder auszubilden, damit sie die Forstbehörde übernehmen können. Es wird noch zu unseren Lebzeiten geschehen.«

»Du lebst schon zu lange unter Briten und glaubst all ihre Lügen.« Ghulam grinste hämisch. »Du klingst sogar schon wie sie. Leute wie du erleichtern es ihnen zu bleiben. Ihr übernehmt die untergeordneten Aufgaben in der Hoffnung, irgendwann in die höheren Dienstgrade der indischen Beamtenschaft befördert zu werden. Aber sie lachen euch hinter eurem Rücken nur aus – dafür, wie ihr euch kleidet und ihr Benehmen nachäfft.«

Seine Worte trafen Rafi. Vor seinem inneren Auge stand wieder lebhaft das Bild von Bracknalls aristokratischem Auftreten, als er ihm herablassend auf den Rücken geklopft hatte: »*Sie kümmern sich um die Pferde. Guter Junge, Khan.*«

»Beleidige deinen Bruder nicht!«, rief Abdul, mit seiner Geduld am Ende. »Und wage es ja nicht, mir zu trotzen. Ich verbiete dir, Umgang mit diesen Ghadaris zu haben.«

»Du kannst mich nicht aufhalten.«

Abdul schoss so ruckartig hoch, dass sein Stuhl umfiel. »Wenn du mir den Gehorsam verweigerst, werfe ich dich aus meinem Haus, hörst du!«

Auch Ghulam sprang auf. »Ich liebe dich, Vater«, versicherte er. Trotz seiner grimmigen Miene glänzten seine Augen vor Rührung. »Aber die Sache, für die wir kämpfen, ist größer als Familienloyalität. Ich kann nicht aufhören – und werde nicht aufhören.«

Er warf Rafi einen letzten herausfordernden Blick zu. Rafi fühlte sich hin- und hergerissen. Sein Bruder nahm die Dinge auf die falsche Art in Angriff und begab sich in große Gefahr. Dennoch konnte Rafi gar nicht anders, als ihn für seine Leidenschaft und sein Engagement zu bewundern. Er und seine Kommilitonen wie McGinty hatten stundenlang über eine neue Weltordnung der Brüderlichkeit und Freiheit diskutiert; Ghulam war bereit, seinen Worten Taten folgen zu lassen.

Traurig schüttelte Rafi den Kopf. Sein jüngerer Bruder drehte sich auf dem Absatz um und marschierte aus dem Zimmer.

Eine ganze Weile herrschte Schweigen zwischen Rafi und seinem Vater. Abdul ging zum Fenster und spähte durch das Gitterwerk auf den Hof hinunter. Ungläubig sah er zu, wie sein rebellischer Sohn durchs Tor davonschritt, ohne etwas mitzunehmen oder einen Blick zurückzuwerfen.

Rafi richtete den umgefallenen Stuhl auf und ging zu seinem Vater. Er zückte seine Zigaretten.

»Möchtest du rauchen, Vater?«

Abdul schüttelte den Kopf. Ihm standen die Tränen in den Augen.

»Was haben wir nur getan, um solch ungehorsame Kinder zu verdienen? Erst läufst du zur Armee davon und bleibst jahrelang fort. Rehman ist nichts als ein Lebemann. Und jetzt ist Ghulam ein Revolutionär. Nur Amir und Noor sind verheiratet. Warum könnt ihr euch nicht alle einfach in guten Berufen etablieren und die Leute heiraten, die wir aussuchen?«

Rafi zündete sich eine Zigarette an. Die Wendung, die das Gespräch nahm, machte ihn nervös.

»Ich habe einen guten Beruf, Vater.«

»Einen *jungli*-Beruf.« Abdul klang verächtlich. »Du haust in einem einzigen Zimmer fern von deiner Familie oder in einem Zelt wie ein Beduine.«

»Ich habe nur wenige Bedürfnisse.« Rafi lächelte.

»Deine Bedürfnisse werden aber sehr anwachsen, wenn du erst einmal verheiratet bist. Die Renovierung nebenan ist fast abgeschlossen. Das wird ein schönes Haus für deine Braut abgeben.«

Rafi wurde das Herz schwer. Seit dem Winter war nicht mehr die Rede von einer Frau gewesen, und er hatte gehofft, seine Eltern hätten sich mit seinem Junggesellendasein abgefunden. Aber sein Vater gewann allmählich seinen alten Starrsinn zurück und stürzte sich mit Feuereifer auf sein neues Projekt, um sich von seinem Schmerz über Ghulams Zurückweisung abzulenken.

»Du gehst jetzt und sprichst mit deiner Mutter. Sie hat da eine sehr passende Braut im Sinn – ein gutes Mädchen aus Lahore mit einem Vater im Bankgeschäft. Und wenn du schon da bist, wirst du auch gleich deine Schwester Fatima zur Vernunft bringen.«

»Fatima?«, wiederholte Rafi überrascht. Seine sittsame Schwester war eine Mustertochter, gehorsam und fleißig. Sie hatte am St Mary's College hervorragende Leistungen erzielt und bewiesen, wie unrecht all die konservativen Verwandten gehabt hatten, die sich das Maul darüber zerrissen hatten, dass Geld für die Schulbildung eines Mädchens zum Fenster hinausgeworfen wurde.

»Sie will ein weiblicher Arzt werden. Hast du jemals so etwas Verrücktes gehört?«

Rafi pfiff erstaunt und drückte seine Zigarette aus.

»Hoffen wir, dass du mehr Einfluss auf sie hast als auf ...«

»Ghulam?«

»Erwähne den Namen dieses Jungen nie wieder in meiner Gegenwart«, befahl Abdul mit zitternder Stimme, wandte sich ab und starrte aus dem Fenster.

* * *

Rafi entspannte sich immer, wenn er die *zenana* besuchte, die Frauengemächer des hohen, verwinkelten Hauses seines Vaters. Seine Mutter hielt schon ihr Leben lang strenge *purdah* ein, wusste aber irgendwie trotzdem immer alles, was in der Außenwelt vorging. Sie hatte selbst nie eine Bildungseinrichtung besucht, sich aber dennoch dafür eingesetzt, ihre Kinder auf gute Schulen zu schicken, und liebte es, wenn sie ihr Gedichte vortrugen. Nach außen hin unterwarf sie sich in allem ihrem Ehemann. Privat war sie die treibende Kraft hinter dem Erfolg der Familie.

Ihrer Bekanntschaft mit Miss Drummond, der Schulleiterin des St Mary's College – Rafis Mutter hatte sie anlässlich der Eröffnung der neuen Klassenräume bewirtet, die von Khan's Construction gebaut worden waren –, war es zu verdanken, dass Fatima ein Stipendium an der prestigeträchtigen Mädchenschule bekommen hatte. Er fragte sich, ob seine Mutter wohl von Anfang an gehofft hatte, dass Fatima eine der ersten Ärztinnen in Lahore werden würde, damit seine Schwester Frauen wie sie in der abgeschotteten Welt der *zenana* medizinisch versorgen konnte.

Er traf seine Mutter und seine Schwestern auf dem Hof an. Sie saßen im Schatten. Das Plätschern eines Springbrunnens und das Zwitschern der Vögel im Maulbeerbaum mischten sich mit ihren Stimmen.

Er umarmte seine Mutter.

»Komm und trink Limonade mit mir«, lud sie ihn ein und tätschelte das Sitzkissen neben sich. »Ich sehe deinem Gesicht an, dass Ghulam nicht getan hat, worum du ihn gebeten hast. Dein Vater wird mir die Schuld daran geben, weil ich ihn angeblich zu sehr verwöhnt habe, als er ein Kind war. Vielleicht habe ich das ja auch wirklich getan, aber er hatte es schon immer eilig damit, die Welt zu verändern.«

Rafi hockte sich hin.

»Sitz nicht wie ein Bauer«, tadelte ihn seine Schwester Noor. »Du bist nicht mehr im Dschungel.« Sie war hochschwanger und schwitzte.

Er ließ sich auf die Kissen fallen, zwinkerte Fatima zu und nahm sich eine Feige von einem Obstteller vor ihnen. Wie immer saß Fatima aufrecht und beherrscht da. Sie ließ die älteren Frauen reden, während sie alles beobachtete. Seine Schwester wirkte stets so in sich gekehrt, dass er nie wusste, was sie dachte. Vielleicht war sie auch nur in Rafis Anwesenheit schüchtern. Ihre Mutter spekulierte jetzt gerade darüber, ob Ghulam wohl bei seinen Aktivistenfreunden unterkommen würde.

»Sieh zu, ob du ihn überreden kannst, zu dir zu ziehen, Rafi«, bat sie besorgt. »Dann wissen wir zumindest, dass er nicht in einer Zelle auf dem Polizeirevier sitzt.«

»Nun mach nicht solch ein Gewese wegen Ghulam«, meinte Noor verächtlich. »Der kommt schon wieder nach Hause gelaufen, wenn er das nächste Mal in der Klemme steckt und Vaters

Hilfe braucht. Es ist Fatima, um die wir uns Sorgen machen sollten. Hat Vater dir schon davon erzählt?«

»Von Dr. Fatima Khan?«, scherzte Rafi.

Fatima schenkte ihm den Hauch eines Lächelns.

»Pah!« Noor schnaufte ungeduldig. »Ermutige sie nicht noch. Sie hat genug Schulbildung genossen. Es ist unnatürlich für eine Frau, Arzt zu werden. Kein Mann wird sie je heiraten wollen. Stimmt's, Mutter?«

»Wahrscheinlich stimmt das«, pflichtete ihre Mutter ihr bei.

»Vielleicht aber ein anderer Arzt?«, schlug Rafi vor.

Noor herrschte ihn an: »Das ist nicht zum Lachen. Du musst sie zur Vernunft bringen. Das führt zu so viel Streit in der Familie. Es wirft ein schlechtes Licht auf uns alle. Sie sagen schon zu Vater, dass er seine eigene Tochter nicht im Griff hat.«

»Wer sagt das?«, fragte Rafi.

»Deine Brüder und Onkel. In Gawalmandi spricht man von nichts anderem mehr.«

Rafi lachte. »Du hast recht. In jedem Laden, in den ich gehe, redet man über kein anderes Thema.«

»Mutter!«, schrie Noor. Ihr kamen vor Wut die Tränen. »Sag ihm, dass er sich nicht über mich lustig machen soll.«

»Rafi«, sagte seine Mutter tadelnd. Sie legte ihrer leidgeprüften Tochter die Hand auf den Kopf. »Ach komm, kleine Nachtigall, von all deinem Geschrei wird das Baby noch ganz krank.«

»Entschuldige«, bat Rafi gleich zerknirscht und ging zu seiner Schwester, um ihr die Schulter zu tätscheln. »Aber ich teile eure Befürchtungen wegen Fatima nicht. Es ist ein Zeichen des zivilisatorischen Fortschritts, dass Frauen jetzt zu Krankenschwestern und Ärztinnen ausgebildet werden. Wir brauchen sie in Indien, wo die meisten Männer nicht wollen, dass ihre Frauen und Töchter von männlichen Ärzten untersucht werden. Denkt doch nur, wie viel besser es um die Gesundheit unserer Frauen bestellt sein wird, wenn Leute wie Fatima sich um sie kümmern können. Sieh dich doch an«, setzte er herausfordernd hinzu. »Sie könnte dein Baby auf die Welt holen.«

»Was ist denn so schlecht an unseren Hebammen?«, protestierte Noor. »Du warst doch immer zufrieden mit ihnen, nicht wahr, Mutter?«

Eine ganze Weile sagte ihre Mutter nichts. Sie betastete den Brokatstoff ihres Saris. Als sie schließlich sprach, war ihre Stimme leise und voller Kummer.

»Zwischen Amir und dir habe ich drei Babys verloren. Euer Vater wollte keinen Arzt in die *zenana* lassen. Das ist alles, was ich zu der Angelegenheit zu sagen habe.«

Ihre Kritik am Vater ihrer Kinder kam so unerwartet, dass die drei sie nur anstarrten, als sie ihren Sari zurechtzog und an ihrer eisgekühlten Limonade nippte.

»Nun gut, mein Sohn«, fuhr sie dann fort und musterte ihn mit entschlossenem Blick. »Eigentlich will ich mit dir über Sultana Sarfraz reden, die Tochter des Bankiers. Sie ist sehr hübsch, und sie ist eine entfernte Cousine, die über deinen Großonkel Jamal mit dir verwandt ist. Zeig deinem Bruder die Fotografie, Noor.«

Rafi blickte in Fatimas Richtung und rollte mit den Augen, während die anderen beiden Frauen viel Aufhebens um das Bild machten. Er sah das gestellte Atelierfoto einer ernsten Frau mit schmalem Gesicht an, die aus großen, ängstlichen Augen in die Kamera starrte. Sie wirkte sehr jung. Das Herz wurde ihm schwer. Er empfand nichts für sie. Wie konnte er auch, wenn die einzige Frau, an die er denken konnte, Sophie Telfer war? Jeder wache Augenblick war mit Gedanken an sie angefüllt: die Art, wie sie lächelte und sich das blonde Haar aus dem Gesicht strich, ihre lebhaften braunen Augen, ihre schnellen Schritte, ihr kehliges Lachen, ihre Bewegungen im Sattel, wenn sie auf ihrem schwarzen Pony ritt. Ihm war aufgefallen, dass sie immer den dunklen Opal trug, den Boz und er ihr gekauft hatten, und wie oft sie den Stein mit ihren schlanken Fingern berührte. So sehr er es auch versuchte, er konnte einfach nicht aus seinem Kopf verbannen, welchen Anblick Sophie geboten hatte, als sie sich auf dem Dach des Forstbungalows erhoben hatte. Das Mondlicht war durch ihr hauchzartes Hemd gefallen, als sie die steile Treppe hinabgestiegen war. Hatte sie dort oben geschlafen, oder war sie nur hinaufgegangen, um frische Luft zu schnappen? Ein Glück, dass er sie nicht eher dort entdeckt hatte, sonst hätte er der Versuchung nicht widerstehen können, emporzueilen, um sich neben sie zu legen ...

Rafi fühlte sich seinem Freund Tam gegenüber unendlich schuldig für diese Gedanken. Zugleich empfand er aber Zorn über die Kälte, mit der Tam Sophie zunehmend behandelte. Sie war so glücklich gewesen, ihren Mann zu sehen, als Tam und Rafi von der überfluteten Forstplantage in Chichawatni zurückgekehrt waren. Doch Tam war verärgert über sie gewesen, weil sie zugelassen hatte, dass Bracknall vor seiner Rückkehr abgereist war, und hatte sie zum Weinen gebracht. »*Also wirklich, Sophie, du hättest mir den Gefallen tun sollen, die Gastgeberin für ihn zu spielen. Nun wird er uns für ziemlich unhöflich halten.*«

Rafi hatte sich elend gefühlt, als er Sophie so erschüttert erlebt hatte. Aber er konnte ihr nicht helfen. Sie war mit einem anderen verheiratet. Selbst wenn sie unverheiratet gewesen wäre, hätten die strengen Verhaltensnormen der Briten in Indien, die weiße Frauen, die Inder heirateten, zu Ausgestoßenen erklärten, sie für ihn unerreichbar gemacht.

»Ja, sie ist hübsch«, sagte Rafi jetzt und versuchte, ein wenig Begeisterung für Sultana Sarfraz aufzubringen. In seiner Familie herrschte schon so viel Zank, dass er nicht auch noch zum Unfrieden beitragen durfte. Vielleicht war es doch eine gute Idee zu heiraten. Die Ehe würde ihn vielleicht von den schmerzlichen Gedanken an Sophie kurieren und ihm gestatten, seine Leidenschaft auszuleben.

Seine Mutter lächelte breit. »Also ist es dir recht, dass wir ein Treffen mit der Familie Sarfraz arrangieren?«

Rafi zögerte. Er sah Noors erwartungsvollen Blick und Fatimas wachsamen. Er fragte sich, ob Fatima seine Gedanken lesen konnte.

»Ja.« Rafi zwang sich zu einem Lächeln. »Wenn es dich glücklich macht, Mutter.«

29

Shillong

Vor Major Rankins Veranda regnete es Bindfäden. Der Himmel war schwarz wie die Nacht. Aus der Geborgenheit des Wohnzimmers heraus, dessen Türen offen standen, um den Wind und die Aussicht einzulassen, fand Tilly das Unwetter prachtvoll.

»Ich kann einfach nicht aufhören, daran zu denken, dass die Logans dort oben in Belguri gelebt haben«, bemerkte sie und hob dabei die Stimme, um das Donnergrollen zu übertönen.

»Nun ja, es ist nur logisch, wenn sie ihrer Gesundheit wegen in die Berge gezogen sind, nicht wahr?«, antwortete Ros. »Sie müssen den alten Pflanzerbungalow für eine Weile gemietet haben.«

»Aber das hat James doch bestimmt gewusst. Dennoch hat er es mir verschwiegen. Aus welchem Grund? Er will nicht, dass ich auch nur in die Nähe von Belguri komme.«

»Hat sein Widerwille, dich dorthin reisen zu lassen, nicht eher etwas mit seinem Neffen Wesley zu tun? Die beiden sind sich doch nicht grün, oder?«

»Gerade deshalb will ich jetzt mehr denn je dorthin.« Tilly ließ sich nicht erschüttern. »Woran erinnern Sie sich, was 1907 betrifft, Major Rankin? Gab es viel Aufregung um den fünfzigsten Jahrestag des Aufstands?«

»Meiner Meinung nach gab es vor allem viel heiße Luft. Die indischen Armeeangehörigen sind bis ins Mark loyal, zumindest in meinem alten Regiment. Aber in der Regierung herrschte aufrichtige Besorgnis, dass es zu Unruhen kommen würde. Die Pflanzer fühlten sich wohl verwundbarer als die meisten anderen.«

»Warum?«, fragte Tilly.

»Sie lebten ja draußen auf dem Land an entlegenen Orten, hatten aber eine große Anzahl armer Kulis direkt vor der Tür.«

»Was meinen Sie? Wäre es für die Logans in Belguri sicherer gewesen als auf den Oxford Estates?«

»Möglich«, räumte der Major ein. »Belguri ist ein kleines Anwesen, und das Volk der Khasi ist uns wohlgesonnen. Ich kann mich noch daran erinnern, wie Belguri damals von Belhaven geführt wurde, einem Veteranen, der ein liebenswürdiger Bursche war, bevor er dann später an der Flasche hing. Soweit ich weiß, hatte man dort mit den Arbeitskräften nie Probleme.«

»Das war der Vater meiner Freundin Clarrie, Jock Belhaven«, sagte Tilly.

»Ach ja, seine Tochter Clarissa.« Major Rankin lächelte. »Ein bemerkenswertes Mädchen, eine dunkle Schönheit und eine gute Reiterin. Ihre Mutter war Halbinderin. Leider haben die Leute ihnen gesellschaftlich die kalte Schulter gezeigt, aber im Urlaub bin ich damals immer nach Belguri hinaufgereist, um ein bisschen zu angeln.«

»Aber 1907«, lenkte Tilly ihn wieder auf das zurück, was sie beschäftigte. »Was ist damals dort oben geschehen?«

»Keine Ahnung.« Der Major zuckte die Schultern. »In dem Sommer war mein Regiment an der Nordwestgrenze stationiert. Ros und ihre Mutter waren hier in Shillong, aber Ros ist wohl zu jung, um sich genauer an jene Tage zu erinnern.«

»Ich weiß durchaus noch, dass die Kinder in der Schule sich gegenseitig mit Geschichten Angst gemacht haben, die Eingeborenen würden sich nachts in die Häuser schleichen und alle weißen Kinder im Bett mit Messern erstechen«, meinte Ros nachdenklich.

»Kinder können kleine Biester sein«, erwiderte Tilly. »Aber gab es Unruhen?«

»Nicht, dass ich wüsste. Wir waren an der Siedlungsschule aber auch wohlbehütet vor der Außenwelt.«

»Und Clarrie wird mir nichts erzählen können.« Tilly seufzte. »Denn damals war sie schon in England. Deshalb konnten die Logans ja auch nach Belguri ziehen. Ich frage mich, was aus dem Anwesen geworden ist, nachdem die Logans gestorben waren und bevor Wesley und Clarrie es zurückbekommen haben.«

»Clarissa Belhaven, hm?« Der Major lachte leise. »Willensstarkes Mädchen. Hat sich keinen Deut um das geschert, was die Leute von ihr dachten. Hat die Klatschbasen empört, indem sie im Pinewood Hotel mit ihrer hübschen kleinen Schwester Tee getrunken hat.«

»Aber Belguri?«, hakte Tilly nach. »Hat es die ganze Zeit leer gestanden?«

Der Major runzelte die Stirn, als er versuchte, sich zu erinnern. »Ich glaube nicht, dass ich gehört habe, dass noch jemand dort gelebt hat, bevor die Robsons dort eingezogen sind.«

»Belguri«, überlegte Ros. »Ich erinnere mich doch an etwas.«

»Ja?«, fragte Tilly.

Ros winkte ab. »Oh, eigentlich nichts, nur törichter, kindischer Klatsch.«

»Komm schon, erzähl es mir!«

»Die Kinder in der Siedlung haben immer gesagt, es gebe einen alten Pflanzerbungalow in den Bergen, in dem es spuke. Alle, die dort gelebt hätten, seien ums Leben gekommen. Aber das war bloß albernes Fabulieren.«

»In jeder Geschichte steckt ein Fünkchen Wahrheit«, brummte ihr Vater. »Die Frau des alten Belhaven ist dort bei einem Erdbeben von einem umstürzenden Baum erschlagen worden. Danach hat Belhaven sich zu Tode gesoffen.«

Tilly und Ros tauschten einen Blick.

»Und dann sind die Logans dort gestorben«, sagte Tilly.

Sie saßen schweigend da und grübelten, während der Regen nachließ. Ein warmer Nebel stieg vom See auf und verhüllte die Berge.

* * *

Tilly kehrte in die Bibliothek zurück, um die *Shillong Gazettes* aus jenem Mai vor vielen Jahren durchzulesen. Vermutlich war es ein reiner Zufall, dass die Logans an dem Unheil verkündenden Jahrestag gestorben waren, aber ihr ging der Gedanke einfach nicht aus dem Kopf, dass es doch irgendeine Verbindung geben mochte.

Der zehnte war zugleich Sophies sechster Geburtstag gewesen. Ihre Cousine erinnerte sich daran, dass sie eine Party gewollt hatte, aber niemand gekommen war. Doch man hatte hinter dem Gartenzaun Feuerwerkskörper angezündet und Trommeln geschlagen. Die kleine Sophie hatte das als Geburtstagsfeier extra für sie gedeutet, aber aus Sicht einer Erwachsenen wirkte das unwahrscheinlich. *»Und die Trommeln* *wurden so laut, dass sie mir Angst einjagten*«, hatte Sophie einmal erzählt.

Was, wenn das Knallen und die Trommeln etwas Unheimlicheres gewesen waren, überlegte Tilly. Waren die Logans dort wirklich in Gefahr gewesen?

»*Mama hat mir gesagt, dass ich loslaufen und Verstecken spielen sollte*«, hatte Sophie berichtet. Es war eine ihrer wenigen lebhaften Erinnerungen an ihre Mutter – vielleicht sogar die letzte, wie sie Tilly anvertraut hatte.

Lister, der pensionierte Polizist, holte die alten Zeitungen nur zu gern wieder hervor.

»Ich wusste ja, dass etwas dahintersteckt. Habe ich es Ihnen nicht gleich gesagt?«

»Ich bin mir nicht sicher, ob es so ist«, mahnte Tilly zur Zurückhaltung. »Ich will nur einen besseren Eindruck von dem gewinnen, was zu der Zeit vorging.«

»Ich habe gestern im Club mit Burke über Ihr Interesse am Tod der Logans gesprochen.«

»Burke?«

»Der damalige Superintendent. Er wirkte etwas verunsichert. Wollte wissen, warum Sie die Nase nach so langer Zeit in die Tragödie anderer Leute stecken.«

Tilly errötete.

»Für mich klang er wie ein Mann, der etwas zu verbergen hat«, fuhr Lister fort und zog an seinem Schnurrbart.

Sie bat ihn, die gebundene Zeitungssammlung zu einem Tisch im Hauptraum zu tragen, wo Leute still lasen, weil sie wusste, dass er dort nicht neben ihr stehen bleiben und reden konnte. Tilly versenkte sich in die Zeitungen. Die meisten Artikel waren todlangweilig: Berichte über das Leben in der Garnison, eine Aufführung der Operette *H.M.S. Pinafore,* eine Parade, bei einer Holzauktion erzielte Preise. Das aufregendste Ereignis schien gewesen zu sein, dass man einen auf einem

Grabstein liegenden Leoparden auf dem Friedhof entdeckt hatte.

Wonach suchte sie? Nach einem Beweis dafür, dass in Belguri etwas nicht mit rechten Dingen zugegangen war, als die Logans sich dort aufgehalten hatten? Aber Sophies verschwommene Erinnerungen klangen, als wäre ihr letzter Tag mit ihren Eltern gewohnt ereignislos gewesen. Ein Geburtstag ohne Party, ein Versteckspiel. Tilly schwor sich, dass sie sich an jedem seiner Geburtstage sehr um Jamie bemühen würde.

Ein seltsames Gefühl überkam sie. Jessie Logan, Sophies schöne Mutter, hatte in Belguri mit einem sterbenskranken Mann festgesessen und war selbst bald dem Fieber zum Opfer gefallen. Aber eine Frau, die mit ihrer sechsjährigen Tochter Verstecken spielte, klang nicht wie jemand, der an Fieber litt. Solche Zweifel hatten auch Sophie schon heimgesucht.

Wer war der Arzt, der sie für tot erklärt hatte? Er wurde in dem Bericht über ihren Tod nicht erwähnt. *Vermutlich erlag das Ehepaar einer Typhuserkrankung.* Wer hatte das vermutet? Die beiden Todesfälle hätten etwas mehr Aufmerksamkeit erregen sollen, als sie es getan hatten. Tilly beschwor das quälende Bild einer kleinen Sophie herauf, die davonlief, um sich zu verstecken, und darauf wartete, dass ihre Mutter sie suchte. Aber Jessie kam nie. Und die *ayah* floh mit einem Kätzchen. Das fand Tilly fast so seltsam wie Jessies plötzliches tödliches Fieber. *Ayahs* kümmerten sich gemeinhin aufopferungsvoll um die ihnen anvertrauten Kinder, und Sophie erinnerte sich an ihre mit einer Zuneigung, die an Hingabe grenzte. Deshalb hatte sie sich auch so verraten gefühlt, als ihre *ayah* verschwunden war. Hatte die Frau Angst gehabt, sich ebenfalls mit dem Fieber anzustecken? Aber warum hatte sie ein Kätzchen gerettet und Sophie zurückgelassen? Das ergab einfach keinen Sinn.

Tilly seufzte. In diesen alten Zeitungen würde sie nichts finden, was die Vorfälle nach all dieser Zeit noch erhellen konnte.

Nahe daran, den Band zuzuschlagen, blätterte sie noch einmal die Ausgabe vom Tag vor dem Tod der Logans durch.

Sie schnappte nach Luft, als sie James' Namen entdeckte.

Pflanzer werden zur Vorsicht gemahnt: Im Hinblick auf den bevorstehenden Jahrestag des Sepoyaufstands wird Pflanzern und Geschäftsleuten geraten, wachsam zu sein. Auf einer Rundreise durch die Teegärten ermahnte Mr James Robson, stellvertretender Verwalter auf den Oxford Estates, die anderen Teepflanzer, zusätzliche Vorsichtsmaßnahmen zu ergreifen, um die Sicherheit ihrer Frauen und Familien zu gewährleisten.

Zu Besuch in der Umgebung von Shillong sagte Mr Robson: »Für Briten in den mofussil-*Gebieten gilt der Ratschlag, sich nicht in entlegenen Bungalows aufzuhalten, sondern sich auf den größeren Anwesen zu versammeln. Setzen Sie Ihre Frauen und Familien keinem Risiko aus!«*

Tilly erkannte schockiert, dass James zu dem Zeitpunkt, als die Logans gestorben waren, in der Gegend gewesen war. Wenn er herumgereist war und die Pflanzer gewarnt hatte, musste er doch sicher auch Belguri besucht haben? Aber er hatte ihr erzählt, er sei erst später dort gewesen, als die Polizei ihn hinbestellt habe.

Sie machte sich auf die Suche nach Lister, dem Bibliothekar, und fand ihn. »Was sind die *mofussil*-Gebiete?«

»Das ist der anglo-indische Ausdruck für die Provinzen, alle ländlichen Gegenden außerhalb der Sicherheit der Stadt.«

Er musterte Tilly neugierig. »Sind Sie auf etwas Interessantes gestoßen?«

Tilly schüttelte den Kopf. Sie würde ihm nicht anvertrauen, dass sie das Verhalten ihres Mannes plötzlich verdächtig fand. Aber vor Anspannung war ihr flau im Magen. James war zum Todeszeitpunkt der Logans dort – oder zumindest in der Nähe – gewesen. Er musste geahnt haben, dass es gefährlich für sie war, allein und unbewacht noch länger in Belguri zu bleiben. Hatte er versucht, sie zur Abreise zu überreden? Wenn er sie fieberkrank vorgefunden hätte, dann hätte er doch bestimmt ihre Rettung organisiert? Aber das hatte er nicht getan, und sie waren gestorben.

Tilly zitterte. Plötzlich fror sie im matten Licht der Bibliothek. Was, wenn etwas Schreckliches am Jahrestag des Aufstands geschehen war? Was, wenn die Logans nicht am Fieber gestorben, sondern angegriffen und getötet worden waren? Ihr stand plötzlich das Bild vor Augen, wie ein stahlharter junger James tat, was er konnte, um zu vertuschen, was in Belguri geschehen war. Was war es, das James wusste und ihr und Sophie so entschlossen verschwieg?

30

Dalhousie Hill Station

Es war eine Erleichterung, die Ebenen und den klaustrophobischen Forstbungalow hinter sich zu lassen. An ihm haftete für Sophie kein Zauber mehr, nur hässliche Erinnerungen. Termiten fraßen sich durch ihre Möbel, Insekten ließen sich in ihr Essen fallen, und die Türen und Fenster quollen auf und schlossen nicht richtig. Während die Regenfälle den Dschungel in einen moskitoverseuchten Sumpf und das Haus in ein schimmliges Durcheinander verwandelten, erlitt Tam noch einen kräftezehrenden Fieberanfall.

Er schrie voller Entsetzen etwas über die Deutschen, die in seinen Schützengraben strömten, und lachte hysterisch darüber, dass die Bäume redeten. Sophie ließ ihn nach Lahore bringen, damit der Zivilarzt ihn untersuchen konnte.

»Wenn Sie derart fieberanfällig sind«, erklärte der Arzt Tam, »können nur ein paar Monate in Europa Sie kurieren. Sie müssen es aus Ihrem Körper bekommen. Irgendwo in großer Höhe, wo die Luft erfrischend, aber trocken ist – Tirol vielleicht.«

»Verdammt«, wetterte Tam, »ich bin noch kaum ein Jahr in Indien! Heimaturlaub bekomme ich erst in ein paar Jahren. Das kommt nicht infrage.«

»Na, dann machen Sie, dass Sie in die Berge kommen!«, befahl der Arzt.

Also erklärte Tam sich bereit, mit Sophie nach Dalhousie zu fahren. Unmittelbar vor ihrer Abreise traf ein Päckchen von Tilly ein. Es enthielt eine Fotografie. Sophie starrte schockiert den verwitterten Grabstein an, auf dem die Namen und Lebensdaten ihrer Eltern standen. Sie waren in Shillong begraben. Sie war froh, es zu wissen, aber es verstörte sie mehr, als sie erwartet hatte. Warum Shillong? Tilly schrieb, dass sie versuchen würde, mehr herauszufinden.

Oben in Dalhousie genoss Sophie die kühle Luft, die nebligen Berge und das Plätschern der frischen Wasserläufe. Sie wohnten in einem Cottage an einem steilen Hang über dem Postamt und hatten freien Blick auf die fernen, schneebedeckten Gipfel. Dort kam Tam wieder zu Kräften. Während Sophie ihn pflegte, war er dann und wann wieder fast liebevoll zu ihr, und sie war voller Optimismus, dass sie ihre einstigen Gefühle zu neuem Leben erwecken konnten. Aber sein Interesse daran, mit ihr zu schlafen, war vollkommen erloschen, seit der Monsun einen neuen Krankheitsschub bei ihm ausgelöst hatte. Jede Nacht lag Sophie wach und war einerseits nervös, weil sie keine Zärtlichkeiten austauschten, und doch zugleich froh, dass er sie nicht berührte. Allein schon der Gedanke an Geschlechtsverkehr löste schreckliche Panik in ihr aus. Immer noch fragte sie sich, was sie wohl mit Bracknall getan hatte.

Nach außen hin wirkten Tam und sie wie ein glückliches, geselliges Paar, das an Tanztees, Picknicks und Maskenbällen teilnahm. Tam kaufte ihr eine gebrauchte Gitarre und ermunterte sie zu spielen und zu singen, wenn sie Besuch hatten. Es war, als wollte er sie nur als Frau, mit der er sich großtun konnte und die ihm als Partnerin beim Tennis und bei abendlichen Tanzveranstaltungen diente, während er mit den Töchtern von Colonels flirtete und ihren matronenhaften Müttern schmeichelte. Sophie war sicher, dass es Tam mit diesen Tändeleien nicht ernst war; die Briten benahmen sich im Urlaub in den Bergen nun einmal so. Mit schmerzlicher Klarheit wurde ihr bewusst, dass das auch alles war, was er in Edinburgh mit ihr vorgehabt hatte: ein Sommerflirt. Sie war diejenige, die ihn zu einem Heiratsantrag gedrängt hatte.

Aber was wollte sie von ihm, rätselte Sophie. Sie wusste es nicht mehr. Sie sah voller Resignation, dass er am glücklichsten war, wenn er sowohl ihr als auch der Hill Station entfliehen konnte, indem er sich in die Armeemesse des Gurkha-Regiments flüchtete, das in der Kaserne weiter oben am Hang stationiert war. Tam ging zum Essen dorthin und kehrte betrunken vom Rum zurück, obwohl er normalerweise Alkohol mied. Dann weinte er wie ein Kind und nannte sie seine engelsgleiche Krankenschwester. Sobald er wieder nüchtern war, drängte sie ihn nicht, ihr zu erklären, was ihn so aufregte.

Wenn Tam allein ausging, besuchte Sophie Fluffy Hogg und unterhielt sich mit ihr über Mrs Besant und die kürzlichen Streiks in den Läden von Lahore. »Es hat keinen Zweck, sie zu boykottieren«, meinte Fluffy fatalistisch. »Sie werden mit ihren Protesten weitermachen, ganz gleich, was wir tun.« Sophie genoss diese Gespräche, da Tam kein Interesse daran hatte, mit ihr über die Tagesereignisse zu reden.

Kaum dass er sich auch nur halb wiederhergestellt fühlte, plante Tam auch schon einen Jagdausflug in die Berge, Richtung Chamba in Kaschmir.

»Das ist für mich die ideale Möglichkeit, Daten über die Himalaja-Zedern-Plantagen und über die Emodi-Kiefern-Wälder oben nahe der Schneegrenze zu sammeln«, schwärmte er. »Ich kann auch ein bisschen auf die Jagd gehen. Hier hast du reichlich Gesellschaft, während ich weg bin.«

»Ich komme mit«, beharrte Sophie. Sie sehnte sich nach einem Zeltabenteuer außerhalb der beengten Hill Station. Ihr größtes Vergnügen war, auf einem kräftigen Bhutan-Pony, das sie für ihren Aufenthalt hier gemietet hatte, die steilen Pfade entlangzureiten. Jetzt konnte sie noch weiter und höher hinaufgelangen.

Zwei Tage vor ihrem Aufbruch erlitt Sophie einen Schock, als sie vom Basar heimkehrte: Bracknall stieg gerade die Stufen ihrer Veranda herunter und unterhielt sich dabei mit Tam. Er lächelte und musterte sie von Kopf bis Fuß mit einem raubtierhaften Blick, der ihr Herzrasen bescherte.

»Die Gelegenheit zu einer Reise hinauf in den Himalaja konnte ich mir doch nicht entgehen lassen. Ich habe mich sofort auf den Weg gemacht, nachdem ich Tams Einladung erhalten hatte.«

Sophie sah Tam entsetzt an. Wie hatte er das nur tun können? Sie konnte unter keinen Umständen mitkommen. Der Gedanke, dass Bracknall auch nur in ihrer Nähe war, erfüllte sie mit Abscheu.

»M... Mr Bracknall«, stammelte Sophie. »Tam hat gar nichts davon erwähnt.«

»Ich habe Ihnen doch gesagt, dass sie überwältigt sein würde, wenn Sie mitkommen, Sir«, erklärte Tam entzückt. »Sie erweisen uns beiden eine große Ehre.«

Tams speichelleckerischer Ton verursachte Sophie Übelkeit. Sie wollte dem widerlichen Bracknall ins Gesicht spucken. Er hatte sie unter Drogen gesetzt und sich womöglich mit ihr vergnügt. In ihrer Erinnerung war es wie ein Albtraum, aber sie befürchtete, dass es wirklich geschehen war. Wie war sie nur in solch eine Situation geraten? Sie hatte Bracknall nie auch nur im Geringsten ermutigt. Oh, warum hatte Tam sich damals bloß davongemacht und sie mit jemandem wie Bracknall allein gelassen? Sie war wütend auf ihren Mann. An dem Tag, als der Monsun eingesetzt hatte, hätte er sie aufwecken sollen, bevor er aufgebrochen war, und ihr die Gelegenheit geben sollen, ihn zu begleiten. Aber Tams verärgerte Worte nach dem schrecklichen Ausflug zum Depot tönten ihr noch in den Ohren.

»*Das ist das letzte Mal, dass ich dich mit auf meine Runde nehme. Du hättest nicht da sein sollen – und du hättest dich nicht einmischen dürfen. Was du getan hast, hat meine Autorität in den Augen des Depotverwalters völlig untergraben. Das hat sich bis zu den Holzhändlern herumgesprochen. Deshalb haben sie gegen mich gemeinsame Sache gemacht.*«

Tam hatte sie für seine Demütigung bestraft. Aber er wäre entsetzt gewesen, wenn er gewusst hätte, was sein Chef hinter seinem Rücken getan hatte.

Bracknall hatte Tam jedoch noch immer nicht als Martins' Nachfolger bestätigt. Tam hatte nur inoffiziell erfahren, dass er für die Stelle vorgesehen war; Bracknall hatte das bei einem Freimaureressen angedeutet, zu dem Tam sich vor ein paar Wochen nach Lahore geschleppt hatte. Nun, wenn Bracknall glaubte, dass er sie noch einmal zwingen konnte, mit ihm ins Bett zu gehen, irrte er sich. Es war besser, wenn Tam den Posten behielt, den er schon hatte. Sie bereute bitter, dass sein Vorgesetzter sie ausgetrickst hatte und in ihrem berauschten Zustand über sie hergefallen war. Als sie Bracknall jetzt wiedersah, brandete von Neuem Beschämung in ihr auf.

»Es ist mir ein großes Vergnügen«, erwiderte Bracknall mit einem befriedigten Lächeln. »Ich bin hocherfreut, dass Mrs Telfer auch mit von der Partie ist.«

Erst als sie sich von ihm abwandte, um den Ekel zu verbergen, von dem sie wusste, dass er sich auf ihrem Gesicht abzeichnete, sah sie einen anderen Mann. Er stand in einiger Entfernung, rauchte und streichelte seinem Pferd die Nase.

»Rafi?«, rief Sophie.

Er drückte seine Zigarette aus und trat vor. »Hallo, Sophie«, sagte er mit einem schüchternen Lächeln. Er reichte ihr nicht die Hand.

Sophie spürte, dass zwischen den drei Männern Verlegenheit herrschte. Dann wurde ihr schlagartig klar, warum: Rafi war wie ein gewöhnlicher *syce* draußen bei den Pferden gelassen worden, während Bracknall ins Haus gegangen war, um mit Tam etwas zu trinken. Empörung stieg in ihr auf. Wie konnte Tam so unhöflich zu seinem Freund sein?

»Kommst du auf eine Erfrischung mit hinein?«, fragte sie spitz.

Bevor Rafi antworten konnte, sagte Bracknall leichthin: »Er hat keine Zeit. Es ist noch viel zu organisieren, bevor wir nach Chamba aufbrechen. Nicht wahr, Khan?«

Rafi salutierte spöttisch, indem er seinen *topee* berührte. »Ja, Sir.«

»Also kommst du auch mit?«

Er lächelte und nickte.

Sophie konnte ihre Erleichterung nicht verbergen. »Das ist wunderbar! Nicht wahr, Tam?«

Zu spät fiel ihr auf, dass sowohl Tam als auch Bracknall sie angesichts ihres entzückten Grinsens mit eisigen Blicken bedachten.

* * *

An dem Abend stritten sie sich. Tam warf Sophie vor, unhöflich zu Bracknall gewesen zu sein.

»Du hast ihm noch nicht einmal die Hand geschüttelt.«

»Ich hatte die Arme voller Einkäufe.«

»Ein einziges Päckchen.«

»Oh, Tam, warum können wir diese Reise nicht einfach allein unternehmen? Ich dachte, sie wäre eine gute Gelegenheit für uns, mal wieder nur zu zweit zu sein und die Gesellschaft des jeweils anderen zu genießen.«

»Du schienst aber mehr als froh zu sein, dass Khan mitkommt«, fuhr er sie an.

»Er ist unser Freund«, hob Sophie hervor, »während Bracknall dein Chef ist. Du wirst dich nicht entspannen.« Sie bemerkte, dass Tam Rafi jetzt nie mehr mit seinem Vornamen bezeichnete. Er distanzierte sich von ihm.

»Das ist eine berufliche Reise – ich bin nicht hier, um mich zu entspannen. Und ich will den Chef beeindrucken. Versprichst du mir, dass du höflich zu ihm bist?«

Sophie nickte widerstrebend, aber Tams Laune blieb schlecht. Er legte sich in seinem Ankleidezimmer schlafen. Sie lag wach und fühlte sich nicht wohl. Ihr kam die Galle hoch, und ihr Kopf pochte. Sie fragte sich, ob sie sich wohl ein Fieber eingefangen hatte.

Vielleicht lag es an der schleichenden Angst vor der anstehenden Reise mit Bracknall, aber auch am folgenden Tag fühlte sie sich nicht besser. Erst als sie Kleidung und Kosmetika bereitlegte, damit ein Diener sie einpacken konnte, traf sie die Erkenntnis. Ihre Damenbinden steckten immer noch frisch gewaschen und unbenutzt in einem Leinenbeutel. Sie hatte sie seit Changa Manga nicht mehr angerührt.

Ihr Herz begann, dumpf und langsam zu pochen. Wann hatte sie sie zuletzt benutzt? Vor fünf oder sechs Wochen? Sie hatte ihre Monatsblutung noch nicht gehabt, seit sie nach Dalhousie gekommen waren. Dabei konnte sie sonst selbst auf Reisen die Uhr danach stellen. Sie hätte vor zwei Wochen eine bekommen sollen. Wieso war ihr das noch nicht aufgefallen? Sophie war zu beschäftigt mit dem Leben in der Hill Station und ihrer Sorge um Tam gewesen, um an ihren eigenen Körper zu denken.

Ihr wurden die Knie weich, und sie setzte sich aufs Bett. Konnte sie schwanger sein? Sie schluckte den merkwürdigen metallischen Geschmack, den sie im Mund hatte, hinunter und bemerkte die Übelkeit noch stärker als zuvor. Irgendwie wusste sie es einfach. Zu ihrer Überraschung fühlte sie sich beschwingt. Tam würde überglücklich sein. Das würde sie zusammenschweißen. Sie keuchte vor Aufregung leise auf. Sie hatte damit gerechnet, erschrocken zu sein, aber das war sie überhaupt nicht. Sie wollte ein Baby. *Ein Baby!*

Sophie schlang die Arme um sich. Sie musste die Damenbinden gar nicht einpacken. Aber wenn sie es nicht tat, würden die Diener reden. Sie wollte ihre Entdeckung für sich behalten, bis sie ganz sicher war. Dann würde Tam es als Erster erfahren, oder vielleicht würde sie in der Zwischenzeit schon an Tilly schreiben und ihr die Neuigkeit anvertrauen. Sie musste es jemandem mitteilen! Wie sehr sehnte sie sich doch im Moment danach, dass Tante Amy noch am Leben gewesen wäre, um ihr Glück zu teilen. Sie wäre per Schiff sofort hergekommen, um ihr während der Schwangerschaft zu helfen und bis zur Geburt zu bleiben.

Tam würde darauf bestehen, dass sie dem wachsamen Auge des Zivilarztes oder vielleicht eines der Armeeärzte anvertraut wurde – Cousin Johnny zum Beispiel. Sie würden sie untersuchen und sie und das Baby gesund erhalten. Sie fragte sich, ob sie ihr wohl einen genauen Geburtstermin nennen konnten. Sophie schwirrte schlagartig der Kopf vor Plänen. Das Baby würde zu Beginn der heißen Jahreszeit im April geboren werden. Dann würde Tam schon auf seinem neuen Posten in Lahore sein …

Plötzlich schlug sich Sophie erschrocken die Hand vor den Mund. Sie hatte die neun Monate von Mitte Juli aus gezählt, als sie in Dalhousie angekommen waren und ihre Periode ausgesetzt hatte. Aber sie und Tam hatten zuletzt vor den Regenfällen miteinander geschlafen. Das Baby konnte nur von ...

Sophie rannte aus dem Schlafzimmer in das schäbige Bad und übergab sich in den Abfluss. Sie würgte und würgte, bis ihr Magen hohl war und ihre Kehle brannte. Aber sie bekam einfach nicht das Schreckensbild von Bracknalls weiße Körperfülle auf ihr aus dem Kopf, während sie gefügig und teilnahmslos unter ihm lag. Sie musste Bracknalls Bastard erwarten.

31

Die engstirnigen, abfälligen Bemerkungen seines unerträglichen Chefs über die Inkompetenz der Inder machten Rafi nichts aus, und auch nicht, dass er anders als Tam nie zum Abendessen in Bracknalls Zelt eingeladen wurde. Er genoss es, im Freien zu leben, in der Hitze des Tages die steilen Pfade entlangzureiten und in den kühlen Nächten wie ein Bergbewohner in eine schwarze Decke gewickelt einzuschlafen, während er lauschte, wie die Pferde auf ihrem Futter herumkauten, ein Berghirsch schrill schrie oder ein Bär in der Ferne brummte.

Er hatte vergessen, in was für einem schönen Land er lebte, und jeder Tag brachte neue Freuden. Die niedrigeren Hügel waren mit zarten Mimosen, wilden Zitronenbäumen, gelb blühenden Zimtkassien und Hainen wilder Orchideen an schnell strömenden Flussläufen bewachsen. Stetig waren sie durch die dunklen Salbaumwälder zu den höheren Hängen emporgeritten, an denen uralte Eichen standen. Zypressen ragten an vereinzelten sonnigen Stellen inmitten von Pindrow-Tannen empor. Zuletzt waren sie hinauf zu den ausgedehnten Flächen voller Emodi-Kiefern gelangt, die hellgrüne Büschel aus langen Nadeln trugen.

»Sie sind wie die Kiefern in Schottland«, hatte Sophie atemlos vor Ehrfurcht angesichts der riesigen Bäume gesagt, die sich wundersamerweise an steil abfallende Klippen klammerten. Ihre Wurzeln wanden sich wie Korkenzieher um die Felsen.

Einen Moment lang hatte Sophie seinen Blick aufgefangen, traurig gelächelt und dann schnell beiseitegesehen. Unterwegs sprachen sie kaum miteinander; sie schien tief in Gedanken zu sein. Vielleicht hatte Tam sie ermahnt, nicht zu zuvorkommend zu Rafi zu sein. In seinen Bemühungen, sich bei Bracknall Liebkind zu machen, ignorierte sein alter Freund ihn. Das betrübte Rafi. Aber es war Bracknalls übermäßige Vertraulichkeit Sophie gegenüber, die ihn wütend machte. Tam schien nicht zu bemerken, wie unbehaglich und angespannt sich Sophie in Gegenwart des Chefs fühlte. Bracknall versuchte ständig, sie zu berühren, und machte doppeldeutige Bemerkungen. Das war Rafi vorher noch nicht aufgefallen. Allerdings hatte er Geschichten gehört, dass Bracknall Jagd auf anglo-indische Damen machte, wenn seine Frau den Sommer in den Bergen verbrachte. Wenn Rafi Tam gewesen wäre, hätte er Sophies Ehre mit den Fäusten verteidigt. Zum Teufel mit jeder Beförderung! Aber er war nicht Tam, und er hatte kein Recht dazu, Tams schöne Frau zu beschützen.

Also ritt Rafi oft mit den Trägern voraus, die den Auftrag hatten, den Lagerplatz für die folgende Nacht auszuwählen, oder Umwege in seitlich gelegenen Schluchten unternahmen, um Rebhühner und Hirsche für das Abendessen zu schießen. Rafi sorgte auch dafür, dass die Maultiere und Pferde sich am Ende des Tages gut ausruhten, und ignorierte Bracknalls Befehl, ihnen die Beine zusammenzubinden, damit sie nicht davonspazieren und von steilen Klippen stürzen konnten.

In einer kalten Nacht, als sein Chef vor seinem Zelt trank, ging Rafi hin und löste die Zügel von Bracknalls nervöser Araberstute. Das Tier war für ihre Bergtour völlig ungeeignet und an einen hohen Zweig gebunden worden, sodass es das üppige Grün vor seinen Hufen nicht abweiden konnte. Der Schweiß des Tages hatte die Flanken des Pferdes abgekühlt, und nun zitterte es vor Kälte.

»Bitte schön, mein Mädchen«, murmelte Rafi der Stute leise ins Ohr, während er sie abrieb und dann eine Decke über ihren zitternden Körper breitete. Das Pferd wieherte, tauchte die Nase in ein Wasserbecken, das Rafi geholt hatte, und trank durstig.

Plötzlich kam Bracknall auf ihn zugewankt und stolperte über eine Zeltschnur.

»Was zum Teufel erlauben Sie sich da, Khan?«, brüllte er.

»Ariadne war zu fest angebunden.« Rafi zügelte seinen Zorn. »Ich gebe ihr etwas zu trinken und reibe sie trocken.«

Bracknall stieß ihn beiseite. »Lassen Sie Ihre diebischen Finger von ihr!« Er schwankte und lallte: »Sie wollten sie stehlen, was?«

»Natürlich nicht, Sir.«

»*Syce*!«, schrie Bracknall nach seinem Knecht. »Du fauler Wilder! Komm sofort her!«

Rafi sah voller Wut zu, wie Bracknall die Zügel seines Pferds packte und das Tier herumriss. Er verpasste der Stute einen kräftigen Schlag auf die Kruppe und drängte sie auf den herbeieilenden *syce* zu.

»Bind sie wieder an!«, befahl der betrunkene leitende Forstbeamte. Dann torkelte er zu seinem Zelt zurück.

Rafi half dem ängstlichen Jungen aus Lahore, das überreizte Tier zu beruhigen, und sprach leise, aber mit Nachdruck auf Pandschabi mit ihm: »Auf diese Art sicherst du das Pferd, aber nicht fester. Und lass es niemals die ganze Nacht ohne Decke hier stehen. Die Temperatur in den Bergen kann selbst in der Monsunsaison unter den Gefrierpunkt fallen. Uns Männern aus Lahore fällt es schwer, uns um diese Jahreszeit eine kalte Nacht vorzustellen, nicht wahr?«

Der junge Reitknecht nickte und lächelte über Rafis verschwörerischen Ton.

»Das Pferd spaziert nicht davon, wenn es gut gefüttert wird und genug Wasser hat, mein Freund, verstanden?«

* * *

Sophie fand die schmalen Steige, die in die Bergflanke gehauen waren, verstörend. Auf der einen Seite waren sie von dunklen Felswänden begrenzt, auf der anderen klaffte als schwindelerregender Abgrund das darunterliegende Tal. Sie reisten schon seit Tagen, ohne dass sich der Anblick vor ihnen zu verändern schien: eine tiefe Schlucht mit einem reißenden Strom, Nebenflüssen und Wasserfällen, die sie auf schwankenden Hängebrücken überquerten, und endlose dunkle Wälder, die sich bis zu den schneebedeckten Bergen und fernen Gletschern erstreckten. Es war düster und bedrückend. Das Stampfen ihrer langen Reihe von Packtieren und das Klappern des Metallgeschirrs klangen in der Stille nur noch lauter.

Manchmal begegneten sie tibetischen Händlern in dicker Wollkleidung, die sich Körbe mit Waren an die Köpfe geschnallt hatten und Gebetsmühlen drehten. Bracknall befahl ihnen, aus dem Weg zu gehen, und irgendwie klammerten sie sich dann mit kräftigen nackten Füßen nur wenige Zentimeter vom Abgrund entfernt an den Rand der Klippe und ließen die Zeltexpedition vorbeiziehen.

Mit jedem Tag, der verging, verabscheute Sophie Tams Chef umso mehr. Sogar ihr Mann murrte allmählich über Bracknalls Alkoholkonsum und seine zotigen Bemerkungen.

»Das ist eine Seite, die er bei der Arbeit versteckt hält. Ich nehme an, es ist seine Art, Dampf abzulassen.«

Sophie konnte die Gegenwart des Mannes nicht ertragen, aber er kam immer wieder zu ihr und ritt in ihrer Nähe. Sie hatte vor ein paar Tagen die Auseinandersetzung zwischen Bracknall und Rafi mit angehört und bemerkte nun, dass der indische Forstbeamte immer gereizter auf die grobe Behandlung reagierte, die sein Vorgesetzter seinem schreckhaften Pferd Ariadne angedeihen ließ.

Jetzt näherten sie sich der nächsten schwindelerregenden Hängebrücke. Sophie beobachtete besorgt, wie Ariadne auf der Stelle stampfte und sich weigerte, vorwärtszugehen. Sie machte die anderen Pferde nervös. Sofort hob Bracknall die Peitsche und schlug auf die Stute ein – einmal, zweimal, dreimal. Sie bäumte sich auf und warf ihren Reiter fast ab. Bracknall klammerte sich fest. Die Peitsche rutschte ihm aus der Hand und verschwand im Abgrund.

Rafi stieg ab und sprang vorwärts. »Geben Sie mir die Zügel, Sir!«, rief er. »Sie ist völlig verängstigt.«

Ohne auf die Erlaubnis zu warten, streifte Rafi sein Hemd ab, warf es dem Pferd über die Augen und packte die Zügel. Sophie beobachtete wie gebannt, dass der muskulöse Forstbeamte das Risiko einging, von dem durchgehenden Pferd niedergetrampelt zu werden, und darum rang, es unter Kontrolle zu bringen. Es schleifte ihn gefährlich nahe an den Abgrund. Sophies Herz gefror ihr in der Brust. Die anderen Tiere tänzelten aufgeregt. Ariadnes Furcht steckte sie an.

»Ruhig, ganz ruhig«, redete Rafi ihr gut zu. Binnen weniger Minuten war das Pferd beschwichtigt, und er führte es sanft über die schwankende Brücke. Bracknall folgte, puterrot vor Demütigung, mit finsterer Miene.

»Ich glaube, Ariadne ist kurzsichtig«, erklärte Rafi, als er seinem Chef half, wieder aufzusteigen. »Sie hat den tiefen Abgrund gespürt, konnte aber die andere Seite nicht sehen. Ich sage dem *syce*, dass er Scheuklappen basteln soll. Dann macht sie Ihnen keine Probleme mehr.«

»Kurzsichtig?«, bellte Bracknall. »Solch einen Unsinn habe ich ja noch nie gehört! Ich kümmere mich schon um mein Pferd, Khan.« Er beugte sich nach unten, kniff die Augen zusammen und fügte flüsternd hinzu: »Sie werden es noch bereuen, mich zum Narren gemacht zu haben, Sie Emporkömmling von einem *babu*! Ich habe Sie auf dem Kieker.«

Sophie sah Rafi zurückzucken, als wäre er geschlagen worden. In seinen grünen Augen tobte ein Sturm. Sie fragte sich, was für eine verletzende Bemerkung Bracknall wohl gemacht hatte.

Sie ritten im Gänsemarsch weiter. Rafi kehrte über die Brücke zurück, um sein Bergpony zu holen. Sophie wollte sich zurückfallen lassen und mit ihm reden, aber es war kein Platz zum Manövrieren, und sie musste weiterreiten.

Die Hitze wurde von den Felswänden zurückgeworfen. Der Schweiß floss unter ihrem Hemd und ihrer Reithose in Strömen. Sie fühlte sich immer kränker und schwächer. Als sie um eine Kurve bogen, gelangten sie aus gleißendem Licht abrupt in den Schatten. Damit ging ein Temperatursturz einher. Ein Wasserfall war gefroren. Eiszapfen hingen von der vorspringenden Klippe.

Ganz plötzlich rutschte Sophies Pony auf den eisigen Steinen auf den Abgrund zu. Entsetzt schrie sie auf. Unter ihr toste das hellgrüne Gletscherwasser des Flusses.

»Hilfe!«, schrie sie und riss ihr Pony vom Rand der Klippe weg auf die Felswand zu.

Tam war schon um die nächste Kurve gebogen und außer Sichtweite. Bracknall drehte sich verblüfft um. Sein Pferd scheute bei dem Aufruhr und machte einen Satz.

»Verdammt, bringen Sie das Vieh unter Kontrolle!«, brüllte er und trieb Ariadne mit einem Tritt in die Flanken an, um den Abstand zwischen ihren Pferden zu vergrößern.

Sophie kämpfte darum, ihr Pony zur Felswand zu lenken, aber es wich stur davor zurück.

Ganz plötzlich war Rafi hinter ihr und rief: »Dreh sie um, damit sie den Abgrund sieht! Lass sie den Abgrund sehen!«

»Ich kann nicht!«, jammerte Sophie.

»Tu es!«, bestürmte Rafi sie.

Als er sah, dass Sophie vor Furcht wie gelähmt war, trieb er sein Pony an. Es balancierte an der Kante entlang, um das Gleichgewicht nicht zu verlieren. Rafi stürzte sich auf Sophies Zügel und riss ihr wild dreinsehendes Pony zu sich herum.

Unmittelbar bevor das verängstigte Tier sie beide vom Pfad drängte, erspähte es die Schlucht und blieb stocksteif stehen. Der junge *syce* aus Lahore kam den Weg entlanggerannt. Er hielt den Kopf des Ponys fest und sprach sanft mit ihm, wie er es sich von Rafi abgeschaut hatte. Binnen weniger Augenblicke ging das Pony seelenruhig weiter, als wäre nichts geschehen.

Sophies Herz raste, als hätte sie den Berg zu Fuß erklommen. Sie schnappte nach Luft und kämpfte mit den Tränen. Kurz danach verbreiterte sich der Pfad, und sie machten halt, um einen Imbiss einzunehmen. Die Köche frittierten Pakora und kochten Tee.

Sophie konnte kaum sprechen. Sie war immer noch erschüttert, wie nah sie dem Tod gekommen war – und Rafi auch.

Bracknall tat überaus besorgt und hielt ihr einen Flachmann mit Whisky unter die Nase, dessen Geruch sie zum Würgen brachte.

»Nehmen Sie einen Schluck – dann fühlen Sie sich besser. Sie sind ganz grau im Gesicht.«

Tam kam herüber. »Was ist passiert, Mädel?«

»Ihr Pony ist nervös geworden«, sagte Bracknall. »Ich glaube, dass Khan so viel Wirbel darum gemacht hat, hat die Situation noch verschlimmert. Er hätte sie beinahe beide in den Abgrund gestürzt.«

»Khan?« Tam drehte sich um und starrte ihn böse an. »Hast du das Leben meiner Frau in Gefahr gebracht?«

Rafi wirkte fuchsteufelswild, aber Sophie erkannte, dass er sich nicht verteidigen würde.

Sie schob Bracknalls Flachmann von sich und sah Tam an. »Das könnte gar nicht weiter von der Wahrheit entfernt sein«, erwiderte sie hitzig. »Rafi hat mir da hinten das Leben gerettet und dabei sein eigenes riskiert.« Sie wandte sich Rafi zu. »Ich kann dir gar nicht genug danken.«

Von einem Augenblick auf den anderen brach sie in Tränen der Erleichterung aus. Tam zögerte. Dann ging er zu ihr, um ihr unbeholfen die Schulter zu tätscheln.

32

Gegen Ende der Woche begegneten sie zwei Ingenieuren, die die Bergflanke für eine mögliche Passstraße vermaßen.

»Miss Logan, nicht wahr?«, rief der jüngere Ingenieur, als Sophie abstieg.

Sie erkannte den fröhlichen Armeehauptmann von der Reise nach Indien im Vorjahr wieder: Cecil Roberts. Sie hatten auf dem Schiff gemeinsam dabei geholfen, die Spiele für die Kinder an Deck zu organisieren.

»Captain Roberts, was für eine Überraschung, Sie hier zu treffen!« Sie lächelte. »Ich bin jetzt Mrs Telfer.«

»Da hat Mr Telfer aber Glück.« Er grinste.

Tam ging auf ihn zu und stellte sich selbst und die anderen vor. Er interessierte sich sofort für die Arbeit der beiden Ingenieure und für das, was sie ihm über den Weg vor ihnen erzählen konnten.

»Kommen Sie und sehen Sie sich unsere Vermessungskarten an«, bot der ältere Mann an, der Ford hieß. »Sie zeigen alle Gipfel und Grate sowie die besten Stellen, um die Flussläufe zu überqueren.«

»Hervorragend!«, rief Tam. »Wir können sie als Basis für unsere Forstkartierung nutzen, nicht wahr, Sir?« Er sah Bracknall Beifall heischend an.

Sein Chef hatte sich schon auf den bequemsten Klappstuhl der Ingenieure fallen lassen. »Jaja«, antwortete er und winkte verächtlich ab. »Wir schlagen hier unser Lager auf. Ich habe genug davon, im Sattel zu sitzen. Sie Pioniere haben wohl die beste Stelle gefunden, was?«

Während die Diener die Zelte aufbauten, Feuerholz sammelten und Wasser holten, gingen Tam und Rafi davon, um in einem Walddorf, das die Ingenieure entdeckt hatten, Milch, Mehl und ein Schaf zum Schlachten zu kaufen.

»Hör zu, Khan«, sagte Tam verschämt, »es tut mir leid, dass ich dich neulich so angefahren habe. Ich habe nicht wirklich geglaubt, dass du Sophie in Gefahr gebracht hattest. Es war nur so, dass Bracknall dich beschuldigt hatte und ich dich zur Rede stellen musste. Ich mache mir Vorwürfe, dass ich nicht da war, um sie zu beschützen.«

Rafi musterte seinen Freund und fragte sich, ob ihm noch mehr zu schaffen machte als nur der Vorfall an der Klippe. Tam wirkte verhärmt und ausgemergelt, aber er trieb sich weiterhin erbarmungslos an. Seine Begeisterung für die Arbeit war unvermindert.

»Schon gut«, antwortete Rafi und legte Tam die Hand auf die Schulter. »Aber du solltest nicht alles glauben, was Bracknall sagt. Mir scheint, er legt ein ungesundes Interesse an Sophie an den Tag.«

»Warum sagst du das?«, fragte Tam schneidend.

»Mach die Augen auf, Telfer! Er lässt sie nie in Ruhe.«

»Er mag einfach weibliche Gesellschaft«, konterte Tam.

»Er hat einen schlechten Ruf.«

»Der Chef würde nie etwas Unehrenhaftes tun. Das ist nur deine überschäumende Fantasie, Khan.« Tam sah ihn streng an. »Es wird höchste Zeit, dass du eine Frau findest und nicht mehr ständig um meine herumscharwenzelst.«

Rafi errötete. »Na, dann wird es dich ja freuen zu hören, dass meine Eltern eine passende Braut für mich gefunden haben.« Er lächelte schief. »Sultana Sarfraz, die Tochter eines Bankiers.«

Tam wurde sofort versöhnlich und klopfte Rafi auf den Rücken. »Glückwunsch, Khan! Das ist eine gute Nachricht. Es wird dir helfen, bei der Forstbehörde Karriere zu machen. Der Chef mag es, wenn seine Männer verheiratet sind.«

Es sind die Frauen, die Bracknall mag, dachte Rafi, aber er sprach es nicht aus.

Bis zum Abend waren die Zelte aufgeschlagen und die Feldbetten aufgestellt. Man hatte Kochfeuer entzündet und zum Abendessen Lammcurry zubereitet. Sie saßen ums Lagerfeuer. Tam studierte im Licht der Lampen, die in den Bäumen aufgehängt waren, zusammen mit den Ingenieuren die Karten.

»Waren Sie auf dem Gletscher?«, fragte Tam eifrig.

»Ich ja«, antwortete Ford. »Roberts kann es gar nicht abwarten, dort hinaufzusteigen und seinen ersten Schneeleoparden zu sehen.«

»Können Sie ihn uns zeigen?«, mischte Rafi sich ein. Die Vorstellung war aufregend für ihn. Vielleicht war das seine einzige Chance, je im Himalaja klettern zu gehen. Bracknall würde ihn wahrscheinlich in die Wüste verbannen, sobald sie zurück waren; der Mann bemühte sich jetzt nicht einmal mehr zu verhehlen, dass er ihn nicht leiden konnte.

»Mit dem größten Vergnügen«, sagte Ford. »Wir wollen in ein paar Tagen zum Gletscher vordringen. Sie können nicht dieses ganze Lager mitschleppen – nur das, was Sie und ein oder zwei Träger bewältigen können. Es ist unwegsames Gelände. Aber es ist die beste Jahreszeit, um diese Gegend zu vermessen.«

»Lohnt es sich, unsere Gewehre mitzunehmen, um ein bisschen auf die Jagd zu gehen?«, wollte Tam wissen.

Ford nickte. »Es gibt dort Moschustiere und eine besonders aggressive Wildziegenart namens Tahr. Aber Sie werden die Gewehre auch brauchen, um sich vor Bären und Leoparden zu schützen.«

»Ich komme jedenfalls nicht mit«, brummte Bracknall und bediente sich zum wiederholten Mal an Fords Whisky. »In diesen Wäldern hier gibt es genug Wild, um mich beschäftigt zu halten, während Sie auf dem Eis herumklettern. Und ich passe natürlich auf Mrs Telfer auf.«

Rafi sah die Furcht in Sophies Miene. Alle Farbe wich aus ihrem Gesicht.

»Das ist sehr freundlich von Ihnen, Sir«, antwortete Tam, aber er warf Rafi einen fragenden Blick zu.

»Nein«, sagte Sophie in Panik, »ich bleibe nicht hier.« Sie schluckte und zwang sich zu einem Lächeln. »Ich meine, ich möchte auch klettern. Das ist solch eine einmalige Gelegenheit.«

»Das ist für eine Frau doch unpassend« – Bracknall lachte – »nicht wahr, Ford? Das Mädchen wäre Ihnen ein Klotz am Bein.«

»Nun ja ...« Ford klang unsicher. »Das hängt von Ihrer Erfahrung ab, Mrs Telfer.«

»Ich bin schon in den Alpen geklettert«, versicherte Sophie rasch, »und ich bin durchaus in der Lage, mein eigenes Gepäck zu tragen. Ich werde Sie nicht aufhalten.«

»Was meinen Sie, Telfer?«, fragte Ford.

Tam prustete. »Meine Frau ist eine Bergziege. Wenn sie mitkommen will, dann wird es verdammt schwierig, sie davon abzuhalten.«

»In dem Fall wäre ich entzückt, Sie dabeizuhaben, Mrs Telfer.« Ford lächelte.

»Danke.« Sophie grinste. »Zeigen Sie mir die Route, die wir nehmen werden.« Sie gesellte sich zu den Männern, die sich über den Tisch beugten, um die Karte zu betrachten.

Nur Rafi bemerkte den zornigen Ausdruck auf Bracknalls Gesicht im Schein des Feuers. Er würde Sophie nicht verzeihen, dass sie ihn überlistet hatte – und Tam nicht, dass er Sophie erlaubt hatte, sich für die Klettertour zu entscheiden, statt bei ihm im Lager zu bleiben.

* * *

Sie nahmen nur kleine Zelte mit, die gerade genug Platz für Feldbetten boten – Rafi lud ihr Gepäck auf sein trittsicheres tibetisches Pony –, und hämmerten Nägel in ihre Jagdstiefel, um die Griffigkeit zu erhöhen. Ford heuerte einen *shikari* an, einen einheimischen Führer, der sie auf den Gletscher bringen sollte. Sophie bemerkte, dass der *shikari* einfach mit einer Decke und einem Kessel reiste und Grasschuhe trug, die auf der Felsoberfläche nicht abglitten.

Sie brachen in der Morgendämmerung auf, als die ersten Strahlen der Sonne über die Hügelkuppen im Osten auf die weißen Zelte des Hauptlagers fielen. Die Tautropfen in den Spinnennetzen funkelten, als der Nebel über den Bäumen sich auflöste. Sophie war dankbar, dass Bracknall noch in seinem Zelt schnarchte und sich nicht die Mühe gemacht hatte, sich von ihnen zu verabschieden. Sie versuchte, vor Tam zu verbergen, wie schlecht ihr war, und würgte eine Tasse süßen Tee und ein trockenes Stück Chapati hinunter, um die Übelkeit in Schach zu halten. Sie wollte nicht an das Baby denken, das in ihr wuchs. Jetzt, da sie wusste, dass es das Kind des abscheulichen Bracknall war, widerte es sie an. Niemand durfte je auch nur den leisesten Verdacht hegen. Sie würde lügen, was ihren

Geburtstermin betraf, und sich weigern, sich von einem Arzt untersuchen zu lassen.

»Bist du sicher, dass du dem gewachsen bist?«, fragte Tam und warf ihr einen nervösen Blick zu. »Du scheinst nicht ganz auf der Höhe zu sein, Mädel.«

»Mir geht es gut.« Sophie lächelte und schluckte die Galle in ihrem Hals hinunter.

Der Bergführer bewegte sich auf den steilen Pfaden lautlos, ohne Steine loszutreten, die auf diejenigen stürzen konnten, die ihm folgten. Sophie versuchte, sich an seinem stetigen Tempo zu orientieren. Sie stiegen den ganzen Morgen bergauf, bevor sie auf einem engen Felssims für ein spätes Frühstück haltmachten. Cecil Roberts holte sein Fernglas heraus und suchte die Hänge unter ihnen ab.

»Guter Gott! Sehen Sie sich das an! Ein Kragenbär.«

Er reichte das Fernglas an Sophie weiter. Sie schnappte vor Aufregung nach Luft, als sie das im Passgang vorantrottende Tier erblickte, das sich wie ein mechanisches Spielzeug mit erstaunlicher Geschwindigkeit bewegte.

»Er ist ungefähr tausendfünfhundert Meter unter uns«, erklärte Ford. »Hier oben fühlt man sich wie ein Adler, nicht wahr?«

Sie wanderten zügig weiter auf das Amphitheater aus verschneiten Gipfeln zu und schwitzten unter der gleißenden Sonne. Sophie fiel es immer schwerer, in der dünner werdenden Luft zu atmen.

»Die Berggipfel sehen so nah aus, als könnte man sie berühren«, keuchte sie, als sie im Laufe des Nachmittags rasteten, um eine Mahlzeit aus kaltem Geflügel und Gemüse-Samosas einzunehmen.

»In Wirklichkeit sind sie etwa zwanzig Kilometer entfernt und alle über sechstausend Meter hoch«, erläuterte Ford. »Aber wir sind auf dem Weg zu dem Gletscher auf viertausendfünfhundert Metern Höhe.«

»Was ist das für ein Tosen?«, fragte Sophie besorgt. »Es zieht doch kein Gewitter auf, nicht wahr?«

Rafi wechselte rasch ein paar Worte mit dem Bergführer. »Er sagt, es ist eine Lawine, deren Echo man über den Berg hinweg hört«, berichtete er dann aufgeregt. »Wir müssen uns dem Gletscher nähern.«

»Du klingst ja, als ob du die Vorstellung genießt, dass Gefahr vor uns liegt.« Sophie schnaufte.

»Ich genieße alles.« Er grinste. »Und der *shikari* sagt, wir müssen auf dem Weg nach oben auch auf Steinschlag achten.«

An dem Abend schlugen sie ihr Lager im Schutz von Wacholderbäumen auf einem grasigen Hang am Rande der Schneegrenze auf. Sophie zitterte auf ihrem schmalen Feldbett und wurde einfach nicht warm.

»Tam, kann ich zu dir ins Bett klettern?«, flüsterte sie.

»Kein Platz«, antwortete er schlaftrunken und war bald eingenickt.

Sie lag wach und grübelte über ihre Situation nach. Der Gedanke, dass sie Bracknalls Kind trug, verursachte ihr Übelkeit. Wie konnte sie es loswerden? Würde es vielleicht reichen, wenn sie auf dem felsigen Untergrund stürzte? Sie hatte wirklich keine Ahnung. Im Rotkreuzdepot hatte es während des Kriegs eine Krankenschwester gegeben, die ein ungewolltes Baby abgetrieben hatte, bevor ihr Verlobter von der Marine zurückgekehrt war. Sie hatte jemanden aufgesucht. Aber das war in Edinburgh gewesen. Hier hatte Sophie niemanden, an den sie sich wenden konnte. Sie war vollkommen allein mit ihrem Problem. Besser, sie stürzte sich jetzt von einer hohen Klippe, als monatelang mentale Folter zu erdulden, ein Leben lang an Bracknalls Kind gekettet zu sein und so tun zu müssen, als wäre es Tams. Sie würde es niemals lieben können, denn sie würde sich immer an die fürchterliche Nacht erinnern, in der es gezeugt worden war – und an die brennende Scham über das, was sie getan hatte.

Die Diener setzten den Kessel auf, als der Morgenstern aufging. Sophie war vor Schlafmangel erschöpft, aber dankbar, die Dämmerung zu sehen. Das Sonnenlicht verdrängte die düsteren Gedanken der Nacht. Sie wärmte sich die Hände an einer Teeschale und trank einen Schluck, der Brechreiz in ihr auslöste. Sie sauste hinter einen krüppelwüchsigen Nadelbaum und übergab sich.

Als sie gerade dachte, dass sie sich gar nicht elender hätte fühlen können, fiel ihr eine schnelle Bewegung ins Auge. Im Aufschauen sah sie einen Fuchs vorbeihuschen. Er blieb kurz stehen, um in die Luft zu schnuppern und sie anzustarren, den Schwanz steif ausgestreckt, die Ohren aufmerksam aufgestellt.

»Guten Morgen.« Sophie lächelte und presste die Hände vor der Brust zum Gruß zusammen.

Der Fuchs schlug wie zur Antwort mit dem Schwanz und sauste dann davon, eine felsige Schlucht hinunter.

»Mit wem redest du?«

Sophie wirbelte herum. Eine Gestalt trat aus dem Schatten und zog an einer Zigarette. Rafi. Ihr Herz krampfte sich zusammen. Es war fast unerträglich, derart nahe bei ihm zu sein – ohne ihn berühren oder ihm sagen zu dürfen, was sie empfand. Doch der Gedanke, dass die Reise zu Ende gehen und sie ihn dann nicht mehr jeden Tag sehen würde, war sogar noch schlimmer.

»Ich habe einem Fuchs Hallo gesagt.« Sie lächelte.

»Da hatte der Fuchs Glück«, murmelte Rafi und blies Rauch aus. Er ging auf sie zu und beugte sich vor, um die weggeworfene Teeschale aufzuheben. »Geht es dir gut?«

Sophie verzog das Gesicht. »Ich habe mich schon besser gefühlt. Das Essen von gestern Abend ist mir nicht bekommen. Aber ich schaffe das schon.«

Sein prüfender Blick verstörte sie. Sie konnte nicht ertragen, dass er ihre missliche Lage erriet. Sie nahm ihm die Schale ab, murmelte, dass sie sich fertig machen müsse, und eilte davon.

An dem Tag ließen sie den Streifen aus Wachholder und Birken hinter sich, auf dem ein Basislager aus Zelten und Rafis Pony in der Obhut des Kochs und zweier weiterer Diener zurückblieben, die das Abendessen zubereiten sollten. Mit Gewehren für einen Jagdtag ausgerüstet, folgten die anderen der Spur der gedrungenen, zottigen schwarzen Ziegen, die die Einheimischen Tahrs nannten, die grasigen Hänge hinauf. Bald kletterten sie über rutschiges Felsgestein, das von den Elementen glatt geschliffen war. Riesige Klippen fielen steil in den Abgrund ab. Ford benutzte zwei Wanderstöcke aus Bambus, um leichter voranzukommen. Roberts zog die Stiefel aus und schob sich auf Strümpfen vorwärts. Zu Sophies Erheiterung gingen die einheimischen Bergbewohner, die sie gemietet hatten, um ihr Gepäck zu tragen, geschickt auf nackten Füßen hinter dem Bergführer her, der der Losung der schwer einzuholenden Tahrs nachspürte.

»Sie müssen sich in Höhlen oder hinter den größeren Felsen verstecken«, keuchte Ford, während der Bergführer sie auf den Gletscher brachte. Bald erspähten sie eine Fährte im frisch gefallenen Schnee, die in einer kaminartigen Schlucht verschwand, die geradewegs zu einer Felswand zu führen schien.

Der Führer hangelte sich von Felsblock zu Felsblock und winkte den anderen, ihm zu folgen. Sophie war fassungslos, als sie sah, wohin sie offenbar auf dem Weg waren: Es kam ihr nicht menschenmöglich vor, solch eine lotrechte Klippe zu erklimmen.

»Wenn Sie umkehren wollen, begleite ich Sie«, bot Cecil Roberts an. Er wirkte verschwitzt und ängstlich.

Mit hämmerndem Herzen holte sie tief Luft und schüttelte den Kopf. »Ich möchte weiter, danke.«

Dank Tams Hilfe schaffte Sophie es schnell die schmale Schlucht hinauf. Atemlos traten sie auf eine grasbewachsene Hochebene hinaus, die von einer zerklüfteten Bergkette umgeben war. Eine Herde steingrauer Ziegen und ihre Zicklein grasten friedlich. In nervöser Hast hob Cecil sein Gewehr und feuerte auf einen dicken jungen Bock. Der Schuss hallte ringsum wider wie ein Donnerschlag. Die Tahrs setzten sich gleichzeitig in Bewegung, flohen über das Plateau und die Klippe empor. Auf ihrer Flucht schienen sie dem Gesetz der Schwerkraft zu trotzen.

»Idiot!«, blaffte Tam.

»Tut mir leid.« Cecil wurde rot.

»Wenigstens wissen wir, wohin sie gelaufen sind.« Sophie sah ihn tröstend an und zeigte nach oben. »Dort gibt es offensichtlich eine Höhle.«

Cecil warf ihr einen dankbaren Blick zu und hielt Tam sein Fernglas hin. »Sie hat recht. Hier, sehen Sie!«

»Wir können ihrer Fährte später folgen, wenn wir etwas gegessen haben«, schlug Ford vor.

Während sie Picknick machten, Eiersandwiches verzehrten und Wasser für den Tee erwärmten, tauchte Ford ein Thermometer ins siedende Wasser.

»Sehen Sie? Das Wasser kocht schon bei fünfundachtzig statt bei den üblichen hundert Grad. Das ist ein Unterschied von fünfzehn Grad. Wenn man schätzt, dass der Siedepunkt pro dreihundert Höhenmeter um jeweils ein Grad sinkt, dann heißt das, dass wir auf etwa viertausendfünfhundert Metern angekommen sein müssen.«

»Das ist schlau«, bemerkte Sophie.

»Es bewahrt einen davor, sperrige Messgeräte mit sich herumschleppen zu müssen, die auf diesen Felsen ein Verletzungsrisiko darstellen könnten.« Ford lächelte. »Alter Landvermessertrick.«

Die Sonne zog allmählich ihre Bahn, und der grasbewachsene Felsvorsprung, auf dem sie picknickten, heizte sich auf. Rafi nahm seinen Rucksack und sein Gewehr und ging mit dem Bergführer auf Entdeckungstour. Die anderen Männer waren erpicht darauf, sich an die wilden Tahrs anzupirschen.

»Ich warte hier«, verkündete Sophie, die jetzt aufgrund ihres Schlafmangels und der anstrengenden Kletterpartie müde war.

»Willst du, dass ich bei dir bleibe?«, fragte Tam. Sie war dankbar, dass er es anbot, aber sie wusste, dass er unbedingt an der Jagd teilnehmen wollte.

»Ich komme mit den Dienern schon zurecht«, versicherte sie ihm.

Sie kletterten in Richtung der Tahrhöhlen davon und waren bald außer Sichtweite. Sophie war gerade dabei einzudösen, als Rafi zurückkehrte.

»Der *shikari* hat die Spur eines Schneeleoparden entdeckt!«, rief er. »Komm und sieh sie dir an.«

Er grinste wie ein begeisterter kleiner Junge und winkte sie zu sich. Sophie zog schnell ihre Wanderstiefel an und stand auf. Ihre Erschöpfung löste sich in Luft auf. Sie folgte Rafi auf dem schmalen Steig, der im Laufe der Jahre von vorüberziehenden Tahrs im Fels ausgetreten worden war. Aber nach zehn Minuten wurde der Blick in den Abgrund ihr plötzlich zu viel. Aus dieser Höhe sahen der Fluss und seine Nebenläufe wie glänzende Fäden auf einer Landkarte aus. In ihrem Kopf drehte sich auf einmal alles. Ihre Lunge versuchte, Luft einzusaugen, aber sie konnte nicht atmen. In dem Moment hörte sie, wie ein Unheil verkündendes Grollen die Stille durchbrach. Sophie wusste jetzt, dass es der Klang von schmelzendem Schnee war, der in Bewegung geriet. Sie waren auf halbem Weg zum nächsten Felsvorsprung und einem grasbewachsenen Hang. Es waren noch ein paar Hundert Meter, aber es hätten genauso gut ein paar Hundert Kilometer sein können, da Sophie wusste, dass sie ihn nicht erreichen konnte. Genauso wenig konnte sie sich zurückbewegen.

»Wo ist der Bergführer?«, fragte sie ängstlich.

»Er ist hinaufgeklettert, um den anderen von dem Schneeleoparden zu erzählen.« Rafi warf einen Blick über die Schulter und stutzte, als er sah, dass sie das Gesicht vor Furcht verzerrte. »Es ist nicht mehr weit.«

Sophie spürte, dass ihr der Schweiß auf der Stirn stand. Sie krallte sich an den Felsen und kniff die Augen zu. Wenn sie in den Abgrund sah, dann würde sie der Versuchung nicht widerstehen können, über die Kante zu treten, das wusste sie. Die Tiefe zog sie an wie ein Magnet.

»Ich sitze fest«, zischte sie. »Ich … ich kann mich nicht bewegen.«

Rafi warf sich das Gewehr über die Schulter und kehrte auf demselben Weg zurück, bis er neben ihr stand. Er streckte die Hand aus.

»Hier, halt dich an mir fest.« Sein breites, aufmunterndes Lächeln sorgte dafür, dass sie wieder Mut schöpfte. Sie packte seine Hand und hielt sich gut fest.

Gemeinsam schoben sie sich an der Klippe entlang, bis sich der Weg zu einer tiefen Rinne erweiterte. Sie überquerten einen Bach, der aus dem Fels sprudelte. Zu Sophies Verzweiflung entzog Rafi ihr seine Hand und hockte sich hin, um zu trinken.

»Es ist ungefährlich, das hier zu trinken«, erklärte er, schöpfte eine Handvoll nach der anderen und schlürfte sie durstig, bevor er sich Wasser ins Gesicht und aufs Haar spritzte. »Vor dem geschmolzenen Eis dagegen muss man sich hüten – zu viele Verunreinigungen.«

Spielerisch bespritzte er Sophie mit Wasser. Sie schnappte erschrocken nach Luft.

»Das ist ja eiskalt!«, quietschte sie. Dann machte sie einen Satz vorwärts und spritzte ihn ihrerseits nass. Rafi lachte und hob die Hände zum Zeichen, dass er kapitulierte. In diesen wenigen Momenten hatte Sophie ihre Angst vor dem Berg verloren und schauderte nur noch, wenn sie daran dachte, wie nahe sie daran gewesen war, sich in die Tiefe zu stürzen.

Rafi ging voran unter den Felsvorsprung, vorbei an einem Baumgrüppchen aus Wachholder und Zwergkiefern, die aus dem mageren Boden wuchsen. Die Nachmittagssonne schien ihnen ins Gesicht, sodass sie die Augen zusammenkniffen und sie sich gegen das grelle Licht beschirmen mussten. Um sie herum füllten die Geräusche berstenden Eises und plätschernden Wassers die Stille.

Schlagartig blieb Rafi stehen und hielt sich einen Finger vor die Lippen. Er zog Sophie hinter einen Felsbrocken und zeigte mit dem Finger auf etwas. Erst konnte sie nichts sehen. Dann erfassten ihre Augen es doch: das Schwingen eines Schwanzes aus einem krüppelwüchsigen Nadelbaum. Je länger sie hinstarrte, desto einfacher war es, die Katzengestalt des Schneeleoparden auszumachen, der sich an einen Ast klammerte, der über eine Grasfläche ragte, auf der der Schnee geschmolzen war. Unter ihm graste ein stämmiger Tahrbock mit schwarzem Fell und dicken gebogenen Hörnern, der sich der Gefahr gar nicht bewusst war.

Schnell und leise ging Rafi in die Hocke, ließ das Gewehr von der Schulter gleiten, stützte es auf dem Felsen vor sich ab und zielte. Einen Moment lang dachte Sophie, er würde den Schneeleoparden erschießen, aber als der Schuss sich löste, brach der Tahr in die Knie. Im nächsten Augenblick sprang der Schneeleopard von seiner Warte und flüchtete in eine Höhle.

»Er kann sich an den Überresten gütlich tun, wenn ich den Tahr gehäutet habe und wir uns genommen haben, was wir wollen«, verkündete Rafi fröhlich, während sie zu dem toten Tahr eilten, um ihn in Augenschein zu nehmen.

Voller Entsetzen sah Sophie zu, wie Rafi ein scharfes Jagdmesser zog und dem Bock die Kehle durchschnitt. Rubinrotes Blut sprudelte hervor und färbte den Schnee in einem Scharlachton. Methodisch ging Rafi daran, den Ziegenbock zu häuten. Sophie wurde schlecht. Sie wandte sich ab und hastete hinter den Baum, aber es war zu spät, um zu verhindern, dass ihr Magen sich verkrampfte. Sie übergab sich heftig, würgte wieder und wieder, bis ihr nur noch grüne Galle hochkam.

Rafi ließ das Messer fallen und eilte zu ihr.

»Es tut mir leid. Mir war nicht klar, dass du so empfindlich auf Blut reagierst.«

»Das tue ich auch nicht«, keuchte Sophie. Sie schämte sich, dass er mit ansah, wie sie sich erbrach. Sie nahm das Taschentuch, das er ihr hinhielt, und wischte sich den Mund ab. Sie fühlte sich abscheulich – ausgehöhlt und kalt, obwohl sie schwitzte.

Er streichelte ihr den Rücken. »Ich glaube, es geht dir nicht gut. Du übergibst dich nun schon die letzten zwei Wochen lang fast jeden Tag.«

Sie sah ihn verblüfft an. »Woher weißt du das?«

»Ich bemerke eben gewisse Dinge. Und an dir bemerke ich alles.«

Sophie spürte, wie ihr die Hitze in die Wangen stieg. Rafi streckte die Hand aus und strich eine Haarsträhne beiseite, die ihr vor den Mund hing. Sie wollte seine Hand festhalten, sie sich ans brennende Gesicht drücken und ihre Lippen daraufpressen. Aber sie durfte nicht schwach werden.

Sie wandte sich von ihm ab. »Ich bin nicht krank. Es liegt nur an der Höhe.«

Unverhofft ertönte über ihnen ein lauter Knall. Sophie zuckte vor Schreck zusammen. Ihr erster Gedanke war, dass es ein Schuss sein musste. Dann bebte der Fels unter ihr, und ein Geräusch schwoll immer mehr an, als würde ein Zug sich nähern. Rasch stieß Rafi sie unter den Baum und zu Boden. Er warf sich auf sie. Sophie schrie und wehrte sich, aber er ließ sie nicht los.

»Still halten!«, befahl er.

Sekunden später ging eine Geröllawine neben ihnen nieder und verwüstete die Stelle, an der sie eben noch gestanden hatten. Es klang wie Kanonendonner. Genauso schnell, wie der Spuk begonnen hatte, war er vorbei. Rafi wälzte sich von Sophie hinunter.

»Ist alles in Ordnung mit dir?«, fragte er atemlos und hustete im Staub. »Es tut mir leid …«

»Das muss es nicht«, versicherte Sophie eilig. »Ich hätte nicht schreien sollen wie ein Baby.« Benommen musterte sie die Stelle, an der sie sich eben noch befunden hatten. Nun häufte sich dort Geröll. »Du hast mir schon wieder das Leben gerettet.«

Rafi schenkte ihr ein schiefes Lächeln. »Es gibt niemanden, den ich lieber retten würde.«

Sophie lachte und nahm das Kompliment nicht ernst. Er wollte ja nur galant sein. »Oh, Rafi, sieh doch!« In plötzlicher Panik starrte sie an ihm vorbei. »Der Pfad ist verschüttet.«

Sie sahen sich die Sache näher an. Rafi begann, den Felssturz hinaufzuklettern, aber das Geröll unter ihm verschob sich gefährlich. Er kam wieder herunter und schaute sich um. Aus zusammengekniffenen Augen spähte er in die Richtung, in die der Schneeleopard verschwunden war.

»Dort entlang führt noch ein Pfad auf den Berggrat.« Er zeigte nach oben. »So können wir den Felssturz oberhalb umgehen und auf der gegenüberliegenden Seite wieder hinuntersteigen. Den Weg hat auch der *shikari* genommen. Wir müssen bloß den Tahr zurücklassen.« Er warf einen bedauernden Blick auf das halb gehäutete Tier unmittelbar hinter der frischen Geröllawine.

Die Sonne hatte den Hang schon verlassen, und die Temperaturen fielen.

»Ich folge dir unauffällig.« Sophie lächelte und überspielte ihre Nervosität.

Rafi schulterte seinen Rucksack und ging voran. Sie folgten Tahrspuren und gelangten so schnell den Felsen empor. Als sie sich dem Berggrat näherten, zogen sich Wolken um die Gipfel zusammen. Das Licht verschwand, und der Wind frischte auf. Sophie sah, dass Rafi ängstliche Blicke zum Himmel warf, während die Wolkenbank sich um sie herum zusammenballte.

Ein Rauschen ertönte, und sie beobachtete verwirrt, wie eine Säule aus Blättern und Kiefernnadeln von unten hochgesogen wurde und an ihnen vorbeiwirbelte.

»Was geht da vor?«, keuchte sie und versuchte, mit Rafis Tempo mitzuhalten.

»Ein Sturm zieht auf!«, rief er. »Wir müssen uns beeilen.«

Aber je weiter sie nach oben stiegen, desto schlimmer wurde es. Bald waren sie von weißem Nebel umgeben. Er kühlte einen bis ins Mark aus. Eben noch hatten sie die prächtigen eisbedeckten Gipfel sehen können – jetzt nichts mehr. Rafi packte Sophies Hand.

»Wir schaffen es nicht bis nach oben, bevor der Sturm losbricht. Wir suchen uns einen Unterschlupf, bis er vorbeigezogen ist.«

Sophie versuchte, ihre Angst zu unterdrücken. »Aber hier gibt es keinen Zufluchtsort.«

»Doch, wenn wir etwas weiter nach unten klettern. Wir sind an einer Höhle vorbeigekommen.«

Sie hielt sich an Rafi fest, als er Stück für Stück den Felsen hinab voranging. Ein falscher Schritt, und sie würden vom Berg in den sicheren Tod stürzen. Sophie unterdrückte ein Schluchzen. Inmitten des Gefühls äußerster Panik erlebte sie einen Moment der Klarheit: Sie wollte nicht sterben. Sie wollte leben und lieben, wollte das Kind, das in ihr wuchs, zur Welt kommen sehen, ganz gleich, wie grauenvoll seine Zeugung verlaufen sein mochte. Es war ihr Baby, und das war alles, was zählte. Sie klammerte sich noch fester an Rafi, ihrem Rettungsanker.

Gerade als die ersten schweren Regentropfen sie trafen, sah Rafi durch den Nebel den Eingang der niedrigen Höhle. Er stieß Sophie in die felsige Zuflucht und reichte ihr seinen Rucksack und das Gewehr.

»Bleib hier. Ich bin in einer Minute wieder da.«

»Nein! Lass mich nicht allein«, flehte sie.

Aber er war fort, wie vom Nebel verschlungen. Sophie wollte nicht tiefer in die Höhle kriechen, falls Rafi bei seiner Rückkehr den Eingang übersah. Sie hockte sich hin und sang, so laut sie konnte *It's a Long Way to Tipperary*, um ihre Moral zu heben und Rafi durch den Regen zurückzuführen.

Es kam ihr wie eine Ewigkeit vor, aber wahrscheinlich vergingen nur wenige Minuten, bevor er wieder aus der wirbelnden Wolke auftauchte. Er war völlig durchnässt, drückte aber einen Armvoll Wacholderzweige an sich. Lachend und keuchend fiel er auf die Knie.

»Ich weiß nicht, wie du jetzt etwas zum Lachen finden kannst!«, empörte sich Sophie, wäre ihm aber vor Erleichterung fast um den Hals gefallen.

»Du hast dieses Lied gesungen.« Rafi lachte leise. »Ich hätte in meinen kühnsten Träumen nicht damit gerechnet, es jemals aus voller Brust in einer Höhle im Himalaja geschmettert zu hören!«

Sophie sank neben ihn und begann ebenfalls zu lachen.

Sie bauten sich ein Nest aus Wacholderzweigen unter dem Felsvorsprung und zwängten sich so tief in die flache Höhle, wie sie konnten, während um sie herum der Sturm losbrach. Aus seinem Rucksack zauberte Rafi Toffees hervor.

»Echte schottische Toffees!«, rief Sophie. »Wo hast du die aufgetrieben?«

»McGintys Mutter schickt sie mir.« Er grinste. »Sie weiß, dass ich eine Naschkatze bin.«

Sie lutschten die klebrigen Bonbons, und Sophie verspürte plötzlich Sehnsucht nach Edinburgh und Tante Amy. Rafi schien Verständnis dafür zu haben, denn er begann, in Erinnerungen an seine Zeiten in Schottland zu schwelgen, während strömender Regen die Berghänge hinabtoste. Der Donner war so laut wie der einer gewaltigen Kanone, und Blitze leuchteten gleißend auf.

Bald ging der Regen in Hagel über – große Eiskugeln, die vom Fels abprallten –, und schließlich schneite es. Sophie saß da, schmiegte sich Trost suchend an Rafis feuchte Schulter und sah ehrfürchtig zu, wie der Sturm nur wenige Meter von ihrem Zufluchtsort entfernt tobte, blendend und ohrenbetäubend, als würde er den Berg selbst spalten und sie beide in den Abgrund schleudern.

Das Unwetter dauerte Stunden.

»Tam wird sich solche Sorgen machen«, bemerkte Sophie nervös. »Vielleicht denkt er sogar, wir seien tot. Niemand, den der Sturm draußen am Berg überrascht, könnte das überleben.«

»Er weiß, dass wir uns einen Unterschlupf gesucht haben«, versuchte Rafi, sie zu beruhigen. »Und dass ich mich um dich kümmere.«

»Was, wenn die anderen in diesen Sturm geraten sind?«, schrie Sophie.

»So weit ist es schon nicht gekommen. Der *shikari* wird sie längst in Sicherheit gebracht haben. Sie werden zurück im Lager sein. Wir wären doch auch dort, wenn der Felssturz uns nicht aufgehalten hätte.«

Am Ende hatte Sophie der Erschöpfung nichts mehr entgegenzusetzen. Sie rollte sich in Rafis Decke gewickelt zusammen, getröstet vom intensiven Duft des Wacholders.

Die Stille weckte sie. Der Sturm war weitergezogen. In der Ferne ertönte noch sporadisch ein Grollen, während das Unwetter sich legte. Alarmiert ertastete sie eine Lücke dort, wo Rafi gewesen war. Sie war in der Dunkelheit allein.

33

»Rafi?«, rief sie. »Rafi!«

Er antwortete von außerhalb der Höhle. »Sophie, komm her und sieh dir das an!« Sie hörte das Staunen in seiner Stimme.

Die dicke Wolldecke um die Schultern gelegt, kroch sie ins Freie. Klare, kalte Luft schlug ihr entgegen. Der Himmel war von funkelnden Sternen übersät, und eine Mondsichel schien über weißen Gipfeln und Schneefeldern. Tief unten lag alles in Dunkelheit, nur die Umrisse von Wäldern und Felsen waren zu erkennen. In der Stille war schwach das Rauschen des fernen Flusses zu vernehmen.

»Hast du je etwas so Großartiges gestehen?«, schwärmte Rafi.

»Es ist wie ein Märchenland«, flüsterte Sophie.

Sie standen wie gebannt inmitten einer glitzernden Silberwelt, lauschten dem gelegentlichen Poltern und Krachen der Gletscher, die sich bewegten. Nach einer Weile sammelte Rafi ein paar der Wacholderzweige ein und zündete im Höhleneingang ein Feuer an. Er schmolz etwas Schnee in seinem Blechkessel und kochte Tee. Sie teilten sich eine einzige hölzerne Tasse.

»Warum bist du so gut vorbereitet?«, erkundigte Sophie sich verwundert.

»Ich war beim Lahore-Horse-Regiment, schon vergessen?« Er grinste. »Ausgebildet, um überall zu überleben.«

Als sie in der frostigen Nacht dicht am kleinen Feuer zusammensaßen, sprachen sie über viele Dinge: ihre jeweils ganz unterschiedlichen Kindheitserlebnisse in Indien, aber auch ihre Gemeinsamkeiten wie ihre Liebe zur Natur, zur Poesie, zur Musik und zum Angeln.

»Wo«, fragte Rafi amüsiert, »hat die junge Miss Logan denn Angeln gelernt?«

»Großonkel Daniel in Perth hat es mir beigebracht.« Sie lachte. »Ich kann gut mit der Angelrute umgehen und habe auch nichts dagegen, Fische auszunehmen. Anders als Tilly, die dann immer so getan hat, als hätte sie Kopfschmerzen, und mit einem Buch davongelaufen ist.«

»Wenn der Schnee schmilzt und wir von hier wegkommen, gehen wir auf alle Fälle Mahseers angeln«, versprach Rafi. »Boz sagt, wir Forstbeamten haben eine offene Einladung von Wesley Robson, in die Khasi Hills zu kommen. Laut Robson sind das die besten Fischgründe im ganzen Land. Du könntest deine Freundin Clarrie besuchen und das mit einer Reise kombinieren, um Cousine Tilly zu sehen.«

Sie ließ ihn in Tagträumen schwelgen und undurchführbare Pläne schmieden, als wären sie beide frei von allen Bindungen und Verpflichtungen anderen gegenüber. Unter den magischen Sternen schien alles möglich zu sein. Vor ein paar Tagen hatte Tam verkündet, dass Rafi mit der Tochter eines Bankiers aus Lahore verlobt war, und hatte das auch vor den anderen an die große Glocke gehängt. Es war Rafi peinlich gewesen, und Sophie hatte sich davongeschlichen, damit niemand bemerkte, wie sehr die Neuigkeit sie erschütterte. Aber in dieser Nacht erwähnten sie weder seine bevorstehende Heirat noch Tam.

Am Ende legten sie sich schlafen, obwohl Sophie wollte, dass die Nacht niemals endete.

»Du behältst die Decke«, bestimmte Rafi und vergrub sich in den Wacholderzweigen.

»Wir können sie uns teilen«, bot Sophie an und war froh, dass die Dunkelheit ihr Erröten verbarg. Sie schlug die Decke auseinander und warf eine Seite über ihn.

Sie lag mit dem Rücken zu ihm da. Er rutschte näher heran, berührte sie aber nicht. Das Herz hämmerte ihr in der Brust. Wie sehr sie ihn wollte! Irgendwann später fragte sie leise: »Rafi, bist du noch wach?«

»Ja.«

Sophie schluckte. »Hältst du mich bitte?«

Es herrschte Schweigen. Sie verfluchte sich dafür, ihn in Verlegenheit gebracht zu haben. Was würde er von ihr denken? »Es ist nur so, dass mir kalt ist.« Sie versuchte, es herunterzuspielen. »Ich erwarte nicht mehr – ich will nur deine Wärme.«

Dann legte sich ein starker Arm um ihre Taille, und Rafi schmiegte sich an ihren Rücken. Sophie hielt seine Hand fest.

»Danke«, flüsterte sie.

Sie spürte seinen Atem auf ihrem Haar und seinen starken, schnellen Herzschlag. Da wusste sie, dass Rafi mit ihr schlafen würde, sobald sie ihn darum bat. Sie nahm seine Anspannung wahr, das Begehren, in der Art, wie er sie hielt, ihren Duft einatmete und ihren Namen seufzte. Sophie verzehrte sich vor Sehnsucht. Aber sie hatte ihre Ehe mit Tam schon in Gefahr gebracht – dafür hatte Bracknall gesorgt –, ihn mit Rafi zu betrügen, würde das Ende sein. Genauso wenig wollte sie Rafis künftiges Leben mit seiner angehenden Frau verderben. Sie hatte den Verdacht, dass sein Ehrgefühl seinem Freund Tam gegenüber ihn ohnehin zurückhalten würde. Es würde nie eine gemeinsame Zukunft für sie geben. Sich einander jetzt zu schenken, würde nur zerstörerisch sein.

Eng umschlungen schliefen sie ein.

* * *

Als Sophie aufwachte, stellte sie fest, dass Rafi nicht mehr da war. Erschrocken setzte sie sich auf. Die Fläche hinter ihr war kalt. Das Glimmen des Feuers war fast erloschen. Draußen war es Tag: Rosiges Licht ließ den Schnee wie Zuckerguss auf einem Kuchen wirken.

Dann entdeckte sie Rafi, der mit Kiefernzweigen und Baumwurzeln den frostigen Hang wieder heraufgestapft kam. Vor Anstrengung stieß er große Atemwolken aus. Er erblickte sie und schenkte ihr ein breites Lächeln. Seine grünen Augen funkelten. Sophies Herz sang. Sie hätte alles darum gegeben, jeden Morgen beim Aufwachen sein Gesicht zu sehen. Heftige Eifersucht auf diese Sultana Sarfraz, die ausgewählt worden war, ihn zu heiraten, durchzuckte sie.

»Ich war noch einmal am Kadaver«, schnaufte er. »Keine Spur von dem Schneeleoparden. Magst du Nieren?«

»Normalerweise liebe ich sie«, antwortete Sophie, »aber in letzter Zeit habe ich Fleisch abgeschworen.«

»Sie werden köstlich schmecken, wenn wir sie über einem duftenden Kiefernfeuer zubereiten und im Freien essen, glaub mir.«

Er ging daran, das Feuer zu schüren, setzte den Kessel auf ein paar Steine und briet die Nieren an einem Stock. Vom Geruch des garenden Fleisches wurde Sophie übel. Aber Rafi ermunterte sie zum Essen, und Sophie stellte fest, dass sie den Geschmack wider Erwarten doch genoss. Sie saßen im Schneidersitz da, tranken Tee, toasteten altes Chapati und kauten noch mehr Toffees.

»Ich glaube, wir können gefahrlos auf dem Weg zurückkehren, auf dem wir gekommen sind«, verkündete Rafi. »Es sieht so aus, als ob der frische Schneefall eine Brücke über den Felssturz gebildet hat – er ist festgefroren. Aber wir müssen uns in Bewegung setzen, bevor die Sonne wärmer wird. Später besteht ein Lawinenrisiko.«

»Ein Teil von mir«, wagte Sophie einzugestehen, »wünscht sich, wir könnten für immer hierbleiben.«

Rafi sah sie unverwandt aus seinen grünen Augen an. »Das sind gefährliche Gedanken.«

»Ich weiß.« Sophie hielt seinem Blick stand. »Wir könnten jagen, angeln und auf tibetischen Ponys durch den Himalaja reisen.« Sie sprach leichthin, obwohl sie es wirklich ernst meinte.

Plötzlich hatte sie Angst davor, in ihr altes Leben zurückzukehren: zu Tams Launenhaftigkeit und seinen Fieberanfällen, sich in Bracknalls Gegenwart auf die Zunge beißen zu müssen, in ein Dasein in den Clubs und Wohnzimmern von Lahore, das von gesellschaftlicher Etikette bestimmt wurde. Wie sollte sie das ertragen?

»Du könntest all das mit Tam tun«, bemerkte Rafi leise.

Sophie schüttelte den Kopf. »Als ich nach Indien gezogen bin, dachte ich, das wäre das Leben, das wir führen würden – Wandern und Entdeckungstouren. Aber das ist nicht das, was Tam von mir will.«

»Und was will er?«

»Eine Gastgeberin und Tennispartnerin, jemanden, der ihm hilft, die Karriereleiter zu erklimmen. Sein Beruf ist seine Leidenschaft. Du weißt doch, wie er ist. Er lebt und atmet Forstwirtschaft.« Sophie seufzte. »Es kommt mir illoyal vor, hinter seinem Rücken über ihn zu reden, aber er liebt mich nicht. Manchmal habe ich das Gefühl, dass er mir grollt, weil ich mich bereit erklärt habe, ihn zu heiraten.«

»Ich bin mir sicher, dass Tam dich liebt«, erwiderte Rafi.

»Ich glaube, er bemüht sich, mich zu lieben, aber in seinem tiefsten Innern kann er es nicht. Boz hat versucht, mich zu warnen. In Bombay hat er mir von Tams Kriegsverletzungen erzählt – und davon, wie sie ihn verändert haben. Aber ich wollte nicht auf ihn hören.«

Rafi schnaufte. »Boz wollte dich nur abschrecken, weil er selbst verliebt in dich war.«

»Nein.« Sophie errötete. »Er hat versucht, mir etwas zu sagen. Jetzt glaube ich, dass er gemeint hat, dass Tam mich nicht wirklich heiraten wollte, aber nicht wusste, wie er darum herumkommen sollte.«

Rafi beugte sich zu ihr und nahm ihre Hand in seine. »Ich glaube, du machst dir unnütz Sorgen. Es ist bestimmt nicht leicht, mit Tam zusammenzuleben, aber ich bezweifle nicht, dass du ihm am Herzen liegst. Er hat von nichts anderem geredet, als wir hier draußen waren, bevor du kamst. Tam ist ein guter Mann.«

»Oh, Rafi«, flüsterte sie. Tränen kribbelten ihr im Rachen. »Du bist ein echter Freund. Tam hat dich in den letzten Monaten nicht immer anständig behandelt, und doch verteidigst du ihn.«

Rafi zog die Hand zurück. »Es liegt daran, dass die britische Gesellschaft in Indien unsere Freundschaft nicht so akzeptiert wie die in Edinburgh. Tam ist nicht schuld an der imperialistischen Mentalität, die hierzulande herrscht. Aber die Dinge ändern sich allmählich.«

»Nicht schnell genug für mich«, entgegnete Sophie. »Es ist mir zuwider, dass du keinen gesellschaftlichen Umgang mit uns pflegen und in den meisten Clubs weder tanzen noch essen darfst – und dass Bracknall dich bei jeder Gelegenheit vor den Kopf stößt.«

»Bracknall.« Rafi lächelte hämisch. »Ich bin froh, nicht zu seinen langweiligen Abendessen eingeladen zu sein.«

»Aber er hat Macht über dich und deinen Beruf – über uns alle«, setzte sie bitter hinzu.

»Hat Bracknall dir etwas getan?«, fragte Rafi.

Sophie wandte den Blick ab. »Ich verabscheue den Mann einfach.«

Rafi sprang auf und bot ihr die Hand. »Im Himalaja kann er uns nicht vom Tanzen abhalten. Würden Sie mir die Freude machen, mir diesen Tanz zu gewähren, Mrs Telfer?« Er begann, einen Walzer zu pfeifen.

Sophie stand lachend auf. »Natürlich.«

Auf dem frostigen Hang schlurften sie im ersten Sonnenschein summend und grinsend umher. Allmählich kamen sie zum Stillstand, die Arme noch umeinandergelegt, und sahen sich in die Augen. Sophie reckte sich und hauchte ihm einen Kuss auf die Lippen.

»Das wollte ich schon so lange tun.«

Seine Miene war plötzlich grimmig; er ließ sie los und schob sie sanft von sich.

»Es tut mir leid.« Sie schluckte. »Ich dachte, du würdest das Gleiche empfinden.«

»Mein Gott, Frau!«, rief er. »Du hast ja keine Ahnung, wie sehr ich dich will. Aber bis jetzt haben wir noch nichts getan, wofür wir uns schämen müssen. Noch kann ich Telfer in die Augen sehen und ihm sagen, dass nichts Ungehöriges zwischen uns vorgefallen ist.«

»So fühlt es sich für mich nicht an«, konterte Sophie. »Für mich hat sich letzte Nacht alles geändert. Mit dir unter den Sternen zu stehen …«

»Sprich es nicht aus!«, schrie Rafi. »Sag nichts mehr.«

Er wandte sich von ihr ab und machte sich daran, das Feuer auszutreten. Sie sah verzweifelt zu, wie er seinen Rucksack packte und die Decke zusammenrollte, die sie sich geteilt hatten. Wie konnte er sagen, dass nichts passiert war? Es war ihnen vielleicht gerade noch gelungen, ihr Verlangen körperlich im Zaum zu halten, aber in Gedanken hatte sie sich Rafi schon hundertmal willig hingegeben.

Sie sprachen nicht mehr miteinander, als sie hinabstiegen. Sophie setzte ihre Schritte in die Spuren, die Rafi im jungfräulichen Schnee hinterließ. Die Geräusche des berstenden Eises und des schmelzenden Schnees trieben sie an weiterzueilen, als sie die Überreste des toten Tahrs passierten, den der Schneeleopard vor Kurzem unter seinen Baum geschleift hatte. Wie Rafi vorhergesagt hatte, hatte der Schnee sich zu einer Brücke über die mit Geröll gefüllte Schlucht verdichtet, die am Vortag unpassierbar gewesen war. Es war eine schwierige Kletterpartie, aber sie schafften es auf die andere Seite.

Beim Anblick der nackten Felswand dahinter blieb Sophie entsetzt stehen.

»Wo ist der Sims?«

Auch Rafi wirkte besorgt. »Er ist von Schnee bedeckt. Mir gefällt nicht, wie das aussieht.«

Sophies Herz hämmerte, während sie versuchte, ihre Panik zu unterdrücken. »Was sollen wir tun?«

Rafi ließ den Blick über den eisigen Hang schweifen. »Ausschau nach Tahrs halten und beobachten, auf welchem Weg sie die Felswand queren.«

»Ich habe Angst.«

Er warf ihr einen Blick zu. »Willst du immer noch auf einem Pony durch den Himalaja streifen?«

»Mach dich nicht über mich lustig.«

»Na los, wir stellen fest, ob wir den Pfad entdecken, auf dem der *shikari* über den Berggrat gelangt ist.«

Sie verbrachten den Rest des Vormittags damit, die gefrorene Schlucht hinaufzuklettern und zu versuchen, eine Route zurück zum Lagerplatz zu finden. Die Sonne stand hoch am Himmel, und sie hörten den Gletscher ächzen, als er sich unter ihren starken Strahlen verschob.

Am Ende erreichten sie den Gipfel. Rafi zog Sophie das letzte Kletterstück, das ihr die Muskeln brennen ließ, empor.

Sie rang nach Luft. Der Kopf pochte ihr, und die Beine gaben unter ihr nach. Aber als sie sich an den Fels klammerte, durchzuckte sie ein Triumphgefühl, weil sie es bis ganz nach oben geschafft hatte.

Die weißen Berggipfel schillerten und schimmerten. Unten war das Tal unter Wolken verschwunden. Die Bergkette erstreckte sich wie ein Archipel in einem Meer aus Nebel und hielt sie von der Außenwelt abgeschnitten.

»Da drüben«, Rafi wies in die Ferne. »Eine Tahrherde.«

Sophie kniff die Augen zusammen und sah eine Reihe von Wildziegen, die sich hangabwärts einen Weg zwischen riesigen Felsblöcken hindurchsuchten.

»Das sieht ja nicht so schwer aus.« Sie zwang sich zu einem Lächeln.

»Erst essen wir etwas«, sagte Rafi, hockte sich hin und zog die Reste ihres Frühstücks aus seinem Rucksack: kalte Nieren und altbackenes Brot.

Kaum dass ihr ein Hauch des Geruchs davon in die Nase stieg, übergab Sophie sich schon zwischen den Felsen. Rafi schaufelte eine Handvoll Schnee und hielt sie ihr hin.

»Saug daran.«

Sophie neigte das Gesicht und leckte. Der Schnee betäubte ihren Mund und brannte ihr in der Kehle. Aber er brachte das Würgen zum Erliegen. Sie nahm noch etwas davon. Rafi streichelte ihr den Rücken.

Sophie stöhnte. »Es tut mir leid. Das lag nur am Geruch.«

Er musterte sie. »Es ist nicht die Höhenkrankheit, nicht wahr?«

Sie antwortete nicht.

»Du bist guter Hoffnung, oder?«

Sophie sah ihn verblüfft an. »Wieso kennst du dich mit solchen Dingen aus?«

»Meiner Schwester Noor war ständig schlecht, als ihr Baby unterwegs war.«

Sophie seufzte. »Ja, ich bin schwanger.«

»Weiß Tam das?«

»Noch nicht.«

Rafis Augen funkelten. »Das wird ihn glücklich machen – und dich vielleicht auch.«

Sophie schenkte ihm ein bekümmertes Lächeln. »Ja, vielleicht.«

Rafi stopfte das verschmähte Essen zurück in den Rucksack. Auch er schien den Appetit verloren zu haben.

Unmittelbar bevor sie sich an den Abstieg machten, sagte er: »Jetzt bin ich froh, dass wir nichts getan haben, wofür wir uns schämen müssten. Tam wird deinem Kind ein guter Vater sein.«

Die Endgültigkeit seiner Worte brach Sophie das Herz. Sie waren so nahe daran gewesen, Tam zu betrügen, und hatten widerstanden. Es war das Schwerste überhaupt, jetzt zustimmend zu nicken und Rafi gehen zu lassen, ohne ihm zu sagen, wie sehr sie ihn liebte und wie sehr sie es bereute, nicht mit ihm geschlafen zu haben, als die Gelegenheit dazu sich ihnen geboten hatte. Er war ein weitaus besserer Mensch als sie, dachte Sophie.

Sie wandte sich schnell von ihm ab, damit er nicht sah, dass ihr Tränen in die Augen stiegen, und ging voran bergab.

34

Rafi sah sich ungläubig um. Die Zelte waren fort, aus ihrer Verankerung gerissen. Nur ein paar Heringe steckten noch im harten Boden. Im schmelzenden Schnee lagen verstreut Überreste von Kerzen und Nahrungsmitteln sowie einige Töpfe. Eine Herde Tahrs lief davon, in ihrem Herumstöbern im Abfall gestört.

»Was ist passiert?« Sophie rang nach Luft.

»Der Sturm hat alles verwüstet.« Er fuhr sich mit der Hand über die müden Augen, als könnte er so ändern, was er vor sich sah. Vergeblich hielt er nach seinem Pony Ausschau.

»Oh mein Gott!«, jammerte Sophie.

Rafi packte sie am Arm. »Das heißt nicht, dass die anderen nicht in Sicherheit sind. Es gibt reichlich Stellen, an denen man hier unten zwischen den Tannen Schutz suchen kann.«

»Was machen wir jetzt? Sollen wir anfangen, nach ihnen zu suchen, oder Hilfe holen? Ich muss wissen, ob es Tam gut geht!«

Rafi sah ihren gequälten Gesichtsausdruck. Ihre großen braunen Augen spiegelten Schuldgefühle wider. Er ahnte, dass sie die Dinge bereute, die sie gesagt hatte. Ihre seltsame Nacht der Intimität inmitten der Schneefelder und Sterne kam ihm mittlerweile ziemlich unwirklich vor.

»Wir finden ihn, versprochen. Lass uns zurück zum Hauptlager gehen. Wenn sie nicht dort sind, organisieren wir einen Suchtrupp.«

Rafi behielt die Frage für sich, die ihm keine Ruhe ließ: Warum war niemand auf der Suche nach Sophie und ihm?

Der Einbruch der Nacht überraschte sie auf halbem Weg zum Hauptlager, in dem sie Bracknall zurückgelassen hatten. Rafi errichtete einen behelfsmäßigen Unterschlupf unter einer Emodi-Kiefer, indem er herabgefallene Äste an den Baum lehnte und den Unterstand mit Kiefernzweigen isolierte. Sie teilten sich einen Apfel und ein paar Kekse, die sie aus dem vom Sturm zerstörten Lager geborgen hatten, und kuschelten sich für eine zweite Nacht unter der Decke aneinander.

Sie sprachen kaum. Sophie war ihm gegenüber reserviert, tief in Gedanken. Er sehnte sich danach, wieder die Arme um sie zu legen, aber sie bat ihn nicht darum. Sie würde nie wissen, was für eine übermenschliche Anstrengung es ihn gekostet hatte, ihr nicht seine Liebe zu gestehen oder sein Bedürfnis, in ihrer Nähe zu sein, ihr Lachen zu hören und ihr in die leidenschaftlichen braunen Augen zu sehen. Während er schlaflos dalag und ihren regelmäßigen Atemzügen lauschte, knirschte er vor Eifersucht darüber mit den Zähnen, dass sie ein Kind von Tam erwartete, und nicht von ihm.

»Rafi«, sagte sie plötzlich. Sie hatte doch nicht geschlafen.

»Ja?«

»Du hast mich gefragt, ob Bracknall mir etwas getan hat«, flüsterte sie.

Rafi setzte sich auf und spähte ins Dunkel. Er konnte ihren Gesichtsausdruck nicht sehen, aber ihr zitterte die Stimme.

»Nun, das ... das hat er getan.«

»Erzähl mir davon«, bat Rafi sanft.

Sophie konnte es nur ertragen, die Worte auszusprechen, weil sie in die Dunkelheit gehüllt war wie in einen Kokon und weil die Bürde, niemandem davon zu erzählen, ihr zu schwer wurde.

»An dem Abend, als der Monsun einsetzte, als du und Tam fort wart und ich allein mit ... diesem Mann war ...« Sie schluckte. »Er hat mich unter Drogen gesetzt. Ich glaube, er hatte alles geplant – hatte meine Diener weggeschickt und seine eigenen dabehalten. Er sagte, die Straße zum Kanalbungalow sei überflutet, sodass er über Nacht bleiben müsse. Ich erinnere mich kaum, was geschehen ist«, fuhr sie verzweifelt fort, »aber ich weiß, dass er über mich hergefallen ist. Er ist in mein Zimmer gekommen, hat sich mir aufgezwungen ...«

Ein heftiges Schluchzen entrang sich ihr. Sofort legte Rafi die Arme um sie, zog sie an sich und hielt sie fest.

»Mein Gott, Sophie«, zischte er. »Dieser Bastard!«

Sie zitterte und weinte in seinen Armen. »Wie konnte ich das nur geschehen lassen? Ich fühle mich so schuldig.«

»Sag das nicht.« Rafi packte sie fest. »Du bist nicht schuld. Das hat allein Bracknall zu verantworten. Er ist ein widerwärtiges Zerrbild von einem Mann.«

Eine Weile hielt er sie einfach, während sie an seiner Schulter schluchzte. Die Erleichterung, die sie darüber empfand, das Entsetzliche laut ausgesprochen zu haben, war wie ein Dammbruch.

Am Ende erkundigte sich Rafi: »Weiß Tam Bescheid?«

Sophie schüttelte den Kopf. »Du bist der einzige Mensch, dem ich davon erzählt habe. Und Tam darf es nie erfahren.«

»Aber Sophie, irgendetwas muss gegen Bracknall unternommen werden. Ich will ihm seinen grinsenden Kopf abreißen.«

»Nein!« Sophie entzog sich ihm aufgeregt. »Du darfst nichts Törichtes tun. Er würde es einfach leugnen und es an Tam auslassen.«

»Ich würde mich für dich einsetzen, und Tam täte es auch.«

»Ich könnte es Tam niemals erzählen!«, schrie Sophie. »Wegen des Babys. Sonst könnte er ahnen ...«

Rafi spürte, wie sein Herz bleischwer wurde. »Was ahnen?«

Sophie zögerte und zwang sich dann, es auszusprechen: »Ich glaube, das Baby ist von Bracknall.«

Rafi stieß einen Fluch aus. Sie erkannte, wie schockiert er war. Dazu fiel ihm nichts ein. Sie hätte es ihm nicht sagen sollen; es war unfair, ihre Last auf ihn abzuwälzen, obwohl er nichts für sie tun konnte.

»Es tut mir leid. Ich hätte es dir nicht erzählen sollen. Was denkst du jetzt nur von mir?«

Schnell umfasste er ihren Kopf. »Ich finde, du bist die tapferste Frau, die ich kenne«, flüsterte er und küsste sie sanft auf die Stirn. »Es tut mir so leid.«

Sie schmiegte sich an ihn. Seite an Seite legten sie sich hin und hielten einander, bis sie beide einschliefen.

* * *

Ein Suchtrupp aus Bergbewohnern unter Cecils Führung fand sie früh am folgenden Morgen. Sie wurden aus dem Schlaf der Erschöpfung gerissen. Ihnen war gar nicht klar, dass die Sonne schon vor zwei Stunden aufgegangen war.

»Gott sei Dank!«, rief Cecil. »Wir suchen schon seit gestern nach Ihnen. Ein Hirte hat gesagt, er habe ein Paar in den höhergelegenen Hängen gesehen.«

Sophie, zerzaust und noch steif vor Kälte, fragte ängstlich: »Wo ist Tam? Geht es ihm gut?«

»Hat sich den Fuß verstaucht – ist beim Abstieg im Regen gestürzt. Aber abgesehen davon, dass er sich große Sorgen um Sie macht, ist mit ihm alles in Ordnung.«

»Mir geht es gut. Rafi hat mich beschützt.«

Rafi bemerkte die peinlich berührten Mienen und fühlte sich genötigt, eine Erklärung abzugeben. »Uns ist durch einen Felssturz der Rückweg abgeschnitten worden. Wir mussten Zuflucht in einer Höhle suchen ...«

»Das können Sie alles Telfer erzählen«, unterbrach Cecil ihn; er wirkte verlegen. »Die Hauptsache ist, dass Mrs Telfer nicht zu Schaden gekommen ist.«

Rafi lief rot an. »Es bestand nie die Gefahr, dass sie zu Schaden kommen würde.«

Cecil musterte ihn eisig. »Sie hat aus allen möglichen Gründen in großer Gefahr geschwebt – draußen an einer Bergflanke im Sturm, und das ohne den Schutz ihres Ehemanns.«

Rafi war gekränkt. Der junge Ingenieur betrachtete ihn eindeutig als zusätzliche Gefahr. Er hatte bemerkt, wie argwöhnisch Cecil sie angestarrt hatte, als er sie allein in dem Unterstand vorgefunden hatte. Aber ein flehentlicher Blick von Sophie sorgte dafür, dass er sich eine Retourkutsche verbiss.

Weil Cecil darauf bestand, wurde Sophie auf ein Maultier gesetzt und bildete mit dem Armeeingenieur die Vorhut, während Rafi ihnen mit dem einheimischen Suchtrupp folgte. Als er das Lager erreichte, herrschte dort eine angespannte Stimmung. Von Sophie war keine Spur zu sehen. Die Ingenieure wichen ihm aus. Bracknall bestellte ihn in sein Zelt. Rafi konnte es kaum ertragen, seinen Chef anzusehen, weil er so voller Abscheu angesichts dessen war, was der Mann Sophie angetan hatte.

Tam erhob sich humpelnd von einem Stuhl, um ihn zu begrüßen. In seinem dünnen Gesicht zeichnete sich der Schmerz ab. Rafi fragte sich, ob er sich den Knöchel vielleicht gebrochen und nicht nur verstaucht hatte.

Tam schüttelte ihm die Hand und sagte: »Danke, dass du Sophie heil zurückgebracht hast, Khan.«

»Wo ist sie?«

»Sie ruht sich aus. Sie sieht schrecklich aus. Ich weiß auch nicht, was sie sich dabei gedacht hat, einfach ohne uns andere loszuziehen.«

»Meine Schuld«, räumte Rafi ein. »Ich wollte ihr den Schneeleoparden zeigen.«

»Den Schneeleoparden.« Bracknall schnaufte. »Eine unwahrscheinliche Geschichte.«

Rafi war erzürnt, hielt aber seine Zunge im Zaum.

»Dennoch«, fuhr Tam fort, sah aber verunsichert drein. »Sie hätte auf mich und die anderen Jungs warten sollen.«

Bracknall war schnell mit Kritik bei der Hand. »Ich halte das für eine verdammte Schande! Sie verschwinden für zwei Nächte mit Mrs Telfer, während ihr Mann hier vor Sorge wahnsinnig wird. Und Cecil findet Sie in einem gemütlichen kleinen Nest im Wald. Erklären Sie sich, Khan!«

Rafi stand wütend da. Alles würde ganz anders ablaufen, wenn er weiß und Brite wäre. Sein Bruder Ghulam hatte recht: Ihre Kolonialherren hatten nicht die Absicht, die Macht an Männer wie ihn abzutreten. Bracknall und seine Andeutungen waren abscheulich. Er weigerte sich zu antworten.

»Sie sollten besser anfangen, etwas zu sagen, wenn Sie wollen, dass ich verhindere, dass ein Skandal über uns alle hereinbricht«, blaffte Bracknall. Sein Blick war boshaft. »Es wäre doch sehr dumm, Ihre Stelle deswegen zu verlieren.«

»Meine Frau versicherte mir, dass nichts Ungehöriges geschehen ist«, warf Tam ein und errötete tief. »Ich will nur die Bestätigung von dir hören.«

Rafi starrte ihn mit offenem Mund an. Also war Sophie schon einem Verhör unterzogen worden. Plötzlich wurde ihm klar, dass Sophie recht gehabt hatte: Bracknall hatte zu viel Macht über sie alle.

»Und Sie glauben Ihrer Frau, ja?«, mischte Bracknall sich ein.

»Natürlich.« Tam wirkte nervös.

»Nun, so leid es mir tut, das zu sagen, Telfer ...« Bracknall grinste anzüglich. »Dieses Luder ist nicht das unschuldige kleine schottische Mädchen, für das Sie es halten.«

Rafi sah Tam zusammenzucken, als hätte man ihn ins Gesicht geschlagen. Wut tobte in seinem Bauch.

»Bitten sprechen Sie nicht so von ihr«, bat Tam.

»Es ist wahr.«

»Wie meinen Sie das, Sir?«, fragte Tam.

»Ich meine, dass Sie Ihre Frau fest im Griff behalten müssen. Es ist peinlich, wie sie mit anderen Männern flirtet. Sogar jemand mittleren Alters wie ich ist nicht vor ihr sicher. Das muss Ihnen doch aufgefallen sein.«

»Nein ...«

»Hör nicht auf seine Lügen, Tam«, knurrte Rafi und ballte die Fäuste.

»Sie hat auch versucht, Sie zu verführen, was?«, stichelte Bracknall. »Ich wette, es war so. Die Schuld steht Ihnen in Ihr braunes Gesicht geschrieben.«

Im nächsten Augenblick stürzte Rafi sich auf seinen Chef und warf ihn aus seinem Klappstuhl. »Wie können Sie es wagen – nach allem, was Sie getan haben!«

Er drückte ihn zu Boden. Bracknall starrte zu ihm hoch, die Augen vor Schock weit aufgerissen.

»Holen Sie ihn von mir herunter!«

»Ich verabscheue Sie!« Rafi holte aus, um mit der Faust zuzuschlagen.

»Khan, sei nicht so ein verdammter Dummkopf!« Tam griff sofort nach seinem Arm und versuchte, ihn von Bracknall wegzuziehen.

Der Aufruhr sorgte dafür, dass Cecil ins Zelt gerannt kam. Er verpasste Rafi einen kräftigen Fausthieb ins Gesicht. Rafi taumelte nach hinten und ließ Bracknall los. Tam hievte ihn hoch, während Cecil dem erschütterten Bracknall auf die Beine half.

Rafi stand schwer atmend da. Die Wange brannte ihm von Cecils Schlag. Einen Moment lang sagte niemand etwas. Bracknall klopfte sich das Hemd ab und strich sich die Haare glatt. Sein Gesichtsausdruck ging von Furcht in kalte Wut über.

»Telfer«, sagte er mit eisig ruhiger Stimme, »Sie werden Ihre Frau so disziplinieren, wie Sie es für richtig halten.« Er fixierte Rafi mit einem Blick voll schierem Hass. »Khan, mit Ihnen ist es aus. Jetzt gehen Sie mir aus den Augen.«

Völlig aufgelöst stürmte Rafi aus dem Zelt.

35

Die Rückreise nach Dalhousie war eine Tortur. Sophie sah, unter welchen Schmerzen Tam aufgrund seines verletzten Knöchels litt. Doch er fuhr sie nur an, wenn sie ihn darauf ansprach. Er ritt voran und machte kein Geheimnis aus seinem Wunsch, so schnell wie möglich wieder nach Dalhousie zu gelangen.

Sophie hatte die Auseinandersetzung in Bracknalls Zelt gehört, als Rafi mit den Trägern zurückgekehrt war, hatte aber nicht verstanden, was genau die Männer gesagt hatten. Quälend unentschlossen, ob sie eingreifen sollte oder nicht, war sie am Ende zu der Erkenntnis gelangt, dass alles, was sie sagte, die Situation nur noch schlimmer machen würde. Jetzt wünschte sie, sie hätte sich doch eingemischt. Tam hatte ihr erzählt, dass Rafi Bracknall wie ein Wahnsinniger angegriffen hatte, weil er irgendetwas über sie gesagt hatte. Tam war nicht bereit, ihr zu verraten, was genau, aber seine Kälte ihr gegenüber war verletzend.

»Du hättest nicht allein mit Khan losziehen sollen«, hatte er ihr Vorwürfe gemacht. »Der Mann wird deshalb entlassen werden, und es würde mich nicht wundern, wenn Bracknall ihn außerdem der Polizei übergibt.«

Es war ihr zuwider, dass Rafi die Hauptlast von Bracknalls Rachsucht zu ertragen hatte, und sie war wütend auf ihre eigene Machtlosigkeit, das zu verhindern. Ihr Wort war nichts wert. Sie hatte sich danach gesehnt, mit Rafi zu sprechen. Sie befürchtete, dass er etwas Impulsives dazu geäußert haben könnte, dass Bracknall sie vergewaltigt hatte. Doch Rafi war vorausgeschickt worden, um in Lahore sein Schicksal zu erwarten. Er ging ohne Abschied. Als sie einen letzten Blick auf ihn erhaschte, war er unrasiert, sein Haar ungekämmt und seine Wange geschwollen, als hätte man ihn geschlagen. Es brach ihr das Herz, die Traurigkeit in seinem schönen Gesicht zu sehen, als er auf sein Pferd stieg. Sie hatten keine Gelegenheit mehr gehabt, miteinander zu reden. Hilflos sah sie ihn aufbrechen. Sophie fühlte sich mutterseelenallein. Würde sie ihn je wiedersehen?

Bevor sie Dalhousie erreichten, waren ihnen schon Gerüchte vorausgeeilt, dass die Reise beinahe in einer Katastrophe geendet wäre. Binnen einer Woche nach ihrer Rückkehr in die Hill Station machten skandalträchtige Spekulationen über Sophie die Runde in den Hotelteesalons und Clubhäusern.

Telfers eigenwillige junge Frau – Sie wissen schon, diejenige, die sich lieber mit den Männern unten in der Ebene herumgetrieben hat, statt sich den Frauen in den Bergen anzuschließen? Na, die ist jedenfalls auf der Chambaroute mit einem anderen Forstbeamten für eine Weile verschwunden. Haben Sie noch nicht davon gehört?

Und noch dazu mit einem Eingeborenen!

Was hat sie sich nur dabei gedacht?

Natürlich gut aussehend. Mohammedaner.

Sind putzmunter wiederaufgetaucht. Wie man hört, haben sie sich die ganze Zeit im Wald versteckt.

Armer Telfer. Das wird sich schlecht in seiner Dienstakte machen. Nun, und es bringt Bracknall in eine unmögliche Lage, nicht wahr? Man sagt, dass der Schotte vielversprechend war.

Etwas zu sehr von sich selbst eingenommen, habe ich gehört.
Der Inder wird natürlich entlassen werden.
Das kann man doch nicht einfach so machen – nicht mehr heutzutage. Der Vater ist ein hohes Tier in Lahore. Man muss ihn an einen entlegenen Ort versetzen.
Dieses verwöhnte kleine Ding!
Seien Sie nicht zu hart. Es ist nicht ihre Schuld, dass sie Indien nicht versteht – sie ist noch kaum ein Jahr hier. Und man weiß doch, wie verführerisch diese Kerle sein können.

Sophie widerte der Klatsch an. Rafis Angriff auf Bracknall war der einzige Teil der schrecklichen Affäre, der nicht durchgesickert zu sein schien. Vielleicht befürchtete der leitende Forstbeamte, dass es ihn schwach und unmännlich aussehen ließe, wenn sich herumsprach, dass ein indischer Untergebener in einem Kampf gegen ihn die Oberhand gewonnen hatte? Ganz gleich, was der Grund war, sie betete, dass das hieß, dass Rafi nicht wegen Körperverletzung festgenommen werden würde.

Tam verbrachte seine Zeit mit Ausritten draußen in den Wäldern. Er füllte jede Stunde mit Arbeit und ignorierte die Schmerzen in seinem geschwollenen Knöchel. Bald sollte er nach Changa Manga zurückkehren.

»Es wird immer noch unerträglich heiß dort unten sein«, sagte er, »aber vielleicht wäre es das Beste, wenn du mich begleitest. Die Einladungen zu gesellschaftlichen Anlässen scheinen ohnehin versiegt zu sein – wenn man von deiner exzentrischen Freundin Fluffy Hogg absieht.«

»Natürlich kehre ich mit dir zurück«, antwortete Sophie. »Ich will es auch. Hier ist es nicht mehr auszuhalten. Die Leute sagen so schreckliche Dinge über uns – und über Rafi.«

Tam sah sie unglücklich an. »Versprichst du mir, dass in den Gerüchten kein Fünkchen Wahrheit steckt?«

»Tam! Wie oft muss ich dir das noch sagen?«

»Denn ich könnte die Vorstellung von dir mit irgendeinem anderen Mann nicht ertragen.« Sein Tonfall war hart und erbarmungslos. »Daran würde ich zerbrechen.«

Sophies Eingeweide erstarrten zu Eis. Sie verdrängte den Gedanken an den abscheulichen Bracknall. Sie durfte ihrem Mann niemals die Wahrheit über jene Nacht preisgeben; Tam würde nicht in der Lage sein, damit umzugehen. Sie bereute bitter, dass sie es Rafi anvertraut hatte, denn bestimmt hatte er deshalb Bracknall gegenüber die Beherrschung verloren. Sie hätte das furchtbare Geheimnis ihr Leben lang für sich behalten sollen.

»Es gibt nur dich, Tam.«

»Tut mir leid.« Er seufzte.

Sie starrten einander an und fragten sich, ob ihre fragile Ehe die Zweifel und die Anschuldigungen überstehen konnte.

Es war an der Zeit, es ihm zu sagen, beschloss Sophie. Sie ging zu ihm und setzte sich neben ihn auf die Veranda. Die Luft war vom Duft der Kletterrosen erfüllt. Sie schob ihre Hand in seine.

»Tam, ich habe dir etwas wirklich Wichtiges mitzuteilen. Es sei denn, du hast es schon erraten?«

»Was erraten?« Er wirkte besorgt.

»Es ist nichts Schlimmes. Wir bekommen ein Baby. Ich bin schwanger.«

Mit offenem Mund gaffte er sie sprachlos an.

»Es ist wahr.« Sie lächelte. »Freust du dich?«

Sie sah, dass ihm die Tränen in die Augen schossen. Er schluckte schwer. »Das ist wunderbar«, krächzte er. »Wie lange bist du schon …?«

Der plötzliche Zweifel in seinem Gesicht ließ Sophies Magen bleischwer werden. Er wagte immer noch nicht zu glauben, dass mit Rafi nichts passiert war.

»Das solltest du wissen«, gab sie tadelnd zurück. »Seit Changa Manga.«

»Das ist großartig.« Er ergriff ihre Hände und küsste sie, kaum fähig zu sprechen. Sie hatte ihn noch nie so gerührt erlebt. Tam legte ihr die Hand an die Wange. »Ich brauche dich, Mädel. Das beweist deine Liebe zu mir, nicht wahr?«

Sophie nickte, obwohl sie sich innerlich leer fühlte.

Tam stieß ein Triumphgeheul aus. »Ich werde Vater! Oh, Mrs Telfer, ich bin völlig aus dem Häuschen, dass wir ein Baby bekommen.«

Sophie streckte die Hand nach ihm aus. »Ich auch.«

Sie umarmten sich.

»Das Gerede ist nicht von Dauer.« Tam war optimistisch. »Es ist nur Hill-Station-Klatsch, der sich in der kalten Jahreszeit von selbst legt. Ich werde die Beförderung trotzdem bekommen. Ich bin der beste Mann für die Stelle.«

36

Shillong

Als die Monsunsaison schon einen Monat andauerte, erhielt Tilly eine Nachricht im Haus der Rankins.

»Sie ist von Burke, dem alten Polizeibeamten«, erzählte Tilly Ros. »Er will mich treffen. Was soll ich tun?«

Sie empfand eine Mischung aus Furcht und freudiger Erregung.

»Vielleicht gibt er dir ja ein paar Zusatzinformationen«, meinte Ros. »Wahrscheinlich weiß inzwischen ganz Shillong von deinem Interesse.«

»Du findest, dass ich besessen davon bin, nicht wahr?«

Ros bedachte sie mit einem langen Blick. »Ich glaube, du verbringst zu viel Zeit in der Bibliothek und lässt zu, dass Lister dir den Kopf mit reißerischen Bildern füllt. Du bist hier, um deinen Aufenthalt zusammen mit Baby Jamie zu genießen. Verschwende deine Zeit nicht mit den Toten.«

Das setzte Tilly einen Dämpfer auf. »Es tut mir leid. Ich bin eine langweilige Freundin. Du und dein Vater, ihr seid so freundlich. Ich werde Burke mitteilen, dass er nicht zu Besuch kommen soll.«

»Oh, ich weiß, dass dich das fast umbringen würde.« Ros prustete vor Lachen. »Du kannst ihn genauso gut empfangen und dir anhören, was er zu sagen hat«, lenkte sie ein. »Dann kannst du alles hinter dir lassen, und wir können unseren Urlaub fortsetzen.«

»Das mache ich, versprochen.« Tilly grinste.

* * *

Ronald Burke war so breit, wie er hoch war; ein Bär von einem Mann mit grauem Haar, gestutztem Schnurrbart und einem Glasauge, das mit unablässigem Argwohn vor sich hinstarrte. Ein alter Jack Russell Terrier folgte ihm auf dem Fuß, knurrte und sabberte. Er schnappte nach Tilly, als sie ihn zu streicheln versuchte.

»Mag keine Frauen«, sagte Burke.

Tilly, Ros und Major Rankin tranken mit ihm auf der Veranda Tee. Der Major plauderte liebenswürdig übers Angeln, aber Burke zeigte wenig Interesse daran und äußerte keine höflichen Nichtigkeiten. Etwas, das er mit James gemein hatte, dachte Tilly.

Sie beobachtete, wie er einen Teller Sandwiches verputzte. Einige davon verfütterte er an den übellaunigen Hund. Ros fing Tillys Blick auf und rollte die Augen. Tilly wünschte, sie hätte den Mann nicht eingeladen; sie musste der peinlichen Teeparty so schnell wie möglich ein Ende setzen.

»Also, Mr Burke, Sie kennen meinen Mann James?«, durchbrach sie das Schweigen.

Mit kauendem Kiefer nickte Burke. »Vernünftiger Bursche. Habe ihn zuletzt gesehen, als er letztes Jahr auf einer Hochzeit hier oben war. Auf der eines Armeearztes.«

»Das war die Hochzeit meines Bruders Johnny!«, rief Tilly. »Kennen Sie auch ihn?«

»Nein. War selbst nicht da. Robson und ich haben im Club ein bisschen geplaudert. Hat mir gar nicht gesagt, dass er verheiratet ist.«

»Das waren wir damals auch noch nicht.« Tilly errötete. »Es ist alles sehr schnell gegangen, als er im Heimaturlaub war.«

»Weiß Robson, dass Sie Fragen über die Logans stellen?«

»Nicht direkt. Aber er weiß, dass ich so viel, wie ich kann, für meine Cousine Sophie herausfinden möchte.«

Burke sah sie aus seinem gesunden Auge unverwandt an. »Und was hat Ihr Mann Ihnen erzählt?«

»Dass Sie ihn zu dem Bungalow gerufen hätten – er sagte nicht, dass es Belguri war – und dass Sie die Logans am Fieber gestorben und Sophie allein vorgefunden hätten.«

»Und damit hat es sich«, erwiderte Burke und schlürfte seinen Tee aus. »Schreckliche Tragödie.«

»Aber da sind so viele Dinge, die einfach nicht zusammenpassen«, wandte Tilly ein. »Es war Sophies Geburtstag, und sie erinnert sich, dass sie mit ihrer Mutter Verstecken gespielt hat. Darauf, dass ihre Mutter krank war, kann sie sich überhaupt nicht besinnen.«

»Das Fieber kann plötzlich zuschlagen und einen binnen weniger Stunden töten«, antwortete er. Tilly ignorierte die abgedroschene Antwort.

»Aber warum ist die *ayah* mit einem Kätzchen weggelaufen und hat Sophie zurückgelassen ...«

»Kätzchen?« Burke runzelte die Stirn. »Sie dachte, es sei ein Kätzchen?«

»Ja«, antwortete Tilly, verblüfft über seine Reaktion. »War es keines?«

»Woher soll ich das wissen?«, polterte Burke. »Die *ayah* war fort, als wir am Ort des Geschehens eintrafen.«

»Wer hat Sie denn dann benachrichtigt, dass die Logans tot waren?«, warf Ros ein.

Er richtete den misstrauischen Blick auf Tillys Freundin. »Ich erinnere mich nicht.«

»Und war da ein Arzt?«, hakte Ros nach.

»Oder ging etwas nicht mit rechten Dingen zu?«, wagte Tilly zu fragen.

Ruckartig stand Burke auf, dankte ihnen knapp für den Tee, schüttelte dem Major die Hand und ging zur Tür. Sein Hund tappte ihm nach. Tilly folgte ihm.

»Mr Burke, Sie waren derjenige, der mich sehen wollte«, rief sie ihm ins Gedächtnis, »aber nun gehen Sie, ohne mir etwas Neues erzählt zu haben.«

Ein Diener hielt ihm an der Haustür seinen *topee* und seinen Gehstock hin. Er nahm beides ohne Dank und wandte sich Tilly zu.

»Gehen Sie zurück zu Ihrem Mann, Mrs Robson, und hören Sie auf, in der Vergangenheit herumzustochern. Sie werden nichts herausfinden, und Robson wird es Ihnen nicht danken, dass Sie es versuchen.« Er beugte sich vor. Sein Tonfall wurde drohend. »Sie wissen nicht, womit Sie da herumpfuschen. Sie könnten James in eine gefährliche Lage bringen, wenn Sie weiterhin unseren guten Rat ignorieren, keine schlafenden Hunde zu wecken.«

»In eine gefährliche Lage? Wie denn das?« Tilly schnappte nach Luft.

Er setzte seinen Hut auf. »Kehren Sie nach Hause zurück!«, befahl er und stürmte zur Tür hinaus.

37

Pandschab

Wieder in Changa Manga angekommen, besserte sich Tams Verhältnis zu Sophie. Er umsorgte sie mit einer Zärtlichkeit, die sie ihm gar nicht zugetraut hätte.

»Kein Tennis mehr für dich, Mädel«, befahl er, »und keine Ausritte hoch zu Ross! Ich werde dich und unser Kind in Watte packen. Du kannst alles haben, was du willst. Ich sage Hafiz, dass er dir Kuchen backen soll. Ich weiß, dass du den Duft von Curry im Moment nicht ertragen kannst. Soll ich nach Tilly schicken, damit sie dir Gesellschaft leistet? Oder nach Clarrie Robson?«

Sophie lachte. Sein Eifer und seine Fürsorglichkeit rührten sie. »Nein, wir können nicht von ihnen erwarten, alles stehen und liegen zu lassen, um durch halb Indien zu reisen, nur weil du mich in *purdah* hältst und mich nichts unternehmen lässt.«

»Vielleicht sollten wir jetzt nach Lahore ziehen?«, sorgte sich Tam. »Hier im Dschungel ist es zu ungesund. Wir können für ein paar Tage dort hinauffahren und uns nach einem neuen Bungalow umsehen, an der Gold Road oder irgendwo sonst, mit einem Garten, der groß genug ist, dass das Kind und seine Freunde darin spielen können.«

Sophie umfasste sein Gesicht. Er war im Laufe des letzten Jahres gealtert, aber immer noch auf verwegene Art gut aussehend.

»Das Baby braucht noch ewig keinen Garten.« Sie lächelte. Im Stillen fand sie es töricht, irgendwo ein Haus zu mieten, bevor sie endgültig wussten, wo Tams nächste Stelle sein würde. Aber er war empfindlich, was das Thema anging – die Beförderung war immer noch nicht bestätigt worden –, und Sophie wusste, dass es klüger war, es gar nicht zu erwähnen.

»Du hast recht, wir dürfen nichts überstürzen.« Tam küsste sie auf die Stirn.

Aber all ihre Gespräche drehten sich um das ersehnte Kind – ihren Sohn oder ihre Tochter. Sophie fragte sich, worüber sie vorher geredet hatten.

»Wo möchtest du das Baby zur Welt bringen?«, fragte Tam sie eines Abends, als er die müden Beine auf der Veranda ausstreckte und die Kühle des Abends genoss. Sein Knöchel machte ihm nach wie vor Probleme, aber er wischte Sophies Besorgnis immer beiseite.

»Das kommt darauf an, wo wir im nächsten Frühjahr sind«, antwortete sie mit einem vorsichtigen Blick.

»Ich dachte, du würdest für die Geburt vielleicht gern nach Schottland zurückkehren.«

»Schottland?« Sophie war sprachlos. »Daran hätte ich nie gedacht.«

»Es ist eine weitverbreitete Praxis, für so etwas nach Hause zu reisen«, antwortete Tam. »Und mir gefällt der Gedanke, dass unser Kind auf schottischem Boden geboren wird.«

»Aber ich habe dort kein Zuhause mehr.«

»Oh doch«, beharrte Tam. »Du würdest zu meiner Mutter ziehen. Meine Schwester kann dir helfen, wenn du im Wochenbett liegst.«

Sophie versuchte, die Vorstellung zu verdauen. »Würdest du auch mitkommen?«

»Du weißt doch, dass mir erst in ein paar Jahren Heimaturlaub zusteht.«

»Dann will ich nicht weg.«

»Du bist bloß dickköpfig«, gab Tam gereizt zurück.

»Na, das sagt der Richtige.« Sophie schnaufte.

»Ich mache mir nur Sorgen um dich und das Baby, wenn du bleibst.«

»Und ich mache mir Sorgen um dich, wenn ich fahre. Du brauchst einen Aufenthalt in Europa viel mehr als ich. Weißt du nicht mehr, was der Arzt gesagt hat?«

Sie kamen zu keinem Ergebnis. Sophie wusste, dass Tam den Plan nicht aufgeben würde. Also schlug sie stattdessen vor: »Warum lädst du deine Mutter und deine Schwester nicht ein, zu Besuch hierherzukommen? Sie könnten vor dem Ende der kalten Jahreszeit anreisen und bis nach der Geburt bleiben. Ich weiß, dass du sie vermisst.«

Tams Gesicht erhellte sich. »Das würde mir sehr gefallen. Aber du bist diejenige, die sich als Gastgeberin um sie kümmern müsste. Würdest du sie hier haben wollen, wenn das Baby zur Welt kommt?«

Sophie nickte. »Seit ich ein Kind erwarte, wird mir mehr denn je bewusst, wie wichtig die Familie ist. Ich will, dass er oder sie Großmutter und Tante so kennt, wie ich meine eigene, ganz besondere Tante Amy kannte.«

»Danke.« Tam lächelte dankbar.

»Und ich will, dass meine Verwandten Johnny und Tilly zur Taufe kommen«, setzte Sophie hinzu. Ihre Augen glänzten vor Rührung.

* * *

Das häusliche Idyll war nur von kurzer Dauer. Tams Fieber kehrte zurück. Er war wieder ans Bett gefesselt und klagte, seine Gliedmaßen und sein Kopf fühlten sich an, als würden sie mit einem Schraubstock zusammengepresst. Seine Temperatur schoss in die Höhe, und er konnte kein Essen bei sich behalten. Er brabbelte unzusammenhängend vor sich hin. In klaren Momenten sah er Sophie aus Augen, die tief in ihren Höhlen lagen, verzweifelt an.

»Ich werde sterben, nicht wahr?«

Sophie umklammerte seine glühend heiße Hand. »Das lasse ich nicht zu! Du wirst unserem Baby ein guter Vater sein.«

Ein Arzt von der Remonte kam täglich herübergeritten und verabreichte Tam hohe Dosen Chinin. »Sollte im Krankenhaus liegen, aber er ist zu schwach, um transportiert zu werden.«

»Was kann ich noch tun?«, überlegte Sophie laut.

»Halten Sie ihn kühl und beten Sie inbrünstig.«

Nach fünf Tagen klang das Fieber ab und ließ Tam schwach und deprimiert zurück. Er war ein fahler Abglanz seines früheren Selbst. Sophie hatte ihn schon öfter von Krankheit gezeichnet erlebt, aber nie so apathisch und niedergeschlagen.

»Lass uns für ein paar Tage nach Lahore hinauffahren, um Freunde zu treffen«, schlug sie vor.

Aber er bedachte sie nur mit einem trostlosen Blick und schüttelte den Kopf. »Ich habe zu viel Arbeit nachzuholen. Sie setzen mir von Lahore aus schon zu, endlich Berichte zu schicken.«

Tag für Tag quälte er sich in aller Frühe aus dem Bett, um die Forstplantagen abzureiten und den neuen Bewuchs zu kontrollieren, der seit den Regenfällen aufgekeimt war. Sophie wusste, dass es keinen Sinn hatte zu versuchen, ihn davon abzuhalten. Tam lebte für den Beruf. Nur die Aussicht, dass er bald nach

Lahore versetzt werden sollte, ließ sie noch hoffen. Wenigstens würden sie dort in der Nähe eines guten Krankenhauses sein, und seine Arbeit würde sich stärker ins Büro verlagern.

Um sich die Zeit zu vertreiben, begann Sophie wieder mit dem Tischlern und mit Schnitzereien. Sie besann sich auf die Fähigkeiten, in denen Tante Amy sie geschult hatte. Aus Resten vom Holzlagerplatz fertigte sie eine Spielzeugkiste für das Baby an und machte sich dann an einen winzigen Hocker.

An einem Nachmittag im Oktober kam Tam aus dem Forstbüro ins Haus herübergehinkt und schwenkte einen Brief. Sein Gesicht strahlte zum ersten Mal seit seiner Erkrankung vor freudiger Aufregung.

»Sie ist da – die Beförderung von Bracknall!«

Sophie war draußen auf der Veranda mit dem Schnitzen beschäftigt. Ihr Herz machte einen Sprung. Bracknall hatte sein Versprechen gehalten. Sie konnte es kaum glauben.

»Das ist wunderbar! Zeig her!«

Tam streckte ihr den Brief hin und plapperte über die Dinge, die er tun würde, sobald sie wieder in Lahore waren. Sophie las das Schreiben. Verwirrt schaute sie auf.

»Aber da steht doch gar nicht, dass du Martins' Stelle hast.«

»Nicht direkt«, gab Tam ärgerlich zurück. »Aber der Brief ruft mich zurück nach Lahore, damit man mir meinen nächsten Posten zuweisen kann. Was sonst könnte das heißen? Bracknall will die Sache bestimmt in aller Form erledigen – mich als seinen Assistenten willkommen heißen, statt nur einen kurzen Schrieb zu schicken.«

»Ja, ich verstehe.« Sophie bemühte sich, ihre Unruhe zu verbergen.

»Und das Datum«, fuhr Tam fort, »fällt mit unserem Logenessen nächste Woche zusammen. Bestimmt macht man an dem Abend viel Aufhebens um mich.«

»Das ist gut.« Sie lächelte.

»Ich buche uns ein Zimmer im Nedous Hotel«, kündigte Tam an. »Etwas Prächtigeres als das alte Cecil.«

»Kommen auch ein paar der anderen Forstbeamten in die Stadt?«

»Wer zum Beispiel?«

»Na, Boz und McGinty.« Sie spürte, wie sie unter Tams durchdringendem Blick errötete. Sie wagte nicht, nach Rafi zu fragen, obwohl kein Tag verging, an dem sie nicht an ihn dachte. Sie ging davon aus, dass er aus der Forstbehörde entlassen worden war. Tam hatte ihr allerdings nichts erzählt. Er sprach nie von seinem alten Freund.

»Ja, ich gehe davon aus, dass sie da sein werden. Die Forstleute sind aus den Bergen zurück, und sicher wollen alle wissen, wohin sie als Nächstes geschickt werden.«

»Es wird sicher schön, sie zu treffen und ein bisschen den Trubel in der Stadt zu genießen«, sagte Sophie. Da Tam darauf bestand, dass sie nicht ausreiten durfte, fand sie ihr Leben hier langweilig und beengt.

Tam beugte sich vor und kniff sie in die Wange. »Vielleicht gehen wir tanzen, Mrs Telfer. Aber nichts zu Schwungvolles – nur ein oder zwei Langsame Walzer.«

Vor Sophies innerem Auge stand plötzlich das Bild, wie sie mit Rafi im Schnee hoch oben auf dem Berg Walzer getanzt hatte. Die Erinnerung stimmte sie wehmütig.

»Also fang besser an, unseren Hausstand hier zu verpacken, Mädel.« Tam grinste. »Wir ziehen um.«

* * *

Tam brach auf, um die Forstplantagen in Chichawatni und Umgebung zu kontrollieren. »Ich will alles für meinen Nachfolger in gutem Zustand hinterlassen. In ein paar Tagen bin ich zurück.«

Es blieb Sophie überlassen, das Verpacken ihres Porzellans, ihrer Gläser und ihrer Bilder in Teekisten zu organisieren. Ihre Begeisterung dafür ließ schnell nach. Sie widmete sich wieder ihrer Schnitzarbeit, die sie faszinierend fand, und dachte oft an ihre liebe Tante, die ihr den Umgang mit dem Meißel beigebracht hatte.

Der Kinderhocker war fertig. Jetzt brauchte die Spielzeugkiste noch etwas Spielzeug als Inhalt. Sophie suchte nach einem leichten Stück Kiefernholz, um ein Boot daraus zu schnitzen. Im Garten und im umliegenden Wald gab es nichts Passendes. Sie fragte Hafiz, ob er etwas zur Hand habe.

»Im *daftar*«, schlug er vor und zeigte auf das Forstbüro auf der anderen Seite des Geländes. »Telfer Sahib bewahrt dort lauter kleine Holzstücke in den verschiedensten Kisten auf.«

Sophie war nie in Tams Büro gewesen. Er mochte nicht gestört werden, wenn er arbeitete, und hatte früh klargestellt, dass das Büro sein Reich war. Nach der schrecklichen Auseinandersetzung im Holzdepot hatte Sophie sich aus Tams Arbeitsleben herausgehalten. Aber das Büro war sicher abgesperrt, und sie hatte keinen Schlüssel.

»Kannst du es mir aufschließen?«

Hafiz nickte. »Ich hole den Schlüssel.«

»Es besteht keine Notwendigkeit, Telfer Sahib davon zu erzählen«, sagte Sophie.

Hafiz lächelte. »Meine Lippen sind versiegelt, Memsahib.«

Das Büro war dunkel. Die Fensterläden waren geschlossen, und ein modriger Geruch nahm sie in Empfang. Auf einem großen hölzernen Schreibtisch häuften sich Mappen und Buchhaltungsunterlagen. Daneben waren kleine Metallkästen aufgestapelt, vermutlich voller *dak*, den Unmengen von Post und Papieren, die täglich anfielen und mit denen Tam sich quälte. Er verabscheute diese Arbeit, da sie ihn ans Haus fesselte und er lieber draußen unterwegs war.

Die gegenüberliegende Wand war von Kisten voller Holzproben und Verschnitt gesäumt. Sophie durchsuchte sie schnell; sie wollte nicht lange hierbleiben. Sie fand ein paar Stücke, die sich für ein Boot und für einen Zug mit mehreren Waggons eignen würden. Als sie sich gerade fragte, ob sie sich auch an einem Motorrad versuchen sollte, ließen ein Ruf und das Läuten der Türklingel sie zusammenschrecken.

Der *chaprassi* stand mit einem Bündel Post da. Sophie zögerte, streckte aber dann doch die Hände aus.

»Ich nehme den *dak*, danke.« Sie fragte sich, ob Tam ihm normalerweise irgendeine Erfrischung anbot. In ihrem gebrochenen Urdu sagte sie: »Geh in die Küche. Hafiz gibt dir Chapati.«

Der Bote salutierte und verschwand. Sophie legte das Papierbündel auf den Tisch; Berichte, die Tam an jemand anderen weiterreichen würde. Ihr kam in den Sinn, dass vielleicht auch weitere Anweisungen bezüglich der Einbestellung nach Lahore dabei waren – möglicherweise sogar eine Bestätigung des neuen Postens. Sie wurde die quälende Sorge einfach nicht los, dass Bracknall sein Versprechen brechen würde. In Dalhousie hatte er sie beide eisig behandelt und war bald nach Simla abgereist. Es hatte keine Einladungen von Mrs Bracknall zu Besuchen in Mayo Gardens gegeben.

Sophie kehrte zum Schreibtisch zurück und durchsuchte die Post. Es war nichts offiziell Aussehendes aus dem Hauptquartier der Forstbehörde in Lahore dabei. Ein schmaler Brief glitt zwischen den übrigen hervor. Er war anders als der Rest und steckte in einem dünnen Umschlag für Luftpost. Er musste von der alten Mrs Telfer oder von Flora sein. Aufgeregt fragte Sophie sich, ob er wohl die Antwort auf ihre Einladung enthielt, sie im neuen Jahr in Indien zu besuchen.

Im Dämmerlicht sah Sophie sich den Brief genauer an. Er war nur an Tam adressiert. Gewöhnlich schrieb Flora an sie beide. Und rätselhafterweise hatte man ihn ans Forstbüro und nicht an ihre Wohnanschrift geschickt. Sie ging zur offenen Tür, um ihn im Licht zu betrachten. Erst jetzt fielen ihr die ausländische Briefmarke und der Poststempel auf: Frankreich.

Als sie den Brief umdrehte, sah sie, dass er von einem gewissen N. Bannerman war. Sophie war neugierig. Wer war dieser Bannerman, der an Tam schrieb? Vielleicht ein Bekannter aus dem Krieg oder aus seinem Forststudium? Aber es war kein französischer Name, und Tam hatte nie einen Kameraden erwähnt, der so hieß. Wofür stand das N.? Ihr Herz begann zu hämmern. Sie hasste sich für ihren Verdacht, aber irgendetwas an der Handschrift wirkte feminin.

Sophie schob den Brief zurück in den Stapel und hob ihre Holzstücke hoch. Sie zögerte. Warum schrieb die Person namens Bannerman an Tams Büroadresse? Etwa, damit Sophie nichts davon erfuhr? Sie legte das Holz wieder hin. Schnell begann sie den Schreibtisch und seine Schubladen nach Hinweisen auf ältere Bannerman-Briefe abzusuchen. Nichts. Sie verabscheute sich für ihren eigenen Argwohn, aber sie sah in einer Truhe nach; sie war voll gelbbrauner Mappen, alle beruflichen Inhalts. Auch die Durchsuchung der anderen Truhen und Regale ergab nichts. Sophie verspürte schuldbewusste Erleichterung.

Als sie die Jalousien wieder schloss, entdeckte sie eine Geldkassette, die hinter den Schreibtisch geschoben war. Sie zog den schweren Tisch von der Wand weg, hob die Kassette hoch und öffnete den Metallverschluss.

Ihre Kehle wurde trocken. Die Kassette war voller Briefe in den gleichen blauen Briefumschlägen mit derselben Handschrift. Sophies Herz hämmerte. Sie wusste, dass sie eine Wahl hatte: Entweder schloss sie den Deckel und tat die Briefe als Korrespondenz zwischen alten Kriegskameraden ab, oder sie las sie und fand vielleicht Dinge über Tam heraus, die sie gar nicht wissen wollte.

Sie zog willkürlich einen aus der Mitte des Stapels. Von dem dünnen Briefpapier stieg schwacher Rosenduft auf.

Mein Liebster, begann das Schreiben. Sophie überflog die Seite, übersprang Nachrichten über Leute, von denen sie nie gehört hatte. Eine Weinkellerei und ein Abendessen für Kunden wurden erwähnt. Dann entdeckte sie ihren eigenen Namen.

> *Wie überaus schrecklich für dich, dass Sophie sich in deine Arbeit einmischt. Es klingt, als hättest du die Situation mit deinem üblichen unbeirrbaren Gerechtigkeitssinn geregelt. Aber du wirst ihr dennoch klarmachen müssen, dass es deine Sache ist, wie du mit den Kulis verfährst. Lass sie einfach nicht mehr mit dir zum Depot kommen. Das ist jedenfalls meine Meinung dazu.*

> *Ich habe selbst mein Päckchen zu tragen: Papa ist so jähzornig wie eh und je und lässt nicht die geringste Gebrechlichkeit erkennen. Ich setze meine »guten Werke« fort, wie er meine Führung meines Pflegeheims nennt, und wir kommen mehr oder minder miteinander aus. Er redet immer noch davon, das Geschäft zu verkaufen und wieder nach New York zu ziehen, aber das tut er schon nicht. Er liebt Frankreich zu sehr, wie auch ich.*

> *Ich hoffe sehr, dass du gesund bleibst und dass deine junge Frau sich anständig um dich kümmert. Süß von dir zu sagen, dass niemand einen Mann so gut wieder ins Leben zurückpflegen kann wie ich! Das damals waren außergewöhnliche Zeiten, nicht wahr?*

Liebe und herzliche Grüße
Deine Rose aus der Normandie, Nancy

Sie zog einen weiteren Brief – einen jüngeren Datums – heraus und las davon, wie Nancy ihren Vater pflegte, der an Rippenfellentzündung litt, sich aber wünschte, sie könnte stattdessen am Leben in Dalhousie teilnehmen. Nancy fragte Tam, ob er auch schön gesund bliebe, indem er seine Übungen in der Christlichen Wissenschaft durchführte – genau, wie sie es für ihn tat. War es also Nancy, die ihn zu dieser aus Amerika stammenden Philosophie bekehrt hatte? Jetzt erinnerte Sophie sich, dass Tam erwähnt hatte, jemand aus Amerika, mit dem er sich angefreundet habe, habe ihn in Frankreich damit vertraut gemacht. Ein dritter Brief brachte Mitgefühl über den Aufruhr um Sophie und Rafi zum Ausdruck:

> *… was für ein Pech! Was hat sie sich nur dabei gedacht, mit diesem Inder loszuziehen? Ich glaube, Mädchen in ihrem Alter erwarten seit dem Krieg einfach zu viel Freiheit und verstehen nichts von Etikette. Die Welt ist im Wandel, mein Liebster.*

Wie immer unterschrieb sie als seine Rose aus der Normandie. Sophie hielt sich den Bauch. Ihr war übel. Sie konnte es nicht ertragen, noch mehr zu lesen. Nach den Daten auf den Umschlägen zu urteilen, unterhielt Tam mit dieser Amerikanerin schon eine Korrespondenz, seit er in Indien angekommen war – lange bevor Sophie zu ihm gestoßen war, um ihn zu heiraten.

Was bedeutete Nancy ihm? Sie klang älter – manchmal fast wie eine große Schwester, die einen herumkommandierte –, aber zugleich liebevoll. Aus den Briefen sprachen Vertrauen und Zärtlichkeit. Waren seine Briefe umgekehrt voller Liebe und Intimität? Oder brauchte er nur jemanden, bei dem er sich seinen Frust über seine Frau und Indien von der Seele schreiben konnte?

Sophie schämte sich, dass sie Briefe gelesen hatte, die nie für ihre Augen bestimmt gewesen waren. Zugleich war sie wütend, dass Tam einer anderen Frau etwas über sie schrieb. Er hatte sie offensichtlich kritisiert. Was erzählte er sonst noch? Dass er es bereute, sie geheiratet zu haben, und dass sie als Ehefrau eine Enttäuschung war?

Sophie schob die Briefe zurück in die Kassette, sicherte sie hinter dem Schreibtisch und schloss das Büro ab. Den Nachmittags-*dak* nahm sie mit. Das Holz ließ sie zurück. Sie fand jetzt nicht die nötige Ruhe, etwas zu schnitzen.

Als Tam an dem Abend heimkehrte, reichte sie ihm den Poststapel.

»Der *chaprassi* war mit deinem *dak* da.«

»Ich kümmere mich morgen darum.« Er winkte ab. Sein Gesicht war von Erschöpfung gezeichnet.

»Es ist ein Brief von jemandem namens Bannerman dabei.« Sie musterte seine verblüffte Miene.

Er wandte sich ab und ging zur Tür. »Ach ja?«

»Tam ...«

»Ich gehe mich waschen. Leg ihn einfach auf den Tisch.«

Beim Abendessen wurde nichts gesagt. Die Post lag unberührt da. Sophie ging früh zu Bett und lauschte, wie Tam den Brief aufschlitzte. Sie hörte ihn leise lachen, ein Geräusch, das seit einer Ewigkeit nicht mehr an ihre Ohren gedrungen war. Nancy brachte ihn zum Lachen. Später hörte sie, wie er seufzend auf der Veranda auf und ab ging.

Am Morgen war der Brief verschwunden, und Tam brach früh zu einem Ausritt auf. Sie wartete darauf, dass er etwas – irgendetwas! – sagte, um die Korrespondenz wegzuerklären, aber er schwieg. Sie zermarterte sich das Hirn, ob sie ihm sagen sollte, dass sie wusste, dass sich hinter Bannerman eine Frau verbarg. Aber das würde eine tiefe Kluft zwischen ihnen aufreißen und die Harmonie der letzten Zeit zerstören.

Wenn Tam romantische Absichten in Bezug auf diese Nancy hatte, hätte er sie doch sicher längst in die Tat umgesetzt, bevor er Sophie kennengelernt hatte? Nancy war nur eine Brieffreundin aus seiner Vergangenheit – jemand, dem er sein Herz ausschütten und all die Dinge anvertrauen konnte, mit denen er seine Frau nicht beunruhigen wollte.

Tam hatte sich für Sophie entschieden, nicht für die älter klingende Nancy, und sie würden ein Kind bekommen. Das Baby änderte alles. Sie würde sich mit dieser unrechtmäßigen Korrespondenz abfinden, solange Tam der aufopferungsvolle Vater war, der er, wie sie glaubte, sein konnte. Er hatte seinen eigenen Vater verloren, als er noch klein gewesen war, und sie wusste, wie sehr er sich danach sehnte, selbst Vater zu werden.

Auch Sophies schlechtes Gewissen wegen ihrer Gefühle für Rafi hinderte sie daran, Tam die Meinung zu sagen. Wie konnte sie ihn kritisieren, wenn sie sich nach einem anderen Mann sehnte? Seit der Expedition in die Berge hatten sie nichts von Rafi gehört. Allerdings hatte es in der *Civil and Military Gazette* einen Skandalartikel über einen gewissen Ghulam Khan gegeben, der unter dem Verdacht verhaftet worden war, das Auto des Gouverneurs in Brand gesteckt zu haben. Sophie wusste aus den Gesprächen, die sie in den Bergen mit Rafi über seine Familie geführt hatte, dass Ghulam sein hitzköpfiger kleiner Bruder war. Der jüngste Khan schmachtete jetzt im Gefängnis. Sie wagte es aber nicht, Tam auf das Thema anzusprechen.

Sie hatte also ihre heftigen Gefühle für Rafi um Tams und des Babys willen bekämpft und überwunden. Nun hoffte sie, dass Tam das Gleiche für sie tun würde.

Ein paar Tage später beluden sie einen Ochsenkarren und fuhren durch den Dschungel zum Kanal, wo sie von einem Streckenwärterwagen der neu gebauten Feldbahn mitgenommen wurden. Gegen Mittag waren sie am Bahnhof und bestiegen einen Zug nach Norden, um nach Lahore zu gelangen.

38

Zu Sophies Entzücken waren Boz und McGinty in der Stadt. Sie logierten im Cecil Hotel, aber sie liefen den Telfers bei einem Tanztee im Nedous über den Weg. Sophie erkannte an ihren schockierten Mienen, wie krank Tam in ihren Augen aussah. Auch Jimmy Scott war dabei. Sophie fand ihn so aufgeblasen wie eh und je, aber Tam schien sich zu freuen, alle drei zu treffen.

»Du siehst gut und gesund aus, Sophie«, strahlte Boz. Sein Gesicht war rot vor Sonnenbrand. »Tam«, begrüßte er seinen alten Freund, »du bist ja wohl zu Geld gekommen, wenn du hier übernachtest.«

»Für meine Frau nur das Beste.« Tam grinste und reichte ihm eine knochige Hand. Er senkte die Stimme: »Wir hängen das noch nicht an die große Glocke, aber im Frühling wird es einen kleinen Telfer geben.«

Boz schüttelte ihm so kräftig die Hand, dass Tam zusammenzuckte. »Herzlichen Glückwunsch.« Dann beugte er sich vor und gab Sophie einen Kuss auf die Wange.

Die Forstbeamten versammelten sich um einen Tisch. Sie redeten über ihre Arbeit und tauschten Neuigkeiten aus den letzten paar Monaten aus. Jimmy brüstete sich, wie gut er sich in Rawalpindi geschlagen habe. »Ich habe die Produktion in der Harzfabrik verdoppelt«, prahlte er. »Musste aber die Hälfte der einheimischen Angestellten entlassen – faules, diebisches Pack!«

Boz klagte über die Hitze in Belutschistan. »Als würde man jeden Tag den Kopf in den Ofen stecken. Ich würde meinen rechten Arm für ein klitzekleines bisschen Monsun geben.«

Aber anscheinend mochte er die Leute, und dank der großen Garnison dort gab es allen möglichen Zeitvertreib. »Ich werde immer besser im Polo.«

»Das wird Bracknall beeindrucken«, meinte Tam.

»Da braucht es schon mehr«, brummte Boz. »Was ich nötig habe, ist eine hübsche Frau, wie du sie hast.«

Sophie errötete. Es war ihr unbehaglich, dass die beiden ihren Chef erwähnten.

»Tut mir leid zu hören, dass du wieder krank warst, Telfer. Und dann auch noch der Skandal auf eurer Reise nach Chamba – großes Pech«, bemerkte Jimmy und musterte Sophie. »Khan hat sich unehrenhaft verhalten.«

Tam lief rot an.

»Hör schon auf, Jimmy!«, ermahnte Boz ihn.

»Muss ja schlimm für Sie gewesen sein, Mrs Telfer«, stichelte Jimmy weiter. »Mit einem Kanakenförster von der Außenwelt abgeschnitten auf einer Bergflanke festzusitzen.«

Tam beugte sich über den Tisch und packte ihn am Arm. »Wage es ja nicht, so mit meiner Frau zu sprechen. Es ist nichts passiert. Das ist bloß verdammter Klatsch.«

Jimmy schüttelte ihn mühelos ab. »Tut mir leid«, sagte er, allerdings in spöttischem Ton. »Aber Bracknall konnte kein Risiko eingehen. Khan hat seine Abteilung in Verruf gebracht. Und noch dazu hat er ja einen Verräter zum Bruder – den, der verhaftet worden ist, weil er das Auto des Gouverneurs in Brand gesteckt hat.«

»Damit hat Rafi nichts zu tun«, protestierte Sophie. »Hinter all so etwas steht er nicht.«

Tam bedachte sie mit einem seltsamen Blick. Ihm brach der Schweiß aus.

Jimmy fuhr fort: »Jedenfalls musste der Chef ihn loswerden, oder?«

»Loswerden?«, wiederholte Sophie. »Also ist er nicht mehr bei der Forstbehörde?«

Jimmy sah sie mitleidig an. »Schon vor Wochen entlassen. Hält Tam dich nicht auf dem Laufenden da unten in – wo wart ihr doch gleich? – Changa-Sowieso?«

Boz mischte sich ein. »Halt den Mund, Scott!« Er sah seine Freunde verlegen an. »Das ist eine traurige Angelegenheit.«

Sophie fühlte sich, als hätte sie einen Tritt in die Magengrube bekommen. Sie schloss aus Tams mangelnder Überraschung, dass er schon Bescheid wusste.

»Bracknall konnte sich seine Aufmüpfigkeit doch nicht bieten lassen«, fuhr Jimmy schadenfroh fort, »und wie er dich zu entführen versucht hat ...«

»Entführen?«, rief Sophie. »Er hat nichts dergleichen getan.«

»Jedenfalls wird er nie mehr im Staatsdienst arbeiten, so viel steht fest«, verkündete Jimmy. »Du solltest froh sein, Telfer, dass Bracknall die Ehre deiner Frau verteidigt hat. Khan kann sie nie wieder belästigen.«

Sophie wurde schwindlig. Sie bekam Herzflattern. Sie hatte Rafis Karriere ruiniert. Es war reiner Zufall gewesen, dass sie zusammen auf dem Berg festgesessen hatten, aber sie hatte es begrüßt. Sie hatte sich nie so lebendig und verliebt gefühlt wie in jenen magischen Stunden, in denen sie und Rafi allein unter einem sternklaren Himmel geredet und gelacht hatten. Hätte sie ihm nur nichts über Bracknall und das Baby anvertraut! Vielleicht hätte Rafi dann seinen Zorn gezügelt, und die ganze Affäre wäre im Sande verlaufen.

Nachdem Rafi ihn angegriffen hatte, hätte Bracknall nie und nimmer etwas unternommen, um seinen jungen Untergebenen gegen den Feuersturm des Klatsches zu verteidigen. Außerdem hatte sie die nackte Eifersucht in seinem Gesicht gesehen, wann immer Rafi mit ihr gesprochen hatte. Jetzt hatte Bracknall sich gerächt. Der einzige Trost war, dass Bracknall offenbar keine Anzeige wegen Körperverletzung erstattet hatte.

»Ist er noch in Lahore?«, fragte Tam, als könnte er ihre Gedanken lesen.

»Weiß der Himmel«, antwortete Jimmy. »Aber wen kümmert das schon?« Er warf Sophie einen triumphierenden Blick zu.

»Es ist eine Verschwendung eines guten Försters und eines guten Mannes«, meinte Boz.

»Wenn etwas verschwendet ist, dann jegliches Mitgefühl mit ihm. Seine Familie hat haufenweise Geld. Er braucht wahrscheinlich gar nicht zu arbeiten. Das ist das Problem mit reichen Indern: Sie betrachten einen Beruf nur als Zeitvertreib. Sie haben nicht das gleiche Arbeitsethos wie wir Briten.«

Boz fuhr ihn an: »Rafi hat so hart gearbeitet wie jeder andere von uns. Er hat seinen Beruf geliebt. Ich jedenfalls bin traurig, dass er nicht mehr da ist. Man wird ihn in der Abteilung sehr vermissen. Deshalb sind wir doch hier, nicht wahr? Um mit Männern wie Rafi zusammenzuarbeiten und einheimische Forstbeamte heranzuziehen, sodass sie die Behörde selbst führen können.«

Sophie hätte ihn gern umarmt, weil er seinen alten Freund in Schutz nahm. Sie wartete darauf, dass Tam ihm den Rücken stärken würde, aber er sagte nichts.

»Das wird noch lange dauern«, gab Jimmy verächtlich zurück. »Solange wir diesen Beruf ausüben, sind die Inder dafür noch nicht bereit.«

Sophie musste an Rafis Optimismus denken, dass Indien noch zu ihren Lebzeiten die Unabhängigkeit von Großbritannien erlangen würde. Sie fragte sich, ob seine Entlassung seine Hoffnungen und Träume zerschmettert hatte.

»Nun hör auf, dir Sorgen um Khan zu machen«, fuhr Jimmy fort. »Zweifelsohne gibt ihm sein neu gewonnener reicher Schwiegervater Sarfraz einen bequemen Posten in seiner Bank.«

Sophies Kehle wurde trocken. »Also ist er verheiratet?«

Boz nickte. »Das stand letzte Woche in der *Civil and Military Gazette*. Khan und die Tochter des Bankiers Sarfraz.«

Jimmy schnaufte. »Wahrscheinlich war das nur wegen seines berüchtigten Bruders eine Nachricht wert.«

Sophie konnte seine giftigen Worte nicht länger ertragen. Sie stand auf.

»Ich fühle mich nicht wohl«, sagte sie zu Tam. »Ich lege mich eine Weile hin.«

»Soll ich dich begleiten, Mädel?«, erkundigte Tam sich besorgt.

»Nein, bleib du nur hier und unterhalte dich mit deinen Freunden.«

Sie konnte gar nicht schnell genug flüchten. Im sicheren Hafen des vornehmen Schlafzimmers ließ Sophie sich aufs Bett fallen.

»Oh, Rafi! Es tut mir so leid.« Sie schluckte und ließ dann untröstlich ihren Tränen freien Lauf.

* * *

Am folgenden Tag schlug Tam vor, einen Spaziergang durch die Shalimar-Gärten zu unternehmen, aber Sophie konnte den Gedanken nicht ertragen, an den Ort zurückzukehren, an dem Rafi mit ihr und Boz Picknick gemacht hatte. Sie wollte auch nicht in die Nähe der Altstadt, obwohl sie keine Ahnung hatte, ob er noch dort wohnte.

»Lass uns die Golf Road entlangschlendern«, meinte sie, »um zu sehen, was zu vermieten ist.«

Tam freute sich über den Vorschlag. Sie redeten nicht über die unangenehme Begegnung mit Jimmy Scott, und Rafi wurde nicht erwähnt. Sophie war sich allerdings sicher, dass auch Tam über ihn nachgedacht haben musste.

Als Tam sich abends für das Festessen bereitmachte, das Bracknall im Gymkhana Club für seine Mitarbeiter ausrichtete, fragte er: »Kommst du hier allein zurecht? Ich wünschte, ich dürfte dich mitnehmen, aber Ehefrauen sind nicht eingeladen.«

»Mir passiert schon nichts. Ich gehe vielleicht vor dem Abendessen noch spazieren – die Mall hinauf, um noch einmal zu sehen, wo wir geheiratet haben.«

»Du sentimentales Mädel.« Tam lächelte matt und zog seine Fliege vor dem Spiegel zurecht. Sein Kragen saß jetzt viel zu weit um seinen Hals, und seine Abendgarderobe wirkte zu groß für ihn. »Geh nicht zu weit weg. Und wenn es dunkel wird, nimm eine Tonga zurück.«

Er küsste sie und stolzierte pfeifend davon.

»Viel Glück!«, rief sie ihm nach.

Als sie am Cecil Hotel vorbeikam, entdeckte Sophie Boz, der auf den Stufen eine Zigarette rauchte.

»Ich schiebe nur den Moment hinaus, in dem ich losmuss, um vor Bracknall zu kriechen.«

»Dieser Mann«, stieß Sophie hervor und biss die Zähne zusammen. »Ich wünschte, sie würden ihn befördern und nach Delhi versetzen. Dann wären wir ihn alle los.«

Boz zog die Augenbrauen hoch. »Ich dachte, die Bracknalls wären wie Eltern für dich und Tam?«

Sophie schüttelte den Kopf. »Ich hasse ihn. Er ist rachsüchtig und heimtückisch – er tut freundlich, aber das ist er nicht.

Sieh dir doch nur an, wie er Rafi behandelt hat. Und dich nach Quetta zu schicken, weil du nicht vornehm genug für Lahore bist ... Ich habe einfach nur Angst, dass ...«

»Was?« Boz drückte seine Zigarette aus und führte Sophie zu einer Bank unter einer Akazie. »Erzähl es mir.«

»Dass Tam die Stelle, die er will, wegen des Skandals um Rafi und mich nicht bekommt«, flüsterte Sophie.

»Bracknall weiß, dass Tam ein guter Förster ist. Aber um ehrlich zu sein, bin ich schockiert zu sehen, wie sehr sich sein Gesundheitszustand verschlechtert hat. Wenn er die Stelle nicht bekommt, liegt das nicht an dir, Sophie, sondern daran, dass der Chef annimmt, dass Tam ihr körperlich nicht gewachsen ist.«

»Oh, Boz, ich glaube nicht, dass Tam damit zurechtkäme, nicht befördert zu werden. Das wäre der Tropfen, der das Fass zum Überlaufen bringt.«

Boz berührte ihre Hand. »Ganz gleich, was geschieht, Tam hat Glück, dich an seiner Seite zu haben, Mädel. Ich bin froh über das Kind. Das hat er sich schon immer gewünscht, solange ich ihn kenne. Also steht für euch beide doch alles zum Besten, oder?«

Sophie antwortete nicht. Sie standen auf. »Boz«, hielt Sophie ihn auf. »Was meinst du damit, dass er sich schon immer ein Kind gewünscht hat?«

»Ich glaube, es war der Krieg, der ihm das klargemacht hat – der Gedanke, dass man von einem Augenblick auf den anderen ausgelöscht werden kann.«

»Gab es in Frankreich jemanden, der Tam viel bedeutet hat?«

Boz wirkte verlegen. »Es steht mir nicht zu, dir das zu sagen.«

»Jemand, mit dem er ein Kind haben wollte?«, hakte sie nach.

»Es wäre Tam nicht recht, dass wir darüber sprechen.«

»Aber damals in Bombay hast du versucht, mir etwas über Tam in Frankreich zu erzählen, nicht wahr?« Als er es nicht abstritt, setzte sie hinzu: »Bitte, Boz.«

Boz seufzte. »Da gab es ein Mädel, das er mochte, ja. Ihr Vater war ein amerikanischer Weinhändler – hat uns Jungs immer gut bewirtet, wenn wir freihatten. Als Tam dann verwundet wurde, hat sie ihn gepflegt. Aber sie war älter als Tam und fand ihn zu jung für sich. Ihr Vater war auch gegen eine Ehe der beiden. Aber das liegt alles in der Vergangenheit. Du bist diejenige, die er geheiratet hat.«

»Aber er wollte sie heiraten?« Sophie schluckte. Als Boz nicht widersprach, bedrängte sie ihn: »Als Tam bei eurem letzten Praktikum nach Frankreich zurückgekehrt ist – nachdem er schon begonnen hatte, mit mir auszugehen –, hat er sie da besucht? War es das, was du mir zu sagen versucht hast? Wovor du mich warnen wolltest, bevor ich geheiratet habe?«

»Oh, Mädel, es ist nicht richtig, jetzt darüber zu sprechen. Du hast dich für Tam entschieden, und mir war damals schon klar, dass nichts dich abschrecken würde.«

»Über Nancy Bannerman Bescheid zu wissen, hätte es vielleicht doch getan«

Er zuckte schockiert zusammen. »Dann kennst du ihren Namen?«, fragte er verstört.

»Ich bin auf eine Kassette voller Briefe gestoßen. Sie schreiben einander, seit Tam hierhergezogen ist. Sie haben auch nach der Hochzeit nicht damit aufgehört.«

»Oh, dieser dumme Mann!«

»Also wusstest du nichts davon?«

»Natürlich nicht«, beteuerte Boz. »Wir haben uns gestritten, weil er sich in Frankreich mit ihr getroffen hat. Ich habe ihm gesagt, dass er unfair dir gegenüber war.«

Sophies Magen zog sich zusammen. »Warum hat er sie besucht? Wollte er sie immer noch dazu bringen, ihn zu heiraten?«

Boz' Blick war voller Mitleid. »Ja.«

»Aber sie hat ihm einen Korb gegeben?«

Boz nickte. »Solange ihr Vater am Leben war, wollte sie nichts gegen seinen Willen tun. Der alte Bannerman wollte, dass sie einen reichen Mann heiratet.«

»Also war ich immer nur Tams zweite Wahl«, stellte Sophie mit einem bitteren Auflachen fest.

»Die beste Wahl«, behauptete Boz und nahm ihre Hand. »Das weiß Tam inzwischen.«

»Warum schreibt er dann seiner ehemaligen Liebsten immer noch?«, wollte Sophie wissen.

Boz schüttelte voller Unverständnis den Kopf. »Vielleicht sieht er sie jetzt nur noch als alte Freundin – als Vertraute – und meint es nicht so.«

»Das hoffe ich auch schon die ganze Zeit.«

»Dann lass nicht zu, dass Nancy zwischen euch steht. Sag ihm, dass du von den Briefen weißt und willst, dass sie aufhören.«

»Danke, Boz.« Sie drückte ihm die Hand. »Ich hoffe, du findest eines Tages jemanden, der deiner würdig ist.«

Einen Moment lang stand er da und sah mit bekümmertem Blick auf sie herab. Sophie erinnerte sich daran, dass Tams hochgewachsener Freund früher einmal in sie verliebt gewesen war. Dann gingen sie getrennte Wege.

Der Ruf zum Gebet scholl über die Dächer hinweg. Sophies Gedanken waren in Aufruhr. Sie hatte das Gefühl, dass ihr Leben in Indien zu scheitern drohte. Sie und Tam hatten zu viele Geheimnisse voreinander. Plötzlich fragte sie sich, ob ihre eigenen Eltern auch so gewesen waren. Wenn sie sich zwang, daran zurückzudenken, bestand in ihrer frühen Kindheit die

Erwachsenenwelt nicht aus Küssen und liebevollen Worten, sondern aus Geschrei und Tränen.

Würden sie und Tam ihrem Kind unglückliche Eltern werden? Ein Ruck ging durch Sophies Eingeweide, als sie daran dachte, dass ihre eigenen Eltern am Fieber gestorben waren – dass ihr Vater oft krank und schlecht gelaunt wie Tam gewesen war. Eine böse Vorahnung senkte sich wie eine schwere Last auf sie herab. Sie machte sich auf den Rückweg ins Hotel und hatte keine Lust mehr, noch einmal die anglikanische Kathedrale zu besuchen, in der sie Tam voller Hoffnungen für ihre gemeinsame Zukunft geheiratet hatte. Wie töricht sie doch gewesen waren, dachte sie grimmig. Tam hatte wahrscheinlich am Vorabend seiner Hochzeit an Nancy geschrieben, und sie war schon dabei gewesen, sich in Rafi zu verlieben.

Sophie ließ sich ein Bad ein – was für ein Luxus nach den Monaten im Dschungel! – und versuchte, im dampfenden Wasser ihre unglücklichen Gedanken abzuwaschen. Ihr war zu übel, um etwas zu essen. Nach dem Bad kroch sie unter die Bettdecke und schlief ein.

39

Sophie schoss aus dem Schlaf hoch. Jemand stieß die Tür auf und kam hereingepoltert. Tam torkelte ins Zimmer. Elektrisches Licht durchflutete den Raum. Sophie war geblendet.

»Wie spät ist es?«, fragte sie benommen.

»Ich habe sie nicht bekommen!«, rief Tam. »Ich habe die verdammte Stelle nicht bekommen!«

»Tam?« Sophie setzte sich auf. Sie hatte davon geträumt, Schnee zu essen.

Tam hinkte durchs Zimmer und riss sich die Fliege ab. »Der verflixte Jimmy Scott ist Bracknalls neuer Assistent.«

»Nein!«, schrie Sophie. »Ich fasse es nicht. Er hat es dir doch versprochen.«

»›Abmachung unter Ehrenmännern‹, hat er gesagt.« Tam spuckte die Worte förmlich aus. »Hat es mir beim Logentreffen per Handschlag versprochen.«

Sophie kämpfte sich hoch und stand aus dem Bett auf. »Oh, Tam, es tut mir so leid.« Sie streckte die Arme aus.

Aber er kam mit fuchsteufelswilder Miene auf sie zu. Sie roch sauren Alkohol in seinem Atem. »Hat mich vor den anderen gedemütigt – und das nur deinetwegen.«

»Meinetwegen?« Angst schlug die Krallen in ihr Inneres. Der giftige Bracknall hatte doch bestimmt nichts über die Nacht in Changa Manga gesagt? Er hatte eine zu hohe Stellung zu verlieren.

»Du und Khan«, warf Tam ihr vor. »Hat mir gesagt, dass ich mich ein oder zwei Jahre lang unauffällig verhalten soll, bis sich etwas anderes ergibt. Das Beste sei es, dich zu schwängern – dir zu zeigen, wo du hingehörst, und dich davon abzuhalten, dich so sehr mit den Eingeborenen anzufreunden.«

»Der Mann widert mich an«, sagte Sophie. »Rafi ist unser Freund. Du kennst ihn seit vielen Jahren.«

»Ich bin mir nicht sicher, ob ich ihn wirklich kannte!«, rief Tam. »Er war immer hinter dir her, nicht wahr? Hat herumgeschnüffelt wie ein Hund, der eine läufige Hündin riecht.«

»Hör auf, Tam! Aus dir spricht Bracknall.«

»Was hast du getan, um den Chef so zu verärgern? Du hättest ihm mehr Respekt erweisen sollen. Das ist alles, was ich von dir verlangt habe, Frau – mir zu helfen, voranzukommen. Nur ein bisschen Loyalität und Unterstützung.« Speichel landete auf ihrer Wange. Sie wischte ihn ab. Tam packte ihre Hand. »Weißt du, was meine Strafe ist? Statt hier eine leitende Stellung zu bekleiden, wie ich es sollte, werde ich nach Peschawar verbannt.«

»An die Nordwestgrenze?«, stieß Sophie entsetzt hervor.

»Banditenland«, schimpfte Tam. »Ein schöner Ort, um mein Kind großzuziehen, was? Meine Mutter und meine Schwester werden uns dort nicht besuchen wollen.«

Sophie versuchte, ihn zu beruhigen. »Wir machen das Beste daraus. Wir können uns doch immer noch auf das Baby freuen, nicht wahr?«

»Und welche Hautfarbe wird es haben?«, gab Tam boshaft zurück. »Ein Halbblut?«

»Sei nicht so gehässig«, keuchte sie und versuchte, ihm ihre Hand zu entziehen.

Er hielt sie fest. »Dann sieh mir in die Augen und sag mir, dass du Rafi Khan nicht liebst.«

Sophie schluckte. »Rafi ist mit einer anderen verheiratet, und ich habe mich für dich entschieden, Tam.«

»Das ist keine Antwort!«

Ihr riss der Geduldsfaden. »Und was ist mit dir und Nancy Bannerman? Liebst du sie noch?«

Er starrte sie mit offenem Mund an.

»Du hast während unserer Ehe die ganze Zeit Kontakt zu ihr gehalten, Tam – stapelweise Liebesbriefe, die ich in deinem Büro gefunden habe.«

»Du hast in meinen Briefen herumgestöbert?«, zischte er. »Dazu hattest du kein Recht.«

»Ich bin deine Frau.« Sophie kochte. »Ich habe jedes Recht dazu. Ich weiß, dass du verliebt in sie warst und sie heiraten wolltest. Aber sie wollte dich nicht. Warum schreibst du ihr also noch?«

»Weil ich sie immer noch liebe!«

Sophie zuckte zurück. »Warum hast du mich dann geheiratet? Du hättest mir nicht vormachen sollen, dass du mich liebst.«

»Ich habe dir nie gesagt, dass ich dich liebe. Du warst diejenige, die sich mir an den Hals geworfen hat! Ich dachte, wir könnten eine erfolgreiche Ehe führen. Ich wollte dich lieben – mein Gott, ich habe mich sehr darum bemüht. Aber du bist nicht Nancy. Du wirst ihr nie das Wasser reichen können.«

Er stieß sie von sich. Sophie verlor das Gleichgewicht, taumelte gegen die spitze Ecke eines Nachttischs und fiel zu Boden.

Tam floh aus dem Zimmer und schlug die Tür hinter sich zu. Sophie barg das Gesicht in den zitternden Händen. Sie war zu schockiert, um sich zu bewegen, zu betäubt, um zu weinen.

Sie lag bestimmt zwanzig Minuten auf dem kalten Boden, bis sie sich hochstemmte. Tam war nicht zurückgekehrt. Voll ohnmächtiger Wut auf ihre Situation rappelte Sophie sich auf, kleidete sich an und ging in die Nacht hinaus.

* * *

Sophie winkte eine Tonga heran und brach in die Altstadt auf. Die Straßen wurden immer schmaler und rückten enger um sie zusammen, aufgeheizt von der Hitze des Tages. Einige Geschäfte hatten noch geöffnet; verhüllte Gestalten ragten in der Dunkelheit auf und gafften die vorbeifahrende Memsahib an. Sie wusste, dass es leichtsinnig war zu versuchen, Rafis alte Wohnung zu finden, aber sie wurde von einem tiefen inneren Bedürfnis angetrieben. Er hatte sich für sie eingesetzt, als ihr eigener Ehemann es nicht getan hatte; wie sie ihn dafür bewunderte! Sie hatten sich noch nicht einmal voneinander verabschiedet, und sie wollte ihm sagen, wie leid ihr alles tat, und ihn um Vergebung für ihren Anteil an seiner Entlassung bitten. Sie wollte ihm von ihrem schrecklichen Streit mit Tam erzählen. Und selbst, wenn es das letzte Mal war, dass sie ihn zu Gesicht bekam, wollte sie, dass Rafi erfuhr, wie innig sie ihn liebte. Wenn sie nie jemand anderen in ihrem jeweiligen Leben fanden, den sie lieben konnten, dann konnten sie doch wenigstens ehrlich zueinander sein und wissen, dass sie einen kurzen Augenblick reiner Freude auf einer Bergflanke im Himalaja erlebt hatten.

Als die Tonga sich der Straße mit dem Händler näherte, bei dem sie ihren Trauring gekauft hatten, fragte Sophie sich, ob sie sich an den richtigen Weg erinnern würde. Selbst wenn Rafi nicht da war, konnte ihr vielleicht jemand sagen, was aus ihm geworden war.

Der Tonga-Fahrer, ein älterer Mann, hatte Schwierigkeiten, sein Pony zu beherrschen. Das Tier war in den dunklen Gassen schreckhaft. Plötzlich überfiel Sophie die Erkenntnis, wie zwecklos ihre Suche war. Sie würde Rafi nur in Verlegenheit bringen, wenn sie ihn wirklich fand. Wie sollte er anderen erklären, dass eine exzentrische Schottin noch nach Einbruch der Dunkelheit unterwegs war, um ihn zu suchen? Er war jetzt verheiratet. Er würde sich ein neues Leben fern von der Forstbehörde aufbauen und alle Brücken zu der alten Welt abbrechen, die ihn zurückgewiesen hatte. Sie musste sich damit abfinden, ihn nie wiederzusehen, ganz gleich, wie niederschmetternd das sein mochte. Sie fühlte sich unsagbar einsam.

Sophie wies den Fahrer an, zu wenden und sie zum Nedous Hotel zurückzubringen. Sie musste sich Tam stellen, um zu versuchen, etwas aus der Verwüstung dieser Nacht zu retten. Wegen des Babys mussten sie einen Weg finden, weiter zusammenzuleben.

Als der alte Mann das nervöse Pferd umdrehen ließ, hatte sie den Eindruck, einen Blick auf das Haus zu erhaschen, nach dem sie gesucht hatte: ein hohes Gebäude mit abblätterndem Putz und verrostetem Schmiedeeisen.

»Warten Sie kurz!« Sie erhob sich halb aus der offenen Kutsche.

Im selben Moment ließ ein Junge ein Messingtablett fallen, das unmittelbar neben der Tonga klappernd auf dem Boden landete. Das Pony machte einen Satz zur Seite und riss einen Stand mit heißem Essen um. Es bäumte sich auf und sauste los, sodass die Tonga über die verstreuten Töpfe holperte. Sophie wurde vom Sitz geschleudert und prallte mit der Hüfte auf den harten Boden. Schmerz durchzuckte sie.

Sofort eilten Leute auf sie zu, um ihr aufzuhelfen. Weiter vorn in der Gasse versuchte der alte Mann, das Pony mit Peitschenhieben und Flüchen unter Kontrolle zu bringen. Ein einheimischer Polizist war bald vor Ort und drängte die Menge zurück, die sich um Sophie versammelt hatte.

»Ich bringe Sie ins Krankenhaus, Memsahib«, sagte er.

»Bitte nicht«, stöhnte Sophie. »Es geht mir gut. Ich bin nur etwas erschrocken. Ich wäre sehr dankbar, wenn Sie mich nur zu meinem Hotel begleiten könnten.«

Er zog sie hoch. »Sie sollten um diese Zeit nicht mehr im Basar unterwegs sein«, ermahnte er sie.

»Ich weiß. Ich glaube, wir haben uns verfahren«, murmelte Sophie.

Wie dumm sie gewesen war! Als ihr Retter sie vor den Türen des Nedous Hotels ablieferte, fühlte sie sich schrecklich.

»Ich werde das Hotel bitten, einen Arzt zu rufen«, bot er an.

»Nein, bitte nicht, ich will keinen Wirbel. Sie waren sehr freundlich. Vielen Dank.«

Der *chowkidar* ließ sie ein.

Sie zog die Schuhe aus und hinkte in ihr Zimmer hinauf. Bei jedem Schritt ging ein stechender Schmerz von der Hüfte bis zum Knöchel durch ihre rechte Seite. Tam war immer noch nicht zurück. Sie war zu ausgelaugt, um sich zu fragen, wo er abgeblieben sein mochte. Sie zog sich im Bad aus und erkannte erleichtert, dass sie nur eine oberflächliche Schürfwunde an der Hüfte hatte. Aber sie wusste, dass sie blaue Flecken bekommen würde.

* * *

In den frühen Morgenstunden wachte Sophie mit brennenden Schmerzen im Unterleib auf. Sie krümmte sich und rief nach Tam. Er war nicht da. Sie bekam Angst. Was war mit ihr los? Sie spürte Wellen der Übelkeit in sich aufsteigen, aber schlimmer waren die rot glühenden Nadeln, die sie in Seite und Bauch trafen. Sie lag da und versuchte, sich zu beruhigen, indem sie tief ein- und ausatmete. Aber das Stechen breitete sich zwischen ihren Beinen aus. Er wurde unerträglich. Vor Panik brach ihr der Schweiß aus.

Sie kroch aus dem Bett und erreichte gerade noch die Klingelschnur, um nach Hilfe zu läuten.

Der Junge, der darauf reagierte, schaltete das Licht an, warf einen Blick auf sie und rannte dann rufend davon. Sophie sah nach unten und erkannte voller Entsetzen, dass ihr Nachthemd mit Blut befleckt war. Sein Gestank stieg ihr in die Nase.

Zwei Hotelangestellte halfen ihr wieder aufs Bett. Als ein Arzt kam, wusste Sophie schon, dass etwas Schreckliches mit ihrem Baby passierte.

»Sie haben eine Fehlgeburt«, erklärte der junge indische Arzt ihr. »Es tut mir leid. Ich gebe Ihnen etwas gegen die Schmerzen.«

»Nein«, schluchzte Sophie, »das kann nicht sein! Bitte lassen Sie nicht zu, dass ich mein Baby verliere.«

Eine Stunde später war alles vorbei. Sophie sah ungläubig zu, wie die schmutzigen Überreste ihrer Schwangerschaft in ein Laken gehüllt und weggetragen wurden.

* * *

Tam kehrte in der Dämmerung zurück, aschfahl und verkatert. Die Nachricht von dem tragischen Unglück, das Telfer Memsahib in der Nacht widerfahren war, hatte ihn schon erreicht, bevor Sophie es ihm selbst sagen konnte.

Er stand neben ihr, schaute auf ihr verzweifeltes Gesicht hinab. Sie hatte dunkle Ringe unter den Augen, die vom Weinen verquollen waren.

»Sag mir, dass das nicht wahr ist«, krächzte er.

Sophie schloss die Augen, um seine schuldbewusste Miene nicht sehen zu müssen.

»Oh, Mädel«, stöhnte er. »Es tut mir so leid.«

»Es war nicht deine Schuld«, flüsterte Sophie.

»Oh doch«, widersprach Tam bitter. Er setzte sich aufs Bett und begann zu schluchzen. Sie hatte nicht die Kraft, ihn zu trösten. Alles, was sie in dem Moment wollte, war, einzuschlafen und nie wieder aufzuwachen.

* * *

Die Tragödie der Telfers sprach sich bald herum. Mrs Bracknall bestand darauf, dass Sophie nach Mayo Gardens kam, um sich zu erholen.

»Nicht dort.« Sophie blieb hart. »Ich weiß, dass sie es gut meint, aber ich könnte es nicht aushalten. Bitte bring mich zurück nach Changa Manga.«

Irgendwie war der Gedanke, wieder im Dschungel zu sein und von dem freundlichen Hafiz umsorgt zu werden, alles, was sie ertragen konnte. Ihr Leben mit Tam befand sich in den folgenden Tagen in der Schwebe. Keiner von ihnen erwähnte ihren schrecklichen Streit, den Verlust des Babys oder die Frage, ob sie eine Zukunft hatten. Sophies Gefühle waren zerrissen. Ihr Inneres fühlte sich wegen der Fehlgeburt wie ausgehöhlt an, aber ein kleiner Teil von ihr verspürte schuldbewusste Erleichterung angesichts dessen, dass Bracknall sie jetzt nicht mehr in einem geistigen Würgegriff halten konnte. Wenigstens würde sie nicht durchs Leben gehen und so tun müssen, als wäre das Baby von Tam. Es war ein schwacher Trost. Sie schrieb an Tilly und schüttete ihr ausführlich ihr Herz über alles aus, was geschehen war. Wie sehr sie sich doch nach der freundlichen, tröstlichen Gegenwart ihrer ältesten Freundin sehnte!

Eines Abends, als sie dastanden und von der Veranda aus die Glühwürmchen beobachteten, gestand Tam: »Es war nicht der Skandal um dich und Rafi, der mich die Stelle gekostet hat. Bracknall hat das nur als warnendes Beispiel zusätzlich erwähnt.«

Er wandte sich ihr zu. »Er sagt, ich soll Urlaub nehmen – sechs bis acht Monate – und erst zurückkommen, wenn ich das

Fieber nicht mehr im Körper habe. Dann soll ich nach Peschawar gehen, weil die Hitze dort trocken ist und es deshalb weniger wahrscheinlich ist, dass ich einen Rückfall bekomme.« Er schnaufte. »Natürlich war dies das Letzte, was ich hören wollte. Ich habe die Schützengräben überlebt – ich wollte mir nicht die Karriere vom Klima in Indien ruinieren lassen.«

»Oh, Tam, warum hast du mir das nicht gesagt?«

»Es tut mir leid, Mädel. Ich hatte kein Recht, dir daran die Schuld zu geben. Ich habe nur meinen Zorn an dir ausgelassen.«

Also erzählte sie ihm von ihrer leichtsinnigen Ausfahrt mit der Tonga.

»Du hast recht. Ich war in Rafi verliebt. Nach dem Streit – als ich gehört hatte, dass du Nancy immer noch liebst –, war alles, was ich wollte, ihn zu sehen – ihn einfach nur vor Augen zu haben. Mir in Erinnerung zu rufen, dass mich doch jemand liebt, auch wenn wir nie zusammen sein können.« Ihre Gefühle kamen ihr abgestumpft vor. »Siehst du? Du darfst dir also nicht die Schuld an der Fehlgeburt geben. Es war ein fürchterlicher Unfall.«

Tam schüttelte den Kopf. »Ich habe dich dazu getrieben. Ich werde mir immer Vorwürfe machen.«

Eine Woche später, als Tam sich darauf vorbereitete, nach Lahore zurückzukehren und die Heimreise zu organisieren, kam ein Brief von Tilly – die Antwort auf Sophies langes Schreiben über ihre Situation. Sophie war sich ihrer Entscheidung jetzt sicher. Sie nahm allen Mut zusammen, um sie laut auszusprechen.

»Ich komme nicht mit. Ich finde, wir sollten uns trennen.«

Er sah ängstlich drein. »Aber wir könnten es noch einmal versuchen – probieren, noch ein Kind zu bekommen.«

»Nein, Tam«, sagte sie sanft. »Wir täten es aus den falschen Gründen. Ein Kind muss wissen, dass es aus Liebe geboren ist.«

Er schien drauf und dran zu sein zu widersprechen, also fuhr sie rasch fort: »Auf die Art steht es dir frei, zu Nancy zurückzukehren, wenn es das ist, was du willst. Für mich klingt es zumindest, als ob es das ist, was *sie* will. Und ich werde euch nicht im Weg stehen. In der Rückschau sehe ich jetzt ein, dass ich es war, die dich in die Ehe gedrängt hat. Ich dachte, ich wäre verliebt – vielleicht war ich das auch eine Weile –, aber eigentlich war Indien das, was ich wirklich wollte.«

Tams Gesichtsausdruck wurde weicher. »Aber was willst du machen?«

»Ich kann unser Baby nicht mehr bekommen«, antwortete sie mit zitternder Stimme, »aber ich kann Indien haben. Ich habe das Gefühl, dass ich immer noch hierhergehöre. Ich fahre zu Tilly und überlege mir dort, wie ich weiter vorgehe. Sie bittet mich schon seit Ewigkeiten darum, sie zu besuchen. Sie sagt, dass sie Informationen über meine Eltern hat. Ich habe es vor mir hergeschoben, hinzufahren. Vielleicht habe ich Angst vor dem, was sie herausgefunden hat. Aber nichts kann so wehtun, wie unser Baby zu verlieren. Ich kehre nach Assam zurück.«

Sie hörte, wie Tam ein Schluchzen unterdrückte. Er kam zu ihr auf das Rattansofa, setzte sich und nahm ihre Hand.

»Ich weiß, dass es nicht einfach war, mit mir zusammenzuleben.«

»Du warst die meiste Zeit krank«, sagte Sophie mitfühlend, »aber ganz abgesehen davon mache ich dich auch nicht glücklich. Als ich dich kennengelernt habe, warst du für jeden Spaß zu haben und voller Lebenslust. Wenn das Nancy zu verdanken war, dann möchte ich, dass du mit ihr glücklich wirst.«

»Danke, Mädel.« Er schenkte ihr ein trauriges Lächeln. »Es ist einfach so, dass Nancy mich schon vor dem Gasangriff kannte. Sie kennt den alten Tam – und daran versuche ich mich zu klammern.«

Lange Zeit saßen sie schweigend da und lauschten dem Kreischen der Papageien, während die Sonne hinter den Bäumen versank.

40

Assam

Nachdem Tilly Ende August nach Cheviot View zurückgekehrt war, hatte sie sich besser als zuvor ins Leben einer Teepflanzerfrau eingefunden. Sie war zwei Monate lang weg gewesen; Jamie konnte sich jetzt schon aufsetzen und hatte einen dunkelroten Haarschopf. Die ersten beiden Schneidezähnchen zeigten sich am Unterkiefer und glänzten, wenn er grinste und kicherte, was oft vorkam. James war überglücklich gewesen, sie beide wiederzuhaben.

»Ich hatte schon fast vergessen, wie ihr ausseht«, hatte er gescherzt, seine Frau umarmt und seinen Sohn unter dem runden, milchigen Kinn gekitzelt, was Jamie zum Quietschen gebracht hatte.

»Wir haben dich auch vermisst.« Tilly hatte gelächelt und sich gefreut, seine breiten Arme um sich zu spüren und das Entzücken in seinem wettergegerbten Gesicht zu sehen.

Auch Meera war froh, wieder bei ihrer Familie zu sein. Tilly hatte ein schlechtes Gewissen gehabt, sie so lange von ihrem kleinen Jungen fernzuhalten, nur um in Shillong wie eine Besessene Nachforschungen über den Tod der Logans anzustellen. Sie hatte beschlossen, das alles hinter sich zu lassen. Eigentlich wollte sie gar nicht wissen, welche Rolle James gespielt hatte; es war sechzehn Jahre her, und sie wollte kein Urteil über sein jüngeres Ich fällen. Sie wusste, dass James nicht noch einmal darüber reden wollte, und sie würde ihr glückliches Wiedersehen nicht mit aussichtslosen Fragen ruinieren. Sie hatte ihn nie liebevoller oder gefühlsbetonter erlebt. Er verließ morgens nur widerwillig ihr Bett und kehrte in der Abenddämmerung in aller Eile aus den Teegärten zurück, statt noch länger bei den Männern zu bleiben. Außerdem interessierte er sich immer mehr für Baby Jamie.

»Komm her, du kleiner dicker Welpe!«, rief er immer, wenn er die Verandastufen heraufsprang, seinen Sohn packte und ihn in die Luft schwang.

Jamies verblüfftes Gesicht verzog sich entweder zu einem Schreckensgeheul oder wurde von einem breiten, fast zahnlosen Lächeln erhellt. Ganz gleich, wie die Reaktion ausfiel, sein Vater lachte und küsste ihn. Jamie rammte James die Finger in den Mund und kicherte, während sein Vater unsinnige Geräusche ausstieß, um ihn zu unterhalten.

Tilly fühlte sich mehr als je zuvor in Cheviot View zu Hause. Sie lud Ros, Muriel und Jean Bradley regelmäßig zum Tee oder zum Kartenspielen ein. Sie liehen einander Bücher und tauschten Pflanzenableger aus ihren Gärten aus. In Shillong hatte Tilly erfahren, dass Ros und ihr Vater eifrige Briefmarkensammler waren. Jetzt verbrachten Tilly und Ros glückliche Stunden damit, einander zu helfen, ihre jeweiligen Alben zu ergänzen.

Tilly konnte mittlerweile sogar Sindbad etwas abgewinnen, wenn er sang oder sie beim Aufstehen vor dem Frühstück ankreischte. Als der September in den Oktober überging, ließ die Feuchtigkeit nach, und die Tage wurden angenehm.

Manchmal nahm James sie zu Ausflügen in seinem Auto mit. Dann machten sie Picknick oberhalb des Flusses und sahen zu, wie die einheimischen Bootsführer mit Passagieren und Fracht übersetzten, während Elefanten sich am Ufer im Schlamm wälzten und sich mit einem Rüssel voll Wasser abkühlten.

Dann kam ein Brief von Sophie.

Als James am Abend nach Hause zurückkehrte, fand er seine Frau todtraurig und mit rot geweinten Augen vor. Sie rannte auf ihn zu und barg das Gesicht an seiner Brust. »Es ist schrecklich! Die arme Sophie. Das Baby. Und Tam!«

James versuchte, sie zu beruhigen, führte sie ins Haus und setzte sie in einen Sessel.

»Hol Limonensaft mit Soda!«, wies er den besorgten Aslam an und wandte sich dann an Tilly: »Jetzt atme tief durch und sag mir: Was ist Sophie zugestoßen?«

»Ich fand es seltsam, dass ich seit Wochen nichts von ihr gehört hatte«, schniefte Tilly. »Seit sie mir geschrieben hatte, dass sie ein Kind erwartete und dass Tam auf eine Beförderung hoffte. Sie war ganz aufgeregt, weil sie an einer Expedition in den Himalaja teilnehmen durfte. Ich dachte, alles sei gut und sie sei nur zu beschäftigt, sich bei mir zu melden. Ich habe ihr mehrfach aus Shillong geschrieben ...«

»Es ist nicht deine Schuld, wenn sie dir keine Briefe mehr geschickt hat«, brummte James. »Aber jetzt hat sie geschrieben?«

Tilly strich den zerknitterten Brief glatt, den sie umklammert hatte, seit sie ihn vor zwei Stunden geöffnet hatte. Sie schluckte Tränen hinunter. »Sie hatte eine Fehlgeburt.«

»Es tut mir leid, das zu hören«, erwiderte James und sah verlegen drein. »Aber das ist nicht ungewöhnlich, nicht wahr? Davon geht die Welt nicht unter. Sie können es noch einmal versuchen.«

Tilly zuckte angesichts seines mangelnden Mitgefühls zusammen.

»Sie hat vor, Tam zu verlassen.« Ihr zitterte die Stimme.

»Was! Ihn zu verlassen? Warum, in Gottes Namen, sollte sie das tun?«

Sie reichte ihm den Brief. James musterte misstrauisch den schier endlosen Text in großer, geschwungener Handschrift.

»Ich bin mir nicht sicher, ob ich in deiner privaten Korrespondenz herumschnüffeln sollte.«

»Lies ihn!«, flehte Tilly.

Sie schluckte mühsam das kalte Getränk hinunter, das Aslam ihr brachte. Ihr Magen verknotete sich, während James vor Konzentration auf den Brief die Stirn runzelte. Das Schreiben schilderte alles: die schicksalhafte Reise in die Berge; Sophies zwei Nächte mit Rafi und das, was sie für ihn empfand; den daraus resultierenden Skandal; Tams neuerlichen Fieberanfall; seine Demütigung, als er bei der Beförderung übergangen worden war; die Enthüllungen über die Amerikanerin Nancy in Frankreich und Tams heimliche Korrespondenz mit ihr; dass Sophie erfahren hatte, dass Rafi verheiratet war; und schließlich den niederschmetternden Verlust ihres Babys.

> *... ich hätte fast alles in Kauf genommen, um unser Kind zur Welt zu bringen und großzuziehen – sogar seine Liebesbriefe an Nancy. Aber dieses Leben ist nun vorbei. Tam wird nach Europa zurückgeschickt, um sich von dem Fieber zu erholen, das ihn hier draußen so auszehrt. Ich habe nicht vor, ihn zu begleiten. Ich will, dass er von mir befreit ist, damit er zu Nancy zurückkehren kann, wenn es das ist, was ihm seinen Seelenfrieden verschafft. Wir machen einander jedenfalls nicht glücklich.*

Wenn du es gestattest, möchte ich gern für eine Weile zu dir nach Assam kommen. Als ich glaubte, ich würde Mutter werden, musste ich ständig an meine eigene denken. Bin ich wie sie? Was würde sie von mir halten – und von den Fehlern, die ich im Leben begangen habe? Ich sehne mich schon die ganze Zeit nach ihren tröstenden Armen.

Tilly, du bist meine nächste und liebste Verwandte auf dieser Welt, und mir fällt niemand ein, bei dem ich in dieser Zeit eher sein möchte. Bitte, darf ich dich und James besuchen? Ich bleibe nicht länger, als ich willkommen bin – nur lange genug, um mein Gleichgewicht wiederzufinden. Ich sehne mich auch schon lange danach, meinen kleinen Verwandten Jamie kennenzulernen, und du kannst mir erzählen, was du über meine Eltern herausgefunden hast. Ich hüte die Fotografie von dem Grabstein in Shillong, die du mir geschickt hast, wie einen Schatz. Ich freue mich auf alle auch noch so bruchstückhaften Informationen, die du mir darüber hinaus geben kannst.

Bitte antworte mir schnell.

*Deine dich liebende Freundin und Cousine
Sophie*

James bedachte Tilly mit einem untröstlichen Blick. »Was für ein Schlamassel!«

»Ich will, dass Sophie herkommt«, sagte sie. »Wäre dir das recht?«

James nickte. »Natürlich. Sie kann so lange bleiben, wie sie will.« Er starrte auf den Brief hinab und dann wieder Tilly an. Seine Miene war grimmig.

»Was soll das alles mit den Logans? Woher weißt du, wo sie begraben sind?«

»Ich habe ihr Grab zufällig entdeckt. Ros' Mutter liegt in der Nähe davon begraben. Du musst doch gewusst haben, dass man sie dort beerdigt hat, aber dir ist nie in den Sinn gekommen, mir das zu erzählen.«

»Was kümmert es dich?«, fragte James.

»Es kümmert Sophie. Sie wünscht sich verzweifelt, irgendetwas über ihre Eltern zu erfahren.«

»Sie weiß alles, was es zu wissen gibt.«

»Das ist nicht wahr, oder, James? Ich glaube, du weißt noch viel mehr, aber du enthältst es mir vor.«

Er biss die Zähne zusammen. »Wie meinst du das?«

»Ich weiß, wo die Logans lebten, als es zu der Tragödie kam: White Blossom Cottage.«

»Das habe ich dir erzählt.«

»Du hast aber nie gesagt, dass es der Bungalow in Belguri ist!«

James stand der Mund offen. »Woher weißt du …?«

»Ich habe einen Artikel über den Tod der Logans in einer alten Ausgabe der *Shillong Gazette* gefunden. Ich weiß auch, dass du damals in der Gegend warst. Du hast die Teepflanzer aufgesucht, um sie dazu zu bewegen, ihre abgelegenen Häuser zu verlassen und sich in Sicherheit zu bringen. Es war der Jahrestag des Sepoyaufstands, und alle Pflanzer hatten Angst, dass man sie angreifen würde. Ich habe viel darüber gelesen und mit Leuten in Shillong gesprochen.«

»Mein Gott, Frau, was hast du getan?«

Tilly sprang auf. Ihr Herz hämmerte, als sie ihn zur Rede stellte. »Nein, was hast *du* getan, James? Man hat dich nicht erst nach ihrem Tod hinzugerufen. Du warst unmittelbar vorher schon da. Vielleicht auch an dem Tag, als sie gestorben sind? War es so?«

Sein schockierter Gesichtsausdruck verriet ihr, dass sie recht hatte. Er stritt es nicht ab.

»Warum hast du dann keine Hilfe für die beiden geholt, wenn sie Fieber hatten? Oder war das nur eine Geschichte, die man in Umlauf gebracht hat, um zu vertuschen, was wirklich passiert ist? Mr Logan war ja vielleicht krank, aber Sophies Mutter doch wohl nicht. Sie war gesund und munter und hat mit ihrer Tochter an deren Geburtstag Verstecken gespielt.« Tilly zitterte unter seinem wutentbrannten Blick, fuhr aber entschlossen fort: »Ich glaube, sie starben eines gewaltsamen Todes – dass Dorfbewohner kamen und sie aus Rache für die Niederschlagung des Sepoyaufstands angriffen. Vielleicht war die *ayah* in den Plan eingeweiht. Von den örtlichen Unruhestiftern gewarnt, lief sie davon und ließ Sophie im Stich.«

»Nein!«, schrie James. »Du weißt nicht, was du da sagst.«

»Ich glaube, du bist mit Superintendent Burke zurückgekehrt, hast sie tot aufgefunden und …«

»Burke?«, wiederholte James entsetzt. »Woher um alles in der Welt weißt du …?«

»Sein Name steht in der Zeitung. Und er ist ins Haus der Rankins gekommen, um mich zu warnen – hat mir gesagt, du seist in Gefahr, wenn ich mehr herauszufinden versuchte.«

»Burke hat dir gedroht?«

»Ja. Deshalb habe ich es auch gut sein lassen und bin nach Hause gekommen.« Sie nahm allen Mut zusammen, um ihn anzuklagen. »Aber jetzt musst du mir die Wahrheit sagen. Sie wurden von Kulis angegriffen – Sophie hörte die Trommeln und den Lärm, als sie anrückten –, und du und Burke habt es vertuscht, um einen Skandal zu vermeiden. Ihr habt euch eine Geschichte über ein Fieber einfallen lassen, um Vergeltungsschläge zu verhindern. Und die armen Logans sind eines schrecklichen Todes gestorben. Niemand wurde zur Verantwortung gezogen – weder die *ayah* noch irgendjemand sonst –, damit die Pflanzer keine Selbstjustiz üben und alles noch schlimmer machen konnten: Ich sehe deinem Gesicht an, dass ich recht habe.«

James schnellte vor und packte sie an den Armen.

»Ich sage dir, was passiert ist!«, rief er. »Bill Logan ist aus seinem Krankenbett aufgestanden, hat seinen Revolver geladen und seine Frau erschossen! Dann hat er die Waffe gegen sich selbst gerichtet und seinem erbärmlichen Leben ein Ende gesetzt. Wenn Sophie sich nicht versteckt hätte, dann hätte er wahrscheinlich auch sie umgebracht.«

Vor Unglauben war Tilly völlig verwirrt. »Sophies Vater?«, stieß sie hervor.

»Ja!«

»Aber warum sollte er so etwas Schreckliches tun?«

»Bill Logan war ein kranker, verblendeter Mann und unglaublich eifersüchtig, was Jessie anging. Er glaubte, sie sei ihm untreu gewesen.«

Tilly zuckte in seinem eisernen Griff zusammen. »Und war sie das?«

»Nicht, dass ich wüsste. Sieh mich nicht so an, Mädchen. Ich habe Jessie Logan nichts bedeutet.«

»Du hast aber etwas für sie empfunden?«

James ließ sie plötzlich los. »Das ist lange her. Vielleicht ja. Ich weiß, dass ich wollte, dass sie aus Belguri fortging und sich in Sicherheit brachte, nicht nur vor möglichen Angriffen von Banden von Unruhestiftern, sondern vor Logan. Mein Besuch dort an jenem Tag – Sophies Geburtstag – machte alles nur noch schlimmer. Logan bekam einen seiner Tobsuchtsanfälle und beschuldigte mich, ich hätte seine Frau geschwängert. Also brach ich auf, ohne sie mitzunehmen. Ich ging Burke holen – dachte, er könnte Logan zur Vernunft bringen. Aber als wir am folgenden Tag zurückkehrten, fanden wir diese fürchterliche ...«

James brach ab. Sein Kiefer verkrampfte sich. Tilly legte ihm eine Hand auf den Arm und zog ihn auf ein Korbsofa.

»Oh, James.«

»Hätte ich nur am Vortag auf Jessies Abreise bestanden! Ich werde mir nie verzeihen, dass ich nicht mehr unternommen habe. Burke setzte durch, die Wahrheit nicht ans Tageslicht kommen zu lassen. Alle waren nervös, und es waren Gerüchte in Umlauf. Wenn sich herumgesprochen hätte, dass ein Pflanzer und seine Frau erschossen worden waren, hätte man den Indern die Schuld gegeben, das wussten wir. Es wäre genau so gewesen, wie die Leute es vorhergesagt hatten. Dann hätte es Auge um Auge geheißen, und Burke befürchtete echte Unruhen.«

»Und die kleine Sophie hat sich die ganze Zeit über versteckt?«

James nickte. »Wir haben das arme Mädchen zusammengerollt in einer Wäschetruhe gefunden, zitternd und sprachlos. Gott allein weiß, was sie mit angesehen hatte. Ich vermute, Jessie hat sie mit Absicht dazu gebracht, sich zu verstecken, weil sie wusste, dass das Leben ihrer Tochter in Gefahr war.«

»War Sophies Vater wirklich so gestört?«

»Ich glaube ja.«

Tilly saß wie betäubt da. »Warum ist Mrs Logan bei ihm geblieben, wenn er für sie und Sophie eine Gefahr darstellte?«

James sah sie gequält an. »Sie dachte, der Aufenthalt in Belguri tue seiner Gesundheit gut und halte ihn davon ab, so eifersüchtig zu sein – dort gab es ja kein gesellschaftliches Leben. Es war eine Art selbst auferlegte *purdah*.«

»Warum hat Logan dir dann vorgeworfen, Sophies Mutter geschwängert zu haben?«, fragte Tilly errötend.

James schluckte schwer. Erst dachte sie, er würde nicht antworten. Dann sagte er mit gepresster Stimme: »Es war so: Sie hatten uns andere Pflanzer monatelang gemieden, und niemand wusste Bescheid. Mir wurde es erst klar, als ich an Sophies Geburtstag nach Belguri kam.«

»Was wurde dir klar?«

»Jessie hatte in der Woche davor ein Kind zur Welt gebracht. Als ich zum ersten Mal in Belguri war, gab es dort ein Neugeborenes. Am folgenden Tag«, fuhr er grimmig fort, »war es nicht mehr da.«

41

»Das ist Gauhati«, sagte Sam, der liebenswürdige Sohn des Dampferkapitäns. Er deutete auf den fernen *ghat*. Sophie kniff die Augen gegen die Sonne zusammen. Sams hektischer Affe rannte kreischend die Reling entlang und zeigte ebenfalls mit dem Finger zum Kai.

Sophie spürte, wie ihre Eingeweide sich verknoteten. Sie war wieder in Assam.

»Ich hole Ihr Gepäck, wenn Sie möchten?«

Sie lächelte den Jungen an. Sie hatte seine Gesellschaft auf der langsamen Reise flussaufwärts genossen. Einerseits konnte sie es gar nicht abwarten, bei Tilly zu sein, andererseits empfand sie aber auch unerklärliche Furcht. Sams lebhaftes Geplauder und Interesse an ihrer Umgebung hatten sie vom Grübeln abgehalten. Aus einem von Tillys früheren Briefen wusste sie, dass ihre Cousine auf demselben Schiff den Brahmaputra entlanggereist war – mit demselben sympathischen Sam und seinem zahmen Affen.

Nur nachts in der beengten Kabine plagten Sophie Zweifel. War sie wahnsinnig, dass sie Tam verlassen hatte? Was für einen Sinn hatte es, ohne Ehemann und Zuhause in Indien zu bleiben? Alle, die sie kannten, würden ihr aus dem Weg gehen. Die

Bracknalls hatten schon eine kurze Nachricht geschickt, um ihr mitzuteilen, dass sie in der Gesellschaft von Lahore nicht mehr willkommen war, weil sie Tam hatte sitzen lassen. Es wäre viel einfacher gewesen, sich nach Schottland zurückzuziehen und dort einen Neuanfang zu wagen. Sie konnte ihre alte Stelle bei Miss Gorrie und der Scottish Servants' Charity wiederbekommen. Sie würde sich ein neues Motorrad kaufen, nach Perthshire fahren und angeln gehen.

Die Gedanken kreisten in ihrem Kopf, kehrten aber immer nach Assam zurück – und zu ihrem Grund, in Indien zu bleiben. Sie wollte dorthin zurück, wo sie als Kind gelebt hatte, und die Geister ihrer schwer fassbaren Eltern zur Ruhe betten. Während sie im Dunklen lag und lauschte, wie Sams Affe über ihr auf dem Deck herumtobte, strich Sophie mit den Fingern über den glatten dunklen Opal, den sie direkt auf der Haut trug. Sie wusste, dass sie Indien nicht verlassen konnte, ohne den Versuch zu unternehmen, auch Rafi ein letztes Mal zu sehen.

Als sie jetzt an der Reling stand, erspähte sie Tilly und James auf dem Kai. Während der Dampfer langsam anlegte, winkte ihre Freundin ihr zu. Ein Lächeln breitete sich auf Tillys rundlichem Gesicht aus. Sophie konnte die Gangway gar nicht schnell genug hinunterlaufen. Sie fielen sich in die Arme und hielten einander fest. Beide brachen in Tränen aus.

Mehrere Minuten lang konnte Sophie nicht sprechen, während Tilly unzusammenhängend darüber plapperte, wie sehr sie sie vermisst habe – und irgendetwas von Cheviot View, Babys und einer Freundin namens Ros.

James tätschelte seine Frau und zog sie weg. »Lass das Mädchen erst einmal Atem schöpfen, Tilly. Du kannst ihr alle Neuigkeiten auf der Fahrt nach Belguri erzählen.«

»Belguri?«, fragte Sophie erstaunt. »Wie schön.«

James gab ihr verlegen einen Kuss auf die Wange.

»Ja, deine Cousine besteht darauf, dass wir zunächst dorthin fahren.«

»Es ist schon alles mit Clarrie und Wesley abgesprochen«, erklärte Tilly.

»Und du kommst auch mit?« Sophie musterte James.

Er räusperte sich und nickte.

»Clarrie und ich sind entschlossen, die Robson-Männer dazu zu bringen, das Kriegsbeil ein für alle Mal zu begraben.«

»Das hat nichts mit Wesley zu tun«, sagte James verärgert. »Ich tue es für dich, Tilly – und für Sophie.«

»Für mich?« Sophie war verwirrt. »Das verstehe ich nicht.«

»Ich erkläre dir alles zu gegebener Zeit«, versprach Tilly und hakte sich bei ihrer Freundin ein. Irgendetwas an Tillys mitleidigem Gesichtsausdruck ließ Sophies Furcht zurückkehren. »Jetzt lasst uns eine Erfrischung nehmen, bevor wir weiterreisen. Du musst einen Bärenhunger haben. Und du siehst zu dünn und kränklich aus. Clarrie und ich haben uns vorgenommen, dich nach Strich und Faden zu verwöhnen.«

»Oh, Tilly, wie ich es doch vermisst habe, von dir umsorgt zu werden.« Sophie lächelte unter Tränen.

In einem Restaurantgarten winkte Tilly eine schlanke Inderin herbei, die zu ihnen kam und einen Kinderwagen schob.

Sophies Magen verkrampfte sich, als ihr klar wurde, dass sie Jamie vor sich hatte. Tilly griff in den Kinderwagen und hielt ihn stolz hoch.

»Sag deiner Verwandten Sophie Hallo«, raunte sie dem rundlichen, rothaarigen Baby zu. Jamie gluckste, sabberte und lächelte sie an.

»Möchtest du ihn gern halten?«

Sophie erstarrte. Sie konnte es nicht. James griff rasch ein und nahm den Jungen auf den Arm. Sophie bekam keine Luft. Einen Moment lang bildete sie sich ein, es sei Tam, der entzückt ihr ersehntes Baby schaukelte. Tränen stiegen ihr in die Augen, und sie wandte sich ab.

»Tut mir leid.« Sie schluckte.

Tilly führte sie ins Restaurant. »Nein. Es tut mir leid. Sehr, sehr leid.«

* * *

Der Sonnenuntergang nahte, als sie in einem Vorkriegs-Wolseley, den sie in Shillong gemietet hatten, die unbefestigte Straße nach Belguri hinaufrumpelten. Sophie wusste, dass ihre Freunde ihr etwas verschwiegen – etwas, das zu wichtig war, um es unterwegs zu besprechen. Ihr Magen fühlte sich bleischwer an.

Als sie vor einem ordentlich gestrichenen Bungalow anhielten, der von einer Fülle blühender Ranken überwuchert war, hatte sie ein Déjà-vu. Adela kam mit ausgestreckten Armen die ausgeblichenen Stufen heruntergestürmt.

»'Ophie!«, quietschte sie.

Sophie hob sie hoch, drehte sich mit ihr im Kreis und barg das Gesicht am warmen Hals des Mädchens.

»Hallo, mein Engelchen«, sagte sie und küsste Adela auf die gerötete Wange. »Du hast mir gefehlt.«

»Ich bin doch hier, du Dumme.« Adela lachte und entwand sich ihrem Griff. Sie rannte zu Tilly, um sie zu umarmen. Auch Tilly begrüßte sie ausgelassen. James stand daneben, sah zu und wirkte verlegen.

»Wer bist du?«, fragte Adela.

»Das ist doch dein Großonkel James!«, rief Clarrie und kam die Stufen herunter. »Sag ihm brav Hallo.«

»Hallo«, sagte das Mädchen, verlor schon das Interesse und hüpfte zu Sophie zurück.

Clarrie umarmte Sophie voller Wärme und führte sie alle auf die Veranda, wo Tee serviert wurde. Wesley kehrte aus den Teeblattwelkschuppen zurück. Anspannung lag in der Luft, und Blicke gingen hin und her. Sophie fragte sich, ob es an der Kälte zwischen den zerstrittenen Männern lag oder ob es etwas mit ihr zu tun hatte. Bald danach führte man sie in ihre Zimmer, damit sie sich waschen und zum Abendessen umziehen konnten.

Die Nachtluft war kühl, als sie auf der Veranda um den Esstisch herumsaßen. Im Dschungel jenseits davon fanden die Nachtvögel keine Ruhe. Sophie bekam kaum etwas hinunter. Das seltsame Gefühl, schon einmal hier gewesen zu sein, kehrte zurück. An solch einem himmlischen Ort konnte sie an Reinkarnation glauben.

Und dann dämmerte es ihr allmählich. Sie sah sich in der Runde nervöser Gesichter um. Ihre Frage war nur ein Flüstern.

»Ist ... ist das hier White Blossom Cottage?«

Wieder flogen Blicke zwischen den anderen hin und her.

Clarrie sagte sanft: »Ja. Wenigstens hat dein Vater das Haus so umgetauft, als er mit dir und deiner Mutter hergezogen ist. Ich glaube, der einheimische Name Belguri gefiel ihm nicht.«

Sophies Herz hämmerte. Ihre Gedanken tauchten wieder in jenen längst vergangenen Geburtstag ein. Sie sah sich als kleines Mädchen in einem blauen Kleid auf der obersten genau dieser Stufen stehen und darauf warten, dass ihre Feier begann. Jenseits der Umfriedung dröhnten die Trommeln.

»Sagt mir, was ihr wisst«, bat sie heiser. »Erzählt mir alles.«

* * *

Minuten später taumelte Sophie die Stufen der Veranda hinab, krümmte sich und erbrach sich ins dunkle Blumenbeet. Der

Kopf schwirrte ihr von dem, was man ihr gerade erzählt hatte: Ihr Vater war ein Mörder, und ihre Mutter war einen entsetzlichen Tod gestorben. Hatte sie um ihr Leben gebettelt, als er den Revolver auf ihren Kopf gerichtet hatte? Hatte sie ihn angefleht, ihrer Tochter nichts zuleide zu tun?

Sie rang nach Luft, als ihr wieder einfiel, wie sie sich in der stickigen Wäschetruhe verkrochen hatte. Sie schluchzte und hatte Mühe zu atmen, als sie sich noch einmal übergab. Tilly und Clarrie legten rasch die Arme um sie, trösteten sie und redeten ihr gut zu, ins Haus zu kommen.

Sie legten sie auf ein durchgesessenes Sofa und setzten sich rechts und links von ihr hin. Clarrie strich ihr die Haare aus dem Gesicht, und Tilly überzeugte sie, in kleinen Schlucken Zuckerwasser zu trinken.

Sophie lag da und war vollkommen am Boden zerstört. James und Wesley standen dabei und sahen hilflos zu.

Clarrie ergriff das Wort. »Als wir damals nach Belguri zurückgekehrt sind, ging in der Gegend das Gerücht, ein Pflanzer sei vor Jahren hier gestorben, aber ich dachte, damit sei wahrscheinlich mein Vater gemeint.«

»Wir wussten nichts von all dem, bis Tilly uns in einem Brief davon berichtet hat«, ergänzte Wesley und warf James einen vorwurfsvollen Blick zu.

»Ich habe es euch doch schon gesagt: Es war Burke, der die Entscheidung gefällt hat, die gewaltsamen Todesfälle zu vertuschen«, beteuerte James. »Sobald das einmal geschehen war, gab es kein Zurück mehr.« Er sah Sophie flehentlich an. »Und ich wollte dich vor der schrecklichen Wahrheit beschützen. Du solltest nie erfahren, was dein Vater getan hatte. Du warst doch ohnehin so klein und verstört.«

Sophie starrte ihn an. »Du warst es, der mich in der Truhe gefunden hat, nicht wahr? Wie lange war ich darin gewesen?«

»Die ganze Nacht«, gestand James. »Wir hofften bei Gott, dass du nicht hinausgestiegen warst und gesehen hattest ...« Er brach ab.

»Ich habe die Schüsse gehört«, sagte Sophie. Sie konnte die Erinnerungen aus jener entsetzlichen Nacht nicht mehr in Schach halten. »Ich dachte, es sei ein Feuerwerk. Und die Trommeln klangen, als wären sie im Haus. Ich versuchte, mich so klein zu machen, wie ich konnte. Waren Leute auf dem Weg hierher, um uns etwas anzutun?«

James schüttelte den Kopf. »Ich glaube nicht. Im Mai finden viele Hochzeiten statt – wahrscheinlich haben die Dorfbewohner nur gefeiert. Deshalb hat auch niemand auf dem Anwesen die Schüsse gehört. Es war zu laut, oder die Diener hatten sich zum Fest davongeschlichen.«

Sophie schloss die Augen, aber sie konnte das Bild nicht ausblenden, wie Ayah Mimi davonlief. Es war noch hell gewesen. Wenn ihre Kinderfrau mit Ärger gerechnet hatte, warum hatte sie dann nicht versucht, Sophie mitzunehmen?

»Ich kann Ayah Mimi einfach nicht verzeihen, dass sie mich so im Stich gelassen, aber dafür das elende Kätzchen gerettet hat«, stieß sie verbittert hervor.

Tilly bedeckte Sophies Hand mit ihrer. »James hat dir noch etwas zu sagen, das er nie jemandem erzählt hat, bis er es mir vor zwei Wochen anvertraut hat. Ich weiß nicht, ob du dich danach besser oder schlechter fühlst. Aber ich finde, du hast ein Recht darauf, es zu erfahren.«

James trat vor und setzte sich rittlings auf einen Stuhl. »Ich glaube nicht, dass deine *ayah* mit einem Kätzchen davongelaufen ist. Ich denke, es war ein Baby.«

»Ein Baby?«, wiederholte Clarrie verblüfft. »Aber du hast nie gesagt ...«

»Lass ihn ausreden, Clarissa«, ermahnte Wesley sie.

James hielt Sophies Blick stand. »Deine Mutter war kurz vor deinem Geburtstag niedergekommen. Als ich sie hier aufsuchte, um sie zu überreden abzureisen, schien dein Vater sich über das Neugeborene aufzuregen – in seinem Fieberwahn erhob er Anschuldigungen, das Baby sei nicht von ihm. Das Geschrei des Kindes machte ihn nur noch wütender.«

Tilly drückte Sophie die Hand. »James glaubt, dass deine Mutter die *ayah* mit dem Baby zu seiner Sicherheit ins Dorf geschickt haben muss. Sie befürchtete, dass ihr Mann so labil war, dass er dem Kind etwas antun könnte.«

»Ein Baby?«, flüsterte Sophie verwirrt. »Wieso erinnere ich mich nicht daran, dass ich ein Brüderchen oder ein Schwesterchen hatte?«

»Vielleicht hat deine Mutter das Baby ihr Kätzchen genannt«, schlug Clarrie vor, »und du hast es wörtlich genommen. Du warst noch sehr klein.«

»Und sie könnte Angst gehabt haben, in Hörweite deines Vaters über das Baby zu sprechen«, setzte Tilly hinzu.

Sophie kämpfte mit den Tränen. »Ich weiß noch, dass ich Ayah Mimi zugerufen habe, auf mich zu warten, aber sie hat sich nicht einmal umgesehen. Und sie ist nie zurückgekommen, um mich zu holen, nicht wahr?«

Clarrie widersprach: »Das weißt du nicht. Sie könnte sich versteckt haben, um sich um das Kleine zu kümmern und jemanden zu finden, der es stillen konnte. Dann wäre sie vielleicht erst zurückgekehrt, nachdem du gerettet worden warst.«

»Ja«, pflichtete Wesley ihr bei. »Sie hätte nicht gewusst, wo du abgeblieben warst oder wie sie dich finden sollte.«

»Verbring dein Leben nicht damit, wütend auf sie zu sein«, riet Clarrie sanft.

* * *

Mitten in der Nacht ging Sophie hinaus auf die Veranda. Sie hatte keinen Schlaf gefunden, weil die Erinnerungen auf sie einstürzten und ihr keine Ruhe ließen. In eine Decke gehüllt starrte sie zu den Hütten auf der anderen Seite der Umfriedung hinüber. Dort musste Ayah Mimi früher gelebt haben. Duftender Holzrauch erfüllte die Dunkelheit. Plötzlich überwältigte sie die Trauer – um ihre Mutter, ihre *ayah,* ihr verlorenes Baby, das Geschwisterchen, das sie nie kennenlernen würde. Heftiges Schluchzen schüttelte sie.

Als Meera sie fand, kauerte sie erschöpft dösend auf den Verandastufen. Das graue Licht vor Anbruch der Morgendämmerung drang durch die Bäume. Sophie setzte sich alarmiert auf, als sie Tillys *ayah* sah, die Jamie wiegte. Das Baby nuckelte munter an seiner Flasche.

Ihr Herz zog sich vor frischem Schmerz zusammen. Meera stellte das leere Fläschchen beiseite, lehnte Jamie an ihre Schulter und klopfte ihm sanft den Rücken. Das Kind sah Sophie verträumt an. Neuerliche Tränen liefen ihr über das blasse Gesicht. Meera bot ihr an, Jamie zu halten. Sophie schüttelte den Kopf und zog die Decke enger um sich. Sie wusste nicht, ob sie es ertragen konnte, unter demselben Dach wie Tillys Baby zu leben. Sie hasste den Neid, den sie verspürte, und die Trauer, die sie zerriss und zugleich dafür sorgte, dass sie sich leer fühlte.

Es war ein Fehler gewesen, nach Assam zurückzukehren. Jetzt musste sie mit dem entsetzlichen Wissen darüber leben, was ihr Vater getan hatte. Ihre Erinnerung an ihn als eine unnahbare Gestalt, die sie vergöttert hatte, war für immer verdorben. Er war ein eifersüchtiger, unfreundlicher, feiger Ehemann und kaltherziger Vater gewesen.

Als Meera das Baby forttrug, erschien Clarrie in einem Reitkleid.

»Wann immer ich ein gebrochenes Herz hatte«, sagte sie leise, »und die Belastungen des Lebens mit meinem kranken

Vater mir zu viel wurden, bin ich frühmorgens auf meinem geliebten Pony Prince ausgeritten.«

Sie beugte sich vor und berührte Sophies Kopf; es fühlte sich mütterlich und tröstlich an.

»Geh jetzt mit mir reiten«, drängte Clarrie sie.

Sophie schaute aus großen Augen auf, unter denen sie dunkle Ringe hatte. »Gern«, antwortete sie.

* * *

Sie nahmen den Weg zwischen den Teegärten hindurch und dann einen gewundenen Pfad bergauf durch den dichten Wald. Sophie folgte Clarrie auf einem kräftigen Bhutan-Pony, das Wesley für Adela gekauft hatte. Von den Bäumen drang lautes Vogelgezwitscher. Mit jedem Schritt wurde der Himmel heller, und Sophies Trauer ließ ein wenig nach.

Nach fast einer Stunde erreichten sie eine Lichtung. Sophie schnappte nach Luft, als plötzlich der Blick auf die fernen Berge frei wurde. Das Licht der Morgendämmerung ließ die Gipfel zart lachsfarben wirken. Clarrie stieg ab und führte ihr Pony zu einem plätschernden Bach, der zwischen farnbewachsenen Felsen entsprang und einen dunklen Teich bildete. Das Tier neigte den Kopf, um zu trinken.

Sophie tat es Clarrie nach, tätschelte das stämmige Pony und flüsterte ihm ihren Dank ins Ohr. Als sie sich auf der geschützten grasbewachsenen Fläche umsah, entdeckte sie verstreute Steine und mit seltsamen Ritzungen verzierte Säulen – es sah aus, als hätte ein Bergriese einen uralten Tempel niedergetrampelt.

Clarrie zog ein in ein Tuch eingewickeltes Päckchen aus ihrer Satteltasche und legte es auf einen flachen Stein dicht neben dem Teich mit dem frischen Wasser.

»Opferst du den Göttern Speisen?« Sophie lächelte.

»Das ist nur für die *sadhvi*, die hier lebt«, erklärte Clarrie.

»*Sadhvi*? Das ist eine heilige Frau, nicht wahr?«

Clarrie nickte. »Die Einheimischen halten sie für einen *shaitan* – einen bösen Geist –, und die Dorfkinder haben Angst vor ihr, aber ich gehe davon aus, dass sie eine Witwe ist, die keinen anderen Zufluchtsort hat.«

Erst jetzt bemerkte Sophie eine niedrige, strohgedeckte Hütte, die fast vollkommen von Ranken und tief hängenden Zweigen verdeckt war. Es gab Spuren eines alten Feuers vor der geschlossenen Bambustür: verkohlte Stöcke und Asche.

»Als ich jung war, lebte hier ein alter heiliger Mann«, erzählte Clarrie und zog eine Kette mit einem rosafarbenen Stein unter ihrer Reitjacke hervor. »Er hat diesen Stein gesegnet und ihn mir geschenkt – er sollte mir Glück bringen und mich beschützen. Er hat mir durch all die harten Zeiten in England geholfen. Ich habe immer geglaubt, dass er mich eines Tages zurück nach Indien führen würde.« Clarrie lächelte. Ihr Gesicht strahlte in der Morgendämmerung. »Und nun bin ich wieder in Belguri, an dem Ort, der mir am besten gefällt, und bei den Menschen, die ich am meisten liebe.«

Sophies Kehle schnürte sich zu. Sie starrte in die Ferne auf das goldene Licht, das die Berge überflutete, und spürte, wie ihr Herz sich zusammenzog. Es erinnerte sie zu lebhaft an ihre kurze magische Zeit mit Rafi. Kein Glücksstein konnte ihr diese Seligkeit jetzt zurückbringen. Aber selbst, als sie dachte, dass ihr Herz niemals stärker wehtun könnte, empfand Sophie einen seltsamen Trost dabei, sich in der Nähe der Einsiedelei auf der schönen, blumenbewachsenen Lichtung aufzuhalten, während die Sonne eindrucksvoll über der Bergkette aufging.

Gestern hatte sie weder die Wahrheit über den Tod ihrer Eltern gekannt, noch gewusst, dass sie einmal ein Geschwisterchen gehabt hatte. Mittlerweile hatte ihre Welt sich für immer verändert. Aber das Wissen um ihren Bruder oder ihre Schwester sorgte dafür, dass sie sich weniger allein fühlte.

Hatte das Baby überlebt? War es immer noch in der Gegend? Hatte eine andere Familie es großgezogen? Sie – irgendwie stellte Sophie sich vor, dass es eine Schwester war – wäre jetzt sechzehn. Sah sie ihr ähnlich? Würde sie sie erkennen, wenn sie ihr im Dorf, in Shillong oder in Kalkutta begegnete? Sophie beschloss an Ort und Stelle, dass sie alles versuchen würde, um das verlorene Kind zu finden. Die Idee brannte in ihr und verlieh ihr Mut.

Während sie zusahen, wie das Tageslicht erschien, stellte Sophie sich neben Clarrie und ließ sie an ihren Gedanken teilhaben.

»Wir könnten damit anfangen, im Dorf zu fragen«, bot Clarrie an.

Sophie verspürte eine Welle der Dankbarkeit, dass die reifere Frau die Idee nicht einfach als unmöglich abtat. Sie setzten sich auf eine umgestürzte Säule und redeten. Sophie zog den schwarzen Opal hervor. »Wie du habe auch ich einen besonderen Stein«, erklärte sie und begann, sich alles über ihre Liebe zu Rafi und die schicksalhafte Expedition in die Berge von der Seele zu reden.

»Ich wünschte, ich hätte Rafi in Edinburgh besser kennengelernt«, sagte Sophie traurig. »Tante Amy mochte ihn sehr. Er ist immer vorbeigekommen, um sie zu besuchen. Aber ich war ein bisschen kurz angebunden. Vielleicht hatte ich schon damals Angst davor, mich zu ihm hingezogen zu fühlen.«

»Was meinst du, wo er ist?«, fragte Clarrie.

Sophie zuckte die Schultern. »Ich wünschte, das wüsste ich. Vermutlich ist er in Lahore und arbeitet für seinen Vater. Möglicherweise ist er auch in die Armee zurückgekehrt. Er hat voller Nostalgie von seiner Zeit beim Lahore-Horse-Regiment gesprochen. Oder vielleicht lässt er sich einfach von seinem reichen Schwiegervater aushalten, wie Jimmy Scott behauptet hat.«

»Mit welchem von all den Forstbeamten würde er in Verbindung bleiben?«

»Boz oder McGinty«, vermutete Sophie.

Clarrie drückte ihr die Hand. »Warum schreibst du nicht an Boz und fragst ihn, ob er etwas weiß? Selbst wenn es wahr ist, dass Rafi jetzt verheiratet ist, sehe ich dir doch an, dass du keinen Seelenfrieden finden wirst, bis du von ihm gehört hast.«

»Warum sagst du ›selbst wenn es wahr ist‹, als bestünde noch ein Zweifel?«

Clarrie erwiderte: »Wesley und ich hätten unser gemeinsames Glück beinahe weggeworfen, weil es Missverständnisse zwischen uns gab. Ich dachte, er hätte eine reiche Erbin geheiratet, und er glaubte, ich würde etwas für Tillys Bruder Johnny empfinden.«

»Wirklich?« Sophie riss die Augen auf. »Und war es so?«

»Nein.« Clarrie lachte. »Ich habe immer nur Wesley geliebt. Begonnen hat übrigens alles auf dieser Lichtung. Er war auf der Jagd, und sein Freund hätte mich fast erschossen.«

»Wirklich?«

»Ja. Wesley hat mich gerettet, aber wir haben einander auf dem falschen Fuß erwischt und uns heftig gestritten. Ich habe Jahre gebraucht, um mir einzugestehen, wie sehr ich ihn liebe.«

Sophies Augen glänzten. »Ich bin froh, dass ihr die Missverständnisse ausgeräumt habt. Ich glaube, ich habe noch nie ein so liebevolles Paar wie euch beide gesehen.«

»Danke.« Clarrie lächelte.

»Es ist nur leider so«, fuhr Sophie seufzend fort, »dass Jimmy Scott und Boz in der *Civil and Military Gazette* einen Artikel über Rafis Heirat mit einer Bankierstochter entdeckt haben, in dem darauf hingewiesen wurde, dass er ein Bruder des berüchtigten Ghulam ist, den man wegen Brandstiftung festgenommen hat.«

»Aber du hast den Artikel nicht gelesen?«

»Nein, aber was so etwas angeht, würde Boz nicht lügen.«

»Es ist nur seltsam«, bemerkte Clarrie nachdenklich, »dass er keinen seiner Forstbehördenfreunde zu seiner Hochzeit eingeladen hat.«

»Mag sein«, räumte Sophie ein. »Darüber habe ich nie nachgedacht. Allerdings war Rafi ja auch von seinem Chef entlassen worden, und seine Kollegen hatten ihm die kalte Schulter gezeigt.«

»Aber nach allem, was du mir erzählt hast, nicht Boz und McGinty.«

»Nein«, pflichtete Sophie ihr bei, »die beiden nicht.«

Als das Sonnenlicht sich über die Tempelruine ausbreitete und sie wieder auf ihre Ponys stiegen, beschloss Sophie, Boz zu schreiben und ihn um Neuigkeiten über Rafi zu bitten.

42

Jeden Morgen ritt Sophie mit Clarrie in aller Frühe zur Tempellichtung, um Zeugin des Sonnenaufgangs zu werden. Manchmal kam Wesley mit. Die Tage wurden kälter, und die Luft brannte auf ihren Wangen, aber die Ausritte waren Balsam für Sophies verletztes Herz. Sie freute sich darauf und gewann allmählich ihre Lebenslust zurück. Clarrie nahm jedes Mal ein Päckchen Reis oder Mehl mit, falls die Einsiedlerin zurückgekehrt war, aber die Hütte blieb leer.

»Vielleicht ist sie auf Pilgerfahrt«, überlegte Clarrie.

»Oder weitergezogen«, meinte Wesley.

James wurde der Aufenthalt in Belguri bald schon zu lang. Er lehnte Wesleys Angebot einer Angeltour ab und brach wieder zu den Oxford Estates auf. Tilly und das Baby nahm er mit.

»Er will nicht, dass wir so bald nach meinem Besuch in Shillong wieder getrennt sind«, erklärte Tilly Sophie. »Bist du sicher, dass du nicht mitkommen willst?«

»Clarrie sagt, dass ich bleiben kann«, antwortete Sophie, »und ich will mehr über meine Schwester oder meinen Bruder herausfinden.«

»Es liegt doch nicht an Jamie, nicht wahr?«, fragte Tilly besorgt. »Ich weiß, dass es schwierig für dich ist, ein Baby in der Nähe zu haben.«

Sophie schenkte ihr ein untröstliches Lächeln. »Tut mir leid. Ich weiß, dass es albern ist, und er ist so ein niedlicher kleiner Junge ...«

Tilly ergriff ihre Hände. »Es ist überhaupt nicht albern. Ich kann mir kaum vorstellen, wie es für dich sein muss. Ich weiß nur, dass du stark genug bist, diese düstere Zeit zu überstehen. Wenn du bereit bist, kommst du zu uns nach Cheviot View und bleibst so lange, wie du willst. Für dich gibt es stets ein Zuhause, wo auch immer ich gerade lebe.«

Sophies Augen brannten angesichts dieser freundlichen Worte vor Tränen. Sie zog ihre Cousine in eine Umarmung.

»Oh, Tilly, du bist die beste Freundin überhaupt.«

Eine Woche nach der Abreise der Robsons fiel Sophie eine Veränderung auf, als sie mit Clarrie auf die Dschungellichtung ritt. Duftender Holzrauch lag in der Luft. Ein kleines Feuer prasselte, sprühte Funken und beleuchtete die Hütte der *sadhvi*. Die Tür stand offen.

Sie stiegen ab, und Clarrie ging mit ihrem Essenspaket auf die Einsiedelei zu. Als sie es auf den flachen Stein zwischen Hütte und Teich legte, erschien eine in ein schmutziges safrangelbes Gewand gehüllte Gestalt in der niedrigen Tür. Eine winzige Frau mit klauengleichen Händen zog sich das Ende ihres Saris über ihr spärliches Haar und näherte sich ihnen. Im Halbdunkel sah sie für Sophie fast eher wie der bösartige Geist aus, vor dem die einheimischen Kinder sich fürchteten: Ihre Stirn war weiß und ockerfarben geschminkt. Ihre Fingernägel glichen Krallen.

Sie legte die Hände zusammen und verneigte sich zur Begrüßung. Clarrie und Sophie taten es ihr nach. Die heilige Frau winkte sie an ihr Feuer. Sophie zögerte, aber Clarrie sagte leise: »Sie wird uns etwas im Austausch für das Essen geben wollen. Es ist das Beste, anzunehmen.«

Die *sadhvi* bewegte sich voll ruhiger Anmut. Sie zog eine abgenutzte Binsenmatte aus ihrer Hütte hervor, damit sie sich daraufsetzen konnten, und goss Tee aus einem Kessel, der über dem Feuer hing, in Tonbecher. Unter ihrem Schleier hervor warf sie ihnen rasche, unstete Blicke zu und sprach leise mit sich selbst. Die Sonne ging auf. Der Tee war mit einem Gewürz versetzt – vielleicht mit Kardamom, vermutete Sophie – und weckte in ihr ein seltsames Gefühl der Vertrautheit.

Niemand sprach, während das goldene Licht auf den fernen Gipfeln ihre Augen blendete. Sophie nippte an dem aromatischen Getränk. Sie ertappte die *sadhvi* dabei, sie aus scharfen, dunklen Augen anzustarren, die ihr verhärmtes, runzliges Gesicht Lügen straften. Sophies Herz begann zu hämmern. Die heilige Frau erhob sich aus der Hocke und kam ums Feuer herum. Ihr Blick blieb unverwandt auf Sophie gerichtet. Rührung wallte in Sophies Brust auf. Sie sah das Muttermal am faltigen Kinn der Frau.

»Ayah Mimi?«, flüsterte sie.

Die Frau streckte die knochigen Hände aus und umfasste Sophies Gesicht.

»Sophie, mein kleines Küken«, krächzte sie mit einer Stimme, die das Sprechen nicht mehr gewohnt war.

»*Ayah*!«

Tränen liefen Sophie übers Gesicht, als die Frau die dünnen Arme um sie schloss und ihr das Haar streichelte. Ayah Mimi stimmte einen schrillen Freudengesang an, der in die Luft stieg und sich mit dem Zwitschern der Vögel im dichten Wald vermischte.

»Sophie«, sagte Ayah Mimi mit leiser Stimme. »Ich wusste, dass du eines Tages zurückkehren würdest. Ich musste nur Geduld haben.«

Sophie hielt sie fest und weinte und weinte.

* * *

Ayah Mimi ritt mit ihnen zurück nach Belguri. Sie saß hinter Sophie auf dem kräftigen Pony. Adela war fasziniert von der Frau mit den Ockerstreifen im Gesicht, die Sophie aus dem Wald hervorgezaubert hatte, und starrte sie aus der Sicherheit der Röcke ihrer Mutter an. Es dauerte nicht lange, bis Ayah Mimi mit ihrem Gesang und ihrem gutmütigen Lächeln Adelas Vertrauen gewann. Eine zärtliche Regung durchzuckte Sophie, als sie das kleine Mädchen im Schneidersitz mit der alten Kinderfrau auf der Veranda sitzen und mit den Fingern Reis essen sah; sie erinnerte sich, dass ihre eigenen Eltern ihr das verboten hatten.

Im Laufe der nächsten paar Tage reimten sie sich zusammen, was in der schicksalhaften Nacht geschehen war, in der die Logans gestorben waren. Nachdem Robson Sahib erfolglos versucht hatte, die Logans zu überreden, Belguri zu verlassen, war Bill Logan mit einer Pistole in die Dienerquartiere marschiert und hatte das Gesinde angewiesen, sich zu entfernen. Alarmiert hatte Jessie Logan Ayah Mimi mit dem eine Woche alten Baby – einem Jungen, dem die Logans noch keinen Namen gegeben hatten – ins Dorf geschickt, um ihn in Sicherheit zu bringen.

»Logan Mem hatte Angst um das Baby. Sie dachte aber auch, der Sahib würde sich beruhigen, wenn das Baby aus dem Weg war. Er war sehr eifersüchtig auf das Baby.«

Mimi war angewiesen worden, im Haus von Ama zu warten, einer weisen alten Khasi-Frau, deren Sohn der *mali* in White Blossom Cottage gewesen war und der Jessie vertraut hatte.

»Ama?«, rief Clarrie. »Sie war früher mein Kindermädchen!«

Ayah Mimi hatte Amas Familie bei einer Hochzeitsfeier angetroffen, aber Ama hatte sie aufgenommen und eine junge

Mutter in ihrem Stamm gefunden, die das Logan-Baby stillen konnte.

Zwei Tage später war das Fest vorbei. Ayah Mimi war besorgt, weil sie immer noch nichts von Jessie gehört hatte, und kehrte mit Amas Sohn, dem Gärtner von Belguri, zum Teebungalow zurück. Sie fanden das Haus verrammelt vor. Ein Sikh-Polizist hielt Wache und jagte sie davon. Eine Woche später spürte ein Polizeibeamter aus Shillong Ayah Mimi im Dorf auf und zwang sie, ihm das Baby zu übergeben.

»Er erzählte mir, die Logans seien am Fieber gestorben und ihre Tochter brauche mich nicht mehr. Ich flehte ihn an, mir zu sagen, wohin man dich gebracht hatte, Sophie, aber er sagte, das gehe mich nichts an.«

»Hieß er Burke?«, fragte Sophie.

Ayah Mimi nickte. »Er sagte, er würde mich ins Gefängnis werfen, weil ich das Kind eines weißen Mannes entführt hätte, wenn ich versuchte, dir zu folgen. Er zahlte die anderen Diener aus und erzählte ihnen dieselbe Geschichte über das Fieber. Ich versuchte, dich zu finden. Ich wanderte nach Shillong und verkaufte meine Goldohrringe und Armreife. Dann kehrte ich nach Assam zurück. Aber es dauerte viele Wochen, und die Regenfälle hielten mich auf. Als ich wieder hier ankam, warst du nicht mehr da. Der alte Feger meinte, du seist nach Kalkutta gebracht worden. Als ich nach dem Baby fragte, behauptete er, es habe nie eines gegeben, du seist allein abgereist.«

Ayah Mimi brach in Tränen aus und beklagte, dass sie an Logan Memsahib versagt habe, weil sie weder ihr Baby beschützt noch auf ihre Tochter aufgepasst habe.

»Was hast du als Nächstes getan?«, fragte Sophie sanft und legte den Arm um die verzweifelte Frau.

»Ich ging nach Shillong und fand Arbeit in einem der Waisenhäuser. Ich nähte und kümmerte mich um die Babys. Ich hoffte, ich würde Baby Logan entdecken, aber das gelang mir nicht. Als ich hörte, eine Familie sei nach Belguri zurückgekehrt, ging ich von dort fort und kam wieder in die Berge – in der Hoffnung, du könntest wieder hier sein.«

»Wie enttäuscht Sie gewesen sein müssen, stattdessen uns anzutreffen«, sagte Clarrie mitfühlend.

Ayah Mimi schüttelte den Kopf. »Sie waren gut zu mir. In einigen Wochen hätte ich nichts mehr zu essen gehabt, wenn Ihre Geschenke nicht gewesen wären. Und ich habe die Hoffnung nie aufgegeben. Ich betete jeden Tag, dass mein kleines Küken mir zurückgegeben werden würde, oder falls das nicht geschehen sollte, dass die Berggötter dich beschützen würden, wo auch immer du lebtest und atmetest.«

Sophie und Ayah Mimi saßen Arm in Arm da, wiegten einander und konnten erst ganz allmählich fassen, dass sie einander wiedergefunden hatten. Wenn sie gegen alle Wahrscheinlichkeit mit ihrer geliebten alten Kinderfrau wiedervereint werden konnte, dachte Sophie, warum dann nicht auch mit ihrem vermissten jüngeren Bruder?

Wesley riss sie aus ihren Tagträumen. »Also ist die einzige Person, die wirklich weiß, was aus Baby Logan geworden ist, der pensionierte Polizeibeamte Burke?«

»Ja«, bestätigte Ayah Mimi, »aber ich hatte zu viel Angst, mich noch einmal an ihn zu wenden.«

»Die habe ich nicht«, sagte Sophie. »Wenn er mir nicht sagt, was meinem Bruder zugestoßen ist, stelle ich ihn bloß, weil er einen Mord vertuscht hat.«

Clarrie streckte die Hand aus, um sie zur Ruhe zu mahnen. »Sei vorsichtig. Damit brächtest du auch James in Teufels Küche. Und nach allem, was Ayah Mimi sagt, ist es offensichtlich, dass er nichts davon wusste, dass Burke sich mit dem Baby davongemacht hat.«

Sophie biss sich frustriert auf die Lippen. Das Letzte, was sie wollte, war, Tillys Mann in Schwierigkeiten zu bringen. Er hatte sie beschützt, sie wohlbehalten in Edinburgh abgeliefert und ihre Ausbildung bezahlt. Er mochte nicht immer einer Meinung mit seinem Neffen Wesley sein, aber er war ein guter Mann, und Tilly vergötterte ihn.

»Sophie hat ein Recht, es zu erfahren«, sagte Wesley fest, »und es muss ja nicht auf Drohungen hinauslaufen. Ich bin gern bereit, ihn mit dir zu besuchen.«

Sophie lächelte den gut aussehenden Teepflanzer mit dem wettergegerbten Gesicht an. »Danke.«

* * *

Es dauerte noch zehn Tage, bis die Reise nach Shillong organisiert war. Sophie schrieb an Tilly, bat sie um Burkes Adresse und teilte ihr die erstaunliche Neuigkeit mit, dass sie Ayah Mimi gefunden und mehr über ihren kleinen Bruder erfahren hatte. Während sie auf Tillys Antwort wartete, traf ein Brief aus Frankreich ein. Sophie nahm ihn mit hinaus in den Garten, um ihn zu lesen. Als Clarrie sie dort fand, hatte Sophie Tränen in den Augen.

»Tam ist in Marseille von Bord gegangen«, sagte Sophie leise. »Nancy war da, um ihn abzuholen. Sie überwintern in den französischen Alpen.«

Clarrie drückte ihr die Schulter. »Das tut dir sicher sehr weh.«

Sophie schüttelte den Kopf und schluckte. »Ich freue mich für ihn. In gewisser Weise ist es eine Erleichterung. Ich bin nur traurig, dass er nicht von Anfang an ehrlich zu mir war.«

Danach wurde Tam nie mehr erwähnt. Sophie konzentrierte sich darauf, den Blick in die Zukunft zu richten und ihren Bruder zu suchen. Von Tilly kam eine aufgeregte Antwort. Sie wünschte ihr viel Glück dabei, den abgebrühten Polizisten zur Rede zu stellen.

Seine Visitenkarte war etwas vage, schrieb Tilly zurück. *Darauf stand bloß: Superintendent R. Burke, The Lines, Shillong. Bestimmt hält er sich selbst für so wichtig, dass jeder wissen sollte, wo er wohnt.*

Am Vorabend ihres Aufbruchs erreichte sie die Nachricht, dass der Landesherr des benachbarten Fürstentums Gulgat auf einem Jagdausflug in den Khasi Hills sei. Der Radscha von Gulgat bat um Erlaubnis, in ein paar Tagen den Lagerplatz am Fluss Um Shirpi auf dem Anwesen Belguri zu nutzen. Wesley schickte ihm einen Brief, in dem er ihm die Genehmigung erteilte und fragte, ob er sich nach seiner Rückkehr aus der Stadt der Jagdgesellschaft anschließen dürfe.

»Er ist ein amüsanter Mann«, erzählte Wesley Sophie, »mit einer riesigen Menagerie von exotischen Tieren, darunter ein weißer Tiger. Er hat an der Universität von Edinburgh Philosophie studiert. Du musst ihn unbedingt kennenlernen.«

Am nächsten Morgen sattelten Sophie und Wesley reisefertig auf. Sophie legte ihr Elfenbeinarmband mit den Elefantenköpfen an, damit es ihr bei der Suche Glück brachte. Ayah Mimi schnappte bei dem Anblick nach Luft.

»Von Logan Memsahib!«

»Ja«, antwortete Sophie. »Erinnerst du dich daran?«

Ihre alte Kinderfrau nickte mit gehetztem Blick. »Es gab zwei. Das hatte ich ganz vergessen. Das andere ...« Sie schlug sich die zitternde Hand vor den Mund.

»Sag es mir, Ayah Mimi«, bat Sophie sanft.

»Das Baby«, flüsterte sie. »Deine Mutter hat das andere Armband in den Schal des Babys gewickelt.«

»Ist es bei dem Baby geblieben?«, fragte Sophie. Ihr Herz machte einen Sprung.

Ayah Mimi nickte. »Ich habe es zu dem Kleinen gelegt, als Burke ihn mitgenommen hat.« In ihren Augen blitzte Hoffnung auf. »Vielleicht hilft dir das, den Jungen zu finden?«

Sophie wusste, dass die Aussichten schlecht standen, dass das Armband mit ihrem Bruder weitergegeben worden war. Burke hatte vermutlich alles aus dem Weg geschafft, was den Jungen mit den Logans verband – wenn er das Armband überhaupt entdeckt hatte. Aber sie sah den Hoffnungsschimmer im Gesicht der alten Frau.

»Danke.« Sie lächelte aufmunternd. »Das könnte uns durchaus helfen.«

Im Augenblick der Abreise brach Adela in Tränen aus.

»Ich will auch mit!«

Sie schenkte den Beteuerungen ihrer Mutter keinen Glauben, dass ihr Vater und ihre geliebte Sophie in wenigen Tagen zurückkehren würden. Erst Ayah Mimi, die das kleine Mädchen zu der riesigen Gummiakazie hinüberlockte und die Dschungelvögel nachahmte, gelang es, Adela so lange abzulenken, dass die Reiter davontraben konnten.

Sobald sie die Stadt erreichten, schickte Sophie, die es gar nicht abwarten konnte, die Konfrontation hinter sich zu haben, direkt eine Visitenkarte zu den Häuserzeilen in der Garnisonssiedlung. Sie verbrachte eine schlaflose Nacht in der Pension und rührte am nächsten Morgen ihr Frühstück kaum an.

»Wir könnten Tillys Freund Major Rankin besuchen, während wir auf eine Antwort warten«, schlug Wesley vor. »Oder wir könnten auf den Friedhof gehen, damit du deinen Eltern die letzte Ehre erweisen kannst ...?«

Sophies Eingeweide verknoteten sich. Sie hatte keine Lust, höflich mit einem Fremden zu plaudern, ganz gleich, wie freundlich der Major war, und sie wusste, dass sie zum Grab ihrer Eltern gehen musste und wollte. Dennoch fürchtete sie sich vor dem Augenblick. Ihre Gefühle für ihren Vater waren so verworren.

»Ich würde lieber auf Burkes Antwort warten«, erwiderte sie.

Sie verbrachte den Morgen damit, auf der Veranda auf und ab zu gehen und mit den Augen den steilen Pfad, der zur Pension heraufführte, nach einem *chaprassi* mit einer Nachricht abzusuchen, die sie zu einem Besuch in Burkes Haus einlud. Bis zur Abenddämmerung war noch nichts gekommen. Am nächsten Tag bestand Wesley darauf, mit ihr einen Ausflug an den See zu machen, um die Sehenswürdigkeiten zu besuchen. Sophie versuchte, die Schönheit des Ortes zu genießen. Tilly hatte recht, dass die Landschaft ans schottische Hochland erinnerte. Aber in der Hoffnung auf ein Schreiben kehrte Sophie eilig in die Pension zurück, statt im Pinewood Hotel Tee zu trinken.

»Ich kann nicht fassen, dass er meine Bitte ignoriert«, sagte sie verärgert, als sie keinen Brief von Burke vorfand.

»Vielleicht ist er nicht da?«, meinte Wesley.

»Morgen gehen wir in die Garnisonssiedlung und finden es selbst heraus«, sagte Sophie entschlossen. »Ich lasse mich keinen Tag länger hinhalten.«

Wesley schnaufte amüsiert. »Du klingst ganz wie die junge Clarissa. Ihr Logans seid nicht zufällig mit den Belhavens verwandt?«

Es war ein nebliger Morgen mit Nieselregen, als sie bergab in die Garnisonssiedlung zu den gleichförmigen Zeilen britischer Bungalows aufbrachen.

»Statt lange im Regen herumzuirren, sollten wir einfach direkt in den Club gehen und nachfragen«, meinte Wesley. »Dort muss er doch wohlbekannt sein.«

Sophie stand trotzig in der Tür des allein Männern vorbehaltenen Clubs, um zu hören, was gesagt wurde.

»Ronny Burke?«, fragte ein korpulenter Mann und spähte über seine Zeitung.

Wesley nickte

»Da kommen Sie leider zu spät. Hatte vor zwei Wochen einen Herzinfarkt und ist tot umgefallen. Sie finden ihn auf dem Friedhof. Sind Sie mit ihm verwandt?«

Sophie war so voll bitterer Enttäuschung, dass sie nicht sprechen konnte. Wesley führte sie aus dem Club in den sanften Nieselregen. Sie senkte den Kopf und marschierte stumm weiter. Ihr war gleich, wohin sie gingen. Erst als Wesley abrupt stehen blieb, wurde ihr klar, dass sie vor dem Tor des britischen Friedhofs standen.

»Ich weiß, wo sie liegen«, sagte er leise. »Wir waren dabei, als Tilly das Grab entdeckt hat.«

Sophie holte tief Luft und folgte ihm zu der Stelle, auf die er gezeigt hatte.

Es war ein schlichter Stein mit ihren Namen und ihrem Sterbedatum, aber eindrucksvoller, als er auf Tillys Schnappschuss ausgesehen hatte. Der einzige Schmuck – für den vielleicht James gesorgt hatte? – war ein keltisches Kreuz, das in den polierten Stein eingemeißelt war. Sophie bückte sich und zeichnete mit dem Finger den Namen ihrer Mutter nach: *Jessie Anderson, Williams Ehefrau.* Sie dachte an die Frau, die sie zuletzt auf der Veranda in Belguri gesehen hatte, als sie ihr gesagt hatte, sie solle sich verstecken. Eine Hand, die sie sanft fortschob, das Rascheln hauchzarter Kleider, ein abgelenktes Lächeln.

Sophie fragte sich, ob ihre Mutter sich in Wirklichkeit danach gesehnt hatte, ihre Hand zu packen und den Pfad entlang hinter Ayah Mimi und dem Baby herzulaufen. Sie wünschte sich mit aller Macht, ihre Mutter wäre couragiert genug gewesen, das zu tun. Aber vielleicht war es die mutigere Tat gewesen, ihre Tochter loszulassen, sich umzuwenden und zu versuchen, ihren fiebrigen, verwirrten Mann zu beruhigen.

Sophie hockte sich hin und flüsterte: »Tante Amy hat mich gut erzogen. Sie war so liebevoll, wie eine Mutter es nur sein könnte. Aber meine ganze Kindheit und Jugend hindurch habe ich versucht, mich zu erinnern, wie du warst. Du warst meine echte Mama, und ich habe dich immer vermisst.« Sie schluckte schwer. »Ich habe Ayah Mimi wiedergefunden und sehne mich von ganzem Herzen danach, meinen kleinen Bruder zu finden, damit er von dir erfährt und damit ich jemanden von meinem eigen Fleisch und Blut habe, um ihn zu lieben. Aber ich weiß nicht, wie ich das jetzt noch schaffen soll. Es tut mir leid.«

Sie beugte sich vor und küsste mit zitternden Lippen den kalten, feuchten Stein. »Auf Wiedersehen, Mama.« Tränen strömten ihr übers Gesicht und tropften ihr vom Kinn. Sie stand auf.

Wesley legte ihr eine Hand auf die Schulter. »Dein Vater war ein kranker Mann. Das soll nicht entschuldigen, was er getan hat, aber es muss eine Zeit gegeben haben, in der er dich geliebt hat. Es ist Vätern unmöglich, ihre Töchter nicht zu lieben.«

Sophie drehte sich um und schenkte ihm ein bekümmertes Lächeln. »Das meinst du, weil du ein guter Vater bist. Ich habe meinen Vater nicht so in Erinnerung. Dennoch würde ich es gern glauben – also danke.«

Als sie den nasskalten Friedhof verließen, durchbrach ein Kegel wässrigen Sonnenlichts die Wolkendecke. Nachdem sie wieder zur Pension hinaufgestiegen waren, hatten die Wolken sich gelichtet, und die Berge waren zu sehen.

»*Deine Eltern haben in Murree geheiratet, einer Hill Station. Sie haben ihre Flitterwochen dort verbracht*«, hatte Tante Amy einmal gesagt. »*Und deine Mutter hat die Berge immer geliebt.*«

Sophie wusste, dass sie – ganz gleich, wohin sie als Nächstes ging – Berge immer als tröstlich empfinden würde. Tante Amy hatte sie geliebt, und der Gedanke, dass ihre Mutter es auch getan hatte, munterte sie auf.

43

Adela stürmte als Erste die Stufen herab, um sie bei ihrer Rückkehr nach Belguri zu begrüßen.

»Daddy! 'Ophie!«

Clarrie musste sie an der Hand packen, um zu verhindern, dass sie unter die Hufe der Pferde geriet. Adela stürzte sich in die Arme ihres Vaters, und er wirbelte sie herum.

»Ich habe mein kleines Kätzchen ja so vermisst!« Er drückte ihr einen schmatzenden Kuss auf die Wange.

Sie kicherte und wischte sich das Gesicht ab. Sophies Herz zog sich angesichts ihrer Freude aneinander und wegen des Kosenamens zusammen – so hatte ihre Mutter ihren kleinen Bruder genannt.

Adela entwand sich seinem Griff und sprang auf Sophie zu.

»Es ist ein Fürst in einem Zelt hier«, sagte sie und riss vor Aufregung weit die Augen auf. »Er hat einen Wolf an einer goldenen Kette. Komm und sieh es dir an, 'Ophie.«

Clarrie erklärte: »Es ist der Radscha von Gulgat. Er ist gestern hier eingetroffen. Wir sind hingegangen, um zuzuschauen, wie sie das Lager aufgeschlagen haben. Und der Wolf ist in Wirklichkeit ein Jagdhund.«

»Ja, Wolf«, wiederholte Adela. »Komm schon, 'Ophie.«

»Lass ihr Zeit, sich auszuruhen und zu baden«, sagte Clarrie. »Sie hat einen langen Ritt hinter sich.« Sie sah Sophie erwartungsvoll an. Sophie schüttelte den Kopf.

»Burke ist vor zwei Wochen gestorben«, erläuterte Wesley. »Wir können später darüber sprechen.«

Adela sah verwirrt zwischen ihnen hin und her. »'Ophie, warum bist du traurig?«

Sophie beugte sich zu ihr. »Ich bin traurig, weil ich fünf Tage getrennt von dir verbracht habe. Nimm mich in den Arm.«

Adela kicherte, schlang die warmen Arme um Sophies Hals und schob ihr die Finger in die Haare. Sophies seidiges blondes Haar faszinierte das kleine Mädchen.

»Jetzt, da ihr zurück seid, können wir den Radscha und seine Gefährten morgen zum Tee einladen«, schlug Clarrie vor. »So, wie es aussieht, ist es nur eine kleine Jagdgesellschaft.«

»Ich gehe heute Abend hin und frage sie«, stimmte Wesley zu.

Als die Schatten länger wurden, begleitete Sophie, erfrischt nach einem heißen Bad und in einem sauberen Kleid, die Robsons hinunter zum Fluss, um den Radscha kennenzulernen. Sie war erstaunt über die Schlichtheit des Lagers. Acht Zelte von der Größe derer, die Tam für eine Dschungeltour benutzt hätte, umstanden ein offenes Feuer, über dem zwei Köche geschäftig das Abendessen zubereiteten.

Vier Männer planschten jauchzend im Fluss.

»Meine Damen«, sagte Wesley besorgt, »nicht hinsehen! Die Männer haben nichts an.«

Clarrie und Sophie lachten über seine Prüderie und zogen sich hinter eine große Eiche zurück. Adela hielt das für ein Spiel und quietschte vor Vergnügen. Wesley ging zum Fluss hinab, um die Männer zu begrüßen, und kehrte mehrere Minuten später zurück, um den Frauen zu sagen, dass sie sich nun gefahrlos hervorwagen konnten.

Man trieb in aller Eile Klappstühle für die Damen auf, und der Radscha trat in Tunika und Hose aus seinem Zelt hervor, um ihnen die Hände zu schütteln. Er war ein schlanker, gut aussehender Mann von etwa dreißig Jahren. Es gefiel Sophie auf Anhieb, dass er keinerlei Allüren hatte.

»Willkommen in meinem Palast.« Er zwinkerte Adela zu.

»Wo ist der Wolf?«, fragte das Mädchen und sah sich um.

»Losgezogen, um Rotkäppchen zu suchen«, antwortete er und lachte über seinen eigenen Scherz.

Er bestellte *chota pegs*. Während Gläser mit Whisky und auch Limonade herumgereicht wurden, erschienen die anderen Schwimmer aus der Dämmerung.

»Mein Bruder Ravi und mein guter Freund Colonel Baxter. Und das ist mein neuer Adjutant, Khan«, stellte der Radscha sie vor.

Sophie stockte der Atem. Sie starrte den muskulösen Mann mit den zerzausten nassen Haaren an, der hastig ein Hemd und eine Hose übergestreift hatte. Er trug einen Bart, aber als er ins Licht der untergehenden Sonne trat, erkannte sie ihn trotzdem.

»Rafi?«, hauchte sie.

Er kam auf sie zu und nahm ihre Hand. »Sophie, wie geht es dir?« Er wirkte nicht so überrascht, sie zu sehen, wie sie es über sein plötzliches Erscheinen war.

Ihr Herz hämmerte. Sie konnte kaum antworten. Wie konnte er nur so gelassen sein?

»Sie kennen sich?«, fragte der Radscha neugierig.

»Aus Edinburgh und aus dem Forstdienst«, erklärte Rafi. Er ließ ihre Hand los, und Sophie setzte sich rasch auf einen Klappstuhl, bevor die Beine unter ihr nachgeben konnten.

Sie fing Clarries Blick auf und ahnte, dass sie Verständnis hatte. Wusste sie schon seit gestern, dass Rafi hier war? Der Radscha begann, in Erinnerungen an Edinburgh zu schwelgen, und fragte Sophie über ihr Leben dort aus. Unterdessen verwickelte Clarrie Rafi in ein Gespräch über die Teegärten. Sophie lagen tausend Fragen an Rafi auf der Zunge, aber sie war dankbar, als die Robsons sich verabschiedeten, ihre Einladung zum Tee aussprachen und Adela einsammelten, die den Köchen beim Chapati-Backen im Weg gestanden hatte.

Als sie aufbrachen, sagte Clarrie beiläufig zu Rafi: »Wenn Sie uns in der Morgendämmerung auf einen Ausritt begleiten, kann ich Ihnen die Walnussbäume zeigen, über die wir gesprochen haben.«

Rafi nickte zum Zeichen, dass er annahm.

Später, in Belguri, blieb Sophie zusammen mit Clarrie noch lange wach. Sie konnte nicht schlafen.

»Ist es ein reiner Zufall? Er wirkte nicht im Mindesten überrascht. Aber vielleicht liegt das daran, dass er nicht das Gleiche empfindet wie ich. Oh, Clarrie, ich weiß nicht, was ich denken soll. Es ist ja ohnehin alles hoffnungslos.«

Nichts, was Clarrie sagte, konnte Sophies inneren Aufruhr beschwichtigen.

»Versuch zu schlafen. In ein paar Stunden bricht die Morgendämmerung an.« Clarrie gähnte, gab auf, Sophie beruhigen zu wollen, und ging zu Bett.

* * *

Als sie an dem frostigen Dezembermorgen ausritten, war Sophie erleichtert, dass die lange Nacht vorbei war und sie sich im Freien körperlich betätigen konnte. Ihre Laune hob sich. Ob Rafi nun dazustieß oder nicht, sie würde den Sonnenaufgang genießen, wie sie es jeden Morgen tat. Clarrie und Wesley begleiteten sie. Die Dunkelheit war vom Duft der frühmorgendlichen Feuer im Dorf erfüllt, während die Ponys sich einen Weg durch die Teegärten suchten.

Dort, wo der Pfad in den Wald abbog, sah Sophie die Umrisse eines Pferdes und eines Reiters, die sich vor dem dunkelgrauen Himmel abzeichneten. Rafi war gekommen.

»Ihr reitet voran«, sagte Clarrie zu Sophie. »Wir folgen euch. Der Weg ist zu schmal für alle auf einmal.«

Sophie begrüßte Rafi, und ihre Pferde fielen in Gleichschritt. Keiner von beiden sagte ein Wort, als hätte jeder Angst davor, was der andere vielleicht äußern würde. Am Ende erreichten sie die Tempellichtung, auf der Clarrie Rafi die wilden Walnussbäume zeigen wollte. Erst jetzt fiel Sophie auf, dass die Robsons nicht mehr hinter ihnen waren.

Als sie abstiegen und auf den Sonnenaufgang warteten, erzählte Sophie Rafi davon, wie sie Ayah Mimi in der Einsiedelei gefunden, die Wahrheit über den Tod ihrer Eltern herausgefunden und erfolglos nach ihrem jüngeren Bruder gesucht hatte. Alles sprudelte nur so aus ihr hervor.

»Ich glaube, deshalb hatte ich solche Angst, selbst ein Baby zu bekommen. In meinem tiefsten Inneren erinnerte ich mich an meinen kleinen Bruder – oder vielmehr an seinen Verlust. Irgendwie fühlte ich mich in meinem kindlichen Verstand wohl verantwortlich dafür, ihn nicht beschützt zu haben.«

Plötzlich weinte Sophie unkontrollierbar. Rafi, der kaum etwas gesagt hatte, legte seine starken Arme um sie und zog sie tröstend an sich. So standen sie da, während das Licht der Dämmerung auf die Lichtung sickerte und den Raureif auf Bäumen und Gras wie Juwelen funkeln ließ.

Als die Sonne stärker wurde und das dünne Eis auf dem Teich schmolz, löste Sophie sich verlegen aus der intimen Umarmung. Es war eine süße Qual, ihn wiedergefunden zu haben und doch zu wissen, dass sie nicht zusammen sein könnten.

»Es tut mir leid, dass ich dir solchen Ärger bereitet habe, Rafi«, sagte sie. »Dass ich deine Karriere bei der Forstbehörde ruiniert habe.«

»Das muss es nicht«, antwortete er. »Ich hätte nicht länger für Bracknall arbeiten können, nachdem ich wusste, was er dir angetan hatte. Und ich bin da, wo ich jetzt bin – beim Radscha – glücklicher. Wir haben einander in Edinburgh kurz kennengelernt. Er bot mir die Stelle als sein oberster Adjutant an, als er hörte, dass ich wieder in Indien war. Als Bracknall mich entließ, nahm ich deshalb das Angebot an. Ich bin auch sein Oberförster.« Rafi schenkte ihr ein schiefes Lächeln.

»Das freut mich«, erwiderte Sophie und spürte, wie ihre Schuldgefühle nachließen. Aber das Herz war ihr dennoch schwer. »Ich muss dir viel erzählen – über Tam ... und ... das Baby ...«

»Das musst du nicht erklären«, versicherte Rafi rasch.

Sophie sah in sein schönes Gesicht. Ihre Eingeweide waren bleischwer. Er wollte es nicht wissen. Er baute sich jetzt ein neues Leben in Gulgat auf. Seine Zärtlichkeit vor wenigen Augenblicken war bloße Freundlichkeit gewesen.

»Ich verstehe«, entgegnete sie und wich zurück.

»Nein, tust du nicht.« Rafi packte ihre Hand und hielt sie fest. »Ich meine, dass ich schon darüber Bescheid weiß, was zwischen dir und Tam vorgefallen ist – von deinem schrecklichen Verlust und von seinem Urlaub. Boz hat mir geschrieben und mir alles erzählt.«

»Boz?«

»Ja. Sobald er von dir gehört hatte und wusste, dass du in Belguri warst, hat er mich aufgespürt. Er hat mir erzählt, dass du mich finden wolltest.«

Sie errötete. »Nun, ja, nur, um mich zu entschuldigen ...«

»Sophie«, sagte er und zog sie wieder an sich. »Es ist kein Zufall, dass die Jagdgesellschaft des Radschas in diesem Teil der Khasi Hills ist. Ich habe das arrangiert. Ich wollte dich unbedingt wiedersehen.«

»Ja?« Sie schluckte. Ihr Herz raste.

»Natürlich.« Er berührte ihre Wange. Ein Schauer durchlief sie. »Aber ich muss wissen, wie es mit dir und Tam aussieht. Besteht irgendeine Aussicht auf eine Versöhnung zwischen euch? Wenn ja, dann ziehe ich mich mit wundem Herzen zurück und stehe euch nicht im Weg.«

»Tam ist zu der Frau zurückgekehrt, die er schon die ganze Zeit über liebt«, flüsterte Sophie. »Ich sollte eifersüchtig sein, aber ich bin es nicht. Mir hat nur ein Mann jemals wirklich am Herzen gelegen, das ist mir nur nicht rechtzeitig klar geworden.« Ihr kamen die Tränen, als sie ihm in die tiefgrünen Augen sah. »Ich liebe dich, Rafi, aber ich habe ein schlechtes Gewissen über die Freude, die ich dabei empfinde, einfach mit dir hier zu sein. Ein schlechtes Gewissen gegenüber ...«

»Hör auf!«, forderte Rafi heftig und packte erneut ihre Hand. »Ich habe dir auch etwas zu sagen. Boz hat mir von der Hochzeitsnachricht in der Zeitung erzählt – die über Sultana Sarfraz.«

»Stimmte das denn nicht?«, fragte Sophie. Sie wagte es nicht zu hoffen.

»Es ist wahr, dass es eine Hochzeit gab«, antwortete Rafi, »aber nicht mit mir. Es war mein Bruder Rehman, der geheiratet hat. Ich habe mich geweigert – ich konnte es einfach nicht über mich bringen –, und er war nur zu gern bereit einzuspringen. Die *Gazette* konnte zwischen uns beiden Brüdern nicht unterscheiden. Interessant war ja auch nur die Verbindung zu Ghulam und seinem schlechten Ruf.«

»Also bist du nicht verheiratet?« Sophies Herz tat einen Sprung.

»Nein«, sagte Rafi, berührte ihr Gesicht und betrachtete sie aus leidenschaftlichen Augen. »Ich hatte mir geschworen, bis ans Ende meiner Tage Junggeselle zu bleiben, wenn ich die Frau nicht haben konnte, die ich liebe. Du, Sophie, bist die Einzige, mit der ich glücklich werden könnte. Deine Tante Amy wusste das – du warst diejenige, die einfach nicht bemerkt hat, wie sehr ich mich in dich verliebt hatte.«

Bei seinen Worten wurde ihr schwindlig. »Oh, Rafi, küss mich!«

Er beugte sich vor und küsste sie mit den festen Lippen, von denen sie schon so lange träumte. Sie hatte das Gefühl, dass ihr Herz vor Freude zerspringen würde.

Als der Kuss vorüber war, klang Rafis Stimme heiser vor Rührung.

»Komm und zieh zu mir nach Gulgat«, drängte er sie.

»Wird der Radscha nicht schockiert sein?« Sie lachte, die Vorstellung war berauschend. »Ich würde dir bloß noch einen Skandal einbringen.«

»Nicht schockiert.« Rafi grinste. »Nur neidisch.«

Sie sahen einander an, unfähig, an ihr Glück zu glauben. Ein Schatten huschte über sein hübsches Gesicht. »Du hast mehr zu verlieren. Du bist diejenige, die für immer aus der britischen Gesellschaft in Indien verstoßen werden wird, wenn du dich für mich entscheidest.«

»Das ist mir gleichgültig«, sagte Sophie beherzt. »Und die Leute, die ich liebe, werden sich nicht von uns abwenden.«

Ein zärtliches Lächeln breitete sich auf Rafis Gesicht aus. »Lass uns unser neues gemeinsames Leben heute beginnen, meine Liebste.«

Unter der berückenden Wintersonne stiegen sie wieder auf ihre grasenden Ponys und verließen die Dschungellichtung Hand in Hand, um sich zusammen der Zukunft zu stellen.

Einige anglo-indische Begriffe

ayah: Kindermädchen
babu: Schreiber (pejorativ: Inder mit einer gewissen Bildung)
boxwallah: Händler (pejorativ: Brite, der einem Gewerbe und keinem akademischen Beruf nachgeht)
burra memsahib: ranghohe Dame (*burra* bedeutet groß)
chaprassi: Bote
charpoy: hölzerner, mit Hanf bespannter Bettrahmen
chota hazri: Frühstück
chota peg: alkoholisches Getränk
chowkidar: Nachtwächter, Wache
daftar: Forstbüro
dak: Post, Büroarbeit
dak bungalow: Rasthaus für Reisende
dhoti: Lendenschurz
ghat: Kai
hartal: Arbeiterstreik, Generalstreik
jungli: aus dem Dschungel, wild
khitmutgar: leitender Kammerdiener, Bedienung am Tisch
koi hai!: Ist jemand da? (Gewöhnlich ein Ruf, der Dienern gilt)

maidan: Freifläche oder Wiese in einer Stadt
mali: Gärtner
Memsahib: gnädige Frau, weibliche Form von Sahib
mofussil: Landgebiete, Provinzen
mohurer: oberster Buchhalter
munshi: Sprachlehrer
pukka: erstklassig, einwandfrei
punkah: Deckenfächer aus Stoff
purdah: Abschottung von Frauen fremden Männern gegenüber (wörtlich: »Vorhang«)
sadhvi: heilige Frau
Sahib: Herr, Gebieter
shikari: Jäger, Führer
syce: (Pferde-)Knecht
Tonga: zweirädrige Pferdekutsche
topee: Sonnenhut
wallah: Person, Arbeiter
yak dan: Vorratstruhe
zenana: Frauengemächer

Danksagung

Ich schulde meinen Großeltern mütterlicherseits großen Dank dafür, dass sie Tagebücher geführt und aus Indien interessante Briefe in ihre Heimat Schottland geschrieben haben. Diese erst vor Kurzem wiederentdeckten Tagebücher haben einen Großteil der Inspiration für den Hintergrund dieses Romans geliefert.

Vielen Dank meiner begeisterten Lektorin Sammia, der adleräugigen Redakteurin Lori Heaford, der Korrektorin Daphne Trotter und Janey Floyd für ihre praktische Hilfe und ihre klugen Anmerkungen. Vielen Dank auch meinem Mann Graeme, der mit tollem Essen und vielen Tassen Tee und Kaffee Leib und Seele zusammenhält. Und Amy und Charlie für ihren unermüdlichen fröhlichen Zuspruch.